KALTES
HERZ

KALTES
HERZ
(COLD HEARTED)

TONI ANDERSON

Übersetzt von
MARTIN WICK

DEUTSCHE BÜCHER VON TONI ANDERSON

Romantische Krimis

Kalte Gerechtigkeit Serie
Ein kalter, dunkler Ort (A Cold Dark Place)
Kalte Jagd (Cold Pursuit)
Kaltes Morgenlicht (Cold Light of Day)
Kalte Angst (Cold Fear)
Kalte Schatten (Cold in the Shadows)
Kaltes Herz (Cold Hearted)
Kalte Geheimnis (Cold Secrets)
Kalte Bosheit (Cold Malice)
Eiskaltes Versprechen (A Cold Dark Promise)
Kaltblütig (Cold Blooded)

Kalte Gerechtigkeit – die Verhandler Serie
Kalt und tödlich (Cold & Deadly)
Kälter als die Sünde (Colder Than Sin)
Kalte böse Lügen (Cold Wicked Lies)
Kalter grausamer Kuss (Cold Cruel Kiss)
Eiskalt (Cold as Ice)

DEMNÄCHST ERHÄLTLICH …
Kalte Stille (Cold Silence)
Tödliches Spiel (The Killing Game)

Andere deutsche Titel
Im Sog Der Gefahr
Wogen Des Zorns

Auf meiner Website findest du alle deutschen Übersetzungen
meiner Bücher:
toniandersonauthor.com/german

Melde dich für meinen deutschsprachigen Newsletter an und
erhalte zwei kostenlose, exklusive „Kalte Gerechtigkeit"-
Kurzgeschichten sowie Informationen darüber, wann meine
nächste deutsche Übersetzung verfügbar ist.

Für John Wilson Anderson.
Seine Lebensgeschichte würde ein großartiges Buch abgeben.

ERSTES KAPITEL

E R ENTDECKTE SIE auf der gegenüberliegenden Straßenseite. Ihr blondes Haar leuchtete im Sonnenlicht wie poliertes Gold und peinigte jedes Y-Chromosom in einem Umkreis von hundert Metern. Er zog sein Handy aus der Tasche und machte ein Foto von ihr, um diesen Augenblick zu verewigen. Hatte sie nicht gesagt, dass sie erst später in der Woche zurückkommen würde? Offensichtlich hatte er sich geirrt. Also wählte er ihre Nummer und sah zu, wie sie ihr Telefon hervorholte. Er wartete auf das gleiche Lächeln auf ihrem Gesicht wie auf seinem, auf ein Leuchten in ihren Augen. Stattdessen sah sie auf die Nummer, zog eine Grimasse und ließ seinen Anruf automatisch zur Mailbox umleiten.

Entsetzen rauschte durch seine Adern, als sie das Handy wieder wegsteckte und sich erneut ihrer Begleitung zuwandte. *Was zum Teufel?* Er legte auf und ließ sich auf eine Bank fallen, versteckt hinter einer Reihe von verzweigten Büschen.

Er hatte geglaubt, dass sie ihn liebte. Dass sie mit ihm zusammen sein wollte…

Herrgott nochmal! Er hatte ihr doch alles gegeben, was sie brauchte, hatte es vor ihr ausgebreitet wie ein Festmahl auf einer Silbertafel, mit einem verdammten Apfel im Maul. *Sie hat mit dir gespielt, Dummkopf.*

Zorn brannte unter seiner Haut. Zorn so heiß und pur, dass das Blut in seinen Adern zu kochen begann und seine

Knochen versengte. Sie glaubte, sie könne ihn einfach so links liegen lassen? Als ob er ein Nichts wäre? Als ob er nicht alles für sie riskiert hätte? Seine Hand krallte sich eisern um sein Handy, während er sich vorstellte, dass sie sich um ihren alabasterweißen Hals schloss.

Ein Geräusch brachte ihn zurück in die Gegenwart, und er atmete tief ein.

Ein Lachen.

Ein Kichern.

Sein Kopf schnellte nach oben. Studenten bevölkerten die Straße. Nach ihren Winterferien waren sie erholt und gut gelaunt. Das Monster war gefasst worden. Sie waren in Sicherheit. Das Leben konnte ganz normal weitergehen.

Schafe.

Wie konnten sie glauben, dass sie in Sicherheit waren, wenn die Person, mit der sie Kaffee tranken, schon das nächste Raubtier sein konnte, das davon träumte, seine Zähne in ihr weiches, weißes Fleisch zu schlagen? Warum waren sie so gewillt, jeden Bockmist zu schlucken, wenn er nur entschieden genug als „Wahrheit" deklariert wurde?

Es war ein kaputtes System. Die bösen Jungs liefen jeden Tag unbehelligt herum. Die Guten verrotteten in den Gefängniszellen. Die Unschuldigen kamen um.

Idioten.

Von einer Bank gegenüber lächelte ihm eine niedliche Studentin aus den unteren Semestern schüchtern zu. Er verzog als Reaktion seinen Mund zu einem schmalen Bogen, der nichts von dem Entsetzen und der Enttäuschung verriet, die noch immer durch seine Adern flossen. Frauen mochten ihn. Warum also glaubte sie, es sei in Ordnung, ihn zu ignorieren?

Ein Plan keimte in ihm auf – ein Plan, der seine Nerven

mit knisternder Elektrizität zum Surren brachte.

Sollte er es tun?

Es konnte die Dinge kaputt machen, und er wollte nicht im Gefängnis landen, aber es würde definitiv ihre Aufmerksamkeit erregen. Seine Gedanken kreisten um die Optionen, die er hatte. Er wusste, wie man es tat. Er wusste, wie man nicht erwischt wurde. Und es würde für ein bisschen Abwechslung sorgen. In letzter Zeit war das Leben mehr oder weniger todlangweilig gewesen, und es gab – wie er letztes Jahr herausgefunden hatte – nichts Befriedigenderes als Rache.

Die junge Studentin warf sich ihre Tasche über die Schulter und stand auf, um zu gehen. Er betrachtete den neckischen, karierten Rock, unter dem sie eine blickdichte, schwarze Strumpfhose und hohe, schwarze Stiefel trug, und lief eilig los, um sie einzuholen. Er machte einen Witz, was sie rot werden ließ.

Es war beinahe zu einfach.

Er lachte und bemerkte, dass er sich amüsierte. Die Aufregung erweckte etwas in ihm, das gleichermaßen berauschend und vertraut war. Etwas, das bei ihm zumindest so viele Narben hinterlassen hatte, dass er es an die kurze Leine gelegt und unter Kontrolle gehalten hatte. Etwas, das er sich zehn lange Monate verwehrt hatte.

Er zügelte den Nervenkitzel, der durch seine Adern rauschte. Er musste vorsichtig sein. Der Gedanke an den in Ungnade gefallenen, ehemaligen Quarterback erinnerte ihn daran, dass er nicht anmaßend werden durfte. Nie im Leben wollte er die Scham und die Blamage dieses Arschlochs teilen. Aber er kannte das System und dessen Fehler. Sie würde es für den Rest ihres Lebens bereuen, diesen verdammten Anruf nicht angenommen zu haben.

CASSIE BRESSINGER STRICH das einzelne Blatt Papier glatt und las zum siebten Mal an diesem Tag Drews kleine, verkrampfte Handschrift.

Cass,

ich habe versucht, etwas Interessantes zu finden, von dem ich dir erzählen kann, aber schon nach einem Monat gehen mir die Themen aus. Ich meine, es gibt eben nur so viele Adjektive, die ich erfinden kann, um die drei Grautöne zu beschreiben, aus denen die Inneneinrichtung hier besteht – Schnodder, Minnesota und totes Kaninchen sind meine neuen Lieblingsbezeichnungen. Damit würde ich vermutlich keine Preise im Englischseminar gewinnen, aber da ich sowieso rausgeschmissen wurde, ist das auch egal.

Drei Grautöne – hm, da könnte auch irgendwo ein Roman drinstecken...

Fifty Shades sind es jedenfalls nicht: Damit will ich nicht sagen, dass es nicht jede Menge Sex gibt, dem Stöhnen und Grunzen nach zu urteilen, das ich hier jede Nacht höre. Irgendjemand irgendwo hat seinen verdammten Spaß mit jemand anderem.

Ich glaube zumindest, dass es einvernehmlich ist.

Etwas ironisch, dieses Bedenken, für einen verurteilen Vergewaltiger – aber hey, wer möchte schon vorhersehbar sein.

Aber im Ernst, Baby, ich befinde mich gerade an einem Punkt, an dem es mein größtes Anliegen ist, meinen Arsch zu schützen. Zum Glück bin ich ein gut gebauter Kerl und habe Jahre auf dem Footballfeld damit zugebracht, Leute in Grund und Boden zu starren, die darauf aus waren, mich in den Boden zu rammen. Aber eine Verteidigungslinie könnte ich hier drin dennoch gut gebrauchen...

Verdammter Mist.

Ich wollte mit dir eigentlich nicht über diese Scheiße reden, aber ich habe nicht mehr viel Schreibpapier und will nicht noch mal von vorne anfangen. Außerdem habe ich einen Krampf in der Hand vom Schreiben. Genau, ich, ein ehemaliger Star-Athlet, dessen Hände eigentlich sein goldenes Ticket hätten sein sollen. Krämpfe vom verdammten Briefeschreiben. Noch mehr Ironie :-)

Aber genug über mich. Wie geht es dir? Was ist dieses Semester in deinen Seminaren so los? Du hattest ja erzählt, dass du versuchst, für Jura zugelassen zu werden. <u>Bitte mach das nicht meinetwegen!!!</u> Das Letzte, was ich für dich will ist, dass du in irgendeinem miefigen Gerichtssaal versauerst, dir schreckliche Zeugenaussagen anhören musst und dabei zuschaust, wie die Leben von Menschen zerstört werden. Hau ab da. Nimm dir ein Jahr frei und reise um die Welt.

Ich meine es ernst.

Und sieh zu, dass du mir schreibst und mir alles über deine Abenteuer erzählst, okay? Ich lebe gerade nur durch andere. Und wenn du mit anderen Mädchen schlafen willst – das ist auch okay. Sei so frei und erzähle mir auch alles darüber. Kleiner Scherz! Naja... ein halber Scherz, und jetzt bin ich irgendwie geil, was tierisch nervt. Der Staatsanwalt lag offensichtlich *richtig damit, mich als einen gefährlichen Sexbesessenen zu klassifizieren.*

Arschloch.

Okay, ich muss Schluss machen. Zeit, mich anzustellen, um mir meine Portion matschige Kartoffeln und Würstchen abzuholen, die wie abgehackte Finger aussehen... igitt. Okay, das ist wirklich eklig.

Mach dir keine Sorgen um mich – ich komme klar.

Ich liebe und vermisse dich.

Drew. X.

Jemand klopfte an die Tür, und Cassie zuckte zusammen. Tanya Whitehouse kam ins Zimmer geschlendert, bevor Cassie den Brief verstecken konnte.

„Ist der von Drew?" Tanya trug eine Skinny Jeans, ihr liebstes ärmelloses Oberteil und glitzernde Ohrringe. Ihre Lippen schimmerten pink. Sie war auf dem Weg zu einer Party, machte normale Dinge wie eine normale Person.

Cassie zuckte mit den Schultern und nickte.

„Geht es ihm gut?", fragte Tanya.

„Er sitzt zusammen mit Vergewaltigern und Mördern im Gefängnis, für ein Verbrechen, das er nicht begangen hat", schnappte Cassie. „Was glaubst du denn, wie es ihm geht?"

Tanya legte ihre perfekt manikürte Hand auf Cassies Arm. „Du weißt, wie ich es gemeint habe."

Immer geduldig. Immer vernünftig.

Cassie schluckte ihre Wut hinunter. Sie war weder geduldig noch vernünftig. Aber Tanya versuchte nur, zu helfen. Alle ihre Freunde waren während dieses ganzen Albtraums unglaublich unterstützend gewesen.

„Er sagt, er ist okay." Cassie schluckte den Kloß aus Trauer in ihrem Hals hinunter und versuchte, ihre Vernunft wiederzufinden. „Ich glaube, er sagt das nur, damit ich mich besser fühle."

„Besuchst du ihn?", fragte Tanya sanft.

Cassie nickte. „Ich fahre Ende des Monats mit seinem Dad hin. Drew wollte nicht, dass ich komme, aber ich…"

„Vielleicht hat er recht."

Cassie setzte sich auf ihrem zerwühlten Bett auf. Sie wusste, wo das hinführen würde. „Sag mir bitte nicht, dass ich mein Leben verschwende. Drew *ist* mein Leben."

Tanya nahm Cassies Hand und drückte sie so fest, dass es wehtun musste. „Ich will nur nicht, dass du für die nächstens dreißig Jahre unglücklich bist."

Cassies Blick verschwamm, aber sie taten beide so, als ob sie nicht weinte. Sogar Cassie selbst war das ewige Heulen leid. „Das werde ich schon nicht sein." Sie log. „Und überhaupt. Er kann immer noch in Berufung gehen."

Eine betretene Stille machte sich breit, als Tanya nichts erwiderte. Cassies Blick wanderte auf das Titelbild einer Zeitschrift. Es war einfacher, ein Filmstarlet zu betrachten, das über seine verkorkste Kindheit jammerte, als sich mit einer Wahrheit auseinanderzusetzen, die ein Loch in ihr Herz riss.

„Hey", sagte Tanya heiter. „In der Ridell Hall ist heute eine Party. Kommst du mit?"

Cassie schüttelte den Kopf.

„Komm schon, das wird lustig", drängte ihre Freundin.

Auf eine Party zu gehen, würde sie nur an die Zeit erinnern, als sie mit Drew zusammen gewesen war. Sie wollte die schreckliche Leere, die seine Abwesenheit hinterlassen hatte, nicht zugeben – vor allem nicht in der Öffentlichkeit.

„Ich muss morgen einen Aufsatz abgeben, den muss ich noch fertig schreiben." Sie kramte auf ihrem Nachttisch nach einem Taschentuch.

Tanya blätterte geistesabwesend durch die Zeitschrift. „Na, dann solltest du besser mal etwas Gas geben", sagte sie spöttelnd.

Cassie ließ sich wieder auf ihr Bett fallen, sie schämte sich dafür, wie bemitleidenswert sie geworden war. „Ich kann es jetzt nicht ertragen, Leute zu sehen", gab sie zu. „Noch nicht. Vielleicht war es ein Fehler, zurück ans College zu kommen."

„Es war die richtige Entscheidung. Lass es langsam angehen. Es wird besser werden und wir werden alle da sein und auf der anderen Seite auf dich warten, wenn du aus diesem Mist wieder auftauchst."

Cassie nickte. Das Problem war nur, dass es keine ‚andere Seite' gab. Der Verlust von Drew war wie ein eiserner Griff um ihr Herz, der jeden Tag stärker wurde. „Alle Welt denkt, er sei ein Monster"

Tanya legte ihre Arme um Cassie und drückte sie kräftig. „Wir lieben ihn. Wir wissen, dass er ein guter Mensch ist und diese verlogenen Schlampen nie im Leben angefasst hätte."

„Ich verstehe einfach nicht, wie das passieren konnte."

„Du kannst dich nicht für immer verkriechen, Cass."

Aber das war genau das, was sie tun wollte.

Sie wusste nicht, warum sie für dieses Semester zurückgekommen war, aber noch länger bei ihren Eltern herumzuhängen, ohne etwas zu tun zu haben, war noch schlimmer. Weihnachten war schrecklich gewesen. Jetzt musste sie einen Weg finden, weiterzuleben, ohne den Mann zu verraten, den sie liebte.

Sie drückte bestätigend die Hand ihrer Freundin. „Ich

liebe dich, Tan. Tut mir leid, dass ich so schwierig bin."

„Ich liebe dich auch, Süße."

Cassie löste sich aus der Umarmung und wischte sich die Augen. „Ich habe wirklich einen Aufsatz, den ich fertig schreiben muss."

„Dann mach, du Faulpelz." Tanya knuffte ihren Arm.

Cassie zwang sich ein Lächeln auf die Lippen. Sie hatte am Nachmittag das Cheerleader-Training sausen gelassen, und wenn sie sich das noch einmal erlaubte, würde die Trainerin sie aus dem Team werfen. Das war ihr eigentlich egal. Aber das konnte ihr Stipendium gefährden, und ihre Eltern waren nicht gerade reich. Sie konnte es sich nicht leisten, aus dem Stipendiums-Programm geworfen zu werden, und sie brauchte einen guten Notendurchschnitt, um an der juristischen Fakultät zugelassen zu werden. Aber jedes Mal, wenn die Footballspieler in ihren gold-schwarzen Trikots aufs Feld gelaufen kamen, war es, als ob jemand Säure in ihre Augen goss. Zu wissen, dass für alle anderen das Leben einfach so weiterging, während Drew in einer Zelle verrottete. Ihr Hals wurde eng. An manchen Tagen fühlte es sich an, als ob der Schmerz sie auffressen würde.

Sie stand auf und schob ihre Freundin in Richtung Tür. „Geh schon. Hab Spaß. Küsse irgendeinen heißen Kerl für mich."

„Wenn ich einen finden kann, der es wert ist, werde ich noch viel mehr tun, als ihn nur zu küssen. Mach dir also keine Sorgen, wenn ich heute Nacht nicht nach Hause komme. Ich schick dir eine SMS." Tanya grinste. „Mandy ist in ihrem Zimmer am Lernen. Alicia ist noch in der Bibliothek, aber sie kommt um kurz nach zehn zurück, wie immer. Vielleicht kommt sie später auch noch zur Party, also wenn du es dir anders überlegst…"

„Vielleicht", log Cassie. „Pass auf dich auf. Behalte dein Glas im Auge", warnte sie. Denn wenn diese Frauen vergewaltigt worden waren, dann rannte dort draußen noch immer ein gefährlicher Straftäter herum – und keiner wusste es.

„Das mach ich, Süße. Jillian wird jeden Moment hier sein, um mich mitzunehmen."

„Raus mit dir. Viel Spaß."

Tanya drehte sich zu ihr um, lächelte sie traurig an und berührte ihren Arm. Cassie spürte die Berührung wie einen Faustschlag in ihrem Magen. „Du wirst das durchstehen, Cass. Du sollst Drew nicht vergessen, aber du musst dein Leben weiterleben. Das würde er auch für dich wollen."

Cassies Unterlippe bebte, als sie daran dachte, was er in seinem Brief geschrieben hatte. Sie verschränkte die Arme und sah zu, wie ihre Freundin die Treppe hinunterlief, ihren Mantel griff und aus der Haustür flitzte. Sie hatte auf ein Wunder gehofft, darauf, dass Drew freigesprochen werden würde, aber ihr Hoffen war vergeblich gewesen. Das Justizsystem arbeitete so langsam, dass es Monate dauerte, nur um eine Anhörung anzuberaumen. In der Zwischenzeit war Drew gezwungen, zwischen Mördern und Dieben zu leben. In Gemeinschaftsduschen vergewaltigt zu werden, war dort nicht ungewöhnlich. Wer konnte so leben?

Diese Donovan-Schlampe hatte sich verdammt viel zu Schulden kommen lassen. Die blonde Kriminalbeamtin dachte vermutlich, dass es vorbei war.

Das war es nicht. Es würde nie vorbei sein.

Ihre Wut erdete sie. Ohne sie wäre sie vollkommen verloren.

Am anderen Ende des Flurs drehte Mandy ihre Musik auf volle Lautstärke. Cassie setzte ihre geräuschunterdrückenden Kopfhörer auf, starrte auf ihren Computerbildschirm und dachte an den Aufsatz, den sie fertig schreiben musste. Aber stattdessen zog sie einen Stift und einen Briefblock hervor und begann, dem Mann zurückzuschreiben, den sie liebte. Sie hielt nur inne, um sich die Tränen abzuwischen, die nicht aufhören wollten, zu fließen.

ZWEITES KAPITEL

D ETECTIVE ERIN DONOVAN stieg in ihren Ford F-150, schlug die Tür zu und startete den Wagen. Der fünf Liter V8-Motor heulte auf. Heute war ihr erster Arbeitstag nach ihrem Urlaub auf Hawaii, und der unerbittliche Temperaturunterschied, zusammen mit ihrem Jetlag, machte ihr ordentlich zu schaffen.

Sie drehte die Heizung voll auf und ließ den heißen Luftstrom die dünne Eisschicht schmelzen, die sich auf der Innenseite der Windschutzscheibe gebildet hatte. Sie sollte nach Stellenangeboten auf den Inseln Ausschau halten –auf Hawaii brauchte man sicherlich auch Polizisten, oder? Im Norden des Staates New York zu leben war, als ob man in einem Gefrierschrank lebte.

Das Städtchen Forbes Pines im St. Lawrence County war weniger als fünfzig Meilen von der kanadischen Grenze entfernt. Sie befand sich hier so nah an Kanada, dass sie die Eisbären förmlich riechen konnte. Sie prustete über ihren eigenen Witz. Forbes Pines war eine hochgestochene Universitätsstadt mit etwa fünfzehntausend Einwohnern, und die Bevölkerung war bis vor etwa sieben Monaten zufrieden gewesen. Die südlichen Ausläufer der Stadt grenzten an die Adirondacks. Die ganze Gegend war wunderschön, vor allem im Herbst, wenn die Blätter bunt wurden.

Aber ganz egal, wie wunderschön es war, es fühlte sich

immer noch nicht wie ihr Zuhause an. Und nach dem aufsehenerregenden Prozess, der im letzten Dezember die Stadt zerrissen hatte, war sie sich nicht sicher, ob es sich jemals so anfühlen würde.

Sie zog ihren Parka enger um ihren Körper und rieb die Hände aneinander. Als Polizeibeamtin war ihr der Zugriff auf ihre Waffe im Gürtelholster wichtiger als der eigene Komfort, aber es war ein schmaler Grat zwischen Sicherheit und Dummheit. An diesem Abend fragte sie sich ernsthaft, was sie zuerst umbringen würde – die Kälte oder ein Verbrecher. Das Thermometer zeigte minus zehn Grad an, und die Bürgersteige waren mit dreckigem Schneematsch und Eis bedeckt. Es hatte in den zwei Wochen seit Weihnachten nicht mehr geschneit. Nicht, dass ihr das etwas ausgemacht hätte – sie war zu beschäftigt damit gewesen, sich am weißen Sandstrand zu sonnen.

Es war ihr erster Urlaub seit Jahren gewesen, und sie hatte gar nicht mehr zurückkommen wollen. Erin verzog das Gesicht, als sie versuchte, sich an den letzten Urlaub davor zu erinnern. Ihr Magen drehte sich um wie der eines Besoffenen in der U-Bahn, als sie daran dachte. Ihre Flitterwochen. Gott. Die Erinnerung traf sie wie ein Schlag in die Nieren, der ihr den Atem raubte und ihr Innerstes zum Bluten brachte. Sie schloss die Augen und wurde augenblicklich von dem Bild überwältigt, wie Graham sich seine private SIG Sauer P239 an die Schläfe gehalten hatte. Ihre Glieder hatten in einem nicht enden wollenden Kampf gezuckt, zerrissen zwischen der Entscheidung, zu ihm hin zu rennen oder wegzulaufen.

Sie riss die Augen auf, ihr Herz hämmerte, Schweiß stand ihr auf der Stirn. Ihr Atem dampfte. *Verdammt.* Sie hatte geglaubt, dass sie diese Flashbacks los wäre. Ein Klopfen an ihrer Autoscheibe ließ ihr Herz in der Brust explodieren. Sie drehte sich auf ihrem Sitz herum. *Scheiße.*

Ully Mason, ein Streifenpolizist des Forbes Pines-Polizeidezernats, stand auf dem Asphalt und trat in seinen riesigen Stiefeln auf dem hart gefrorenen Boden von einem Fuß auf den anderen. Erin versuchte, ihre Atmung wieder unter Kontrolle zu bekommen, und nahm die Hand von der Waffe an ihrer Hüfte, dann kurbelte sie das Fenster herunter.

„Wir haben einen Funkspruch über einen möglichen Einbrecher in Cassie Bressingers Haus erhalten." Er sah sie unter seinen dicken Augenbrauen unverwandt an.

„Schon wieder? Ich dachte, die Dinge hier hätten sich etwas beruhigt?" Erin brummte der Schädel. Die Notrufzentrale bekam seit Monaten fast jede Nacht Anrufe über angebliche Einbrecher herein. Sie hatte geglaubt, dieser Spaß würde mit dem Ende des Prozesses aufhören. Anscheinend nicht.

Ein schmales Grinsen legte sich auf Ullys Gesicht. Er war ein gutaussehender Kerl, und das wusste er auch. „Ich schätze, die haben gehört, dass du aus dem Urlaub zurück bist."

„Jesus, Maria und Josef." Diese College-Kids hatten einen besseren Buschfunk als so manche Bürgerwehr. Offiziell war sie noch nicht wieder im Dienst, aber wenn diese Telefonstreiche nicht aufhörten, würde der Polizeichief noch einen Herzinfarkt bekommen. „Wir treffen uns dort. Wenn wir auch diesmal keine Hinweise auf einen Eindringling finden, nehmen wir den Anrufer wegen Verschwendung von Polizeiressourcen fest." Sie sah auf ihre Uhr. Es war zehn Uhr abends. „Lass uns sehen, ob wir diesem Mist ein Ende setzen können."

„Ich muss auf dem Weg noch tanken." Ully hängte seine

Finger an ihre heruntergelassene Fensterscheibe. „Geh da nicht ohne mich rein. Ich kann es förmlich vor mir sehen, wie die Anführerin der Cheerleader unter Eid schwört, dich in Selbstverteidigung erschossen zu haben."

„Und sie hätte sogar ihre Freude daran", stimmte Erin ihm zu.

Ully ließ die Scheibe los und ging zurück zu seinem schwarz-weißen Streifenwagen. Erin kurbelte ihr Fenster hoch. Wenn man Cassie Bressinger glauben wollte, dann war Erin der Teufel höchstpersönlich. Vielleicht würde sie Cassie diesmal wirklich etwas zum Fluchen geben.

Der Frost auf der Fensterscheibe war mittlerweile getaut und das Wageninnere warm. Die Polizeistation von Forbes Pines teilte sich das riesige, verwinkelte Backsteingebäude der City Hall mit dem Gericht, dem Büro des Staatsanwalts und der Stadtverwaltung. Politiker und Anwälte ließen sich gerne effekthaschend auf den Marmorstufen des Haupteingangs ablichten. Polizisten und Kriminelle schlichen sich eher durch den Hintereingang ins Gebäude.

Erin fuhr vom Parkplatz des Präsidiums und nahm die Roosevelt Road, dann bog sie rechts in die Main Street ein und kam an dem wunderschönen Park vorbei, der der Stadt ihren natürlichen Charme verlieh. Hohe Ulmen und Bänke aus geschwungenem Gusseisen säumten den Hauptweg durch den Park. Auf der anderen Seite des Parks standen die imposanten Sandsteingebäude des Blackcombe Colleges, die Forbes Pines einen würdevollen, vermögenden Charakter gaben. Das College dominierte jeden Aspekt der Stadt, in der fast die Hälfte der Einwohner Studenten oder ehemalige Studenten waren, die den Absprung nicht schafften. Dozenten und wissenschaftliche Mitarbeiter stellten einen großen Teil der restlichen Einwohner der Stadt, und die meisten Geschäfte im Ort waren für ihr Überleben von der Universität abhängig.

Erin und ihre Kollegen hatten oft gescherzt, dass sie viel eher Sicherheitskräfte für den Campus als echte Polizisten waren. Das war vor dem Prozess gewesen, der internationale Aufmerksamkeit erregt und ihr den Titel „Meistgehasste Frau des Countys" eingebracht hatte. Erin fuhr weiter, entschlossen, eine große Runde über das südliche Ende des Campus zu drehen, wo sich die Häuser der Burschenschaften und Studentinnenverbindungen befanden. Sie wollte ein Gespür für die Stimmung bekommen, die nach Drew Hawkes Verurteilung dort Einzug gehalten hatte. Ully würde mindestens zehn Minuten brauchen, um zu tanken, sie hatte also Zeit. Das Semester hatte heute begonnen, und trotz der späten Stunde waren jede Menge Studenten in kleinen Gruppen unterwegs. Sie beäugten sie misstrauisch, während sie langsam vorbeifuhr. Vor einem der Burschenschaftshäuser fand ihr Blick den von Jason Brady, dem Wide Receiver der Blackcombe Ravens. Er stand in seiner Sporthose und einem langärmeligen Ravens-T-Shirt an der Bordsteinkante neben seinem Jeep und hatte die Hände in die Hüften gestemmt. Als sie an ihm vorbeifuhr, spuckte er auf den Boden und formte mit seinen Lippen lautlos das Wort „Fotze".

Na großartig.

Sie fuhr weiter, an der Sporthalle vorbei, dann am Institut für Naturwissenschaften entlang. Eine weitere halbe Meile, und sie fuhr an Cassie Bressingers Haus vorbei. Danach um den halben Block und an der Rückseite des Hauses zurück. Kein Anzeichen eines Einbrechers. Sie stoppte ihren Truck ein paar Häuser von dem mit Schindeln bedeckten Haus entfernt. Viele der Häuser in der Gegend waren von Studenten angemietet. Ein paar gehörten Familien mit geringem Einkommen – wissenschaftliche Hilfskräfte, Aushilfslehrkräfte. Cassie Bessingers Nachbar hatte eine kleine Plastikschaukel in seinem briefmarkengroßen Vorgarten aufgebaut.

Das letzte Mal, als Erin diese Adresse aufgesucht hatte, hatte sie hier Cassies Freund verhaftet. Kein Wunder, dass das Mädchen ihr gegenüber nun in etwa so freundlich gestimmt war wie ein verletztes Wildschwein. Tief im Innern des Hauses brannte ein Licht, aber weder der Außenbereich noch das Erdgeschoss waren beleuchtet. Sie versuchte, Ully auf dem Handy anzurufen, konnte ihn aber nicht erreichen. Es gab hier im Ort mehrere Gegenden, die keinen Handyempfang hatten, und die Tankstelle war eine davon. Sie selbst hatte heute Abend kein Funkgerät in ihrem Truck dabei.

Einen Augenblick lang saß sie mit laufendem Motor da, dann kam sie sich lächerlich vor. Sie hatte fünf Jahre als Streifenpolizistin in New York City gearbeitet, danach ein Jahr als Detective in New York. Sie war nicht irgendeine blutige Anfängerin. Anders als die meisten Fernsehserien es zeigten, arbeiteten Detectives in der Regel nicht zu zweit. Vor allem nicht in kleinen, ländlichen Polizeibehörden. Sie arbeiteten allein und sie erledigten den Job, auch ohne einen treuen Kollegen.

Cassie und ihre Freunde saßen vermutlich in der Dunkelheit, beobachteten sie und lachten sich ins Fäustchen. Sie planten wohl schon, dieses Spielchen *ad infinitum* weiterzuführen. Erin stellte den Motor ab und schaltete das Licht aus. Sie griff nach ihrer Taschenlampe unter dem Sitz und stieg aus.

Das letzte Jahr war das aufreibendste ihrer Karriere gewesen, aber es hatte mit einer Verurteilung eines

Serienvergewaltigers, der den Campus in Angst und Schrecken versetzt hatte, geendet. Sie sollte sich jetzt sicherer fühlen, sie alle sollten das, aber diese Stadt war eine Football-Hochburg, und die Spieler kamen in den Augen der Einwohner der heiligen Dreieinigkeit gleich. Den Quarterback des Teams zu verhaften, hatte ihr nichts als Ärger eingebracht, und im Augenblick war sie in etwa so beliebt wie Pontius Pilatus nach der Kreuzigung.

In der Ferne ertönte eine Sirene, das Geräusch hallte meilenweit durch die kahle Winterlandschaft. Ein paar Häuser weiter bellte ein Hund, aber die Straße war verlassen. Alle hatten sich in die Wärme und die Gemütlichkeit ihrer Häuser verkrochen – genau so, wie sie es tun sollten.

Verdammt.

Sie ging über die Straße, dann stieg sie die drei Stufen zur abgenutzten Veranda hinauf. Rechts auf den Bohlen stand eine mottenzerfressene alte Couch. Erin stand links der Tür, klopfte an und wartete. Eine unheimliche Stille begrüßte sie.

„Forbes Pines-Polizei." Sie klopfte lauter. „Cassie Bressinger, Sie haben einen Einbruch gemeldet. Öffnen Sie bitte." Niemand wollte gerne die Polizei in seiner Nachbarschaft sehen, also stellte sie sicher, dass die Anwohner ganz genau wussten, wer diesen nächtlichen Besuch zu verantworten hatte. Sie klopfte erneut.

Wo zur Hölle blieb Ully?

Wenn sie wirklich geglaubt hätte, dass ein Einbrecher im Haus wäre, hätte sie die Eingangstür eingetreten, aber sie bezweifelte, dass der Polizeichief derart handfeste Polizeiarbeit gutheißen würde. Er würde es gerne sehen, wenn diese Anrufe sich ganz von allein erledigten, ohne in einem Drama zu enden.

Ein Plan, der im Augenblick nicht wirklich zu funktionieren schien.

Zwischen dem eingezäunten Garten des Hauses und dem Nachbargrundstück gab es einen schmalen Pfad. Sie bahnte sich den Weg hindurch, die Ärmel ihres Mantels streiften die Holzbretter der Zäune. Am Ende der Grundstücke angekommen, stellte sie sich auf die Zehenspitzen und hielt ihre Taschenlampe über das oberste Brett des Zauns. Sie leuchtete in die dunklen Ecken, entdeckte übervolle Mülleimer und mehrere Kisten mit Leergut, die neben der Gartentür standen. Aber keine Anzeichen eines Einbruchs.

Etwas warf sich gegen den Zaun neben ihr, und die ganze Konstruktion wackelte bedrohlich. Ihr Herz hämmerte gegen ihre Rippen. Ein wahnsinniges Kläffen versicherte Erin, dass es nur ein Hund war – *Himmelherrgott*. Der blöde Köter hatte Glück, dass sie ihn nicht erschossen hatte.

Der Adrenalinstoß ließ ihre Anspannung rapide ansteigen und ihre Gemütslage schlechter werden. Sie ging zurück zur Haustür, fest entschlossen, an die Tür zu hämmern, aber sie sah eine von Cassies Mitbewohnerinnen auf dem Gehweg auf sich zukommen.

„Was wollen Sie hier?", fragte Alicia Drummond laut. Sie trug einen Stapel Bücher unter dem Arm und verströmte eine unübersehbar feindliche Atmosphäre. Das Gefühl beruhte auf Gegenseitigkeit.

„Die Polizei hat einen Anruf wegen eines Einbruchs erhalten", erklärte ihr Erin mit einem Lächeln, mit einem Lächeln, das eher wie ein Zähnefletschen wirkte.

„Sind Sie sicher, dass der Anrufer nicht Sie gemeint hat?", höhnte Alicia. Sie war eine patzige Jurastudentin, die auf dem besten Wege war, eine patzige Verteidigungsanwältin zu werden.

Erin behielt ihre Erwiderung für sich. Ihr Mutter hatte immer gesagt: „Wenn man nichts Nettes zu sagen hat, sagt man besser gar nichts." Allerdings war ihre Mutter eine der wenigen in der Familie, die keine Polizistin gewesen war. Die Antwort ihres Vaters war immer gewesen: „Du hast das Recht zu schweigen. Nutze es." Nach dieser Maxime lebte Erin.

Alicia balancierte ihre schweren Bücher unter einem Arm, während sie nach ihrem Haustürschlüssel kramte. „Wir wollen Sie nicht hierhaben. Sie sollten verschwinden, bevor ich eine Beschwerde einreiche."

„Netter Versuch, Alicia." Erin lehnte sich gegen die Schindelverkleidung. Nach zu wenigen Stunden Schlaf und einer Zeitverschiebung von fünf Stunden hatte sie überhaupt keine Nerven mehr für derartigen Quatsch. Sie wollte einfach nur nach Hause und schlafen.

„Ich muss mit Cassie sprechen, denn sie ist diejenige, die einen Einbruch gemeldet hat. Sie muss zur Polizeistation kommen und eine ausführliche Aussage machen. Alle anderen, die zur Zeit ihres Anrufs zu Hause waren, müssen ebenfalls vorbeikommen." Je unangenehmer die Konsequenzen dieses Scherzes waren, desto schneller würden sie begreifen, dass dies nicht in Ordnung war. Die Polizei konnte mit ihrer Zeit Besseres anfangen.

Alicia warf ihr einen hasserfüllten Blick zu. Dann ging sie ins Haus und schaltete das Licht im Flur ein. Sie wollte Erin schon die Tür vor der Nase zuschlagen, aber diese steckte schnell ihren Stiefel zwischen Tür und Rahmen.

„Alicia", warnte sie die junge Frau mit genug Nachdruck, um sie innehalten zu lassen. „Cassie muss aufhören, falsche Anzeigen zu machen, bevor sie noch ernsthafte Schwierigkeiten bekommt.“

Alicias Augen wurden schmal. „Schön. Ich werde ihr ausrichten, dass sie endlich aufhören soll, so nachtragend zu sein, nur weil die Bullen ihren Freund für dreißig Jahre weggesperrt haben. Ich meine, was sind schon dreißig Jahre?“

„Erzähl das dem Richter und den Geschworenen. Ich bin nicht diejenige, die ihn verurteilt hat.“ Erin zog ihren Fuß zurück und Alicia schlug die Tür zu. Erin fuhr sich mit der Hand durch die Haare. Diese jungen Frauen waren so erfüllt von selbstgerechter Empörung, dass sie sie beinahe bewunderte. Zu dumm, dass der Kerl, an den sie so sehr glaubten, ein gewalttätiger Mistkerl war.

Sie ging zurück zu ihrem Truck, fragte sich, wo Ully blieb und ob sie auf ihn warten oder ihn auf dem Heimweg anrufen sollte. Plötzlich zerriss ein Schrei die Nacht und ließ jedes Haar an ihrem Körper zu Berge stehen. Erin drehte sich um, rannte zurück zum Haus und stieß auf dem Gartenweg mit Alicia zusammen. Diese junge Frau, die sie so abgrundtief hasste, warf sich in ihre Arme und schluchzte laut. „Oh, mein Gott. Oh, mein Gott!“

„Was ist los?“, fragte Erin.

„Sie sind tot!“

Erins Herz raste, obwohl sie sich auf einen weiteren dummen Scherz einstellte. „Wer? Wer ist tot?“ Sie trat einen Schritt von dem aufgelösten Mädchen zurück und setzte Alicia auf die Bordsteinkante. „Wer ist tot?“, wiederholte sie scharf und versuchte so, den Nebel der Hysterie zu durchbrechen, der die normalerweise so unerschütterliche Jurastudentin umfing.

„C… Cassie und Mandy.“ Alicias Gesicht war grau, ihr Ausdruck verstört.

Wenn das ein Scherz war, dann würde Erin sie alle vor den

Richter bringen. Ein Streifenwagen kam um die Ecke gebogen und hielt neben ihnen an. Ully. Endlich.

Er kam zu ihnen. „Tut mir leid. Jemand ist über eine rote Ampel gefahren, und ich habe ihn anhalten müssen."

„Es wurden gerade zwei Tote im Haus gemeldet", teilte Erin ihm mit.

Ullys Augen wurden groß, und er funkte die Zentrale um Unterstützung an. Sie waren beide davon ausgegangen, dass es ein weiterer falscher Alarm gewesen war. Erins Puls hämmerte schwer durch ihre Adern. Hatte sie Mist gebaut? Hatte sie draußen in ihrem Auto gesessen und sich selbst leidgetan, während jemand im Haus die Mädchen abgeschlachtet hatte?

Sie zog ihre Glock aus dem Holster und stieg die Stufen zur Veranda hinauf. Ully folgte ihr. Sie betraten zügig das Haus und sicherten Zimmer für Zimmer das Erdgeschoss – Wohnzimmer, Küche, Bad. Ein Zimmer im Erdgeschoss, das vermutlich früher ein Esszimmer gewesen war, war mittlerweile in ein weiteres Schlafzimmer umgewandelt worden. Alicias Bücher und ihre Tasche waren nachlässig auf das Bett geworfen worden.

Es war still im Haus, ein unheilvolles Gefühl der Bedrohung erfüllte die Luft.

Erin deutete mit dem Kinn in Richtung der Treppe und sie gingen nach oben. Die Tür zum ersten Zimmer auf der linken Seite stand weit offen. Ein Mädchen lag auf dem Bett und starrte mit leeren Augen an die Decke. Erin erkannte sie vom Prozess im letzten Jahr wieder, wusste aber nicht, wie sie hieß. Am Hals des Mädchens waren Blutergüsse zu erkennen und das Weiß ihrer Augen war mit roten Punkten durchsetzt.

Erin ignorierte ihr Herz, das in ihrer Brust auf und ab sprang und ging in das Zimmer hinein, während sie und Ully den Raum sicherten. Als sie sicher waren, dass sich niemand im Kleiderschrank oder unter dem Bett versteckt hatte, presste sie ihren Finger auf die Halsschlagader des Mädchens.

Die Haut war noch warm, aber Erin fand keinen Puls mehr.

Sie traf Ullys Blick und schüttelte den Kopf, dann gingen sie weiter ins nächste Zimmer, schauten unter dem Bett nach, hinter der Tür und im angrenzenden Bad. Niemand zu sehen.

Entsetzen durchfuhr Erin, als sie das letzte Zimmer betraten. Es gab offensichtliche Anzeichen eines Kampfes. Zettel und Bettzeug lagen auf dem Fußboden verstreut. Spitze Scherben einer zerbrochenen Tasse lagen auf dem Teppich. Cassandra Bressinger lag nackt und ausgestreckt auf dem Bett, ihre Hand- und Fußgelenke waren an die vier Bettpfosten gefesselt. Dieselbe Handschrift, mit der Drew Hawke angeblich seine Opfer vergewaltigt hatte, außer dass Cassie auf dem Rücken lag und ihr das Gesicht beinahe bis zur Unkenntlichkeit zerschlagen worden war.

Erin und Ully tauschten einen Blick aus. Hatten sie falsch gelegen? Mit Drew? Mit Cassies falschem Alarm? Grauen und Schrecken und ein furchtbares Gefühl der Schuld durchfluteten sie. Wenn sie früher die Tür eingetreten hätte, hätte sie dann zumindest das Leben einer der beiden jungen Frauen retten können?

Um nicht den Halt zu verlieren, konzentrierte Erin sich auf die Routine ihres Jobs. Den Tatort sichern. Den Zustand der Opfer einschätzen. Sie und Ully sicherten das Zimmer, vergewisserten sich, dass keine Gefahr für ihr Leben bestand, bevor Erin ihren Finger an den Hals des Mädchens legte. Kein Puls. Sie war noch nicht lange tot, aber lange genug, dass ihre Lippen blau und ihre Augen milchig geworden waren.

Darauf achtend, was sie anfassten und wohin sie traten, sicherten Ully und sie auch den Rest des Hauses. Sirenen schrillten, als weitere Streifenwagen angerauscht kamen.

„Sichern Sie die Umgebung", bat sie den ranghöchsten Polizisten. Sie wollte nicht, dass jeder Polizist in der Stadt durch ihren Tatort latschte oder sich die Leichen anschaute. „Ich erledige die Anrufe." An die Kriminaltechniker, den Rechtsmediziner, ihren Boss. „Und jemand soll Alicia Drummond aufs Präsidium bringen, damit wir eine Aussage bekommen, bevor sie mit irgendjemand anderem spricht."

Ully nickte und sprach schon in sein Funkgerät.

Zuallererst rief Erin bei Harry Compton an.

„Was zu Hölle wollen Sie denn?", fragte er erschöpft. Es gab in Forbes Pines nur zwei Detectives, und nur eine von ihnen war gerade im Urlaub auf Hawaii gewesen.

„Doppelmord in der Fairfax Road."

„Scheiße", erwiderte Harry und legte auf.

Ein Mann von wenigen Worten.

Danach rief sie Polizeichef Strassen an und versuchte, ihm zu erklären, dass der Prozess, den sie letzten Monat gewonnen zu haben geglaubt hatten, alles andere als vorbei war. Und dass eine Stadt, die sie schon jetzt bis aufs Blut hasste, sie nun definitiv kreuzigen würde.

EIN BITTERKALTER NORDWIND pfiff durch die Straßen - ein Vorzeichen der Feindseligkeiten, die Darsh Singh in den nächsten Minuten entgegenschlagen würden. Es war noch immer dunkel. Schneematsch lag in dreckigen Haufen überall auf dem kahlen Boden. Er hatte die Klamotten übergeworfen, die er früher am Tag schon getragen hatte, hatte seine Sachen gepackt und war in wie ein Irrer zum Flughafen gerast. Jetzt war der dünne, dunkelblaue Anorak mit dem grellgelben FBI-Schriftzug auf dem Rücken das Einzige, was zwischen ihm und dem Polarsturm stand, der fest entschlossen schien, New England in eine Hölle aus Eis zu verwandeln.

Er war für einen Auftrag in Boston gewesen und hatte einen dringenden Anruf vom Acting Supervisory Special Agent Jed Brennan bekommen. Brennan war seit der Vorweihnachtszeit krankgeschrieben gewesen, weil er bei einem Attentatsversuch auf den Präsidenten der Vereinigten Staaten angeschossen worden war, war aber kurzerhand als Leiter der Fallanalyseeinheit 4 des FBI eingesprungen, nachdem der eigentliche Chef der Einheit, ASAC Lincoln Frazer, sich vorgestern bei der Festnahme eines Täters auf den Outer Banks von North Carolina die Achillessehne gerissen hatte. In Anbetracht der Tatsache, dass Frazer einen Serienmörder geschnappt hatte, der über zwanzig Jahre lang sein Unwesen getrieben hatte, war das ein Preis, den er gerne gezahlt hatte, wie Darsh vermutete.

Darshs eigener Schreibtisch quoll über mit aktiven Fallakten. Eine Vergewaltigungsserie in Portland. Eine Ansammlung von Morden in Washington D.C. Ganz zu schweigen von dem Mädchenhändlerring, den er in Boston zu zerschlagen versuchte. Aber keine zwölf Stunden, nachdem er den Dienst wieder angetreten hatte, hatte Jed Brennan einen besorgten Anruf des Justizministeriums wegen eines absoluten Fiaskos erhalten – einen Doppelmord am Blackcombe College in Forbes Pines, Upstate New York.

Blackcombe war gleichermaßen als Bildungseinrichtung wie auch als Forschungsuniversität von Weltklasse bekannt, aber nichts davon war der Grund für die jüngste Prominenz des College. Das Interesse der Medien an der Stadt war nach dem Sensationsprozess und der darauffolgenden Verurteilung des Star-Quarterbacks wegen mehrfacher Vergewaltigungen sprunghaft angestiegen. Der Prozess hatte die Stadt entzweit, die verfeindeten Parteien hatten sich auf den Stufen des Rathauses gegenübergestanden und nach der Urteilsverkündung war es fast zu Ausschreitungen gekommen.

Brennan hatte Darsh von seinen anderen Fällen abgezogen und ihn gebeten, *das hier* zu seiner Priorität zu machen.

Es war eine heikle Angelegenheit. Darsh war damit beauftragt, nicht nur diese beiden Morde zu untersuchen, sondern auch die anderen Verbrechen zu analysieren. Herauszufinden, ob die neuen Morde ein Zufall waren, die Tat eines Nachahmungstäters, ob jemand dahintersteckte, der versuchte, die Verurteilung von Hawke ins Wanken zu bringen, oder ob die örtliche Polizei Mist gebaut und einen unschuldigen Mann ins Gefängnis geschickt hatte. Und er musste das bewerkstelligen, ohne die Einwohner zu verärgern, die natürlich spürten, dass sie unter die Lupe genommen wurden.

Darsh schob sich durch die Masse von Gaffern, die sich trotz der späten Stunde und der Minusgrade versammelt hatten. Er konnte nur hoffen, dass jemand hier geistesgegenwärtig genug gewesen war, nicht nur den Tatort, sondern auch die Gaffer zu fotografieren. Mörder kamen oft an ihre Tatorte zurück, um das Chaos zu bewundern, das sie heraufbeschworen hatten. Das war Teil des Spiels. Anders als fiktionale Mörder und Vergewaltiger waren die echten Versionen meist nicht die hellsten Kerzen auf der Torte. Er zeigte der Polizistin, die die Absperrung bewachte, seine Dienstmarke und duckte sich unter dem Flatterband durch. „Agent Singh. FBI. Ich muss den Verantwortlichen sprechen.“

„*Sie* sind vom FBI?“

Darsh ignorierte die Skepsis. „Das haben sie mir zumindest gesagt, als ich die Akademie abgeschlossen habe.“ Er steckte seine goldene Marke zurück in die Tasche, während die Polizistin einen ihrer Kollegen herbeirief und ihn dann in das zweigeschossige Haus führte, das komplett mit gelbem Polizeiband umgeben war.

„Tut mir leid.“ Die junge Polizistin wirkte nervös. Eine leichte Röte stieg ihr in die Wangen und passte zu ihrer verfroren aussehenden Nase. „Ich hatte nicht mit dem FBI gerechnet.“

Darsh unterschrieb auf dem Protokoll, zog Schutzüberzüge über seine Schuhe und Latexhandschuhe an, und betrat das Haus. Drinnen war es kalt – Eingangstür und Hintertür standen weit offen. Wenigstens würde die Kälte den Verwesungsprozess verlangsamen.

Die junge Polizistin bog rechts in ein Zimmer ab und ging auf eine blonde Frau zu, die einen grauen Hosenanzug unter ihrem Parka mit pelzbesetzter Kapuze trug. Die Frau hielt den Kopf gesenkt, kam ihm aber vage bekannt vor.

Sie sah auf, und ein Paar rauchblauer Augen trafen seinen Blick. Jeder Nerv in seinem Körper war augenblicklich angeknipst, als die Erkenntnis ihm wie ein Schlag in die Magengrube fuhr. Ihre Pupillen wurden größer, aber abgesehen davon zeigte sie keine sichtbare Reaktion.

Scheiße.

Kein Lächeln. Kein „Hey, wie geht's?“ Allerdings war ihre letzte Begegnung natürlich auch unter vollkommen anderen Umständen abgelaufen. In der Horizontalen. Nackt. Schwer atmend.

Sie hatte sein Oberstes zu unterst gekehrt, auf eine Art und Weise, wie es niemand zuvor getan hatte, und das war passiert, *bevor* er herausgefunden hatte, dass sie verheiratet war.

Er warf einen verstohlenen Blick auf ihre linke Hand. Kein Ring am Finger.

Sein Puls beschleunigte sich, als hätte er nicht schon beim ersten Mal seine Lektion gelernt. Sie grub die Finger in ihren Ärmel, als ob sie seinen Blick spürte.

Die Polizistin flüsterte ihr ins Ohr, und die Augen der Frau wurden schmal, sie wog offensichtlich die professionellen Konsequenzen ab und nicht so sehr die persönlichen. Darsh starrte unerschrocken zurück. Unter seiner Jacke trug er schwarze Armeehosen und ein schwarzes T-Shirt. Dazu Kampfstiefel – mehr oder weniger das gleiche Outfit, dass er getragen hatte, als er sie das erste Mal getroffen hatte, nachdem er einen intensiven, schweißtreibenden Trainingstag mit der Geiselbefreiungstruppe des FBI verbracht hatte. Sie war zu einem Seminar der Justizbehörden in Quantico gewesen. Er war gerade im Begriff gewesen, eine verdeckte Ermittlung zu starten und hatte Anweisung, sich unauffällig zu verhalten. Er hatte ihr nicht erzählt, dass er von der Fallanalyse des FBI war – aber was er ihr verschwiegen hatte war nichts im Vergleich zu ihren Geheimnissen gewesen. Und es beschäftigte ihn noch immer, dass er mit einer verheirateten Frau geschlafen hatte.

Ihre Mundwinkel zogen sich ein wenig nach unten und er versuchte zu vergessen, dass er Stunden damit verbracht hatte, diese Lippen zu küssen – ebenso, wie jeden weiteren Zentimeter ihres Körpers. Als ob sie seine Gedanken lesen konnte, blickte sie ihn finster an und wandte sich wieder dem

Kriminaltechniker zu, mit dem sie gesprochen hatte. Sie wies Darsh ab, als sei er ein Niemand.

Er verschluckte sein Grinsen. Wenn das hier nicht der Tatort eines Doppelmordes gewesen wäre, hätte er gelacht. Er war daran gewöhnt, mit Frauen zusammenzuarbeiten, die Männern zum Frühstück die Eier zerquetschten. Er genoss sogar die Herausforderungen, die sie ihm boten. Darsh wartete geduldig, bis sie sich herabließ, mit ihm zu sprechen. Sechsundvierzig Sekunden später kam sie durch das Zimmer auf ihn zu, wo er sich neben der Tür positioniert hatte.

„Sie sind vom FBI?" Sie streckte ihre Hand nach seiner Marke aus, nahm sie und betrachtete sie gründlich. „Also doch kein Marine?", murmelte sie kaum hörbar und bewies damit, dass sie sich definitiv an ihre gemeinsame Nacht vor drei Jahren erinnerte.

„Einmal Marine, immer Marine", antwortete er ihr wahrheitsgemäß.

„*Semper Fi.*" Es klang sarkastisch.

Immer treu.

„Naja, das ist zumindest *mein* Motto." Er schnappte sich seine Marke aus ihrem Griff und sie zuckte zusammen.

Aus der Nähe betrachtet hoben sich diese ungewöhnlichen Augen von ihrer cremeweißen Haut und den dicken, dunklen Wimpern ab wie ein Farbanstrich in einem ansonsten blassen Gesicht. Unter ihren Augen konnte er Ringe entdecken, Anzeichen der Erschöpfung, die ihrer weichen Haut zusetzten und von Doppelschichten und einer brutalen Realität zeugten. Er sagte sich, dass es nicht wichtig war. Das Einzige, was wichtig war, war es, den Mörder zu schnappen und sicherzugehen, dass die örtliche Polizei nicht aus unfähigen Hinterwäldlern bestand.

„Das ist kein Fall für die Bundesbehörden." Die Irritation ließ ihre Stimme eisig klingen.

Teufel nochmal, es gab Schneemänner, die wärmer waren als diese Frau – aber er wusste, dass unter der eisigen Oberfläche ein Herz aus geschmolzener Lava schlug. „Nein, Ma'am."

„Detective", korrigierte sie ihn. Ihre scharfen Augen verfolgten scheinbar seine Gedanken. „Detective Erin Donovan."

„Detective." Er neigte den Kopf etwas zur Seite, unerklärlicherweise erleichtert darüber, dass sie ihm damals keinen falschen Namen genannt hatte. Darsh hatte nur einen Blick auf diese sexy, blonde Frau werfen müssen und war ihr sofort verfallen gewesen. Zunächst hatten sie keine Nachnamen oder Lebensgeschichten ausgetauscht, sie waren beide nur auf ein unverfängliches Abenteuer ausgewesen. Aber am Ende der Nacht hatte er alles über sie wissen wollen – außer der einen Sache, die er herausgefunden hatte. Er räusperte sich. „Ihr Boss hat Unterstützung von der Fallanalyse angefordert. Hier bin ich."

Ihr Vorgesetzter hatte auf Drängen des Gouverneurs tatsächlich das FBI um Unterstützung gebeten. Aber niemand der örtlichen Polizei musste wissen, dass auch das Justizministerium involviert war.

„Fallanalyse? Sie sind von der Fallanalyse?" Ihr Ausdruck wurde weniger feindselig, als sie begriff, dass er kein Fallbeamter war, der sich ihren Fall womöglich unter die Nägel reißen wollte. Aber eine Frage lag noch immer in ihren Augen – warum hatte er sie vor all den Jahren angelogen und gesagt, er wäre ein Marine? Ein Funken Verständnis blitzte auf, aber Darsh konnte nur raten, was sie wirklich dachte.

„Ich schätze, wir haben beide gelogen, um zu bekommen, was wir wollten", flüsterte sie kaum hörbar.

Eine Nacht voller feurig heißem Sex. Die Erinnerung daran brachte die Luft zwischen ihnen zum Flimmern, und das ärgerte ihn. Als ausgebildeter Scharfschütze beging er nie einen Fehler ein zweites Mal – und das zählte doppelt für sein Privatleben. Auch er flüsterte jetzt. „Nur, dass auf mich keine Ehefrau gewartet hat."

„Ein Goldsternchen für Agent Singh." Sie schaute ihm in die Augen, hob ihr stures Kinn und wandte sich wieder dem eigentlichen Job zu. „Serienverbrechen bestehen in der Regel aus mehr als zwei Morden, außerdem gibt es eine Pause zum Abkühlen zwischen den Taten. Warum ist die Fallanalyse jetzt involviert?"

„Weil diese Stadt nach dem Vergewaltigungsprozess im letzten Jahr keinen frei herumlaufenden Serienmörder gebrauchen kann." Ein Funken Wahrheit reichte manchmal schon aus. „Je schneller wir diesen Fall lösen, desto besser." Sie starrten sich unverwandt an, aber er gab nicht nach. Sie auch nicht. „Fotografiert jemand draußen die Leute?" Ihre Aufmerksamkeit ablenken. Ihr einen Grund geben, seine Beiträge zu schätzen.

Ihre Augen wurden groß und sie fluchte. „Geoff", sagte sie zu einem Mann, der gerade seine Kameraausrüstung zusammenpackte. „Machen Sie noch ein paar Aufnahmen von draußen und sehen Sie zu, dass sie die Leute mit auf die Bilder kriegen, für den Fall, dass der Täter zurückgekommen ist."

„Alles klar, Boss." Der Fotograf holte mit dem resignierten Ausdruck eines Mannes, der heute Nacht nicht viel Schlaf bekommen würde, seine Kamera wieder aus der Tasche.

„Wir haben vorhin schon Aufnahmen von den

Schaulustigen gemacht, aber ich hätte daran denken sollen, es nach ein paar Stunden zu wiederholen. Der Täter ist vielleicht neugierig geworden und wollte nachsehen, was hier los ist. Danke." Sie nickte ihm kurz zu.

„Die Leichen sind noch hier, richtig?" Er würde ein viel besseres Bild von der Denkweise des Täters bekommen, wenn er die Opfer *in situ* sehen konnte. Und das hier war eine unberechenbare Situation und ein heikler Fall. Je schneller sie herausfanden, wer diese Mädchen umgebracht hatte, desto besser für alle. Er ging einen Schritt auf die Treppe zu, aber sie drehte sich um, stellte sich ihm in den Weg und sie prallten ungebremst zusammen. Er griff ihre Oberarme, damit sie nicht rücklings umfiel und versuchte, ihre weichen Brüste zu ignorieren, die fest gegen seine harte Brust gedrückt waren. Ihre weiten Pupillen und aufgeblähten Nasenlöcher sprachen Bände, obwohl ihr Kiefer steif wurde und sie ihre Augen zu Schlitzen verengte. Sie starrten sich lauernd an wie zornige Liebhaber – oder wie misstrauische Hunde, die sich gleich einen Kampf um ihr Territorium liefern würden.

DRITTES KAPITEL

DARSH WAR BELUSTIGT. Glaubte diese Frau wirklich, dass sie ihn davon abhalten konnte, seinen Job zu erledigen? In Anbetracht der Tatsache, dass ihr blonder Schopf gerade mal bis zu seinem Kinn reichte, und er gute dreißig Kilo schwerer war als sie, war das nicht gerade ein sehr cleverer Versuch. Allerdings hatte sie eine Waffe.

Kriminaltechniker und andere Polizisten sahen ihrem Duell interessiert zu, aber Darsh war nicht darauf aus, ihnen eine Show zu bieten. Er ließ Erin los und trat einen Schritt zurück. Sie zu berühren, heizte ihm ordentlich ein, aber er konnte es sich nicht erlauben, sich ablenken zu lassen.

„Haben Sie ein Problem damit, dass ich hier bin, Detective?"

Etwas in ihrem Blick geriet ins Wanken. Sie verbarg die Risse in ihrer Fassung mit einem Lächeln, das ihm verriet, dass sie ihm nicht nur nicht traute, sondern ihn auch nicht besonders mochte. In Virginia allerdings hatte sie ihn gern genug gehabt.

„Ich muss mit meinem Boss sprechen, bevor ich jemand anderen zu den Leichen lassen kann. Ich muss überprüfen, dass Sie nicht irgendein Reporter oder ein Spinner von der Straße sind, der eine wirklich gut gefälschte Dienstmarke hat. Das bin ich den Opfern und ihren Familien schuldig."

Er sah sie fragend an. Theoretisch brauchte er ihre

Erlaubnis nicht, aber er wusste ihre Gründlichkeit zu schätzen, ebenso wie die Tatsache, dass ihr die Opfer wirklich wichtig zu sein schienen--auch, wenn es das Urteilsvermögen vernebeln konnte, wenn ein Ermittler den Fall zu nah an sich heranließ.

„Ich warte", sagte er geduldig.

Sie trat zur Seite und holte ihr Handy hervor. Darsh schlenderte in die Küche und sah sich um. Ein Stapel abgewaschenes Geschirr im Abtropfgestell neben der Spüle. Das Haus war sauber, wenn auch ein bisschen schäbig und verwohnt. Eine typische Studentenwohnung, abgesehen von dem Foto von Erin Donovan, das durchlöchert an einer Dartscheibe hing und in dem zwei Darts in den Augen und ein dritter in ihrem Mund steckten.

Besagte Frau folgte ihm in das kleine Zimmer mit dem klapprigen Tisch, auf dem Berge von Rechnungen lagen. Sie sah, wie er eine Augenbraue hochzog, als er die Dartscheibe betrachtete und schnaubte. Erin legte ihre Hand über ihr Funkgerät. „Cassie Bressinger war nicht gerade mein Fan. Ich vermute, Sie wissen, dass sie Drew Hawkes' Freundin war?"

Wusste er nicht. Diese Information ließ den Fall in einem völlig neuen Licht erscheinen.

Hatte hier jemand Interessenskonflikte?

Das Problem bei einer derart kleinen Polizeieinheit war, dass es wahrscheinlich niemanden gab, der nicht mit den Vergewaltigungsfällen des letzten Jahres zu tun gehabt hatte.

Darsh ging zur Hintertür und betrachtete den Hof. Ein Betonpfad führte zum Tor im Zaun am Ende des Grundstückes. Der Rasen bestand aus ein paar braunen Streifen vertrockneten Grases, daneben standen einige leere Pflanzentöpfe. Es sah so aus, als ob sich jemand tatsächlich die Mühe machte, im Sommer so etwas wie einen Garten anzulegen. Leere Weinflaschen füllten einen Recycling-container aus Kunststoff. Ein eineinhalb Meter hoher Zaun umgab das Grundstück.

Auf dem Hof nebenan begann ein Hund zu bellen.

Donovan kam zu ihm. „Okay. Chief Strassen bürgt für Sie. Kommen Sie."

„Irgendwelche Anzeichen eines gewaltsamen Eindringens?" Darsh hockte sich hin, um das Schloss genauer zu betrachten, sah aber keinen Abrieb, keine losen Holzteile, keine Kratzer auf dem Metall. Er stand auf.

Erin schüttelte den Kopf und eine blonde Haarsträhne verfing sich an seinem Ärmel. Der Anblick lähmte ihn für einen Augenblick, während das Gefühl, wie diese Haarsträhne über seine nackte Haut strich, wie ein erotisches Verlocken zu ihm zurückkam.

Sie griff ungeduldig nach dem widerspenstigen Haar und band es zu einem Pferdeschwanz zusammen. „Soweit wir sagen können, nicht." Er hatte keinen Schimmer, wovon sie sprach. „Vordereingang und Hintertür waren beide ver-schlossen, als wir ankamen."

Ach ja, wie der Mörder hier hereingekommen war. Schlösser. *Richtig.*

Nicht seidiges Haar oder weiche Haut oder heiße Lippen. Nicht Wände oder Fußböden oder Tische.

Darsh blickte sie streng an und nickte. *Teufel noch eins.*

„Los geht's." Seine Stimme war rau von der Anstrengung, seine Reaktion auf sie in Schach zu halten. Deswegen war er nicht hierhergekommen. Er war nicht ihretwegen hierhergekommen.

Er folgte ihr durch das Haus, fort vom Gemurmel der anderen, die den Tatort bearbeiteten. Während er ihr die

Treppe hinauf folgte, wurde ihm eine weitere, unumstößliche Wahrheit bewusst, die weder professionell noch angebracht war. Es war ein gottgegebenes Gesetz, dass es Anblicke gab, die einen Mann unabhängig von den äußeren Umständen ablenkten – Detective Donovans Hintern war einer dieser Anblicke.

Darsh schüttelte über sich selbst den Kopf. Er war am Arbeiten. Und selbst, wenn er nicht am Arbeiten wäre, würde er nicht mit verheirateten Frauen schlafen. Was, wenn er ihren Mann während der Ermittlungen kennenlernte? Die Vorstellung ließ kalten Schweiß auf seine Stirn treten. Verflucht sei Erin Donovan, dass sie ihn in diese Lage gebracht und die Erfahrung so verdammt unvergesslich gemacht hatte.

Sie kamen im oberen Stockwerk an, und Darsh wurde wieder ins Hier und Jetzt gerissen. In dem Zimmer auf der linken Seite des Flurs lag ein weibliches Opfer auf dem Bett. Der Anblick ihrer regungslosen Gestalt trieb seine Konzentration wieder auf den Fall.

Sie war eine junge Frau, zwischen achtzehn und zwanzig Jahre alt. Dunkle, offene Haare umrahmten ihr Gesicht. Sie war komplett bekleidet, mit einem dunkelroten Pullover und blauen Jeans. Ihre Socken hatten ein Muster aus Weihnachtsmannmützen. Darsh verzog das Gesicht. Ihm war zweifelsfrei klar, dass sie diese Socken zu Weihnachten bekommen hatte – genau, wie auch er jedes Jahr, seit er denken konnte, Weihnachtssocken von einer seiner Schwestern geschenkt bekam. Dieser Gedanke ließ Wut in ihm aufsteigen, was er sich nicht erlauben durfte. Er riss sich zusammen und begab sich mental an einen Ort, an dem seine Familie und seine Gefühle nicht existierten. Ein Ort, an dem heißer Sex mit Erin Donovan nie passiert war.

Während der Operation Iraqi Freedom hatte es ihm dieser mentale Rückzug ermöglicht, stundenlang durch das Zielfernrohr seines M40AI Repetiergewehrs zu blicken und alle Bedrohungen für seine Marine-Kameraden ohne auch nur den geringsten Anflug von Reue auszuschalten. Er hatte wieder und wieder den Abzug gedrückt und die Zielpersonen eliminiert, ohne zu zögern. Hin und wieder besuchten ihn die Geister in einem nächtlichen Appell, offenbarten ihre und seine Menschlichkeit, aber er hatte seine Taten nie bereut. Die Vorteile der Dissoziation hatten ihm in der Vergangenheit gute Dienste geleistet, und er bediente sich ihrer auch jetzt wieder und versuchte, eine Maschine zu werden und alle Schwäche und alle Ablenkungen hinter sich zu lassen.

„Mandy Wochikowski. Zwanzig Jahre alt, im vorletzten Jahr am Blackombe College. Hat im Hauptfach Kriminalistik studiert", informierte ihn Donovan.

„Wie sieht es mit bekannten Sexualstraftätern in der Gegend aus?"

„Ich habe einen Beamten beauftragt, deren Bewegungen zurückzuverfolgen. Viele von ihnen sind im letzten Jahr weggezogen, nachdem ihre Adressen auf einem Studentenblog veröffentlicht worden waren." Sie sah unbehaglich aus.

„Selbstjustiz?", fragte er.

„Es gab keine offiziellen Beschwerden, aber nennen Sie mir jemanden, der gerne neben einem Pädophilen wohnen will."

„Stimmt."

Er sah wieder zu Mandy Wochikowski. Die junge Frau schien erwürgt worden zu sein, aber es gab keine offensichtlichen Anzeichen eines sexuellen Übergriffes. Sie würden es allerdings nicht ausschließen können, bis der

Rechtsmediziner die Autopsie durchgeführt hatte, und selbst dann wäre es nicht hundertprozentig sicher. Das Mädchen starrte mit leeren Augen an die Decke, die von punktuellen Blutungen durchsetzt waren – ein eindeutiges Zeichen dafür, dass sie erstickt war. IhreNagelbetten waren blau angelaufen. Ihre Gliedmaßen waren sorgsam positioniert, die Arme eng am Körper, ihre Beine gerade und parallel ausgestreckt. Die Füße zusammen. Ordentlich. Akkurat. Bereit für den Sarg.

Darsh drehte sich um und betrachtete die Bilder, die an der gelb gestrichenen Wand hingen. Es gab ein paar Poster. Nirvana. Cold Play. Fall Out Boy. Eine Pinnwand aus Kork mit ihrem ausgedruckten Stundenplan daran, drumherum Bilder, von denen er vermutete, dass es Familienfotos waren. Ein paar Fotos von Freunden. Er erkannte Drew Hawke auf einem der Bilder. Der Quarterback war ein gutaussehender junger Mann, auf den eine NFL-Karriere gewartet hatte, nachdem er mit dem College fertig war.

Diese Karriere hatte sich zerschlagen.

Auf dem Schreibtisch lagen offene Lehrbücher. Manche davon waren ihm noch aus seinem eigenen Studium bekannt. Ein Laptop stand daneben, der Lüfter summte laut vor sich hin. Ein älteres Modell. Er klickte mit seinem latexbehandschuhten Zeigefinger auf das Touchpad. Donovan wollte protestieren, hielt sich aber zurück. Vielleicht hatte sie entschieden, dass sie beide auf der gleichen Seite kämpften. Oder vielleicht wählte sie ihre Schlachten auch nur sehr weise.

Der Bildschirm des Laptops zeigte einen unfertigen Aufsatz. Das Mädchen hatte mitten in einem Satz über wiederholte Belästigung und Mobbing aufgehört zu tippen.

„Die Musik ist pausiert", bemerkte Donovan. „Drücken Sie auf *Play*", wies sie ihn über die Schulter hinweg an.

„Hat die Kriminaltechnik den hier auf Fingerabdrücke kontrolliert?" Er deutete auf den Computer. Nicht sichtbare Fingerabdrücke waren deutlich schwerer zu finden, als den meisten Menschen klar war.

Sie nickte. „Sie haben ihn kontrolliert, aber nichts gefunden. Haben keinen Staub aufgetragen, um den Laptop nicht zu kompromittieren. Wir tüten ihn ein und überprüfen ihn auf DNA, bevor die Jungs von der IT ihn bekommen."

Erin stemmte die Hände in die Hüften und zwang ihn so dazu, zu bemerkten, wie die Baumwolle ihrer Bluse sich über die Kurven ihres Körpers spannte. So viel zu mentalem Rückzug. Darsh drückte auf *Play* und sie zuckten beide zusammen, als die Musik losplärrte. Er erkannte die Band und das Lied – Halestorms „In your room". Es schien wie ein geschmackloser Zufall.

Darsh stellte die Musik wieder aus, und er und Donovan blickten sich in der plötzlichen Stille an. „War die Musik an oder aus, als die ersten Einsatzkräfte ankamen?"

„Aus."

„Sind Sie sicher?", fragte er.

„*Ich* war die erste Einsatzkraft vor Ort, zusammen mit Officer Mason. Wir wurden gerufen, weil ein Notruf wegen eines Einbruchs eingegangen war. Die Musik war nicht an. Glauben Sie, der Täter hat sie abgestellt?"

„Jemand hat einen Einbruch gemeldet?" Das war neu für ihn. Er hatte kaum Details zu dem Fall erhalten, bevor er in ein winziges Propellerflugzeug gestiegen war, das ihn auf dem nächstgelegenen Flugplatz abgeladen hatte.

Erin trat unbehaglich von einem Fuß auf den anderen. „Seit Drew Hawkes Verhaftung hatten wir eine Flut von falschen Alarmen von dieser Adresse. Wir sind allen

Meldungen nachgegangen, aber wir haben es nicht zu ernst genommen. Eine dritte Mitbewohnerin ist gerade nach Hause gekommen, als ich vor der Tür stand. Sie ist ins Haus gegangen, und hat die Leichen gefunden." Erin machte sich Vorwürfe, weil sie nicht gleich in dem Augenblick, als sie angekommen war, die Tür eingetreten hatte.

„Sie haben geglaubt, es sei ein Telefonstreich?"

„Nein, kein Streich." Ihr Ausdruck zeugte nicht so sehr von Verbitterung, aber von einem nahen Verwandten – Reue. „Sie wollten die Polizei absichtlich provozieren, aber mein Boss hat uns befohlen, nicht zu hart mit ihnen umzuspringen."

„Weil ihre Eltern stinkreich sind?"

Ihre blauen Augen blitzen auf. „Weil ich einen ihrer Freunde verhaftet habe und die Sache sie scheinbar wirklich mitgenommen hat. Es war eine schwierige Zeit für sie." Erin atmete schwer aus. „Und weil ihre Eltern stinkreich sind."

Darsh musterte den Körper auf dem Bett. Das Mädchen hatte zumindest heute Abend eine schwierige Zeit gehabt. Hatte die Tatsache, dass sie so oft falschen Alarm geschlagen hatten, sie heute umgebracht? Oder hatte der Mörder sie aus einem anderen Grund angegriffen – beispielsweise, weil sie Drew Hawkes Freunde waren?

„Glauben Sie, die Verurteilung von Hawke ist haltbar?", fragte er, um das Terrain zu sondieren.

Wenn Erin die Zähne noch fester zusammengebissen hätte, wäre ihr wohl der Kiefer gebrochen. „Das ist nicht meine Entscheidung. Ich liefere nur die Beweise…"

„Lassen Sie den Blödsinn, Erin. Glauben Sie, dass Hawke schuldig ist oder nicht?"

Ihre Augen blitzen ihm quecksilberblau entgegen. „Ja. Ja, ich habe geglaubt, dass er diese zwei Frauen vergewaltigt hat und vermutlich auch in zwei weiteren Fällen schuldig war, die im letzten Jahr nicht verhandelt wurden. Aber nicht, weil ich irgendeinen persönlichen Rachefeldzug gegen Footballspieler führen würde, wie die Presse immer gerne behauptet. Sondern, weil mich die Opfer und die Beweise überzeugt haben."

DNA von Haaren, Zeugenaussagen, sogar Lügendetektoren. Der Fall war wasserdicht erschienen, aber er musste jedes Detail überprüfen. Darsh drückte erneut auf die Playtaste. Er setzte sich auf Mandys wackeligen Stuhl, schaute auf den Monitor und ließ seine Finger über der Tastatur schweben. Hätte Mandy gehört, wenn jemand in ihr Zimmer gekommen wäre, wenn die Musik so laut war? Hätte sie sein Spiegelbild im Bildschirm entdeckt?

Oder war der Täter ins Zimmer gestürzt, hatte sie in Windeseile überwältigt und dann die Musik aufgedreht, um ihre Schreie zu übertönen? Das ergab keinen Sinn, wenn man bedachte, dass noch ein weiteres Mädchen im Haus war – es sei denn, das andere Mädchen war schon tot gewesen.

Er drückte auf *Pause*. „Nähern Sie sich mir von hinten", bat er Donovan.

Sie kam seiner Bitte nach, aber er konnte ihr Spiegelbild in Mandys weißem Word-Dokument auf dem Bildschirm kaum erkennen.

Darsh blickte sich im Zimmer des Mädchens um, registrierte jedes Detail, versuchte sich vorzustellen, wie sie vor ein paar Stunden noch hier gesessen und sich mehr um den Aufsatz gesorgt hatte als um den Jäger, der sie im Visier hatte. Es gab keine Anzeichen eines Kampfes. Das Zimmer war aufgeräumt. Die Kleider waren zusammengelegt. Darsh stand auf und schaute in den Wäschekorb. Nach den Weihnachtsferien war er beinahe leer. So, wie der Täter den Körper des

Mädchens drapiert hatte, suggerierte es Reue, aber er hatte ihr Gesicht nicht bedeckt, was nahegelegt hätte, dass der Täter sein Opfer gekannt hatte.

„Er hat sie überrascht, oder? Sie hat Musik gehört, an ihrem Aufsatz gearbeitet, und er hat sich von hinten an sie herangeschlichen." Für einen unachtsamen Augenblick huschte ein schmerzvoller Ausdruck über ihr Gesicht. Sie war überzeugt, dass sie die Situation falsch eingeschätzt hatte, und nun hatte sie zwei tote Mädchen zu verantworten. „Sie hatte keine Chance."

Darsh zwang sich, Erin zu ignorieren. „Ich brauche eine Kopie von Mandys Stundenplan und alle Zugänge zu ihren Social Media-Konten und E-Mails. Haben Sie ihr Handy?"

„Es lag auf dem Schreibtisch. Harry Compton, der andere Detective hier in Forbes Pines" – *wow, ganze zwei Detectives* – „hat es mitgenommen, um die Nummern der Eltern herauszufinden."

Darsh beneidete Harry um diese Aufgabe nicht im Geringsten. Die Arbeit mit toten Menschen hatte auch seine Vorteile.

Erin presste die Lippen zusammen, als ob sie ihre Emotionen fest unter Kontrolle halten musste.

Lächelte sie noch jemals? So, wie sie ihn damals in der Bar angelächelt hatte? Die Erinnerung daran schoss ihm durch den Kopf, bis er sie wegschob. Dass sie attraktiv und gut im Bett war, stand außer Frage. Die eigentliche Frage war, ob sie eine gute Polizistin war. Er würde Brennan darum bitten, eine kurze Überprüfung ihres Hintergrunds und ihrer beruflichen Leistungen durchzuführen. Mal sehen, ob bei ihr öfter Fehler vorkamen.

„Ich werde zusehen, dass Sie Kopien von allem

zugeschickt bekommen, was wir finden", sagte sie ihm, als ob er jeden Augenblick gehen würde.

Er ignorierte ihre Annahme. Ehrlich gesagt hatte er keine Ahnung, wie lange er hierbleiben würde, aber er müsste lügen, wenn er behaupten würde, nicht für eine Notfallsituation zu beten, die seine augenblickliche Anwesenheit irgendwo anders als in Upper New York verlangte. „Erzählen Sie mir von dem anderen Opfer."

„Cassie war im vorletzten Jahr am College, sie hat Sportpsychologie studiert und war die Anführerin des Cheerleading-Teams. Zwanzig Jahre alt." Sie zog eine Grimasse. „Für sie war ich Satans Hure."

„Aber Sie denken trotzdem, dass es in Ordnung ist, in ihrem Fall zu ermitteln?", fragte er ruhig.

Ihr Rücken war so steif wie ihr Gesichtsausdruck. „Ich bin immer noch Cassies beste Hoffnung auf Gerechtigkeit, Agent Singh, außer wenn ich selbst zur Verdächtigen werde." Sie sah ihn herausfordernd an. „Sie hat mich genervt, weil sie die Zeit der Polizei verschwendet hat. Wir haben auch ohne ihren Blödsinn genug zu tun. Aber ich habe ihren Standpunkt verstanden. Ich war ihr gegenüber nie feindselig eingestellt."

„Die Chancen, dass das ein zufälliger Mord war, sind ziemlich gering. Was nur bedeuten kann, dass jemand Cassandra Bressinger aufgrund ihrer Verbindung zu Drew Hawkes angegriffen hat. Das bedeutet für Sie auf jeden Fall einen Interessenkonflikt", argumentierte er.

„Tut es nicht", antwortete sie entschieden.

„Sie glauben nicht, dass Sie zu nah an der Sache dran sind?"

„Zu nah dran?" Wenn ihre Lippen ihn nicht in den Bann gezogen hätten, wäre ihm nicht aufgefallen, wie minimal verkniffener sie wurden. „Wir reden hier über Fakten und Zeugenaussagen. Der Hawke-Fall war nie eine persönliche Angelegenheit für mich. Das weiß ich besser als irgendjemand sonst."

Schmerz flackerte in ihrem Blick auf. Sie stemmte die Hände in die Hüften und enthüllte ihre in die Hose gesteckte Bluse und eine Glock-22, die in einem Holster an ihrer Hüfte steckte. Er hörte auf, ihr ins Gesicht zu schauen. Herr im Himmel. Er hatte eine Schwäche für Frauen mit Gürtelholster.

Hatte Sie das mit Absicht gemacht? Ihn von ihrem schwachen Moment abgelenkt?

„Es bestand nie ein Zweifel, dass diese Frauen vergewaltigt wurden, Agent Singh, also habe ich selbstverständlich Mitgefühl für sie entwickelt. Es war die Identität des Täters, die in Frage stand. Wir haben Haare von Hawke gefunden, und die Frauen haben ausgesagt, dass es Drew Hawke gewesen war, der sie vergewaltigt hat. Sie haben beide einen Lügendetektortest gemacht und mit Bravour bestanden. Wenn das für Sie nicht wie ein glasklarer Fall klingt…"

Sie starrten sich ein paar Augenblicke lang an. Darsh konnte es sich nicht leisten, sich von Donovans Leidenschaft ablenken zu lassen – er wusste genau, wie sich diese Leidenschaft auch in andere Lebensbereiche übertragen konnte, und das war nicht gut für seine Objektivität. Er wandte seinen Blick wieder dem Bett zu und dehnte seinen verspannten Nacken. Vielleicht sollte er nicht so viel über Donovans Fähigkeiten, ihren Job zu erledigen, nachdenken. Er sollte sich nur darauf konzentrieren, seinen eigenen zu machen.

Sie gingen über den Flur in das gegenüberliegende Zimmer mit den blau gestrichenen Wänden und den zugezogenen Vorhängen mit Blumenmuster. Das ganze Haus war nun still, nicht einmal Geister schienen sich zu regen.

Das Opfer lag ausgestreckt auf dem Bett, sodass ihre Genitalien ausgestellt waren. Hatte der Täter sich vorgestellt, wie die Polizei sie so finden würde? Hatte er Detective Donovan schockieren wollen, wenn sie durch die Tür kam und diese Erniedrigung erblickte? Darsh ignorierte den Teil in seinem Gehirn, der Trauer um die Opfer empfinden wollte, und konzentrierte sich auf das, weswegen er hier war. Sich in die Denkweise eines Mörders zu versetzen.

Mandy Wochikowskis Tod war sauber und ordentlich gewesen. Dieser hier war brutal, erniedrigend und drastisch. Sie war geschlagen worden. Der Übergriff hatte einen entschieden sexuellen Charakter. Die fehlende Kleidung, die übertrieben sexuelle Darstellung. Die Matratze war abgezogen. Er betrachtete die Jeans, die zuoberst auf einem Berg aus Bettzeug in der Mitte des Zimmers lag. Der Stoff war eingerissen, anscheinend war sie mit einer Schere abgetrennt worden. Dass Cassie die Kleider vom Leib geschnitten worden waren, legte nahe, dass der Mörder sie betäubt und gefesselt haben musste, bevor er sie ausgezogen hatte – hatte er sie deshalb so ins Gesicht geschlagen? Hätte Mandy den Kampf hören können, wenn die Türen geschlossen waren und sie laut Musik hörte?

Vermutlich nicht.

Er sah sich um „Haben Sie eine Schere gefunden?"

Donovan schüttelte den Kopf, ihr Schweigen sprach Bände.

Mandys Mord erschien fast wie eine Entschuldigung. Dieser hier hingegen…der Täter hatte Cassandra Bressinger eindeutig bestrafen wollen, und es hatte ihm Spaß gemacht. Darsh betrachtete die Knoten und das blaue Kletterseil, das ihre Gliedmaßen an die Pfosten des Betts fesselte. Es war lange her, dass er ein Pfadfinder gewesen war, aber manche der Knoten kamen ihm bekannt vor. „Kommt das Seil aus dem Haus, wissen Sie das?"

„Ich habe es nirgendwo gesehen, aber ich habe auch noch nicht mit den anderen Mitbewohnerinnen gesprochen."

Darsh hatte das Gefühl, dass der Täter diesen Mord sorgfältig geplant hatte, also hatte er das Seil und die Schere vermutlich mitgebracht. Das Seil war die beste greifbare Verbindung zu diesem Kerl, die sie hatten. War Cassandra das eigentliche Ziel gewesen und Mandy nur ein Kollateralschaden? Oder hatte er geplant, beide Mädchen anzugreifen, vielleicht sogar alle vier, war aber von der Polizei unterbrochen worden, bevor er seine sadistischen Spielchen mit Mandy treiben konnte?

Hatte er die Nerven verloren? Seine Erregung? Vielleicht hatte es sich nicht so angefühlt, jemanden umzubringen, wie er erwartet hatte. Zu chaotisch. Zu hässlich? Vielleicht hatte er die Frauen überhaupt nicht umbringen wollen. Vielleicht hatte der Täter die Strangulation zu weit getrieben und das Zungenbein gebrochen. Der Angriff auf Cassie war geplant worden, aber vielleicht war ihr Tod ein Unfall gewesen.

„Wer hat den Notruf wegen des Einbruchs abgesetzt?", fragte er.

„Ich habe mir den Anruf noch nicht angehört. Das steht ganz oben auf meiner Liste, sobald ich wieder im Revier bin." Donovan war offensichtlich erschöpft, aber sie würde nie im Leben gehen, bevor er nicht auch verschwand.

„Stellen Sie sicher, dass diese Knoten unversehrt bleiben, wenn die Seile abgeschnitten werden." Knoten konnten je nach Täter sehr individuell sein. „Haben Sie Fotos von allen

Details?“

Sie nickte.

„Ich werde die Knoten und die Seile zur Analyse nach Quantico schicken.“

Cassandras Handgelenke waren blutig und aufgerieben, sie hatte sich gegen die Fesseln gewehrt. Sie hatte lange genug gelebt, um zu kämpfen. Aber warum sollte er sie auch fesseln, wenn er nicht wollte, dass sie für das große Ereignis noch lebte. Darsh starrte eindringlich auf die unlackierten Fingernägel des Opfers. Dann beugte er sich noch weiter vor und fing einen Geruch auf, der nicht hierher passen wollte.

„Riechen Sie an ihren Händen“, forderte er Donovan auf.

Erin beugte sich hinunter und roch. Dann runzelte sie die Augenbrauen. „Bleichmittel?“ Sie fluchte.

Bleichmittel zerstörte DNA. Vermutlich hatte Cassandra den Kerl gekratzt.

„Ich sage den Kriminaltechnikern Bescheid, dass sie die Klorix-Flaschen nach Fingerabdrücken überprüfen.“

Als sie zurückkam, fragte er: „Wie sehr ähnelt dies der Vorgehensweise, für die Drew Hawke verurteilt wurde?“

Donovan räusperte sich. „Es wurde keine Bleiche zum Reinigen der Opfer zu Protokoll gebracht. Er hat ein gelbes Nylonseil benutzt, um seine Opfer zu fesseln, aber wir haben die Knoten nie zu Gesicht bekommen, weil die Opfer entweder wieder losgebunden wurden oder sich selbst befreien konnten, nachdem er verschwunden war.“

Das war ein Unterschied, der sich womöglich auf eine eskalierende Vorgehensweise zurückführen ließ, aber die Verbrechen waren sich dennoch auffällig ähnlich. „Die Opfer haben ausgesagt, dass sie an die Bettpfosten gefesselt wurden, richtig?“

„Komplett ausgestreckt, ja", antwortete Donovan leise. „Er kam mitten in der Nacht in ihre Schlafzimmer geschlichen, hat ihnen Ketamin gespritzt, sie geknebelt und sie an die vier Bettpfosten gefesselt. Danach hat er sie wiederholt vergewaltigt. Ich habe bei den beiden Opfern hier keine Einstichwunden entdecken können, aber wir warten auch noch auf den Bericht des Gerichtsmediziners."

„Ketamin *und* Fesseln?"

Sie nickte.

„Ist das nicht ein bisschen übertrieben für einen kräftigen Athleten, der vermutlich fünfzig Kilo schwerer als seine Opfer ist?"

Ihr Mund wurde schmal. „Ich nenne Ihnen nur die Fakten. Ich kann nicht in seinen Kopf hineinschauen."

Nein, das war seine Aufgabe, woran sie ihn scheinbar erinnern wollte. Darsh schaute auf die Uhr. Es war beinah fünf Uhr morgens. „Braucht der Rechtsmediziner immer so lange?"

„Der Chief wollte, dass der Gerichtsmediziner des Bundesstaats von Anfang an in den Fall eingebunden ist, und der kommt aus Massena, etwa eine Stunde entfernt von hier. Letzte Nacht gab es einen Unfall mit einem Schneemobil mit drei Toten – zwei Kinder und ihr Vater. Der Gerichtsmediziner hatte damit alle Hände voll zu tun, aber so hatten Sie immerhin die Chance, die Opfer hier am Tatort zu sehen."

„Die Temperatur hier ist zumindest die gleiche, wie in einer Leichenschauhalle." Wenn nicht sogar kälter. „Irgendwelche anderen Ähnlichkeiten?"

Wenn sie spürte, dass er sie prüfte, dann zeigte sie es nicht.

„Die Blutergüsse auf Cassies Hals sind ähnlich, auch wenn die anderen Mädchen natürlich überlebt haben. Dass es den Anschein macht, dass sie brutal vergewaltigt wurde? Jup, das ist genau gleich." Ihr Blick war scharf und durchdringend. „Und dass das Laken fehlt."

Sein Blick wanderte auf den Stapel von Bettzeug, der auf den Boden geworfen war. „Sind Sie sicher?"

Sie nickte. „Diese Information kam bei Drew Hawkes Prozess heraus. Niemand weiß, was mit den Laken passiert ist, aber es ist wahrscheinlich, dass Hawke das Bettlaken mitgenommen hat, um die Beweise gegen ihn zu minimieren."

Anstatt es als Trophäe mitzunehmen. Die Tatsache, dass dieser Mörder genau das Gleiche getan hatte…

„Also ist dieser Täter mit Utensilien für einen Mord hergekommen und hat sogar noch mehr mitgenommen, als er wieder abgehauen ist." Vorbereitet. Erfahren. Diszipliniert.

„Warum hat er dann das Seil nicht mitgenommen, vor allem, wenn die Mädchen tot waren?" Donovan formulierte eine der Ungereimtheiten, die ihn störten.

„Durchsuchen Ihre Leute die Mülltonnen nach Beweisen?"

„Ja." Sie klang nicht gerade optimistisch. „Jeden Mülleimer in der gesamten Stadt. Ich habe die Müllabfuhr informiert und die Leerungen einstellen lassen, bis wir fertig sind. Aber ich glaube nicht, dass er die Laken an einem so offensichtlichen Ort wie einer Mülltonne entsorgt hat. Er hat sie vermutlich schon verbrannt." Sie stopfte ihre Hände in die Manteltaschen und vergrub sie in der Wärme. Darsh wünschte sich, er hätte etwas Dickeres als ein T-Shirt und einen Anorak übergeworfen, bevor er sich aufgemacht hatte. In Boston hatte kein Schnee gelegen.

„Wusste er, dass nur zwei Mädchen zu Hause waren?", fragte sie plötzlich. „Und wenn ja, woher? Hat er sie beobachtet? Kennt er ihre Tagesabläufe? Ist er ein Freund? Hat er das Haus beobachtet, vielleicht aus einem Auto heraus? Oder wohnt er in der Nähe?"

Darsh gefiel, wie sie dachte. Seine Gedanken gingen in die gleiche Richtung.

Erin fuhr fort. „Vielleicht war es ihm egal, dass die anderen Mitbewohnerinnen jeden Augenblick nach Hause kommen konnten. Vielleicht hat er darauf gewartet, dass sie auftauchen, bis er mich ankommen sah. Hatte er ein Messer oder eine Waffe, mit der er sie kontrolliert hat? Hat er so diese zwei intelligenten Frauen überwältigt, betäubt und sie dann beide umgebracht?" Sie wollte noch etwas sagen, hielt sich aber zurück.

„Was?" Er wollte wissen, was und wie sie dachte, und wie ihre Gedanken sie agieren ließen.

„Er ist kein Anfänger. Er hat das schon mal gemacht."

Das sah Darsh genauso. Die Millionenfrage war, ob er seine Erfahrung an den Frauen gesammelt hatte, für deren Vergewaltigung Drew Hawke verurteilt worden war, oder ob er diesen Fall nutzte, um den Einsatz zu erhöhen und seinen eigenen Ruf anzufeuern? Oder hatte Hawke einen Partner gehabt? Niemand hatte diese Möglichkeit je erwähnt, aber Ketamin war berüchtigt dafür, die Konsumenten verwirrt und desorientiert zurück zu lassen. Wenn die Opfer bei Bewusstsein gewesen waren, hätte das Ketamin Halluzinationen hervorrufen können. Aber es löschte nicht das Kurzzeitgedächtnis, so wie es KO-Tropfen taten.

Darsh betrachtete die Wände im Zimmer des Mädchens. Keine Poster. Nur ein Schrein für Hawke.

Cassandras Licht war an, der Computer aus. Eine Tasse lag zerbrochen auf dem Teppich, ein brauner Kaffeefleck befand sich auf dem Boden. Zusammengeknülltes Papier lag überall verstreut. Darsh schaute durch ein paar Schachteln, die auf einem Regal standen – Rechnungen, Verwaltungsunterlagen für die Universität und ähnliche Schriftstücke. Dann betrachtete er die Sachen auf dem Schreibtisch. Laptop. Kopfhörer. Drucker. Bücher. Briefpapier. Umschläge. Und Briefmarken. Er öffnete eine der Schubladen. Keine Briefe.

„Haben sie und Hawke sich geschrieben?"

Donovan sah zu, wie er durch das Zimmer schritt. Sie schien nicht gewillt, ihn aus den Augen zu lassen, und er bezweifelte, dass das an seinem unwiderstehlich guten Aussehen lag.

„Ich weiß es nicht. Wir haben keine Briefe von ihm an sie gefunden, aber nach ihrer Erklärung ihrer unsterblichen Liebe für ihn? Ich wäre überrascht, wenn sie sich nicht geschrieben hätten."

„Das müssen wir herausfinden." Wenn der Mörder die Briefe mitgenommen hatte, würde ihm das etwas über seine Denkweise verraten.

Vorsichtig schritt Erin um das Chaos in der Mitte des Zimmers herum. „Sie glauben also, dass er die Briefe mitgenommen hat, aber nicht die Computer oder die Handys. Dass es kein einfacher Einbruch war, der unglücklich ausgegangen ist?"

„Nein", stimmte er ihr zu.

„Wird er einfach aufhören zu töten, wenn wir ihn nicht fassen?" Weiße Zähne nagten besorgt an ihrer Unterlippe.

Darsh konnte sie beinahe auf seiner eigenen Haut spüren und entzog sich dieser fühlbaren Erinnerung. „Die These, dass Serienmörder nicht aufhören zu töten, es sei denn, sie werden geschnappt, ist ein Mythos. Dennis Rader hat zwischen 1974 und 1991 zehn Menschen umgebracht. Danach hat er aber nicht mehr getötet, bis er 2005 verhaftet wurde. Manchmal finden sie einen Ersatz für das High, das sie vom Töten bekommen. Manchmal bekommen sie Angst und wollen nicht erwischt werden. Viele Psychopathen töten seltener, sobald sie Mitte vierzig sind – niemand weiß, warum. Serienvergewaltiger hingegen?" Er starrte das tote Mädchen an. „Ich bezweifle, dass dieser Kerl schon genug hat."

Cassandra Bressinger hatte sich heftig gewehrt, aber am Ende hatte es keinen Unterschied gemacht. Vermutlich war der Mörder nur umso erregter geworden, je mehr sie sich gewehrt hatte. Vergewaltigung war ein Verbrechen, bei dem es um Hass und Dominanz ging, nicht um unkontrollierbares Verlangen. Dieser Täter hatte Cassandra Bressinger brutal angegriffen, hatte mehr Gewalt als nötig angewendet, um sie zu überwältigen und seine Tat auszuführen. Es sah aus wie das Werk eines klassischen Wutvergewaltigers, der Sex als Waffe benutzte. Er hatte Cassandra demütigen und schänden wollen. Vielleicht war die Identität der Opfer egal gewesen. Vielleicht trug der Kerl einen allgemeinen Hass auf Frauen in sich. Aber Darsh wurde das Gefühl nicht los, dass der Täter Cassie absichtlich ausgewählt hatte und dass sie als eine Art Nachricht von ihm diente – und Darsh musste herausfinden, was diese Nachricht war, und wem sie galt. Das alles roch viel eher nach einem Macht-Vergewaltiger, der Sex als Werkzeug nutzte, um seine Minderwertigkeitskomplexe aufzuwiegen.

Die Art und Weise der Sexualstraftat erzählte Darsh viel über die verdrehte Psyche des Kerls, aber diese Tat sandte ihm widersprüchliche Signale.

„Wenn es ihm um seinen Ruf geht, dann reicht das vielleicht schon aus, um ihn zunächst zu befriedigen. Aber wenn er süchtig nach der Aufmerksamkeit wird…"

„Dann steht ihm das High seines Lebens bevor." Donovan nickte. „Die Presse wird über diese Stadt herfallen und diesen Kerl zu einer weltbekannten Berühmtheit machen." Und sie zu einer Ausgestoßenen.

„Und wenn er versucht, Hawke unschuldig, oder die Polizeibehörde inkompetent erscheinen zu lassen", er blickte sie scharf an, „dann hat er vermutlich gerade erst angefangen."

Sie fluchte.

„Im Endeffekt bezweifle ich, dass der Kerl von allein aufhören wird." Darsh ballte die Hände zu Fäusten. „Ich muss sein Motiv herausfinden…"

„*Wir*", warf Donovan scharf ein. „*Wir* müssen sein Motiv herausfinden."

Ihr Ausdruck forderte ihn dazu heraus, ihr das Recht zu verweigern, ihren Job zu machen.

„Wir", räumte Darsh ein.

Er zog die Vorhänge zur Seite und schaute auf die Straße. Was er eigentlich tat, war, der Frau aus dem Weg zu gehen, von der er nie erwartet hatte, sie wiederzusehen. Die ihn angelogen und ihn in die Knie gezwungen hatte. Wenn er herausfinden sollte, dass sie die Ermittlungen im Hawke-Fall versaut hatte und unabsichtlich die Ermordung dieser beiden Frauen zu verantworten hatte, dann wäre das nicht mehr länger ihr Fall und sie wäre ihren Job los. Detective Donovan würde das nicht besonders gefallen. Nein. Es würde ihr ganz und gar nicht gefallen.

VIERTES KAPITEL

ERIN STARTETE DEN Motor und ließ ihn eine Minute warmlaufen. Sie versuchte sich einzureden, dass sie nicht völlig geplättet davon war, wie ihre Vergangenheit und ihre Gegenwart gerade aufeinandergeprallt waren. Von allen Männern der Welt, die an einem Tatort auftauchen konnten… Sie stöhnte frustriert auf und wünschte, sie könnte sich eine Woche lang in ihrem Schlafzimmer verstecken. Lange genug, bis der verfluchte FBI-Agent Darsh Singh wieder auf dem Heimweg war.

Herrgott nochmal. Sie wollte schreien vor Frust.

Es dauerte Jahre, bis man erfahren genug war, sich bei der Fallanalyse überhaupt zu bewerben, also war er definitiv schon Agent gewesen, als sie sich das letzte Mal getroffen hatten. Er hatte gewusst, dass sie einen Kurs an der Academy belegte, weshalb er ihr vermutlich diese US-Marine-Geschichte aufgetischt hatte. Vielleicht hatte er befürchtet, sie würde nicht mit jemandem ins Bett gehen, dem sie während ihres Kurses beim FBI über den Weg laufen könnte. Aber sie wiederum hatte vergessen, dass Ehebruch im Militär eine Straftat war, bis es zu spät war. Die Schuldgefühle darüber, ihn womöglich in Schwierigkeiten gebracht zu haben, hatten sie noch Jahre verfolgt, und sie verstand, warum er so ausgerastet war, als er herausgefunden hatte, dass sie verheiratet war. Zu diesem Zeitpunkt hätte es keinen Unterschied mehr gemacht, ihm die

Wahrheit über ihre Situation zu erzählen, also hatte sie es erst gar nicht versucht.

Aber auch er hatte sie angelogen, als er ihr gesagt hatte, er sei ein Marine.

Dass er immer noch wütend darüber war, mit einer verheirateten Frau geschlafen zu haben, zeugte von seinen moralischen Werten, die viel ausgeprägter als ihre eigenen zu sein schienen. Vermutlich glaubte er, sie sei ein gelangweiltes Flittchen, das von einem Schwanz zum nächsten hüpfte, immer auf der Suche nach dem eigenen Spaß. Dem war nicht so, aber sie *war* auf Sex aus gewesen, als sie diese Bar betreten hatte, und sie *war* verheiratet gewesen, also lag er vielleicht nicht völlig falsch. Es war möglicherweise eine Sünde in den Augen der Kirche und des Militärs, aber der Teil in ihr, der sich schämen sollte, wurde sehr schnell unter einem Berg von Widerstandskraft und hart erarbeiteter Unabhängigkeit begraben.

Es ging ihn einen Scheißdreck an.

Heuchler.

Niemand hatte das Recht, ihr zu sagen, was sie zu tun und zu fühlen hatte. Vor allem kein Mann, der selbst genug Täuschung betrieben hatte, um sie nackt zu sehen. Er hatte nie auch nur *gefragt*, ob sie verheiratet war. Sie hatte ihn nicht angelogen.

Endlich begann die Heizung, heiße Luft zu verströmen, und Erin fuhr langsam an der Kolonne von Gaffern vorbei, die noch immer herumstanden, obwohl es mitten in der Nacht und eiskalt war. Sie testete ihre Bremsen, nur um sicherzugehen, dass sie noch funktionierten. Nicht, dass sie paranoid war oder so.

Hinter ihr leuchteten Scheinwerfer auf, und sie ließ die

Schultern sinken. Agent Singh folgte ihr zur Polizeistation.

Warum hatte ihr Vorgesetzter die Unterstützung des FBI angefordert? Sie kannte die Antwort. Sie versuchte nur, solange den Kopf in den Sand zu stecken, bis er sie erstickte. Ihr Boss machte sich Sorgen, dass Hawke unschuldig war, und sie den falschen Kerl verhaftet hatte.

Wenn ein Sündenbock gesucht werden sollte, wäre es egal, dass sie nur ein kleines Rädchen im Justizsystem war. Sie war das Gesicht der Ermittlung gewesen. Es war ihr Kopf, der rollen würde. Im Vergleich zu den Leben dieser zwei Frauen bedeutete ihre Karriere nicht viel, aber sie war alles, was Erin hatte.

Hatte dieser Sensationsprozess einen Serienvergewaltiger in ihre kleine, wohlhabende Stadt gelockt? Oder hatte sie mit Hawke *tatsächlich* falsch gelegen, und der wahre Vergewaltiger war die ganze Zeit frei herumgelaufen und eskalierte nun von Vergewaltigung zu Mord? Aber die Beweislage gegen Hawke war eindeutig gewesen. Sie hatten sich ihn als Verdächtigen nicht einfach aus den Fingern gesogen, und auch die Vergewaltigungen hatten nach seiner Verhaftung aufgehört. Das hier ergab einfach keinen Sinn.

Ihre Finger umklammerten das Lenkrad als sie daran dachte, was Mandy und Cassie zugestoßen war. Sie wusste, dass es dort draußen Monster gab, und dass die Chancen, ihnen über den Weg zu laufen, für sie höher waren als für den Durchschnittsbürger. Sie wusste, dass sich diese Monster unter den ehrlichen und höflichen Leuten versteckten, zwischen gutaussehenden und seriösen Menschen. Das heimtückische Böse lauerte hinter unauffällig aussehenden Fassaden. Sie wusste das nur zu gut.

Ihr Handy klingelte und Erin schaltete die Freisprechvorrichtung ein. „Donovan.“

„Geht es dir gut, Schatz?“, fragte ihre Mutter.

Erin sah auf die Uhr. Ihre Mutter hatte natürlich die Nachrichten gehört und sich Sorgen gemacht. „Ja, Mom, natürlich geht es mir gut. Habt ihr schon ausgepackt?“

Sie hatte ihre Eltern nach Hawaii eingeladen, um ihren vierzigsten Hochzeitstag zu feiern. Es war wie eine große Geste erschienen, aber sie konnte ihrer Familie nichts vormachen. Erin vermied es immer noch, nach New York City zurückzukommen.

„Hier ist alles in Ordnung. Ich habe nur die Nachrichten gesehen und wollte hören, ob du in Sicherheit bist.“

Schuldgefühle peitschten durch Erin hindurch. Brigit Donovans Nerven waren vermutlich von den vielen Sorgen um ihre Kinder sehr dünn gespannt, von den Sorgen um ihren Ehemann gar nicht zu sprechen. Vielleicht war das einer der Gründe, weshalb Erin Polizistin geworden war. Es war leichter, sich keine Sorgen zu machen, wenn man selbst eine Uniform trug. „Ich war die ganze Nacht wach wegen einem Fall, Mom. Ich kann jetzt nicht sprechen.“

Erin hörte, wie ihre Mutter die Augen verdrehte. „Natürlich nicht. Pass auf dich auf, Erin. Ruh dich ein bisschen aus und schließ die Haustür ab. Wenn ich nur daran denke, wie du da ganz allein in diesem riesigen Farmhaus sitzt...“

„Danke fürs Angst machen, Mom. Ich rufe dich an, sobald ich Zeit habe.“ Was erst dann sein würde, wenn die Ermittlungen abgeschlossen waren.

„Ich liebe dich, Erin.“ So beendete ihre Mutter jede Unterhaltung. Damit, und mit einem schnellen Gebet an St. Michael und einem Kuss auf den Rosenkranz.

„Ich liebe dich auch, Mom. Leg dich wieder schlafen." Kaum hatte sie aufgelegt, erhielt sie einen weiteren Anruf.

„Erin." Sie erkannte die Stimme. Professor Roman Huxley. „Ich habe gerade von den Morden erfahren. Wenn ich irgendwie helfen kann, scheuen Sie sich nicht, mich anzurufen."

Huxley war ein führender Experte in Kriminalistik. Er unterrichtete an der Universität und war eine unschätzbare Quelle an Ressourcen. Sie hatte ein paar seiner Seminare besucht und hatte vor dem Hawke-Fall sogar einen Vortrag in einer seiner Vorlesungen gehalten.

„Danke."

„Ich weiß nicht, ob Sie das wissen, aber eines der Opfer hatte letztes Jahr eines meiner Seminare besucht. Mandy Wochikowski. Sie war eine intelligente junge Frau. Hat den Sommer über für mich gearbeitet. Schrecklich, was passiert ist."

„Können Sie mir irgendetwas über sie erzählen?", fragte Erin schnell. Sie wusste nicht viel über Mandy. Jede Information war hilfreich.

„Eine Einserstudentin. Hat alle Vorlesungen besucht und ihre Hausarbeiten immer pünktlich eingereicht. Diese Studenten sind seltener, als Sie glauben."

„Hatte sie einen Freund? Eine Freundin?"

„Nicht, dass ich wüsste."

Also vermutlich nicht. Der Professor hatte ein wenig den Ruf eines Schwerenöters und hatte auch Erin angemacht, als sie sich kennengelernt hatten. Und auch zu diversen späteren Gelegenheiten. Erin wurde oft angemacht – nicht, weil sie so eine umwerfende Schönheit war. Aber je öfter sie „Nein" sagte, umso größer schien die Herausforderung zu werden. Anscheinend war Unerreichbarkeit für viele Männer ein Anreiz. Manche Typen mussten wiederholt abgewiesen werden, um zu kapieren, dass sie mit niemandem ausging. Nie.

Gedanken an den sexy FBI-Agenten versuchten, sich mit aller Gewalt einzuschleichen. Er war eine unwillkommene Erinnerung an das letzte Mal, dass sie „Ja" gesagt hatte.

„Hat sie Ihnen gegenüber jemals den Hawke-Fall erwähnt?", fragte sie.

„Glauben Sie, es besteht eine Verbindung zwischen den Verbrechen?" Seine Überraschung schien echt zu sein.

„Nicht zwangsläufig", antwortete sie bedacht. Sie wollte nicht für Gerüchte verantwortlich sein, die ihre Karriere kompromittieren konnten, aber die Presse würde ohnehin nicht lange brauchen, um ihr genau die gleiche Frage entgegenzuschleudern. „Das andere Opfer war Cassandra Bressinger. Ich kann die Möglichkeit einer Verbindung nicht ausschließen."

„Du lieber Gott. Ich wusste nicht, dass das andere Mädchen Cassandra war. Ich hatte vergessen, dass sie zusammenwohnen."

Erin hörte die Veränderung in seiner Stimme. „Kannten Sie sie ebenfalls?"

„Sie hatte mich während des Prozesses aufgesucht. Wollte wissen, welche Bücher ich ihr über Serienvergewaltiger empfehlen könnte, und ob es neuere wissenschaftliche Arbeiten über die Psychologie dieser Täter gibt."

Erin war nicht überrascht. Cassie war besessen davon gewesen, die Unschuld ihres Freundes zu beweisen.

„Es tut mir sehr leid zu hören, dass sie das andere Opfer

war", sagte der Professor leise. „Sie schien wirklich überzeugt von Hawkes Unschuld zu sein, trotz der eindeutigen Beweislage gegen ihn." Es entstand eine lange Pause. „Was Ihre andere Frage betrifft, Mandy und ich haben den Hawke-Fall öfter im Seminar diskutiert. Es war eine fantastische Gelegenheit, ein Fallbeispiel zu unterrichten, wie Sie sich sicher vorstellen können."

Erin verdrehte die Augen, denn die Morde waren so viel mehr als das.

„Ich habe den Fall dazu benutzt, kriminelles Verhalten zu demonstrieren und auch die Tatsache, dass Kriminelle oft im Licht ihrer sozialen Schicht beurteilt werden. Ich muss nicht erwähnen, dass die Diskussion sich in einen Grabenkampf darüber entwickelt hat, ob der Quarterback der Blackcombe Ravens jedes Mädchen haben konnte, das er haben wollte und niemanden vergewaltigen musste, *oder* ob alle Footballspieler hirnlose Crackheads sind, die zu dumm und zu verwöhnt sind, um ein einsilbiges Wort mit vier Buchstaben verstehen zu können. Nächste Woche beginne ich übrigens mit einem Kurs über Serienvergewaltiger. Ich vermute, die Inhalte werden den Studenten die Augen über ein Verbrechen öffnen, das sie vollkommen durchschaut zu haben glauben. Wenn sie es dann noch immer nicht wahrhaben wollen, lasse ich sie durchfallen."

Erin hatte größere Sorgen als die Engstirnigkeit der Studenten oder ob sie ihren Kurs bestanden. „Danke für Ihre Hilfe, Professor."

„Ich habe Ihnen schon so oft gesagt, dass Sie mich Roman nennen sollen."

Dieser Grad an Vertrautheit fühlte sich falsch an, so als ob man den Gemeindepriester mit dem Vornamen anreden würde. „Alles klar. Also, wenn Ihnen noch irgendetwas einfallen sollte, rufen Sie mich gerne an."

„Es würde helfen, wenn ich die Fallakten einsehen könnte..."

Erin schaute in den Rückspiegel. „Ich muss erst mit dem FBI sprechen, um abzuklären, ob wir Sie in diesem Fall konsultieren können."

„Das FBI ist involviert? Jetzt schon?" Der Professor klang neugierig.

„Ja."

„Das kommt von ermordeten Mitbewohnerinnen und zu vielen wohlhabenden Eltern."

Und von einem Elite-College, dessen Immatrikulationszahlen infolge dieses Falles leiden würden. Erin verstand, dass dieser Preis sowohl in Dollar als auch in Menschenleben bemessen werden konnte – aber sie interessierten in diesem Augenblick nur die Leben.

„Ich melde mich wieder bei Ihnen." Erin verabschiedete sich und legte auf.

Agent Singh fuhr mit seinem schwarzen Miet-Geländewagen dicht hinter ihrem Wagen her, als sie auf den Parkplatz der Polizeistation einbog. Sie hatte das Gefühl, dass er sie so lange beschatten würde, bis die Autoritäten entschieden hatten, ob sie nun als Sündenbock herhalten musste oder nicht. Erin knurrte frustriert, bog in eine Parklücke und stellte den Motor ab. Sie stieg aus und lehnte sich gegen die warme Kühlerhaube, während sie auf den Agent wartete. Er kam auf sie zu – die reine muskulöse Anmut und professionelle Lässigkeit. Ihr Mund wurde trocken.

Reiß dich zusammen, Erin. Er denkt, du bist eine ehebrechende Schlampe und wird wahrscheinlich dafür sorgen, dass du deinen Job verlierst.

Ihre Blicke trafen sich und er hob fragend eine Augenbraue. Erin versuchte, einen nichtssagenden Ausdruck aufzusetzen. Der Kerl sah umwerfend aus und wirkte eher wie ein Schauspieler, der eine Rolle spielte, und weniger wie ein Gesetzeshüter, der Leute verhaften durfte. Aber sie ließ sich nichts vormachen. Die Leute belächelten sie oft, weil sie jung und blond war. Das machte es umso befriedigender, Handschellen um kräftige Männerhandgelenke zuschnappen zu lassen.

Erin ging voran, dankbar, dass sich noch keine Reporter vor dem Präsidium eingefunden hatten. Sie würden schon bald genug hier einfallen wie die Fliegen.

„Es ist ein weiter Weg von Virginia hierher", bemerkte sie, als sie die Stufen zum roten Backsteingebäude hochging.

„Bin aus Boston hergeflogen."

„Mordfall?"

Er sah sie von der Seite an. „Möglicher Mädchenhändlerring."

„Haben Sie ihn zerschlagen?"

„Die Ermittlungen laufen noch." Er mied ihren Blick.

Also war er von dem Fall abgezogen worden, um hierherzukommen. *Verdammt.* Ihre Stimmung wurde noch schlechter. Sie hielt ihm die Tür auf. „Wir wissen es jedenfalls zu schätzen, dass Sie alles stehen und liegen gelassen haben, um hierher zu eilen und uns zu retten." Sie bemühte sich nicht, den Sarkasmus in ihrer Stimme zu verstecken.

Er musterte sie wieder. Diesmal war er es, der die Verbindungstür für sie aufhielt. Sie hatte ihren Standpunkt klargemacht. Der Punkt war, dass sie diesen Kerl für die nächsten Tage nicht loswerden würde, also würde sie ihn benutzen, so gut sie konnte. Das FBI hatte Zugang zu Ressourcen, von denen ihre kleine Polizeistation nur träumen konnte. Und wenn dieser Fallanalytiker dabei helfen konnte, den Mörder zu schnappen, würde sie sich gerne mit sämtlichem innerbehördlichen Mist ihrer Kollegen und der Stadtverwaltung arrangieren. Sie würde sich sogar mit allen abfälligen Bemerkungen von Agent Singh über ihre lockere Moral arrangieren – als ob sie damals als einzige nackt gewesen wäre.

Die Menschen in dieser Stadt zu beschützen war ihre höchste Priorität, auch wenn diese sie dafür hassten.

Sie führte Agent Singh ins Revier, das sich im Erdgeschoss im nördlichen Flügel des Gebäudes befand. Im Obergeschoss saß die Justizbehörde. Der Flur war mit alten Eichenpaneelen ausgekleidet, die eine düstere Atmosphäre verbreiteten. Agent Singh schien jedes kleinste Detail zu registrieren, und Erin hatte es noch nie gemocht, beurteilt zu werden, außer für die Arbeit, die sie leistete. Der Kerl mochte sie nackt gesehen haben, aber er hatte sie noch nie arbeiten sehen. Sie betraten das Büro, das vor Geschäftigkeit brummte. Jeder verfügbare Polizist hing an einem Telefon oder war unterwegs, um Hinweisen nachzugehen und Informationen zu beschaffen.

„Möchten Sie einen Kaffee?", fragte sie ihn. „Kommt mit einer Gesundheitswarnung." Die Polizeibeamten waren nicht gerade für ihre Barista-Fähigkeiten bekannt.

„Gerne." Er nickte.

„Ich hole Ihnen einen. Warten Sie hier." Sie ließ ihn neben dem Tresen stehen und ging ins Pausenzimmer, in dem ein paar gepolsterte Stühle standen, ein Kühlschrank, eine Spüle, eine Kaffeemaschine und ein Wasserkocher. Jegliche Hoffnung auf eine saubere Tasse war zwecklos, also schnappte sie sich einen Spülschwamm und gab ihr Bestes, um zwei Tassen sauberzumachen.

Ully Mason betrat hinter ihr in den Raum. Der erfahrene Polizist stand direkt hinter ihr.

„Was soll das mit dem Bundesagenten?", fragte er in einem leisen, drängenden Flüstern. „Der sieht aus wie ein verdammter Terrorist."

Erin spülte die Tasse aus und griff nach der Küchenrolle. „Sonder nur nochmal solchen Blödsinn ab und ich werde eigenhändig eine Beschwerde gegen dich einreichen."

Ullys Wangen begannen bei ihrer Abmahnung zu glühen.

„Er ist ein Profiler von der Fallanalyse. Er ist hier, um uns dabei zu helfen, herauszufinden, wer das getan hat, bevor die ganze Stadt in Aufruhr gerät." Auch wenn sie dem FBI-Agenten nicht vertraute, würde sie noch lange nicht vor anderen Leuten aus dem Präsidium schlecht über ihn reden. Ihr Vater hatte ihr beigebracht, ihre Kollegen zu respektieren, ganz egal, welche Dienstmarke sie trugen.

„Hey, immer mit der Ruhe." Erin verdrehte die Augen und fragte sich, wie viel Ärger sie bekommen würde, wenn sie ihm einen Klaps auf den Hinterkopf gab. Ully räusperte sich und beugte sich so nah zu ihr, dass sie seinen Atem an ihrem Ohr spürte. „Ich muss dich um einen Gefallen bitten. Könntest du für dich behalten, dass ich auf dem Weg zum Einsatz eine Verkehrskontrolle durchgeführt habe?"

Erin schaute ihn skeptisch an. „Das ist doch dein Job. Niemand wird deswegen schlecht von dir denken."

Er trat befangen von einem Fuß auf den anderen. „Ja, aber nachdem ich den Sportwagen angehalten hatte, hat sich herausgestellt, dass es eine sehr heiße, blonde Frau war, und ich habe sie mit einer Verwarnung davonkommen lassen, obwohl sie über eine rote Ampel gefahren war. Ich hatte es eilig, zu dir zu kommen, aber es wird in einem Bericht nicht gut aussehen."

„Vor allem nicht, wenn du ihre Nummer bekommen hast." *Mist.* Abgesehen von den gelegentlichen Arschloch-Anflügen, war Ully ein guter Polizist. Aber er mochte die Frauen, und seine Uniform und sein gutes Aussehen bedeuteten, dass sie ihn ebenfalls mochten. „Du hattest nicht zufällig gleich Sex mit ihr, oder?", fragte sie leise.

„Nein." Beleidigt wich er einen Schritt zurück. „Verdammt, ich war im Einsatz. Ich bin doch nicht *so ein* Polizist."

Erin goss zwei Tassen Kaffee ein und holte die Milch aus dem Kühlschrank. Es war irgendwie deprimierend, dass sie noch immer wusste, wie Darsh Singh seinen Kaffee trank. Mit einem Schluck Milch. „Schön. Aber ich werde es nicht vertuschen."

„Ich habe dich ja nicht darum gebeten, zu lügen. Nur darum, mich nicht extra zu verpfeifen."

„Dich extra zu verpfeifen?" *Scheiße nochmal.* Sie stand regungslos da und zwang sich, tief einzuatmen, bevor sie weitersprach. „Ich bin auch nicht *so eine* Polizistin."

„Wie auch immer, wir machen alle mal Fehler."

Ein Schlag unter die Gürtellinie. Übelkeit rumorte tief in ihrem Bauch. Ihre Faust krallte sich um den Henkel des Milchkännchens, aber sie zwang sich, nicht weiter zu reagieren.

Durch das Fenster in der Tür konnte sie sehen, wie Darsh auf sie zukam. Während Ully auf eine direkte Hockeyspieler-Art gutaussehend war, war Darsh ein großer, klassischer, dunkler Typ und unglaublich attraktiv. Kein Wunder, dass sie vor all den Jahren so angezogen von ihm gewesen war. Er hatte gerade, schwarze Augenbrauen, ausgeprägte Wangenknochen, eine volle Unterlippe. Sein hübsches Gesicht minderte seine Maskulinität nicht im Geringsten. Seine große, breitschultrige Figur und seine langen Beine füllten seine Kampfkleidung auf eine Art aus, die den Frauen das Wasser im Mund zusammenlaufen ließ. Alle Frauen im Büro warfen ihm verstohlene Blicke zu.

Vielleicht war *das* Ullys Problem. Er mochte die Konkurrenz nicht.

Sie hingegen, war an keinem der beiden interessiert. Nicht einmal für ungebundenen Sex. Es gab doch immer irgendwelche Bindungen, und für gewöhnlich umklammerten sie ihr Herz oder ihren Stolz. Was auch immer es war, diese Bindungen erstickten ihr Selbstbewusstsein.

Darshs Haare schimmerten im Neonlicht der Küche blauschwarz. Seine Jacke raschelte, als er sich gegen den Türrahmen lehnte.

Erin stellte ihn Ully vor und hielt ihm eine Tasse Kaffee hin. „Es gibt hier auch irgendwo Zucker, wenn Sie welchen wollen." Sie deutete vage in Richtung der Anrichte.

Darsh schüttelte den Kopf. „So ist es gut, danke." Er pustete in die Tasse und nahm einen Schluck. Seine hellbraune Haut verlieh ihm ein gesundes Strahlen, vor allem in einem Land voll von schockierend blassen Wintergesichtern. Sogar ihre Hawaii-Bräune sah kaum vierundzwanzig Stunden nach ihrer Ankunft in Eis und Schnee schon wieder verblichen aus.

Ullys Blick war aufgebracht. „Wo kommen Sie ursprünglich her?"

Eine beunruhigende Stille überkam Darsh. Seine schwarzen Augen blickten so kalt, dass sich ihr die Nackenhaare aufstellten.

„Quantico", sagte er ruhig.

Ully sah ihn stur an.

Erin versteckte ein Lächeln. In einer Sache hatte Ully recht. Sie alle machten Fehler – er hatte den FBI-Agenten ganz offensichtlich unterschätzt. So sehr sie auch Gefallen daran fand, Alphamännchen beim Posieren zuzuschauen, sie musste die Ermittlung voranbringen. „Konnten wir mittlerweile die vierte Mitbewohnerin ausfindig machen?"

„Ich habe sie gefunden." Ully drehte sich um und goss sich ebenfalls einen Kaffee ein, was die Anspannung im Raum etwas vertrieb. Dann lehnte er sich gegen die Anrichte. „Tanya Whitehouse. Sie war auf einer Party, die noch immer in vollem Gange war, in einem Burschenschaftshaus auf dem Campus. Hatte Jason Brady ihre Zunge in den Hals gesteckt, als ich dort ankam, etwa gegen halb zwölf."

Jason Brady war Drew Hawkes bester Freund.

Erin schnaubte. „Ich habe Brady auf der Straße vor seinem Haus gesehen, als ich gestern Abend auf dem Weg zu Cassie war. Um 22:04 Uhr." Er hatte schwarze Trainingshosen und einen Kapuzenpulli mit Reißverschluss getragen. Dazu Turnschuhe. Er ist schließlich im Footballteam und trägt selten etwas anderes, bis auf sein Ravens-Trikot am Spieltag."

Ully fuhr fort. „Sie hatten noch nicht von den Morden gehört, als ich Tanya abgeholt habe. Sonst hätte das eine haarige Situation werden können."

Es hätte zu Handgreiflichkeiten kommen können.

„Ist sie noch hier?", fragte Erin. Der heiße Kaffee taute sie etwas auf. Zum ersten Mal seit Stunden fühlte sie sich zumindest ansatzweise wieder wie ein Mensch.

„Ich habe sie vor ein paar Stunden im Haus ihrer

Studentinnenverbindung abgesetzt. Romano hat ihre Aussage aufgenommen. Sie war ziemlich durch den Wind. Ich habe ihr gesagt, dass du dich heute mit ihr in Verbindung setzt und dass sie sich zu unserer Verfügung halten soll." Ully blickte Agent Singh vielsagend an. „Werden Sie den Hawke-Fall wieder aufrollen?"

Erin sah so neutral drein, wie sie nur konnte, und beobachtete Darshs Reaktion. Die Leute hier hielten nicht viel von Subtilität. Das war gleichermaßen ein Segen und ein Fluch.

„Ich bin hier, um dabei zu helfen, diesen Mörder zu schnappen." Darsh richtete sich auf, und Erin bemerkte, dass er größer als Ully war.

„Je schneller, desto besser", erwiderte Ully grimmig.

„Solange wir den richtigen Kerl schnappen." Der Agent trank einen weiteren Schluck Kaffee.

Erin und Ully tauschten einen Blick aus.

„Wie wollen Sie vorgehen?", fragte Singh sie geradeheraus.

Erin trank schnell ihren Kaffee aus und wusch die Tasse ab. Sie wollte nicht, dass er ihr ständig über die Schulter schaute, aber sie musste ihn auch im Auge behalten. Dass sie miteinander im Bett gewesen waren, und dass er sich offensichtlich ausgehend von dieser Begegnung eine Meinung über sie gebildet hatte, war ihr unangenehm. Aber das war der Preis, den sie zahlen musste, um die Kontrolle über ihr Leben wiederzuerlangen. Sie hatte sich diese Gelegenheit nicht entgehen lassen wollen, noch würde sie die Erinnerung daran ihre Karriere behindern lassen.

„Meine erste Priorität ist es, die Aufzeichnung des Notrufs anzuhören. Dann werde ich mit der Mitbewohnerin sprechen. Aber zunächst muss ich meinen Boss auf den neusten Stand bringen und sehen, welches Team für die Bearbeitung des Falls eingeteilt wurde. Ich muss dafür sorgen, dass alle wissen, was sie zu tun haben." Würde sie die Ermittlungen leiten? Sie wusste es nicht.

Als ob er sie gehört hätte, winkte ihr Vorgesetzter sie in sein Büro.

„Agent Singh, danke, dass Sie hergekommen sind." Chief Strassen schüttelte mit seinen fleischigen Pranken die Hand des Bundesbeamten. Dann führte er sie in sein Büro und schloss die Tür. „Ich bin Ihnen sehr dankbar, dass Sie sofort mit Ihrer Arbeit hier begonnen haben. Wir müssen der Öffentlichkeit vermitteln, dass wir gute Arbeit leisten und sie schützen können."

„Zwei tote junge Frauen sagen da etwas anderes, Chief", antwortete Singh. „Und das wissen Sie."

Erins Vorgesetzter nickte, war aber nicht verärgert, so wie er es wäre, wenn Erin diese Bemerkung gemacht hätte.

„Wir müssen diese Person fassen, bevor noch jemand zu Schaden kommt. Alle unsere Ressourcen stehen Ihnen zur freien Verfügung, Agent Singh."

Was ein Witz war, denn die zwei Dinge, die das FBI mit ins Spiel brachte, waren Ressourcen und Geld.

„Ich weiß das zu schätzen." Agent Singh neigte den Kopf zur Seite. „Aber alles, was ich im Augenblick brauche, ist Detective Donovans volle Kooperation."

Der Chief sah Erin mit einem durchdringenden Blick an und ihr fiel vor Erstaunen der Mund auf.

„Die sie auch anbietet", fügte der Agent etwas zu spät hinzu.

Ihr grimmiges Lächeln enthüllte ihre zusammengebissenen Zähne.

Erins Boss entspannte sich. „Erin ist eine gute Polizistin. Die Verurteilung von Hawke war wasserdicht…“

Ein deutliches, unausgesprochenes „aber“ hing in der Luft. *Verdammt.*

„Ich brauche ein eigenes Zimmer zum Arbeiten“, erklärte Singh.

Erin entfuhr ein spitzes Lachen. In diesem Gebäude aus den 1920er Jahren war Platz ein Luxus.

Der wütende Blick des Chiefs brachte sie zum Schweigen. „Wir haben etwas arrangiert. Es ist nicht perfekt, aber…“

Erins Augenbrauen schnellten in die Höhe. Nicht einmal sie oder Harry hatten ihre eigenen Büros, und sie ging nicht davon aus, dass der Chief sein Büro freiwillig aufgeben würde oder die Sachbearbeiter dazu zwingen würde, ihre Schreibtische zu räumen, nur weil ein FBI-Agent für ein oder zwei Tage in der Stadt war. Und den Konferenzraum brauchten sie für Einsatzbesprechungen und Auswertungsgespräche.

„Barry hat sein Büro geräumt und einen Schreibtisch hineingestellt.“ Der Chief fuhr sich mit einem Finger am Hemdkragen entlang.

Barry? Der Hausmeister? „In dem Raum gibt es nicht einmal Fenster.“ Erin lehnte sich vor, etwas schockiert darüber, wie ihr Besuch behandelt wurde. Nicht, dass Darsh es sich hier zu bequem machen sollte, aber…

„Ich bin mir sicher, es ist völlig in Ordnung“, sagte Singh. „So lange die Tür ein Schloss hat.“ Diesmal waren es die Augenbrauen des Chiefs, die hochgezogen wurden.

„Barry hat Schlüssel zu allen Zimmern. Ebenso Linda, die Assistentin der Verwaltung.“ Erin versuchte, hilfreich zu klingen. Es war unterhaltsam zu sehen, wie ihr Boss ausnahmsweise einmal in Verlegenheit geriet. „Kommen Sie, ich zeige Ihnen, wo es ist."

„Wir treffen uns Punkt neun Uhr im Konferenzzimmer", rief ihnen der Chief hinterher.

Erin und Darsh gingen an den Umkleidekabinen vorbei bis zum Ende des Flurs. Das Linoleum war dreckig und wellte sich an den Rändern nach oben. Die Leute in Polizeigewahrsam bekamen diesen Teil des Reviers nie zu Gesicht. Sie blieben auf der anderen Seite in den Arrestzellen, nicht dort, wo die Polizisten ihren Papierkram erledigten. Die Zellen für die Untersuchungshaft befanden sich im Keller des Gebäudes.

Vor der letzten Tür auf der rechten Seite blieb Erin stehen. An der Wand war ein verblichenes Holzquadrat, von dem Barry das „Hausmeister"-Schild entfernt hatte.

„Da wären wir." Erin öffnete die Tür und schaltete die einzige Glühbirne an, die von der Decke baumelte. Der Raum war sauber geschrubbt und roch stark nach Desinfektionsmittel mit Kieferngeruch. Die Regale, auf denen gewöhnlich die Reinigungsmittel standen, waren leergeräumt. Erin ging in das Zimmer und musste sich durch einen Spalt quetschen, da die Tür sich nicht vollständig öffnen ließ. Eine schwarze Gummimatte bedeckte einen Abfluss im Boden. Der ramponierte Schreibtisch nahm fast den gesamten Raum ein – weiß Gott, wie sie den hier herreinbekommen hatten. Ein gepolsterter Bürostuhl, der verdächtig wie Erins aussah, brachte wenigstens ein bisschen Stil in diesen beengten Schuhkarton.

Darsh kam hinter ihr her. „Immerhin ist es gemütlich." Zum ersten Mal zog sich einer seiner Mundwinkel nach oben, blitze in seinen Augen Humor auf.

Der Augenblick, in dem sie ihn die Bar hatte betreten sehen, schoss in ihre Erinnerung zurück. Er war mit einer

Gruppe von Männern unterwegs gewesen, die alle gleich angezogen gewesen waren, ein bisschen verschwitzt und zerknittert ausgeschaut hatten, so als ob sie den ganzen Tag lang Krieg gespielt hätten. Sie alle waren durchtrainiert gewesen, gutaussehende Kerle, aber sie hatte nur Augen für diesen Mann hier gehabt, und sie wussten beide, wie das ausgegangen war. Ihr Herz hämmerte und ihr Gesicht wurde heiß. Ein ungewohntes Kribbeln der Erregung schoss durch ihre Adern, zum ersten Mal seit Jahren.

Sein Blick blieb an ihren Lippen hängen, aber sein Ausdruck verriet nichts. Sie taten beide so, als ob die sexuelle Spannung zwischen ihnen nicht die Moleküle in der Luft aufluden. Es führte nirgendwo hin, und sie weigerte sich, ihm nachzugeben.

„Ich lasse Sie dann mal allein, damit Sie sich einrichten können." Erin wollte sich an ihm vorbeizwängen, aber er hielt ihre Schultern fest. Seine Hand fühlte sich an, als ob sie sie brandmarken würde, trotz der Jacke, die sie trug.

„Sagen Sie mir eins?" Seine Stimme war tief und weich, wie ein Whiskey nach Mitternacht. „Weiß Ihr Mann, was passiert ist?"

Erin riss sich aus seinem Griff los, als ob sie sich verbrannt hätte, und stieß mit dem Kopf gegen das Regal hinter ihr. *Verdammt.* Sie rieb sich die entstehende Beule. „Das tut nichts zur Sache. Ich bin nicht mehr verheiratet."

„Sie sind geschieden?" Seine Hand schnellte vor, um sie aufzuhalten, obwohl sie am liebsten davongerannt wäre.

So grob behandelt zu werden, entsprach nicht ihrer Interpretation von Spaß, also wand sie sich aus seinem Griff und zwang sich, ihm nicht die Finger zu brechen. „Nein."

Sie ignorierte seinen irritierten Blick und wie seine Augen

plötzlich nicht mehr skeptisch, sondern interessiert schauten, in dem Wissen, dass ihr Ehemann tot und sie Single war. Sie schuldete ihm keine Erklärung. Und es würde nichts zwischen ihnen ändern.

„Sie können sich bei den Sachbearbeitern im Büro neben Chief Strassen mit Büromaterial versorgen. Wenn Sie so weit sind und den Notruf anhören wollen, kommen Sie bei mir vorbei."

„Erin…"

„Nein", unterbrach sie ihn brüsk. „Es ist vorbei. Aus, Ende. Es hat nichts bedeutet, und es wird sich nicht wiederholen."

Sein Kiefer verkrampfte sich, aber abgesehen davon blieb er regungslos stehen. Als er sprach, konnte er die Wut in seiner Stimme kaum zügeln. „Ich habe nicht um eine Wiederholung gebeten. Ich versuche nur zu verstehen, was zur Hölle hier vor sich geht."

Erin zog eine Augenbraue hoch. Sein Ausdruck verriet nichts, aber sie wusste, dass er log. Sie tippte auf die goldglänzende Dienstmarke, die er an seinem Gürtel befestigt hatte, und er zuckte erschrocken zusammen. Vielleicht hatte er geglaubt, sie würde tiefer zielen.

„Das einzige, was hier vor sich geht, ist eine Mordermittlung." Dann zwängte sie sich durch die Tür und floh.

Ihr Problem, entschied sie, während sie zu ihrem Schreibtisch zurückging, war ihr Jetlag, zusammen mit dem Schlafmangel, dem schrecklichen Doppelmord und dem Nichtvorhandensein eines normalen Sexlebens. Mit einem Spritzer kalten Wassers im Gesicht und einer Koffeininfusion würde sie die ersten beiden Probleme in Angriff nehmen können, zumindest, um die nächsten Stunden zu überstehen.

Ihr nicht vorhandenes Sexleben war etwas, was sie einfach akzeptieren musste, denn nie wieder würde sie das Risiko eines gebrochenen Herzens eingehen. Sie blieb abrupt stehen und schaute entgeistert auf den harten Plastikstuhl, der an ihrem Schreibtisch stand.

Lass es gut sein. Ein Tag, maximal zwei, und Darsh Singh würde wieder verschwinden. Sie musste einfach ihre Vergangenheit vergessen und so viele Informationen wie nur möglich aus ihm herausquetschen, damit sie diesen Mörder wegsperren konnten. Das war das Einzige, was zählte.

FÜNFTES KAPITEL

DARSH SAß AN einem kleinen Tisch, ihm gegenüber waren Erin und Officer Bickham, die Polizistin, die ihn letzte Nacht nicht durch die Absperrung hatte lassen wollen. Er war dankbar für den Puffer, den eine weitere Person im Raum darstellte. In dem Augenblick, in dem er und Erin allein gewesen waren, und er herausgefunden hatte, dass sie nicht mehr verheiratet war, war ihre Anziehung auf ihn um ein Vielfaches nach oben geschossen, was weder angebracht noch professionell war. Und wenn sie nicht mehr verheiratet war, aber auch nicht geschieden, dann konnte das nur bedeuten, dass der Kerl tot war, und das wiederum warf eine ganze Reihe anderer Fragen auf. Erin Donovan war ein Interessenskonflikt auf zwei Beinen.

Donovan hatte die Leitung der Ermittlungen inne – im Augenblick jedenfalls – aber der Chief drängte auf Ergebnisse, wie es Menschen in seiner Position immer taten. Darsh war gespannt darauf, zu sehen, wie das ihre Arbeitsweise in den nächsten vierundzwanzig Stunden beeinflussen würde. Würde sie Regeln ignorieren oder es sich zu einfach machen? Das war unter so viel Druck schnell passiert.

„Okay, wir sind so weit, Cathy", sagte Erin zu der Polizistin. Die Teambesprechung sollte in weniger als einer halben Stunde beginnen, und sie wollten beide so schnell wie möglich den Notruf hören.

Jeder gute Polizist würde das wollen.

Bickham drückte auf eine Taste auf dem Laptop. Die Stimme des Dispatchers fragte den Anrufer nach dem Notfall. Schweres Atmen war zu hören.

„Hilfe." Ein Schluchzen. Ein Schlucken. Noch mehr schweres Atmen. Die Luft im kleinen Verhörzimmer lud sich immer mehr auf. *„Da ist j... jemand in meinem Haus. Er ist..."* Ein heftiges Einatmen schnitt den Anruf ab. Die Haare in Darshs Nacken stellten sich auf, als ob ein Geist seine Haut geküsst hätte.

Er und Donovan tauschten Blicke aus.

„Ist das Cassie Bressinger?", fragte er.

Donovan nickte. „Klingt wie sie, aber wir müssen erst die Stimmenanalyse mit den anderen Notrufen und den Interviews, die sie in den letzten Monaten gegeben hat, vergleichen, bevor wir sicher sein können." Sie hatte ihre Hände ineinander verkrallt.

„Von wo kam der Anruf?", fragte er.

Erin schaute nach der Nummer. „Cassies Handy." Das sie im Haus gefunden hatten.

„Der Notruf wurde um fünf vor zehn abgesetzt. Officer Ully Mason hat mich um zehn auf dem Parkplatz getroffen, als ich gerade nach Hause wollte, und ich habe entschieden, noch dort vorbeizufahren."

Ully Mason war ein bigottes Arschloch. Lief da etwas zwischen ihm und Erin Donovan? Darsh bohrte seinen Kugelschreiber in den Notizblock. Es ging ihn nichts an.

„Ully musste noch tanken. Ich entschied mich, die südliche Strecke zu nehmen, was einen längeren Weg bedeutet. Ich habe etwa zehn Minuten gebraucht." Ihre Haut wirkte unter der Neonröhre blass. „Wenn ich schneller gefahren wäre oder die Tür eingetreten hätte, sobald ich angekommen war…"

„Um wie viel Uhr kam Mason an?", fragte Darsh.

„Etwa halb elf."

Er zog eine Augenbraue hoch. Das war verdammt lange, um von A nach B zu kommen, selbst wenn er noch tanken musste, wie sie gesagt hatte. „Spielen Sie es noch einmal ab", forderte er.

„Hilfe. Da ist j… jemand in meinem Haus. Er ist…" Ein Ton in der Stimme der Frau krallte sich in sein Herz. Hatte sie gewusst, dass er sie umbringen würde oder glaubte sie, dass er sie wie die Opfer im letzten Jahr am Leben lassen würde?

„Stellen Sie es lauter." Donovan neigte ihren Kopf zur Seite, während sie zuhörte. „Ich glaube, da ist irgendwas im Hintergrund."

Officer Bickham erhöhte die Lautstärke des Laptops soweit es ging und Cassandra Bressingers Stimme erfüllte den kleinen Raum mit blechernem Klang.

Darshs Haut kribbelte. Dieses Maß an Angst konnte man nicht vortäuschen.

„Er ist bei ihr im Zimmer. Er zwingt sie, den Anruf zu machen, oder?", fragte Erin plötzlich.

Sie hatte gute Instinkte.

„Das denke ich auch, ja." So, wie der Anruf abbrach, bevor sie irgendwelche relevanten Informationen übermitteln konnte, klang es danach. Die Todesangst in ihrer Stimme und die unfassbare Selbstkontrolle, die sie aufbringen musste, um nicht einfach loszuschreien. Cassie war gezwungen worden, diese Nachricht zu übermitteln, vermutlich in dem Wissen, dass sie gleich sterben würde.

Aber auch er bemerkte, was Erin schon aufgefallen war.

Der Sound von Halestorms „In Your Room", der gerade noch hörbar im Hintergrund ertönte. Sein Gehör hatte durch das viele Schießen im Marine Corps gelitten. Er trug so gut wie immer Gehörschutz, aber es war nicht so einfach, mit Ohrstöpseln in einem Kriegsgebiet herumzurennen. „Gut bemerkt", sagte er.

Ihre Augen blitzten überrascht auf, und Darsh ertappte sich dabei, wie er in ihre Tiefen starrte – sie waren nicht ganz blau, nicht ganz grau. Ihre Farbe war einzigartig und schwer zu beschreiben, ein bisschen wie die Frau selbst. Er schaute zur Seite und fuhr sich mit der Hand durch die Haare. Er wollte seine Vorgesetzten beeindrucken, nicht blamieren, indem er dem weiblichen Detective hinterherlechzte, deren Arbeit er eigentlich bewerten sollte.

„Das ist der Song, der auf Mandys Computer pausiert war", erkannte er. „Also hat der Täter Cassie vermutlich gezwungen, den Notruf zu machen und hat danach die Musik ausgestellt."

Warum?

Darsh blockte alle unnötigen Gedanken, verschwand in seinem mentalen Rückzugsort. „Wir wissen, dass eine der Mitbewohnerinnen, Tanya, um etwa acht Uhr zu einer Party gegangen ist. Die andere Mitbewohnerin, Alicia, wurde nicht vor zehn zu Hause erwartet." Hatte der Täter die Terminpläne der Frauen gekannt? Hatte er das Haus beobachtet? „Innerhalb dieses Zeitfensters von zwei Stunden dringt der Täter ins Haus ein, geht nach oben in den ersten Stock, überfällt Cassie und fesselt sie ans Bett..." Er schüttelte den Kopf. „Ich glaube nicht, dass er es riskieren wollte, Cassie zu vergewaltigen, bis er sich ganz sicher sein konnte, dass Mandy keine Bedrohung mehr darstellte."

„Er hatte nicht die Zeit, beide Frauen in den fünfzehn Minuten zu vergewaltigen und zu töten, die ich gebraucht habe, um zum Haus zu kommen", bemerkte Erin.

Sie hatte recht.

Darsh checkte die Länge des Songs. Zwei Minuten und siebenundvierzig Sekunden. „Und ich glaube kaum, dass er die Polizei angerufen hat, bevor er mit allem fertig war und bereit, abzuhauen. Also war Mandy vermutlich sein erstes Opfer, und die Musik hat die Tat übertönt, ebenso wie den ersten Angriff auf Cassie." Den Angriff, mit dem er Cassie derart bedroht und handlungsunfähig gemacht hatte, dass er sie zur Aufnahme des Anrufs zwingen konnte. „Er hat ihre Nachricht aufgenommen, wahrscheinlich mit seinem Handy." Darsh wäre bereit gewesen sein Lieblingsgewehr darauf zu setzen, dass der Täter mehr als nur diese Nachricht aufgenommen hatte. „Dann hat er mit Cassies Handy den Notruf gewählt und die Aufnahme abgespielt, kurz bevor er den Tatort verlassen hat."

Erin streckte ihre Finger auf der Tischplatte aus. „Sie waren also schon tot, als wir den Notruf erhielten?"

Darsh sah sie düster an. „Ich denke schon. Der Gerichtsmediziner wird es uns genauer sagen können."

Etwas von der Anspannung fiel von Erins Schultern ab, auch wenn ihre Hände sich kurz zu Fäusten ballten. Ganz egal wie schnell sie gefahren wäre oder ob sie die Tür eingetreten hätte, sie hatte nie eine Chance gehabt, diese jungen Frauen zu retten.

Es gefiel Darsh nicht, wie er immer mehr Empathie für Erin entwickelte. Er sollte ihre Fähigkeiten als Polizistin untersuchen, nicht ihr emotionales Befinden. Er konnte es sich nicht erlauben, dass seine Gefühle seiner Effizienz im Wege standen.

„Vielleicht kann uns der Gerichtsmediziner sagen, welche der Frauen zuerst gestorben ist", meinte sie.

„Wenn wir das wissen, können wir die Vorgehensweise des Täters besser rekonstruieren. Aber es bringt uns seinem Motiv keinen Schritt näher, abgesehen von persönlicher Genugtuung."

Erin trank einen Schluck ihres schwarzen Kaffees und er bemerkte, wie er sie nachahmte. *Verdammt.* Er stellte seine Tasse wieder ab. Sie tat es ihm gleich.

„Es kommt mir so vor…" Die junge Polizistin bot in der peinlichen Stille einen Gedanken an.

Darsh wartete ab, während Cathy Bickham hörbar schluckte.

„Naja, wenn jemand ein Verbrechen meldet, landet er gewöhnlich entweder als Zeuge oder als Verdächtiger auf dem Radar der Polizei. Dadurch, dass er Cassie gezwungen hat, den Notruf selbst abzusetzen, hat er sich aus dieser Gleichung herausgezogen."

„Eine sehr gute Beobachtung", sagte Darsh.

„Aber warum ruft er überhaupt an? Ein paar Minuten später ist Alicia aus der Bibliothek zurückgekommen und hat die Leichen entdeckt", bemerkte Erin. „Das scheint wie eine absichtliche Verspottung der Polizei."

„Oder er hat die Mädchen bestraft, indem er sie anriefen ließ", argumentierte Darsh. „Wir wissen alle, was passiert, wenn man zu oft falschen Alarm schlägt."

„Jeder in der Stadt wusste über diese Anrufe Bescheid", erklärte Erin. „Es wurde in der lokalen Zeitung darüber berichtet."

Sie wand sich aus ihrer Jacke und enthüllte eine eng

geschnittene weiße Bluse. Dass sein Blick mitten in einer Mordermittlung auf den undeutlich sichtbaren Konturen ihres Spitzen-BHs verweilen wollte, brachte ihn zur Weißglut.

Darsh hatte sich immer viel auf seine Selbstdisziplin eingebildet. Er ließ sich nicht von Impulsen oder Verlangen leiten. Er war gründlich, engagiert und arbeitete hart. Und darüber hinaus wusste er auch, wie zerstörerisch es sein konnte, wenn Menschen rücksichtslos den Dingen nachjagten, die sie haben wollten, ohne sich um andere zu kümmern. So wollte er nicht sein. Er zwang seine Aufmerksamkeit wieder auf die eigentliche Sache – auf den Job, auf den Fall.

„Dass ich Polizistin bin, hat Cassie nie aufgehalten." Erins Stimme wurde leiser. „Sie war intelligent und stark, eine Kämpferin. Ich glaube, sie hat sich gegen ihn gewehrt, bevor er sie überwältigt hat, was vielleicht der Grund ist, weshalb er sie so zugerichtet hat."

Manchmal wehrten sich die Opfer überhaupt nicht. Sie machten einfach zu und warteten darauf, dass es endlich vorbei war. Es war der vermutlich stärkste Überlebenstrieb, wenn man einer stärkeren, brutaleren Person ausgeliefert war. Überleben schloss viele Dinge mit ein – kämpfen, fliehen, aushalten, Zufall. Viele Vergewaltigungsopfer erstarrten und machten sich deshalb Selbstvorwürfe. Viele reagierten auf eine Art, die für Außenstehende später keinen Sinn ergab. Oftmals konnten sich die Opfer an die Details des Angriffs nicht mehr erinnern, weil ihr Gehirn zumachte, um diese Erfahrung zu überleben. Die Schlacht verlieren, um den Krieg zu gewinnen? Vielleicht. Was auch immer es war, Verteidigungsanwälte liebten es.

Erin schaute auf ihre Armbanduhr. „Wir müssen zur Teambesprechung."

Darsh würde später eine ausführliche Zeitleiste des Verbrechens erstellen müssen, aber bis dahin machte er sich seine eigenen Notizen. Die junge Polizistin nahm den Laptop mit der Aufnahme des Notrufs mit.

Er deutete mit seinem Kugelschreiber auf den Computer. „Cathy, ich brauche bitte eine Kopie der Aufzeichnung." Er fischte eine Visitenkarte aus seinem Portemonnaie. „Ich werde sie zur Analyse an unser Labor weiterleiten. Wissen Sie was, schicken Sie doch alle Beweismittel so schnell es geht nach Quantico. Mir wurde versprochen, dass sie mit höchster Priorität bearbeitet werden."

„Wann können wir mit den Ergebnissen rechnen?", fragte Erin.

„Möglicherweise bis Ende der Woche." Brennan hatte Darsh versprochen, dass er die Kriminaltechniker antreiben und die üblichen Warteschlangen umgehen würde.

„Na Gott sei Dank für das FBI. Am Ende gründe ich noch einen Fanclub." Erin warf ihm ein flüchtiges Lächeln zu und vergaß für einen Augenblick, dass sie ihn nicht besonders mochte.

„Wir sind stets darum bemüht, alle zufriedenzustellen."

Erins Pupillen wurden groß. Und plötzlich entwickelte sich ihr Bewusstsein füreinander wie Blitze in einer Gewitterwolke.

Bickham räusperte sich, offensichtlich nahm sie die sexuellen Untertöne nicht wahr, die zwischen ihm und Donovan brodelten. „Das wäre super, Agent Singh, vielen Dank."

„Nennen Sie mich Darsh." Er schenkte ihr sein bestes Lächeln.

„Ja, Sir." Bickham nickte und verließ eilig den Raum.

„Warum ist sie so nervös?", fragte er Erin, nachdem die Polizistin verschwunden war, dankbar, über etwas anderes als den Fall oder sie beide sprechen zu können.

Erin tippte mit ihrem Kugelschreiber auf den Tisch, während sie die Stichpunkte betrachtete, die sie in ihr Notizbuch geschrieben hatte. „Ich glaube, sie ist ein bisschen eingeschüchtert, weil Sie vom FBI sind", sagte sie geistesabwesend. „Sie hat mir einmal erzählt, dass es ihr absoluter Traum ist, Agentin zu werden."

„Ich kann ihr gerne ein paar Tipps für die Bewerbung geben, wenn sie so weit ist. Falls sie das möchte."

Erin lächelte, und Darsh starrte sie an wie ein Narr. Er vergaß immer wieder, wie unglaublich schön sie war, wenn sie nicht gerade stinksauer auf ihn war.

„Ich bin mir sicher, dass sie das zu schätzen wüsste." Erin stand auf, lehnte sich an den Tisch, verschränkte die Arme vor der Brust und enthüllte Ausschnitt, Dienstmarke und die Pistole in ihrem Gürtelholster. Seine Haut fühlte sich angespannt an. Sein Nacken war heiß. „Sie hat außerdem die Tendenz, sich von einem hübschen Gesicht ablenken zu lassen."

Darsh erstarrte und hob sein Kinn. „Sie finden, ich habe ein hübsches Gesicht?"

„Nein", erwiderte Erin mit einem Grinsen, das ihm zu verstehen gab, dass sie genau wusste, was er dachte. Dann sammelte sie ihre Notizen zusammen. „Aber *sie* findet das." Dann verließ sie mit einem kessen Hüftschwung den Raum.

Er ertappte sich dabei, wie er lächelte. Dann riss er sich zusammen und stand langsam auf. Er lief Gefahr, sie wieder viel zu sehr zu mögen. *Und du sollst untersuchen, ob sie so viel*

Mist gebaut hat, dass ein unschuldiger junger Mann ins Gefängnis gewandert ist, ganz zu schweigen davon, dass zwei junge Mädchen umgekommen sind.

Genau. Das auch.

————

DAS ZENTNERSCHWERE GEWICHT, das auf Erins Brust lag, seit sie die toten jungen Frauen entdeckt hatte, hatte sich ein wenig angehoben, in dem Wissen, dass sie vermutlich schon tot gewesen waren, als der Notruf abgesetzt wurde. Dennoch kam sie zehn Stunden später aus der Teamsitzung und war dem Mörder keinen Schritt näher als in dem Moment, als sie vor dem Haus der Mädchen vorgefahren war.

Die Fernsehnachrichten plärrten im Hintergrund und sendeten die Aufnahmen der schwarzen Leichensäcke, die in den Wagen des Gerichtsmediziners geladen wurden. Reporter waren in die kleine Stadt eingefallen und kreisten um die Polizeistation wie Geier um einen Kadaver. Wenn man clever war, würde man darauf wetten, dass sie es zuallererst auf Erins Leiche abgesehen hatten.

So viel zu diesem Urlaub.

Harry Compton, ihr Kollege, arbeitete sich durch sämtliche sozialen Medien und kontaktierte die Mobilfunkanbieter, um an die Auflistungen der Anrufe und an die Mailboxnachrichten zu kommen. Die physischen Beweisstücke wurden gerade per Kurier nach Quantico gebracht, wo sie auf dem schnellsten Wege zu Analyse geschickt werden würden. Das allein sagte ihr, dass jemand in einer Position weit über Agent Singh die Fäden in der Hand hielt.

Jeder, der auf der Liste der Sexualstraftäter in der Stadt

stand, hatte für Montagnacht ein Alibi. Es gab keine Verdächtigen.

In keiner Mülltonne der Stadt waren die Bettlaken gefunden worden. Streifenpolizisten waren immer noch dabei, die Nachbarschaft zu durchkämmen und befragten noch die Anwohner, die bei ihrem ersten Versuch nicht zu Hause gewesen waren. Das war einer der Eckpfeiler guter Polizeiarbeit – Nachbarschaften zu durchkämmen und immer und immer wieder die gleichen Fragen zu stellen. Nun waren Erin und Agent Singh auf dem Weg, um Tanya Whitehouse und Alicia Drummond zu befragen, die beide im Haus ihrer Studentinnenverbindung untergekommen waren. Danach hatten sie einen Termin im Leichenschauhaus, gefolgt von einer weiteren Teambesprechung um fünfzehn Uhr.

Erin war ein wenig überrascht darüber, dass sie die Ermittlungen leitete, aber sie vermutete, dass es so leichter sein würde, sie zu feuern, sollte sie keinen Täter verhaften können. Wie viel Zeit würden sie ihr geben, um Ergebnisse zu liefern? Einen Tag? Eine Woche?

„Wir fahren mit Ihrem Auto", informierte sie Agent Singh, als sie ihn vor dem Büro ihres Chefs einholte. „Mein Wagen ist auf dem Campus bekannt. Es würde mich nicht überraschen, wenn man mir die Reifen zerstechen würde."

Er zog eine Grimasse. „Doch so beliebt?" Er kramte seinen Schlüssel hervor, während sie die Stufen zum Parkplatz hinuntergingen.

„Wie Schweinerippchen bei einem veganen Barbecue."

Die Reporter, die auf einer Seite des Parkplatzes zusammengepfercht waren, begannen, Blut zu wittern, als sie sie sahen. Erin ignorierte sie, ebenso wie die bittere Kälte, die sich in ihren Körper zu krallen versuchte. Darsh drückte auf den

Schlüssel und sie stieg in den Wagen, dankbar für den Komfort der Ledersitze.

„Sie haben hier ja einen ganz hübschen Fanclub. Wie kommen Sie mit der ganzen Lobhudelei klar?"

Anscheinend hatte sie kein Monopol auf Sarkasmus. „Das ist ganz einfach. Ich habe eine Dienstmarke und eine Waffe, und ich kann sie benutzen." Erin verzog das Gesicht, sie brauchte diesen Moment der Ehrlichkeit. „Ich mache meine Arbeit, auch wenn die Ergebnisse niemandem gefallen." Sie schnallte sich an, und ihr wurde der beeindruckende Körper neben ihr, den sie zu einem anderen Zeitpunkt schon einmal nackt betrachtet hatte, unangenehm bewusst. Zu ihrer Verwunderung stellte sie fest, dass ihr Rücken und ihre Beine warm wurden. Sitzheizung. Gott sei Dank. „Das ist mal was anderes als mein alter Truck."

„Sie kommen mir gar nicht wie ein Truck-Typ vor." Darsh startete den Motor und fuhr aus der Parklücke.

„Wie meinen Sie das?"

„Naja, mehr wie eine Hybrid-SUV-Person."

Erin lachte auf.

Die Presse würde versuchen, sein Nummernschild zu identifizieren, noch bevor sie den Straßenblock hinter sich gelassen hatten. Was würden sie mit der Tatsache anfangen, dass ein FBI-Fallanalyst in die Ermittlungen involviert war? Der Chief würde es ihnen ohnehin bald mitteilen. Alles, um die Bestie zu füttern.

Sie zuckte mit den Schultern. „Ich brauchte ein Fahrzeug, mit dem ich gut durch den Schnee komme, und mit dem ich die Möbel transportieren konnte, als ich von Queens hierhergezogen bin."

„Wann sind sie weg von der New Yorker Polizei?"

Diese unschuldige Frage brachte alle möglichen schmerzhaften Erinnerungen zurück. „Fahren Sie hier links und danach rechts auf die Main Street." Sie hoffte, er würde die Frage vergessen.

Leider kein Glück.

„Es ist also vertraulich, wann Sie hier angefangen haben?"

„Wenn ich die Wahl hätte, wäre mein ganzes Leben vertraulich." Der defensive Tonfall in ihrer Stimme verriet zu viel. Er konnte es auch selbst herausfinden, wenn er wollte, und jetzt hatte sie es irgendwie zu einer *großen Sache* gemacht. *Scheiße.* „Vor drei Jahren."

„Kurz nachdem wir uns begegnet sind?"

Feurige Hitze schoss durch ihre Wangen, als sie sich daran erinnerte. „Drei Monate nach meinem Trainingskurs beim FBI, ja. Biegen Sie in einer halben Meile rechts ab."

Erin beobachtete, wie seine Hände sich um das Lenkrad legten. Lange, elegante Finger. Kurze, saubere Fingernägel. Sie musste daran denken, wie sie über ihre Haut gefahren waren.

Sie zuckte zusammen, als er sprach.

„Ich nehme an, Ihr Mann ist nicht mit Ihnen mitgekommen?"

Sie kämpfte gegen den Würgereiz an, der in ihr aufstieg. „Nein."

„Wieso nicht?"

Sie starrte ihn stumm an.

„Sie wissen, dass ich es auch so herausfinden kann." Er zuckte mit seinen beeindruckenden Schultern und Erin wünschte sich, sie wäre eine bessere Lügnerin.

„Viel Spaß dabei." Aber alles, was er tun musste war, die Berichterstattungen zu dem Fall zu lesen. Die Reporter hatten einen Heidenspaß dabei gehabt, in ihrer „tragischen" Vergangenheit zu wühlen.

„Ich will kein Arschloch sein, aber…"

„Aber Sie haben ein Problem damit, Sex mit verheirateten Frauen zu haben. Glauben Sie mir, das hatte ich schon verstanden, als sie am nächsten Morgen aus dem Hotelzimmer gestürmt sind."

„Das wollte ich nicht sagen…"

„Sie glauben, dass jeder, der seinen Partner betrügt, automatisch nicht vertrauenswürdig ist."

Darsh atmete hörbar ein. „Sie haben Ihr *Gelübde* gebrochen, Erin. Ist das nicht die Definition von *nicht vertrauenswürdig?*"

Sie schob die Hände in ihre Manteltaschen, damit er nicht sehen konnte, dass sie zitterten. „Dann wissen Sie ja schon alles über mich. Belassen wir es einfach dabei."

Ein weiteres, langes Ausatmen legte nahe, dass er sich zusammenreißen musste. „Sie legen mir die Worte in den Mund. Das bedeutet für gewöhnlich, dass Sie ablenken wollen."

„Ablenken von was? Sie haben gefragt, warum der Mann, den ich geheiratet habe, nicht mit hierhergekommen ist. Er ist gestorben, okay?" Scham stieg in ihr auf. „Und Sie wollen wissen, ob er über uns Bescheid wusste?" Sie zwang sich, es beiläufig klingen zu lassen, als ob One-Night-Stands etwas waren, was sie ständig machte. „Er wusste es nicht."

„Gut."

Er schluckte ihre Erklärung, was ihre Wut auf ihn unerklärlicherweise noch ansteigen ließ. „Ich schätze, ich hätte besser einen Ihrer Kumpels abschleppen sollen, hm? Einen mit weniger schlechtem Gewissen." Sie lachte abfällig. Gott, er musste glauben, dass sie verrückt war.

Seine Augen wurden schmal und seine Finger krallten sich um das Lenkrad. „Ich schätze, ja." Aber der Ausdruck auf seinem Gesicht verriet ihr etwas anderes. Wut legte sich über seine Züge. Eine Ader pulsierte an seinem Hals.

Eine Person mit gesundem Menschenverstand würde ihm die Wahrheit erzählen, aber die Wahrheit war zu hässlich. Und sie wollte kein Mitgefühl und keine Vergebung, vor allem nicht von diesem Mann. Je weniger er sie mochte, desto weniger würde die Anziehung zwischen ihnen zum Problem werden.

„Vielleicht sollten wir einfach nur den Fall besprechen", sagte er endlich.

Genau das, was auch sie wollte, nur dass sie sich jetzt so fühlte, als ob ihr Innerstes blutig gekratzt worden wäre. „Das ist wahrscheinlich das Beste."

„Erzählen Sie mir von den Beweisen, die sie an den anderen Tatorten gefunden haben."

Erin presste die Lippen zusammen. Die Beweise der anderen Fälle noch einmal zu betrachten, bedeutete nicht automatisch, dass sie einen Fehler gemacht hatte. „Wir haben Haare von Drew Hawke am Tatort einer der Vergewaltigungen gefunden."

„Aber kein Sperma, richtig?"

„Kein Sperma", stimmte sie zu. „Er hat ein Kondom benutzt." Das Bild von Cassies leblosem, nacktem Körper blitzte in ihren Gedanken auf und sie vergrub sich noch tiefer in ihrem Mantel. Die Vorstellung, so ausgestellt und verletzlich zu sein, machte sie vollkommen fertig. „Vielleicht haben wir dieses Mal mehr Glück."

„Vielleicht. Die Laken mitzunehmen, um Beweise zu entfernen, deutet auf ein Wissen über Forensik hin. Ganz zu schweigen vom Bleichmittel. Hawke hatte nie zugegeben, die Laken mitgenommen zu haben?"

Erin schüttelte den Kopf. „Und wir haben sie nie gefunden."

„Das ist eine ungewöhnliche Vorgehensweise", sagte Darsh.

„Hawke hat nicht einmal zugegeben, die anderen Frauen je gesehen zu haben, ganz zu schweigen davon, sie vergewaltigt zu haben. Er hat auch nicht die ‚Ich dachte, sie wollten es auch'-Ausrede vorgebracht, was so viel einfacher zu verteidigen gewesen wäre." Und was so oft dazu führte, dass die Opfer beschuldigt wurden, und es zu Freisprüchen kam. Der Hawke-Fall war ein solch wegweisender Sieg gewesen, und die Universität hatte so entschieden auf der Seite der Opfer gestanden, dass Erin nicht daran denken wollte, was es bedeuten würde, wenn sie den falschen Kerl verhaftet hätte.

„Sie klingen, als ob Sie Zweifel hätten." Er warf ihr einen Blick zu.

„Mir gefällt es nicht, zwei tote Frauen in meinem Bezirk zu haben. Und ich werde meinen Kopf nicht in den Sand stecken, wenn es eindeutige Ähnlichkeiten zwischen den beiden Fällen gibt. Das bedeutet aber nicht, dass ich nicht glaube, dass er es getan hat. Biegen Sie hier links ab." Sie war ein Detective – und Detectives untersuchten Fälle und fanden Beweise.

Sie fuhren schweigend weiter, beide in ihre eigenen Gedanken versunken. Nach fünf Minuten hielten sie vor dem großen, hellgrünen Haus der Studentinnenverbindung.

„Die Mädchen haben sich hier in ihrem ersten Jahr an der Uni kennengelernt und sind im zweiten Jahr zusammengezogen", informierte sie ihn.

Darsh starrte einen Augenblick auf das Haus. Er machte keine Anstalten, auszusteigen. „Ich habe den Reiz von Verbindungen nie verstanden."

„Ich auch nicht", stimmte sie zu. „Ich habe während dem College die ganze Zeit zu Hause gewohnt und mir ein Zimmer mit meiner jüngeren Schwester geteilt. Sie ist unordentlicher als ein Haus voller Burschenschaftler." Erin vermisste ihre Familie, auch wenn sie ihr den letzten Nerv raubte.

„Ich war im Wohnheim", sagte er.

„Die ganze Zeit?" Erin löste ihren Gurt und legte die Hand auf die Türklinke, hielt aber inne, bevor sie ausstieg.

„Ich habe das College nach zwei Jahren abgebrochen. Bin dann zum Marine Corps gegangen."

„Also waren Sie tatsächlich ein Marine." Das amüsierte sie, bis ihr bewusst wurde, dass er sich vermutlich nach dem 11. September verpflichtet hatte. Es war eine schreckliche Zeit in New York City gewesen. Die endlosen Listen mit den Namen der Opfer, viele von ihnen Bekannte ihrer Familie. Feuerwehrleute, mit denen sie früher zur Schule gegangen war. Und so viele Leute waren später noch krank geworden. Es war ein Wunder, dass niemand aus ihrer Familie umgekommen war.

Nach diesem Albtraum waren viele dem Ruf gefolgt, ihrem Land zu dienen. Dieser Tag hatte den Lauf der amerikanischen Geschichte verändert. „Ich schätze, die Marines sind auch eine Art Verbindung."

„*Ooh-Rah*."

„Sie vermissen es." Sie erkannte die Sympathie in seiner Stimme. Und den unglaublichen Stolz.

„Das Corps war eine gute Zeit. Der Krieg nicht so sehr." Er schien dichtzumachen und sie wusste, dass es nichts bringen würde, zu drängen.

„Aber sehr weit weg sind sie nicht gegangen." In Quantico befand sich nicht nur die Zentrale des FBI, sondern auch ein Stützpunkt des US-Marine Corps.

Sein Lächeln wirkte schief. „Ich war in Kalifornien stationiert. In Twentynine Palms. Aber ja, ich habe während meiner Ausbildung auch Zeit in Quantico verbracht."

Sie starrte in diese unfassbar dunklen Augen und auf sein wunderschönes Lächeln und ertappte sich dabei, wie sie Luft holen musste, als ihr Herz in ihrer Brust einen Dauerlauf lief. Die Luft entfloh aus in ihren Lungen und sie drückte die Autotür auf, bevor sie noch etwas Dummes sagte. Herrgott, manchmal war sie einfach so blond.

Er sah also gut aus? Und wenn schon? Sie verdrehte über sich selbst die Augen. Sie hatte einen Job zu erledigen, musste Gerechtigkeit walten lassen. Sie ging auf dem Gartenweg voran auf die Eingangstür zu. Darsh kam hinterher, als sie klingelte.

Die Tür ging auf und eine attraktive Frau von etwa fünfzig Jahren stand vor ihnen.

„Mrs. Conway", sagte Erin. Sie hatten sich während der Ermittlungen im letzten Jahr kennengelernt. „Das hier ist FBI-Agent Singh. Wir sind hier, um mit Tanya und Alicia zu sprechen."

„Wir haben Sie schon erwartet." Mrs. Conway war die Hausmutter und stellte sicher, dass alle Regeln befolgt wurden, die Mädchen genug zu essen bekamen und pünktlich zu Hause waren. „Sie sind im Esszimmer. Kommen Sie rein."

Auch wenn es gegen alles sprach, was sie gelernt hatte, zog Erin ihre Stiefel nicht aus. Darsh behielt seine Schuhe ebenfalls an. Wenn die Situation haarig werden sollte, wollte sie auf keinen Fall auf Socken herumrutschen. Sie trat ihre Stiefel gründlich auf dem Vorleger ab, dann betrat sie den makellos sauberen Flur und folgte der ebenso makellos gepflegten Mrs. Conway ins Haus.

„Wir würden die beiden gerne einzeln sprechen, wenn das möglich ist", sagte Erin zum Rücken der Frau.

„Nicht ohne einen Anwalt, tut mir leid. Wenn Sie warten wollen, rufe ich ihn an."

Erin schaute kurz zu Darsh, der jedoch den Kopf schüttelte. Die Mädchen hatten beide schriftliche Aussagen eingereicht und hatten genug Zeit gehabt, sich auszutauschen. Es machte vermutlich keinen Unterschied.

Sie betraten das Esszimmer, in dem ein riesiger Tisch mit etwa zwanzig Stühlen stand. Tanya und Alicia saßen am Ende des Tisches, zwei dampfende Kaffeebecher vor sich.

„Möchten Sie einen Kaffee? Oder Tee?", fragte Mrs. Conway. „Ich kann Ihnen welchen aus der Küche holen."

„Vielen Dank." Erin akzeptierte ihr Angebot. Alles, um die Frau aus dem Zimmer zu bekommen.

Tanya trug einen Pyjama und war in eine Fleece-Decke eingewickelt. Alicia trug noch immer dieselben Sachen wie am Abend zuvor, als Erin sie auf der Straße getroffen hatte. Beide Mädchen schauten sie misstrauisch an. „Das ist Agent Singh vom FBI. Er hilft uns bei den Ermittlungen."

Alicias Blick wurde stechend, beide Mädchen schauten Darsh mit einer Mischung aus Furcht und weiblicher Neugier an. Der Kerl war heiß. Man musste schon tot sein, um das nicht zu bemerken.

Nichts, woran sie auch nur ansatzweise denken wollte.

Erin setzte sich an den Tisch und holte ihr Notizbuch aus der Tasche. Dann hielt sie ihr digitales Diktiergerät hoch. „Ist es okay, wenn ich das aufzeichne?"

Tanya schüttelte den Kopf.

„Aber es kann nicht als Beweismittel zugelassen werden", forderte Alicia.

„Als Beweismittel? Ich versuche nur, den Tathergang der letzten Nacht zu rekonstruieren. Es ist einfacher, wenn ich die Aufnahme heranziehen kann, anstatt euch jedes Mal zu einem Gespräch bitten zu müssen, wenn ich eine Frage habe. Okay?"

Alicia schaute zur Seite und nickte. Es war ihr offensichtlich unangenehm, sich letzte Nacht in Erins Arme geworfen zu haben. Erin würde es ihr nicht vorhalten.

„Um wie viel Uhr sind Sie gestern Abend aus dem Haus gegangen, Tanya?"

„Um kurz nach acht. Vermutlich um fünf nach. Meine Freundin Jillian hat mich abgeholt, und wir sind zu einer Party hier gegenüber gegangen."

„Mandy und Cassie waren beide zu Hause, als Sie gegangen sind?"

Tanya schniefte, und wieder begannen die Tränen zu fließen. „Mandy war in ihrem Zimmer und hat an einem Aufsatz gearbeitet. Cassie lag auf ihrem Bett und hat eine Zeitschrift gelesen. Sie hat gesagt, sie wolle nicht mit zur Party, weil sie einen Aufsatz abgeben muss, aber in Wirklichkeit wollte sie niemanden sehen, der sie an Drew erinnerte."

Erin hatte in dem Zimmer keine Zeitschrift gesehen. Sie sah, wie Darshs Blick schärfer wurde. Er dachte vermutlich das Gleiche.

„Wie ging es den beiden?"

„Mandy war versessen darauf, eine Eins zu schreiben, um ihren Notendurchschnitt zu verbessern. Sie hatte gehofft, in das Förderprogramm von Professor Huxley zu kommen."

„Er ist Professor für Kriminalistik hier am Blackcombe

College", erklärte Erin für Darsh.

„Cassie ging es schlecht wegen Drew."

Erin registrierte den wütenden Blick, der in ihre Richtung abgefeuert wurde, beachtete ihn aber nicht weiter. „Haben Sie die Haustür abgeschlossen, als Sie gegangen sind?"

Tanyas Mund ging auf. „Wollen Sie etwa *mir* die Schuld geben?" Sie wandte den Blick ab und murmelte ein kaum hörbares „Verdammte Schlampe".

„Tanya!", ermahnte Mrs. Conway sie scharf, als sie mit einem Tablett und zwei Bechern frischem Kaffee zurück ins Zimmer kam. „So spricht man nicht mit einem Detective."

Tanya ließ die Schultern hängen.

„Detective Donovan versucht nur herauszufinden, wie der Täter ins Haus gekommen ist." Darshs Stimme war butterweich. „Es gab keine Anzeichen für ein gewaltsames Eindringen, also muss die Tür entweder offen gewesen sein oder sie wurde geknackt oder der Täter hatte einen Schlüssel."

Beide Mädchen rissen die Augen auf, ein Ausdruck absoluten Grauens legte sich über ihre Gesichter.

„Ich habe abgeschlossen, aber den zweiten Riegel nicht abgesperrt", gab Tanya zu. „So haben wir das immer gemacht."

„Und die Tür zum Garten war auch abgeschlossen?", fragte Erin.

„Ja. Da haben wir auch immer den Riegel vorgelegt. Wir benutzen die Tür im Winter nicht oft, außer um den Müll hinauszubringen."

„War es allgemein bekannt, dass die Party stattfand, auf der Sie gestern Abend waren?", fragte Erin.

Tanya zuckte mit den Schultern und sah ihre Freundin an. „Weiß nicht. Ich höre immer von Partys, weil Jillian mit einem der Kerle geht, die da wohnen. Die Partys sind nicht geheim, aber es ist auch nicht jeder eingeladen."

Erin sah Alicia an. „Sie waren in der Bibliothek beim Lernen?"

Das Mädchen nickte. „Wir haben Ende Januar Prüfungen."

„Haben Sie jemandem erzählt, dass sie nicht zu Hause sein würden?", fragte Erin nach.

Alicia schaute sie an, als ob sie verrückt sei. „Meine Lerngruppe weiß es und meine Mitbewohnerinnen. Wem sonst sollte ich das erzählen? Die Leute sehen mich dort, klar, aber ich poste meinen Standort nicht in den sozialen Medien, wenn Sie das meinen. Ich bin ja keine Idiotin."

Wie hatte der Täter wissen können, dass er es nur mit zwei Frauen aufnehmen musste? Oder war er darauf vorbereitet gewesen, alle vier umzubringen? Zwei Opfer zeugten von einem hohen Maß an Selbstbewusstsein. Die Vorstellung, dass er bereit gewesen war, es mit vier Frauen aufzunehmen, jagte Erin eine Heidenangst ein.

„Bleiben Sie oft in der Bibliothek, bis sie schließt?", hakte sie nach.

Alicia nickte. „Unter der Woche immer bis zehn. Aber nicht freitags, samstags oder sonntags. Zu Fuß brauche ich etwa fünfzehn Minuten."

„Gehen Sie den Weg allein?"

„Nur das letzte Stück auf unserer Straße. Ein Mädchen aus meiner Lerngruppe wohnt in der nächsten Straße."

Darsh unterbrach sie. „Haben Sie beide jemanden auf der Straße gesehen? Oder Autos, die Sie nicht erkannt haben?"

Tanya schüttelte den Kopf. „Ich habe nicht darauf geachtet. Ich habe mich darauf gefreut, Jillian nach den Weihnachtsferien endlich wiederzusehen, und ich habe mit

Cassie darüber gesprochen, wie traurig ich es finde, dass sie ihr Leben für einen Kerl aufgibt, der im Gefängnis sitzt." Ein lauter Schluchzer entfuhr ihr, und sie hielt sich die Hand vor den Mund, als ob sie ihn zurückzwingen wollte.

„Haben Cassie und Drew Hawk sich geschrieben?", fragte Darsh.

Erin warf ihm einen dankbaren Blick zu. Wenn Sie Drews Name erwähnte, lief sie Gefahr, angespuckt zu werden. Den Agenten dabei zu haben, erwies sich als sehr praktisch.

Tanya räusperte sich. „Ja, sie hat ihm jeden Tag geschrieben."

„Und hat er auch zurückgeschrieben?", fragte Darsh weiter.

Alicia schnaubte verächtlich in Erins Richtung. „Er hat ja sonst nicht gerade besonders viel zu tun, oder?"

„Sie hatte gestern erst einen Brief von ihm erhalten." Tanya runzelte die Augenbrauen als sie sich daran erinnerte. „Sie lag auf dem Bett und hat ihn gelesen."

Es gab also Briefe? Erin und Darsh tauschten einen Blick aus. Hatte der Täter die Briefe mitgenommen? War er von Drew Hawke besessen? Oder waren sie Partner gewesen?

„Gibt es irgendjemand neues in ihrem Leben? Freunde, Bekannte, Nachbarn?"

Alicia verschränkte die Arme vor der Brust. „Nein."

Tanya schüttelte den Kopf. „Wir waren in den letzten Monaten ziemlich zurückhaltend. Wir sind nicht viel rausgekommen."

Erin wischte durch ein paar Fotos auf ihrem Handy und fand das Bild mit den Fesseln. Sie vergrößerte das Foto, bis Cassies Körper nicht mehr zu sehen war.

„Erkennen Sie dieses Seil wieder?" Sie zeigte das Foto

Tanya, die den Kopf schüttelte.

Alicia wurde blass, als sie den Tatort der letzten Nacht wiedererkannte. „Nein. Es ist nicht aus dem Haus. Nicht, dass ich wüsste."

Erin nickte und steckte ihr Handy wieder ein. Sie stellte das Diktiergerät ab und klappte ihr Notizbuch zu. „Das ist für den Augenblick alles."

„Wann können die Mädchen wieder zurück in ihr Haus?", fragte Mrs. Conway. Immer praktisch veranlagt.

Tanya vergrub sich in ihrer Decke. „Ich werde da nie wieder hingehen."

„Es wird mindestens eine Woche dauern, bis der Tatort freigegeben wird", informierte Erin die Hausmutter. „Aber ich kann heute einen Beamten mit den Mädchen dorthin schicken, damit sie ein paar Sachen mitnehmen können, wenn sie wollen. Ich möchte Sie noch einmal bitten, genau darüber nachzudenken, ob Sie letzte Nacht irgendjemanden auf der Straße oder in der Nachbarschaft gesehen haben…"

„Es war der gleiche Kerl, der letztes Jahr diese Mädchen vergewaltigt hat, oder?" Tanya sah sie anklagend an. „Drew ist unschuldig, oder? Cassie hatte recht. Und dieses Arschloch hat sie umgebracht, um es zu beweisen."

Alicia hielt sich die Hand vor den Mund und schluchzte. „Arme Mandy. Sie wollte dabei helfen, diese Arschlöcher zu schnappen. Und wir wissen alle, dass er es gar nicht auf Mandy abgesehen hatte. Ich habe die Leichen doch gesehen. Sie war nur ein Kollateralschaden, genauso wie Tanya und ich, wenn wir zu Hause gewesen wären."

„Sag das nicht", fuhr Tanya sie an.

„Aber es ist doch wahr."

Das Geräusch der Eingangstür, die aufgestoßen wurde,

hallte durch das Haus. Erin machte sich auf alles gefasst, als sie die Rufe im Flur hörte.

„Wo ist sie? Wo ist diese Schlampe?"

Und los geht's. Erin ging in den Flur und spürte, wie Darsh an ihrer Seite blieb. Würde er sie unterstützen oder einfach zuschauen, wie sich die Situation entwickelte? Jason Brady und ein paar der Blackcombe Ravens-Footballspieler standen in der Eingangstür. Brady entdeckte sie und kam sofort mit großen Schritten auf sie zu, bis er direkt vor ihrem Gesicht Halt machte. Sein Atem stank nach schalem Bier.

„Ich habe gerade gehört, dass letzte Nacht zwei Mädchen vergewaltigt und ermordet wurden, auf genau die gleiche Art, für die Sie Drew verhaftet haben." Er stocherte mit zwei Fingern auf ihr Brustbein. Sie ließ ihn gewähren. „Sind das endlich genug Beweise dafür, dass er unschuldig ist?"

Erin schob seine Hand weg. „Sie müssen sich beruhigen, Brady. Das hier ist eine laufende Ermittlung, und Sie waren zu dieser Befragung nicht eingeladen."

„Treten Sie einen Schritt zurück, Kumpel." Darsh schob Brady an der Schulter zur Seite.

„Wer zur Hölle sind Sie denn?" Brady schlug Darshs Arm fort.

„Agent Singh, FBI." Immerhin blieb er cool. „Lassen Sie den Detective ihren Job machen."

„Wenn sie ihren verdammten Job gemacht hätte, würde Drew jetzt nicht im Gefängnis verrotten."

„Hören Sie auf, Brady. Das ist Ihre letzte Warnung", erklärte Erin.

Jason Brady war der Wide Receiver der Ravens, war 1,94m groß und ein einziges Muskelpaket. Seine Kumpels waren noch größer und sahen noch fieser aus. Brady beugte sich so nah an sie heran, dass ihr sein Bieratem in die Nase stieg. „Oder was, du Schlampe?"

Es war die Spucke auf ihrer Wange, die das Fass zum Überlaufen brachte. Zwei Sekunden später lag Brady bäuchlings auf dem Fußboden. Erin hatte seinen Arm auf den Rücken gedreht und kramte die Handschellen aus ihrer Tasche.

„Jason Brady, ich verhafte Sie wegen Beamtenbedrohung und Angriff auf eine Polizistin." Sie ließ die Handschellen um seine kräftigen Handgelenke zuschnappen. Himmel, war der Typ stark. Sie ließ nicht locker, obwohl sie ihn so in der Mangel hatte, dass es schon wehtun musste. Der Schwachkopf schien keine Schmerzen zu empfinden. Sie schaute sich um und erwartete eigentlich, einen Tumult zu entdecken, aber Darsh hatte sich breitbeinig vor ihr aufgebaut, seine Waffe in der Hand und einen herausfordernden Blick in den Augen. Ein riesiger Typ, der auf der Verteidigerposition spielte, lag bereits bewusstlos am Boden.

Mrs. Conway übernahm die Kontrolle und begann, die Studenten aus ihrem Flur zu vertreiben – deutlich effektiver darin, die Ordnung wiederherzustellen als es eine Polizistin oder ein FBI-Agent waren.

Erin forderte Unterstützung und einen Streifenwagen an, der Brady aufs Präsidium bringen sollte. Sie zerrte den jungen Mann unsanft auf die Füße und schob ihn zur Haustür hinaus in die eisige Januarkälte. Immer mehr Zuschauer versammelten sich auf dem Rasen vor dem Haus, ihr Gemurmel wurde zu Protestrufen, als sie Brady in Handschellen entdeckten. Die Stimmung wurde geradezu feindselig.

Keine Zeit, um auf die Unterstützung zu warten. Darsh

öffnete die hintere Tür seines Wagens. Erin bugsierte Brady auf die Rückbank und legte ihm den Gurt an, überrascht, dass er sich nicht gewehrt hatte. Er starrte sie mit so hasserfüllten Augen an, dass sich ihr Magen zusammenzog.

„Steigen Sie ein", befahl ihr Darsh.

Erin schaute sich um und sah, wie die Footballspieler zielstrebig auf sie zukamen. Sie schlug die Tür zu, ging ruhig zur Beifahrertür und stieg ein. Darsh fuhr sofort los und sie drehte sich in ihrem Sitz um, um ihren Gefangenen nicht aus den Augen zu lassen.

„Wurden Sie schon als Misandristin geboren oder hat sich das erst später entwickelt?", fragte Brady mit einem verächtlichen Grinsen.

„Große Worte benutzen Sie da", gab sie zurück und schaute ihn nachdenklich an. „Ich vergesse immer, dass Sie ein intelligenter Bursche sind, irgendwo da unter Ihrem Neandertaler-Gehabe. Das einzige Wort, das ich sonst von Ihnen zu hören bekomme, beginnt mit F und reimt sich auf Glotze."

„Das wird Ihnen noch leidtun. Ich habe nichts getan. Aber das ging Drew natürlich genauso, oder etwa nicht?"

Darsh beäugte ihn im Rückspiegel. „Sie haben eine Grenze überschritten, Kumpel. Sie haben mehrere Warnungen erhalten und trotzdem eine Polizistin tätlich angegriffen. Das ist Ihre eigene Schuld."

„Sie müssen sie wohl ficken, dass Sie sie verteidigen", spuckte Brady verbittert aus. „Ich habe mich immer gefragt, wie man bei einer so kalten Schlampe einen hochkriegen kann. Ich wette, das ist wie eine Leiche zu vögeln, trotz ihres heißen kleinen Körpers."

Erin starrte ihn zornig an.

Dankenswerterweise sagte Darsh nichts.

Aber Brady war noch lange nicht fertig. „Ich wette, Ihr Mann hat es nicht mehr ausgehalten, oder?"

Erins ganzer Körper wurde zu Eis.

„Hat sich lieber das Gehirn rausgepustet, anstatt den Rest seines Lebens mit Ihnen zu verbringen."

Erin ignorierte die Veränderung in Darshs Körperhaltung, er versteifte sich hinter dem Lenkrad. Sie zwang sich, dem giftigen Blick des Studenten standzuhalten. Niemals Angst zeigen. Sie hob ihr Kinn. „Sprechen Sie ruhig weiter, Brady. Das ist alles Material für den Polizeibericht."

Und damit hielt er endlich den Mund, starrte sie aber weiterhin unverschämt an, als ob er sie nackt sehen könnte. Er hasste sie abgrundtief. Erin starrte ihn ebenfalls an, während ihre Gedanken rasten. Ihr Handy klingelte. Sie sah auf die Nummer und stöhnte innerlich auf. Der Studiendekan rief an. Er hatte die Vergewaltigungsopfer letztes Jahr intensiv unterstützt, aber mit der Tatsache, dass zwei weitere Studentinnen ermordet worden waren, und sie gerade einen weiteren Spieler der Footballmannschaft verhaftet hatte, würde er nicht gerade glücklich sein.

Sie ließ die Mailbox rangehen.

Ihr kam der Gedanke, dass Jason Brady fast jeden Tag während des Prozesses im Gerichtssaal gewesen war. Er kannte jedes Detail der Verbrechen und würde fast alles tun, um seinen Freund aus dem Gefängnis zu holen. Schloss das die Ermordung von Hawkes Freundin mit ein? Diese Vorstellung tickte in ihren Gedanken wie eine Bombe. Sollte sie explodieren, würde sie die ganze Stadt mit sich reißen.

SECHSTES KAPITEL

E R FUHR ZU dem alten Farmhaus und achtete darauf, die
Räder seines Wagens in den Spurrinnen zu halten. Der
Schnee war fest und fast zu Eisplatten zusammengedrückt. Die
Reifen hinterließen zwar Spuren, aber sie waren so universell,
dass sie kaum zurückverfolgt werden konnten, für den
unwahrscheinlichen Fall, dass Erin die Abdrücke bemerken
und Verdacht schöpfen würde.

Sie war fast den ganzen Tag mit der Ermittlung beschäftigt
gewesen, aber er ging dennoch ein Risiko ein, hierherzukommen. Ein kalkuliertes Risiko.

Mandy umzubringen war schwerer gewesen, als er
erwartet hatte. So gerne er auch ihr Gesicht hatte bedecken
wollen, als sie tot war, er hatte es nicht riskieren können. Das
Opfer zu depersonalisieren verriet zu viel über den Täter.
Trotzdem, er hatte es nicht geschafft, sie auszuziehen, so wie er
es ursprünglich vorgehabt hatte. Zum Glück hatte er sie
umbringen können, ohne in ihr Gesicht schauen zu müssen.

Cassie umzubringen war nicht schwer gewesen – was für
eine Schlampe. Die Haut an seiner Taille brannte noch immer
von den Kratzern, die sie ihm mit ihren langen Fingernägeln
zugefügt hatte. Sie zu schlagen war überraschend erregend
gewesen – ein unerwartetes Ergebnis seiner neuen Taktik. Er
hatte seine Wut und seine Frustration an dieser nervigen
Schlampe ausgelassen und jeden verdammten Augenblick

genossen. Es war chaotischer gewesen, als er geplant hatte. Dafür hatte sie zahlen müssen.

Der Ausdruck auf ihrem Gesicht, als er sie gefesselt hatte. Das Begreifen in ihren Augen, als ihr klar wurde, was er getan hatte und was er tun würde. Es reichte aus, um ihn auch jetzt wieder steinhart werden zu lassen.

Rauch stieg aus dem Schornstein auf, die Heizung musste angesprungen sein. Er stellte den Motor ab, stieg aus dem Auto, hob sein Gesicht dem perfekten blauen Himmel entgegen und ließ den kalten Winterwind über seine Wangen streichen. Es war still hier. Friedlich. Er war schon ein paar Mal hier gewesen. Es gefiel ihm hier.

Er ging zur Gartentür und schob den Schlüssel ins Schloss, den er nachgemacht hatte, als er das Original ausgeliehen hatte, und betrat das Haus. Die Holzdielen knarrten unter seinen Füßen. Die Küche war groß, aber altmodisch. Erin hatte sich an diesem Zimmer noch nicht zu schaffen gemacht.

Er fuhr mit der Hand über die Maserung des alten Holztisches und sah sich um. Auf der Küchenanrichte lagen Briefe. Sie hatte wahrscheinlich noch keine Zeit gefunden, sie nach ihrem Urlaub durchzuschauen.

Er gehörte hierher. Er würde ihr mit diesem Fall helfen, jetzt, wo er ihr dafür verziehen hatte, dass sie ihn gestern ignoriert hatte. Sie war nach ihrem langen Flug vermutlich einfach müde gewesen. Tja, jetzt würde sie noch müder sein.

Es war eine Lektion, und er war der Lehrer.

Er betrat das Esszimmer. Letzte Weihnachten hatte sie den Putz und die Holzlatten herausgerissen, die Elektrik und die Dämmung erneuert. Ihre Brüder waren hierhergekommen und hatten Trockenwände hochgezogen. Soweit er wusste, hatte sie nie einen Freund mit hierhergebracht. Dieser

Gedanke beruhigte ihn. Er erinnerte ihn daran, dass es nur eine Frage der Zeit war, bis sie erkannte, dass sie zusammengehörten.

Farbflecken in verschiedenen Schattierungen bedeckten die Wand gegenüber. Seine Lieblingsfarbe war ein moosiges Grün, aber er hatte das Gefühl, dass sie sich für Bernstein entscheiden würde. Auch im Wohnzimmer hatte sie die Wände aufgerissen und eine neue Dämmung eingebaut. Rigipsplatten lagen aufgestapelt auf dem Boden, aber sie schien auf einen weiteren Besuch ihrer Familie zu warten, bevor sie die Renovierungsarbeiten beenden konnte. Die Holzdielen der Fußböden sahen ramponiert aus, aber er hatte keinen Zweifel daran, dass sie auf Hochglanz poliert sein würden, wenn sie mit ihnen fertig war.

Sie schuf hier ein Zuhause für sie beide, sie wusste es nur noch nicht.

Sein Fuß trat auf die unterste Stufe und die Vorfreude in ihm wuchs. Die schlichten Holzplanken knarzten. Er lauschte aufmerksam und machte sich eine mentale Notiz, welche Stufen er vermeiden sollte, wenn er sich lautlos durch Erins Haus bewegen wollte.

Er lächelte, als er sich vorstellte, wie er sie im Schlafzimmer mit einem großen Strauß roter Rosen überraschen würde. Ihre Augen würden groß und ihr Blick weich werden. Sie würde ihn in ihr Bett einladen.

Gestern war er wütend auf sie gewesen, aber es hatte ihm geholfen zu verstehen, wie die Dinge sein mussten. Bald würde sie niemand anderen mehr haben, an den sie sich wenden konnte. Niemand, der ihr noch glauben würde, der sie noch lieben würde – bis auf ihn. Er würde für sie da sein. Er würde sie lieben. Und sie würde ihn lieben.

Im Obergeschoss hatte sie vier Zimmer renoviert, das Badezimmer, das große Schlafzimmer, ein Gästezimmer und ein Arbeitszimmer. Er ging in ihr Schlafzimmer und atmete tief ein. Eine süße Note lag in der Luft, wie das Mandelshampoo, das sie so mochte. Ihr Bett war nicht gemacht. Nachthemd und Unterhose lagen unordentlich auf dem Boden. Allein der Gedanke, sie anzufassen, machte ihn heiß, aber er ignorierte das Gefühl und ließ es langsam im Hintergrund seiner Gedanken anwachsen.

Ihr Koffer lag auf dem Fußboden, der Deckel lehnte aufgeklappt am Bett, ihre Sachen darin waren noch unausgepackt. Er konnte Überreste von Sand entdecken, der auf dem Boden des Koffers versprenkelt war. Er berührte die rauen Körner, dann zog er ihre Sonnencreme hervor, roch daran und stellte sich vor, wie er neben ihr am Strand lag und seine Hände auf ihre weiche Haut legte.

Mit einem Finger hob er ihren Bikini hoch und ließ ihn in der Luft baumeln. Er war grasgrün und bestand kaum aus genug Stoff, um die nötigen Körperstellen zu bedecken. Er pfiff anerkennend. Sie sah bestimmt großartig darin aus. Etwas glitzerndes, rotes erregte seine Aufmerksamkeit. Seine Erektion zerriss ihm beinahe die Hose, als er einen Satinschlüpfer hochhob und den schweren, aromatischen Geruch der wundervollsten Frau auf diesem Planeten einatmete.

Sie war nicht perfekt. Sie war engagiert und ambitioniert, wunderschön und mitfühlend. Nur an die Form ihrer Lippen zu denken, wenn sie den Mund verzog, erregte ihn.

Er wusste, dass er das Risiko nicht eingehen sollte, aber er legte sich auf ihr Bett, machte seine Hose auf und wickelte den Schlüpfer um seinen pulsierenden Schwanz.

In Erins Bett zu liegen, ganz von ihrem Geruch umgeben zu sein, ließ ihn in wenigen Augenblicken zum Höhepunkt kommen. Danach lag er still da und starrte die Decke an, die Erin jeden Abend betrachtete, sein Kopf ruhte auf ihrem Kissen. Sein Herzschlag beruhigte sich und er dachte an den Ärger, den sie jetzt bekommen würde. Seine gute Laune wurde schlechter.

Es war notwendig gewesen.

Sie würde richtig Probleme bekommen.

Aber er würde da sein, um ihr wieder auf die Füße zu helfen.

Er machte sich sauber und stopfte den Schlüpfer in seine Tasche. Er sollte ihn verbrennen, aber das würde er nicht tun. Er würde ihn waschen und zu einem anderen Zeitpunkt zurückbringen und es würde ein Nervenkitzel sein zu wissen, dass sie diese geheime Verbindung teilten.

In der Ferne heulte ein Motor auf und er erstarrte. Dann entfernte sich das Geräusch vom Farmhaus und er entspannte sich wieder. Eilig lief er die Treppe hinunter ins Erdgeschoss. Er musste vorsichtig sei. Nicht nur, weil das FBI involviert war, sondern auch, weil die Presse überall herumschnüffelte. Er konnte es sich nicht erlauben, faul oder unachtsam zu werden. Wenn dieser Plan funktionierte, dann wäre er der Held *und* er würde das Mädchen bekommen. Jetzt war seine Zeit gekommen.

JASON BRADY HATTE keine Ahnung von Frauen, wenn er glaubte, dass Erin Donovan kalt war, auch wenn die dickköpfige Polizistin die Welt davon überzeugen wollte, dass sie ein kaltherziges Miststück war. Darsh wusste es besser. Er betrachtete aus dem Augenwinkel ihr Profil, aber sie starrte regungslos geradeaus. Hatte ihr Mann sich tatsächlich umgebracht? Oder erzählte Brady Bockmist?

Darsh hatte jede Menge Fragen. Er hatte vorhin mit Jed Brennan gesprochen und seinem Boss bestätigt, dass die Stimmung in der Stadt kochte, und er nur darauf wartete, dass sie explodierte. Er hatte ihn außerdem um jede Information und jedes Detail zu Erin Donovan gebeten, die er auftreiben konnte.

Der Rechtsmediziner räusperte sich und holte Darsh zurück aus seinen Gedanken in den kühlen, weißen Raum mit seinen Stahltischen und Neonröhren. Der Klecks Menthol-Creme unter seiner Nase konnte nichts gegen den Gestank des Todes ausrichten. Als er die Leichen der beiden jungen Frauen betrachtete, die dort auf dem Tisch zur Schau gestellt waren, fragte er sich, ob es ein Fehler gewesen war, der Fallanalyseeinheit 4 beizutreten, die Verbrechen gegen Erwachsene untersuchten. Er hatte in seinem Leben weiß Gott schon genug Tote gesehen.

Es half auch nicht, dass er jedes Mal an seine Mutter denken musste, sobald er einen Autopsie-Saal betrat. Sie war auf einer Bahre in einem kalten Raum gelandet, umgeben von Fremden, während irgendein Kerl ihren Brustkorb aufgesägt und ihr Herz gewogen hatte – vorausgesetzt, sie hatte eines gehabt.

Die Anti-Terroreinheit, Fallanalyseeinheit 1, lag ihm eher. Vor drei Jahren, kurz bevor er Erin kennengelernt hatte, war das Büro in Washington auf eine aktive Terrorzelle in D.C. aufmerksam geworden. Darsh hatte zu der Zeit eine Ausbildungseinheit in der Fallanalyseeinheit 1 absolviert und sich freiwillig für den verdeckten Einsatz gemeldet.

Der große Vorteil seines nicht gerade strahlend weißen Teints war es, dass er für einen Mann aus dem Nahen Osten gehalten wurde, sobald er sich einen Bart wachsen ließ und einen Gebetsteppich unter dem Arm trug. Mit seinem Aussehen, seinen Sprachkenntnissen und seiner Militärerfahrung war er voll in seinem Element gewesen. Er hatte einfach nur behauptet, beim Fall von Bagdad auf der anderen Seite der Abrams-Panzer gestanden zu haben. Er hatte mit dem FBI und dem Ministerium für innere Sicherheit zusammen einen Plan zur Bombardierung der U-Bahn von Washington vereitelt. Sie hatten die Bastarde bei einem Zugriff hochgenommen, der die Extremisten völlig überrumpelt hatte. Es hatte ihm große Genugtuung bereitet, den Anführer zu verhaften, der ihn zuvor „rekrutiert" hatte.

Darsh und seine Kumpels waren das ganze Wochenende über trunken vor Glück gewesen, sie hatten gewusst, wie viel Glück sie gehabt hatten, eine riesige Katastrophe verhindert zu haben. Jetzt starrte er auf die Körper der beiden jungen Frauen, und die Welt geriet wieder aus dem Gleichgewicht. Er rieb sich die Augen. Vielleicht hätte er besser zur Geisel-befreiungstruppe gehen sollen, wie sie ihm angeboten hatten. Aber die Vorstellung, durch sein Zielfernrohr zu blicken und noch mehr Leben auszulöschen, machte ihn krank. Er würde den Job machen, aber es würde ihm keine Freude bereiten, jedes Mal ein Todesurteil zu vollstrecken, wenn er den Abzug drückte.

Er wandte seinen Blick von Mandy Wochikowskis Brust ab, während ein Assistent des Rechtsmediziners den Y-förmigen Schnitt auf ihrem Brustkorb zunähte.

Es war eine Sache, als Soldat zu fallen. Man nahm eine

Waffe in die Hand und traf eine Wahl. Aber Mord war eine Übertretung. Mord war zutiefst unrecht. Und Mord war nun auch sein Job – ein Job, bei dem er etwas verändern konnte, indem er Kriminelle wegsperrte. Kriminelle, die daran Gefallen fanden, Männer und Frauen wie diese hier zu vergewaltigen und zu ermorden. Es mochte ihm nicht gefallen, die Opfer so zu sehen, aber es gefiel ihm verdammt noch mal, die Täter wegzusperren.

Erin stand still neben ihm und wartete darauf, dass der Gerichtsmediziner seinen Bericht fertig schrieb. Zurückhaltend. Professionell.

Unabhängig von seinen persönlichen Ansichten schien sie eine gute Polizistin zu sein – intelligent, engagiert, ohne Angst davor, gegen den Strom zu schwimmen, wenn es das war, was ihr die Beweise verrieten. Aber hatte sie die Beweise falsch interpretiert? Hatte sie einen Fehler gemacht? Vielleicht war sie nicht so intelligent, wie er dachte. Er musste ihr gegenüber objektiv bleiben und durfte nicht dieser knallharten Polizistin im Körper eines Engels verfallen.

Die Situation heute früh auf dem Campus war ohne Vorwarnung eskaliert. Kein Wunder, dass das Justizministerium befürchtete, die Lage wäre ein Pulverfass. Erin hatte Jason Brady mit verblüffender Leichtigkeit in Schach gehalten, auch wenn Darsh froh war, dabei gewesen zu sein, um im Notfall eingreifen zu können. Die Situation war zu unberechenbar gewesen, als dass sie sich ihr allein hätte stellen sollen. Brady war kurz davor gewesen, die Bombe zu zünden, die die Morde an den Mädchen geschaffen hatten, und hatte fast einen Aufstand angezettelt. Jetzt musste das Arschloch sich in der Arrestzelle beruhigen. Vermutlich würden sie ihn mit einer Verwarnung wieder laufen lassen.

„Also, um es zusammenzufassen." Die Stimme des Rechtsmediziners holte Darsh erneut aus seinen Gedanken zurück in den sterilen Raum. Zum Stahltisch. „Wir konnten kein Sperma finden. Kein Ketamin im Blut beider Mädchen. Rückstände von den Fingernägeln und Abstriche für DNA sind genommen und auf dem Weg zum Labor in Quantico. Cassies Fingerspitzen wurden in Bleichmittel getaucht und danach mit Wasser abgespült. Vielleicht finden wir noch was, aber der Mörder hat die Chancen definitiv zu seinen Gunsten erhöht."

Weitere physikalische Beweise hatten sie nicht finden können, abgesehen von einem Haar auf Mandys Pullover, das dem Mörder ebenso gut wie einem Mädchen vor ihr in der Schlange bei Starbucks gehören konnte.

„Vermutlich hat er Gummihandschuhe *und* ein Kondom benutzt", murmelte Darsh.

„Solange er keinen Gummianzug getragen hat, gibt es noch ein paar Stellen, an denen wir Hautzellen finden können. Geben Sie die Hoffnung noch nicht auf, Agent Singh", tadelte Dr. Grice.

Aber selbst wenn sie DNA finden sollten, bedeutete das noch lange nicht, dass ihnen das einen Namen liefern würde. DNA-Profile mussten bekannten Tätern in den Datenbanken zugeordnet werden können, und er hatte die Vermutung, dass dieser Täter zu gründlich war, als das dies passieren konnte. Oder vielleicht war das tatsächlich sein erstes Mal. Er hatte sich bestens vorbereitet und wusste, wie er so wenig Spuren wie möglich hinterlassen würde…

„Todesursache – Ersticken. Sie können die punktuellen Blutungen in ihren Augen sehen. Sie wurden beide erdrosselt, aber auf unterschiedliche Weise. Mandy von hinten, vermutlich mit dem Arm." Dr. Grice demonstrierte die Bewegung, indem er den Arm über seine eigene Brust legte. „Cassie wurde von vorne erwürgt, der Angreifer hat mit seinen Händen ihren Hals zugeschnürt und fest zugedrückt. Ihr Zungenbein ist gebrochen, die Luftröhre zerquetscht. Cassie ist vermutlich vergewaltigt worden, aber bei Mandy gibt es keine Anzeichen eines sexuellen Übergriffs."

Einfach nur erwürgt.

Darshs Magen drehte sich um. Vielleicht hatte sein Dad recht gehabt und dieser Job war eine Methode, um sich selbst für all die Leute zu bestrafen, die er umgebracht hatte.

„Todesart – Mord", verkündete der Gerichtsmediziner. Als ob das je in Frage gestanden hätte.

„Todeszeitpunkt?", fragte Erin.

„Es besteht immer die Möglichkeit für Fehler, aber bei einer Durchschnittstemperatur von 22 Grad Celsius hält der Körper in der ersten Stunde nach dem Tod die Temperatur, danach fällt sie etwa ein bis eineinhalb Grad pro Stunde. Ich habe die Ergebnisse aufgrund der abgesunkenen Umgebungstemperatur nach dem Eintreffen der Polizei angeglichen, als diese gegen drei Uhr gegangen ist und die Türen aufgelassen hat. Ich habe die Körpertemperaturen gemessen und sie mit der lokalen Wettervorhersage abgeglichen."

Mathematik und Tod. Seltsame Bettgenossen. Es erinnerte Darsh an die Flugbahnen der Kugeln und die Berechnung des Windes, die er auf den Dächern von Bagdad in seinem Kopf durchgeführt hatte.

„Die Temperatur der Leber legt nahe, dass sie beide zwischen acht und neun Uhr gestern Abend umgekommen sind. Es ist zwar nur eine Vermutung, aber eine fundierte Vermutung", schloss der Rechtsmediziner ab.

Also war der Mörder noch im Haus geblieben, nachdem er die beiden Frauen umgebracht hatte. Hatte er aufgeräumt? DNA vernichtet? Die Leichen drapiert? Die Briefe gefunden? Spaß gehabt?

„Können Sie uns sagen, welche der beiden zuerst umgekommen ist?", fragte Erin.

Dr. Grice verzog das Gesicht. „Sie haben beide einen ähnlichen Körperbau. Mandys Temperatur war fast die gleiche wie die von Cassie, aber Mandy war komplett angezogen, wohingegen Cassie nackt war." Der Doktor kniff das Gesicht zusammen, als ob es ihn anstrengen würde, nachzudenken. „Theoretisch wäre Mandy langsamer ausgekühlt als Cassie. Wenn ich sagen müsste, wer zuerst gestorben ist, würde ich aus ebendiesen Gründen auf Mandy tippen, aber wir reden hier von einem Unterschied von maximal einer Stunde."

„Es ist also wahrscheinlich, dass der Täter das Haus betreten, Mandy umgebracht und dann Cassie angegriffen hat..."

„Die Musik macht für mich bei diesem Ablauf keinen Sinn. Er hat die Aufnahme von Cassie für den Notruf gemacht und ist dann über den Flur gegangen, um die Musik auszumachen?"

Erin runzelte die Augenbrauen und stemmte die Hände in die Hüften. „Okay. Sobald Tanya das Haus verlassen hat, um zur Party zu gehen, betritt er das Haus, tötet Mandy und nutzt die Musik, damit Cassie die Geräusche nicht hört. Dann greift er Cassie an, nutzt weiterhin die Musik, um seine Handlungen zu verschleiern, fesselt sie, zwingt sie, die Nachricht aufzunehmen und dann geht er und stellt die Musik ab? Warum würde er sich diese Mühe machen?"

Darsh versetzte sich in die Gedankenwelt des Mörders. Er

hatte bereits ein Mädchen umgebracht und hatte das zweite in seiner Kontrolle. Aber er wollte mit ihr spielen… „Um sicherzugehen, dass ihn niemand überrascht. Damit er sich auf das konzentrieren konnte, was er mit Cassie vorhatte, und nicht dabei erwischt werden würde."

Erins Mund wurde schmal. „Warum hat Cassie nicht um Hilfe gerufen?"

„Ich habe Spuren von Gummi an ihren Zähnen gefunden", meldete sich Dr. Grice zu Wort.

„Ein Gummiknebel?", fragte Darsh.

„Vermutlich", stimmte der Rechtsmediziner zu.

Erin runzelte die Augenbrauen.

„Den er ebenfalls mitgenommen hat, nachdem er sie vergewaltigt und ermordet hat. Warum also hat er das Seil dagelassen?", fragte Darsh.

„Er hat den Tatort genau so inszeniert, wie wir ihn vorfinden sollten. Und er hat aus Cassies Zimmer mitgenommen, was er haben wollte", erklärte Erin.

Die Briefe von Drew Hawke. Die Zeitschrift. Das Bettlaken.

„Er ist also vorsichtig, gründlich und skrupellos", bemerkte Erin. „Was nahelegt, dass das Seil kein Zufall war. Es ist eine Nachricht. Ein Hinweis? Eine Herausforderung?"

Darsh erinnerte sie nicht daran, dass auch bei den Vergewaltigungen im letzten Jahr das Seil zurückgelassen worden war. Er musste sie nicht daran erinnern. „Haben Sie sonst noch etwas für uns, Dr. Grice?"

„Nein. Ich habe eine Reihe an Gewebeproben entnommen und alles an die zuständigen Stellen geschickt. Diese beiden Damen können für ihre Begräbnisse freigegeben werden, es sei denn, jemand verlangt eine zweite Autopsie."

Sie bedankten sich bei dem Rechtsmediziner, verabschiedeten sich und blieben abrupt im Wartebereich des Autopsiebereichs stehen. Fünf Personen saßen auf den Stühlen. Drei Männer und zwei Frauen.

„Eltern?", murmelte Darsh kaum hörbar.

Erin nickte ihm kurz zu und ging auf die Gruppe zu. Sie stellte sich und Darsh vor.

„Der Rechtsmediziner hat gerade die Autopsien beendet…"

„Wann können wir unsere Kinder sehen?"

„Ich bin nicht sicher…"

„Wer hat meiner Tochter das angetan?" Ein Mann mit stahlgrauen Haaren kam auf Erin zu. „Dieselbe Person, die auch letztes Jahr diese Mädchen vergewaltigt hat?" Der Mann bleckte die Zähne, und Darsh verstand, dass er trauerte, aber er wollte nicht, dass er Erin so nahekam. Warum glaubte jeder, sie angehen zu können? „Die Leute sagen, dass Sie es auf Drew Hawke abgesehen hatten, weil Sie Footballspieler hassen. Nach dem Prozess war ich geneigt, Ihrem Urteil über ihn zu vertrauen, aber jetzt nicht mehr, nicht nach letzter Nacht."

Erin richtete sich auf, als ob sie noch mehr verbale Schläge erwartete.

Darsh ging dazwischen. „Sie haben unser aufrichtiges Beileid, Sir. Aber wir können die Einzelheiten der laufenden Ermittlung nicht mit Ihnen besprechen."

Er spürte, wie Erin sich ihm entzog, aber was zur Hölle sollte er denn machen? Zusehen, wie sie von jedem, dem danach war, in der Luft zerrissen wurde? Er war hierhergeschickt worden, um ihre Arbeit zu bewerten, und wenn sie Mist gebaut hatte, dann würde er das ihren Chefs auch weiterleiten. Aber das bedeutete nicht, dass jeder sie in der Zwischenzeit wie den letzten Dreck behandeln durfte.

Der Mann atmete rasselnd ein und wollte noch mehr sagen, aber eine Frau berührte seinen Arm. „Lass doch, George. Ich will um mein Baby trauern, nicht mich mit der Polizei streiten, die auch nur versucht, ihre Arbeit zu erledigen. Nicht heute."

Der Vater ließ sich auf seinen Stuhl fallen und legte seine Arme um die Schultern seiner Frau, aber sein Blick verlor nichts von seiner Feindseligkeit. Darsh verstand den Trauerprozess, aber das half nicht dabei, Verbrecher zu fassen.

„Mein aufrichtiges Beileid." Erin schüttelte die Hand jeder Person. Darsh musste ihr Rückgrad einfach bewundern. „Bitte kontaktieren Sie mich, wenn Ihnen noch irgendetwas einfällt oder wenn es irgendjemanden gibt, der Ihren Töchtern womöglich etwas antun wollte. Ein Mitarbeiter der Opferhilfe wird sich bald mit Ihnen in Verbindung setzen, ebenso die Polizei, wenn es Neuigkeiten gibt. Der Rechtsmediziner wird gleich mit Ihnen sprechen." Sie lief zügig zur Eingangstür des städtischen Gebäudes von Massena hinaus und ging dann schnurstracks auf ihren Truck zu. Sie hatte darauf bestanden, zu fahren, denn sie mussten in weniger als einer Stunde wieder zu einer Teambesprechung zurück sein, und die Wettervorhersage hatte Schnee gemeldet.

Erin schien nicht ganz bei der Sache zu sein. Darsh vermutete, dass sie vielleicht über die Anschuldigungen nachdachte, die der Vater ihr gegenüber geäußert hatte, aber ihr nächster Satz bewies das Gegenteil. „Die Tatsache, dass der Täter Drews Briefe an Cassie mitgenommen hat, was bedeutet das?" Sie drehte den Schlüssel in der Zündung und der Motor heulte auf.

„Es zeigt eine gewisse Faszination seinerseits an Drew

Hawke, ein großes Interesse an ihm. Ich glaube nicht, dass Cassie ein Zufallsopfer war."

„Was, wenn ich *tatsächlich* den falschen Kerl verhaftet habe?", fragte sie plötzlich. „Was, wenn es *wirklich* meine Schuld ist, dass diese Mädchen umgekommen sind?"

„Die einzige Person, die Schuld an ihrem Tod ist, ist das Arschloch, das sie umgebracht hat."

Sie sah ihn mit einem Ausdruck an, der ihm zu verstehen gab, dass das Quatsch war. „Das ist ein netter Versuch, aber wir wissen beide, dass niemand sonst das so sieht."

„Haben Sie sich irgendetwas zu Schulden kommen lassen? Beweise ignoriert oder Hinweise nicht verfolgt?"

Sie schüttelte den Kopf.

„Dann müssen Sie sich keine Gedanken machen." Was nicht ganz stimmte und das wussten sie beide.

Sie stieß ein nicht recht überzeugtes Lachen aus, als sie vom Parkplatz fuhren. „Was, wenn Jason Brady die Freundin seines besten Freundes umgebracht hat, um Hawkes Unschuld zu beweisen?" Sie fluchte. „Wenn ich gegen Brady als Verdächtigen ermittle, sieht es so aus, als ob ich einen persönlichen Rachefeldzug gegen das Footballteam führe."

Auch Darsh hatte schon über Brady als möglichen Verdächtigen nachgedacht. Es war eine realistische Option. Sie mussten sein Alibi der letzten Nacht überprüfen. „So lange Sie einen triftigen Grund haben, gegen ihn zu ermitteln, kann Ihnen niemand einen Vorwurf machen, nur weil er ein Ravens Spieler ist."

Sie schnaubte verächtlich. „Machen Sie Witze? Mir wird schon ein Vorwurf gemacht, wenn das Team nur auf das Spielfeld einläuft."

„Warum bleiben Sie dann in dieser Stadt?" Die Sonne

stand tief am Himmel und sank langsam Richtung Horizont. Sie hatten beide in der letzten Nacht kein Auge zugetan und waren erschöpft. Vielleicht würde sie ihm ausnahmsweise eine direkte Antwort geben. „Warum bleiben Sie an einem Ort, wo Sie nicht dazugehören?" Das Gefühl, nicht dazuzugehören, hatte ihn seit seiner Kindheit begleitet. Wenn irgendjemand verstand, was es bedeutete, irgendwo nicht hinzupassen, dann war er es.

Ihre Finger krallten sich um das Lenkrad. „Ich laufe nicht gern davon."

„Da habe ich aber was anderes gehört." Es war ein Schuss ins Blaue, aber er saß. Ein rotes Leuchten spielte über ihre Wange und sie biss die Zähne zusammen. Sie starrte weiter geradeaus.

„Warum haben Sie bei der New Yorker Polizei aufgehört?", hakte er nach.

„Das geht Sie verdammt noch mal nichts an."

„Was ist das Problem, Erin? Haben Sie etwas zu verbergen?"

Sie wurde blass. „Sie meinen, ob Jason Brady die Wahrheit erzählt hat? Dass mein Mann sich wirklich wegen mir umgebracht hat?" Es lag etwas Hartes in ihren Augen, als sie ihn ansah. „Ja. Ja, das hat er. Und ja, das ist der Grund, warum ich aus New York City weggegangen bin. Zufrieden?"

Er hätte sich nicht schlechter fühlen können, wenn ihm jemand ins Gesicht getreten hätte. „Sagen Sie mir noch einmal, dass das nichts damit zu tun hatte, dass wir miteinander geschlafen haben."

„Was wollen Sie hören, Darsh? Dass es Ihre Schuld ist? Glauben Sie mir, es war nicht Ihre Schuld. Sie sind frei von aller Sünde."

Es war keine Schuld, die er empfand. Es war etwas viel Komplizierteres – und das war verdammt noch mal kein „Nein" gewesen. Er musste herausfinden, was genau in Erins Vergangenheit passiert war, und er hoffte inständig, dass die Tatsache, dass sie Sex gehabt hatten, nicht zum Tod ihres Mannes beigetragen hatte. Es gab schon genug Geister, die ihn verfolgten.

„*Sie* sind doch hier der Analytiker." Ihre Worte trafen ihn wie Glasscherben, die seine Haut aufschlitzten. „Dann tragen Sie doch mal etwas Relevantes zu dieser Ermittlung bei, anstatt in längst vergangenen Geschichten herumzuwühlen, die nichts mit diesem Fall zu tun haben."

Autsch.

Sie hatte recht. Er musste die alten Fälle durchsehen, um herauszufinden, ob es eine Verbindung zwischen den Verbrechen gab. Aber er hatte bereits genug von der Stadt gesehen, um sich sicher zu sein, dass die Öffentlichkeit sie kreuzigen wollte, ganz egal, ob sie den richtigen Kerl weggesperrt hatte oder nicht. Egal, ob sie mustergültige Polizeiarbeit geleistet hatte. Und er war derjenige, der Nägel und Balken für das Kreuz bereitstellen sollte.

SIEBTES KAPITEL

E RIN BETRACHTETE DIE immer größer werdende Menge von Reportern, während sie auf die Polizeistation zuging. Die Medien fanden sich für eine Pressemeldung des Polizeichiefs ein, die er nach der Teambesprechung geben würde. Sie wollte ihnen allen sagen, dass sie sich verpissen und sie ihre Arbeit machen lassen sollten. Wahrscheinlich war das der Grund, weshalb sie nicht für die Öffentlichkeitsarbeit verantwortlich war. Köpfe schossen nach oben wie Geier, die den Tod witterten. Mäntel flatterten im Wind, als die Reporter auf ihre Positionen eilten.

Ein Mord zieht die Aasfresser an. Das war ihr nie passender vorgekommen.

Ein paar Blitzlichter leuchteten auf und Erin biss die Zähne zusammen. Sie drückte die Eingangstür auf und machte sich nicht die Mühe, sie für Agent Singh aufzuhalten. Er kam schon allein klar. Der Agent kam zwar nicht von der Dienstaufsicht, aber so, wie er sie über ihre Vergangenheit ausfragte, konnte man fast den Eindruck bekommen.

„Wussten Sie, dass Ihr Mann seine Waffe ziehen würde?"

„Wussten Sie, dass er gefährlich war?"

„Hat er versucht, Sie umzubringen, bevor er die Waffe gegen sich selbst richtete?"

Zorn stieg in ihr auf, wie immer, wenn die Fragen, die man ihr vor drei Jahren an den Kopf geworfen hatte, ihre

Erinnerung fluteten. Zorn, Scham und Trauer – um all die Dinge, die sie nicht mehr ändern konnte. Sie schüttelte es ab. Für diese unnützen Gedanken hatte sie keine Zeit. Der Mörder ging ihnen durch die Lappen, und Darsh war mehr an der Vergangenheit interessiert als daran, den Kerl zu schnappen.

Sie sah auf ihre Uhr, ging zum Tresen und stützte sich mit den Ellenbogen darauf ab.

„Rodriguez", rief sie zum Schreibtisch des Sergeants, der sich gerade mit ein paar anderen Beamten unterhielt. „Ist Brady noch hier?"

Arnie Rodriguez kam zum Tresen. Er war seit zwanzig Jahren bei der Polizei und schlug nur noch die Zeit bis zu seiner Pensionierung tot. Er breitete seine Arme über der polierten Holzoberfläche aus und lächelte sie an. „Natürlich, Detective Donovan. Sein Anwalt war schon zweimal hier, zusammen mit dem Trainer des Footballteams, der mich informiert hat, dass der Junge unbedingt zum Training muss. Ich habe ihm erklärt – sehr geduldig, wenn Sie mich fragen –, dass ich abwarten muss, ob die Beamtin, die die Verhaftung durchgeführt hat, Anzeige erstatten will. Haben Sie sich schon entschieden?"

Football war in dieser Stadt viel Geld wert und sie hatte die Universität schon ihren Star-Quarterback gekostet. Aber nur, weil es verwöhnte Kinder waren, durften sie noch lange keine Polizeibeamten bedrohen. Allerdings wollte sie weder die Anspannung in der Stadt zum Eskalieren bringen, noch wollte sie Brady Munition für eine Anklage wegen Bedrohung liefern. Was sie allerdings wollte, war, den Typen zu seinem gestrigen Abend zu befragen. „Ich denke noch darüber nach. Bringen Sie ihn bitte für mich in ein Vernehmungszimmer."

„Alles klar, Erin."

„Danke, Arnie." Sie bahnte sich den Weg zurück bis zu dem Zimmer, in dem Harrys und ihr Schreibtisch standen. Eine Ecke des Raumes war abgetrennt, sodass sie Fotos von Verdächtigen, Zeitleisten und Stichpunkte zum Tathergang aufhängen konnten, ohne dass alle es sehen konnten.

Der erfahrene Detective saß über seinen Laptop gebeugt da und druckte Facebook-Einträge aus. Das musste nervig sein. Erin zog ihren Parka aus und hing ihn über die Lehne des harten Plastikstuhls, der mittlerweile an ihrem Tisch stand. Darsh Singh würde bald genug wieder abreisen und sie würde ihren bequemen Bürostuhl zurückbekommen. Je schneller, desto besser.

„Haben Sie schon was?", fragte sie.

Harry war nicht der sentimentale Typ. Aber er war ein guter Polizist.

„Abgesehen von Bressingers fast schon zwanghaftem Hass auf Sie?" Er zog eine Grimasse und streckte seine Arme über den Kopf, als ob er Druck abbauen wollte. Er hatte nur noch ein paar Jahre bis zur Pensionierung vor sich, aber das letzte Jahr war das arbeitsreichste seiner gesamten Karriere gewesen. „Nicht viel. Sobald jemand Cassie gesagt hat, dass Drew womöglich schuldig ist, hat sie diese Person geblockt und den Kommentar gelöscht. Problem gelöst."

„Ich wünschte, ich könnte auch einfach ein paar Leute in meinem Leben blocken", murmelte Erin.

„Ich auch." Harry zog ein paar Seiten Papier aus dem Drucker. „Es gibt ein paar Namen, denen ich nachgehe, aber ich kann nichts Großes außer ihrem Hass auf die Polizei erkennen." Harry lächelte, was eine Seltenheit war. „Mandy Wochikowski war viel weniger aktiv auf Facebook, aber sie hat viele Kommentare auf Twitter geschrieben. Und es gab ein paar Flirtereien mit einem anonymen Nutzer namens *@DarkMatter*, der angeblich Student am Blackcombe College ist. Ich werde versuchen, ihn zu identifizieren, aber machen Sie sich nicht all zu viele Hoffnungen."

Nur Harry konnte Dinge wie *Flirtereien* und *DarkMatter* sagen und es in etwa so aufregend wie trockenes Brot klingen lassen.

„Was ist mit den Anrufen?"

„Wir warten immer noch auf den Durchsuchungsbefehl für die Anbieter."

Im Ernst? „Wir brauchen diesen Durchsuchungsbefehl."

„Ja." Harry blickte sie unbeeindruckt an. „Erzählen Sie das dem Staatsanwalt."

Die Staatsanwaltschaft würde vermutlich versuchen, ihren eigenen Arsch zu retten, sollte die Verurteilung im Hawke-Fall ihnen auf die Füße fallen.

Vielleicht sollte Erin sich einfach eine Zielscheibe auf die Stirn malen und stillstehen, damit alle ihren Schuss auf sie abgeben konnten. Aber der Mörder stand nicht still, also musste auch sie weitermachen. Erin schluckte ihre Frustration hinunter. „Ich spreche mit Strassen, mal sehen, ob er etwas Druck auf sie ausüben kann. Ich werde Jason Brady verhören und herausfinden, wie sein Alibi für letzte Nacht aussieht, bevor ich ihn laufen lasse."

„Sie erstatten keine Anzeige? Ich dachte, er hat Sie angegriffen?"

„Ich bin schon klargekommen." Sie zuckte mit den Schultern. „Kommt darauf an, was er im Verhör von sich gibt." Unter anderen Umständen würde er sich verantworten müssen.

„Brauchen Sie Hilfe?" Harry schob seinen Stuhl zurück.

Sie schnaubte leise. „Ich weiß das Angebot zu schätzen, aber das FBI ist schon mit von der Partie." Sie hatte Darsh gegenüber vorhin Schwäche gezeigt, als sie über den Selbstmord ihres Mannes gesprochen hatten, und jetzt musste sie so tun, als ob es ihr nichts ausmachte.

Harry sah unbeeindruckt aus. „Lassen Sie mich wissen, wenn Sie da drin einen richtigen Polizisten gebrauchen können. Ich kann es einrichten."

„Werde ich tun." Erin lief den Flur hinunter bis zum Putzmittellager und klopfte an die Tür.

Eine gedämpfte Stimme sagte: „Kommen Sie rein."

Sie öffnete die Tür und fand den Bundesbeamten umgeben von Kisten vor.

„Wenn es hier brennt, sind sie Toast." Sie zwang sich zu einem Lächeln. Er hatte sie dazu gedrängt, Informationen preiszugeben, die sie niemals teilen wollte, aber an seiner Stelle wäre sie auch neugierig gewesen.

Darsh lachte, es klang unfassbar sexy. „Ich fürchte, ich brauche ein Brecheisen, um hier wieder herauszukommen", gab er zu.

Die schiere Masse an Informationen, die in dieses winzige Zimmer gestopft war, war überwältigend. Sie kannte diese Informationen wie ihre eigene Hand, aber das machte keinen Unterschied. Er wollte es selbst herausfinden.

Sie hatte in einem Mordfall zu ermitteln. Wenn *er* entscheiden sollte, dass eine Verbindung zwischen den Fällen bestand, dann würde es auch ihr Problem werden. „Sie haben gesagt, dass sie beim Verhör von Jason Brady dabei sein wollen. Oder sind Sie zu beschäftigt?"

Dunkle Augen trafen ihren Blick. „Ja, aber ich möchte allein mit ihm sprechen."

„Ähm, nein." *Verdammt.* So viel zu ihrem Friedensangebot. Der Kerl hatte es ihr direkt wieder aus der Hand geschlagen. Sie wich zurück und begann, davonzugehen.

„Erin. Warten Sie!"

Sie ignorierte ihn, aber er holte sie ein.

„Er wird nicht mit Ihnen sprechen. Sie werden nichts von ihm bekommen, außer Ärger."

Darsh stellte sich ihr in den Weg, und sie musste abrupt anhalten, um nicht in ihn hineinzulaufen.

„Was ist wichtiger?", fragte er leise. Hunderte von Ohren drehten sich lauschend in ihre Richtung. „Sich mit ihm anzulegen oder herauszufinden, ob er etwas mit den Morden letzte Nacht zu tun hatte?"

Erin atmete frustriert ein, trat einen halben Schritt zurück und verschränkte die Arme vor der Brust. „Sie kennen die Antwort auf diese Frage."

„Weshalb es besser ist, wenn ich allein mit ihm spreche." Er beugte sich zu ihrem Ohr. „Egal was Sie denken mögen, wir stehen auf derselben Seite. Wir wollen beide das gleiche – den Mörder von Cassie und Mandy schnappen."

Ihre Zähne schmerzten, so sehr biss sie sie zusammen. Er hatte recht, aber sie war nicht glücklich darüber, was das über ihre Fähigkeiten, ihren Job zu machen, aussagte.

„Na schön. Aber vermasseln Sie es nicht." Sie blickte auf ihre Uhr. „Sie haben zwanzig Minuten, bevor unsere Teambesprechung anfängt. Ich schaue vom Nebenraum aus zu." Erin schlug einen Haken um den Kerl und ging in Richtung des Beobachtungsraums davon. Sie würde nicht zulassen, dass ihr Ego ihr im Wege stand, wenn es darum ging, die Wahrheit herauszufinden. Nicht, dass sie noch ein besonders großes Ego hatte. Alles, was ihr noch blieb, war ihre

Entschlossenheit, den Job zu erledigen – und die Erinnerungen an glücklichere Zeiten.

———

DARSH MUSSTE SICH sputen, stattdessen ertappte er sich dabei, wie er Erin Donovan hinterherschaute, die erhobenen Hauptes ins Beobachtungszimmer davon spazierte. Wie konnte er diese Polizistin nicht bewundern, die ganz allein einen Hundert-Kilo-Gorilla zu Boden gerungen hatte, die aber auch wusste, wann sie einen Schritt zurücktreten musste – und es dann tatsächlich auch tat?

Jetzt mussten sie entweder Anzeige gegen diesen Burschen erheben oder ihn laufen lassen, und alles andere als eine Anzeige wegen Mordes war Zeitverschwendung. Es war egal, dass der Kerl eine Polizistin bedroht und tätlich angegriffen hatte. Die Bevölkerung wollte nur sehen, wie der Mörder geschnappt wurde. Sie hatte nicht die Geduld, sich um Nebenschauplätze oder Ablenkungen zu kümmern. Erin Donovan schien in dieser Stadt als vogelfrei zu gelten. Das gefiel ihm genauso wenig, wie Arschlöcher, die Frauen wehtaten.

Ein Telefonklingeln riss ihn aus seinen Gedanken. Der Gestank des Todes hing noch immer an ihm wie Rauch, aber er hatte nach dem Besuch im Leichenschauhaus noch keine Zeit für eine Dusche und frische Klamotten gefunden. Er schnappte sich einen unbenutzten Notizblock und einen Stift von einem fremden Schreibtisch und betrat das Verhörzimmer. Brady saß vornübergebeugt am Tisch, richtete sich aber auf, als Darsh eintrat. Seine Augen waren blutunterlaufen, sein Gesicht aufgedunsen. Er stank aus jeder Pore seines Körpers nach Alkohol.

Keiner von ihnen hatte in der letzten Nacht geschlafen, aber zumindest war Darsh nicht betrunken gewesen. Er zog sich einen Stuhl heran und setzte sich. „Mr. Brady. Ich bin Agent Singh vom FBI. Wir haben uns heute Morgen schon kennengelernt."

„Ich erinnere mich." Das Augenverdrehen, das diesen Satz begleitete, konnte einem vierzehnjährigen Mädchen Konkurrenz machen.

„Darf ich Sie Jason nennen?"

Der Kerl zuckte mit seinen wuchtigen Schultern. Darsh begriff nicht, warum Erin nicht von der schieren Größe dieser Typen eingeschüchtert gewesen war. Nach seiner Zeit im Marine Corps konnte er sich gegen solche Männer verteidigen, aber Erin war fast dreißig Zentimeter kleiner und dreißig Kilo leichter als er.

„Sie scheinen ein Problem mit Detective Donovan zu haben. Ist das korrekt?", fragte er.

„Ja, ich habe ein Problem mit ihr." Brady setzte sich aufrecht hin. „Sie hat Drew ins Gefängnis gebracht für etwas, das er nicht getan hat."

„Es waren die Zeugenaussagen der Frauen, die vergewaltigt worden waren, die Beweise und das Urteil der Geschworenen, die Drew ins Gefängnis gebracht haben."

„Diese Fotze hatte es von Anfang an auf ihn abgesehen." Brady verschränkte seine muskulösen Arme vor der Brust. „Nie im Leben hat Drew auch nur eine dieser Schlampen angefasst."

„Warum nicht?" Darsh musste sich zwingen, nicht auf diese hasserfüllten Worte zu reagieren. Nicht zu urteilen, sondern Empathie zu zeigen. Niemand hatte behauptet, dass das einfach werden würde.

Brady grunzte verächtlich. „Haben Sie die gesehen? Die waren alle super hässlich. Drew würde nie so tief sinken. Außerdem hat Cassie im Bett sowieso alles gemacht, was er wollte."

Kein Bedauern über Cassies Tod. Wusste der Kerl überhaupt, wer die jüngsten Opfer waren? Darsh war sich nicht sicher, ob die Namen schon veröffentlicht worden waren, aber die beiden Mitbewohnerinnen, Tanya und Alicia, hatten sicher mit ihren Freunden darüber gesprochen.

„Drew hätte diese blöden Kühe nur angefasst, wenn er gefesselt und vergewaltigt worden wäre", fuhr Brady fort.

Darsh unterdrückte seinen Impuls, dem Kerl mit der Faust ins Gesicht zu schlagen. Entweder war Brady völlig nichtsahnend oder ein eiskalter Soziopath.

„Sie würden es gerne sehen, wenn Drew entlastet werden würde", sagte er langsam.

„Er ist der beste Quarterback von allen College-Mannschaften. Auf ihn wartet eine verdammte NFL-Karriere, wenn er rauskommt – warum würde er das alles aufs Spiel setzen wegen irgendeiner hässlichen Tussi? Die haben einfach gelogen."

Wenn er rauskommt? Ein freudscher Versprecher oder Wunschdenken?

Macht, Zorn, Sadismus – das waren die Hauptgründe für Vergewaltigungen. Sexuelle Lust war normalerweise nicht wichtig. Räumliche Nähe und Gelegenheit spielten eine größere Rolle. Aber in Cassies Fall, vermutete Darsh, war das Opfer *ganz bewusst* ausgewählt worden.

„Wollen Sie mir erzählen, dass die Frauen, die ihn beschuldigt haben, eifersüchtig auf seinen Erfolg waren und sauer, weil er sie nicht beachtet hat?", fragte er.

Brady nickte und beugte sich über den Tisch. Darsh bekam eine Wolke seiner Fahne ab. „Sie konnten ihn nicht haben, also wollten sie ihn zu Fall bringen."

„Was ist mit den Lügendetektoren?" Darsh war neugierig, wie der Kerl die Beweise gegen Hawke wegargumentieren würde.

„Es weiß doch jeder, dass man einen Lügendetektor austricksen kann, das kann man lernen."

Den eigenen Herzschlag und die Temperatur der Haut zu kontrollieren, war eine verdammt schwierige Übung, was Selbstkontrolle betraf. Sicher, manche Menschen schafften das, aber zwei junge Frauen, die nichts zu gewinnen und alles zu verlieren hatten, indem sie aller Welt erzählten, dass sie vergewaltigt worden waren? Das glaubte er nicht.

„Was ist mit den gegenständlichen Beweisen in dem Fall?", hakte Darsh nach.

„Was denn für gegenständliche Beweise? Ein Haar? Ein verficktes Haar? Das hätten sie auch in der Umkleidekabine oder einer verdammten Bar mitgehen lassen können. Verdammt, ich habe keine Ahnung, wie sie da drangekommen sind, aber ich kenne Drew. Er ist ein guter Kerl – besser als ich. *Viel* besser als ich. Er hat diese Scheiße nicht verdient."

Ganz offensichtlich vergötterte Brady seinen Freund.

„Er war Ihr Mitbewohner, richtig? Wie geht es Ihnen, jetzt, wo er nicht mehr da ist?"

Brady schluckte hörbar, sah zum ersten Mal verletzlich aus. „Wir haben einen neuen Mitbewohner, genauso wie einen neuen Spieler auf seiner Position. Aber es ist nicht dasselbe." Brady starrte ihn wütend an. „Es ist totaler Mist."

„Und haben Sie Detective Donovan angegriffen, weil sie

letzte Nacht einen über den Durst getrunken haben?“

Brady zuckte mit den Schultern und schien sich nicht zurückhalten zu können. „Ich hasse sie. Wenn ich sie nur sehe, habe ich das Gefühl, zu explodieren. Es ist ihr scheißegal, dass sie Drews Leben ruiniert hat, weil ihr Männer egal sind. Sie hasst Männer.“

Soweit Darsh es sagen konnte, hasste Erin Männer nicht. Sie hatte jede Menge männlicher Kollegen, die sie scheinbar mochten und respektierten. Aber sie verheimlichte etwas. Eine Verletzung oder einen Fehler aus ihrer Vergangenheit.

„Es ist ein Verbrechen, was Sie getan haben. Das war ein tätlicher Angriff auf einen Polizeibeamten. Für so einen Mist können Sie verurteilt werden und ihre Chance auf einen Platz in der NFL verlieren.“

„Ich habe sie doch kaum berührt.“

„Glauben Sie mir, der Angriff auf einen Polizeibeamten ist der einzige Kontaktsport, bei dem Sie nicht als Sieger vom Platz gehen.“ Darsh schaute den jungen Mann grimmig an.

Brady zuckte mit den Schultern, seine Augen funkelten. „Sie ist eine schlechte Polizistin.“

„Obwohl sie Sie zu Boden gerungen hat?“ Okay, vielleicht war Darsh jetzt nicht mehr besonders empathisch, aber der Kerl zeigte einfach *überhaupt kein* Bedauern für seine Handlungen. Unbehagen erfüllte ihn, Unbehagen für Erin. Aber sie war heute früh mit Brady fertig geworden, erinnerte er sich. Sie brauchte seinen Schutz nicht, und deshalb war er auch nicht hier. „Wann haben Sie gestern Abend angefangen, zu trinken?“

Brady verzog das Gesicht, als ob ihm die Erinnerung Schmerzen bereitete. „Keine Ahnung. Ich schätze, ich habe gegen sieben das erste Bier aufgemacht, aber das Fass haben wir erst angestochen, als die Party schon lief."

Und wenn es Zeugen gab, die seine Anwesenheit zwischen acht und zehn bestätigen konnten, dann war der Kerl nicht für die Morde verantwortlich.

„Hatten Sie Kontakt mit Drew Hawke, seit er im Gefängnis ist?", fragte Darsh.

„Wie meinen Sie das?"

„Ich meine, hat er Ihnen geschrieben?" Der Kerl versuchte, auf Zeit zu spielen. Darsh war schon klar, dass der junge Mann schlauer war als er vorgab. Eine *Misandristin* – jemand, der Männer hasst. Welcher zwanzigjährige Footballspieler benutzte schon so ein Wort?

Ein intelligenter Zwanzigjähriger.

Wie intelligent war er genau?, fragte Darsh sich.

Brady stopfte die Hände in die Taschen seines Sweatshirts und setzte sich wieder gerade hin. Er räusperte sich. „Er hat ein paar Mal geschrieben."

„Haben Sie zurückgeschrieben?", fragte Darsh.

Brady wich seinem Blick aus. Schüttelte den Kopf.

„Warum nicht? Er ist ihr bester Freund."

Der junge Mann blinzelte ein paar Mal. Seine Augen sahen verdächtig feucht aus. „Was soll ich denn schreiben? Dass das Team hart trainiert, und dass wir gewinnen? Dass Coach Raymond schimpft, weil ich zu spät zum Training gekommen bin?" Er schaute auf seine Uhr, seine Nasenlöcher wurden groß. „Und schon wieder zu spät." Er sah wieder zu Darsh. „Ich kann Drew doch nicht erzählen, dass das Leben ganz normal weitergeht, während er in diesem Drecksloch sitzt, bis er fünfzig ist. *Frohe Weihnachten, Kumpel. Und übrigens, Pech gehabt.*"

„Hat er Cassandra geschrieben?"

Bradys Schultern hüpften auf und ab, aber sein Gesicht war wieder ausdruckslos. „Glaube schon."

„Reden Sie nicht mit ihr?"

Brady verzog den Mund. „Wir sind nicht gerade befreundet."

Er sprach jetzt in der Gegenwart. Entweder war er ein Genie oder er wusste nicht, dass Cassie tot war.

„Sie waren also gestern Abend auf der Party – Sind Sie noch mal irgendwann weg von dort? Spazieren gegangen oder so?"

Die Tür flog auf und ein schmaler, großer Kerl in einem teuren Anzug stand im Türrahmen. Chief Strassen spähte über seine Schulter.

„Was zum Teufel erlauben Sie sich? Meinen Klienten zu verhören, ohne dass sein Anwalt anwesend ist?"

„Wir unterhalten uns nur", antwortete Darsh unbeeindruckt.

„Was auch immer er gesagt hat, kann nicht vor Gericht verwendet werden."

„Vor Gericht?" Brady riss die Augenbrauen hoch. „Sie erstattet wirklich Anzeige? Diese Schl…"

„Das reicht!", blaffte sein Anwalt ihn an.

Als Brady seine Klappe hielt, starrte der Anwalt Darsh unverwandt an. „Hier geht es nicht um eine Anzeige von Detective Donovan, Mr. Brady. Sie werden zum Mord an Cassandra Bressinger befragt."

„Cassie ist tot?" Das Blut stürzte Brady aus dem Gesicht. Sein ganzes Auftreten veränderte sich. „Verdammtes Arschloch!"

Schnelle Reflexe retteten Darsh vor einem Kinnhaken. Er hielt die Faust des jungen Mannes fest und drückte zu.

„Immer mit der Ruhe, mein Lieber. Wir haben uns bloß unterhalten. Sie können jetzt gehen. Es sein denn…", Darsh grinste ihn entnervt an, „Sie wollen noch einmal zuschlagen?"

Der Anwalt zerrte am Arm seines Klienten, versuchte, ihn zum Gehen zu bewegen, bevor er die Beherrschung verlor. Der junge Mann stand auf, aber Darsh versperrte den Ausgang. „Ein gut gemeinter Rat, Mr. Brady. Lassen Sie die Finger von Detective Donovan. Das nächste Mal wird sie Anzeige erstatten, und das wird dann das Ende einer sehr vielversprechenden Footballkarriere sein. Haben wir uns verstanden?"

Die Augen des Kerls funkelten hasserfüllt. Aber er nickte langsam und warf einen wütenden Blick in Richtung des Spiegels zum Nebenzimmer. „Oh ja, ich habe verstanden. Ich habe es ganz genau verstanden."

ACHTES KAPITEL

DIE BÄUME, DIE die Straße säumten, bogen sich heftig im Wind. Die Teambesprechung um drei Uhr hatte lange gedauert, und sie waren mit der Ermittlung immer noch nicht vorangekommen. Der Chief hatte sie und die meisten anderen Beamten nach Hause geschickt, damit sie ein paar Stunden Schlaf nachholen konnten. Sie wohnte am südlichen Ende der Stadt, am Rande der Adirondacks, und war so müde, dass ihr fast die Augen zufielen, während sie durch die Dunkelheit nach Hause fuhr. *Großartig.* Ein Unfall war das Letzte, was sie jetzt noch gebrauchen konnte. Noch eine Meile, und sie war endlich zu Hause. Der Jetlag zusammen mit dem Schlafdefizit bedeutete einfach, dass sie körperlich nicht in der Lage war, noch länger wach zu bleiben. Sie riss die Augen auf und zog eine Grimasse. Die Straßen waren ruhig, in dieser Gegend gab es nicht viele Häuser. Sie kurbelte ihr Fenster herunter und hatte plötzlich das Gefühl, einen Gefrierschrankt geöffnet zu haben.

Darsh zu beobachten, wie er Brady verhört hatte, war interessant gewesen. Er hatte viel mehr aus dem Kerl herausbekommen, als sie fertiggebracht hätte. Und Bradys Reaktion, als er erfahren hatte, dass Cassie tot war, war sehr überzeugend gewesen. Entweder hatte der Footballspieler wirklich nicht gewusst, dass sie eines der Opfer gewesen war, oder er war ein überragender Schauspieler. Aber das strich ihn noch lange nicht von der Liste der Verdächtigen. Jetzt mussten sie mit den Leuten sprechen, die auf der Party im Burschenschaftshaus gewesen waren, und sichergehen, dass er die Wahrheit darüber gesagt hatte, wo er gewesen war. Sie hatte ihn gestern Abend um kurz nach zehn gesehen. Hätte er nach dem Notruf von Cassies Haus bis zum Burschenschaftshaus rennen können, bevor sie dort vorbeigekommen war?

Ihr Handy klingelte, und sie zuckte zusammen. *Herrgott nochmal.* Das Ding hatte den ganzen Tag nicht aufgehört zu klingeln. Ihre Mutter, ihr Dad, die Presseabteilung, der Bürgermeister. Das hier war der letzte Anruf für heute und wehe, sie musste wieder umdrehen. Sie drückte auf den Knopf ihrer Freisprechanlage.

„Hi Erin, hier ist Linus. Das mit den Morden ist ja furchtbar.“

„Linus. Hey. Wie geht es Ihnen?“ Linus Hall war einer von Professor Huxleys Doktoranden. „Was kann ich für Sie tun?“

„Roman hat mich gebeten, mich bei Ihnen zu melden und zu fragen, ob Sie Kopien von Mandy Wochikowskis Aufsätzen haben möchten.“

Erin war sich nicht sicher, welche Einsichten die Aufsätze ihr liefern würden, aber sie hatte noch immer kein richtiges Gefühl für Mandy als Person, auch wenn sie es hasste, dass der Mord an ihr im Vergleich zu dem an Cassie beinahe belanglos erschien. „Ja, gerne. Können Sie sie an meine E-Mail schicken?“

„Ich habe leider keine digitalen Kopien, nur Ausdrucke. Vermutlich können Sie auch über Mandys Laptop darauf zugreifen“, antwortete er zögerlich. Aber Mandys Computer war schon auf dem Weg in das FBI-Büro in Quantico. „Ich kann sie heute Abend bei der Polizeistation vorbeibringen, wenn Sie wollen?"

„Das wäre super, vielen Dank. Ich werde nicht da sein, aber Sie können sie beim Sergeant am Tresen für mich hinterlegen."

„Oh." Er klang enttäuscht. „Kein Problem. Mandy hat das nicht verdient."

Erin spitzte die Ohren. Mandy hatte im Sommer für Professor Huxley gearbeitet, was bedeutete, dass Linus sie vermutlich recht gut kannte. Und es lag etwas in seiner Stimme…

„Waren Sie befreundet?"

„Ja, sozusagen. Alle vom Lehrstuhl haben den Sommer über viel Zeit miteinander verbracht. Wir sind Kaffee trinken gegangen und sowas."

Waren sie ein Paar gewesen? Vermutlich wurde es nicht gern gesehen, wenn ein Doktorand mit einer Studentin aus seinen Seminaren ausging. „Können Sie mir irgendwas über sie erzählen?", fragte Erin vorsichtig.

Er machte eine lange Pause. „Naja, sie hat mich irgendwie an Sie erinnert."

Eine Welle des Schreckens schoss durch Erin hindurch. Dass Mandy tot war und es niemanden zu kümmern schien, machte sie unglaublich traurig. Sie musste dafür sorgen, dass das Mädchen weiterhin im Fokus der Ermittlungen stand.

„Engagiert. Immer am Arbeiten, nie wirklich zufrieden, egal wie viele Einsen sie geschrieben hatte. Nie wirklich von sich selbst überzeugt."

Der Doktorand hatte offensichtlich mehr bemerkt als ihr lieb war. „Das klingt, als ob sie viel schlauer war als ich." Sie lachte, um ihr Unbehagen über seine Einschätzung ihrer Persönlichkeit abzuschütteln. „Mandy war überzeugt davon, dass Drew Hawke unschuldig ist.“

„Das stimmt.“ Er räusperte sich. „Sie hat mich sogar so weit gekriegt, dass ich darüber nachgedacht habe, wie man Hawke die Schuld in die Schuhe hätte schieben *können*.“

Ein unerwartetes Gefühl des Verrats überkam sie. Linus war vehement davon überzeugt gewesen, dass der Quarterback der Vergewaltiger gewesen war. Die Abfahrt zu ihrem Haus kam auf der linken Straßenseite näher. Fast zu Hause. „Ein ziemlicher Aufwand, dem Kerl die Schuld in die Schuhe zu schieben.“

„Schwierig, aber nicht unmöglich.“

Ihr Schweigen brachte ihn zum Stammeln.

„A… aber sehr unwahrscheinlich. Dieser Mörder ist höchstwahrscheinlich ein Nachahmungstäter. Jemand, der Hawke unschuldig und die Polizei schlecht aussehen lassen will.“

„Tja, das hat er geschafft.“ Eine Welle der Erschöpfung erfasste sie, als sie ihren Truck vor dem Farmhaus zum Halten brachte. „Ich muss Schluss machen, Linus. Ich weiß Ihr Angebot mit Mandys Aufsätzen wirklich zu schätzen. Tut mir leid, dass sie eine Freundin verloren haben.“

„Ja. Danke. Ich melde mich morgen wieder.“ Er legte auf.

Erin ließ ihre Stirn auf das Lenkrad fallen, dann zwang sie sich, sich zu bewegen, bevor sie noch im Truck einschlief. Sie sprang aus dem Wagen und lief zur Hintertür des Hauses. Wieder klingelte ihr Handy, aber sie ließ die Mailbox rangehen. Sie hatte keine Energie mehr, um sich mit irgendjemandem zu unterhalten. Im Haus drehte sie das Thermostat bis zum Anschlag hoch, denn egal, wie viele Lagen Klamotten sie trug, oder wie viele Tassen Kaffee sie trank, ihr wurde einfach nicht warm.

Außer wenn sie mit Darsh Singh zusammen war und versuchte, all die Sünden zu vergessen, die sie begangen hatten.

Verdammt. Sie wollte nicht an ihn denken müssen.

Im Haus warf Erin ihre Schlüssel und ihre Tasche auf den Tisch, pellte sich aus ihrem Mantel und hängte ihn über die Lehne des Küchenstuhls. Dann setzte sie sich hin, zerrte die Stiefel von den Füßen und ließ sie mit einem lauten Rumpeln auf den Boden fallen.

Sie war hungrig, war aber zu müde, um zu essen. Ihre Schritte hallten auf dem leeren Holzfußboden wider, als sie die Treppe hinaufging. Eines Tages würde sie die Zeit finden, einen Teppich zu kaufen. Sie ging zum Bad, nahm auf dem Weg ihre Glock in die Hand, knöpfte ihre Hose auf und ließ sie noch im Laufen zu Boden gleiten. Sie wusch sich Gesicht und Hände, putzte ihre Zähne, vermied es aber, in den Spiegel zu schauen. Dann stopfte sie ihre Klamotten in den Wäschekorb und stolperte ins Schlafzimmer. Sie machte sich nicht die Mühe, das Licht anzumachen, und brauchte es auch nicht, denn der Mond schien hell durch die dünnen Vorhänge.

Sie schnappte sich ihr Nachthemd vom Fußboden und zog es über. Sie zitterte, als der kalte Baumwollstoff ihre Haut berührte. Ihr Koffer lag noch immer auf dem Boden und wartete darauf, ausgepackt zu werden. Morgen, bevor sie wieder zur Arbeit fuhr, musste sie eine Maschine mit Wäsche anschmeißen. Jetzt gerade war es ihr egal, ob ihre Kleider von allein dorthin krabbelten. Sie schaltete ihr Handy aus, legte ihre Pistole auf den Nachttisch und ließ sich vom Schlaf übermannen.

———————

DARSH BISS IN seinen Wrap und wählte Mallory Rooneys Handynummer.

Sie meldete sich beim dritten Klingeln. „Hey Darsh. Wie geht's?"

Er mochte Mallory. Sie arbeitete erst seit ein paar Monaten in der Fallanalyse 4, aber sie war intelligent, ambitioniert und hatte nicht nur der Ausgeburt des Bösen gegenübergestanden, sondern sie regelrecht vernichtet.

„Mallory. Du bist doch nicht etwa im Büro, oder?"

Er war dabei gewesen, als sie vor Kurzem Schwangerschaftskomplikationen gehabt hatte. Offiziell hatte sie Bettruhe verordnet bekommen, aber sie hatte verkündet, dass sie absolut wahnsinnig werden würde, wenn sie für mehr als eine Stunde am Tag das Nachmittagsprogramm im Fernsehen schauen musste. Daher sein Anruf.

„Nein. Ich habe die Füße auf Alex' Ledercouch hochgelegt, und er bewacht mich wie eine Bärenmutter."

„Er macht sich nur Sorgen um dich. Wie wir alle." Ihr Verlobter, Alex Parker, war ein Experte für Cybersicherheit und arbeitete als Berater für die Fallanalyseeinheit 4. Der Kerl war absolut in Ordnung. Darsh, Mal und Parker hatten vor Silvester etwas Zeit miteinander verbracht. Mallory war eine gute Schützin – das waren Frauen oft – aber auf kurze Distanz war Parker ein verfluchter Virtuose. Er konnte buchstäblich eine zweite Kugel in dasselbe Einschussloch versenken, selbst wenn er sich dabei bewegte. Darsh hatte noch nie jemanden so schießen sehen, dabei hatte er während seiner Zeit in der Armee schon wirklich hervorragende Schützen getroffen. Darshs Talent hingegen lag in der Distanz. Selbst Parker hatte mit dem Gewehr gegen ihn seine Niederlage einräumen müssen.

Darshs Fähigkeiten mit dem Gewehr hatten ihm einen der begehrten Plätze in der Scharfschützenausbildung des Marine Corps beschert. Er berührte die Kette, die er unter seinem Hemd trug und an der ein Wildschweinzahn baumelte. Sein Talisman. Er blickte auf Rosie, die in der Ecke seines streichholzschachtelgroßen Büros lehnte. Er reiste nie ohne sein Remington Scharfschützengewehr und hatte es nicht im Kofferraum seines Mietwagens liegen lassen wollen. Wenn er etwas Luft hatte, ging er auf den Schießstand. Das war seine Art der Entspannung. Ironischerweise hatte er nie im Leben überhaupt eine Waffe in der Hand gehabt, bis er mit der Grundausbildung auf Parris Island angefangen hatte. Seine Familie war 1982 aus England in die Staaten gekommen, und sein Vater hatte die amerikanische Kultur vollkommen übernommen, bis auf die Waffen. Er weigerte sich, eine Waffe im Haus zu haben. Aber wie sich herausgestellt hatte, war schießen einfach, wenn man sich nur an das Mantra der Scharfschützen erinnerte – langsam, gleichmäßig, gerade, ruhig und abdrücken. Das funktionierte auch bei Frauen. Erins Gesicht blitzte in seinen Gedanken auf. Sein Mund wurde trocken, und er zwang sich, zu schlucken.

„Also, obwohl es ein paar interessante Entwicklungen in anderen Bereichen unserer fröhlichen Bande gibt, habe ich ein bisschen in Erin Donovans Vergangenheit herumgewühlt, wie du mich gebeten hast", informierte ihn Mal.

„Andere Entwicklungen?", fragte Darsh.

„Nichts, was du wissen müsstest, außer du willst eine Reise in die Karibik unternehmen."

„Wollte irgendjemand schon mal nicht in die Karibik?"

Mallory schnaubte. „Frag mich in ein paar Tagen noch mal – oder noch besser, erwähne es einfach nie wieder."

Die Frau verwirrte ihn endlos, aber das war bei Frauen ja nichts Neues.

„Donovans Dienstakte bei der Polizei von New York City war vorbildlich. Sie war fünf Jahre lang Streifenpolizistin, bevor sie die Prüfung zum Detective abgelegt hat. Sie war einer der jüngsten Beamten in der Geschichte der Polizeieinheit, die Detective wurden, ganz zu schweigen davon, dass sie eine Frau ist."

Darsh spürte einen seltsamen Anflug von Stolz.

„Natürlich gab es Gerüchte, dass es mit Vetternwirtschaft zu tun hatte. Ihr Vater und ihr Onkel sind Lieutenants, drei ihrer Brüder sind Detectives und ein weiterer Bruder ist sogar Captain seines eigenen Reviers."

„Die New Yorker Polizei ist also quasi der Familienbetrieb. Warum ist sie dann von dort fortgegangen?"

„Wie gesagt, ihre Arbeit war einwandfrei, aber ihr Privatleben war eine Katastrophe. Sie hat 2009, als sie sechsundzwanzig war, geheiratet. Einen Kerl namens Graham Price."

„Hat sie seinen Namen nicht angenommen?"

„Nein. Vielleicht wollte sie den bekannten Familiennamen nicht verlieren?"

„Wirst du deinen Namen ändern?", fragte er, und ihm war klar, dass er nur Zeit gewinnen wollte, bevor er alles über Erins Mann erfuhr.

Mallory lachte. „Ich habe noch nicht darüber nachgedacht, aber ich denke ja, wahrscheinlich."

„Du könntest dir auch einen Doppelnamen zulegen."

„Mallory Rooney-Parker? Das klingt doch wie eine Anwaltskanzlei oder eine Produktionsfirma. Auch wenn man mich derzeit vermutlich sehr wohl als Produktionsfirma bezeichnen könnte."

Er konnte förmlich hören, wie sie grinste. Darsh bereitete sich mental auf die nächsten Informationen vor. „Also, was ist passiert, nachdem sie geheiratet haben?"

„Sie haben sich bei der Arbeit kennengelernt. Donovan hat das Revier gewechselt, damit sie an verschiedenen Orten arbeiten. Alles war ruhig, bis sie im September 2011 die Scheidung eingereicht hat."

Darsh atmete erleichtert aus. Sie waren sich im Oktober 2011 begegnet, und auch wenn sie theoretisch noch verheiratet gewesen war, war es nicht ganz dasselbe, wie Ehebruch.

„Warum hat sie die Scheidung eingereicht?"

„Unüberbrückbare Differenzen. Stand jedenfalls in der Akte. Sie war im Oktober danach sogar bei einem Training in Quantico." Darsh sagte nichts und hoffte, dass Mal keine Gedanken lesen konnte. „Die eigentliche Katastrophe ist im Dezember passiert, direkt vor Weihnachten. Price ist in ihr Revier gekommen, während sie gerade einen Verdächtigen in die U-Haft verfrachtet hat, hat seine private Waffe gezogen und sich vor allen Anwesenden das Gehirn herausgepustet."

Übelkeit stieg in Darsh auf. *Scheiße.*

„Im Januar hat sie sich dann auf die Stelle in Forbes Pines beworben."

Kein Wunder, dass sie nicht darüber sprechen wollte.

„Da ist noch etwas. Alex hat es irgendwo gefunden, wo er sich eigentlich nicht herumtreiben dürfte. Es gibt eine Krankenakte für Erin Donovan. Eine Handvoll Fotografien und Röntgenbilder. Sieht so aus, als ob jemand sie im Juni 2011 verprügelt hat."

„Gab es eine Verhaftung?"

„Es wurde keine Anzeige erstattet, es gibt nur die Akte aus

dem Krankenhaus. Und verdammt, Alex hat gerade noch eine weitere Akte aus einem anderen Krankenhaus gefunden."

Darsh stand auf. Das winzige Zimmer war zu klein, um herumzutigern, aber er konnte nicht länger stillsitzen. „Das Arschloch hat sie *geschlagen*?"

„Oder sie war unfassbar tollpatschig, während sie mit ihm verheiratet war."

Er musste an die Frau denken, die einen hundert Kilo schweren Athleten in die Knie gezwungen hatte, ohne auch nur mit der Wimper zu zucken. Die Frau, die ihm die beste Nacht seines Lebens beschert hatte. Hatte ihr Mann sie mit Fäusten geschlagen? War sie deshalb jetzt so gut darin, auf sich aufzupassen? Zorn brannte durch seine Gedanken und er hörte nicht auf das, was Mallory als nächstes sagte.

„Wie bitte?"

„Ich habe gefragt, wie die Ermittlungen laufen?"

Er rieb sich die Stirn. „Es ist kompliziert."

„Wo bist du untergekommen?"

Er lachte und schaute sich in seinem vier Quadratmeter großen Büro um, das bis unter die Decke mit Kisten voller Akten vollgestopft war. „In der Polizeistation." Die Presse war über die Stadt hergefallen und man hatte vergessen, ihm ein Hotelzimmer zu buchen. „Ist nicht weiter tragisch. Es gibt etwa eine Milliarde Aussagen und Beweisstücke, die ich heute Nacht noch durchschauen muss."

„Können wir irgendwie helfen?"

„Vielleicht morgen, nachdem ich die Beweise gesichtet habe. Im Augenblick weiß ich nicht mehr, wo hinten und vorne ist. Doch, eine Sache gibt es. Könnt ihr das Footballteam auf frühere Anschuldigungen wegen Vergewaltigung oder Körperverletzung überprüfen?"

„Natürlich. Ich werde Agent Chen morgen darauf ansetzen."

Ashley Chen – eine neue Agentin in der Fallanalyse 4. „Wie schlägt sie sich so?"

Mal lachte. „Ich werde nicht ganz schlau aus ihr. Eine engagierte Agentin, die es nicht mag, wenn man ihr Vorschriften macht. Aber ich hab' gut reden."

Darsh trank einen Schluck heißen Kaffee. „Du bist eine fantastische Agentin, Mal. Du arbeitest gut im Team. Du bist viel besser als ich es am Anfang war." Vielleicht sogar besser als er es jetzt war. Der ständige Zwang, sich beweisen zu müssen, wurde langsam nervig.

„Ach, komm schon. Wir haben alle von deiner erstklassigen Arbeit als verdeckter Ermittler gehört."

Darsh grinste. „Manchmal haben Vorurteile auch was für sich."

„Du bist einfach ein cooler Typ."

„Ganz richtig"

„Alex ist noch kein Fan von Agent Chen. Er traut ihr nicht und meint, ihr Hintergrundcheck sieht verdächtig aus."

„Er ist ein Fan von niemandem, den er nicht bis zum Tag seiner Geburt durchleuchtet hat." Darsh war zuerst nicht wohl bei dem Gedanken gewesen, dass Alex über den Mord an seiner Mutter Bescheid wusste, aber der Kerl hatte Stillschweigen bewahrt. Darsh war sich sicher, dass er nicht einmal Mal davon erzählt hatte – obwohl sie womöglich die einzige war, die es verstehen würde.

„Das habe ich ihm auch gesagt."

„Was hältst *du* von ihr?" Darsh hatte Agent Chen erst einmal kurz getroffen. Sie hatte ein asiatisches Aussehen und einen New Yorker Charakter, und das gefiel ihm.

„Sie ist intelligent und arbeitet hart…"

„Aber?"

„Sie hat eine Mauer um ihr Privatleben gezogen. Sie vertraut uns noch nicht."

Darsh dachte an Erin. Auch sie hatte ihre Mauern hochgezogen. Er begann zu begreifen, warum.

„Ich muss Schluss machen. Alex tippt schon auf seine Uhr. Hey, Frazer wird bald aus dem Krankenhaus entlassen, aber dann nimmt er erst mal zwei Wochen Urlaub."

„Urlaub?" Das war eine Überraschung. Darsh konnte sich nicht daran erinnern, dass der Kerl auch nur einmal eine Pause gemacht hätte.

„Ich glaube, es hat mit einer Frau zu tun." Mallory schien vor Neugier fast zu platzen.

Darshs Magen zog sich zusammen. „Der Glückspilz."

„Lincoln Frazer ist vieles, aber als Glückspilz würde ich ihn nicht gerade bezeichnen."

Darsh knurrte. „Okay, gut. Danke für die Informationen. Ruf mich an, wenn es irgendwas gibt, aber mach dir *keinen* Stress." Das Letzte, was er wollte war, das Leben des Babys wieder in Gefahr zu bringen.

„Alles klar."

Er legte auf, dann fiel er auf seinen Stuhl. Die Müdigkeit zehrte so sehr an seinem Körper, dass er sich einfach nur hinlegen und die Augen schließen wollte. Dann starrte er auf die Aktenberge und zog den nächstbesten Karton zu sich. Je schneller er herausfand, ob die alten Vergewaltigungen und die neuen Morde zusammenhingen, desto schneller konnte er Forbes Pines und die Versuchung, die Detective Erin Donovan auf ihn ausübte, hinter sich lassen.

NEUNTES KAPITEL

ERIN TRUG LYCRAHOSEN und ein langärmeliges T-Shirt, darüber eine dünne Fleecejacke und feine, schwarze Handschuhe. Ihre blonden Haare hatte sie unter eine dünne Wollmütze gesteckt, die sie sich so tief wie möglich über ihre Ohren gezogen hatte. Sie schaltete die Stirnlampe ein und startete ihre Stoppuhr. Dann lief sie die Gasse hinter Cassies Haus hinunter und bog Richtung Süden ab. Die kalte Luft brannte in ihren Lungen. Es war dunkel und klamm und ein dichter Morgennebel waberte durch die gnadenlose Brise. Sie suchte den Asphalt nach Eisflächen ab, behielt ihre Geschwindigkeit bei und wusste, dass ein jüngerer Athlet sie sicher meilenweit zurücklassen würde.

Sie bog in die nächste Straße ein und lief in einen kleinen Park. Ein paar weit verstreute Straßenlaternen schienen ihre im gefrorenen Nebel kaum sichtbaren Lichtkegel auf den Boden. Erin rannte durch einen kleinen Hain, die Äste raschelten, ließen ihre Nerven tanzen und ihr Herz mit einer uralten Angst schneller schlagen. Sie hatte die Route auf ihrem Handy überprüft, bevor sie losgelaufen war, und das hier war die kürzeste Strecke von A nach B.

Ihr Blut pumpte durch ihre Adern, das Feuer in ihrem Innern war angeheizt und kämpfte gegen die eisige Kälte an. Außer dem Wind in den Bäumen waren ihre Schritte auf dem Asphalt und der rasselnde Atem in ihrer Brust die einzigen

Geräusche. Sie kam am Campus an, und der dichte Nebel lichtete sich etwas, als sie zwischen dem Biologiegebäude und dem Chemietrakt hindurchrannte. Ihr Fuß rutsche auf dem glatten Boden aus, sie warf die Arme in die Höhe und konnte sich gerade noch auffangen, bevor sie zu Boden fiel. Sie lief weiter. Es war erst sechs Uhr morgens, aber es waren schon ein paar Leute unterwegs. Radfahrer. Ein weiterer furchtloser Jogger. Ein Sicherheitsmitarbeiter des Campus, der seine Runden drehte. Sie schaute sich um, während sie rannte, suchte das Gelände nach Überwachungskameras ab. Sie konnte keine entdecken und machte sich eine mentale Notiz, den Sicherheitsdienst des Campus zu fragen, ob irgendwo auf dem Campus Kameras angebracht worden waren.

Erin lief an der Turnhalle vorbei und auf die Sportanlage, wo sich der Nebel in dichten Wolken sammelte. Das Gras unter den Sohlen ihrer Nikes war steif gefroren. Eine Gruppe junger Männer tauchte wie aus dem Nichts auf. Das Footballteam, dass seine Übungen absolvierte. Morgentraining. Sie bog ab, um nicht an ihnen vorbeirennen zu müssen. Jemand pfiff ihr hinterher, was bewies, dass sie ihr Gesicht nicht erkennen konnten. Das Letzte, was sie wollte, war es, Jason Brady zu begegnen, wenn sie gerade herauszufinden versuchte, ob er vorletzte Nacht genug Zeit gehabt hatte, um Mandy und Cassie umzubringen.

Sie nahm die Beine in die Hand und erreichte den Rand des Footballfelds, bog scharf rechts ab und lief an der Böschung entlang in Richtung der Burschenschaftshäuser. Dann kam sie an genau der Stelle zum Stehen, an der sie Brady in der Nacht gesehen hatte. Sie joggte auf der Stelle und sah auf ihre Stoppuhr. Sechs Minuten und achtundvierzig Sekunden. Sie nahm eine andere Route zurück, mied diesmal das Sportfeld, und rannte über die Straßen zu ihrem Truck zurück, der vor Cassies Haus parkte. Wieder schaute sie auf die Stoppuhr. Neun Minuten. Sie stemmte die Hände auf die Knie und versuchte, zu Atem zu kommen. Sie mussten Bradys Alibi für die Nacht überprüfen, aber zumindest wusste sie jetzt, dass es für den Kerl körperlich möglich gewesen wäre, um 21:54 Uhr von Cassies Haus aus den Notruf gewählt zu haben und dann zurück zum Burschenschaftshaus gerannt zu sein, wo sie ihn gesehen hatte.

Ihr Handy vibrierte. Sie sah auf die Nummer und erinnerte sich, dass sie schon gestern Abend einen Anruf verpasst hatte. Rachel Knight. *Verdammt.*

Erin hätte sich ohrfeigen können. Wie hatte sie Rachel gestern nicht anrufen können? Aber ganz egal, wie dringend es war, sie würde nicht hier mit ihr sprechen, wo jemand womöglich mithören konnte. Sie würde sie von der Polizeistation aus zurückrufen.

Ihr Atem und ihr Herz wurden langsamer, wieder gleichmäßig, und sie dehnte ihre Muskeln. Langsam bekam sie das Gefühl, dass ein Paar Augen sie beobachteten. Das war umso gruseliger, als sie vor dem Haus stand, in dem Cassie und Mandy so brutal ermordet worden waren.

Erin ignorierte ihre Instinkte nie – außer, man zählte ihre desaströse Ehe mit. Aber Graham war ihr immer absolut ergeben erschienen, als sie miteinander ausgegangen waren – vielleicht zu ergeben, dachte sie zurückblickend. Sie suchte aus dem Augenwinkel die Umgebung ab, konnte aber nichts und niemand Ungewöhnliches entdecken. *Mist.* Sie dehnte ihre Waden, dann richtete sie sich auf und stieg in ihren Truck, gab dem Wagen Zeit, warm zu werden, und nutzte die paar Minuten, um die umstehenden Häuser und Autos zu beobachten.

War der Mörder zurückgekommen? Wohnte er in der Nähe? Beobachtete er sie?

Nichts regte sich. Keine Menschenseele war zu sehen. Nach fünf Minuten der Stille sagte sie sich, dass sie albern reagierte. Paranoid. Sie würde nicht den ganzen Tag hier herumsitzen und sich zum Narren machen. Sie legte den Gang ein und fuhr los zur Polizeistation.

———

DARSH SPRANG SCHNELL unter die Dusche in den Umkleideräumen der Polizeistation, dann ging er los, um Erin zu suchen. Er fand sie am anderen Ende des Gebäudes. Sie war hinter zwei Raumteilern am Telefonieren. Sie blickte ihn kommentarlos an, klemmte sich den Hörer zwischen Ohr und Schulter und wühlte durch einen Stapel Papiere auf ihrem Schreibtisch, bevor sie einen Kugelschreiber und einen Notizzettel hervorzog. Sie hatten nicht miteinander gesprochen, seit er sich so dreist Zugang zum Verhör von Jason Brady verschafft hatte, aber nach seiner Unterhaltung mit Mallory gestern Abend verstand er die Frau um ein Millionenfaches besser – nicht, dass er das jemals zugeben konnte. Wenn sie herausfinden sollte, dass er in ihrer Vergangenheit herumgeschnüffelt hatte, wäre sie wütend auf ihn wie nie zuvor.

Ihre blonden Haare waren zu einem dicken, nassen Zopf gebunden, der einen feuchten Abdruck auf ihrer blauen Baumwollbluse hinterließ. Der leicht süßliche Geruch ihrer Seife und ihres Shampoos überraschte ihn. Sie hatte offensichtlich gerade erst geduscht, aber er wollte sie sich nicht nackt vorstellen müssen, an keinem einzigen Ort auf dem gesamten amerikanischen Kontinent, vor allem nicht in den Duschen der Polizeistation, die nur wenige Meter von seinem Büro entfernt lagen.

Die dunklen Ringe unter ihren Augen hatte sie mit Make-up kaschiert, aber immerhin sah sie aus, als ob sie geschlafen hatte.

„Wann?" Sie schrieb etwas auf den Zettel. „Okay. Bis dann." Sie legte auf und atmete tief aus, bevor sie sich ihm zuwandte. „Haben Sie gestern Abend noch etwas herausgefunden? Irgendwelche himmelschreienden Versäumnisse meinerseits? Oder hatten Sie vielleicht einen Geistesblitz, wie wir diesen Typ schnappen können?"

Darsh schnaubte. Polizeiarbeit war selten schnell oder einfach, und gestern Abend war keine Ausnahme gewesen. Er hatte Stunden damit zugebracht, Zeugenaussagen und Prozessprotokolle durchzuschauen. Er rieb sich den Nacken. Wenigstens sprach sie wieder mit ihm. „Ich arbeite mich noch durch Beweise und Berichte."

Ihre hübschen Augen musterten ihn ruhig. Er wollte sie am liebsten hier und jetzt fragen, ob ihr Mann sie jemals geschlagen hatte. Er wollte sich dafür entschuldigen, so ein selbstgerechter Arsch gewesen zu sein, nachdem sie zusammen im Bett gewesen waren. Aber das hier war nicht der richtige Ort. Und es war nicht der richtige Zeitpunkt.

„Wie haben Sie geschlafen?" Sie runzelte die Stirn, dann drehte sie sich um und kramte wieder durch das Chaos auf ihrem Schreibtisch.

Sein Rücken fühlte sich an, als ob jemand Nägel hineingeschlagen hätte. „Sagen wir einfach, es ist ein Glück, dass der Stuhl in meinem Büro bequemer ist als dieses Scheißteil." Er tippte auf die Lehne des Plastikstuhls, den sie benutzte.

Ihre Augen wurden groß vor Erstaunen. „Sie haben *hier* geschlafen?"

„Alle Hotels sind ausgebucht." Er zog eine Grimasse, denn sie würden auch noch auf absehbare Zeit ausgebucht bleiben. „Sie brauchen einen besseren Bürostuhl."

Sie lachte. Es war das erste Mal seit drei Jahren, dass er dieses Geräusch hörte. Er sog es in sich auf, wie seine Haut den Sonnenschein aufsog.

„Was Sie nicht sagen."

„Ich muss irgendwo eine Couch finden oder in meinem Auto schlafen", gab er zu und rollte seine Schultern.

„Die Presse wird es lieben. Obdachloser FBI-Profiler, der in einem Fall an einem Elitecollege ermittelt."

„Sowas wie einen FBI-‚Profiler' gibt es nicht, das wissen Sie ganz genau."

Sie wedelte seinen Kommentar weg. Sie wussten beide, dass die Presse sagen würde, was sie wollte, ganz unabhängig vom Wahrheitsgehalt ihrer Berichterstattung. Erin juchzte triumphierend auf und zog einen Schokoriegel unter ein paar Aktenordnern hervor. „Halleluja." Sie riss die Verpackung auf, biss in ein Twix und kaute zufrieden vor sich hin. „Es gibt immer noch das Konferenzzimmer, sobald der Boss nach Hause gegangen ist", informierte sie ihn zwischen zwei Bissen.

Sein Magen knurrte, und Darsh hoffte inständig, dass sie es nicht hören würde. „Ich habe schon an schlimmeren Orten geschlafen. In gepanzerten Wagen während eines Sandsturms. Auf Dächern unter der sengenden arabischen Sonne."

„Ich stehe eher auf Betten."

Bilder, wie sie nackt zwischen weißen Laken lag, blitzen in seinen Gedanken auf. Das Blut schoss rauschend durch seinen

Körper. Sie knabberte nichts ahnend an ihrem Schokoriegel und schien nicht zu bemerken, wie sich seine Körperhaltung veränderte.

Diese Anziehung würde ihm noch gehörig Schwierigkeiten bereiten, denn er prüfte noch immer ihre Arbeit im Hawke-Fall, etwas, was sie ihren Job kosten konnte. Zum ersten Mal in seiner Karriere dachte er darüber nach, Brennan um eine Versetzung zu bitten. Aber ihre Einheit war ohnehin schon viel zu dünn besetzt und er wollte nicht der Grund für einen völligen Zusammenbruch der Arbeit sein.

Was sollte schon daran sein, wenn er tatsächlich gerne mit Erin zusammenarbeitete und sie unfassbar faszinierend fand? Er würde seine Arbeitsmoral nicht kompromittieren, nur weil sie einmal miteinander geschlafen hatten. Wenn sie Mist gebaut hatte, dann würde er das in seinen Bericht schreiben.

Sie leckte sich über die Lippen.

Na wunderbar.

Wieder knurrte sein Magen und er beugte sich vor, um ihr den zweiten Riegel zu stibitzen und einmal abzubeißen, bevor er ihn ihr wieder zurückgab.

„Hunger?" Das Funkeln in ihren Augen schickte Wellen der Lust durch ihn hindurch.

Sie hatte ja keine Ahnung.

Erin reichte ihm den Rest des Schokoriegels und er aß ihn mit einem Bissen auf. „Danke."

„Ich habe heute früh die Strecke von Cassies Haus bis zum Burschenschaftshaus gemessen", fing sie an und wischte sich den Mund ab.

„Was? Wann?" Er schaute aus dem Fenster. Die Sonne war noch nicht einmal aufgegangen.

„Bevor ich hergekommen bin. Gegen sechs."

„Waren Sie allein unterwegs?"

Er versuchte, nicht wie ihr großer Bruder zu klingen. Seine Gefühle für sie waren nicht einmal ansatzweise brüderlich.

Sie richtete sich auf. „Ja. Wieso?"

Weil die meisten Leute auf dem Campus sie aufknüpfen wollen. „Das nächste Mal, wenn Sie auf dem Campus unterwegs sind, sagen Sie Bescheid. Dann komme ich mit."

Ihre Augenbrauen zuckten skeptisch in die Höhe. „Ich kann auf mich selbst aufpassen. Und so lange werden Sie gar nicht hier sein."

„Donnerwetter, sind Sie dickköpfig. Rufen Sie verdammt noch mal einfach an."

„Im Ernst?" Sie lächelte, aber so schmal, wie ihre Augen wurden, lag auch eine Warnung darin. „Das würden Sie tun? Jedes Mal zu meiner Rettung eilen, sobald irgend so ein Arschloch mich unter Beschuss nehmen will? Ich bin doch keine Floristin, Darsh. Ich bin Polizist. Ich brauche keinen Bundesbeamten, der mich rettet."

Er warf das Papier des Riegels in den Mülleimer. Sie hatte recht, aber das musste ihm noch lange nicht gefallen. „Sagen Sie wenigstens irgendjemandem Bescheid, wo sie sich aufhalten."

„Ich habe Ully Mason Bescheid gesagt, bevor ich los bin."

Etwas Hässliches rumorte in ihm. „Gehen Sie mit ihm aus?"

Erins Ausdruck wurde hart, als sie sich zurücklehnte und seine verräterische Körpersprache betrachtete. Man musste kein Verhaltensanalytiker sein, um seine Eifersucht zu erkennen. „Was kümmert Sie das?"

Er stieß den Atem aus und fühlte sich wie der größte Idiot. „Keine Ahnung. Aber aus irgendeinem verrückten Grund kümmert es mich."

„Ich habe Ully zu Hause *angerufen*, von meinem Haus aus. Trotz allem, was Sie von mir denken mögen, Special Agent Singh, schlafe ich nicht mit meinen Kollegen. *Nie.*"

Wenn *das* keine klare Ansage war, dann war er Mitglied im Ku-Klux-Klan. „Was war mit Ihrem Ex?" Gott, sein Hirn hatte sich offensichtlich abgemeldet.

„Zunächst einmal habe ich das Präsidium gewechselt, als wir zusammengekommen sind. Zweitens habe ich nicht mit einem anderen Polizisten geschlafen", sie hob die linke Hand und wackelte mit ihren Fingern, „bis er mir einen Ring angesteckt hat."

Darsh starrte in diese wundervollen Augen und fragte sich, ob sie wusste, wie viel sie gerade verraten hatte. Sie war abstinent gewesen, aber sie hatte mit *ihm* geschlafen. Ohne mit ihm auszugehen. Ohne Ring. Nur schnell und hart, langsam und sinnlich – und alles dazwischen. Sie hatte versucht, ihre alte Haut abzustreifen, und der Bastard, von dem sie sich scheiden ließ, hatte sie für ihre neue Unabhängigkeit bestraft, indem er sich vor ihren Augen und den Augen des gesamten Präsidiums das Gehirn herausgeblasen hatte.

Und sie waren die zwei einzigen Menschen auf der Welt, die von dieser Nacht wussten. Nie im Leben hatte Erin irgendjemand anderem davon erzählt.

Ihr Ausdruck wurde nachdenklich und sie wandte den Blick ab. Vielleicht konnte sie in seinen Augen sehen, was er dachte, was ihn zum größten Narren überhaupt machte.

Sie nahm ein paar der Fotos, auf denen die Knoten in dem blauen Seil zu sehen waren, vom Schreibtisch, und steckte sie in einen Umschlag. Dann griff sie nach ihrem Parka, der über der Stuhllehne hing. „Ich fahre zu Rachel Knight…"

„Dem ersten Opfer?" Seine Aufmerksamkeit wanderte von Erin zurück zum Fall.

Sie nickte. „Die drei anderen Vergewaltigungsopfer leben nicht in diesem Staat und sind dieses Jahr nicht ans Blackcombe College zurückgekehrt. Wenn ich in zwei Stunden nicht zurück sein sollte, schicken Sie einen Suchtrupp los…"

„Wird nicht nötig sein. Ich komme mit."

„Ich brauche keinen Begleitschutz", fauchte sie.

„Ich will mit Rachel sprechen." Das erste und das letzte Opfer hielten immer die meisten Hinweise bereit.

Erin verschränkte in einer uralten Abwehrhaltung die Arme vor ihrer Brust. „Sie redet nicht gerne mit fremden Männern."

Herrgott, an manchen Tagen war es einfacher, in den Lauf eines Gewehrs zu blicken, als sich mit dickköpfigen Polizisten herumzuschlagen. „Ich bin genau für solche Situationen ausgebildet. Und Sie sind ja mit dabei, damit sie sich sicher fühlt." Er drehte sich auf dem Absatz um, um seine Sachen zu holen. Dann schloss er die Tür zu seinem Büro auf und griff nach seinem Anorak.

Eine widerspenstige Stimme folgte ihm. „Na schön. Wir sollten aber mit zwei Autos fahren. Ich wollte danach noch zum Outdoorladen, um mich nach dem Seil zu erkundigen. Ich bin sicher bis mittags unterwegs. Sie werden allerdings die Teambesprechung heute Morgen verpassen."

„Verkaufen die da auch Kleidung?", fragte er und zog die dünne Goretex-Schicht über, die im Augenblick das Einzige war, was zwischen ihm und dieser unerhörten Eiseskälte stand.

„Was?" Sie schaute ihn an, als ob er plötzlich Punjabi sprach.

„Dieser Outdoorladen. Verkaufen die da solche Jacken wie Ihre?"

Sie hob kapitulierend die Hände. „Ja. Ja, natürlich."

„Dann komme ich mit. Los geht's."

ZEHNTES KAPITEL

ERIN WUSSTE NICHT, was passiert war, aber Darsh schien weniger verärgert und missbilligend zu sein als noch am Tag zuvor. Sie wünschte sich allerdings, er wäre wieder verbittert und urteilend, denn ganz egal wie gut der Kerl auch aussehen mochte, der Kombination aus Verbitterung und Verurteilung konnte sie leichter widerstehen.

Der besagte Mann schaute zu den Sprossenfenstern und dem Schornstein auf, an dem der Efeu hochwuchs. „Ziemlich noble Studentenbude.“

Mit seinem dunkelgrauen Anzug, der blauen Krawatte und dem gesteiften, weißen Hemd, seiner goldenen Dienstmarke am Gürtel und der Pistole im Schulterholster, sah Darsh nicht aus wie jemand, der in einem Bürostuhl übernachtet hatte. Er sah aus wie ein professioneller Strafverfolgungsbeamter und war in einem Anzug ebenso attraktiv wie in seiner Kampfkleidung.

Mist.

Erin klopfte an die rote Eingangstür des eleganten Backsteingebäudes. Sie waren in den westlichen Teil der Stadt gefahren, auf den Hügel, auf dem viele der Professoren und Universitätsmitarbeiter lebten. Die Tür ging auf, und eine Frau mit kurzen, glatten, blondgefärbten Haaren erschien. Ihr Blick wanderte von Erin zu Darsh und wieder zurück zu Erin. Sie sah nicht gerade begeistert aus.

„Sie haben mit Rachel gesprochen?", fragte sie.

„Ja, Dr. Knight. Vor etwa einer Stunde. Sie hat gefragt, ob ich heute noch vorbeikommen kann."

Die Hand der Frau fuhr zu dem Kreuz, das sie an einer Kette um den Hals trug. „Ich hatte eigentlich erwartet, dass sie gestern anrufen. Um sie zu beruhigen."

Darsh trat von einem Fuß auf den anderen.

„Es tut mir leid, dass ich das nicht getan habe. Ich war komplett eingespannt." Und sie hatte gehofft, den Täter so bald wie möglich fassen zu können, damit sie die Tochter der Frau beschwichtigen konnte. „Das hier ist Agent Singh von der Fallanalyse des FBI. Dürfen wir reinkommen?"

Rachels Mutter trat zögernd einen Schritt zurück und machte die Tür weiter auf. Erin trat in den Flur mit dem eleganten, schwarzweiß gefliesten Fußboden. Sie wischte sich die Schuhe am Vorleger ab und Darsh tat es ihr gleich, beide verhielten sie sich ausgesprochen wohlerzogen. Erin hatte ihn nachdrücklich darum gebeten, ihr die Führung in dieser Unterhaltung zu überlassen, und bisher hielt er sich daran. Sie hatte das Gefühl, dass er so lange kooperieren würde, wie es seiner Sache dienlich war – er würde den Weg des geringsten Widerstands gehen oder ihr zumindest vorspielen, dass er ihrer Bitte nachkam. So, wie er ihr erzählt hatte, er sei ein Marine und nicht etwa ein FBI-Agent, als sie den Kurs an der Academy in Quantico gemacht hatte. Sie sollte ihn dafür eigentlich verabscheuen, aber wie er nicht müde wurde, sie zu erinnern, war seine Täuschung nichts im Vergleich zu dem, was sie ihm verschwiegen hatte.

„Sie können im Arbeitszimmer warten. Der Kamin ist an." Rachels Mutter bedeutete ihnen, voranzugehen. Erin war oft hier gewesen und kannte den Weg bereits.

„Donald ist bei der Arbeit. Ich bin zu Hause geblieben, wegen Rachel…nur für den Fall." Die Gedanken der Frau verloren sich, als ob sie nicht genau wusste, was sie tun sollte. „Ich hole sie." Sie drehte sich abrupt um und ließ Erin und Darsh im Flur stehen.

„Der Vater lehrt an der Physikfakultät. Die Mutter ist Professorin für alte Sprachen", murmelte Erin und ging voran zum Arbeitszimmer.

„Aber der Überfall hat nicht hier stattgefunden, oder?"

„Nein. Rachel wurde in ihrem Wohnheim auf dem Campus angegriffen. Danach ist sie wieder zu ihren Eltern gezogen." Erin war sich nicht sicher, ob Darsh den Bericht über Rachels Vergewaltigung kannte oder nicht. Sie vermutete, dass er zumindest die Aussagen während des Prozesses gelesen hatte.

Gott, wie sie Vergewaltigungsprozesse hasste.

Sie waren kaum am Arbeitszimmer des Vaters angekommen, als sie Schritte hinter sich hörten und sich umdrehten. Rachel Knight trug einen rosa Pyjama, darüber einen lila Morgenmantel und gefütterte Puschen – sie sah aus, als ob sie zwölf wäre. Ihre Augen waren blutunterlaufen und ihre Nase rot. Ihre Schritte wurden langsamer, als sie Darsh entdeckte.

Rachels Mutter berührte ihren Arm. „Er ist vom FBI. Wenn du nicht mit ihm sprechen willst, bitte ich ihn, zu gehen."

Rachel sah Erin an, fragte sie wortlos, ob sie diesem Fremden vertrauen konnte. Erin nickte. Sie wusste, was es bedeutete, wenn das eigene Vertrauen erschüttert worden war. Sie war nicht vergewaltigt worden, aber man hatte sie angegriffen. Nach so einem Erlebnis war man nicht mehr derselbe Mensch. Man hatte nie wieder das gleiche Vertrauen.

„Ist schon okay, Mom." Rachel strich ihrer Mutter über den Arm.

„Willst du, dass ich hierbleibe?", fragte ihre Mutter, die offensichtlich versuchte herauszufinden, wie sie ihrer Tochter am besten helfen konnte.

Rachel drückte die Hand ihrer Mutter. Erin war erleichtert zu sehen, dass die Beziehung zwischen den beiden immer noch stark zu sein schien. „Erin ist ja da. Ich komme schon klar."

Erins Herz zog sich zusammen.

Rachel huschte an ihr und Darsh vorbei, betrat das Zimmer und setzte sich in einen Ohrensessel, der vor dem offenen Kamin stand. Das Mädchen zog die Füße hoch und krallte sich an den Armlehnen fest, als ob sie in einer Achterbahn säße.

Erin ging zu dem anderen Stuhl, setzte sich auf die Lehne und beugte sich vor. „Rachel, das ist Agent Darsh Singh. Er ist ein Fallanalytiker beim FBI."

Rachel beäugte ihn, als ob sie seine Geheimnisse erraten könnte, wenn sie seine Oberfläche nur gründlich genug betrachtete. Erin wusste zweifelsohne, dass das leider nicht funktionierte.

„Es tut mir sehr leid, dass ich Ihren Anruf gestern Abend verpasst habe", begann sie. „Als ich nach Hause kam, bin ich praktisch direkt in den Tiefschlaf gefallen."

Rachels Fingernägel bohrten sich in das alte Leder des Sessels. „Ich wollte Sie fragen, wie so etwas passieren konnte? Ich wollte wissen, ob es derselbe Typ war." Ihre Finger verkrampften sich, hinterließen Abdrücke im Leder. „Aber das ist unmöglich, oder? Drew Hawke *ist* immer noch im Gefängnis, richtig?" Angst flackerte in ihren blauen Augen auf.

Erin nickte.

„Aber haben Sie es *überprüft*? Haben Sie es *wirklich* überprüft? Denn manchmal werden Insassen fälschlicherweise entlassen." Rachels Stimme wurde vor Aufregung schrill.

Erin wollte etwas erwidern, aber Darsh war schneller. „Ich habe es überprüft. Er ist immer noch in Riverview."

Riverview war ein Gefängnis mit mittlerer Sicherheitsstufe. Auch wenn der Staatsanwalt alles versucht hatte, waren zwei Vergewaltigungen offenbar noch nicht abscheulich genug, um einem Täter einen Platz in einem Hochsicherheitsgefängnis zu verschaffen. An manchen Tagen fragte sich Erin, was überhaupt abscheulich genug dafür war.

Rachel stieß den Atem aus, und ihre Finger krallten sich etwas weniger verzweifelt in die Armlehne. „Okay. Gut."

Erin räusperte sich. Das hier war schwieriger als sie es sich vorgestellt hatte. Sie schob den Umschlag, den sie mitgebracht hatte, zur Seite. Es war einfach gewesen, die Fotos des Seils einzustecken, aber sie diesem Mädchen zu zeigen, das so viel hatte erleiden müssen, nicht nur durch den Täter, sondern auch durch die Einwohner der Stadt und das Justizsystem… das brachte sie nicht übers Herz. Noch nicht. Sie wollte den zerbrechlichen Frieden, der sich über Rachels Ausdruck gelegt hatte, nicht stören. Noch nicht.

Darsh kam auf Rachel zu und stellte sich noch einmal vor. Er hielt inne, als das Mädchen sich verkrampfte. „Ich unterstütze Detective Donovan bei den Ermittlungen in den Mordfällen, aber ich würde Ihnen gerne ein paar Fragen zu Ihrer Vergewaltigung stellen."

„Es ist also wahr?" Rachel riss die Augen auf. „Er hat die Mädchen ans Bett gefesselt, genauso wie Mary und mich?"

Mary Mitchell war das andere Mädchen, für dessen Vergewaltigung Hawke im letzten Jahr verurteilt worden war.

Erin wusste, dass die beiden Frauen nach ihrem Martyrium im Zeugenstand Kontakt zueinander aufgenommen hatten. Sie räusperte sich. „Ich kann zu den laufenden Ermittlungen keine Aussagen machen, Rachel. Es tut mir leid."

Die junge Frau vergrub sich noch tiefer in ihrem lila Morgenmantel, sah todunglücklich und wütend aus.

„Was studieren Sie?", fragte Darsh.

„Ich hatte Kinesiologie studiert, habe aber gewechselt, nachdem…" Sie schluckte hörbar, dann lachte sie bitter. „Ich dachte, ich hätte kein Problem mehr mit diesem Wort. Nachdem ich vergewaltigt wurde. *Vergewaltigt.* Da. Ich habe es gesagt. Zweimal." Sie presste ihre blutleeren Lippen aufeinander. Ihre Finger ließen den Stuhl los und krallten sich in ihrem Schoß ineinander. „Ich habe zu Biologie gewechselt, weil zu viele der Athleten in der Kinesiologie waren und", ihre Stimme bebte, „sie waren nicht besonders nett zu mir, nachdem sie gehört hatten, was ich über den Star-Quarterback der Blackcombe Ravens zu sagen hatte."

Darsh ließ sich vor ihr zu Boden sinken und setzte sich in den Schneidersitz. Erin verstand, was er tat. Er versuchte, so wenig bedrohlich wie möglich zu erscheinen. Aber er war noch immer ein Mann von stattlichen 1,90 Meter, und Rachel Knight war noch immer ein zerbrechliches Vergewaltigungsopfer.

„Ich habe die Aussage gelesen, die Sie der Polizei gegeben haben, ebenso wie Ihre Aussage im Zeugenstand. Die haben Sie ganz schön hart rangenommen", sagte er. „Sie waren sehr mutig, sich dem zu stellen."

Das Mädchen zog die Knie unters Kinn und schlang ihre Arme um die Beine. „Sie haben es dargestellt, als ob ich unbedingt einen Freund haben wollte, und dass ich alles sagen würde, um Aufmerksamkeit zu bekommen. Sie haben gesagt, ich hätte mir Drew Hawke als meinen Vergewaltiger ‚ausgeguckt‘, weil es eher akzeptiert werden würde, von jemandem wie ihm vergewaltigt zu werden als von irgendeinem Loser." Sie verzog angeekelt den Mund.

„Es tut mir leid, dass der Prozess so schrecklich war", antwortete Darsh leise.

Ein Lächeln huschte über das Gesicht der jungen Frau. „Mir auch."

„Ich würde gerne über ein paar Dinge sprechen, aber nur, wenn es in Ordnung für Sie ist. Ich will Sie nicht drängen, aber unsere Priorität ist es natürlich, die Person zu finden, die diese beiden jungen Frauen umgebracht hat."

„Ich habe gehört, dass eines der Opfer Cassie Bressinger war?", fragte Rachel.

Darsh nickte. Die Namen waren mittlerweile veröffentlicht worden. „Cassie Bressinger und ihre Mitbewohnerin, Mandy Wochikowski. Haben Sie die beiden gekannt?"

Rachel presste die Lippen aufeinander und schüttelte den Kopf. „Ich meine, ich habe sie während des Prozesses gesehen, als ich ausgesagt habe, aber ich kannte sie nicht. Ich habe nur gedacht, wie schrecklich es sein muss, wenn der eigene Freund einer anderen Frau so etwas antut. Vor allem, wenn man ihn liebt. Kein Wunder, dass sie es nicht glauben wollte."

Darsh stimmte ihr zu. „Haben Sie Drew Hawke vor der Vergewaltigung schon einmal getroffen?"

„Nein." Sie versank fast in ihrem Morgenmantel. „Ich habe ihn wie alle anderen natürlich auf dem Footballfeld gesehen. Und ich habe ihn einmal auf einer Party gesehen. Er und seine Football-Kumpels hatten es auf diesen armen Typen abgesehen. Ein Freund des Freundes meiner Mitbewohnerin Jenny. Er war völlig betrunken und sie haben ihn ausgezogen und mit einem Edding ‚Schwuchtel' auf seinen Rücken geschrieben, mit einem Pfeil, der nach unten zeigt, und dann ‚Gib's mir' auf seinem nackten Hintern." Sie erschauderte. „Sie waren furchtbar zu ihm. Ich hätte die Polizei rufen sollen. Ich habe gehört, dass sie so was immer wieder gemacht haben. Also, Leute in Spinde sperren oder so. Andere Leute schikanieren, Mädchen betrunken machen, damit sie Sex mit ihnen haben. Jemand hat der Sache schließlich ein Ende bereitet und den Kerl hinausgebracht. Jenny und ich sind gegangen und waren seitdem nie wieder auf einer Party in einem Burschenschaftshaus." Sie presste den Bund ihres Morgenmantels gegen ihren Mund.

„Können Sie mir erzählen, was in der Nacht passiert ist, als Sie vergewaltigt wurden?", fragte Darsh.

Erin hielt die Luft an.

Rachels Augen wurden riesig. „Darüber zu lesen, hat Ihnen nicht gereicht?"

Er lächelte das Mädchen traurig an. „Ich weiß, dass es schwer ist, aber ich bekomme damit eine bessere Vorstellung davon, was Ihnen zugestoßen ist, als wenn ich nur das lese, was die Anwälte im Gerichtssaal aus Ihnen herausbekommen wollten. Anwälte sind keine normalen Menschen."

„Und Gerichtsprozesse sind keine normalen Umstände", stimmte Rachel ihm zu. „Ich rede mit Ihnen, aber nur, wenn Sie mir etwas Persönliches von sich erzählen."

„Was zum Beispiel?" Ein neugieriges Lächeln spielte um seine Lippen.

„Das Schlimmste, was Ihnen je zugestoßen ist."

Sein Lächeln erlosch.

Rachel hatte von Erin genau dasselbe verlangt. Das war der einzige Grund, weshalb Rachel ihr immer noch vertraute. Sie hatte dem Mädchen ihr schreckliches Geheimnis verraten, das nur sehr wenige Menschen kannten. Vielleicht hätte sie lügen sollen, aber trotz Rachels Jugend besaß sie eine Ernsthaftigkeit, der man sich nur schwer entziehen konnte.

Für einen Augenblick sah Darsh sehr nachdenklich aus, dann nickte er. „Aber es ist nicht zwangsläufig das Schlimmste, was mir je passiert ist."

„Aber das muss es sein", widersprach Rachel.

„Manche Menschen haben mehr schlimme Dinge zur Auswahl als andere."

Erin richtete sich auf. Sie hatte vergessen, dass dieser Kerl jeden Tag mit schrecklichen Verbrechen zu tun hatte. „Ich kann draußen warten, wenn Sie wollen…"

Rachels Augen wurden groß vor Sorge.

Darsh schüttelte den Kopf, und sie wusste, dass er nichts tun würde, was Rachels zerbrechliches Vertrauen zerstören würde.

„Es war kurz vor dem Fall Bagdads, 2003." Damit hatte Erin nicht gerechnet, aber vielleicht hätte sie das tun sollen. Krieg war grausam, und ein Marine zu sein war Darsh offensichtlich sehr wichtig. „Ich war auf einem Beobachtungsposten stationiert, auf dem Dach eines verlassenen Warenlagers neben dem Tigris. Ich hatte gerade einen von Saddams Soldaten der Republikanischen Garde außer Gefecht gesetzt, nachdem er eine RPG – eine panzerbrechende Waffe – auf eine Gruppe Marines auf dem Boden gerichtet hatte. Ich hatte ihn definitiv eliminiert, aber die RPG lag noch immer auf dem Dach, frei zugänglich für jeden feindlichen Soldaten, der sie haben wollte. Also hatte ich weiterhin ein Auge auf das

Dach, während ich die Umgebung nach anderen Zielpersonen abgesucht habe."

Erin hielt die Luft an. Sie hatte nicht gewusst, dass er Scharfschütze gewesen war.

Die Standuhr auf dem Kaminsims tickte unnatürlich laut. Darsh hielt inne, er schien sich wieder auf dem Dach zu befinden und durch sein Zielfernrohr zu schauen. „Für ein paar Minuten passierte nichts, und ich fing an, mich zu entspannen. Dann kommt plötzlich dieser kleine Junge aufs Dach gerannt. Er war etwa fünf oder sechs Jahre alt, keine Schuhe an seinen Füßen. Brauner Pulli, blaue, kurze Hosen und rabenschwarze Haare. Ein wunderschönes Kind. Seine Haut und seine Kleidung waren durch die ganzen Trümmer mit einer feinen Staubschicht bedeckt." Darshs Augen schienen in weite Ferne zu blicken. „Mein Zielfernrohr war so gut, dass ich einen kleinen Kratzer auf seiner Wange entdecken konnte, der noch blutete. Ich saß zusammen mit meinem Beobachter auf dem Dach, und wir haben beide nur gemurmelt, ‚mach das nicht, Junge, fass diese gottverdammte Waffe nicht an'."

Rachel war so gefesselt von seiner Erzählung, dass sie die Luft anhielt. Erin ging es ähnlich.

„Ich richte also mein Fadenkreuz auf seine kleine Brust und er beginnt, die RPG aus den Armen des toten Soldaten zu zerren. Mein Beobachter sagt kein Wort mehr. Er weiß, dass ich alle Berechnungen gemacht habe, die ich für den Schuss brauche. Wir wissen beide, dass das Kind tot ist, sobald ich den Abzug drücke, und dass ich ihn auf keinen Fall die Marines auf dem Boden umbringen lassen werde." Darsh schluckte laut. „Die RPG ist verdammt schwer, aber der Junge ist zu allem entschlossen. Sein Mund bewegt sich, aber ich bin zu weit weg, um zu hören, was er sagt, und ich kann seine Lippen nicht lesen. Ich bete für irgendeine göttliche Intervention. Er versucht erst gar nicht, das Ding hochzuheben, stattdessen zieht er es zur Tür, und mein Beobachter funkt unseren befehlshabenden Offizier an, um zu hören, ob wir die Erlaubnis haben, ihn zu eliminieren." Darshs heiseres Lachen klang schrecklich. „Natürlich sagt er Ja, denn die RPG ist eine tödliche Waffe und unsere Truppen sitzen überall in der Gegend fest. Ich atme also aus und beginne langsam, den Abzug zu ziehen. Ein Pfund. Zwei Pfund. Dieses Kind ist nur Bruchteile von Sekunden davon entfernt, vor seinen Schöpfer zu treten, als mein Beobachter mir sagt, dass sich noch ein Typ hinter der Tür versteckt und dem Jungen Anweisungen zuruft." Darsh sah Erin an. Sie konnte die Wut in seinen dunklen Augen erkennen. „Können Sie sich vorstellen, ein Kind so zu missbrauchen? Wie auch immer. Ich kann den Arm des Kerls sehen, ich weiß, dass meine Kugel die Lehmwand des Hauses durchschlagen kann, aber es ist ein Risiko und ich muss in einem Augenblick sämtliche Szenarien abwägen. Ich drücke ab, und der Kerl fällt leblos vor die Tür. Sofort richte ich meinen Lauf wieder auf den Jungen, mein Finger liegt augenblicklich wieder auf dem Abzug. Aber er hat die RPG fallengelassen und rennt zu dem toten Mann, tritt unfassbar zögerlich über den toten Körper." Darshs Augen schienen sie nicht mehr zu sehen, er fuhr mit innerlichem Bedauern zusammen. Dann schüttelte er den Kopf. „Ich bezweifle, dass er den Anblick von Blut und Tod jemals vergessen wird."

„Der Junge hat überlebt?", fragte Rachel.

Darsh nickte. „In dem Augenblick zumindest. Wer weiß, was später mit ihm passiert ist."

Erin spürte, wie ihr Herz so heftig schlug, dass sie den Puls in ihren Ohren hören konnte. „Hätten Sie ihn erschossen?", fragte sie, weil sie es wissen musste.

„Ja." Schwarze Augen blickten sie ausdruckslos an. „Diese Soldaten und Marines auf dem Boden waren meine Freunde. Viele von ihnen hatten zu Hause Frau und Kinder. Ich hätte nicht zugelassen, dass sie ihren Vater oder ihren Ehemann verlieren, weil ich meinen Job nicht machen kann." Er nickte kurz und abrupt. „Ja verdammt, ich hätte ihn erschossen. In dem Augenblick, als er die RPG in die Hand genommen hatte, war er der Feind. Krieg ist nicht schön. Da gibt es keine Zeit für Sentimentalitäten." Er blinzelte ein paar Mal, kam wieder in dem Zimmer an. „Aber ich bin froh, dass ich es nicht tun musste." Er schaute auf seine gefalteten Hände, die in seinem Schoß lagen.

Rachel erschauderte und atmete schwer aus. „Ich denke, das zählt als schlimmste Erinnerung. Ich bin froh, dass Sie den Jungen nicht erschossen haben."

Darsh nickte. Er hatte ihren kleinen Test bestanden. „Ich auch." Seine Lippen verzogen sich zu einem Lächeln, aber seine Augen schienen noch immer in der Erinnerung verloren.

Das war ein Mann, der einen scheinbar endlosen Vorrat an Geschichten über den Tod hatte, die er erzählen konnte, wenn er wollte – was er offensichtlich nicht gerne tat. Kein Wunder, dass er vorgegeben hatte, jemand anderes zu sein, als sie sich in dieser Bar über den Weg gelaufen waren – vermutlich streifte er seine Haut regelmäßig ab, um Situationen wie diese zu vermeiden. Vielleicht hatte es überhaupt nichts mit Täuschung zu tun, sondern nur mit Selbstschutz.

„Können Sie mir von der Nacht erzählen, in der Sie

vergewaltigt wurden, Rachel?", fragte er.

Erin machte sich innerlich auf diese schreckliche Geschichte gefasst, auch wenn sie sie schon so oft gehört hatte.

Darsh saß regungslos auf dem Teppich vor dem Kamin, weniger entspannt als unendlich aufmerksam.

Rachel begann zu erzählen. „Ich habe mir in der Rathbone Hall ein Zimmer mit Jenny geteilt – dem Mädchen, von dem ich vorhin schon erzählt habe. Es ist eines der älteren Wohnheime, die Mädchen sind in einem Stockwerk untergebracht, die Jungs in dem anderen, also sind ständig Leute hinein- und herausgekommen, rund um die Uhr. Die Bewohner haben auch immer die Türen aufgekeilt, damit sie nicht vom Türöffner geweckt wurden, wenn ihre Freunde vorbeikamen. Das war alles andere als sicher." Sie sah sich um, als ob sie einschätzen wollte, ob sie denn hier sicher war oder nicht. Die Anwesenheit von zwei Strafverfolgungsbeamten schien sie nicht sonderlich zu beruhigen.

Sie fuhr sich mit der Zunge über die Lippen und blinzelte. „Ich bin gegen zehn ins Bett gegangen. Jenny war auf einer Party und wollte bei ihrem Freund übernachten, weil sein Zimmernachbar übers Wochenende bei seinen Eltern war. Sie wollten zum ersten Mal Sex haben." All das war schon während des Prozesses herausgekommen.

„Hatten Sie einen Freund?", fragte Darsh.

Rachel lächelte ihn verbittert an. „Haben Sie es nicht gehört? Ich bin zu hässlich, um einen echten Freund zu haben."

Diese Worte ließen Erin vor Wut schnauben. „Sie wissen, dass das nicht stimmt. Das hat die Verteidigung nur vorgebracht, weil sie sonst keine Angriffsfläche boten. Vergewaltigt zu werden, sagt nichts über Sie aus." Erin spuckte diese Sätze viel vehementer hervor als sie beabsichtigt hatte, und Darsh schaute sie mit einem seltsamen Ausdruck in den Augen an.

Er wandte sich wieder Rachel zu. „Womit haben Sie also den Abend verbracht? Candy Crush? Facebook? Fernsehen?"

„Ich habe auf Netflix ein paar Folgen *Friends* geschaut. Wenn Jenny dagewesen wäre, hätten wir vermutlich einen Horrorfilm geschaut, aber allein hatte ich zu viel Schiss. Ironisch, oder?"

„Ich habe zu viel Schiss, um *World War Z* zu schauen", gab Erin zu.

„Ich auch." Darsh schüttelte sich übertrieben. „Zombies sind nichts für mich."

Rachel lachte, sich selbst zum Trotz, und ein Teil der Anspannung im Raum löste sich. Nach einem Augenblick schluckte sie und fuhr fort. „Ich muss eingeschlafen sein. Ich bin aufgewacht, weil mir eine Spritze in den Hintern gedrückt wurde. Bevor ich mich wehren oder um Hilfe rufen konnte, saß er schon auf mir und hat mein Gesicht in das Kissen gedrückt, damit niemand meine Schreie hören konnte." Ihr Blick wurde leer. „Er lag nur Ewigkeiten auf mir, ohne ein Wort zu sagen, und dann begann sich alles zu drehen. Ich dachte, ich würde ersticken. Mein ganzer Körper wurde schlaff und schlapp und dann hat er mich endlich losgelassen. Er hat mir einen Knebel in den Mund gesteckt." Sie streckte die Zunge heraus. „Ich kann ihn immer noch schmecken."

„Was für einen Knebel?"

„Aus Gummi. Es war einer dieser Bälle, die manche Leute aufreizend finden." Sie sah aus, als würde sie sich übergeben müssen.

Erin vermied es, Darsh anzuschauen. Sie konnte sich nicht

erinnern, ob dieses Detail im Prozess erwähnt worden war oder nicht. Sie musste sich die Protokolle anschauen.

„War es dunkel?"

„Ja, aber es gab ein schwaches Licht von meinem Wecker, und die Straßenlaterne schien durchs Fenster bei Jennys Bett. Er hat mich auf den Rücken gedreht und ausgezogen. Ich konnte mich nicht bewegen, obwohl ich es wollte. Dann hat er mich gefesselt, aber ich war so weggetreten, ich habe es kaum mitbekommen… Ich meine, ich *weiß*, was passiert ist", sagte sie verteidigend. „Es gab immer wieder klare Momente, in denen ich wieder zu mir gekommen sein muss." Scham ließ sie Darshs Blick meiden, aber sie schaute Erin an. „Ich erinnere mich an alles, wozu er mich gezwungen hat – auch wenn er vielleicht noch mehr mit mir gemacht hat, von dem ich nichts weiß. Aber ich war wie eine Puppe, ich war ihm komplett ausgeliefert." Tränen traten in die blauen Augen des Mädchens. Erins Herz brach für sie.

„Würde es Ihnen etwas ausmachen, aufzustehen?", fragte Darsh.

Rachel stand zögerlich auf. Darsh kam ein kleines Stück auf sie zu und Erin sah, wie Rachels Augen groß vor Angst wurden und ihr Atem schneller ging. Furcht lag in ihren Augen.

„Wie groß war er etwa, im Vergleich zu mir? Größer? Kleiner?"

Rachel blinzelte und ging mit zögerlichen Schritten auf Darsh zu, bis sie ihn fast berührte. Sie verzog verwirrt das Gesicht. „Kleiner als Sie, glaube ich. Aber es ist alles so verschwommen. Manchmal kam er mir riesig vor, manchmal wieder ganz klein." Ketamin konnte solche Halluzinationen hervorrufen. Ebenso wie Angst und Panik. Schnell verzog sich

Rachel wieder auf ihren Sessel.

„Und Sie sind sich sicher, dass Sie Drew Hawke gesehen haben?"

„Ich habe sein Gesicht ganz deutlich erkannt. Er hatte diese starrenden Augen, aber sein Ausdruck hat sich nie geändert. Nur diese schrecklichen Augen, die mich die ganze Zeit angeschaut haben, während er… also", sie schluckte, „Sie wissen schon, während er mich *vergewaltigt* hat. Ich habe das Bewusstsein verloren und als ich wieder zu mir kam, war er verschwunden."

„Die Seile waren noch um Ihre Arme und Beine gebunden?", fragte Darsh

Rachel nickte. „Aber sie waren ganz lose, vermutlich haben sie sich gelockert, als er das Laken unter mir weggezogen hat." Ihr Blick schoss in die Höhe. „Mir ist gestern Abend noch etwas eingefallen", gab sie beinah schuldbewusst zu. „Etwas, an das ich mich vorher nicht erinnern konnte."

„Was ist es?", fragte Erin sanft, obwohl die Aufregung wie ein Blitz durch sie hindurchschoss.

„Er hat mir die Haare gekämmt."

Erins Blick wanderte zu Rachels Kopf, das Mädchen lief feuerrot an. „Nicht diese Haare." Sie strich sich mit der Hand über den Kopf. „Meine Schamhaare. Ich hatte diesen Flashback, wie er das gemacht hat." Wieder zog sie ihre Knie an die Brust. „Gott, was für ein ekelhafter Typ."

Das gefiel Erin nicht. Es gefiel ihr ganz und gar nicht. Es verriet ein Maß an forensischem Wissen und an Gegenmaßnahmen, die dem Eintauchen von Fingerspitzen in Bleichmittel gleichkamen. Sie zog die Fotos mit den Knoten der blauen Seile hervor. „Können Sie sich erinnern, ob die Knoten, mit denen er Sie gefesselt hat, so aussehen?"

Rachel sah auf die Fotos, ihr Gesicht wurde bleich wie eine Wand als ihr klar wurde, dass das Seil auf den Bildern vermutlich noch an einen Körper gefesselt war. Sie hielt sich eine Hand vor den Mund und begann zu schluchzen. „Oh, Gott. Ich weiß es nicht. Ich weiß es wirklich nicht. Wie viele Monster gibt es denn dort draußen noch?"

„Zu viele", antwortete Darsh leise.

Ihre Augen wurden nur noch größer. „Ich dachte, ich hätte diesen Bastard besiegt. Ich habe mich für eine Weile wirklich frei gefühlt. Sie haben mir gesagt, es wäre vorbei." In ihren Worten klang ein Anflug von Anschuldigung mit, als sie Erin ansah.

Die Tür ging auf und Rachels Mutter kam ins Zimmer. Sie musste an der Tür gelauscht haben. „Bitte gehen Sie jetzt."

Erin blieb neben Rachels Sessel stehen und legte ihr die Hand auf die Schulter. „Es tut mir furchtbar leid, Rachel."

Darsh bedankte sich bei Rachel, und Erin folgte ihm aus dem Zimmer. Rachels Mutter hielt ihnen die Haustür auf.

„Ich hatte geglaubt, meine Tochter könnte nach dem Prozess endlich wieder ihr Leben leben, aber diese Sache ist noch lange nicht vorbei, habe ich recht?"

Erin wollte ihr sagen, dass alles gut werden würde, aber sie war eine lausige Lügnerin.

„Wir tun alles in unserer Macht Stehende, um den Mörder zu fassen, Ma'am", antwortete Darsh für Erin. „Wir halten Sie auf dem Laufenden."

Erin verabschiedete sich und ging zu ihrem Truck. Sie fühlte sich, als ob jemand sie gerade windelweich geschlagen hätte. Sie startete den Motor und versuchte, ihre innere Polizistin wiederzufinden. „Das war ja wirklich furchtbar."

„Sie ist eine starke junge Frau, aber sie braucht noch mehr

Therapiestunden.“

„Was sie braucht“, erwiderte Erin wütend, „ist, dass wir den neuen Täter schnappen.“ Sie hielt inne und sah zu, wie er sich im Sitz neben ihr anschnallte. „Ich wusste nicht, dass Sie Scharfschütze waren.“

„Wir haben ja auch nie darüber gesprochen.“

Weil sie zu beschäftigt damit gewesen waren, herauszufinden, wie sie einander schnellstmöglich nackt sehen konnten. Es gefiel ihr nicht, daran erinnert zu werden, egal wie subtil der Hinweis auch war. Sie blickte ihn aus schmalen Augen heraus an. „Und jetzt jagen Sie Serienmörder.“

Der Ausdruck in seinen dunklen Augen war wieder einmal unlesbar. „Ich bin auf den Geschmack gekommen, Menschen zu jagen.“ Er zuckte mit den Schultern. „Wenn man das einmal gemacht hat, ist es schwer, je wieder irgendwas anderes zu jagen.“

Ein Schauer lief ihr den Rücken hinunter. Sie war sich ziemlich sicher, dass Serienmörder genauso dachten.

ELFTES KAPITEL

Darsh hatte in den letzten zwei Tagen nicht mehr als ein Sandwich und das halbe Twix von Erin gegessen. Sein Magen knurrte und klang, als ob jemand von innen aus ihm herausbrechen wollte.

„Hunger?" Erin hob verschmitzt beide Augenbrauen, als sie an dem ausgestopften Elch vorbei aus dem Outdoorladen marschierten.

„Wenn ich nicht in den nächsten zehn Minuten etwas Richtiges zu essen bekomme, fresse ich noch meine eigene Hand", gab Darsh zu.

„Es ist ja fast Mittag." Erin sah auf ihre Uhr. Es war eine teure Taucheruhr, an die sich Darsh noch aus ihrer gemeinsamen Nacht in Quantico erinnerte. An die Uhr, ein paar silberne Ohrringe und an ein Lächeln, dass ihn in die Knie gezwungen hatte. Ohne zu ahnen, dass seine Gedanken wieder einmal tiefer als der Mittelpunkt der Erde gesunken waren, lächelte Erin ihn mitfühlend an. „Wir können ein schnelles Mittagessen einschieben. Die nächste Teambesprechung ist erst um drei Uhr, und ich könnte auch etwas zu Essen vertragen."

Darsh schnaubte zustimmend und versuchte, sich nicht anmerken zu lassen, dass er es zunehmend schwieriger fand, sich nicht zu fragen, ob ihre Lippen immer noch so schmeckten wie damals oder sich nicht an ihr heftiges Atmen zu erinnern, als sie kam.

Nicht gerade das, woran er jetzt denken sollte.

Dann dachte er an Brennan und an Frazer, und an die anderen Kollegen in der Fallanalyse. Und daran, wie ungern er sie enttäuschen wollte. Sie alle arbeiteten so viel sie konnten, sogar Mallory, die gerade erst die Grundstufe als Agentin hinter sich gelassen hatte. Sie hatte einen Serienmörder verhaftet, dabei geholfen, ein Attentat auf den Präsidenten zu vereiteln, und hatte eine große Rolle dabei gespielt, einen fälschlicherweise verurteilten FBI-Agenten zu entlasten sowie einen russischen Spion aufzudecken. Nicht nur, dass sie noch Anfängerin war, sie war eine schwangere Anfängerin, und wenn sie damit nicht allen den Rang ablief, dann wusste er auch nicht, was das noch übertrumpfen sollte. Er selbst war auch nicht gerade ein Faulpelz, aber er musste zugeben, dass es ganz nett wäre, zur Abwechslung mal einen dieser Bastarde zu demontieren – nur dass die Person, die er womöglich demontieren würde, gerade neben ihm zu ihrem Truck lief.

Die Vorstellung hinterließ einen schalen Geschmack in seinem Mund.

Erin schien eine kompetente Polizistin zu sein. Es würde ihn überraschen, wenn sie die Ermittlungen im Hawke-Fall vermasselt hätte, aber diese neuen Verbrechen waren den alten Fällen so unglaublich ähnlich, dass sie automatisch eine Verbindung nahelegten. Er musste unvoreingenommen bleiben. Er musste auf die Fakten schauen, nicht auf das, was er gerne sehen wollte.

Sein Vater hatte große Freude daran gefunden, zu behaupten, Darsh wäre nur der Alibi-Minderheitenmitarbeiter für die Fallanalyse, aber Darsh war vor allem gut in seinem Job. Sein einziges wirkliches Problem war es, dies ständig beweisen zu müssen.

Sie stiegen in den Truck, ohne ein Wort zu wechseln, beide in ihre eigenen Gedanken versunken. Sie hatten mit einem Verkäufer des Outdoorladens gesprochen. Die gute Nachricht war, dass Darsh nun der stolze Besitzer einer schwarzen Daunenjacke, einer Mütze, und je eines Paars Handschuhe und Winterstiefel war. Er hatte jetzt also den Hauch einer Chance, die nächsten Tage zu überleben, ohne dass ihm irgendein wichtiges Körperteil abfror. Die schlechte Nachricht war, dass das Seil zwar ein Kletterseil von hoher Qualität war, es aber auch relativ häufig verkauft wurde und im Internet bestellt werden konnte. Er würde Agent Chen bitten, in dieser Richtung Nachforschungen anzustellen. Sie musste herausfinden, ob irgendjemand aus der Gegend hier etwas von diesem Seil bestellt hatte, jemand, der er es nicht zum Klettern brauchte.

Erin hielt vor einem niedrigen Gebäude mit einem bis zum Boden reichenden Dach an, das aus großen Holzbalken und dunkelgrauen Schiefertafeln bestand. Das Belmont Inn. Der Parkplatz war fast bis auf den letzten Platz belegt. Es war ein elegantes Restaurant – nicht gerade der Ort, den Darsh für ein schnelles Mittagessen erwartet hatte. Zum Glück trug er einen Anzug.

„Gehört einem Freund meines Vaters", erklärte sie ihm und schnallte sich ab. „Ist so ziemlich der einzige Laden, bei dem ich mir einigermaßen sicher sein kann, dass nicht in mein Essen gespuckt wird."

Das war generell eine Sorge aller Polizeibeamter, aber er konnte sich vorstellen, dass es für Erin noch extremer war. Sie betraten das Restaurant und wurden von einem Mann Mitte sechzig mit schütterem Haar begrüßt, der einen blauen Anzug trug.

„Erin!" Er schloss sie freudig in die Arme und gab ihr einen Kuss auf die Wange. „Wie geht's dem besten Detective der Stadt?" Ihr Lachen war warm, als sie den Mann begrüßte. „Ich wette, das sagst du auch zu Harry, wenn er herkommt."

„Nein, den frage ich, wie es dem besten *männlichen* Detective der Stadt geht. Ich bin ja kein Idiot."

„Nette Unterscheidung." Sie grinste, und die Anspannung und Sorge, die sonst in ihren Zügen lagen, wichen für einen Moment kleinen Lachfalten. „Jerry, das ist Agent Singh vom FBI."

Darsh schüttelte die Hand des Mannes, der ihm dabei beinahe die Finger brach. „Polizist?", riet Darsh.

„Bin im Ruhestand, davor war ich fünfundzwanzig Jahre lang bei der New Yorker Polizei. Kommt mir vor, als wäre es gestern gewesen. Erins Vater und ich waren Partner in den guten alten Tagen."

„Vermissen Sie es?" Darsh war neugierig. Er fragte sich oft, wie die Leute zurück ins zivile Leben fanden. Für jemanden, der das Militär verließ, war es das Gleiche, weshalb er von Anfang an eine Stelle bei der Bundespolizei ins Auge gefasst hatte.

„Jeden Tag, aber ich genieße es auch, mich nicht mehr mit Verrückten abgeben zu müssen oder willkürlichen Anfeindungen ausgesetzt zu sein."

„Ganz zu schweigen davon, dass er das beste Familienrestaurant der Stadt betreibt. Sein Sohn ist der Küchenchef, seine Tochter die Managerin."

Jerry zuckte mit den Schultern. „Ich helfe nur aus. Ich bin unerwartet an ein bisschen Geld gekommen und habe beschlossen, meinen Kindern ein bisschen unter die Arme zu greifen. Und meine Frau und ich mochten es hier immer gern.“

„Er ist in den Ruhestand getreten und wurde eine Woche später von irgendeinem reichen Schnösel mit einem Ferrari angefahren“, verriet Erin.

„Bester Tag meines Lebens“, meinte Jerry vergnügt.

„Zum Glück ist der Fahrer nie aus dem ersten Gang herausgekommen.“

Jerry grinste. „Wenn Sie angefahren werden sollten, vergewissern Sie sich, dass es von einem arabischen Scheich ist, der sich in Manhattan verfahren hat.“

„Ich werde versuchen, daran zu denken“, antwortete Darsh.

„Ich vermute, ihr wollt etwas essen?“, fragte Jerry.

Die Gerüche aus der Küche ließen Darsh das Wasser im Mund zusammenlaufen. Sie nickten beide, und Jerry schnappte sich zwei Speisekarten. „Hier entlang. Ich bringe euch zu einem guten Tisch.“

Sie gingen an einem Tisch vorbei, an dem ein älteres Paar saß. Der Mann drehte sich um und starrte Darsh und Erin unverhohlen an.

Darsh schob seine Jacke ein Stück zur Seite, sodass seine goldene Dienstmarke und seine Waffe deutlich zu sehen waren. Darshs Blick traf den Mann, dem daraufhin die Schamesröte ins Gesicht stieg. Die Leute, die der Meinung waren, dass die Welt nicht geradezu vor Engstirnigkeit strotze, sollten mal einen Tag als Teil eines gemischten Paares durch die Welt laufen.

Nicht, dass sie ein Paar waren.

Jerry führte sie zu einem Separee in der Ecke, am hinteren Ende des Restaurants. Schnell setzte Darsh sich auf den Stuhl mit Blick zur Eingangstür, bevor Erin ihn sich schnappen konnte. Sie warf ihm einen bösen Blick zu.

„Ich nehme das Mittagsgericht", sagte Erin, ohne auf die Speisekarte zu schauen.

„Ich auch. Mit einer extra Portion Pommes und einem Kaffee."

Jerry nickte wissend. Polizisten aßen quasi im Gehen. Geschwindigkeit war der springende Punkt. Er tippte die beiden Speisekarten gegen seine Handfläche. „Ich werde nicht fragen, wie es mit den Ermittlungen läuft, aber ich kann mit Sicherheit sagen, dass ich diesem Bastard meine 45er mit dem Lauf voran in den Arsch rammen werde, sollte er in mein Haus einbrechen. Das Essen wird nicht lange brauchen, ich sehe zu, dass eure Bestellung sofort drankommt." Damit ging er davon zum nächsten Gast.

„Netter Kerl."

Erin nickte. „Er war ein guter Polizist. Er hat mir vorgeschlagen, hierherzukommen."

„Nachdem Ihr Ehemann sich erschossen hat?"

Erins Mund fiel auf und sie schaute zur Seite. „Ja", murmelte sie. „Nachdem er sich erschossen hat."

Darsh starrte sie an. Er wollte, dass sie noch mehr sagte, darüber sprach, aber sie weigerte sich, ihn überhaupt anzusehen. „Kommen Sie oft hierher?" Er versuchte es auf eine andere Weise.

Sie schüttelte den Kopf. „Ich habe ziemlich viel um die Ohren. Die Vergewaltigungsfälle letztes Jahr, das Haus, das ich renovieren muss. Das dauert länger als ich erwartet habe." Sie zog eine Grimasse. „Ich muss einen Schlag auf den Schädel erlitten haben, bevor ich mich entschieden habe, es zu kaufen."

„Muss noch viel gemacht werden?"

Erin schnaubte. „Sieht so aus. Aber es wird schon. Ich muss nur meine Familie für ein weiteres langes Wochenende hier hoch locken, dann ist das meiste geschafft." Sie zuckte mit den Schultern. „Vielleicht hätte ich eine Wohnung in der Stadt kaufen sollen, aber nachdem ich in einer riesigen Stadt aufgewachsen bin, fand ich die Vorstellung, in der Natur zu wohnen und ein eigenes Grundstück zu besitzen, irgendwie verlockend."

„Haben Sie nie Angst, so ganz allein da draußen?" *Mist.* Er wusste ja nicht einmal, ob sie allein wohnte, aber wenn er schon am Fischen war, dann auch richtig.

„Nur, wenn ich Horrorfilme schaue", gab sie mit einem Schaudern zu. „Aber ich bin bewaffnet und habe ordentliche Schlösser an Türen und Fenstern." Sie zuckte erneut mit den Schultern. „Sicher, manchmal ist es gruselig, wenn ich mir vorzustelle, wie sich jemand im Schrank versteckt, aber das geht jeder Frau auf der Welt so."

Und manchmal schliefen die Monster sogar im selben Bett. „Können Sie sich deshalb so gut verteidigen? Ich meine, Sie haben heute ohne mit der Wimper zu zucken einen Kerl zu Boden gebracht, der doppelt so groß ist wie Sie."

Erin hielt seinem Blick stand, ihre Augen verrieten nichts. „Ja, genau deshalb."

Er wollte ihr sagen, dass er von den heimlichen Krankenhausbesuchen wusste. Aber es war nicht seine Angelegenheit. Seine Angelegenheit war es, den Mörder zu finden und sicherzustellen, dass der Täter nicht auch für die Vergewaltigungen letztes Jahr verantwortlich war. Dass er die Wahrheit darüber, was ihr zugestoßen war, nicht offen auf den Tisch legen konnte, machte ihn wütend. Wütend darüber, dass er keine Meinung haben durfte oder etwas dazu sagen konnte, was ihr zugestoßen war und wie schlimm es für sie gewesen sein musste. Und darüber, dass sie sich nie wieder Sorgen über gewalttätige Arschlöcher machen musste, wenn sie seine Freundin wäre. Aber das war sie nicht, und er durfte eigentlich nicht einmal wissen, was sie durchgemacht hatte.

Er hatte die Vermutung, dass Erin schneller zumachen würde als eine Falltür, sollte sie herausfinden, dass er Bescheid wusste.

Eine Kellnerin brachte jedem von ihnen ein Glas Wasser, und Darsh trank einen Schluck, dankbar für die Unterbrechung. Er wandte seine Aufmerksamkeit wieder dem Fall und einer Sache zu, die ihm in der Unterhaltung mit Rachel aufgefallen war. „Warum, glauben Sie, hat ihn niemand gesehen, wie er in die Zimmer der Opfer hinein- und herausgegangen ist?"

„Das habe ich mich auch schon gefragt." Erin beugte sich näher zu ihm, und er kam ihr auf halber Strecke entgegen. Sie wollten vermeiden, dass irgendwer ihre Unterhaltung mitanhörte, aber er fand sich plötzlich gefährlich nahe an ihrem Mund wieder. „Drew Hawke war zwar Student, aber es ist schwierig, den Star-Quarterback zu übersehen, der sich durch die Gänge des Wohnheims schleicht."

„Wie wurde das erklärt?", fragte Darsh.

Erin zuckte mit den Schultern. „Die Angriffe fanden in den frühen Morgenstunden statt, als es in den Wohnheimen sehr ruhig und niemand sonst unterwegs war. Vielleicht hat er eine Baseballkappe und einen Kapuzenpulli getragen. Die Mädchen, die angegriffen wurden, waren immer allein – bis auf Rachel Knight wohnten sie alle in Einzelzimmern." Ihre pinken Lippen verzogen sich. „Einige der Mädchen haben ihr Leben in den sozialen Medien so detailliert dokumentiert, als wäre es eine Aufgabe aus einem Seminar. Sie haben gepostet, wenn sie das Wohnheim verlassen haben, wen sie trafen, wer zu welcher Party ging und wann, und alle hatten die Ortungsdienste auf ihren Handys aktiviert." Für einen Augenblick trafen sich ihre Blicke. „Ich sage nicht, dass es deshalb ihre Schuld war, aber das hat es dem Täter leichter gemacht."

„Wie viele Mädchen waren es insgesamt?"

Erins Augen wurden dunkel. „Vier haben Anzeige erstattet. Die Staatsanwaltschaft hat sich geweigert, zwei der Fälle strafrechtlich zu verfolgen, weil die Mädchen einen gewissen… Ruf hatten."

Darsh runzelte die Stirn. „Erinnern Sie mich noch mal daran, in welchem Land wir leben?"

„Ja, ich weiß. Es war schlimm. Glauben Sie mir, es war wirklich das Letzte." Sie lehnte sich zurück. „Die Staatsanwaltschaft hat argumentiert, dass sie auch nur mit den Aussagen von Rachel und Mary eine Verurteilung garantieren können, wohingegen es riskanter wäre, vier Anklage vorzubringen, weil dann die Verteidigung mehr Möglichkeiten zum Gegenangriff hätte. Eine Jury zu überzeugen ist natürlich einfacher, wenn man nachweisen kann, dass er ein Wiederholungstäter ist, aber die Staatsanwaltschaft war davon überzeugt, dass zwei Opfer genug seien. Die Familien der anderen Mädchen waren außer sich vor Wut." Sie runzelte die Stirn. „Könnte das eine Art Vergeltung durch ein Familienmitglied eines der Opfer sein?"

Darsh verzog das Gesicht. „Ich sage es nicht gerne, aber es ist möglich. Ich habe schon eine Analytikerin damit beauftragt, alle Footballspieler und Fakultätsangehörigen auf Vorstrafen zu überprüfen. Ich werde sie bitten, auch die

Familien der Opfer zu checken. Können Sie mir die Namen mailen?"

Erin spielte mit dem Salzstreuer, dann schaute sie hoch und blickte ihn mit glühenden Wangen an. „Ich, ähm, habe aber gar keine E-Mail-Adresse oder Handynummer von Ihnen..."

Plötzlich schien alle Luft aus dem Zimmer gesaugt worden zu sein. Es war glasklar, was sie sagen wollte, und er fühlte sich wie ein Narr. Sie hatten wilden, fantastischen Sex gehabt, aber sie wusste verdammt noch mal nichts über ihn. Warum zur Hölle sollte sie ihm vertrauen? Er hatte ihr die Situation kein bisschen leichter gemacht.

Er zog eine Visitenkarte hervor und schob sie über den Tisch. „Mein Name ist Darsh Singh. Fünfunddreißig Jahre alt. Ich habe nach dem 11. September im US-Marine Corps gedient. Habe den Dienst beendet, mein Studium der Kriminalpsychologie abgeschlossen und mich beim FBI beworben. Der Rest ist, wie man so schön sagt, Geschichte."

Erin lächelte ihn zögerlich an und drehte die Visitenkarte einen Augenblick in ihren Fingern, bevor sie sie einsteckte. „Sie sind offensichtlich nicht verheiratet. Haben Sie eine Partnerin?"

Er wusste nicht, wie er diese Frage interpretieren sollte, und dass er sie überhaupt irgendwie interpretieren wollte, machte ihm Angst, also hielt er einfach nur ihrem Blick stand und schüttelte den Kopf.

„Was ist mit dem Rest Ihrer Familie? Was machen sie?"

„Mein Dad ist Pharmaingenieur, meine beiden Schwestern arbeiten als Webdesignerinnen."

„Und Ihre Mutter?"

„Sie ist gestorben." Er trank einen Schluck Wasser und

war erleichtert, als ihr Essen kam und diese Fragen unterbrach.

Erin wartete, bis die Kellnerin wieder fort war, dann sagte sie, „Tut mir leid."

Er nickte und hoffte, sie würde es dabei belassen. „Es ist lange her."

„Wie ist sie gestorben?", fragte Erin, weil Polizisten verdammt nochmal nichts ruhen lassen konnten.

Darsh schluckte die Wut hinunter, die die Frage heraufbeschworen hatte. Er wollte nicht über seine Mutter sprechen. Aber wenn er wollte, dass Erin sich ihm öffnete… Er musste fair bleiben. „Sie wurde ermordet." Darsh steckte sich ein Pommes Frites in den Mund.

„Haben sie den Täter je erwischt?"

Er schüttelte den Kopf.

„Haben Sie sich den Fall je angeschaut?"

Sicher. Er hatte ihn sich angeschaut. „Es gab keinerlei Beweise."

„Also *haben* Sie sich den Fall angeschaut."

Er wollte, dass sie endlich aufhörte, zu fragen. Also zuckte er lediglich mit den Schultern und sagte nichts.

„Ich habe gehört, dass so eine Erfahrung viele Menschen dazu bringt, in die Strafverfolgung zu gehen. Entweder wird man da hineingeboren, so wie ich, oder man wird von dem großen Bedürfnis, zu dienen, dazu bewegt. Und vom Wunsch, Gerechtigkeit walten zu lassen. Ich wüsste nicht, was ich tun würde, wenn ich keine Polizistin wäre." Ihr Ausdruck verfinsterte sich und er wollte, dass sie aufhörte, zu reden. „Ich kann mich nicht daran erinnern, dass ich je etwas anderes machen wollte."

Herrgott nochmal. Er konnte nicht antworten oder ihr in

die Augen schauen. Darsh schob sich einfach die Lasagne in den Mund, die so heiß war, dass sie seinen Gaumen verbrannte und wünschte sich, er könnte ein Bier bestellen. Alkohol wäre jetzt genau das Richtige, aber das letzte Mal, als er mit dieser Frau zusammen etwas getrunken hatte, waren die Dinge noch tausendmal heißer als diese Lasagne geworden. Für ein paar Minuten aßen sie schweigend, sie waren beide ausgehungert und mussten Energie tanken. Beide vermieden sie es, über persönliche Dinge zu sprechen.

„Wissen Sie was?", fragte sie und wischte sich den Mund mit einer Serviette ab, dann schob sie ihren fast leeren Teller von sich fort. „Ich habe mich nie bei Ihnen dafür entschuldigt, dass ich Ihnen bei unserem ersten Treffen nicht gesagt habe, dass ich verheiratet war. Das war falsch von mir und hat Sie in eine schwierige Lage gebracht. Ich habe mir damals keine Gedanken über ihre Gefühle gemacht. Das tut mir leid."

Darsh starrte auf die Tischplatte, ein dicker Kloß steckte ihm im Hals. Er hatte sich wie ein Idiot verhalten, damit musste er jetzt klarkommen. Wenn er zugab zu wissen, dass sie damals schon die Scheidung eingereicht hatte, dann würde sie wissen, dass er in ihrer Vergangenheit herumgeschnüffelt hatte. Und sie würde nicht lange brauchen, um zu begreifen, dass er auch wusste, was für ein gewalttätiger Arsch ihr Ex gewesen war.

„Ich war ein Idiot. Ich schulde Ihnen eine Entschuldigung." Ein törichter Teil seines Gehirns wollte, dass sie ihm vertraute. Sich ihm aus freien Stücken anvertraute.

Eine kleine Gruppe setzte sich in die Sitzniesche neben ihnen. Ein Mann von etwa vierzig Jahren, zwei Männer Mitte zwanzig und zwei jüngere Frauen. Akademiker und Studentinnen.

„Rachel Knight ist eine sehr mutige junge Frau", sagte Darsh nachdenklich. „Ich vermute, sie wird sich noch an weitere Einzelheiten erinnern, so wie an das Detail heute."

Erin nickte „Ich bin mir allerdings nicht sicher, ob es uns helfen wird. Rachel war absolut überzeugt davon, dass Drew Hawke sie vergewaltigt hat, und er sitzt hinter Gittern."

„Es gibt eine Verbindung zwischen den Fällen. Das wissen Sie genauso gut wie ich."

Sie sah nicht besonders glücklich darüber aus, aber es war die Wahrheit. Die forensischen Untersuchungen verrieten ihm, dass es nicht zwangsläufig der gleiche Täter war, er aber das gleiche Vorgehen an den Tag legte. Es war ein verdammt intelligenter Täter.

„Erin, sind Sie das?" Einer der Männer vom Tisch nebenan stand auf und lehnte sich über die Trennwand. Er trug Skinny Jeans, einen Rollkragenpulli und ein Tweed-Jacket.

„Professor Huxley", rief Erin aus und drehte sich in ihrem Sitz um. Der leicht missbilligende Tonfall in ihrer Stimme entging Darsh nicht.

„Roman", korrigierte sie der Professor. Die Augen des Kerls huschten über Erins Ausschnitt, den er von seiner Position aus hervorragend einsehen konnte, aber sie schien es nicht zu bemerken.

Oder vielleicht bemerkte sie es doch. Sie rutschte von der Bank, um aufzustehen. Darsh faltete seine Serviette zusammen und stand ebenfalls auf, sein Mittagessen hatte er in Rekordzeit inhaliert.

„FBI Agent Singh. Das hier ist Professor Roman Huxley, einer der weltweit führenden Experten in Kriminalpsychologie am Blackcombe College. Und das sind Linus und Rick, seine wissenschaftlichen Mitarbeiter, und Rena und Kelsey, zwei seiner Studentinnen.“

„Wir hatten gerade ein Seminar und ich habe die Runde zum Mittagessen eingeladen.“ Huxleys Stimme wurde leise und konspirativ. „Wir versuchen, der doch eher schwermütigen Stimmung auf dem Campus zu entfliehen.“

„Das kommt nach einem Mord schon mal vor“, antwortete Darsh zynisch.

„Sie sind von der Fallanalyse?“, fragte Huxley ihn. Sein entspannter Tonfall täuschte nicht über den bohrenden Blick des Mannes hinweg.

„Das ist korrekt.“

„Vielleicht könnten Sie sich vorstellen, am College vorbeizukommen und einen Gastvortrag zu halten, solange Sie hier sind?“

Darsh würde einen Teufel tun, sich von einem Haufen Studenten über seinen Job ausfragen zu lassen, während er damit beschäftigt war, in einem Verbrechen auf dem Campus zu ermitteln. Er warf genug Geld auf den Tisch, um für ihr Mittagessen zu zahlen. „Ich bezweifle, dass ich lange genug hier sein werde, Professor, und die Ermittlungen sind meine Priorität. Sie könnten natürlich eine offizielle Anfrage an das PR-Büro des FBI schicken.“

Der Ausdruck des Professors wurde sauer. „Nun, vielleicht kann ich Sie davon überzeugen, wenn Sie zu mir kommen und mich um Hilfe bei dem Fall bitten.“

Darsh zuckte mit den Schultern und lächelte. Genau. Nicht einmal, wenn der Kerl ihm eine Knarre an die Schläfe halten würde. „Vielleicht.“

Die anderen schauten ihrem Kräftemessen gefesselt zu.

„Linus hat erzählt, dass Sie alle Freunde von Mandy

Wochikowski waren?", fragte Erin die Gruppe.

Darshs Blick konzentrierte sich auf die Studenten.

„Sie hat im Sommer ein Projekt mit uns gemacht, also hatten wir ziemlich viel mit ihr zu tun", antwortete eines der Mädchen leise. „Es ist schwer zu glauben, dass sie ermordet wurde. Wir haben sie alle gemocht."

„Sie war eine intelligente Studentin", fügte der Professor hinzu.

„Hatte sie einen Freund?", fragte Darsh.

Die beiden Mädchen schüttelten die Köpfe.

Der blonde Doktorand, Linus, meldete sich zu Wort. „Wie ich Erin schon erzählt habe." Die Augen des jungen Mannes schauten Erin mit einem Anflug von Bewunderung an. „Ich glaube nicht. Wir haben manchmal zusammen Kaffee getrunken, aber sie hat nie erwähnt, dass sie mit jemandem zusammen ist."

„Sie mochte Linus", sagte der dunkelhaarige junge Mann, Rick, und schaute seinen Kommilitonen mit hochgezogenen Augenbrauen an.

„Sie war ein bisschen verknallt in mich, aber ich war zu der Zeit mit einem anderen Mädchen zusammen", gab Linus schnell zu, denn sie alle wussten, dass einen nichts so schnell auf die Liste der Verdächtigen brachte, wie eine romantische Verbindung. „Wir waren nur Freunde."

„Kennen Sie irgendwelche ihrer anderen Freunde?", fragte Erin.

„Ich weiß, dass sie viel mit den Studentinnen aus der Verbindung zu tun hatte, aber ich konnte mit denen nichts anfangen", sagte Kelsey.

„Es gab einen Typ aus der Informatik, den sie ein paar Mal erwähnt hat", bemerkte Rick. Seine Augen verharrten in einer

Art und Weise auf Erin, die Darsh wiedererkannte. Die Frau selbst schien nichts davon zu bemerken. „Sie hat ihr Studium sehr ernst genommen, sie war nicht gerade eine Partymaus."

„Wenn Ihnen noch irgendetwas einfallen sollte, melden Sie sich bitte. Sie wissen ja, wie Sie mich erreichen können", sagte Erin. Sie wand sich dem Professor zu und nickte. „Wir werden uns bei Ihnen melden, Professor."

„Ich freue mich darauf, Erin. Agent Singh." Der Kerl grinste sie an, als ob er einen Sieg davongetragen hätte, aber Darsh hatte keine Ahnung, worin dieser Sieg bestehen sollte.

Er verließ das Restaurant und fühlte sich zum ersten Mal seit Tagen satt. Aber das gute Gefühl beschränkte sich leider nur auf seinen vollen Magen. „Da haben Sie ja einen richtigen Fanclub."

Erin verdrehte die Augen. „Ich habe herausgefunden, dass der einfachste Weg, sich beim anderen Geschlecht beliebt zu machen, der ist, zu sagen, dass man kein Interesse hat. Die Welt ist scheinbar voller Masochisten."

Darsh wusste nicht, wie er darauf antworten sollte. Sie hatte viel mehr zu bieten als das, aber ihr Ex hatte ihr scheinbar ordentlich das Gehirn gewaschen. „Er hat Ihnen beim letzten Fall geholfen?"

„Huxley?" Erin nickte. „Er wird immer wieder von verschiedenen Polizeirevieren als Experte herangezogen und hat ein paar wirklich gute Studien veröffentlicht."

„Ich mag ihn nicht."

„Weil…"

„Weil er Skinny Jeans trägt und Haargel benutzt." Und weil er Erin anschaute, als ob er ihre Bluse aufknöpfen wollte.

„*So* bildet sich das FBI also seine Meinungen? Ist ja wahnsinnig fundiert." Sie stieg in ihren Truck.

Darsh ging um den Wagen herum und setzte sich auf den Beifahrersitz. „Ignorieren Sie nie ihr Reptiliengehirn. Das bringen sie einem bei den Marines bei."

„Ich versuche, mich daran zu erinnern, wenn mein Reptiliengehirn das nächste Mal etwas sagen möchte." Sie startete den Motor und fuhr aus der Parklücke. „Ich schulde Ihnen was fürs Mittagessen."

Er schloss die Augen und lehnte sein Kopf gegen die Nackenstütze. „Bezahlen Sie einfach das nächste Mal."

Wenn er bedachte, wohin seine Gedanken abschweiften, wenn er auch nur fünf Minuten in ihrer Gegenwart verbrachte, dann schuldete er ihr weit mehr als nur ein Mittagessen. Wäre er katholisch, würde er auf Knien um Vergebung betteln, und diese Vorstellung rief eine ganze Reihe weiterer Sünden vor sein Inneres Auge, also versuchte er sich abzulenken, indem er so tat, als ob er schliefe, während sie zurück zum Revier fuhr. Das Geräusch von etwas, das gegen die Windschutzscheibe schlug, riss ihn aus seinen Gedanken.

„Was zur Hölle war das denn?" Etwas Schleimiges rutschte über die Windschutzscheibe. Er drehte sich um und sah eine Gruppe von Demonstranten, die auf den Stufen des Gerichtsgebäudes standen.

„Jemand hat ein Ei auf meinen Truck geworfen." Sie spritzte Scheibenwischwasser auf die Scheibe und reinigte das Glas so gut es ging. Das resignierte Beben in ihrer Stimme ließ ihn wissen, dass sie stinksauer war.

Zorn rumorte in seinem Inneren. „Sind Sie das nicht leid, Erin? Diesen Mist, den ganzen Hass?"

Ihre Lippen wurden schmal und sie streckte das Kinn heraus. „Ich schätze, ich habe mich daran gewöhnt."

„Warum wollen Sie sich überhaupt daran gewöhnen? Ist

das irgendeine Art Buße? Wegen Ihnen und mir und Ihrem toten Ehemann?"

Erin hielt vor der Polizeistation an, ihr Ausdruck verriet nichts. „Naja, genau wie Sie kann ich aus einem ganzen Leben voller Fehltritte auswählen." Für einen Augenblick schaute sie ihm direkt in die Augen – lange genug, um ihm zu verstehen zu geben, dass er einer dieser Fehltritte war.

Darsh biss die Zähne zusammen, um ihr nicht die Wahrheit zu sagen. Dass er diese Nacht nicht im Geringsten bereute. Dass es eine der besten Nächte seines Lebens gewesen war. Aber Erin tat das, was sie immer tat, wenn er etwas sagte, das ihr nicht gefiel. Sie stieg aus und ging davon, und er saß da wie ein verdammter Narr.

ZWÖLFTES KAPITEL

DIE TEAMSITZUNG BEGANN pünktlich um fünfzehn Uhr, aber Darsh war nirgendwo zu sehen. Ebensowenig wie Ully. Erin stand am Kopfende des großen Tisches im Konferenzzimmer und versuchte, nicht zu spekulieren, was das bedeuten mochte. Es gab genug andere Dinge, um die sie sich sorgen musste.

„Wo stehen wir mit der Befragung der Nachbarn?“, fing sie an, obwohl Chief Strassen sie düster anstarrte.

„Wir haben in jedem Haus innerhalb der zwei angrenzenden Straßenblöcke mit jemandem gesprochen“, antwortete Bill Youder, ein weiterer Streifenpolizist mit jahrelanger Berufserfahrung. „Niemand kann sich daran erinnern, ein fremdes Auto auf der Straße gesehen zu haben oder eine unbekannte Person, die in der Nacht vom 5. Januar in der Gegend herumlungerte. Aber es war der erste Tag nach den Weihnachtsferien und es sind den ganzen Tag Studenten angereist.“

„Haben Sie mit den Nachbarn auf beiden Seiten des Hauses gesprochen?“

„Ja. Niemand hat in der besagten Nacht Schreie aus dem Haus gehört. Anscheinend wurde in dem Haus oft laut Musik gehört, aber der Nachbar in der Hausnummer dreiundsiebzig hat gesagt, dass die Mädchen nach neun Uhr abends nie laut waren, also hat es ihn nicht gestört.“

„Glauben Sie, dass der Angreifer deshalb die Musik ausgemacht hat, nachdem er die Nachricht von Cassie aufgenommen hatte?", fragte Cathy Bickham. „Er wollte die Nachbarn nicht stören?"

„Möglicherweise. Oder um sicherzugehen, dass ihn niemand überrascht, während er Cassie vergewaltigt." Erin nickte. War der Täter jemand, der den Mädchen nahegestanden hatte? Kannte er ihren Tagesablauf? „Wie heißt der Nachbar?"

„Raymond Butcher."

„Irgendwelche Vorstrafen?"

„Ein Strafzettel, vor drei Jahren."

Erin versuchte, ihre verspannten Schultern zu lockern. „Heute Morgen habe ich mich wegen dem Seil umgehört, das benutzt wurde. Es ist ein hochqualitatives Kletterseil, kommt aber häufig vor. Das FBI prüft gerade, ob es jemand hier vor Ort online bestellt hat."

„Wo ist der Agent?", fragte Harry mit einem abwertenden Ausdruck.

„Ich bin nicht sicher." Erin schaute ihn schräg an. Ganz egal wie attraktiv sie Darsh auch fand, das hier waren die Leute, mit denen sie jeden Tag zusammenarbeiten musste.

„Irgendwelche Neuigkeiten über die Beweismittel, die wir nach Quantico geschickt haben?", fragte der Chief.

Erin schüttelte den Kopf. „Sie sind erst seit vierundzwanzig Stunden dort." Nicht mal so lange.

Strassen rieb sich entnervt den Nacken, als ob auch das ihre Schuld sei. „Also sind wir noch immer keinen Schritt weiter?"

Seine Missbilligung saß schwer wie ein Wackerstein in ihrem Magen. „Nicht wirklich, Sir. Ich habe heute Morgen die

Strecke zwischen Cassie Bressingers Haus und dem Burschenschaftshaus gemessen, in dem Jason Brady wohnt."

Chief Strassens Augen fielen ihm fast aus dem Kopf. „Sie glauben, diesmal ist *Brady* der Täter?"

Mist. „Ich weiß nur, dass ich ihn auf der Straße gesehen habe, als ich den Notruf erhalten habe. Ich habe heute früh die Zeit meines Laufs gestoppt und sieben Minuten gebraucht. Theoretisch kann er die Morde begangen haben, also bin ich noch nicht bereit, ihn als Verdächtigen auszuschließen."

Youder beugte sich vor und sah den Chief an. „Bickham und ich haben die Partygäste befragt, einschließlich Tanya Whitehouse – Cassies und Mandys Mitbewohnerin. Es hat sich herausgestellt, dass sich niemand erinnern kann, Brady zwischen acht und zehn Uhr an dem besagten Abend gesehen zu haben. Niemand weiß, wo er war, und er erzählt es nicht." Er lehnte sich in seinem Stuhl zurück und schaute sie an. „Glauben Sie, er versucht, die Unschuld seines besten Freundes zu beweisen?"

Erin nickte. „Das ist eine Möglichkeit, aber mir wäre es lieber, ich hätte einen Verdächtigen aufgrund von Beweisen oder einer Zeugenaussage."

„Die Zeugen sind alle tot", antwortete Cathy Bickham.

Erins Magen verkrampfte sich.

„Bis auf den Hund des Nachbarn", bemerkte Harry schlagfertig.

„Zu schade, dass der Hund nicht spricht. Er würde uns allen den Job klauen", scherzte Youder.

Erin verstand, dass schwarzer Humor eine Art und Weise war, um mit den schrecklichen Ereignissen umzugehen, die Polizisten so oft erlebten, aber dieses Mal konnte sie nicht mitmachen. Sie war zu emotional involviert.

„Ich habe endlich den Durchsuchungsbefehl für die Handyverbindungen", sagte Harry nach diesem kurzen Augenblick des Gelächters. „Ich überprüfe die aufgelisteten Handynummern und Namen nach möglichen Verbindungen. Ich konnte aber noch nichts über den @DarkMatter-Benutzernamen herausfinden, der mit Mandy geflirtet hat. Das Konto wurde anonym erstellt, ist nur sporadisch aktiv und hat in letzter Zeit nichts gepostet. Es gab ein paar sehr deutliche Beschwerden über die polizeilichen Ermittlungen generell. Es wird davon geredet, den Gouverneur zu ersuchen, die Nationalgarde hierher zu verlegen, damit die Frauen der Stadt nachts wieder sicher schlafen können."

Erin zog eine Grimasse. Das Ei auf ihrer Windschutzscheibe war ein angemessener Ausdruck der Meinung gewesen, die die Leute in der Stadt über ihre Fähigkeiten, diesen Fall zu knacken, hatten.

„Wie wollen wir also den Fall lösen?", fragte Strassen ungeduldig.

„Harry arbeitet noch an den sozialen Medien und den Handyverbindungen. Ich werde mit dem Sicherheitsdienst des Campus sprechen und nachfragen, ob es von Montagnacht Aufzeichnungen der Überwachungskameras gibt", erklärte Erin. „Dann klappere ich die Büros und Geschäfte in der Nähe der Fairfax Road ab, um zu sehen, ob sie möglicherweise auch Aufzeichnungen haben, die ich nutzen kann."

Der Chief nickte. „Bickham, Sie helfen Detective Donovan."

Erin versuchte, das nicht als Hinweis darauf zu verstehen, dass sie womöglich nicht allein klarkam.

„Ja, Sir", erwiderte die junge Polizistin.

Der Chief beendete die Sitzung und rieb sich seinen

Bauch, als ob er plötzlich ein Magengeschwür bekommen hätte.

Erin packte ihre Unterlagen zusammen und ging zu ihrem Schreibtisch. Wo zur Hölle war Darsh? Etwas in ihr wollte nachsehen, ob er vielleicht in seinem Büro eingeschlafen war, aber dieser Wunsch kam ihr vor wie eine Schwäche, und sie würde ihr nicht nachgeben.

Stattdessen warf sie einen Blick ins Büro des Chiefs und sah, wie der Studiendekan sie durch die große Scheibe hindurch anstarrte. Erin lächelte ihn an, aber der Typ ignorierte sie und drehte ihr mit einem sauren Ausdruck auf dem Gesicht den Rücken zu, als der Chief zu ihm trat. Sie schlossen die Tür.

Der Dekan wollte zweifelsohne, dass der Täter geschnappt und Erin von dem Fall abgezogen wurde, und zwar nicht unbedingt in dieser Reihenfolge. Sie war sich ziemlich sicher, dass es dem Chief genauso ging.

Verdammt.

Als sie nach ihrem Mantel griff und sich aufmachen wollte, um die Aufzeichnungen der Überwachungskameras einzusehen, brach neben dem Arresttresen ein Tumult aus.

Ein Obdachloser, der allen nur als Stinky Pete bekannt war, stand in Handschellen da. Normalerweise war er ein gesetzestreuer Mitbürger, der für sich blieb. Aber heute war er am Schimpfen und Schreien.

Ully stand neben ihm und grinste wie ein Honigkuchenpferd.

„Was ist los?", fragte Erin.

Ully hatte eine Plastiktüte in der Hand, die er für sie aufhielt. Die Tüte enthielt ein großes Stück Stoff. Einem Stoff, der verdächtig nach dem Laken von Cassie Bressingers Bett aussah.

Ihr Blick schoss zu Ully. „Wo hast du das gefunden?"

„Unter der Brücke am Fluss, um Stinky Pete gewickelt."

„Hey, das gehört mir!" Der Kerl, der erst Mitte vierzig war aber wie siebzig aussah, stürzte sich auf ihn. Ein Streifenpolizist hielt ihn zurück.

Erin zog Ully zur Seite, damit sie ungehört miteinander sprechen konnten. „Hast du die Kriminaltechnik da hinuntergeschickt?" Erins Herz schlug etwa hundertmal pro Minute.

„Klar. Sie kamen gerade an, als wir uns aufgemacht haben." Er grinste und legte ihr seine Hand auf die Schulter. „Wir haben ihn, Donovan. Jetzt geh schon ins Verhörzimmer und nagle den Hurensohn fest."

DAS VERHÖRZIMMER HATTE einen grauen Linoleumboden und beige Wände. Darin befand sich ein Tisch aus Holzimitat, der am Boden festgeschraubt war und an dem zwei unbequem aussehende Plastikstühle standen. Es gab ein Fenster, das mit einem Metallgitter versehen war und den Blick auf einen kleinen Innenhof und die Betonwand gegenüber freigab. Der Himmel war bedeckt, deprimierend und trostlos.

Darsh konnte sich vorstellen, dass es ein schmaler Grat zwischen Haft und Folter war, wenn man sich diesen Ausblick jeden Tag anschauen musste, aber ein Gefängnisaufenthalt sollte ja auch kein Vergnügen sein.

Er hörte, wie eine Tür ging, dann Schritte auf dem Flur. Er hatte Erin nicht erzählt, dass er hierherfahren würde, aber er war sich nicht ganz sicher, warum nicht. Ein Wärter erschien in der Tür. Der Kerl war riesig – knapp zwei Meter groß und wuchtig, mit einem Gesichtsausdruck, der alle dazu ermahnte, sich zu benehmen. Der Häftling hinter ihm war ansehnlicher, etwa von Darshs Größe. Er hatte breite Schultern und schmale Hüften – der typische Körperbau eines Quarterbacks. Er war eingehüllt in orangefarbene Gefängniskleidung. Drew Hawke. Seine Handgelenke waren vor seinem Körper mit Handschellen gefesselt.

„Setzten Sie sich doch", bot Darsh ihm an.

Hawke sah ihn misstrauisch an, setzte sich aber auf einen der Plastikstühle.

„Sie halten sich fit, wie ich sehe."

Hawkes Mund verzog sich. „Ich habe hier drin ja sonst nicht viel zu tun. Da kann ich auch trainieren."

„Nur für den Fall?"

„Nur für den Fall, dass was? Ich rauskomme und einen NFL-Vertrag kriege?" Hawke schnaubte verächtlich. „Ich habe alle Hoffnung auf mein altes Leben längst aufgegeben. Ich stecke in diesem Scheißloch fest."

Er war ein gutaussehender junger Mann, aber nun lag eine Härte in seinen Augen, die weit über die Härte auf dem Spielfeld hinausging. Eine Haftstrafe in diesem Laden abzusitzen war etwas anderes als sich in einem Burschenschaftshaus eine gute Zeit zu machen.

Er schaute Darsh unverwandt an. „Was wollen Sie?"

Der junge Mann wusste noch nicht, dass Cassie tot war, dafür hatte Darsh gesorgt. Der Gouverneur hatte auf Bitten des Justizministeriums hin die Gefängnisleitung kontaktiert und darum gebeten, Hawke in Einzelhaft zu verlegen. Die Gefängnisleitung hatte eine Zellendurchsuchung als Grund dafür vorgegeben und hatte ein Klappmesser gefunden. Es hätte jedem der beiden Zellengenossen gehören können, also waren sie beide bestraft worden.

„Haben Sie noch mehr geisteskranke Mädchen gefunden, die unter Eid schwören, ich hätte sie gefesselt, um sie zu ficken? Oder war ich diesmal vielleicht in einem anderen Bundesstaat unterwegs?" Seine dunklen Augen verrieten Belustigung und einen Anflug von Angst. Er schüttelte den Kopf. „Ich weiß nicht, wo Sie diese Frauen immer finden. Ich meine, ich habe eine großartige Freundin und Groupies, die Schlange stehen, um meinen Schwanz zu lutschen, aber scheinbar hat mir das noch nicht gereicht." Er verdrehte die Augen und wollte die Arme vor der Brust verschränken, wurde aber von den Handschellen daran gehindert. „Fuck", murmelte er und verlor etwas an Fahrt.

„Sie und Cassie sind noch zusammen?", fragte Darsh.

„Klar, wir sind *zusammen*." Hawkes Ausdruck sagte alles, als sein Blick durch den Raum schweifte. Er hob eine Schulter. „Ich werde mit ihr Schluss machen, wenn sie in ein paar Wochen mit meinem Dad zu Besuch kommt. Ich will nicht, dass sie ihr Leben verschwendet, weil sie auf mich wartet."

„Dreißig Jahre ist eine lange Zeit. Glauben Sie, sie würde so lange warten?"

„Ich weiß es." Hawke schluckte wiederholt, aber seine Stimme klang dennoch rau. „Cassie ist das Beste, was mir je passiert ist, aber das habe ich erst gemerkt, als ich verhaftet wurde. Mit ihr Schluss zu machen wird wehtun, aber es ist auf lange Sicht besser. Sie wird jemand anderen finden."

Darsh versuchte sehr, den Kerl nicht zu mögen. Wirkliche Psychopathen konnten überaus sympatisch sein, wenn sie glaubten, dass man ihnen nützlich sein konnte. Aber wirkliche Psychopathen machten sich keine Gedanken darüber, ob andere Menschen ihretwegen ihr Leben verschwendeten – sie erwarteten nicht weniger als das. Darsh schaute zum Wärter. „Können Sie seine Handschellen lösen?"

Der Wärter nickte und kam mit einem Schlüssel zu ihnen. Er schloss Hawke die Handschellen auf und stellte sich wieder abwartend an die Tür.

„Ich habe schlechte Neuigkeiten", sagte Darsh leise. Es kam selten vor, dass er die Nachricht vom Tod einer geliebten Person überbringen musste, und er fand es schrecklich.

Hawke beugte sich über den Tisch. „Ist etwas mit meinem Dad oder meiner Mom? Mit meiner Schwester?" Sein Gesicht war vor Sorge verzerrt. Sein Mund schmal.

Darsh schüttelte den Kopf. „Ihrer Familie geht es gut, soweit ich weiß."

Hawke runzelte die Stirn, dann entglitten ihm seine Züge. „Cassie?"

Darsh nickte.

„Wo ist sie? Was ist passiert?" Hawke wurde lauter, und der Wärter trat weiter in den Raum, um ihn zur Ruhe zu ermahnen, aber Darsh winkte ihn fort. Er hatte seine Pistole und seine Dienstmarke abgeben müssen, bevor er hereingelassen wurde. Der junge Mann würde vielleicht einen Faustschlag landen können, aber als Marine und Bundesbeamter würde er sich schon zu wehren wissen.

„Es tut mir leid, Ihnen das sagen zu müssen, Drew, aber Cassandra Bressinger wurde zusammen mit ihrer Mitbewohnerin Mandy Wochikowski ermordet." Darsh machte sich auf den Zorn des Mannes gefasst, aber der Kerl vor ihm brach nur in Tränen aus.

„Was?", schluchzte Hawke. „Ermordet? Wer würde denn Cassie ermorden wollen?"

„Jemand ist in ihr Haus eingebrochen.“

Hawke sah entsetzt aus. „Ein Raubüberfall?“

„Es war kein Raubüberfall.“

Hawkes Augen wurden groß. „Oh, Gott. Oh, mein Gott. Es ist wegen mir, oder?“ Tränen fielen auf seinen orangen Overall. „Ich habe ihr gesagt, dass sie aufhören soll, für mich zu kämpfen.“ Seine Stimme brach. „Ich habe ihr immer und immer wieder gesagt, sie soll es bleiben lassen und ihr Leben weiterleben, aber sie hat nicht auf mich gehört.“ Er wischte sich mit seinen großen Händen über die Wangen. „Das war es nicht wert. *Ich* war das nicht wert. Haben sie das Arschloch erwischt, das ihr das angetan hat?“

Das waren nicht die Worte eines Psychopathen, auch wenn es durchaus etwas narzisstisch war, anzunehmen, dass es nur um ihn gegangen war. Allerdings hatte er unter diesen Umständen womöglich sogar recht.

„Noch nicht“, gab Darsh zu.

„Hat er den Mädchen wehgetan? Cassie und Mandy?“

Was auch immer in Darshs Ausdruck lag, er musste es verraten haben.

„Nein. Nein. Nein.“ Hawke schüttelte ungläubig den Kopf. „Sie sind nicht vergewaltigt worden.“

„Es tut mir leid.“ Darsh presste die Lippen zusammen. „Cassie wurde während des Angriffs vergewaltigt.“

Hawke sah ihn fassungslos an. „War das irgendein Rachefeldzug? Hat irgendjemand Cassie vergewaltigt und ermordet, weil sie meine Freundin war, und er geglaubt hat, ich hätte auch diese anderen Mädchen vergewaltigt?“

Das war eine Theorie, aber was viel mehr über ihn aussagte war, dass Hawke nicht einmal für eine Sekunde von seiner Unschuldsbehauptung abgerückt war. Vielleicht hatte er sich selbst davon überzeugt, unschuldig zu sein. Oder vielleicht saß der junge Mann tatsächlich für jemand anderen die Zeit ab.

„Ich weiß nicht, wer es getan hat und warum. Aber ich will es herausfinden. Deshalb bin ich hier."

Ein wütendes Schnauben trat an die Stelle der Tränen. „Glauben Sie, ich hatte auch damit etwas zu tun?"

Darsh entging nicht, wie der junge Mann die Hände zu Fäusten ballte. „Wissen Sie von irgendjemandem, der Cassie etwas antun wollte?"

Die Fäuste lösten sich. Hawke schüttelte den Kopf. „Nur jeder, der glaubt, ich sei schuldig. Diese Mädchen, die vergewaltigt wurden, vielleicht – oder jemand, der sie liebt?"

„Sind Sie irgendjemandem so wichtig, dass er so etwas tun würde, um Sie aus dem Gefängnis zu holen?"

Hawkes Augen wurden groß, sein Ausdruck absolut ungläubig. „Sie meinen, ob ich Freunde habe, die krank genug sind, um die Frau umzubringen, die ich liebe – eine Frau, die während dieses kompletten Albtraums an meiner Seite gestanden hat, was sie selbst so viel gekostet hat – nur, um zu versuchen, meine Verurteilung anzufechten? Scheiße, mein Dad ist ehrlich gesagt ziemlich durch den Wind. Vielleicht war er es ja. Oder Coach Raymond, unser Trainer – weil er es verdammt noch mal liebt, zu gewinnen, egal was es kostet." Hawkes Gesicht wurde rot vor Wut, aber er machte keinerlei Anstalten, auf Darsh loszugehen.

Darsh hatte Videos von Hawke gesehen, wie er Football spielte, der Kerl war unglaublich diszipliniert, selbst unter enormen Stress. Aber was passierte, wenn er tatsächlich die Fassung verlor? Wie kanalisierte er seine Wut? Oder vergrub er sie nur, bis sie wie ein Vulkan ausbrach?

Darsh drängte weiter. Er war nicht hier, um Freunde zu finden. „Was ist mit Ihren Teamkameraden?"

Hawke breitete die Arme aus „Sie wollen, dass ich einen anderen Spieler in die Pfanne haue? Hassen Sie die Blackcombe Ravens so sehr?" Der junge Mann atmete tief ein, um sich zu beruhigen, dann starrte er an die Decke. „Schauen Sie. Ich kenne die Statistiken über College-Athleten. Ich weiß, dass sie beinahe zwanzig Prozent der Sexualstraftaten auf einem Campus begehen, und ich weiß auch, dass die Leute glauben, wir wären alles anmaßende Arschlöcher. Ich *war* ein anmaßendes Arschloch." Er hielt inne, seine Brust hob und senkte sich heftig. „Aber meine Teamkameraden sind in Ordnung."

„Was ist mit Jason Brady? Sie sind beste Freunde, richtig?"

Hawke atmete müde aus und schüttelte den Kopf. „Jason ist nicht so ein Kerl."

„Er ist ziemlich aufgewühlt darüber, dass Sie hier einsitzen…"

„Weil er weiß, dass ich es nicht war."

„Hat er Ihnen geschrieben?"

Hawke schüttelte den Kopf.

„Ich dachte, er wäre Ihr bester Freund?"

„Ich habe ihm ein paar Mal geschrieben. Habe ihn gebeten, nicht zurückzuschreiben. Und mich nicht zu besuchen. Sich nur aufs Footballspielen zu konzentrieren. Sein Bestes für mich zu geben."

„Er scheint ziemlich wütend zu sein."

„Warum sollte er verdammt noch mal nicht wütend sein? Er weiß, dass ich es nicht getan habe!" Hawkes Stimme wurde laut vor Wut. Dann erstarrte er und blickte Darsh bohrend an. „Es war der gleiche Typ, oder? Der gleiche Typ, der letztes Jahr diese Mädchen vergewaltigt und sie irgendwie dazu gebracht hat, mich zu beschuldigen." Seine Augen funkelten.

Darsh erwiderte nichts.

Hawke sprach weiter. Vielleicht hatten seine Anwälte ihn deshalb nicht in den Zeugenstand rufen wollen. Der Junge hielt einfach nicht den Mund.

„Nie im Leben ist Jason ein Vergewaltiger."

„Warum nicht?"

Hawke schüttelte ungläubig den Kopf. „Er ist mein bester Freund. Wir haben zusammengewohnt, zusammen Football gespielt, sind zusammen verreist, haben uns zusammen betrunken. Ich weiß, dass er nicht der Vergewaltiger ist, genauso wie ich weiß, dass ich es nicht war. Ich *kenne* ihn."

„Montagabend hat er auf einer Party im Burschenschafthaus Tanya Whitehouse seine Zunge in den Hals gesteckt."

Hawke verzog das Gesicht. Darsh wusste nicht, ob das an seiner Bemerkung über Cassies Mitbewohnerin lag, oder weil es ihn daran erinnerte, dass das Leben wie gewohnt weiterging, während er hier drin verrottete.

„Jason mag Sex. Sehr. Er hat keine Beziehung. Er ist ein Star-Athlet an einem Elitecollege, und die Mädchen stehen auf ihn. Das heißt nicht, dass er sich nicht unter Kontrolle hat."

„Er mag es, Leute auf dem Feld fertigzumachen."

Hawke schüttelte angewidert den Kopf. „Das ist *Football*. Scheiße."

Darsh beobachtete den Jungen aufmerksam, konnte aber nichts erkennen, außer einem frustrierten Mann.

Wieder beugte Hawke sich vor, sein Blick war bohrend. „Hat sie gelitten? Cassie?"

Wenn er ein Serienvergewaltiger war, dann würden ihn

die Details des Angriffs möglicherweise erregen, aber hoffentlich würde er es nicht verbergen können. Darsh musste es herausfinden.

„Der Täter hat sie verprügelt. Hat sie ans Bett gefesselt und vergewaltigt. Vermutlich mehr als einmal."

Hawkes Gesicht wurde weiß wie eine Wand.

„Dann hat er sie mit bloßen Händen erwürgt."

Hawke schob sich vom Tisch fort, beugte den Kopf zwischen die Knie und erbrach sich auf den Fußboden. Darsh stand eilig auf und trat einen Schritt zurück. Hawke taumelte zur Wand und ließ sich zu Boden gleiten, wischte sich den Mund mit dem Handrücken ab.

Es war schwer, eine derart instinktive Reaktion vorzutäuschen.

Der Wärter starrte Darsh ungehalten an, dann ging er fort – vermutlich, um einen Eimer und einen Wischmopp zu holen.

„Haben Sie Cassie geschrieben?", fragte Darsh. Sein eigener Magen rumorte, und zwar nicht nur wegen des Gestanks. Er begann ernsthaft an Hawkes Schuld zu zweifeln.

„Ja, ich habe ihr geschrieben." Er schluckte mehrmals. Er saß zitternd da, hatte die Knie an die Brust gezogen – er erinnerte Darsh an Rachel Knight an diesem Morgen. „Oh, Gott. Ich hoffe, sie stecken mich wieder in Einzelhaft."

„Warum?", fragte Darsh scharf.

Hawke kräuselte die Lippen. „Es gibt hier eine Gruppe von Typen, die nur darauf warten, meinen kleinen weißen Arsch zu ficken." Seine Augen blickten verloren, „Wenn sie das mitbekommen und meine Schwäche erkennen, werden sie glauben, dass ihre Zeit gekommen ist und versuchen, mich fertigzumachen. Ich werde mich wehren müssen, um zu überleben, und wenn ich mich wehre, stehen meine Chancen auf Berufung und Bewährung verdammt schlecht."

Darsh ignorierte die Sympathie, die er empfand. „Was für Briefe haben Sie Cassie geschrieben?" Er wollte wissen, was der Täter wusste.

Hawke atmete schwer aus. Der Wärter kam mit einem Eimer und einem Lappen zurück und drückte sie dem jungen Mann in die Hand. Langsam stand Hawke auf.

„Ich habe ihr erzählt, wie es hier drin so ist. Wie die anderen Häftlinge drauf sind. Die Wärter. Diese verdammten Mauern." Er hob eine Augenbraue und schaute den Kerl an der Tür an, der ausdruckslos zurückstarrte. „Ich habe versucht, nicht zu düster zu werden." Er trocknete sich sein Gesicht an seinen Schultern ab, während er weiter die Kotze vom Boden wischte. „Ich hätte mit ihr Schluss machen sollen, als ich verhaftet wurde." Seine Hände krallten sich um den Holzgriff des Mopps. „Ich hätte nicht auf meine Anwälte und sie hören dürfen. Ich hätte sie dazu bringen sollen, mich zu hassen." Hawke blickte Darsh unverwandt an. „Er hat sie meinetwegen ausgewählt, oder?"

Darsh nickte. „Vermutlich."

„Hat er Mandy auch vergewaltigt?"

Darsh schüttelte den Kopf.

„Ist das nicht ungewöhnlich für so einen Perversen?"

„,Ungewöhnlich' und ,Perverser' passen ganz gut zusammen." Darsh zuckte mit den Schultern. „Detective Donovan war als Erste am Tatort." Er wartete auf eine Reaktion.

„Oh, Mann. Cassie hat sie gehasst. Sie würde es hassen, dass es Donovans Fall ist." Er presste die Augen zusammen, um eine neue Flut von Tränen zurückzuhalten.

„Sie hassen sie nicht?"

„Sie macht ja nur ihren Job. Trotz allem, was Sie vielleicht gehört haben, habe ich generell großen Respekt vor Frauen." Hawke blickte ihn zornig an. „Fand ich es gut, dass sie überzeugt davon war, ich könnte einer anderen Person so etwas antun, nachdem sie mich neunmal verhört hat? Nein, ich war stinksauer. Aber nachdem ich die Aussagen der Mädchen während des Prozesses gehört habe? Ich hätte mich auch verurteilt."

„Was also, glauben Sie, ist passiert?"

Er schnaubte leise. „Jemand hat mir absichtlich die Schuld in die Schuhe geschoben, Agent Singh. Und war verdammt gründlich." Seine Augen blickten kalt. „Und er ist noch lange nicht fertig mit mir, sonst hätte er Cass nicht umgebracht."

Darshs Bauchgefühl sagte ihm genau das Gleiche, aber das würde kein besonders gutes Licht auf die Polizei von Forbes Pines werfen. Vor allem nicht auf Erin, die scheinbar jeder gerne zum Sündenbock für einen Fehler im System machen wollte.

Aber was war wichtiger? Den eigentlichen Täter hinter Gitter zu bringen oder dem Ruf der örtlichen Polizei nicht zu schaden? Er kannte die Antwort, es gefiel ihm nur nicht, dass er eine gute Polizistin in eine unschöne Lage bringen würde. „Gibt es jemanden, der Sie so sehr hasst?"

Hawke wusch den Lappen ein letztes Mal aus, stellte den Eimer zur Seite und lehnte den Mopp an die Wand. „Ich dachte immer, ich wäre ein guter Kerl, aber wenn ich so zurückschaue? Ich war ein Arsch. Ich habe zu viel getrunken, Leute gemobbt, obwohl ich mir selbst eingeredet habe, wir hätten alle nur unseren Spaß. Bevor ich mit Cass zusammengekommen bin, hatte ich hunderte von Mädchen und habe mir nie auch nur die Mühe gemacht, nach ihren Namen zu fragen. Ich habe Mist über jeden erzählt, der anderer Meinung war als ich. Ich war ein verdammter Arsch."

„Erinnern Sie sich an die Namen der Leute, die Sie verärgert haben?"

Hawke breitete die Arme aus. „Haben Sie ein paar Stunden Zeit?"

„Schreiben Sie sie auf. Bitten Sie den Aufseher, mir die Liste zuzuschicken. Ich werde sicherstellen, dass Sie weiterhin in Einzelhaft bleiben." Ein Anruf beim Gouverneur würde dabei helfen.

Hawke schüttelte resigniert den Kopf. „Ganz schön ironisch, dass ich hier am sichersten bin, wo ich mit Vergewaltigern und Pädophilen zusammen eingesperrt bin." Er starrte auf den Boden. „Kann ich Sie etwas fragen?"

„Was?"

Hawke schaute auf. „Kann ich zu Cassies Beerdigung gehen?"

Darsh konnte den tiefen Schmerz in den Augen des jungen Mannes erkennen, aber er war sich nicht sicher, ob er es arangieren konnte. „Ich spreche mit der Gefängnisleitung."

Drew Hawke nickte, und Darsh ging. Er wünschte sich, er könnte das ungute Gefühl loswerden, dass das Justizsystem diesen jungen Mann im Stich gelassen hatte.

DREIZEHNTES KAPITEL

E RIN LIEß DIE Beamten die Verbuchung des obdachlosen Verdächtigen fertig durchführen, was glücklicherweise auch beinhaltete, ihn zu entkleiden und abzuduschen, bevor sie mit der Befragung begann. Jemand hatte einen Overall für ihn gefunden, den er anzog, nachdem sie seine Klamotten als Beweismittel eingetütet hatten. Er hatte auf sein Recht auf einen Anwalt verzichtet.

Harry saß neben ihr. Darsh war immer noch nicht wiederaufgetaucht. Sie hatte keine Ahnung, was seine Abwesenheit bedeuten sollte.

Erin öffnete die Akte vor ihr. „Ihr Name ist Peter Zimmerman?"

Stinky Pete – auch bekannt als Peter Zimmerman – wich ihrem Blick aus. Seine Haare waren strähnig und grau meliert. Tiefe Furchen zogen sich durch seine Stirn und um seinen Mund. Sein Gesicht war eingefallen, seine Wangenknochen standen hervor. Er hatte eine frische Wunde im Gesicht, als ob ihn jemand kürzlich geschlagen hätte. Seine Hände lagen auf der Tischplatte, seine Handgelenke viel zu breit für die mageren Arme.

„Ist Ihr bürgerlicher Name Peter Zimmerman?", wiederholte sie. Das hatte das System ausgespuckt, als sie seine Fingerabdrücke abgeglichen hatten. In Texas gab es einen ausstehenden Haftbefehl aus dem Jahr 2010 gegen ihn, wegen

Trunkenheit am Steuer. Davor war er ein Marine gewesen. Erin ignorierte das Mitleid, das sie für den Mann empfand, der offensichtlich in Not geraten war. Genau aus diesem Grund musste Justitia blind sein.

Pete gab es auf, ihre Fragen zu ignorieren. „Jup."

„Wohnen Sie unter der Brücke beim Fluss?"

Seine Augen schossen durch den Raum, als ob er blind wäre. „Ich habe da eine Stelle. Ihr macht sie mir besser nicht kaputt", knurrte er und blickte sie plötzlich an.

„Ist es da nicht kalt?", fragte sie. Wie zur Hölle hielt er es im Winter nur da aus?

„Wenn es zu schlimm wird, kann ich im Obdachlosenheim schlafen."

„Waren Sie diese Woche dort? Im Obdachlosenheim?"

Peter zuckte mit den Schultern. „Vielleicht. Bin nicht sicher, welcher Tag heute ist", gab er zu.

Er zog geräuschvoll die Nase hoch, und Erin schob eine Box mit Papiertaschentüchern zu ihm herüber. Er ignorierte sie und wischte sich die Nase mit dem Ärmel ab.

„Peter, erinnern Sie sich, was Sie am Montag gemacht haben? Heute ist Mittwoch."

Er grinste sie breit an und entblößte eine verfaulte Zahnreihe. „Sicher. War für ein bisschen im Obdachlosenheim."

„Wann sind Sie wieder gegangen?"

Er zuckte mit den Achseln. „Ich habe wohl vergessen, auf meine Rolex zu schauen."

Sie reagierte nicht auf seinen Sarkasmus. „Haben Sie die Nacht im Obdachlosenheim verbracht?"

Er kratzte sich am Kopf, und Erin erschauderte, als sie daran dachte, was womöglich alles in seinen Haaren steckte.

„Ich erinnere mich nicht mehr.“

„Haben Sie getrunken?“

Seine Augen blickten zu Boden. „Kann sein.“ Alkohol war offensichtlich sein Dämon, aber er war noch nie aufgrund von Trunkenheit oder Erregung öffentlichen Ärgernisses verhaftet worden. Er trank allein oder zumindest unauffällig. Vermutlich, weil er nicht wollte, dass die Polizei von seinem Haftbefehl erfuhr.

„Was haben Sie getrunken?“

Er rieb sich das Kinn. Erin konnte hören, wie seine Bartstoppeln gegen seine Fingernägel kratzten. „Mir ist eine Flasche Wodka in den Schoß gefallen.“

„Hat die Ihnen jemand geschenkt?“

Er schaute sie verschlagen an. „Kann sein. Kann mich nicht erinnern.“

„Haben Sie sie geklaut, Peter?“

Er ließ die Schultern hängen. „Nennen Sie mich nicht so. Nennen Sie mich Pete. Stinky Pete. So möchte ich genannt werden.“

Erin stählte ihr Herz. Die letzten drei Jahre hier in Forbes Pines hatten sie weich gemacht. In New York City hatte sie mit zehn Betrunkenen oder Obdachlosen pro Tag zu tun gehabt, jede einzelne ihrer Geschichten herzzerreißender als die nächste. Für diese Menschen gab es keinen amerikanischen Traum. Sie steckten in der Gosse und manche von ihnen waren wild entschlossen, auch dort zu bleiben, während andere permanent von äußeren Umständen zurückgehalten wurden, über die sie keine Kontrolle hatten.

„In Texas liegt ein Haftbefehl gegen Sie vor.“

Er sah sie nicht an.

„Trunkenheit am Steuer. Was können Sie mir darüber

erzählen?"

Er verschränkte die Arme vor seiner eingefallenen Brust. „Da gibt es nichts zu erzählen. Sie haben den Falschen."

„Die Kollegen in Texas sind sich ziemlich sicher, dass Sie es waren."

Seine Augen wurden hart. „Sie irren sich."

„Ich schätze, wir überlassen es mal schön denen, das herauszufinden."

Sein Adamsapfel hüpfte auf und nieder. „Ich geh nicht nach Texas zurück." Er streckte das Kinn vor.

„Woher haben Sie das Bettlaken, in das sie sich eingewickelt hatten?"

„Das gehört mir", blaffte er.

„Seit wann gehört es Ihnen?"

Er neigte den Kopf zur Seite. „Nicht lange."

„Wo haben Sie es her?"

Seine Augen wurden schmal, und ein berechnender Funke blitzte in ihnen auf. „Geht's um die beiden Mädchen, die Montagabend hier in der Stadt umgebracht wurden?" Sein Körper mochte vom Alkohol abhängig sein, aber offensichtlich war sein Verstand noch messerscharf, wenn er nüchtern war. „Haben Sie mich deshalb hergebracht?"

„Woher haben Sie das Laken, Peter?"

Er rollte seine Schultern zurück und setzte sich gerade hin. „Habe es mitgenommen, als ich sie umgebracht habe."

Erins Herz überschlug sich. Konnte es wirklich so einfach sein?

„Ist das ein Geständnis, Peter?", fragte Harry.

Der Mann, der am liebsten Stinky Pete genannt werden wollte, nickte. „Sicher. Ich habe sie umgebracht. Ich habe sie beide umgebracht."

„Wie haben Sie sie umgebracht, Peter?", fragte sie.

Er streckte seine Arme vor sich aus und krallte seine Finger in die Luft, als ob er sie um etwas schlag und zudrückte.

„Was haben Sie noch mit ihnen gemacht?" Erin hielt die Luft an.

Eine Seite seines Mundes verzog sich zu einem kalten Grinsen, das ihr das Blut in den Adern gefrieren ließ. „Ich habe eine von ihnen vergewaltigt. Hatte keine Zeit mehr für die Zweite."

Erin bedeutete Harry mit einem Nicken, dass er übernehmen sollte, und verließ das Zimmer. Ully schlug mit ihr ein, aber sobald sie wieder an ihrem Schreibtisch saß, fühlte sie sich unruhig und nachdenklich.

Sie warf die Akte auf den Tisch und wollte nur nach Hause fahren und eine Woche durchschlafen. Wenigstens würde sie den Bundesbeamten loswerden, der sie mit Fragen löcherte, die sie nicht beantworten wollte, aber diese Vorstellung brachte ihr nicht die erhoffte Erleichterung. Stattdessen fühlte sie sich leer und hohl und deprimiert. Sie nahm den Telefonhörer in die Hand, um Rachel anzurufen. Wenigstens einer Person konnte sie den Tag verschönern.

ER SAß AUF Erins Bett und wickelte sich das Seil um seinen Unterarm, immer und immer weiter, immer und immer enger. Er versuchte, seinen Kiefer zu entspannen und zog die Schnur immer fester, bis seine Finger vor angestautem Blut pulsierten und seine Nervenenden schrien. Langsam ließ er die Spannung des Seils los und das Blut schoss mit einem köstlichen Schmerz zurück in seine ausgehungerten Adern.

Das war die Belohnung, wenn man den Hunger nicht scheute. Ein Festmahl.

Er kam wieder auf die Füße, wusste, dass er nicht verweilen konnte, denn es hatte zu schneien begonnen und er konnte es nicht riskieren, Reifenspuren zu hinterlassen. Es war frustrierend. Er wollte sie sehen, aber sie war *zu beschäftigt*. Mit den Gedanken zu sehr *woanders*, jetzt, wo sie ihre Zeit mit einem Bundesbeamten verbrachte, der sich vorkam wie Gottes Geschenk an die Menschheit.

Blödmann.

Wie also konnte er sie am besten bestrafen? Was war ihr am wichtigsten?

Sein Blick wanderte auf das Familienfoto, das auf einer Kommode stand. Sie hatte vier Brüder, aber nur eine Schwester. Mit seinem Handy schoss er ein Foto des Bildes. Er hatte alle Ortungsdienste abgestellt, gleich an dem Tag, an dem er das Ding gekauft hatte. Er wollte nicht, dass sein elektronischer Fußabdruck so leicht zu verfolgen war.

Sollte er die Schwester entführen?

Er presste die Lippen zusammen, Sie war heiß, aber nicht so heiß wie Erin. Aber nein. Die Verbindung von Erin zu ihrer Schwester war zu offensichtlich. Er würde sich damit zu sehr in die Karten schauen lassen. Außerdem wohnte sie in Manhattan. Er zog seine Lippen zusammen und seine Augen wurden schmal.

Es war an der Zeit, einen anderen Plan ins Rollen zu bringen. Das System anzugreifen und vielleicht endlich zeigen zu können, wie kaputt es war. Hatte er nicht seit Monaten versucht, genau das deutlich zu machen? Was wäre nötig, damit sie endlich auf ihn hörten?

Vielleicht war das schon immer der Weg gewesen, den er

hätte gehen sollen. Ihnen zu zeigen, wie einfach es war, jede beliebige Sache zu manipulieren, wenn man nur clever genug war und die Regeln kannte, nach denen die anderen spielten.

Er schaute auf seine Armbanduhr. Beinahe Zeit, zu gehen. Er holte den gewaschenen roten Slip aus seiner Tasche und legte ihn in die Schublade mit der Unterwäsche. Langsam ließ er seine Finger über die seidigen Stoffe gleiten, nahm einen schwarzen Spitzen-BH hoch und ließ ihn an einem Finger baumeln.

Er stellte ihn sich auf Erins elfenbeinweißer Haut vor.

Hübsch.

Sehr hübsch. Aber nicht das, was er wollte.

Er ließ den BH zurück in die Schublade fallen und schob sie lautlos zu. Auf der Kommode lag lauter Krimskrams, Parfumflakons und Kerzen. Der Deckel ihrer Schmuckdose hatte ein eingelegtes Muster aus Walnussholz. Er öffnete sie und nahm eine Kette mit einem silbernen Kreuz daran in die Hand. Er ließ die Kette durch seine Finger gleiten, genoss die kühle Berührung des Metalls. Er ließ zu, dass es ihn erregte. Manchmal erzielte man viel stärkere Ergebnisse, wenn man sich zunächst die einfacheren Freuden versagte. Und da war immer noch die kleine Studentin, die ihm förmlich aus der Hand fraß. Er genoss ihre Naivität und ihr Bedürfnis, ihm zu gefallen. Er steckte das Kreuz ein, auch wenn es ein Schmuckstück war, das Erin oft trug und vermissen würde. Er mochte es, immer etwas von ihr bei sich zu tragen. Diese greifbare Verbindung zu ihr gab ihm etwas, an dem er sich festhalten konnte. Es würde nie genug sein, bis sie erkannt hatte, dass sie zusammengehörten.

Er lächelte grimmig.

Sie war ein intelligentes Mädchen. Sie würde schon noch

darauf kommen.

Er würde dafür sorgen, dass sie darauf kam.

———————

IN DEM AUGENBLICK, als Darsh die Polizeistation betrat, wusste er, dass etwas Bedeutsames vorgefallen war. Die Atmosphäre hatte sich verändert – die Anspannung war verflogen. Er entdeckte Erin, die sich an der Bürotür des Chiefs mit ihm unterhielt, und ging zu ihnen.

Strassen setzte sein breitestes Grinsen auf. „Haben Sie schon die Neuigkeiten gehört?"

„Welche Neuigkeiten?", fragte Darsh vorsichtig.

„Wir haben den Mörder gefasst."

„Wirklich?"

„Erzählen Sie es ihm, Erin", wies Strassen sie an.

Erins Ausdruck war weniger freudig. Ihre Mundwinkel schienen angespannt zu sein, ihr Blick misstrauisch. „Ein paar Streifenpolizisten haben einen obdachlosen Typen namens Peter Zimmerman – auch bekannt als Stinky Pete – unter einer Brücke aufgegriffen, wie er in etwas eingewickelt war, das wie das Laken von Cassie Bressingers Bett aussah."

„Hat er gesagt, wo er es herhat?"

„Er sagt, er hätte es mitgenommen, als er die beiden Mädchen umgebracht und eine von ihnen vergewaltigt hat."

Die Tatsache, dass nur eines der Mädchen vergewaltigt worden war, war nicht an die Presse gegangen, auch wenn die Gerüchteküche vor Spekulationen nur so brodelte, nachdem Alicia Drummond online gepostet hatte, dass sie ihre beiden Freundinnen tot aufgefunden hatte und nun befürchtete, als nächste an der Reihe zu sein.

„Und wir haben ein blaues Seil in seinem Lager gefunden, das mit dem Seil vom Tatort identisch ist", erzählte sie ihm.

Darsh starrte Erin an, aber ihr Ausdruck verriet nichts. „Kann ich ihn befragen?"

Erin wollte etwas erwidern, aber der Chief unterbrach sie. „Das macht unter den gegebenen Umständen nicht wirklich viel Sinn."

Er meinte wohl die Umstände, dass es seine Aufgabe sein sollte festzustellen, ob die vorangegangene Serie von Vergewaltigungen mit den neuen Morden in Verbindung stand.

Der Chief fuhr fort: „Er ist erst letzten Sommer in die Gegend gekommen, nicht wahr Erin?"

Auch wenn diese Situation die Polizeibehörde wieder gut dastehen ließ, konnte Darsh keinen Triumph in Erins Blick erkennen. Er sah Misstrauen und Unschlüssigkeit.

„Das erste Mal, das wir auf ihn aufmerksam wurden, war im September. Ich bezweifle, dass er davor schon länger hier war." Ihr Lächeln ließ es ihm kalt den Rücken hinunterlaufen. „Forbes Pines hält nicht besonders viel von Landstreichern, aber der Kerl blieb für sich und hat keinen Ärger gemacht. Er tauchte so gut wie nie auf unserem Radar auf."

„Ich würde trotzdem gerne mit ihm reden", antwortete Darsh. Ein obdachloser Mann passte ganz und gar nicht in sein Profil des Mörders, aber das musste nicht heißen, dass es nicht so war. Sie hatten offensichtlich jede Menge Beweise, die ihn mit dem Verbrechen in Verbindung brachten.

Der Chief sah angefressen aus, aber Erin nickte. „Ich schätze, Sie haben mehr davon, wenn Sie ihn morgen befragen, wenn wir mehr über ihn wissen. In Texas liegt ein Haftbefehl wegen Trunkenheit am Steuer gegen ihn vor. Ich habe dort angerufen, aber der Detective, der in dem Fall ermittelt, ist erst morgen wieder im Haus."

„Hat dieser Peter Zimmerman eine Familie?", fragte Darsh.

„Das ist eines der Dinge, die ich herauszufinden versuche." Erin strich sich eine Haarsträhne aus dem Gesicht.

„Okay." Darsh nickte.

Der Chief streckte den Arm aus, um Darshs Hand zu schütteln. „Ich schätze, Sie verlassen uns sicher bald. Vielen Dank für Ihre Hilfe." Strassen schaute auf seine Uhr. „Ich muss los und eine Presseerklärung abgeben. Hoffentlich lassen die uns dann in Ruhe." Der Chief ging in sein Büro und ließ sie beide auf dem Flur stehen.

Darsh folgte Erin zu ihrem Schreibtisch. Harry Compton war nirgendwo zu sehen. Darsh blickte auf seine Uhr. Es war beinah sieben und sie alle hatten in den letzten Tagen Überstunden gemacht, es war also nicht weiter verwunderlich, dass die Station so ruhig war.

„Also…" Er ließ den Satz in der Luft hängen.

„Also?" Sie sah ihn mit schmalen Augen an.

„Sie glauben nicht, dass er es war?"

Erin ließ sich auf ihren Stuhl fallen und schaute zur Seite. „Das ist nicht das, was mir die Beweise sagen."

„Aber…"

„Aber dieses Mal will ich nicht auf die Beweise hören, und wenn das keine Voreingenommenheit ist, was soll das dann bitteschön noch sein?" Das Funkeln in ihren Augen verriet ihm, dass es sie stinksauer machte. Oder vielleicht begannen auch einfach nur ihre Polizistinnen-Instinkte auszuschlagen, so wie seine es taten, seit er Cassie Bressinger an das Bett gefesselt vorgefunden hatte.

„Wo waren Sie überhaupt?" Ein Anflug von Argwohn blitzte in ihren Augen auf.

„Arbeiten." Er steckte seine Hände in die Hosentaschen, noch nicht bereit, ihr von seinem Besuch bei Hawke zu erzählen. „Haben Sie schon die Überwachungskameras überprüft?"

Sie schüttelte den Kopf. „Ich wollte gerade los, als sie Zimmerman hereingebracht haben." Ihr Mund verzog sich. „Er war Marine. Vielleicht kriegen Sie mehr aus ihm heraus als ich."

Das Verlangen, dies abzustreiten, überkam ihn, aber er ignorierte es. Marines waren durchaus in der Lage, Mist zu bauen. Es war möglicherweise eine hilfreiche Gemeinsamkeit – ein Weg, eine Beziehung zu dem Kerl aufzubauen. Die Halskette mit der Gewehrkugel um seinen Hals fühlte sich auf seiner Haut plötzlich heiß an.

„Was werden Sie jetzt tun?" Es ging ihn eigentlich nichts an, aber er wollte es trotzdem wissen.

„Ich werde die Zeugenaussagen durchgehen und schauen, ob irgendjemand erwähnt hat, Montagabend einen Obdachlosen in der Gegend gesehen zu haben." Sie schnappte sich die Kaffeetasse von ihrem Schreibtisch und schob ihren Stuhl zurück. „Die Sache ist die", murmelte sie leise, als ob sie Angst hatte, jemand könnte sie hören, „als die Beweise auf Drew Hawke hingedeutet haben, habe ich das viel zu bereitwillig akzeptiert."

Darsh zuckte mit den Schultern. „Sie hatten zwei Zeuginnen, die bereit waren, einen Lügendetektortest zu machen, um seine Identität zu bestätigen."

„Ich weiß." Sie stieß einen Seufzer aus. „Aber jetzt habe ich ein Geständnis und Beweise, und ich will trotzdem noch

Jason Bradys Alibi für die Montagnacht überprüfen. Aber wenn ich das mache, dann bekomme ich richtig Ärger." Sie lachte zynisch. „Vielleicht hasse ich unterbewusst ja tatsächlich alle Footballspieler, es sei denn, sie spielen für die Giants." Ihre Stimme wurde noch leiser. „Der Studiendekan war vorhin in Strassens Büro. Wenn Stinky Pete nicht in dem Augenblick hereingebracht worden wäre, hätte ich jetzt mit Sicherheit die Kündigung auf dem Schreibtisch liegen." Die Muskeln in ihrem Kiefer spannten sich an. „Wenn ich also darauf bestehe, gegen Brady zu ermitteln, dann fliege ich hier hochkant raus. Das gefällt mir nicht. Es gefällt mir absolut nicht."

Sie ließ Darsh stehen und ging davon. Er beobachtete, wie sie sich entfernte, und fragte sich, ob es mit ihrem gewalttätigen Ex zu tun hatte, dass sie immer diejenige sein musste, die die Kontrolle behielt und davonging. Vielleicht wollte sie einfach nur allein sein. Was auch immer es war, er würde ihr nicht hinterherlaufen. Nicht heute. Er ging in sein Büro.

Dieser Typ, Peter Zimmerman, passte nicht in das Profil des Täters, der diese Morde begangen hatte, aber Profile waren nur Leitfäden, die ihnen klarer zeigten, wen sie befragen sollten. Sie lagen oft falsch… Aber die örtlichen Polizisten trieben ihre Mutmaßungen voran, vermutlich in dem Versuch, die Ängste der Einwohner zu besänftigen. Und die brodelnde Anspannung in der Stadt zu beschwichtigen, war keine schlechte Idee.

Darsh verzog das Gesicht, als er an Drew Hawkes Vermutung dachte, ihm hätte jemand die Schuld in die Schuhe geschoben. War es eine Verschwörung? Oder ein korrupter Polizist? Es war nicht besonders schwierig, jemandem Beweise unterzujubeln, nicht in einer Situation wie dieser, aber das erklärte noch immer nicht die Zeugenaussagen.

Abgesehen von Erin hatte er kein anderes Mitglied der Forbes Pines Polizeibehörde genauer unter die Lupe genommen – vielleicht sollte er langsam damit anfangen. Er musste außerdem die Agentinnen Rooney und Chen auf Zimmerman ansetzten. Falsche Geständnisse von psychisch Kranken oder von Leuten, die Aufmerksamkeit suchten, waren immer ein Problem bei aufsehenerregenden Fällen. Dieses Geständnis fühlte sich nicht richtig an, und Donovan spürte es offensichtlich auch.

Würde sie es einfach dabei belassen? Oder würde sie für die Wahrheit kämpfen?

Die Antwort auf diese Frage würde ihm viel über ihre Integrität verraten, aber es konnte sie möglicherweise auch ihren Job kosten. Sie war verdammt, so oder so. Er zwängte sich in sein vollgestopftes Büro, wählte Brennans Nummer und hoffte, er würde lange genug hierbleiben können, um es herauszufinden.

VIERZEHNTES KAPITEL

ERIN HATTE JEDE einzelne Zeugenaussage durchgelesen, die in den letzten zwei Tagen aufgenommen worden war, aber in nicht einer von ihnen wurde ein Obdachloser in der Nähe des Tatorts erwähnt. Sie hatte außerdem mit den Kriminaltechnikern gesprochen, die keinerlei Handys, Scheren oder Briefe in Peter Zimmermans Camp gefunden hatten. Es hatten ein paar Zeitschriften und Zeitungen herumgelegen, die der Kerl als Isolierung benutzte, wenn es richtig kalt wurde. Sie fuhr sich mit der Hand durch ihre langen Haare, die sich aus dem Zopf gelöst hatten und ihr immer wieder ins Gesicht fielen.

Die Vorstellung, in dieser Kälte unter freiem Himmel zu schlafen, war unbegreiflich und erinnerte sie daran, dass sie immer ein Dach über dem Kopf gehabt hatte, ganz egal wie schlimm die Dinge gewesen waren.

Sie nahm Peter Zimmermans Polizeifoto aus seiner Akte. Die Augen starrten sie an, das Gesicht war eingefallen. Es konnte ohne Weiteres das Gesicht eines Mörders sein, denn so sahen Mörder doch aus, oder etwa nicht? Dreckig, mit strähnigen Haaren und wilden Augen, ein bisschen wahnsinnig. *Na klar.* Wenn Mörder so einfach zu erkennen wären, hätte sie keinen Job mehr.

Sie steckte das Foto in eine Mappe, stand auf und nahm ihre Jacke von der Stuhllehne. Sie drehte sich um und stieß augenblicklich mit Darsh zusammen.

„Du meine Güte, bewegen Sie sich aber lautlos. Sie haben mich erschreckt." Schnell trat sie einen Schritt zurück und presste die Hand auf ihr hämmerndes Herz. Seine Augen folgten ihrer Bewegung und strichen über das V ihres Ausschnitts. Sie waren fast schwarz, als sich ihre Blicke trafen und das Kribbeln der Erregung über ihre Haut flirrte.

Sie versuchten beide krampfhaft, so zu tun, als ob sie nicht voneinander angezogen wären. Zum Glück mussten sie diese Scharade nicht mehr lange aufrechterhalten. Er würde abreisen, und sie konnte endlich wieder zu ihrem unkomplizierten, sexlosen Leben zurückkehren, an das sie gewöhnt war.

Die Vorstellung bescherte ihr nicht den Trost, den sie eigentlich erwartet hatte – nur das Gefühl einer verpassten Chance, einer verlorenen Gelegenheit.

„Gehen Sie nach Hause?", fragte er.

„Nein", antwortete sie und überlegte es sich beinahe anders, als die Vorstellung, wie sie ihn mit zu sich nach Hause nahm, ihr fast den Atem raubte. Aber das letzte Mal hatte es böse geendet. Sehr böse. „Ich fahre zum Obdachlosenheim. Vielleicht kann sich irgendjemand daran erinnern, Peter Zimmerman am Montagabend dort gesehen zu haben."

Ein überraschter Ausdruck huschte über sein Gesicht, dann noch etwas anderes, das sie nicht deuten konnte. Er schaute auf seine Uhr. Es war fast neun Uhr abends. Er hatte dunkle Ringe unter den Augen und hatte vermutlich seit Tagen nicht mehr richtig geschlafen.

„Ich komme mit."

„Müssen Sie nicht. Ich kann schon auf mich aufpassen."

Darsh neigte den Kopf zur Seite und musterte sie. Er

versuchte zu erkennen, wie gut sie als Polizistin wirklich war. Sie legte ein bisschen mehr Stahl in ihr Rückgrat.

„Erin", sagte er langsam. „Ich habe gesehen, wie sie mit Jason Brady fertig geworden sind, Sie erinnern sich? Ich weiß, dass Sie auf sich aufpassen können, aber Sie haben praktisch ein Fadenkreuz auf ihrem Rücken, und ein bisschen Unterstützung ist keine schlechte Idee unter diesen Umständen", *sollte heißen, zwei tote Mädchen und eine Stadt, die sie abgrundtief hasste,* „und ich will mir das Obdachlosenheim auch anschauen, wenn ich morgen diesen Kerl verhören soll. Mal hören, was die Leute über ihn sagen, die die Einrichtung leiten. Und sehen, wo er wohnt, und wie weit das vom Tatort entfernt ist."

Sie hatte schon vorhin an seinem Blick erkennen können, dass er das Geständnis ebenso wenig geglaubt hatte wie sie. *Scheiße.* Der Chief würde ihr den Arsch aufreißen, wenn er mitbekam, dass sie die Unschuld dieses Kerls beweisen wollten. „Na schön. Ich fahre."

„Überraschung", murmelte er, aber seine Augen funkelten verschmitzt. Sie hasste es, wie sehr sein Humor sie wärmte.

Erin wandte sich ab. Sie konnte es sich nicht erlauben, unvorsichtig zu werden. Er war charismatisch und attraktiv – weshalb sie ihn auch damals, vor all den Jahren, schon abgeschleppt hatte. Aber sie wollte nicht, dass er die Erinnerung an diese Nacht jetzt in ihren Augen entdecken konnte oder gar ihre erneuten Gefühle der Lust. Das Einzige, was ihr noch geblieben war, war ihre Integrität. Wenn sie die verlieren würde, stünde sie ohne alles da.

„Wir treffen uns draußen. Ich wärme schon mal den Truck auf." Sie beobachtete ihn, wie er davonging und versuchte, die Aussicht nicht zu sehr zu genießen. Darsh Singh war nicht ungefährlich für sie, erinnerte sie sich. Er war nicht ihr Freund, und es lag immer noch in seiner Macht, ihre Karriere zu zerstören. Aber sie würde ihre Karriere eher der Gerechtigkeit opfern wollen, als tatenlos zuzuschauen, nur weil die Wahrheit für die Leute, die Machtpositionen innehatten, zu unbequem geworden war.

Am Hinterausgang hielt sie inne, lange genug, um ihre Handschuhe anzuziehen. Es war still hier draußen. Eine zehn Zentimeter dicke Schicht Neuschnee bedeckte alles – sie hatte nicht einmal bemerkt, dass es zu schneien begonnen hatte. Der Schnee fiel noch immer in dicken, fetten, weichen, trägen Flocken. Erin hob ihr Gesicht dieser Schönheit entgegen, genoss die vergleichsweise warme Temperatur und das Ausbleiben der arktischen Kälte.

Sie hatte seit Montag nicht mehr auf die Wettervorhersage geschaut. Sie hatte sich einzig und allein mit dieser Mordermittlung beschäftigt.

Die Stille auf dem Parkplatz sagte ihr, dass die Übertragungswagen der Presse verschwunden waren. Solange sich kein Desaster ereignete, würden sie am Morgen zurück sein, jedes Detail über Peter Zimmermans Leben auseinandernehmen und dem armen Kerl vor laufenden Kameras den Prozess machen. Sie wollte nicht, dass er das durchmachen musste, wenn er unschuldig war. Er würde auf der Straße nie wieder sicher sein, wenn die Leute glaubten, er hätte etwas mit der Vergewaltigung und dem Doppelmord zu tun.

Sie ging die Stufen hinunter, passte auf, auf dem glatten Asphalt nicht auszurutschen. Ihre Einstellung gegenüber der Presse war vermutlich nicht gerade fair, aber sie hatten sich zu einem Zeitpunkt in ihre Privatsphäre gedrängt, als sie unbedingt allein gelassen werden wollte. Und sie hatten die Ermittlungen öfter behindert, als ihnen genutzt. Natürlich hatte die Öffentlichkeit ein Recht darauf, zu erfahren, was los war, aber nur, wenn die Presse nicht verhinderte, dass sie den Täter schnappten. Freie Meinungsäußerung konnte verdammt nerven.

Ihr Truck parkte hinter zwei Reihen von Streifenwagen. Als sie näherkam, sah sie, dass die Motorhaube sich zu einer Seite neigte. *Verdammter Mist.* Sie hatte einen Platten. Linkes Vorderrad. Der Schlitz im Reifen sagte ihr, dass dies in etwa so zufällig war wie das Ei, das auf ihrer Windschutzscheibe gelandet war. Vor Erschöpfung ließ sie ihre Schultern hängen. Das Letzte, worauf sie jetzt Lust hatte, war, den Wagenheber herauszuholen und den Reifen zu wechseln. Sie hörte Schritte hinter sich. Als sie sich herumdrehte, stand Darsh in seiner Winterausrüstung vor ihr. Dass er gut aussah, ganz egal, was er trug, entging ihr nicht.

Sie trat gegen die Radkappe. „Sieht so aus, als müssten wir Ihren Wagen nehmen.“

Sein Atem dampfte in der eisigen Kälte, als er seine Hände zusammenrieb. „Soll ich den Reifen wechseln?“

Sie schüttelte den Kopf. „Ich könnte das auch selbst machen, aber einer der Jungs von der Streife schuldet mir noch einen Gefallen. Er hat heute Nachtschicht. Ich sage ihm Bescheid.“

„Sie mögen es nicht, auf der anderen Seite dieser Gleichung zu stehen, oder?“ Er wühlte in der Tasche nach seinen Autoschlüsseln und warf sie kurz in die Luft, bevor er sie mit einer schwungvollen Bewegung wieder auffing.

„Wie meinen Sie das?“ Sie klang eher müde als defensiv.

„Den Leuten Gefallen zu schulden.“

„Ich bin gerne unabhängig." Das kam davon, wenn der eigene Ehemann sich als gewalttätiges, kontrollierendes Arschloch herausstellte. „Ich bin nicht gerne die schwache, einfältige Frau, die die großen, starken Männer um Hilfe bitten muss – es sei denn, es sind mein Vater und meine Brüder." Sie dachte an all die Aufgaben, die sie schon für ihren nächsten Besuch geplant hatte. „Ich lasse sie so hart für mich arbeiten, wie sie können."

„Sie können sich also auf Ihre Familie verlassen?"

Sie musste sich zurückhalten, um nicht die Augen zu verdrehen. Nicht jeder hatte so einen Rückhalt und so eine Unterstützung aus der Familie wie sie. Sie neigte den Kopf zur Seite „Ja, das kann ich."

Sie gingen die paar Meter zu seinem schwarzen Geländewagen. Darsh drückte auf den Schlüssel, und Erin stieg ein. Innerhalb von Sekunden begann der Sitz unter ihr, sich aufzuwärmen, und sie war augenblicklich von diesem ganzen modernen Schnickschnack überzeugt.

Darsh fuhr aus der Parklücke, und sie navigierte ihn zum Obdachlosenheim, das etwa eine Meile entfernt war.

„Wie war das, in einer so großen Familie aufzuwachsen?", fragte er.

Erin vergrub sich in ihrem Parka. Über ihre Familie zu sprechen, ließ das Heimweh in ihr aufsteigen. „Ich habe es geliebt. Sie sind neugierig und laut. Wir sind eine typische irisch-katholische Familie voller Polizisten der New Yorker Polizei."

„Alle?"

„Mehr oder weniger, bis auf meine Mutter und meine kleine Schwester, Siobhan. Sie ist Schauspielerin am Off-Off-Broadway."

Darsh schien sich zu versteifen, was eine seltsame Reaktion war.

„Das war ihr Traum, seit sie in den Windeln steckte." Erin zuckte mit den Schultern. „Ich habe den Reiz des Rampenlichts nie verstanden, aber es war alles, was sie je wollte."

„Meine Mutter hat auch immer das Rampenlicht gesucht. Ich habe es auch nie verstanden."

„Ach ja?" Er hatte gesagt, dass seine Mutter umgebracht worden war, und sie hätte gerne mehr erfahren, wollte ihn aber nicht drängen.

Er nickte. „Ja. Wir sind in den Achtzigern wegen Dads Arbeit von England hierhergezogen. Sie war begeistert, weil sie dachte, hier hätte sie bessere Chancen, berühmt zu werden."

„Sie sind *Brite*?" Erin grinste ihn an.

„Geboren in Nottingham, nicht in Delhi."

„Warum haben Sie diesen sexy englischen Akzent nicht behalten?"

Er sah sie schräg an. „Man kann den Leuten nur ein gewisses Maß an Sexappeal zumuten."

Sein Ausdruck wurde nüchterner, und er verzog einen Mundwinkel zu einem ironischen Lächeln. „Die Leute glauben immer, meine Identität ist in meiner indischen Herkunft verwurzelt, aber das stimmt nicht. Ich war noch nie im Leben in Indien. Ich kann die Sprache sprechen, aber ich spreche auch Farsi und Französisch. Ich bin in England aufgewachsen und nach Amerika gezogen. Meine kulturelle Identität besteht gleichermaßen aus Fußball und Fünf-Uhr-Tee, Baseball und Rumknutschen auf der Rückbank von Daddys Auto. Dass ich anders bin, merke ich nur in den Momenten, wenn andere mich darauf hinweisen."

„Vorurteile können sehr subtil sein", bemerkte Erin zögerlich. „Ich hatte Glück. Meine Mutter war Lehrerin, und bei Intoleranz und Ungleichheit ist sie an die Decke gegangen. Sie hat das von niemandem akzeptiert. Ich schätze, das hat auf uns Kinder abgefärbt und uns alle zu besseren Polizisten gemacht." Sie sah auf seine Hände, die auf dem Lenkrad lagen. Stark und kompetent. Sie dachte daran, wie sie ihren Körper berührt hatten und musste den Blick abwenden.

„Das Einzige, was meiner Mutter wichtig war, war es, als Schauspielerin in Hollywood berühmt zu werden."

„Was hat Ihr Dad dazu gesagt?"

„Er hat sie ermutigt, in der örtlichen Theatergruppe mitzumachen und zu diversen Vorsprechen für Fernsehrollen zu gehen. Er hat ihr sogar den Schauspielunterricht bezahlt, aber er war nicht wirklich überzeugt davon. Er wollte nur, dass sie glücklich ist."

„Hört sich an, als ob er sie sehr geliebt hätte."

Darsh zuckte mit den Schultern. „Ja, hat er. Aber sie hat ihn nicht geliebt."

Diese Bemerkung ließ Erin zusammenzucken, aber er bemerkte es nicht.

„Hier rechts?" Er fragte nach der Wegbeschreibung.

Sie nickte.

„Es war eine arrangierte Ehe. Sie kannten sich etwa einen Monat, bevor sie heirateten. Ihre Eltern glaubten, er würde sie zur Ruhe bringen. Sie hat nach einem Weg gesucht, um ihrer Kontrolle zu entkommen. Ich habe meine Großeltern ein paar Mal in England besucht – sie sind ziemlich traditionell, was ihre Werte angeht."

Erin rieb ihre Handflächen zusammen und stellte die Heizung noch höher. Verdammt, sie musste wirklich nach

Hawaii ziehen. „Arrangierte Ehen kommen mir irgendwie barbarisch vor."

„Und trotzdem sind die Scheidungsraten etwa genauso hoch wie bei nicht arrangierten Ehen."

Bei dieser Bemerkung presste Erin die Lippen zusammen. Sie würde ihm keine Lektionen über die Ehe erteilen. „Das wusste ich nicht."

„Es gibt natürlich kulturelle Unterschiede und ich befürworte es nicht, aber ich verurteile es auch nicht. Die meisten Leute verurteilen arrangierte Ehen, ohne etwas darüber zu wissen."

„Ist das ihr Plan, um eine Frau zu finden?", zog sie ihn auf, auch wenn die Vorstellung einen seltsamen Schmerz in ihr auslöste, obwohl sie keinerlei Anspruch auf diesen Kerl hatte.

„Himmel, nein. Ich bin ein viel zu großer Kontrollfreak. Mein Dad würde vermutlich eine richtige Hexe aussuchen, nur um mich zu ärgern."

„Verstehen Sie sich nicht mit ihm?"

Darsh lächelte, und es war so verdammt attraktiv, dass sich ihre Zehen einrollten. „Wir haben uns wunderbar verstanden, bis zu dem Moment, in dem ich zu den Marines gegangen bin." Ihre Augenbrauen schossen überrascht in die Höhe. „Indische Eltern – sogar die aus England – scheinen zu glauben, dass ihre Kinder Versager sind, wenn sie nicht Arzt werden. ‚Ich dachte, du würdest Menschen *retten*, nicht *töten*.'" Er imitierte einen älteren Mann, vermutlich seinen Vater. „Jetzt verbringt er seine Zeit damit, mir zu erzählen, ich sei der Alibi-Minderheitenagent in der Fallanalyse. Und ich verbringe meine Zeit damit, ihm das Gegenteil zu beweisen. Was die Ehe betrifft..." Er zuckte mit den Schultern. „Für meinen Job bin ich fast ständig unterwegs und nachdem, was zwischen meinen Eltern vorgefallen ist, bin ich kein großer Verfechter von Kompromissen. Eine Frau müsste schon verrückt sein, sich auf eine Beziehung mit mir einzulassen." Seine Augen musterten sie, und ihre Haut fing Feuer. „Auf lange Sicht, zumindest."

Auf kurze Sicht hingegen konnte es ein großer Spaß sein – das war es, was das Funkeln in seinen Augen ihr verriet.

Ein gefährliches Thema, also hielt sie die Unterhaltung unbeschwert.

„Ich glaube, es kommt auf den Kompromiss an. Ich meine, ein 34-Zoll Fernseher statt 55-Zoll? Damit könnte ich leben."

Er schüttelte sich übertrieben. „Ein Sakrileg."

Dann änderte sich die Atmosphäre, und sie sagte ernst: „Aber wenn es um die Wahl geht, die eigenen Träume und Freiheiten zu ersticken, um zu Hause zu bleiben und jeden Abend ein ordentliches Essen auf den Tisch zu bringen..." Ihr Mund wurde trocken.

Ihr Mann hatte versucht, sie dazu zu bringen, den Job aufzugeben, den sie liebte, auch wenn er schon bei ihrer Hochzeit genau gewusst hatte, dass sie eine Karrierepolizistin war. Es war sein erster Schritt darin gewesen, die Kontrolle über ihr Leben zu erlangen, und sie hatte unaufhörlich für ihre Freiheit kämpfen müssen. Sie hätte es erkennen müssen, bevor sie ihn geheiratet hatte. Sie hätte einen Weg für ihn finden müssen, Hilfe zu bekommen und mit seinem Leben weiterzumachen.

Herr im Himmel.

Sie würde die Schuld über seinen Tod nie ablegen können, und das war vermutlich das Schlimmste daran, eine gewalttätige Beziehung zu überleben. Tief in ihrem Inneren würde sie immer einen Teil der Schuld auf sich laden, auch wenn es nicht ihre Schuld gewesen war.

Sie wollte nicht daran denken. „Was ist aus den Schauspiel-Träumen ihrer Mutter geworden?", fragte sie sachte. Sie wusste, dass die Geschichte ein trauriges Ende hatte.

Sein Griff um das Lenkrad wurde fester, und sie bemerkte, dass sie vor dem Obdachlosenheim angekommen waren. Darsh stellte den Motor ab. Einen Moment lang saßen sie in völliger Stille da. „Sie hat uns ohne ein Wort verlassen, im Mai 1987. Ich war sieben. Meine Schwestern waren vier. Im September wurden wir von einem Detective aus Hollywood darüber informiert, dass sie tot in einer Gasse aufgefunden worden war. Sie war anschaffen gegangen."

„Tut mir leid."

Sein Gesicht lag im Schatten. Seine Stimme klang hart. „Sie hat dieses Leben gewählt, nicht ihr Zuhause und ihre Familie. Dass sie umgekommen ist, ist beinahe unwichtig."

Erin erschrak. „Das meinen Sie nicht so."

„Doch. Mein Vater war ein guter Ehemann. Er hat sie gut behandelt, hat ihr schöne Dinge gekauft, sie respektiert. Wenn sie ihn um eine Scheidung gebeten hätte, hätte er sich einverstanden erklärt, aber er hätte zuerst versucht, die Dinge zu kitten. Im Endeffekt hat sie uns einfach nicht geliebt. Sie hat uns sitzengelassen." Seine Augen blitzten in der Dunkelheit auf. „Kindern erzählt man immer, dass ihr Handeln Konsequenzen hat und dass diese Konsequenzen manchmal nicht besonders schön sind. Sie hat uns verlassen, nicht weil sie entführt wurde oder woanders arbeiten musste, sondern weil sie uns nicht mehr wollte. Es ist schwer für Kinder, so etwas zu akzeptieren. Und nachdem ich es akzeptiert hatte, habe ich meine Gefühle nicht länger an sie verschwendet. Konsequenzen."

„Vielleicht war sie innerlich am Ersticken", sagte Erin vorsichtig. Was würde er dazu sagen, dass sie ihren Mann verlassen hatte und dann Darsh benutzt hatte, um wieder die Kontrolle über ihren Körper zu erlangen?

„Sie hätte einen anderen Weg finden müssen." Seine Stimme brach. Er war nicht so leidenschaftslos, wie er sie glauben lassen wollte. Und wenn der Geist seiner Mutter ihn genauso verfolgte wie der Geist ihres Mannes sie, dann war er alles andere als gefühllos.

Erin konnte sich nicht vorstellen, wie es für sie gewesen wäre, wenn ihre Mutter sie verlassen hätte, als sie sieben Jahre alt war. Hätte sie Graham verlassen, wenn sie ein Kind gehabt hätten?

Ohne zu zögern, das wurde ihr klar. Aber sie hätte das Kind mitgenommen. „Sie haben sie geliebt."

„Natürlich habe ich sie geliebt. Aber ich habe sie auch gehasst." Bei dieser Bemerkung biss sich Erin auf die Lippen. „Und ich will verdammt sein, wenn ich ihr je vergeben sollte."

Seine Worte klemmten Erins Herz in einen Schraubstock und drückten zu. Sie legte ihre Hand auf sein warmes Handgelenk. „Es tut mir leid, dass sie Sie verlassen hat. Es tut mir leid, dass sie gestorben ist."

Darsh legte seine Hand über ihre und sie sahen sich an, der ganze Schmerz ihrer Vergangenheit lag in ihren Augen blank. Jemand öffnete die Tür des Heims und ließ Erin erschrocken ihre Hand zurückziehen und die Autotür aufstoßen. Meine Güte. Sie waren zum Arbeiten hier, sie waren nicht auf einem Date.

„Reiß dich zusammen, Erin", murmelte sie zu sich selbst,

aber nicht leise genug. Sie sah, wie Darsh ein Lächeln verbarg.

Im Obdachlosenheim gab es einen kleinen Empfangstresen, dahinter führte ein Flur in eine Cafeteria mit etwa zwanzig Sitzplätzen. Der Tresen war nicht besetzt, also gingen sie in die Kantine. An etwa der Hälfte der Tische saßen Leute, obwohl es schon sehr spät war, oder vielleicht genau deswegen. Die Leute an den Tischen beäugten sie und schienen sich kaum merklich zu versteifen, als sie erkannten, dass sie Polizisten waren. Nur ein oder zwei von ihnen sahen wirklich obdachlos aus, aber Erin wusste, dass viele der Leute in ihren Autos schliefen, und das war an einem Abend wie diesem etwa so gemütlich wie in einer Tiefkühltruhe zu übernachten. Sie schnupperte. Es roch nach Reis und einem duftenden Curry.

„Kann ich Ihnen behilflich sein?" Der Mann, der auf sie zukam, war groß, hatte aber eine gebeugte Haltung, seine Augen waren eingefallen, sein graues Haar schütter.

Erin konnte sich nicht gegen das Schaudern wehren, dass durch sie hindurchfuhr. Wenn sie einen Film besetzen würde und jemanden brauchte, der den Serienmörder spielte, dann würde sie ihn auswählen. „Ja. Wir würden gerne mit dem Leiter des Heims sprechen."

„Das bin ich. Randolph Cane." Er lächelte, aber aus irgendeinem Grund ließ dieser Typ ihr die Haare zu Berge stehen.

„Ich bin Detective Donovan von der Polizei hier in Forbes Pines." Sie hielt ihre Dienstmarke hoch, damit sie ihm nicht die Hand schütteln musste. „Das ist Agent Singh vom FBI. Wir würden Ihnen gerne ein paar Fragen zu Montagabend stellen."

Er blinzelte langsam. „Gut, kommen Sie mit in die Küche.

Ich spüle gerade fertig. Wir können dort reden.“

Bevor sie nach einem etwas privateren Ort fragen konnte, hatte er sich schon umgedreht und ging davon. Erin blickte zu Darsh, der sie amüsiert anschaute und sie vorwärts winkte. Na schön.

Sie betraten die Küche, in der Mr. Cane sich gerade ein paar gelbe Spülhandschuhe überzog. „Haben Sie am Montagabend gearbeitet?“

Er schrubbte einen großen Edelstahltopf sauber und hielt inne. Dann runzelte er die Stirn. „Nein. Sonntags und montags habe ich frei.“ Er schaute hoch und lächelte sie an. „Sonntag ist mein Tag für die Kirche, montags kümmere ich mich um die Sachen, die zu Hause angefallen sind, und abends gehe ich meistens ins Kino.“

Etwas an seinen eingefallenen Augen jagte ihr eine Heidenangst ein. Für gewöhnlich mochte sie alte Menschen, aber bei diesem Typen wollte sie am liebsten rückwärts und mit gezogener Waffe wieder aus dem Raum gehen. Sie schob diese irrationale Angst weg und fuhr mit ihrer Befragung fort. „Kennen Sie diesen Mann?“ Sie hielt das Foto von Peter Zimmerman hoch.

„Natürlich. Das ist Peter. Er war heute nicht hier. Ist alles in Ordnung mit ihm?“ Mr. Canes Augenbrauen runzelten sich. Schaumiges Spülwasser spritze auf die Arbeitsfläche, als er eine riesige Pfanne im Spülbecken umdrehte und sie auf dem Abtropfgestell ablegte.

„Kommt er regelmäßig hierher?“, fuhr Erin fort.

Cane nickte. „Ja. Zum Essen und gelegentlich zum Duschen.“

Sehr gelegentlich, seinem Körpergeruch nach zu urteilen, als sie ihn verhaftet hatten.

„Schläft er manchmal hier?", fragte Darsh.

Mr. Cane schüttelte den Kopf. „Das könnte er, wir haben zwanzig Betten und sind selten voll belegt, was ein Segen ist, aber für gewöhnlich weigert er sich, es sei denn, es ist gefährlich kalt draußen. Er sagt, er will nicht riskieren, dass jemand anders seinen Platz klaut." Cane ließ seine knochigen Schultern hängen. „Wie so viele Menschen, die in Schwierigkeiten stecken, hat er kein besonders großes Vertrauen in die Absichten der Leute, die ihm helfen wollen."

„Wissen Sie, wo er herkommt?"

Mr. Cane schüttelte den Kopf. „Ich frage nicht nach mehr als mir die Leute freiwillig erzählen."

„Wenn Sie Montagabend nicht hier waren, können Sie uns sagen, wer gearbeitet hat?", fragte sie ungeduldig. Der Kerl gab ihnen nichts Brauchbares.

Mr. Canes Mund formte ein „o", während er über die Frage nachdachte. „Das variiert immer ein bisschen. Ich kann im Schichtplan nachschauen, aber ich glaube, Roman war an dem Abend für das Essen verantwortlich. Roman Huxley."

„Professor Huxley?"

„Kennen Sie ihn? Ein wunderbarer Mann. Er und seine Studenten helfen hier regelmäßig aus. Wir können freiwillige Helfer immer gebrauchen", sagte Mr. Cane nicht besonders subtil.

Erin und ihre Familie hatten oft in Obdachlosenheimen und Tafeln ausgeholfen, als sie noch kleiner gewesen war. Es war Teil der Gemeinschaft in Queens gewesen und ein wichtiger Aspekt der Kirche, in die sie gegangen waren. Hier hatte sie bisher noch nicht ehrenamtlich ausgeholfen, und sie ging auch kaum noch in die Kirche. Sie hatte nicht versucht, sich in die Gemeinschaft einzubringen, was womöglich erklärte, warum sie nicht das Gefühl hatte, hierher zu gehören. Sie hatte nur gewollt, dass man sie in Ruhe ließ, und das war genau das, was passiert war.

Erin sah auf ihre Uhr. Es war zu spät, um den Professor jetzt noch anzurufen. Sie würde ihn morgen kontaktieren. Sein Ego streicheln, das Darsh heute Mittag so aufgerieben hatte.

„Danke für Ihre Hilfe, Mr. Cane." Erin hielt ihm ihre Karte hin. „Falls Ihnen noch irgendwas einfällt…"

„Peter steckt doch nicht etwa in Schwierigkeiten, oder? Er ist ein sanftmütiger Mann, auch wenn er eine geplagte Seele ist. Er würde keiner Fliege etwas zuleide tun."

„Vielen Dank nochmal", sagte Erin. „Wir melden uns wieder bei Ihnen."

„Am Ausgang steht eine Spendenbox. Geben Sie gerne", rief Cane ihnen hinterher.

Erin kramte einen Zwanzig-Dollarschein aus der Tasche und stopfte ihn in die Box. Darsh tat es ihr gleich.

Sie gingen zurück zum Auto, stiegen ein und Erin ließ den Kopf gegen die Nackenstütze fallen.

„Wir haben also immer noch nichts."

„Ich habe ein paar Leute auf Zimmermans Vergangenheit angesetzt", berichtete Darsh ihr. „Wir sollten spätestens morgen früh mehr über ihn wissen. Wie komme ich von hier zu dieser Brücke?"

„Fahren Sie weiter nach Osten." Auch wenn sie müde war, musste sie herausfinden, ob Peter Zimmerman wirklich der Mörder sein konnte. Die Vorstellung, dass es weitere Opfer geben könnte, weil sie zu müde war, um ihren Job zu machen, vertrieb jegliche Erschöpfung.

Darsh fuhr durch den immer dichter werdenden Schnee und schalte die Scheibenwischer ein.

Sie schwiegen, bis auf Erins Wegweisungen. Nach ein paar Minuten tauchte die Hängebrücke vor ihnen auf. „Halten Sie hier an." Sie deutete auf eine Parkbucht, die vor ihnen auf der rechten Straßenseite lag. Es waren Spuren im Schnee zu erkennen, aber keine Autos zu sehen.

Darsh stellte den Motor ab und sie stiegen aus. Der Schneefall wurde nun schnell dichter. Dunkle Wälder säumten den Straßenrand.

Er ging zum Kofferraum des Geländewagens und zog etwas aus seiner Tasche. Eine Taschenlampe. Sie glaubte nicht, dass er sie brauchen würde, wenn der Schnee so hell leuchtete.

„Wie lange braucht er wohl vom Obdachlosenheim hierher?", fragte Darsh.

„Es ist etwa eine Meile. Zehn Minuten, angenommen, er war nüchtern."

„War er das?"

Sie schüttelte den Kopf. „Er hat erzählt, dass er eine Verabredung mit einer Flasche Wodka gehabt hatte, aber es ist nicht klar, wo er sie herhatte oder wann er zu trinken begonnen hat." Sie mussten seine Bewegungen genauer nachverfolgen. Und zwar schnell. Aber niemand hatte erwähnt, ihn gesehen zu haben. Vielleicht konnte Huxley helfen.

„Dort drüben ist ein Pfad." Darsh ging voran, die Taschenlampe ließ er ausgeschaltet, während sie den Spuren der Polizisten und Kriminaltechniker folgten, die vor ihnen hier gewesen waren.

Im Wald herrschte Totenstille. Das einzige Geräusch war das Knacken der Äste und das Knarzen des Eises auf dem Fluss. Hin und wieder rauschte ein Auto auf der Straße entlang und erinnerte sie daran, dass sie nicht weit von der

Zivilisation entfernt waren, auch wenn sie sich eine Million Meilen weit entfernt anfühlte.

Erin rutschte auf einem eisigen Abhang aus, und Darsh schoss herum, um sie mit seinem Körper aufzufangen. „Achtung."

Die Berührung mit seinem Körper sandte Schockwellen durch sie hindurch. Sie wich zurück und versuchte, ihre Balance wiederzufinden.

Der Pfad vor ihnen führte von der Brücke weg, und sie dachte schon, sie hätten sich verlaufen, als Darsh plötzlich innehielt und sie neben ihm zum Stehen kam. Der Pfad gabelte sich, und als sie nach links schaute, konnte sie das gelbe Polizeiband sehen, das einen Bereich am Flussufer absperrte. Er schaltete die Taschenlampe ein und sie duckten sich beide unter dem gelben Flatterband hindurch. Der Schnee knirschte unter ihren Stiefeln, während sie voranschritten. Ein paar Augenblicke später kamen sie an der Brücke an. Der Bereich unter den Pfeilern war stockfinster und wirkte wenig einladend. Die Böschung war rutschig und beinahe fiel sie wieder hin, aber Darsh erwischte ihren Arm und bugsierte sie den Hang vor ihnen hoch. „Passen Sie auf."

Ihr Herz hämmerte. Erin wünschte, ihr Körper würde die Berührung seiner Hände nicht ganz so sehr genießen. Sie standen unter der Brücke, als befände sich hier das Tor zu einer anderen Welt. Im Windschatten war die Luft klamm, muffig und abgestanden. Der beißende Gestank von Urin war so stark, dass sie das Gesicht verzog. Erin sah sich um, während Darsh mit der Taschenlampe in jede Ecke leuchtete.

„Sieht so aus, als ob die Kriminaltechniker alles mitgenommen haben, was auch nur ansatzweise zu Zimmermans Camp gehören könnte." Darsh blickte sich ungläubig um. „Es ist schwer für mich zu glauben, dass Veteranen so behandelt werden."

„Er ist vor einem Haftbefehl in Texas geflüchtet."

Darsh schüttelte den Kopf. „Er mag davongelaufen sein, aber nicht vor einem Haftbefehl wegen Trunkenheit am Steuer."

Er warf ihr einen Blick zu.

„Dämonen."

„Aus seiner Zeit als Marine?"

„Wer weiß." Er sah von seiner eingehenden Betrachtung des Drecks, Schnees und Betons auf. „Wir alle haben unsere Dämonen, Erin. Manchmal jagen wir sie, manchmal jagen sie uns."

„Was ist mit Ihnen?", fragte sie.

Er lächelte. „Ich bin hier, oder etwa nicht?"

Sie stieß ein trockenes Lachen aus und wünschte sich, sie wäre nicht so interessiert daran, was diesen Mann antrieb.

„Wurde eine Waffe gefunden?", fragte er.

„Nein. Nur ein Taschenmesser." Sie war sich sicher, dass die Kriminaltechniker sie informiert hätten, wenn sie eine weitere Waffe gefunden hätten.

Darsh verzog das Gesicht. „Wo würde er sie also verstecken?"

„Warum glauben Sie, dass er eine hatte?"

„Weil er ein ehemaliger Marine ist und angreifbar war. Er hatte mit Sicherheit eine Waffe, es sei denn, sie wurde ihm gestohlen oder er hat sie im Pfandhaus gelassen, um Geld für Alkohol aufzutreiben. Warum haben die Polizisten ihn überhaupt aufgegriffen?"

„Ich habe keine Ahnung. Ich vermute, sie haben die Gegend nach Cassie Bressingers vermisstem Bettlaken abgesucht.“

„Sind wir noch innerhalb des Stadtgebiets?“

Sie nickte. „Die Brücke ist die Grenze.“

Darsh blickte zu Boden und runzelte die Stirn. Er verschwand unter der Brücke und kam im Wald auf der anderen Seite wieder zum Vorschein. Sie wusste nicht, was er sich dachte, aber sie folgte ihm dennoch. Erin gab es nicht gerne zu, aber allein hier in den Wäldern zu sein, war ihr unheimlich.

Sie gingen einen natürlichen Pfad zwischen den Bäumen entlang. Im Frühling war dieser Teil des Ufers immer überschwemmt, nun lag er voller alter Äste und Treibholz. Darsh schüttelte den Kopf, dann bog er in Richtung des zugefrorenen Flusses ab. Erin griff nach seinem Arm. „Vorsichtig“, warnte sie ihn.

Einer seiner Mundwinkel bog sich nach oben, und er grinste sie an. „Haben Sie Angst um mich?“

Sie ließ seinen Arm los und schluckte peinlich berührt. *Mist.* „Erwarten Sie nur nicht, dass ich hinterherspringe und sie rette.“

Er kletterte die Böschung zum Fluss hinunter. „Ich glaube, das Eis ist dick genug.“ Er trat vorsichtig auf die glatte Oberfläche, testete das Eis mit seinem Fuß, dann trat er fester auf und grinste sie erneut an.

„Bitte.“ Ihre Stimme bebte. „Nicht. Ich hasse Eis. Was machen Sie da?“

„Ich suche nach seiner Waffe.“ Auf ihre Frage hin ließ er den Schein seiner Taschenlampe über das Eis gleiten, während er auf dem Fluss zurück zu Peters Camp ging. Sie folgte ihm in sicherem Abstand entlang der Uferböschung. Dann sah sie es. Ein dunkles, metallisches Schimmern zwischen mehreren

Eisbrocken.

„Dort drüben." Sie zeigte ihm die Richtung.

„Haben Sie eine Tüte für Beweismittel dabei?", fragte er ruhig.

Widerwillig trat sie auf das Eis und ging langsam zu ihm hinüber. Ihr Herz flatterte regelrecht vor Angst. „Das verursacht mir solche Panik, ich bin mir ziemlich sicher, dass mein Körper eigentlich noch am Ufer steht und ich mir selbst zusehe. Ich wäre normalerweise nie so leichtsinnig."

„Ich passe auf Sie auf, Erin." Er grinste sie an. „Ich springe hinein und rette Sie."

Seine Worte trafen sie unerwartet, denn aus irgendeinem Grund wusste sie, dass er es auch so meinte. Und ihr wurde klar, dass es ihr zumindest dieses eine Mal nichts ausmachen würde, von diesem attraktiven Bundesagenten gerettet zu werden.

Sie hielt ihm die Plastiktüte hin. Er stülpte sie über den alten Revolver und zog ihn aus seinem Versteck.

„Er hat die Polizei kommen sehen und wollte nicht mit einer Handfeuerwaffe erwischt werden", vermutete Darsh.

„Wegen dem ausstehenden Haftbefehl und weil er in Ruhe gelassen werden wollte", stimmte Erin ihm zu.

„Was er ordentlich verbockt hat, als er die Morde an den zwei Mädchen gestanden hat." Darsh klang wütend.

„Das dürfte gereicht haben."

Darsh kam auf sie zu. Das Krachen des Eises unter seinen Füßen ließ sie seinen Arm greifen und ihn unsanft ans Ufer zerren. Er stolperte, lag im Schnee und lachte sie an, als sie ihn vom Eis aus böse anstarrte.

Ihre Brust hob und senkte sich heftig. Wenn ihr Puls sich weiter beschleunigte, würde sie noch einen Herzinfarkt bekommen. „Ich hasse Sie.“

Er hielt ihr seine Hand hin und zog sie ans Ufer. „Nein, tun Sie nicht.“

„Doch.“

„Es war gute Polizeiarbeit, das müssen Sie zugeben.“

Sie stand über ihm, die Hände in die Hüften gestemmt, während er im Schnee lag. „Es war einigermaßen gute Polizeiarbeit“, gestand sie ihm zu. „Aber ich hasse Sie trotzdem dafür, mir solche Angst eingejagt zu haben.“

Darsh stand auf und sie war dankbar, dass es dunkel war und er ihren Gesichtsausdruck nicht sehen konnte. Er beugte sich zu ihrem Ohr. Sie konnte seinen Atem auf ihrem Hals spüren. Erin erschauderte, was allerdings nichts mit der Kälte zu tun hatte.

„Verdammt gute Polizeiarbeit“, sagte er.

Sie hob unbeeindruckt eine Augenbraue. „Versuchen Sie etwa, Eindruck zu schinden?“

Er lachte. „Funktioniert es denn?“

Sie schüttelte entrüstet den Kopf.

„Hier, halten Sie mal die Taschenlampe.“ Er legte sie in Erins behandschuhte Hand, dann holte er die Tüte mit dem Revolver aus seiner Tasche. Er kontrollierte die Waffe, in deren Magazin sechs Kugeln steckten, und entlud sie, alles durch die Plastiktüte hindurch.

„Was werden Sie damit machen?“

„Ich werde ihn morgen damit konfrontieren und überprüfen, ob die Waffe mit anderen Verbrechen in Verbindung steht. Wer weiß, vielleicht ist er ja wirklich unser Mann.“

Sie gingen zum Geländewagen zurück. Die kalte Luft füllte Erins Lungen und machte den Aufstieg vom Ufer anstrengender als er eigentlich sein sollte. Das Pochen in ihren

Schläfen sagte ihr, dass es Zeit war, nach Hause zu fahren und zu schlafen. „Haben Sie für heute ein Hotelzimmer gefunden?"

Er bewegte sich leichtfüßig, offensichtlich machten ihm die kalte Luft und das steile Terrain nichts aus. „Habe eine Verabredung mit meinem Bürostuhl."

Sie lächelte, sagte ihm aber nicht, dass es eigentlich *ihr* Bürostuhl war. Wenn sie das täte, würde der Stuhl morgen wieder an ihrem Schreibtisch stehen, und er würde sich mit dem Plastikmonster abkämpfen, mit dem sie gerade das Vergnügen hatte.

Und er würde sowieso bald abreisen – wenn nicht morgen, dann in ein paar Tagen.

„Sie können bei mir übernachten." Die Worte purzelten ihr aus dem Mund, bevor sie sich davon abhalten konnte.

Er drehte sich mit hochgezogenen Augenbrauen herum.

„Freuen Sie sich nicht zu früh. Das ist kein Angebot für wilden Sex."

Er griff nach ihrer Hand, um sie einen weiteren steilen Hang hinaufzuziehen. Der Mond schien durch die kahlen Bäume, und er musste seine Augen von ihren Lippen fortreißen. Sie zog den Reißverschluss ihrer Jacke auf. Ihr war plötzlich sehr heiß.

Er ließ ihre Hand los, antwortete nicht.

„Ich habe zwei Gästezimmer, aber kein Auto. Sie würden mir einen Gefallen tun, mich nach Hause zu fahren." Warum legte sie es so darauf an? Weil es Sinn ergab, und weil sie noch nicht bereit war, sich von ihm zu verabschieden.

„Ich könnte Sie nach Hause fahren und morgen früh wieder abholen."

„Und ich lasse Sie dafür im Bürostuhl übernachten, während ich zwei ungenutzte Betten zu Hause stehen habe?

Das ist nicht besonders gastfreundlich. Aber wenn Sie nicht bei mir übernachten wollen… Scheiße, sieht so aus, als hätten Sie einfach gelogen und hätten durchaus eine Freundin, die es nicht gerade toll fände, wenn Sie bei einer Frau übernachten, mit der Sie mal geschlafen haben."

„Keine Freundin." In der langen Pause, die folgte, klang das Knirschen ihrer Schritte im frischen Schnee unnatürlich laut. „Und ich kann mich nicht daran erinnern, vor drei Jahren besonders viel geschlafen zu haben."

Hitze stieg in jedem Winkel ihres Körpers auf. Sie stiegen ins Auto, und Darsh startete den Motor. Die hohe Drehzahl passte zum Rhythmus ihres Herzens, und sie war dankbar für die Dunkelheit im Wagen, auch wenn es schien, als wäre alle Luft aus dem kleinen Raum herausgesaugt worden. Sie würde keinen Sex mit diesem Kerl haben. Er glaubte ohnehin schon, dass sie eine lose Moral hatte, und sie hatte sich selbst geschworen, nie wieder verletzlich oder schwach zu sein.

Aber er würde bald abreisen…

Sie schloss die Augen. Zum ersten Mal seit Jahren verspürte sie eine Versuchung, aber sie würde nicht töricht genug sein, ihr nachzugeben. Sie hatte ihre Lektion gelernt, als sie beide das letzte Mal zusammen gewesen waren. Der Sex selbst war fantastisch gewesen, aber die Folgen schmerzhaft und peinlich. Das würde sie sich nicht noch einmal antun.

FÜNFZEHNTES KAPITEL

DARSH WUSSTE GENAU, was er wollte, als er Erin in das abgelegene Farmhaus folgte, das ihr Zuhause war. Und es war sicher nicht, in einem Gästezimmer zu übernachten. Kaltes Mondlicht fiel durch die dünnen Vorhänge in der Küche und warfen ein gespenstisches Licht auf eine geradezu spartanische Einrichtung. Erin betätigte den Lichtschalter, aber nichts passierte.

Die Haare in seinem Nacken richteten sich auf, und Erin fluchte.

Vermutlich war es nicht besonders gesund, dass sein erster Gedanke automatisch „Serienmörder" rief, aber bei seinem Arbeitsumfeld hatte er die Tendenz, immer mit dem Schlimmsten zu rechnen.

Erin neigte den Kopf zur Seite, lauschte angestrengt in die Dunkelheit. Ihre rechte Hand lag auf ihrer Pistole, was bewies, dass er nicht der einzige hier war, der paranoid war. „Der Heizofen ist noch an, also muss mit der Elektrizität alles in Ordnung sein. Eine der Sicherungen muss herausgeflogen sein."

Er hörte, wie eine Schublade aufgezogen wurde und sah den Schein einer Taschenlampe über den Fußboden huschen.

„Passiert das öfter?", fragte er.

„Nein."

Spannung knisterte zwischen Ihnen. Sexuelle, persönliche,

berufliche Spannung. Alles war dabei. Sie steckten bis zum Hals darin fest.

„Haben Sie noch eine Handleuchte hier herumliegen?" Er hatte seine zusammen mit seiner Ausrüstungsweste in den Kofferraum geworfen, als er seine Übernachtungstasche geschnappt hatte, die er immer dabeihatte.

„Eine Handleuchte?", fragte sie neugierig.

„Eine Taschenlampe", übersetzte er.

Sie schnaubte amüsiert. „Der Junge durfte aus England weg, aber so ganz lässt England Sie wohl doch nicht los, oder?" Sie wühlte in der Schublade und etwas Hartes traf ihn in die Magengegend.

Er grunzte und nahm ihr die Taschenlampe ab. „Danke." Er schaltete sie ein und leuchtete in der riesigen Küche herum. „Macht es Ihnen nichts aus, so weit weg von allen anderen entfernt zu wohnen?"

Erin ging auf die Tür am anderen Ende der Küche zu. Sie quietschte, als sie sie öffnete. „Es hat ein bisschen gedauert, bis ich mich daran gewöhnt habe, schließlich bin ich in Queens aufgewachsen, aber mittlerweile ist es in Ordnung. Im Winter quietscht und ächzt das Haus, aber *das* passiert normalerweise nicht."

„Glauben Sie, das ist ein Zufall, wo gerade ein Mörder da draußen herumläuft?", fragte Darsh leise.

„Der Chief sagt, wir haben den Täter in Untersuchungshaft." Sie stieg in die pechschwarze Dunkelheit ihres Kellers hinab.

„Was Sie nicht glauben." Er folgte ihr die Treppe hinunter, schämte sich nicht dafür, seine SIG Sauer in der Hand zu halten.

Erin trat an den Sicherungskasten, und er leuchtete mit

seiner Taschenlampe in jeden Winkel des Kellerlochs, hinter jeden Umzugskarton.

„Ich hab's." Das Licht in der Küche ging an und warf seinen Schein die hölzerne Kellertreppe hinab. „Das Licht in der Küche und der Wäschetrockner hängen am selben Stromkreis. Ich habe den Trockner heute früh angestellt und bin zur Arbeit gefahren. Die Sicherung muss rausgeflogen sein."

Er nickte. „Vielleicht sollten wir das Haus trotzdem sichern?"

„Haben Sie Angst vor dem schwarzen Mann?"

„Der existiert wirklich", entgegnete Darsh ernst.

„Sie glauben doch nicht ernsthaft, dass es jemand auf mich abgesehen hat, oder?"

„Warum das Risiko eingehen?"

„Es waren keine Spuren im Schnee zu sehen."

„Es hat erst heute Nachmittag angefangen, zu schneien. Jemand hätte früher am Tag in Ihr Haus einbrechen und warten können, bis sie nach Hause kommen." Der Schnee war Segen und Fluch gleichermaßen. Er verriet unwillkommene Besucher, konnte aber keinen Hinweis darauf geben, ob sich jemand im Schrank versteckte – oder einen Kilometer weit entfernt in einem Baum saß und sein Fadenkreuz auf ihren Brustkorb gerichtet hatte. Die Leute wurden unvorsichtig, und dann starben sie.

„Na gut. Okay." Sie zog ihre Waffe aus dem Holster. „Jetzt, wo Sie mir ausreichend Angst gemacht haben, kann ich sowieso nicht schlafen, bis wir alles kontrolliert haben."

Sie arbeiteten sich Schritt für Schritt durch das riesige Esszimmer, in dem nur eine extravagante Lampe hing und sonst nichts. Farbkleckse an der Wand, aber sie hatte sich offensichtlich noch nicht für eine der Farben entschieden. Ein Laufband stand in der Ecke, eine Stereoanlage daneben auf dem Boden.

Seine Schritte hallten auf dem kahlen Holzfußboden wider. „Gefällt mir, was Sie aus dem Haus gemacht haben", bemerkte er trocken. „Sind Sie gerade eingezogen?"

Sie machte eine eindeutig defensive Pause. „Vor drei Jahren."

Schweigen war seine beste Option. Im Wohnzimmer stand eine Couch, aber auch ein Stapel Rigipsplatten. Sie hatte ihm gesagt, dass noch viel gemacht werden musste. Das war nicht übertrieben gewesen.

Sie gingen die Treppe hinauf, und Darsh schaute angestrengt nach oben, anstatt sich von Erins hübschem Hinterteil ablenken zu lassen. Ganz oben im Haus war der leere Dachboden, der nichts außer Isoliermaterial zu bieten hatte. Von dort aus gingen sie in den ersten Stock und kontrollierten Zimmer für Zimmer, die Waffen gezogen, ihre Wachsamkeit bis aufs Äußerste gespannt. Sie suchten nach Anzeichen dafür, dass noch jemand im Haus war. Sein Training ließ ihn ruhig und aufmerksam bleiben, obwohl vermutlich niemand außer ihnen beiden hier war. Während seiner Ausbildung zum Scharfschützen hatte er gelernt, seine Instinkte nie zu ignorieren, vor allem nicht die Instinkte, die sein Überleben garantieren konnten.

Sie beendeten ihre Suche im Schlafzimmer. Darsh schaute unter dem Bett nach, während Erin ihren Kleiderschrank sicherte. Niemand war hier. Nur sie beide. Sie standen im schwachen Licht, das aus dem Flur ins Schlafzimmer fiel. Er steckte seine Waffe zurück ins Holster und sah sich um. Das Zimmer war fertig renoviert, die Wände gestrichen. Ein großes Bett dominierte den Raum, ein Kopfteil aus Massivholz und frische, weiße Laken. *Nicht an das Bett denken.*

„Sieht gut aus hier oben."

„Danke." Sie legte ihre Glock auf den Nachttisch, dann setzte sie sich aufs Bett und zog ihre Stiefel aus, ließ sie mit einem müden Rumpeln auf den Boden fallen.

Sie sah wirklich gut aus, auf diesem Bett, das er ganz und gar nicht anschaute.

„Wie gesagt, ich hatte große Hoffnungen, der nächste Mike Holmes zu werden. Wie sich herausgestellt hat, bin ich im Abreißen besser als im Aufbauen."

Sein Blick schweifte über die hohen Decken und er wusste, dass er jetzt besser gehen sollte. Aber er wollte nicht. „Warum haben Sie so ein riesiges Haus gekauft?"

Diesmal lachte sie tatsächlich und ihm wurde ganz warm. „Ich bin in einer Dreizimmerwohnung in Queens aufgewachsen. Ich habe vier Brüder und eine Schwester, und ich habe als Teenager gedacht, ich würde vor lauter Mangel an Privatsphäre regelrecht ersticken." Sie zog eine Grimasse und blickte sich um. „Sieht so aus, als ob man es auch übertreiben kann."

„Sie könnten untervermieten. Sich einen Mitbewohner suchen."

Das Mondlicht schien durch die offenen Gardinen und ließ sie wie eine Eisprinzessin aussehen. „Als die unbeliebteste Person in ganz Forbes Pines ist es relativ unwahrscheinlich, dass ich einen Mitbewohner finde. Außerdem mag ich meine Privatsphäre."

Sie stand auf und kam auf ihn zu. „Ich zeige Ihnen, wo Sie schlafen können."

Er erwiderte nichts. Er wollte hierbleiben. Bei ihr. Ihm war nicht klar gewesen, wie sehr er das wollte, bis er sie auf dem Bett hatte sitzen sehen. Seine Gedanken mussten ihm auf die Stirn geschrieben stehen, denn sie schluckte nervös und trat einen Schritt zurück. Sie ging zum Fenster, das auf den Hof hinausblickte.

„Das ist keine gute Idee." Sie schlang die Arme um ihren Oberkörper. „Das letzte Mal ist es übel ausgegangen."

„Dann finden wir eben diese Mal ein besseres Ende." Seine Stimme klang selbst in seinen eigenen Ohren ganz rau.

Sie lachte, ein bitteres, kleines Lachen, das ihn wie ein Schlag in die Magengrube traf. „Sie wollen doch einfach nur flachgelegt werden."

„Nein."

Sie sah ihn zweifelnd an.

„Nein. Ich bin mehr als in der Lage, mir jederzeit Erleichterung zu verschaffen, wenn ich will." Er sah in diese großen Augen, die ihn so unsicher und unentschlossen anschauten. „Du weißt, dass ich mich von dir angezogen fühle. Ich war von dir angezogen, seit ich dich das erste Mal gesehen habe. Daran hat sich nichts geändert."

Sie runzelte die Augenbrauen. Plötzlich wirkte sie zerbrechlich und beinahe überirdisch, wie sie da im Mondlicht vor ihm stand. „Ich will keine Verpflichtungen eingehen, Darsh. Ich habe genug andere Dinge in meinem Leben, um die ich mich kümmern muss." Ihre Stimme war leise. Beinahe ein Flüstern.

Sie klang nicht wie die Erin Donovan, die er in den letzten Tagen kennengelernt hatte. Sie klang geschlagen, als ob sie das Thema Beziehungen für immer aufgegeben hätte – sogar die ausschließlich körperlichen. „Wegen deinem Ex?"

Ihr Mund wurde schmal. „Vielleicht", gab sie zu.

Es machte ihn wütend, dass sie diesem Bastard erlaubte, selbst aus dem Jenseits noch ihr Leben zu ruinieren.

„Es sieht ganz so aus, als ob ich morgen wieder abreise. Du musst also absolut keine Verpflichtungen eingehen." Okay, er hatte darum gebeten, länger bleiben zu dürfen, aber das wusste sie nicht. Unabhängig davon, ob der Staatsanwalt den Landstreicher für schuldig hielt oder nicht, sein Aufenthalt hier hatte ein Ablaufdatum.

Und selbst wenn die Fälle zusammenhängen sollten, selbst wenn Hawke die Schuld in die Schuhe geschoben worden war, so glaubte er nicht, dass sich Erin während der Ermittlungen im letzten Jahr etwas hatte zuschulden kommen lassen. Er war bereit, das offiziell zu bestätigen. Sie hatte die Ermittlungen absolut nach Vorschrift geleitet und war eine verdammt gute Polizistin. Dass sie auf dem Weg ins Obdachlosenheim gewesen war, als er sie vorhin angetroffen hatte, bewies, dass sie nicht alles für bare Münze nahm. Aber er glaubte nicht, dass es hier um ihren Beruf ging. „Wann hattest du das letzte Mal eine Beziehung mit jemandem?"

Sie rieb sich den Arm und er sah, wie sich ein kleines Beben ihren Hals hinunterbewegte, als sie schluckte. „Ich würde es nicht gerade als Beziehung bezeichnen."

„Ein anderer One-Night-Stand?" Eifersucht schoss durch seine Adern, was absoluter Müll war, denn er hatte seit Erin durchaus One-Night-Stands und kurze Beziehungen gehabt. Drei Jahre waren eine lange Zeit, und er hatte nicht erwartet, sie jemals wiederzusehen.

Sie sah ihn an. „Kein *anderer* One-Night-Stand."

Er runzelte die Stirn, verstand sie zuerst nicht. Dann wurde sein Mund trocken. „Du hattest keinen Sex mehr, seit wir zusammen waren?" Und er hatte ihr vorgeworfen, diejenige mit der losen Moral zu sein?

Sie biss sich auf die Lippen und wand sich ab.

„Warum zur Hölle bist du denn seitdem mit niemandem ausgegangen?"

Ihre Schultern schossen hoch. „Es ist ja nicht verboten, keinen Sex zu haben."

„Das sollte es aber sein, für jemanden, der so aussieht wie du." Er versuchte, die Leichtigkeit in seiner Stimme zu bewahren. Unter Erins wunderschönem Äußeren lag ein tiefer Schmerz verborgen, ein Schmerz, den er noch verschlimmert hatte, indem er sich wie ein selbstgerechtes Arschloch verhalten hatte.

Sie schaute ihn an und verdrehte die Augen. „Das ist das Dümmste, was du je gesagt hast, und glaub mir, du hast schon ein paar Knaller rausgehauen."

Er wand sich aus seiner schweren Jacke und legte sie über einen Stuhl, dann kam er auf sie zu. Die Landschaft draußen war das reinste Winterwunderland, aber hier im Haus war es warm und gemütlich und intim. Er streckte die Hand aus und berührte sie sanft am Oberarm. „Warum warst du mit niemandem zusammen? Schau mich an." Er würde nicht lockerlassen. Sie war zu jung und eine zu große Kämpferin, um vor einem so wichtigen Aspekt des Lebens einfach davonzurennen. „Was hat dein Ex dir angetan?"

Erin zuckte zusammen.

„Sag es mir. Denn ich bin mir sicher, dass das, was auch immer wir beide damals miteinander gemacht haben, dich nicht mit solchen Wunden zurückgelassen hat." Er wurde leiser und strich ihr eine Haarsträhne hinters Ohr. „Ich träume noch immer von unserer gemeinsamen Zeit."

Sie starrte ihn an, suchte nach der Wahrheit in seinen

Worten. Er zeigte sie ihr in seinem Ausdruck, in seinen Augen.

Erin wich zurück und atmete bebend ein. Er dachte, sie würde ihn ermahnen, sich um seine eigenen Angelegenheiten zu kümmern, so wie sie es für gewöhnlich tat. Stattdessen schlang sie die Arme noch enger um ihren Oberkörper und lehnte sich gegen die Wand.

„Graham war ein Macho – Du weißt schon, er mochte Bier und Waffen. Einer von diesen Typen, aber immer mit einem Auge für die Damen. Ein bisschen so wie du."

Darsh zog die Augenbrauen hoch. Oberflächlich mochte das stimmen, aber er war mehr als nur das.

„Er war ein guter Kerl, oder zumindest kam er mir anfangs so vor. Es war eine stürmische Romanze. Intensiv. Er war mir anfangs vollkommen ergeben und ich habe mich wie die glücklichste Frau der Welt gefühlt. Die Dinge änderten sich, nachdem wir geheiratet hatten. Zuerst war es meine Arbeit. ‚Warum kündigst du nicht und wirst schwanger?'" Trauer blitzte in ihren Augen auf. „Ich wollte irgendwann Kinder, aber zu der Zeit war ich noch auf meine Karriere fokussiert. Ich wollte erst Detective werden, bevor ich über Kinder nachdachte."

Darsh ließ sie reden. Endlich redete sie. Die Schleusen waren geöffnet und alles brach hervor.

„Dann fing er an, schlecht über meine Kumpels zu sprechen, hauptsächlich Kollegen von der Polizei. Ich habe die Warnsignale ignoriert, sogar als er anfing, mir zu sagen, dass es ihm nicht gefiel, wie viel Zeit ich mit meiner Familie verbrachte. Dann fing er an, jeden meiner Schritte zu kontrollieren. Aber das erste Mal, dass er mich schlug, war unfassbar schrecklich."

Darsh wollte sie an sich ziehen. Er musste sich zwingen, sich zurückzuhalten, sie nicht zu verschrecken oder zu ersticken.

„Das erste Mal?" Zorn rauschte durch ihn hindurch, aber er schob ihn zur Seite. Es ging jetzt nicht um ihn. „Warum hast du ihn nicht verlassen? Oder Anzeige erstattet?"

Er legte seine Arme um sie und sie lehnte sich an seine Brust, ihr Gesicht an seinem Herzen. „Er hätte seinen Job verloren und ich… ich habe mich geschämt." Sie lachte, aber es klang wie ein Schluchzen. „Zu wie vielen Fällen von häuslicher Gewalt wurde ich gerufen? Hunderte, wenn nicht sogar tausende. Die dumme Frau, die es nicht schafft, Anzeige zu erstatten, die Polizisten, die Woche für Woche dort auftauchen, bis einer der beiden Eheleute den anderen umgebracht hat oder einer von ihnen für ein anderes Vergehen verhaftet wird."

Er konnte ihren warmen Atem durch sein Hemd spüren, wie er seine Haut streichelte. „Nachdem Graham mich geschlagen hatte, ist er weinend zusammengebrochen. Ich meine, er war ein harter Macho-Typ. Ich habe ihn nie weinen sehen. Er war völlig durch den Wind, weil er mich geschlagen hatte. Er kam aus einer armen Arbeiterfamilie, in der sein Vater alle Probleme mit der Faust gelöst hat. Ich wusste davon, als ich die Beziehung mit ihm begann, mir war nur nicht klar gewesen, dass Graham seine Probleme auf die gleiche Art löst." Sie wich zurück, wischte sich die Tränen ab, schaute ihn nicht an. „Ich habe ihm gesagt, dass ich ihn verlassen würde, wenn es nochmal vorkäme, aber ich hätte ihn schon beim ersten Mal verlassen sollen. Ich wusste das, aber diese verfluchten katholischen Schuldgefühle haben mich davon abgehalten."

Darsh blieb weiter stumm und ließ sie reden. Ließ sie all die Hässlichkeit herauslassen.

„Eines schönen Septembertages kommt er also nach einem beschissenen Arbeitstag nach Hause und bricht einen Streit vom Zaun. Ich wusste, dass es schlimm werden würde, aber etwas in mir wollte sehen, wie weit ich gehen konnte. Er schnappte sich mein Handy und las meine alten Nachrichten, als wäre er irgendein überbesorgter Vater. Einer meiner Kumpels hatte mir ein Herz-Emoji geschickt, es war nur Teil der Unterhaltung, völlig harmlos. Es hatte nichts zu bedeuten. Aber Graham ist ausgerastet." Sie schüttelte den Kopf und er konnte sich nicht davon abhalten, mit seinen Fingern durch ihre seidigen Haare zu streichen und zu versuchen, ihren Schmerz zu lindern.

„Er hat mich wieder geschlagen, hat versucht, mich zum Sex zu zwingen", *zum Glück war dieses Arschloch tot,* „aber diesmal habe ich mich gewehrt. Ich habe mich gewehrt, so gut ich nur konnte. Er hat mir zwei Rippen gebrochen, aber ich hatte mein Training intensiviert und bei einem Kampfsportler Unterricht genommen. Ich habe alles an ihm ausgelassen, damit hat er nicht gerechnet. Ich habe ihn fertiggemacht, und als er auf dem Boden lag, bin ich aus dem Haus gerannt, schneller als man ‚Scheidungspapiere' sagen kann. Ein Arzt, den ich noch aus der Highschool kannte, hat mich wieder zusammengeflickt, dann bin ich nach Hause zu meinen Eltern."

Seine Hände legten sich um ihre Hüfte, zogen sie näher an sich.

„Am nächsten Tag kam er vorbei, einen Blumenstrauß in der Hand, und hat irgendeine erfundene Geschichte über unsere ‚kleine' Auseinandersetzung erzählt. Aber ich hatte meinen Eltern die Wahrheit darüber gesagt, was passiert war – er hatte nicht geglaubt, dass ich das tun würde. Er hatte geglaubt, ich würde mich zu sehr schämen, um es zuzugeben, als ob *ich* etwas falsch gemacht hätte. Mein Dad und meine Brüder warteten schon alle in unserem kleinen Wohnzimmer auf ihn. Fünf knallharte Bullen, die einen sehr persönlichen Groll hegten." Ein Anflug von Humor spielte in ihren Mundwinkeln. „Sagen wir einfach, er hatte Glück, dass er lebend davongekommen ist, und das wusste er auch. Danach habe ich unentwegt Nachrichten von ihm bekommen, dass es ihm leidtäte – so wie in dieser Nacht in Quantico." Sie hatte um vier Uhr morgens dutzende Nachrichten bekommen, weshalb er überhaupt nur von ihrem Mann erfahren hatte. „Dann, als es offensichtlich war, dass ich nicht darauf reinfallen würde, fing er an zu drohen, dass er sich umbringen würde, wenn ich nicht nach Hause käme." Tränen erstickten ihre Stimme. „Und dann hat er es getan."

Wieder zog Darsh sie an sich. Es fühlte sich gut an, dort unter seinem Kinn, eng an ihn gedrückt. Als ob sie dorthin gehörte.

„Und was war ich?", fragte er nach einem Moment der Stille. „Sowas wie eine Unabhängigkeitserklärung?"

Sie lachte, aber die Art, wie sie sich an seinem Hemd festhielt und sich weigerte, ihn anzuschauen, ließ seine Brust ganz eng werden. „Das ist genau das, was du warst. Ich bin zu dieser Bar gegangen, fest entschlossen, die Selbstbestimmung über meinen Körper und mein Leben wiederzuerlangen. Als du durch die Tür kamst..." Endlich schaute sie hoch und ihre Blicke trafen sich. „Na ja, du weißt ja, was dann passiert ist."

Sie fuhr sich mit der Zunge über die Lippen und seine Augen verfolgten diese kleine Bewegung. Vor drei Jahren war er hin und weg von dieser wunderschönen Blondine gewesen, die ihn in der Bar angelächelt hatte. Jetzt wusste er auch, was für ein Mensch sie war, intelligent, engagiert, fleißig. Und sie war umwerfend.

„Deshalb kannst du so gut eine Verbindung mit den Opfern aufbauen", sagte er.

Ein Schatten flackerte über ihre Augen. „Ich sehe mich nicht gerne als Opfer."

„Du bist eine Überlebende, kein Opfer. Das ist ein Unterschied." Er strich mit seinem Finger über ihre Wange. Jedes Atom im Zimmer schien sich elektrisch aufzuladen.

„Das ist eine ganz dumme Idee." Ihre Stimme klang heiser.

„Das ist mir egal, wenn es dir auch egal ist." Er überließ die Entscheidung ganz ihr. Es war mehr als offensichtlich, dass er sie wollte. Der Beweis drückte hart gegen ihren Bauch und es war eindeutig, so wie er die Finger nicht von ihr lassen konnte. Er hatte sie umkreist wie ein Planet seine Sonne, seit er hier angekommen war, und ganz egal wie oft er sich einzureden versuchte, dass es um den Fall ging, es war eine Lüge. Er wollte ihr näherkommen. *Viel* näher. Aber er würde sie nicht drängen. Als eine Frau, die gerne davonlief, war es wichtig, dass sie entschied, zu ihm zu kommen.

Sie lehnte sich zurück, und er stellte sich auf eine Enttäuschung ein. Er würde nicht versuchen, sie anderweitig zu überzeugen. Nicht heute. Nicht nach allem, was sie ihm über dieses Arschloch erzählt hatte, das sie geheiratet hatte. Sie hatte eine Million Gründe, ihn abzulehnen, und die meisten davon ergaben viel mehr Sinn, als sich auf diese vom Unglück verfolgte, schlecht durchdachte Anziehung einzulassen.

Sie fuhr mit ihrer Hand über seinen Kiefer und strich mit ihrem Daumen über seine Unterlippe. „Okay."

„Okay?"

Sie nickte.

Grünes Licht.

Er hob sie hoch und brachte sie auf eine Höhe mit seinen Augen. Er wollte ihren Mund, diese süßen Lippen. Wollte sie nackt in seinen Armen halten. Aber er wollte nichts überstürzen. Sie schlang ihre Beine um seine Hüfte und er hielt sie fest, indem er eine Hand auf ihrem Hintern platzierte und sie fest gegen die Wand drückte.

„Bist du sicher?" Er umfasste eine ihrer Brüste mit seiner Hand und sie schob sich ihm entgegen.

„Nur, wenn es genauso gut ist wie beim letzten Mal." Sie atmete heftig ein, als er mit beunruhigender Genauigkeit durch den Stoff ihrer Kleidung ihren Nippel fand und die sensible Spitze sanft zusammenkniff.

„Nichts könnte so gut sein, wie das letzte Mal."

„Dann machen wir uns besser auf eine Enttäuschung gefasst. Oder wir versuchen es wenigstens, auch wenn wir am Ende tot umfallen." Sie knabberte sich langsam an seinen Mund heran. Kleine Küsse, die seinen Lippen näher und näher kamen, ihn aber immer nur neckten. Er wurde wahnsinnig vor Lust.

Endlich umfasste er ihren Kiefer mit seiner Hand und hielt ihr Gesicht fest, während er ihren Mund eroberte. Ihre Lippen waren warm und weich. Sie öffnete sie langsam, ließ ihn dafür arbeiten, sie richtig zu schmecken. Er fuhr mit seiner Zunge auf der Innenseite ihrer Unterlippe entlang. Sie stöhnte auf und presste ihre Mitte gegen seine Erregung. Er sank tiefer gegen sie, erforschte ihre Lippen mit seinen, streichelte ihre Zunge, vertiefte den Kuss, schmeckte jeden letzten Tropfen der köstlichen Essenz, die nichts war als Erin Donovan.

Und plötzlich explodierte ein unbändiges Verlangen in ihm wie eine Supernova, und Erin verspürte es auch.

Hektisch knöpften seine Finger ihre Bluse auf und sie schob sie von ihren Schultern. Ihre Arme verfingen sich hinter ihrem Rücken im Stoff, während sie versuchte, die Bluse abzustreifen. Der weiße Spitzen-BH, der ihn schon den ganzen Tag lang gereizt hatte, sah auf ihrer blassen, glatten Haut fantastisch aus. Er zog eines der Körbchen hinunter, um einen rosigen Nippel zu befreien. Er nahm ihn zwischen seine Fingerkuppen und leckte daran.

„Du spielst nicht fair." Sie stöhnte auf, schlang ihre Beine fester um ihn, kämpfte immer noch mit den Ärmeln ihrer Bluse.

„Warum sollte ich?", fragte er ehrlich und genoss ihren Geschmack, konnte nicht glauben, dass sie das hier gerade wirklich wieder taten, und dass es bis jetzt ganz klar genauso gut war wie beim letzten Mal.

Er bemerkte einen noch blasseren Hautstreifen. „Sonnenbräune?" Er fuhr mit seiner Zunge darüber.

„Ja", keuchte sie.

„Lass mich wissen, wenn ich irgendetwas mache, das dir nicht gefällt." Er lächelte gegen ihre Haut. „Und ich höre sofort auf damit."

„Mache ich." Ihre Finger gruben sich in seine Haut. „Aber bitte, hör nicht auf."

Er zog das zweite Körbchen des BHs hinunter und spielte mit ihrem anderen Nippel, er liebte es, wie er hart wurde und im Mondlicht glänzte. So wunderschön. Er blies auf ihre feuchte Haute und sie erschauderte. So empfindlich.

Er riss an den Ärmeln ihrer Bluse, bis sie ihre Arme freigaben. Sie griff nach der Schnalle des BHs und öffnete ihn,

Darsh zog ihn von ihrem Körper und ließ ihn zu Boden fallen. Und dann stand sie da, halb nackt in seinen Armen.

„Wir machen ganz, ganz langsam."

„Nein." Sie versenkte ihre Finger in seinen Haaren und küsste ihn mit offenem Mund, bevor sie sich wieder von ihm löste. „Ich will es nicht langsam. Ich will es hart und schnell, hier an der Wand. Jetzt." Sie biss in seine Unterlippe. „Sofort."

Ihre Worte erregten ihn so sehr, dass seine Hände zitterten, aber wer war er, mit einer Frau zu diskutieren, die seit drei Jahren keinen Sex mehr gehabt hatte? Sie ließ sich zu Boden gleiten und machte sich an seinem Gürtel zu schaffen, riss das Leder aus den Schlaufen. „Hast du etwas zum Verhüten dabei?"

Er schluckte und nickte.

Hitze breitete sich in seinem ganzen Körper aus, als er dabei zusah, wie sie ihn aus seiner Hose befreite. Der Anblick und das Gefühl, wie sie ihn mit ihrer zierlichen Hand streichelte, brachte ihn fast um den Verstand. Er fand ein Kondom in seinem Portemonnaie und reichte es ihr. Sie machte kurzen Prozess mit ihren Hosen und streifte sie zusammen mit ihren Socken von ihren Füßen, bis sie mit nichts als einem weißen Spitzenslip bekleidet vor ihm stand. Sie wollte auch den Slip ausziehen, aber er hielt sie mit einem festen Griff um ihr Handgelenk davon ab. „Lass ihn an."

Er nahm die Verpackung aus ihren zitternden Fingern und rollte sich das Kondom über. Er war noch fast komplett angezogen, aber sie lehnte nahezu nackt an der Wand und war das Begehrenswerteste, was er jemals gesehen hatte.

Sie schaute ihn unverwandt an, flehte ihn an, ihr zu geben, was sie wollte.

Er trat näher und sie schlang ein Bein um seine Hüfte. Sie

war so klein und so perfekt. Darsh wusste, dass sie nicht zerbrechlich war, aber er wollte ihr dennoch nicht wehtun. Er zog ihren Slip zur Seite und schob einen Finger in ihre heiße, feuchte Öffnung. Dann hob er sie hoch, sie schlang beide Beine um ihn und er sank so tief in sie hinein, dass ihm vor Lust alles vor Augen verschwamm.

Er stieß in sie, immer und immer wieder, trieb sich in ihren weichen, willigen Körper, spürte ihre Erregung immer größer werden, spürte ihr Verlangen, das ihre übliche Zurückhaltung verdrängte. Diese Frau, die seit drei Jahren keinen Sex mehr gehabt hatte, wollte es schnell und hart gegen die Wand. Er musste fast grinsen, aber die Anstrengung war zu groß. Ihre Fingernägel krallten sich in seinen Nacken, Schweiß machte sie beide glitschig, aber er würde sie nicht fallen lassen. Er rieb sich gegen sie, hob sie höher und fand den Punkt, den sie spüren wollte, bis sie aufschrie, ihre Muskeln sich um ihn zusammenzogen, ihn eng umfingen.

Er wollte sich zurückhalten, wollte sie mit Ehrfurcht behandeln, aber er konnte nicht mehr langsamer werden. Sie schaute ihm in die Augen und trieb ihn vorwärts. „Tu es."

Etwas in ihm wollte sie dafür verfluchen, ihn auf nichts als einen animalischen Trieb zu reduzieren, aber der Ausdruck in ihren Augen war weder dreckig noch anzüglich. Er sah nur Lust und Verlangen in ihnen.

Darsh hielt sie fest und stieß in sie hinein, immer und immer wieder, spürte, wie ihr Verlangen wieder anwuchs, hörte ihre Schreie der Lust, als sie unglaublich heftig diese Schwelle überschritt. Sein eigener Höhepunkt explodierte und brachte ihn um den Verstand, während sie um ihn herum zitterte und sich zusammenzog.

Nach ein paar Augenblicken der Erschöpfung, nach einem

der besten Orgasmen seines Lebens, legte er seine Stirn auf ihre und sein hämmerndes Herz beruhigte sich langsam wieder.

„Du bist wunderschön", flüsterte er und liebkoste ihr Ohr mit seinen Lippen.

Sie lachte. „Die Schwerkraft hat in den letzten Jahren ein paar Dinge geändert, aber danke, dass du es nicht bemerkt hast."

„Schwerkraft steht dir gut. Zum Glück betrifft sie Männer nicht so stark." Er bewegte seinen noch immer steinharten Schwanz in ihr.

„Gott sei Dank", flüsterte sie und zog seinen Mund wieder an ihren.

Er küsste sie, kostete ihren Geschmack aus, die Hitze ihrer Haut, ihre Verspieltheit, die unter ihrer sonst so ernsthaften Fassade hervorbrach.

Die Wahrheit war, dass sie jetzt besser aussah als vor drei Jahren. Damals war sie viel dünner gewesen – der Stress, wie er rückblickend erkannte. Jetzt waren ihre Rundungen weicher, süßer. Sie fuhr mit ihrer Hand über sein Hemd und begann, seine Krawatte zu lösen. Er trug immer noch sein Jackett. Der Anblick, wie sie immer noch miteinander verschmolzen waren, ließ sein Verlangen nach ihr erneut aufwallen. Im Bett dieses Mal. Langsam. Genüsslich. Gründlich.

Er zog sich vorsichtig aus ihr heraus und ließ sie zu Boden sinken, dann streifte er das Kondom ab. Er knöpfte seine Hose zu, zwang sich, sich Zeit zu nehmen, zu genießen und auszukosten. Er wand sich aus seinem Jackett und ließ es zu Boden fallen. Erin löste den Knoten seiner Krawatte und zog sie langsam durch seinen Kragen. Seine Haut kribbelte, dort, wo sie ihn berührte. Sie biss sich auf die Lippen als sie den obersten Knopf seines Hemds öffnete, dann den nächsten.

Endlich, als sie am Ende der Knopfleiste angekommen war, strich sie mit ihren Fingern über seine nackte Brust. Sie berührte die Gewehrkugel, die er um seinen Hals trug. Normalerweise nahm er sie vor einer Verabredung ab, aber er hatte dieses Treffen nicht gerade geplant.

„Ersatzmunition?", fragte sie. Sie machte einen Witz, aber in ihren Augen lag auch Neugier.

Er hielt ihre Finger fest und legte sie um das warme Metall. Es war schwer in Worte zu fassen, was dieser Talisman für ihn bedeutete. „Ist ein alter Scharfschützen-Aberglaube."

„Das letzte Mal hattest du das nicht um."

Dass sie sich daran erinnerte, zeigte ihm, dass diese Nacht auch ihr etwas bedeutet hatte. Dass sie seitdem mit niemand anderem mehr zusammen gewesen war hieß, dass es etwas besonders gewesen war.

„Das ist ein HOGs-Tooth, ein Wildschweinzahn", erklärte er.

„Ein was?" Sie runzelte die Stirn, als sie die 7,62 mm Kugel betrachtete.

„Ein Akronym. Du weißt doch, wie sehr das Militär Akronyme liebt."

„Was bedeutet es?" Sie schaute ihn unter ihren Wimpern hervor an. Dass sie so gut wie nackt war, brachte sein Spatzenhirn ordentlich aus dem Konzept.

Das war vermutlich kein guter Augenblick, um sie daran zu erinnern, dass er ein hervorragender, ausgebildeter Killer war. Er zögerte, räusperte sich und fragte sich, wie sie darauf reagieren würde. „Hunter of Gunmen – Jäger der Jäger. Es ist eine Tradition für alle, die das Scharfschützentraining bestehen.“

Manche Frauen machte es an zu wissen, dass er getötet hatte. Andere waren angeekelt.

Erin sah ihn nüchtern aber nicht entsetzt an. Auch sie trug eine Waffe.

„Kennst du den alten Glauben, dass es für jeden eine Kugel mit dem eigenen Namen darauf gibt? Das hier ist angeblich die Kugel für mich.“ Er brachte die Kugel an seine Lippen und küsste sie schnell. Sie bedeutete so viel mehr, als er je offen zugeben würde. Harte Arbeit, Bruderschaft, Aufopferung, Ehre. „Es hilft uns daran zu glauben, dass wir unbesiegbar sind.“

Erins Pupillen wurden groß, als sie ihn anschaute. „Du warst sehr gut, oder?“

„Für eine Weile. Aber es war nicht das, was ich mit meinem Leben anfangen wollte.“ Sein Hals wurde eng. Wie ironisch. Ein Scharfschütze zu sein bedeutete, alle Emotionen auszuschalten und eine Tötungsmaschine zu werden.

Ihre Berührung verweilte noch für einen Augenblick auf seiner Halskette, dann strich sie mit ihren Handflächen über seine Brust. „Ich liebe deine Haut.“ Sie drückte ihre Lippen auf seinen Nippel.

Er nahm ihre Brust in die Hand. „Und ich liebe *deine* Haut.“

„Aber du bist so weich und heiß.“ Sie fuhr mit ihrer Hand über seine Bauchmuskeln. „Diese ganzen herrlichen Muskeln, die ich erforschen will.“

Er kniff ihren Nippel zwischen Daumen und Zeigefinger zusammen, nur so fest, dass sie kurz nach Luft schnappte.

„Und ich mag deine Hände“, lachte sie.

Er grinste. „Tatsächlich?“

„Absolut."

Er beugte seinen Mund zu ihren Brüsten hinunter. Ihre Nippel waren hart, süß, saftig, wie kleine Himbeeren, die Kuhlen über ihrem Schlüsselbein unerhört anziehend. Er knabberte sich seinen Weg über ihren Körper, nicht sicher, was ihm am besten gefiel. Körper? Verstand?

„Und ich mag deinen Mund sehr gerne." Sie lehnte sich gegen die Wand, ihre Haare fielen wie eine Wolke auf ihre Schultern, während er sie hochhielt. Sie schaute an die Decke und schloss die Augen als er begann, ihren Körper ausführlich zu liebkosen. Sie begann zu wimmern, ihre Finger krallten sich in seine Haare. „Ich will dich wieder in mir spüren."

Er hob sie hoch und trug sie zum Bett. Darsh saß am Rand der Matratze und sie rutschte in seinem Schoß hin und her, drückte ihn auf die kühlen Baumwollbezüge. Ihre Haare streiften seine Haut und er musste an den Moment vor drei Jahren denken, als er sie zum ersten Mal erblickt hatte. Sie war die schönste Frau gewesen, die er jemals gesehen hatte. Das hatte sich nicht geändert.

Er rückte sie beide höher das Bett hinauf und streckte die Arme nach ihr aus, aber sie wich ihm aus. „Noch nicht. Lass uns langsam machen."

„Du machst mich fertig." Er sah sie an. „Und ich werde dich um mehr anflehen."

„Das ist mein Ziel." Sie zerrte an seiner Hose, und er hob die Hüften, damit sie sie und seine Boxershorts herunterziehen konnte. Er zog sich mit seinen Füßen die Socken aus und lag schließlich vollkommen nackt auf dem Bett, ihr ganz und gar ausgeliefert.

Sie küsste seine Brust und spielte mit seinen flachen Nippeln. Schweiß trat ihm auf die Stirn. Er war sich nicht sicher, ob er es lange aushalten würde, wenn sie sich mit ihren Lippen an ihm zu schaffen machte, aber er wollte verdammt sein, wenn er es nicht wenigstens versuchte. Als sie sich seinen Körper hinunter geküsst hatte, war er bereits am Zittern. Die Erinnerungen an ihre erste Nacht verblassten im Vergleich zur Gegenwart, dabei hatten ihm diese Erinnerungen an vielen einsamen Abenden in irgendwelchen anonymen Hotels Gesellschaft geleistet.

In dem Moment, als sie ihn in ihren heißen Mund nahm, wusste er, dass er verloren war. Er begann, Windangriffsflächen und Distanzen zu berechnen, versuchte, die Corioliskraft auf dem Breitengrad von Forbes Pines zu ermitteln, und zog sich schließlich von ihr fort, als sie ihn zu nah an den Höhepunkt brachte.

„Habe ich etwas falsch gemacht?" Ihre Lippen verzogen sich zu einem frechen Grinsen.

„Du bist perfekt. Das solltest du mittlerweile wissen." Er zog sie zu sich hoch, sodass sie neben ihm lag, fuhr mit seinen Fingern über die blasse Haut ihrer Brüste, über die leichte Bräune ihrer Arme. „Ich will das Beste aus dieser Nacht herausholen." Er nahm ihr Kinn in seine Hand, beugte sich vor und ließ seine Lippen über ihren Mund streichen. „Ich bin froh, dass ich dich wiedergefunden habe. Tut mir leid, dass ich das letzte Mal so ein Arsch gewesen bin."

Ihr Lächeln war traurig. „Ich hätte dir ja auch sagen können, dass ich schon die Scheidung eingereicht hatte."

„Warum hast du es nicht getan?" Er strich ihr die Haare in den Nacken, bewunderte das verspielte Mondlicht auf ihrem Gesicht.

„Ich schätze, dir einen Grund zu geben, zu gehen, hat es einfacher für mich gemacht, die Sache zu beenden."

„Du hast mich das Schlimmste von dir denken lassen", tadelte er sie.

„Du hast gesagt, du seist ein Marine, und ich war offiziell immer noch verheiratet. Ich hatte schreckliche Angst, du würdest in Schwierigkeiten kommen, und es wäre meine Schuld."

Darsh verzog das Gesicht. „Ich hätte dich nicht anlügen sollen, aber es wurde von mir erwartet, dass ich mich unauffällig verhalte, wegen einer verdeckten Ermittlung – ich sollte eine islamistische Terrorzelle infiltrieren."

„Ah, die ewige Geschichte von der ‚nationalen Sicherheit'. Jetzt fühle ich mich noch schuldiger." Sie fuhr mit ihren Händen über seinen Körper, genoss es offensichtlich, ihn zu berühren. Er ließ sie seinen Körper erforschen, auch wenn er es kaum noch abwarten konnte, sich wieder in ihr zu vergraben. „Ich habe dich für Sex benutzt", flüsterte sie. „Ich bin katholisch. Glaub mir, ich bin immer noch nicht über diese Schuldgefühle hinweg."

„Du hast mich zur Selbstbehauptung benutzt. Und ich bin ein großer Befürworter der Selbstbehauptung von Frauen." Seine Finger glitten zu ihrem Slip und zogen den spärlichen Stoff ihre Beine hinunter. Sie strampelte das Höschen ab und er legte seine Hand auf ihren Hügel, berührte ganz leicht ihre Öffnung. „Benutz mich nochmal."

Er küsste sie und sie öffnete sich für ihn. Darsh drehte sie so, dass sie rittlings auf ihm saß und ihre Mitte gegen seinen harten Schwanz drückte. Er unterdrückte ein Stöhnen.

„Bist du sicher?" Sie zog ihn auf.

Er griff nach ihren Handgelenken und starrte in ihre Augen, die ihn in der Dunkelheit anschauten. „Ich bin mir sicher, Baby. Nimm, was immer du willst. So viel du willst. So lange du willst."

SECHZEHNTES KAPITEL

E R STAND NOCH immer im Schatten, lange nachdem sie im Haus verschwunden waren. Seine Handflächen drückten gegen die raue Rinde des Ahornbaums, an dem er sich festhielt, während sein Leben und seine Pläne vor seinen Augen zunichtegemacht wurden. Ihr Verrat schoss durch seine Adern, der Schmerz darüber verbrannte ihn mit jedem Herzschlag.

So etwas mit einem anderen Mann in ihrem Zuhause zu tun… sie hätte ihn nicht mehr verletzten können, wenn sie ihm ein Messer direkt ins Herz gestoßen hätte.

Übelkeit stieg in ihm auf, und er musste mehrmals schlucken, um sich nicht zu übergeben.

Er hatte geglaubt, sie würde sich für ihn aufheben. Nachdem, was sie mit ihrem Mann durchgemacht hatte, war er davon ausgegangen, dass sie ein langes, langsames, romantisches Werben wollte. Aber doch nicht, es mit einem beinahe fremden Mann gegen die Zimmerwand gedrückt zu treiben.

Ein Schrei formte sich in seinem Hals und entkam als ein hohes, klagendes Geräusch, das er zurückhielt, bevor es bis zum Haus dringen konnte und ihn verriet. Sie war doch für ihn bestimmt.

Er blickte zum Fenster hoch, und seine Trauer verwandelte sich in Wut. Er wollte derjenige sein, der sie rettete. Der sie anbetete. Er hieb mit der Faust gegen den Baumstamm. Sie sollte in einem verdammten Mordfall ermitteln, nicht das FBI ficken.

Zorn pulsierte durch seinen Körper. Gott, wie sehr er sie bestrafen wollte. Ihr wehtun. Sie dazu bringen, ihn zu sehen. Ihn um Vergebung anzuflehen. Ihm zu sagen, dass er es war, den sie wollte – der Einzige, den sie je gewollt hatte. Die Versuchung, einfach ins Haus zu gehen und sie beide umzubringen, war beinahe überwältigend. Aber er hielt sich zurück. Der Agent würde ohnehin nicht mehr lange hier sein.

Wenn er den Bastard umbringen und damit durchkommen könnte, er würde es tun. Aber wenn er einen FBI-Agenten ermordete, würde er sich den Zorn der Bundesbehörden einhandeln, und dann würde er Erin nie bekommen.

Er war nicht dumm. Oder kopflos.

Aber er hatte lange genug gewartet.

Sie gehörte ihm. Und sie verdiente es, bestraft zu werden.

Er schloss die Augen, die Erinnerungen blitzen durch seine Gedanken wie eine Narbe auf der Netzhaut. Wie sein Vater seine Mutter anschrie, einen Bruchteil einer Sekunde, bevor er sie umbrachte. Er hätte schwören können, dass er noch jetzt die Blutspritzer auf seiner Wange spüren konnte, als der Kopf seiner Mutter explodierte.

Deshalb wusste er, dass Erin die Richtige war. So ein schwerwiegendes Erlebnis zu teilen, war das Zeichen gewesen, dass sie die Frau war, auf die er gewartet hatte, und er würde alles dafür tun, um sie für sich zu gewinnen.

Aber zunächst musste er sie dazu bringen, sich zu wünschen, sie wäre tot.

Er schmeckte Blut auf seiner Zunge, als er seine

zerschlagenen Fingerknöchel ableckte. Wie konnte er ihre Aufmerksamkeit gewinnen? Wie konnte er ihr die Schmerzen verursachen, die er selbst in diesem Augenblick verspürte? Ein Bild aus dem Prozess blitzte in seiner Erinnerung auf und er wusste genau, was er zu tun hatte. Sie dazu bringen, zu bereuen, jemals den Hauptgewinn aus den Augen gelassen zu haben. Sie dazu bringen, zu erkennen, dass Fehler Konsequenzen hatten, und Konsequenzen genauso schmerzhaft sein konnten, wie der Verrat irgendeiner dahergelaufenen Hure.

ERIN KONNTE NICHT glauben, wie sehr ihr gesamtes Dasein gleichzeitig vor Erregung und Befriedigung zu flirren schien. Sie war nervös gewesen, ob sie womöglich vergessen hatte, wie man so etwas machte, und sie war überzeugt davon, dass es unmöglich so gut sein konnte, wie in ihrer Erinnerung. Aber es war so gut gewesen.

Jede Empfindung fühlte sich brandneu und faszinierend an. Langsam bedeckte sie seinen Hals mit Küssen, knabberte an der festen Sehne, die seitlich seinen Nacken hinunterlief. Der Kontrast zwischen seiner dunkleren Haut und ihrem blassen Körper erinnerte sie an sandige Strände und heiße Sonnenstrahlen. Sein Körper war stählern und durchtrainiert, zeigte Muskeln, die sie berühren und schmecken wollte.

Sie fuhr mit ihren Fingern durch sein seidiges Haar, über seine starken Schultern, sein elegantes Schlüsselbein, über seine definierten Bauchmuskeln und seine warme, gebräunte Haut. Sogar in seinen Nabel wollte sie ihre Zunge stecken und ihn schmecken.

Ihre Finger berührten eine raue Stelle. Eine Narbe. Erin hatte sie das letzte Mal nicht bemerkt, aber in dieser Nacht war es auch vorrangig darum gegangen, ihr eigenes Leben zurückzuerobern, und sie hatte auf kaum mehr als auf Darshs freches Grinsen und sein unerhört attraktives Aussehen geachtet.

Sie hatte ihn benutzt, ohne sich um seine Gefühle zu kümmern.

„Was ist hier passiert?" Ihre Stimme klang rau.

Er bewegte seinen Arm zu Seite, um zu sehen, was sie meinte. „Eine Kugel."

„Das kann ich sehen." Sie küsste die Narbe und rollte sich auf die Seite, hob seinen Arm, um die Austrittswunde zu betrachten. Autsch. „Bei den Marines? Oder beim FBI?" Sie küsste die runzlige Haut. Er richtete sich auf, um nach ihr zu greifen, aber sie wich zurück.

„Bagdad. Handfeuerwaffe."

Sie wollte mehr über ihn erfahren, darüber, was ihn am Morgen aufstehen und seine Agentenausrüstung anlegen ließ.

„Zum Glück war es nicht so schlimm, dass sie mich nach Hause schicken mussten." Sein Grinsen zerschnitt die Luft.

„Warum nicht?", fragte sie.

„Weil der Truppensanitäter mich noch im Feld wieder zusammengeflickt hat, und ich es meinem befehlshabenden Offizier nicht erzählt habe, bis es fast schon verheilt war. Es war ja nur eine Fleischwunde." Er spielte es herunter.

Er war nur wenige Zentimeter vom Tod entfernt gewesen, aber er hatte sich mehr Sorgen darüber gemacht, seinen Platz in der Truppe zu verlieren, als zu sterben. Es lag etwas fast schon lächerlich Attraktives in Menschen, die bereit, waren ihr Leben für ihr Land zu opfern. Etwas, das jeder Frau das Herz erweichte, ganz egal, wie unberührbar sie sonst auch sein mochte.

Der Tod konnte an jedem beliebigen Tag kommen, vor allem für Soldaten, Polizisten oder Feuerwehrleute, aber es war noch ein weitaus größeres Risiko, wenn man im Krieg war. Sie entdeckte eine weitere Narbe an seiner Hüfte und küsste auch sie. Sie neckte ihn mit ihren Haaren, weil sie schon bemerkt hatte, dass er das Gefühl, wie sie über seine Haut glitten, ausgesprochen mochte.

Sein Schwanz zuckte und sein Körper spannte sich an, als sie seine Erektion küsste. Obwohl sie nichts mehr wollte, als ihn in sich hineinzuführen, tat sie es nicht.

Das erste Mal mit Darsh hatte ein gewisses Maß an Risiko und Gefahr bereitgehalten, als ob sie über heiße Kohlen liefe oder eine offene Flamme anfasste. Dieses Mal wollte sie sich Zeit lassen. Sie spannte ihn und sich auf die Folter, indem sie hinauszögerte, was sie beide so verzweifelt wollten. Sie schob ihn an seinen Schultern so zurecht, bis er auf dem Bauch lag. Dann fuhr sie mit ihren Fingern die Linie seiner starken Wirbelsäule entlang, erforschte jede Kuhle, die seine Wirbel bildeten und die scharfen Kanten seiner Schulterblätter. Es war so ungewohnt, einen anderen Körper zu berühren, und er war so gut gebaut. Sie wollte jeden Zentimeter genießen. Sie presste ihre Finger in seine angespannten Schultern und er stöhnte auf.

„Du bist so steif." Sie bohrte ihren Daumen in seinen verknoteten Muskel.

Seine große Hand griff nach hinten und umschloss ihren Oberschenkel. „Es gibt da noch eine Stelle, die du massieren könntest..."

Sie drückte noch fester in die verspannten Muskeln. Darsh

jaulte auf und versank tiefer im Bett. „Du machst mich fertig."

„Jammer nicht rum, du Special Agent. Ich bin im College mit einem Physio-Studenten ausgegangen, der ein paar Massage-Kurse belegt hat. Er hat mir ein bisschen beigebracht."

„Das glaube ich gern." Er lachte, aber es klang fast schmerzverzerrt.

„Über Massagen." Erin hielt inne. Was dachte er wohl wirklich von ihr? Dass sie sowas hier jede zweite Woche machte? Dass die Männer in ihrem Schlafzimmer ein- und ausgingen? Natürlich, sie hatte ihm gesagt, dass sie seit drei Jahren keinen Sex mehr gehabt hatte, aber warum sollte er das glauben? „Ich bin nicht mit ihm ins Bett gegangen. Ein paar Mal waren wir kurz davor, aber…"

Darsh setzte sich auf und sie fiel neben ihm auf die Matratze. Er streckte sich über ihr aus und strich ihr mit beiden Händen die Haare aus dem Gesicht. „Du musst mir keine detaillierte Schritt-für-Schritt-Aufzählung deines Liebeslebens liefern. Ich verurteile dich nicht dafür, die Nacht in Quantico mit mir verbracht zu haben – oder heute Nacht. Ich verurteile dich überhaupt nicht."

Er blickte ihr in die Augen, als ob er bis in ihre Seele schauen könnte.

Erin biss sich auf die Lippen. „Ich weiß, dass es albern ist. Es sollte mir nichts ausmachen. Herrgott nochmal, ich will nur nicht, dass du glaubst, ich springe mit jedem ins Bett."

„Das denke ich nicht, und selbst wenn, würde ich dich dafür nicht verurteilen. Glaubst du, ich bin ein Heiliger?" Er beugte seinen Kopf und biss sanft in ihre Unterlippe, zog daran, dann küsste er sie, um es besser zu machen. „Du musst aufhören, dir darüber Gedanken zu machen."

Sie lachte. „Das kann ich nicht. Es ist ganz tief in mir verwurzelt – wie das blonde Haar oder die blauen Augen." Sie verspannte sich, als ihr die schmerzhafte Ironie bewusstwurde, dass sie gerade nackt neben ihm lag und ihm beizubringen versuchte, dass sie kein Flittchen war.

„Okay, lass mich raten, du hast in deinem Leben mit, hm...", seine Augen wurden schmal, als er sie anstarrte, „...drei Männern geschlafen. Der erste war irgendein Typ im College, der zweite dein Mann. Und der dritte war ich..."

„Woher weißt du das?" Sie runzelte die Stirn. „Das mit dem Typ im College? Ich habe nie irgendjemand von diesem Loser erzählt."

„Ich bin Verhaltensanalytiker." Er lachte, als er ihren Gesichtsausdruck sah. „Es ist offensichtlich, dass du nicht einfach mit jedem ins Bett gehst. Polizisten tratschen. Mir haben schon zwei deiner Kollegen geraten, mir nicht die Mühe zu machen, dich anzumachen, es sei denn, ich will mein Ego gestutzt bekommen. Und du bist zu heiß, als dass nicht irgendein Typ jeden Trick im Buch angewandt hätte, um dich ins Bett zu kriegen. Und College-Jungs sind gut in sowas – nicht so gut wie Marines, natürlich." Seine dunklen Augen blitzten humorvoll auf. „Das ist im Militär ein offenes Geheimnis. Fall nicht auf diesen ganzen Special Forces-Hype rein. Diese Jungs lieben ihre Waffen mehr als ihre Frauen", seine Augen funkelten vor Vergnügen, „aber um auf deine schmutzigen Heldentaten zurückzukommen... als du bemerkt hast, dass der College-Typ ein nutzloses Arschloch war, hast du mit ihm Schluss gemacht und auf jemanden gewartet, in den du dich verlieben konntest, nur um festzustellen, dass er das nächste nutzlose Arschloch war. Mann", er rieb seine Nase an ihrer, „du hast einen lausigen Geschmack bei

Männern." Seine Hände rutschten tiefer und ließen sie nach Luft schnappen. „Ich sollte eigentlich beleidigt sein", sagte er, fuhr mit seinem Finger über ihre glatte Haut und sie hob ihren Rücken in plötzlicher Lust vom Bett.

„Ich versuche, meinen Durchschnitt zu verbessern", brachte sie gerade noch heraus. „Aber mach dir keinen Druck."

„Ich bin mir ziemlich sicher, ich kann es mit den zwei Nieten aufnehmen." Er fuhr mit seiner Zunge über ihre Brüste und sie wusste, dass er recht hatte. Sie konnte nicht glauben, mit welcher Leichtigkeit er sie in den Zustand absoluter Ekstase brachte, so als ob er genau wusste, wo sie berührt werden wollte, noch bevor sie es selbst erkannt hatte.

Solange sie sich nicht in diesen Typen verliebte, ermahnte sie sich streng. Sie wollte nicht über den pechschwarzen Abgrund nachdenken, in den die Liebe zu ihrem Mann sie gestürzt hatte.

Sie hielt Darshs Gesicht in ihren Händen und küsste ihn leidenschaftlich. Sie hatte vergessen, wie gut es sich anfühlte, das Gewicht eines Mannes auf sich zu spüren. Ihre Fersen gruben sich ins Bett, ihre Hüften hoben sich ihm entgegen. Sein Mund fand wieder zu ihren Brüsten zurück, seine Hand fuhr leicht über ihre feuchte Haut, erregte sie, berührte sie aber kaum. Er zahlte ihr das Necken vor vorhin zurück und ließ sie vor Frustration aufstöhnen.

Ihr Körper fühlte sich an, als ob jemand Benzin über ihre Libido gegossen und Darsh nur noch das Streichholz angezündet hätte. Das feine Kratzen seiner Bartstoppeln auf ihrer Haut war unglaublich erotisch. Er änderte seine Position und sie dachte, er würde ein Kondom holen, aber er rutschte nur zwischen ihre Beine und ließ seinen Mund über die

Innenseiten ihrer Oberschenkel gleiten. Das Kratzen seines Bartes lieferte nur eine weitere Empfindung in diesem Erlebnis. Tausende Lustpunkte explodierten auf ihrer Haut. Ihr Orgasmus schoss so schnell durch sie hindurch, dass sie ins Universum hinausflog und seinen Namen schrie.

Darsh grinste mit dem Mund auf ihren Schenkeln, dann griff er nach einem Kondom, das er Gott weiß woher hatte, und streifte es sich über. Er kroch ihren Körper empor und küsste jeden Zentimeter Haut auf seinem Weg nach oben, bevor er seine Spitze gegen ihre Öffnung presste. Er küsste sie tief und sinnlich und sie konnte sich auf seinen Lippen schmecken.

Er hielt inne. „Bist du sicher?"

Dass er sie erneut fragte, während er zwischen ihren gespreizten Beinen lag, ließ sie ihn umso mehr wollen. „Ja."

Darsh schob sich in sie hinein und sie vergrub ihre Fingernägel in seinem Rücken, verlor sich in dem Gefühl. Gott, wie hatte sie das vermisst. Sie hatte das Gewicht vermisst, die Stöße, das köstliche Gleiten von Haut auf Haut. Langsam zog er sich aus ihr hinaus, dann drang er wieder in sie ein, heiß und feucht. Ihr Körper klammerte sich an seinen, als ob er der einzige sichere Ort in einem sturmgepeitschten Meer wäre.

Er stieß tiefer, bis er sich völlig in ihr vergraben hatte. Darsh legte seine Stirn auf ihre, stützte sich auf den Ellenbogen ab und starrte ihr tief in die Augen. „Ist es gut so?"

Ihr war nicht klar gewesen, wie verzweifelt sie sich an ihm festgeklammert hatte, bis er sie fragte. Zögernd nickte sie und löste ihren Griff ein wenig. „Unglaublich."

Wieder küsste er sie, langsam, als ob sie sich erst an die Intimität gewöhnen sollte. Sex gegen die Wand war aufregend und mitreißend gewesen, aber jetzt erlaubte sie ihm, viel näherzukommen, und das wusste er. Er bewegte sich ohne Eile, küsste sie immer und immer wieder, streckte seinen Körper über ihrem aus, ohne zu viel seines Gewichts an sie abzugeben. Er neckte ihre Nippel mit den rauen Haaren seiner Brust. Seine Hände hielten ihr Gesicht, sodass er ungehindert Zugang zu ihrem Mund hatte. Er führte den Kuss, schwelgte in ihren Lippen, nahm sich, was er wollte und gab ihr alles, was er zu geben hatte. Es hätte ihr eigentlich Angst machen sollen, aber das tat es nicht.

Das Mondlicht fiel auf sein Gesicht und unterstrich die Silhouette seiner maskulinen Braue, die wohlgeformte Nase. Er sah so angespannt aus, so konzentriert…

„Du bist wunderschön", sagte sie.

„Das ist eigentlich mein Spruch." Er drehte sie um, sodass sie oben war. Dann fuhr er mit seinen Händen seitlich ihren Oberkörper hinunter, dann wieder nach oben und über ihre Brüste, umfing dieses weiche Gewicht. Sie liebte es, wie sie sich mit ihm fühlte, wirklich schön. Langsam begann er, sich wieder unter ihr zu bewegen, kleine Stöße, die sie fast wahnsinnig machten in dem Verlangen, noch mehr von ihm in sich zu spüren. Er streckte sich in ihr, füllte sie aus, bis sich ihre Zehen vor Lust einrollten, aber nicht so sehr, dass sie zum Höhepunkt kam. Die Hornhaut seiner Finger kratzte über ihre Haut in einer Art und Weise, dass sie ihren Rücken durchbog. So gut. Sie hatte es vergessen. Sie hatte den langen, gewundenen Pfad vergessen, der zum perfekten Höhepunkt führte.

Er setzte sich auf, hielt ihre Haare mit einer Hand zusammen, legte den Blick auf ihren Hals frei und nutzte den Vorteil dieser Position, um noch ein wenig härter in sie hineinzustoßen. Sein anderer Arm war um ihre Hüfte geschlungen, zog sie an sich, während er sie um den Verstand brachte. Seine Stöße waren gerade so hart, dass sie sich beide genau an der Schwelle des Höhepunkts bewegten, ohne sie zu überschreiten, und es fühlte sich so gut an, dass sie sich wünschte, es würde nie aufhören. Ihr Körper erkannte seinen Rhythmus und passte sich ihm perfekt an. Sie veränderte die Position ihrer Hüfte leicht und seine Finger gruben sich tiefer in ihre Haut.

„Das erste Mal, als ich dich gesehen habe, dachte ich, du siehst aus wie ein Engel." Er hielt ihre Haare fest zusammengerafft in seiner Faust, und sie versuchte inständig, ihm noch näherzukommen, auch wenn er nicht zuließ, dass sie sich so viel bewegen konnte, wie sie gerne wollte. „Nie im Leben hätte ich ohne dich diese Bar verlassen." Seine Stimme klang rau, als er es zugab.

„Außer, du hättest gewusst, dass ich verheiratet bin."

Sein Blick hielt ihrem stand, selbst als er sie beide noch weiter auf der Jagd nach dieser flüchtigen Erleichterung trieb. „Du bist aber nicht mehr verheiratet." Er ließ ihre Haare los und bewegte sie so, dass sie auf ihrem Rücken lag und er auf den Knien hockte. Seine Bewegungen wurden schneller, tiefer. Ein feiner Schweißfilm trat auf seine Stirn.

„Ich kann nicht mehr lange warten", presste er heraus.

„Worauf wartest du?", keuchte sie. Es fühlte sich so gut an. So gut.

Seine Augen glühten. „Auf dich."

Er traf die Stelle, die sie vor rasender Lust aufschreien ließ. Plötzlich wurde sie von Empfindungen durchflutet, jeder einzelne Nerv in ihrem Körper brannte wie ein Feuerwerk, während weißes Licht vor ihren Augen explodierte. Sein Schrei der Erleichterung trieb sie an, als sie durch eine andere

Dimension hindurch katapultiert wurde, bevor sie schließlich wieder in seine Arme zurücksank.

Er zog sie an sich, hielt sie ein paar Herzschläge lang fest, während die Welt sich wieder langsamer drehte. Dann zog er sich vorsichtig aus ihr heraus, entsorgte das Kondom, kam wieder zurück ins Bett und drückte sie fest an seinen Körper, damit die plötzliche Kälte im Zimmer ihr nichts anhaben konnte.

„Du solltest besser im anderen Zimmer schlafen", murmelte sie, drängte sich aber näher an ihn.

Er küsste ihr Ohr und schmiegte sich an ihren Körper, als ob er genau dafür gemacht worden wäre. Der Puls in seinen Handgelenken pochte gegen ihre Rippen, als er ihre Brüste umfing.

„Schlaf, Erin." Er bedeckte ihr Ohr mit federleichten Küssen. Die Wärme seines Körpers besänftigte sie, und die Erschöpfung überkam sie wie eine beruhigende Welle, die sie in die dunklen Tiefen des Schlafs hinab zog.

SIEBZEHNTES KAPITEL

RACHEL SCHLICH SICH aus dem Haus, äußerst bedacht darauf, kein Geräusch zu machen. Ihr Auto parkte am Bürgersteig, und sie ließ den Motor an, während sie die ganze Zeit die Fenster ihres Zuhauses beobachtete, um sicherzugehen, dass ihre Eltern nicht aufgewacht waren. Sie war sich ziemlich sicher, dass sie nicht gehört hatten, wie sie das Haus verlassen hatte. Sie schliefen in getrennten Schlafzimmern auf der Rückseite des Hauses und taten so, als ob Dads Schnarchen der Grund dafür wäre, aber sie konnten niemandem etwas vormachen.

Ihre Ehe war zu einem weiteren Opfer ihrer Vergewaltigung geworden.

Sie hatte einen Kloß im Hals, als sie davonfuhr. Was ihr zugestoßen war, hatte ihre Eltern zerstört. So viele Selbstvorwürfe. So viel Scham. Sie wünschte, sie könnte die Uhr zurückdrehen und irgendetwas anders machen – zu Hause wohnen bleiben, anstatt in einem Wohnheim, lauter schreien, sich noch heftiger wehren – oder vielleicht einfach niemandem davon erzählen...

Das Geheimnis hätte sie womöglich zerstört, aber das hatte die Wahrheit auch getan. Sie verließ so gut wie nie mehr das Haus, außer um ihre Seminare oder das Krisenzentrum für Opfer sexueller Gewalt zu besuchen. Sie konnte nicht mehr schlafen. Sie hatte permanent Angst. Jede Nacht sah sie sein

Gesicht über sich. Wie er ihr wehtat. Jede Nacht. Wie ein Teufel in ihren Träumen, der sie selbst aus den Tiefen der Hölle heraus noch quälte.

Als das Urteil verlesen worden war, hatte sie sich bestärkt gefühlt. Nachdem Hawke ins Gefängnis geschickt worden war. Nachdem die Geschworenen ihr und Mary versichert hatten, dass sie ihnen glaubten. Glaubten, dass sie und Mary nicht logen, damit irgendein Junge sie beachtete. Die ganze Stadt hatte etwas anderes behauptet, und diese Wand aus Hass hatte sie aus den sozialen Medien vertrieben und sie dazu gezwungen, ihre Konten privat zu machen und sie nur mit ihren engsten Freunden zu teilen.

Sie wischte sich die Tränen ab. Sie hasste es, wie schwach sie geworden war. Wie misstrauisch.

Schnee trieb in trägen Spiralen zu Boden. Für heute war viel Schneefall angesagt worden. Sie liebte Schnee – oder vielmehr liebte sie es, zusammen mit ihren Eltern gemütlich vor einem wärmenden Feuer in ihrem Haus zu sitzen. In Sicherheit. Sie erschauderte. Was sollte das überhaupt bedeuten? Sicherheit war nur eine Illusion für Narren. Und dass sie jetzt mit sich selbst diskutierte, zeigte nur, wie verrückt sie geworden war.

Es hieß, zwei bis acht Prozent aller Vergewaltigungsvorwürfe waren möglicherweise falsch. Die Zahl war niedrig, aber wer auf der Welt würde überhaupt fälschlicherweise behaupten, vergewaltigt worden zu sein? Wer würde so eine grauenhafte Schändung erfinden, nur um beachtet zu werden? Sicherlich niemand, der wirklich vergewaltigt worden war. Ganz abgesehen von den Schmerzen und dem Schrecken des eigentlichen Übergriffs, waren die späteren Folgen noch viel schlimmer. Es war als ob man alles, was man über sich selbst zu wissen glaubte, einreißen und es auf Asche, Lügen und Illusionen reduzieren müsste.

Rachel wusste, dass die Leute glaubten, sie hätte „Glück" gehabt. Sie hatte die Statistiken gelesen. Achtzig Prozent aller Vergewaltigungen wurden nie angezeigt. Weniger als fünf Prozent der gemeldeten Vergewaltigungen wurden strafrechtlich verfolgt. Und von diesen hatten nur 0,2 bis 2,8 Prozent überhaupt eine Verurteilung zur Folge, bei der der Täter eine Gefängnisstrafe absitzen musste. Erin Donovan hatte es geschafft, durch ihren Glauben an Rachels Aussage und hartnäckige Polizeiarbeit. Es hatte Rachel an Wunder glauben lassen, hatte sie glauben lassen, dass ihre Gemeinde triumphiert hatte, zumindest in Hinsicht auf die Rechtsprechung. Sie hatte gehofft, es wäre ein Zeichen dafür, dass auch der Rest des Landes die Problematik von Vergewaltigung an Universitäten endlich ernst nehmen würde, aber das musste sich erst noch herausstellen.

Und nun hatten diese Morde all ihre alten Ängste und Unsicherheiten zurückgebracht. Sie schauderte und verbannte die Ungewissheit aus ihren Gedanken.

Das einzig Positive war, dass sie gelernt hatte, durch ihre Erfahrungen anderen zu helfen. Natürlich hatte sie permanent Todesangst, aber sie war auch mitfühlender als zuvor. Sie war verletzt, aber sie besaß praktisches Wissen darin, wie ein Opfer Hilfe bekommen konnte. Wenn das das Einzige war, was sie aus diesem grauenhaften Kapitel ihres Lebens mitnehmen konnte, dann war es zumindest etwas.

Sie setzte den Blinker und bog in Richtung des Fox Creek Parks ab. Sie hatte um neun ein Seminar, aber sie musste sich erst um etwas sehr Wichtiges kümmern.

Es war ruhig, was ihr nur lieb war. Die Leute wollten ihr

entweder voller Hass ins Gesicht spucken oder waren überfreundlich und mitleidig. Und alle schauten sie an als ob sie sie kannten. Das taten sie aber nicht.

Vorhin hatte sie einen Anruf von einem der Typen erhalten, der regelmäßig im Krisenzentrum aushalf. Sie krallte ihre Finger um das Lenkrad. Ein anderes Mädchen war angegriffen worden, aber sie hatte zu viel Angst, um es zu melden. Das Mädchen musste in einer Klinik untersucht werden. Das Problem war, dass sie traumatisiert war und sich weigerte, sich behandeln zu lassen.

Die junge Frau musste sich über Dinge wie sexuell übertragbare Krankheiten Gedanken machen. Schwangerschaft. Harnwegsinfektionen. Körperliche Verletzungen. Ein Vergewaltigungs-Set mit allen Proben und gegenständlichen Beweisen für den Fall, dass sie es sich anders überlegte und den Bastard in Zukunft festnageln wollte. Es war wichtig, sonst hätte Rachel sich nicht bereit erklärt, noch vor Tagesanbruch aufzustehen.

Es machte ihr Angst, dass so etwas wieder in ihrer Stadt passierte. Hawke war im Gefängnis. Sie sollte sich jetzt eigentlich sicher fühlen, aber das tat sie nicht.

Vielleicht war es an der Zeit, von hier fortzuziehen? Oder gar für eine Gesichtstransplantation. Diese Vorstellung brachte sie zum Lachen. Manchen Menschen ging es schlimmer, erinnerte sie sich. Deshalb bat sie die Leute immer, ihr von ihrem schlimmsten Erlebnis zu erzählen, bevor sie über ihre eigene Erfahrung sprach. Man konnte den Leuten nicht ansehen, was sie durchgemacht hatten, auch wenn man es versuchte. Und so schlimm ihre eigene Erfahrung auch gewesen war, sie lebte noch.

Daran hielt sie sich fest.

Sie bog auf den Parkplatz und hielt neben dem Zaun an, der den Eingang zum Fußweg markierte. Sie ließ den Motor laufen und tippte mit ihren bis zum Nagelbett abgekauten Fingernägeln aufs Lenkrad. Er hatte gesagt, er würde pünktlich um sechs hier sein.

Rachel schaute auf die Uhr. In der Klinik war um diese Uhrzeit hoffentlich nicht allzu viel los, aber sie mussten sich dennoch beeilen, wenn sie alle pünktlich zu ihren Seminaren kommen wollten.

Der große Geländewagen, den er manchmal fuhr, kam auf den Parkplatz gebogen. Er hielt in der leeren Parklücke neben ihr und stieg aus. Sie rollte ihr Fenster herunter und er lehnte sich auf den Türrahmen.

„Sie sitzt auf der Rückbank." Er blickte sich zum Geländewagen um. „Sie muss mit einer anderen Frau sprechen. Mit jemandem, dem sie vertrauen kann." Sorgenfalten standen ihm auf der Stirn.

Rachel konnte die junge Frau durch die verdunkelten Scheiben hindurch nicht sehen, aber sie war sich sicher, dass sie geweint hatte, dass sie das, was ihr zugestoßen war, immer und immer wieder im Kopf durchgegangen war. Und trotzdem saß Rachel noch immer wie gelähmt da. Konnte sie sich wirklich die Tortur eines anderen Mädchens in allen Einzelheiten anhören, ohne selbst vor Verzweiflung wahnsinnig zu werden?

„Vielleicht sollte ich sie einfach nach Hause fahren. Tut mir leid, wenn das hier eine Zeitverschwendung war…"

„Nein", sagte Rachel leise und löste ihren Gurt. „Ich werde mit ihr sprechen."

Er presste den Mund zusammen und zuckte mit den Achseln, als sie aus dem Auto ausstieg. Sie ging zur hinteren

Beifahrertür seines Wagens und er folgte ihr, die Hände in seinen Jackentaschen vergraben.

Rachel öffnete die Tür, blickte ins Wageninnere und runzelte verwirrt die Stirn, als sie auf einen leeren Sitz starrte. „Ich… ich verstehe nicht.“

Er griff mit einer Hand nach ihren Haaren und schlug ihren Kopf gegen den metallenen Rahmen der Autotür. Es folgte eine Explosion aus weißem Licht, die einen grellen Schmerz in ihrem Kopf verursachte. Etwas Hartes prallte gegen ihre unteren Rippen. „Du musst es auch nicht verstehen, Rachel. Du musst nur tun, was ich dir sage.“

Sie schrie auf, als er sie rückwärts vom Wagen wegzog, die Tür zuschlug und sie dann so vehement in Richtung der Wälder schob, dass ihre Beine kaum hinterherkamen.

„Was soll das? Das tut mir weh!“, rief sie. Sie versuchte, sich loszureißen, aber er war so viel stärker als sie. Der Schmerz in ihrem Kopf, als er sie zu sich zerrte, ließ ihre Sicht verschwimmen.

Er lachte.

„Loslassen! Ich meine es ernst.“ Sie trat in seine Richtung, aber er zerrte sie weiter vorwärts. Sie riss an seinen Handgelenken, um den Druck auf ihren Kopf etwas zu lindern, um den brennenden Schmerz in ihrem Schädel zu verringern. Sie konnte kaum denken. Konnte kaum den Schmerz und die Panik lange genug ignorieren, um zu begreifen, was zur Hölle hier vor sich ging.

Sie hatte ihm vertraut. Er zog sie weiter. Sie schrie, aber hier war niemand, der sie hätte hören können. Ihre Schreie hallten nutzlos durch den Wald.

„Wir gehen nur spazieren. Ich muss dir etwas erzählen.“ Schwachsinn. „Und was wäre das?“

„In ein paar Minuten. Es ist wichtig." Sie glaubte ihm nicht. Ihr Herz raste so schnell, es fühlte sich wie eine Kreissäge in ihrer Brust an. Warum tat er das? Er wusste doch, was sie durchgemacht hatte. Warum hatte er ihr die Lüge von einem anderen Opfer erzählt?

Es war so kalt, dass sie unkontrolliert zu zittern begann. Oder vielleicht war es auch nur die Angst, die die Kontrolle übernahm und ihre Körperfunktionen lahmlegte. Ihre Augen schnellten zu den Schatten der Bäume. Wenn sie sich aus seinem Griff befreien könnte, konnte sie wegrennen. Sie konnte ewig rennen. Der Griff in ihrem Haar wurde fester, als ob er ihre Gedanken gelesen hätte.

Sie liefen weiter in das dunkle Herz des Parks hinein.

„Wohin gehen wir? Das ist doch albern. Es macht mir Angst." Ihre Stimme klang schrill, wo sie doch stark klingen musste. Es passierte wieder – der absolute Kontrollverlust, das überwältigende Gefühl der Machtlosigkeit. Sie liefen endlos lange weiter, hatten den Pfad verlassen und waren zwischen den Bäumen unterwegs, stapften durch den Schnee, der ihre Jeans durchnässte. „Ich verstehe das nicht", schluchzte sie.

„Natürlich nicht". Er schubste sie grob vorwärts und sie fiel mit dem Gesicht voran zu Boden.

Sie warf sich auf den Rücken und begann, sich hektisch durch den Schnee von ihm fortzuschieben. „Warum das alles? Was ist hier los?"

„Oh bitte, Rachel." Er klang herablassend. „Ich erlöse dich von deinem Leiden."

„W… was?" Sie konnte kaum atmen, so viel Angst hatte sie.

Seine Augen wurden groß und er schaute sie spottend an. „Ich gebe dir eine Wahl."

„We… welche Wahl?"

„Zieh dich aus und leg dich auf den Boden."

Ihr Hals war rau, weil sie versuchte, ihre Emotionen zu unterdrücken. „Oder?", krächzte sie.

Ein Lächeln huschte über seine Lippen, so eiskalt und bösartig, dass es sich durch ihre Rippen schob und wie eine Klinge in ihr Herz glitt. „Oder ich mache mit dir, was ich schon das letzte Mal gemacht habe, nur dass es diesmal keine Drogen geben wird, um die Realität auszublenden. Keine praktischen Blackouts."

Ein stechender Schmerz schoss durch ihre Brust, und sie brauchte einen Augenblick, um zu bemerken, dass sie hyperventilierte. „Das kann nicht sein! Das ist unmöglich. Ich habe Drew Hawke gesehen…"

„Du hast gesehen, was ich dich sehen lassen wollte." Er sah auf seine Uhr, als wäre er gelangweilt.

„Ich weiß, was ich gesehen habe!" Aber es gab so viele Bruchstücke von Informationen, die nicht zusammenpassten.

Er holte etwas aus seiner Jackentasche und zog es sich über das Gesicht. Blaue Augen blitzen durch die kleinen Löcher in einer Maske.

„Es war eine Maske von seinem Gesicht?" Sie dachte an diese Nacht zurück und plötzlich ergab es Sinn. Die vollkommene Ausdruckslosigkeit im Gesicht ihres Angreifers. Die Tatsache, dass er kein Wort gesagt hatte.

Sie musste sich übergeben, Hawke war unschuldig. Sie hatte dabei geholfen, einen unschuldigen Mann hinter Gitter zu bringen und niemand ahnte etwas davon. Ein schrillender Ton gellte durch ihren Schädel – als ob ihr Verstand gerade ihren Kopf verließ. Ihre einzige Chance war, diesem Monster davonzulaufen, das so viel von so vielen Menschen gestohlen hatte. Das sie so durch und durch davon überzeugt hatte, Drew zu sein, dass sie einen Lügendetektortest gemacht hatte, um zu bezeugen, dass Drew schuldig war.

Sie musste es irgendjemandem erzählen.

Vorsichtig steckte er die Maske zurück in seine Tasche. „Du hättest Cassies Gesicht sehen sollen, als sie die Maske gesehen hat."

Rachels Magen überschlug sich. Er hatte Cassie umgebracht und nun würde er auch sie töten.

„Unterkühlung soll angeblich keine schlechte Art zu sterben sein. Es tut nicht weh – du schläfst einfach ein."

Sie stürzte davon, duckte sich unter einer Fichte hindurch und hechtete um eine Birke. Sie war klein, aber schnell, und sie würde nicht zulassen, dass diese perverse Bestie gewann.

Rachel schlug einen Haken nach rechts, aber ihr Fuß verfing sich in einer Wurzel und sie landete ausgestreckt im Schnee. Ein schweres Gewicht fiel auf ihren Rücken, bevor sie wieder aufstehen konnte, presste alle Luft aus ihrer Brust, sodass sie verzweifelt keuchend dalag und versuchte, wieder genug Sauerstoff in ihre Lungen zu saugen.

Sein Gewicht auf ihrem Rücken brachte unzählige, überwältigende Erinnerungen aus dem letzten Jahr zurück. Und eine Flut von Emotionen – Angst, Wut, Verwirrung. Als sie es endlich schaffte, tief einzuatmen, sah sie, dass er ein Seil in der Hand hielt, ein blaues Seil, genau wie das, das Erin Donovan ihr auf dem Foto gezeigt hatte. Todesangst verscheuchte jegliche Abscheu.

Sie bäumte sich gegen seinen Körper auf, aber er rührte sich nicht. Tränen über diese Ungerechtigkeit traten ihr in die Augen.

„Warum? Warum diese Mädchen umbringen, die anderen

vergewaltigen Und Hawke die Schuld in die Schuhe geschoben. Wozu das Ganze?" Sie schrie so laut und so lange wie ihre Lungen es hergaben. Die einzige Antwort war die Stille der Wälder. Wieder atmete sie ein, aber er stieß ihr Gesicht in den Schnee.

„Halt verdammt noch mal den Mund. Niemand kann dich hier draußen hören und du verursachst mir Kopfschmerzen." Sie erstickte fast. Er griff nach ihren Fußgelenken und zog sie zu einem Baum. Ihr Gesicht kratzte über den vereisten Boden.

„Warum?"

„Um sie zu bestrafen." Er atmete tief ein, als ob er außer Atem wäre.

Sie? „Meine Mutter?"

Er lachte und es klang furchterregend. „Wie kann jemand mit so intelligenten Eltern nur so unfassbar dumm sein?"

Sie zuckte zusammen. „Wen dann?" Er schaute auf, als ob er nach einer geeigneten Stelle suchte, um das Seil zu befestigen. Er suchte nach einer Stelle, um eine Schlinge aufzuhängen… „Wer soll damit bestraft werden, indem ich so leiden soll?"

„Hältst du verdammt noch mal endlich die Schnauze?" Er schnitt ein kleines Stück des Seils ab und band es eng um ihren Kopf, zwang den Knoten zwischen ihre Zähne. Ihre Mundwinkel rissen ein und sie konnte Blut schmecken.

„Besser." Er grinste.

Rachel zitterte vor Kälte und Angst, aber sie verlagerte ihr Gewicht auf die Fußballen, bereit, davonzulaufen.

„Detective Donovan. Ich bestrafe Detective Donovan."

Sie runzelte irritiert die Stirn. Wofür musste Detective Donovan denn bestraft werden? Und warum griff er sie an, nicht Erin?

Er beugte sich ganz nah zu ihr hin. „Das ist die Person, die ich bestrafe. Weil sie eine hinterfotzige Hure ist."

Rachel verstand nicht. Aber vielleicht war das auch egal. Er trat einen Schritt zurück und warf das Seil über einen Ast. Genau in diesem Augenblick stieß Rachel sich vom Boden ab und rannte los.

Sie sah sich nicht um, hielt nicht inne. Sie zwang ihre Beine, schneller zu rennen als sie je in ihrem Leben gerannt war. Sie hörte ihn hinter sich durch die Bäume brechen, aber er fiel langsam zurück. Sie verspürte Euphorie. Sie hatte gewonnen! Dann erkannte sie, dass sie direkt auf eine Klippe im Park zu rannte und er sich von hinten näherte. Es gab kein Entkommen. Sie hörte sein Lachen. Er wusste, dass sie wie ein dämlicher Lemming in den Tod rannte.

Und als die Klippe undeutlich vor ihr im Schneetreiben auftauchte, wurde ihr klar, dass sie eine Wahl hatte. Das Leben in die eigene Hand zu nehmen und die Kontrolle wiederzuerlangen – selbst, wenn es den sicheren Tod bedeutete. Oder unter diesem Monster zu leiden, das sie immer und immer wieder zerstören wollte. Sie nahm ihr Schicksal in die eigene Hand und stürzte sich über die Klippe, ihr Herz endlich befreit, als sie durch die Luft flog.

ALS ER DIE Dusche hörte, öffnete Darsh die Augen. Er brauchte einen Moment, um sich wieder daran zu erinnern, wo er war, und womit er einen Großteil der Nacht verbracht hatte. Er schaute auf den Wecker. Sechs Uhr. Er rieb sich die Augen und rollte aus dem Bett, ging splitterfasernackt ins Bad.

Dichter Dampf füllte den Raum, aber er konnte Erin durch den Dunst hinter der Glasscheibe der Dusche erkennen. All seine guten Vorsätze, früh in den Tag zu starten, lösten sich in Luft auf.

Er hielt nicht inne, betrat einfach die Dusche und zog die Frau an sich, die ihn seit dem Moment, in dem er sie kennengelernt hatte, mit nichts als Lust erfüllte. Er drückte sie gegen das kühle Glas.

Nach einem Augenblick des Zögerns küsste sie ihn, tief und sinnlich. Sie fuhr mit ihren schaumbenetzten Händen über seinen Rücken und seine Schultern. Sein Körper konnte einfach nicht genug von ihr bekommen. Sein Verstand war ebenfalls am Kämpfen. Er hob sie hoch, ihre Beine schlangen sich um seine Hüften und er drängte seinem Ziel entgegen. Dann erstarrte er.

„Scheiße. Ich habe keine Kondome mehr." Er biss angestrengt die Zähne zusammen, um sich bloß nicht mehr zu bewegen.

Ihre Fußgelenke drückten sich in seinen Hintern und sie sah ihn unverwandt an. „Ich nehme die Pille. Ich bin gesund."

Sie fühlte sich so gut an, ohne etwas zwischen ihnen. „Ich bin auch gesund, aber…" Er hatte das noch nie gemacht. Zu viele seiner Freunde waren früh Eltern geworden, sogar diejenigen, die Kondome benutzt hatten.

„Wir müssen das nicht tun. Es gibt auch andere Möglichkeiten." Ihr Lächeln verriet ihm, dass sie jede Menge Ideen hatte, aber ihre Muskeln zogen sich um ihn zusammen, bebten in den frühen Stadien eines Orgasmus.

„Nein. Ich will es." Wollte es so sehr, dass es ihm fast Angst machte. Und er sank in sie hinein, fand einen Rhythmus, der sie nach Luft schnappen und ihre Fingernägel in seinen Rücken krallen ließ, sie versuchte, ihn zu reiten, hielt sich an seinen Schultern fest. Er betrachtete ihr Gesicht, während sie am Abgrund entlang taumelte, bevor sie aufschrie und sich bereitwillig hinabstürzte. Seine eigene Erlösung überkam ihn wie ein Buschfeuer, das durch ausgedörrtes Grasland fegte und alles auslöschte, das ihm im Weg stand. Sie sank auf ihm zusammen, und er hielt sie fest, ließ sie wieder zu Atem kommen, während er zusah, wie der Wasserstrahl der Dusche ihren Rücken hinunterfloss.

Erin hob den Kopf, ihre Augen blickten nun nicht mehr strahlend und fiebrig, sondern nachdenklich und düster. „Wir müssen zur Arbeit und so tun, als ob wir nicht die ganze Nacht lang Sex gehabt hätten."

Vorsichtig ließ er ihre Füße zu Boden gleiten. Er hatte ihr ein besseres Ende als beim letzten Mal versprochen, aber sie wusste, dass die Realität sie auseinanderreißen würde. Sie hatten die Regeln gebrochen. Waren miteinander ins Bett gegangen, obwohl sie professionell bleiben und den Fall hätten bearbeiten müssen. Darsh griff nach dem Duschgel und rieb es über ihren Körper, dann über seinen. Er wusch sie, machte sie sauber.

„Was, wenn das hier nicht aufhören müsste?", fragte er.

Sie verkrampfte sich unter seinen Fingern.

„Vor drei Jahren habe ich schon gedacht, dass es der beste Sex meines Lebens war, aber letzte Nacht hat das noch einmal überboten. Was, wenn es immer besser wird?" Was, wenn sie zusammengehörten?

Sie wich seinem Blick aus. „Es ist nur Sex."

Er wusste es besser. Es als „nur Sex" zu bezeichnen war so, als ob man eine Explosionsvorrichtung mit einer Knallerbse verglich. Aber Erin hatte die Hölle hinter sich. Sie war offensichtlich ein gebranntes Kind, was Beziehungen anging.

„Was, wenn wir uns weiterhin sehen, wenn diese ganze Sache hier vorbei ist, und herausfinden, was es wirklich ist?" Darsh wollte sie dazu bringen, ihn anzuschauen, aber sie hatte ihre blauen Augen starr auf den Boden gerichtet und versuchte nun, an ihm vorbei aus der Dusche zu kommen. „Was, wenn wir diesem Irrsinn zwischen uns eine Chance geben?"

Sie lachte hart auf, trat aus der Dusche und schlüpfte in einen Bademantel. Er folgte ihr und sie reichte ihm ein Handtuch. Er rieb sich die Haare trocken, dann sah er, dass sie ihn beobachtete, wie er nackt in ihrem Bad stand.

Trotz des bewundernden Blicks in ihren Augen gab sie ihm keinerlei Hinweise darauf, dass sie ihn wiedersehen wollte.

„Das geht nicht." Ihr Hals bewegte sich, als sie schluckte.

„Warum nicht?" Ein anderer Gedanke blitzte auf. Er wurde wütend. „Ist es, weil wir verschiedener Herkunft sind?"

Ihr Mund wurde rund vor Erstaunen. „Was? Spinnst du? Wenn du gut genug bist für Sex, dann bist du auch gut genug für eine Beziehung, du Idiot. Und wenn du damit sagen willst, dass das hier irgendwas mit Rassismus zu tun hat, dann bist du nur halb so schlau wie du glaubst."

Es hatte genug Frauen gegeben, die sich ihn für einen One-Night-Stand ausgeguckt hatten, aber nicht mit ihm auf der Straße gesehen werden wollten. Es hatte in der Highschool angefangen und war seitdem immer wieder vorgekommen. Aber wenn seine Herkunft nicht das Problem für Erin war, was dann?

„Wir leben in verschiedenen Bundesstaaten und du prüfst gerade meine Arbeit im Hawke-Fall, erinnerst du dich?"

Als ob er das vergessen könnte. Er trocknete sich Rücken und Beine ab. Es mochte ihm noch so sehr missfallen, aber sie hatte recht.

Sie marschierte an ihm vorbei ins Schlafzimmer, um sich anzuziehen, und er folgte ihr, kramte ein sauberes T-Shirt und eine schwarze Hose aus seiner Tasche. Darsh war noch nicht bereit, aufzugeben. „Und wie sieht es aus, wenn das alles hier vorbei ist?"

Erin schnappte sich ihre Waffe vom Nachttisch und zog ihre Stiefel an. Ihre Lippen waren zu einer schmalen, wütenden Linie zusammengepresst. „Wir würden immer noch in verschiedenen Bundesstaaten leben."

„Du könntest umziehen?"

„Ha! Wo habe ich das nur schonmal gehört? Kündige deinen Job, triff dich nicht mehr mit deinen Freunden…"

„Hey, ich bin nicht dein Ex." Zorn schoss durch ihn hindurch. „Vergleiche mich niemals mit ihm."

„Oder was?" Sie stemmte die Hände in ihre Hüften, forderte einen offenen Streit heraus. Das verstand er jetzt.

Darsh hob das Kinn. „Ich meinte, höre bei der Polizei von Forbes Pines auf. Geh zum FBI oder zu einer größeren Polizeibehörde. Du wärst eine fantastische Agentin."

Erins Augen wurden groß und sie ließ die Arme sinken. Sie atmete tief ein. „Oh."

„Genau, ‚oh'." Er zog sich das Holster über und kontrollierte seine SIG. Dann vergewisserte er sich, dass er all seine Kleider und Sachen wieder eingepackt hatte, denn die Chancen standen nicht schlecht, dass das hier seine erste und einzige Nacht in Erins Schlafzimmer gewesen war.

Er hatte es versucht. Er hatte einen ersten Schritt gewagt und sie hatte ihn abgewiesen. Zumindest war er nicht abgehauen, ohne wenigstens versucht zu haben, herauszufinden, ob diese explosive Anziehungskraft zwischen ihnen mehr war als nur Sex.

Darsh warf sich seine Tasche über die Schulter, dann hielt er auf der Türschwelle zum Schlafzimmer inne. „Eines Tages wirst du aufhören müssen, vor deiner Angst, wieder verletzt zu werden, davonzurennen." Er drehte sich zu ihr um. Sie stand regungslos da. „Ich hoffe nur, dass dann noch ein bisschen Leben für dich übrig ist, wenn du soweit bist."

ACHTZEHNTES KAPITEL

E RIN LIEF FORSCH die Stufen zur Fakultät für Psychologie hinauf, wo sich Professor Huxleys Büro befand. Darsh und sie hatten sich auf der Fahrt zur Polizeistation angeschwiegen. Auf dem Parkplatz hatte sie ihren Wagen mit einem ausgewechselten Vorderreifen und einer Notiz von ihrem Kumpel Manny unter dem Scheibenwischer vorgefunden.

Wenigstens auf der Dienststelle hatte sie noch Freunde. Das konnte sich allerdings schnell ändern, wenn ihre Kollegen herausfanden, dass sie mit dem erstbesten Bundesagenten ins Bett gesprungen war, nachdem sie drei Jahre damit verbracht hatte, jeden armen Kerl abzuweisen, der sie um eine Verabredung gebeten hatte. In Darshs Armen aufzuwachen, hatte massive Schuldgefühle in ihr hervorgerufen. Wenn ihr Boss oder ihre Kollegen herausfanden, dass sie etwas mit ihm angefangen hatte, würde ihre Karriere Schaden nehmen. Sie hatte zu viel in ihren Job investiert, um es wegen einer Nacht rücksichtsloser Leidenschaft wieder zu verlieren. Und der Gedanke, dass da noch mehr zwischen ihnen sein sollte? Das war Darshs Gewissen, was sich zu Wort meldete. Oder die letzten Reste seiner Lust.

Er würde darüber hinwegkommen. Zum Teufel, er würde ihr noch früh genug dafür danken.

Sie ignorierte seinen Vorwurf, sie würde immer

davonlaufen. Sie brauchte ein wenig Abstand zu New York, das war alles. Allein zu sein war verdammt nochmal kein Verbrechen.

Sie kam im dritten Stock des Fakultätsgebäudes an und suchte nach Huxleys Büro, das in ein anderes Zimmer verlegt worden war, seit sie zuletzt hier gewesen war. Schilder wiesen sie nach links. Die Flure waren still, abgesehen von ihren Schritten, die über den Parkettfußboden hallten.

Die Vorstellung, zum FBI zu gehen, reizte sie. Aber sie würde nicht einfach alles stehen und liegen lassen, nur weil irgendein Kerl sie öfter hatte kommen lassen als sie zählen konnte. *Genau, reduziere es nur auf Sex, Erin. Vielleicht kannst du dir ja einreden, dass das alles ist.*

Sie fand Zimmer 345 und klopfte an.

Papierrascheln ertönte, ein Stuhl wurde zurückgeschoben. Dann ein zögerliches „Herein."

Erin öffnete die Tür und sah Huxley und eine Studentin, die neben seinem Schreibtisch stand und etwas in der Hand hielt, das wie ein Aufsatz aussah.

„Erin! Kommen Sie herein", rief Huxley jovial. Zu jovial für diese Uhrzeit, aber das war nur ihre persönliche Meinung.

„Danke, Monica. Wir sehen uns dann im Seminar. Wenn Sie weitere Fragen zu ihrem Aufsatz haben, schreiben Sie mir eine Mail oder sprechen Sie mit Linus oder Rick."

Erin wartete, bis das Mädchen an ihr vorbeigegangen war. Ihre Wangen waren gerötet. War das etwa Schuldbewusstsein, was in ihren Augen aufblitzte? Hatten sie etwas getan, was sie nicht tun sollten? Oder kam ihre Unfähigkeit, Erin in die Augen zu sehen, und ihr Verlangen, schnell zu verschwinden, einfach nur von einer persönlichen Abneigung gegen sie, die Erin bei jedem Menschen vorzufinden zu sein schien, mit dem sie auf dem Campus zu tun hatte?

Erin wusste es nicht, aber Huxley konnte ihr auch kaum in die Augen schauen. Seine Haare waren zerzaust, seine Lippen gerötet. Erin kam der Gedanke, dass die beiden mehr gemacht hatten, als nur den Aufsatz der Studentin zu besprechen, als sie an die Tür geklopft hatte. Aber im Augenblick war ihr moralische Verwerflichkeit egal. Solange beide alt genug waren und keine Gesetze brachen, konnten sie es ihretwegen treiben wie die Karnickel.

Und es war gut möglich, dass sie auch einfach nur Dinge sah, die nicht da waren – vor allem, wenn es um sexuelle Beziehungen ging. Ihre Erinnerung blitzte zu dem Augenblick zurück, als Darsh nackt zu ihr in die Dusche getreten war, gerade als sie alles versucht hatte, um sich von ihm zu lösen und wieder eine professionelle Grenze zu ziehen. Stattdessen hatten sie ungeschützten Sex gehabt.

Eine Mischung aus Lust und Reue schoss durch ihre Adern, als sie an all die unprofessionellen Dinge dachte, die sie in den letzten zwölf Stunden mit Darsh angestellt hatte, und die sie sich unmöglich je wieder erlauben durfte. Also würde sie wirklich niemandem Vorträge darüber halten, mit wem er oder sie Sex hatte – solange es einvernehmlich war. Das war die einzige Grenze, die sie ganz entschieden zog.

„Roman", sagte sie, als die Studentin die Tür mit einem nachdrücklichen Klicken hinter sich zugezogen hatte.

Er beugte sich vor und hob seinen Kaffeebecher an den Mund. „Tut mir leid, es ist immer chaotisch am Anfang des Semesters und ich habe um neun Uhr eine Vorlesung. Was kann ich für Sie tun, Erin?"

Sie zog das Foto von Peter Zimmerman aus der Tasche. Wieder klopfte es, und noch bevor Huxley etwas erwidern konnte, ging die Tür auf. Rick Lachlan, der wissenschaftliche Mitarbeiter des Professors, stand mit einem überraschten Gesichtsausdruck da.

„Könnten Sie uns ein paar Minuten geben…?"

„Ehrlich gesagt ist es in Ordnung, wenn Rick hier ist." Erin schenkte dem jungen Mann ein Lächeln. Er war kleiner als Huxley, sah aber auf eine akkurate Art und Weise gut aus. Rick und Linus waren Huxleys Schatten und halfen dem Professor, dessen Erinnerungsvermögen mitunter verblüffend vage sein konnte, oft auf die Sprünge. „Ich wollte fragen, ob Sie diesen Mann Montagabend im Obdachlosenheim gesehen haben?"

Sie hielt dem Professor das Foto hin und er starrte es mit zusammengezogenen Augenbrauen an. Rick ging um den Schreibtisch herum und betrachtete das Bild ebenfalls.

„Ist das der Kerl, der gestanden hat?", fragte Huxley.

Ricks Augenbrauen flogen in die Höhe. „Ich wusste gar nicht, dass jemand gestanden hat."

„Gestern Abend", bestätigte Erin. „Haben Sie ihn am Montagabend im Heim gesehen?"

Der Professor griff nach einer Lesebrille und setzte sie sich auf. „Ja. Er wird Stinky Pete genannt, aber ich bin nicht sicher, wie er richtig heißt. Er war da. Wir haben pünktlich um sechs mit der Ausgabe des Abendessens angefangen, oder Rick?"

„Sie waren auch dort?", fragte sie den Assistenten überrascht. Sie fragte sich nicht zum ersten Mal, ob die beiden ein Verhältnis hatten. Dann musste sie über sich selbst die Augen verdrehen. Sie sah heute Morgen überall Sex. Das Ziehen zwischen ihren Beinen erinnerte sie stets daran.

„Der komplette Lehrstuhl hilft mindestens einmal im Monat aus. Das ist nicht nur unsere Bürgerpflicht, sondern auch ein guter Weg, um mögliche Testpersonen mit unterschiedlichen psychologischen Problemen kennenzulernen."

Rick nahm dem Professor das Foto aus der Hand. „Er war schon da, als wir die Türen aufgemacht haben. Ich habe ihn gefragt, ob er auch über Nacht im Obdachlosenheim bleibt, weil es eisig kalt war, aber er hat mich nur böse angestarrt. Ich habe vermutet, das hatte wohl Nein heißen sollen."

„Können Sie sich erinnern, wann er gegangen ist?", fragte sie Huxley, aber wieder antwortete Rick.

„Ich glaube, so gegen halb acht, viertel vor acht?" Er runzelte die Stirn. „Ich bin nicht ganz sicher."

„Professor?", fragte sie.

Eine leichte Röte schlich in seine Wangen und er nahm seinem Assistenten das Bild wieder ab. „Ich bin nicht sicher. Ich habe bis zu den Ellenbogen in Abwaschwasser gesteckt, also kann ich vor Gericht nichts beschwören."

„Waren Sie beide den ganzen Abend dort?"

„Ja." Huxley nickte entschieden.

Ricks Augen wurden groß und sein Mund verzog sich leicht.

„Noch etwas?", ermunterte sie ihn.

Rick schüttelte den Kopf. „Er kommt mir einfach nicht wie jemand vor, der so etwas tut, das ist alles."

„Sie wissen besser als die meisten anderen, dass die Menschen ihre Verbrechen nicht einfach zur Schau stellen", belehrte ihn der Professor.

„Ja. Das weiß ich." Wut blitzte in den Augen des wissenschaftlichen Mitarbeiters auf. „Aber man sollte doch meinen, dass wir mit unserem Wissen und unserer Expertise die Warnsignale entdecken sollten, die uns auf gefährliche Individuen hinweisen – oder auf Lügner. Ich meine, wir haben ihm das Abendessen serviert und dann ist er losgezogen und hat zwei junge Frauen vergewaltigt und ermordet?" Er hielt sich die Hand vor den Mund. „Was nützt unsere Arbeit überhaupt, wenn so etwas passiert?"

„Wissen ist der Schlüssel", argumentierte der Professor und lehnte sich in seinem Stuhl zurück. Er hatte die nervtötende Angewohnheit, Verbrechen auf intellektuelle Sprüche zu reduzieren. „Ich würde mir mehr Gedanken machen, wenn er ein Geständnis abgelegt hat, nur um ein warmes Bett und drei Mahlzeiten am Tag abzugreifen." Er gab Erin das Foto zurück und schaute auf die Uhr. Zeit für seine Vorlesung. Sie hatte schon begriffen.

„Okay, vielen Dank Ihnen beiden für Ihre Zeit. Ich lasse Sie wieder zurück an die Arbeit gehen."

Sie verließ das Büro und war überrascht, den Flur nun voller Studenten vorzufinden, die geschäftig hin und her liefen. Sie hielt einen Augenblick inne und schrieb die gerade erfragte Zeitleiste von Montagabend in ihr Notizbuch. Laute Stimmen drangen durch die Bürotür, auch wenn sie die Worte nicht ausmachen konnte.

Der Professor kam aus dem Büro gestürzt. Er sah erbost aus und stieß fast mit ihr zusammen.

„Entschuldigen Sie." Er zögerte, dann schob er sich an ihr vorbei. „Ich komme zu spät."

Überrascht schaute sie ihm nach, wie er zielstrebig davonmarschierte. Rick kam langsam aus dem Büro und schloss die Tür hinter sich ab.

Er sah seinem Boss mit einem nachdenklichen Ausdruck hinterher. „Er steht unter Stress", sagte er leise.

Erins Augen wurden schmal. Sie fragte sich, unter was für einer Art von Stress der Professor wohl stand.

„Lust auf einen Kaffee?", fragte Rick und schaute auf seine Uhr, während die Studenten auf dem Flur nach und nach in den Hörsälen verschwanden.

Erin war ganz benebelt vor Müdigkeit. „Liebend gern, aber ich kann leider nicht. Ich muss mit dem Sicherheitsdienst vom Campus sprechen."

Er lächelte und nickte. „Nächstes Mal."

„Gerne." Sie verabschiedete sich und lief den Gang hinunter, dann drückte sie die schwere Tür zum Treppenhaus auf. Sie stieß augenblicklich mit etwas sehr Massivem zusammen – Jason Brady. Der Zusammenstoß war so heftig, dass sie fast zu Boden fiel. Er griff nach ihrem Oberarm, um sie aufzufangen, nur um im selben Moment zu erkennen, wer sie war. Sofort stemmte er sie an ihrem Arm in die Höhe und rammte sie gegen die Wand des Treppenhauses. Die Luft wich aus ihren Lungen und sie schnappte nach Sauerstoff. Ein pfeifendes Geräusch kam ihr über die Lippen, während ihre Augen zu tränen begannen.

Seine Augen funkelten voller Hass, als er sie anstarrte und seinen Körper brutal gegen ihren drückte, sie an Ort und Stelle festhielt. Ihr Herz raste. Schweiß trat ihr aus jeder Pore. Sie wand sich unter ihm hin und her, aber sie konnte ihre Arme und Beine kaum ein paar Zentimeter bewegen und ihre Waffe nicht greifen. Ihr Blick fiel nach links, und ihr wurde klar, wie einfach es für ihn wäre, sie hochzuheben und über das Geländer zu werfen. Er könnte sie ganz leicht auf die unnachgiebigen Betonstufen werfen und aus dieser Höhe wäre sie einfach tot. Er folgte ihrem Blick und der Ausdruck in seinen Augen wurde hart, als ob er die Konsequenzen abwägen würde. Sein Griff wurde enger, bis ihre Arme schmerzten und ihre Lunge sich zusammenzog.

Niemand war zu sehen. Niemand würde es je erfahren.

Endlich kam er zu sich. Er atmete bebend ein und trat einen Schritt zurück, ließ sie fallen, als wäre sie giftig. Dann ging er davon, schlug die schwere Tür auf, dass sie mit einem Krachen gegen die Wand knallte und das Geräusch durch das gesamte Gebäude hallte.

Erins Knie gaben nach. Sie sank auf den Boden, versuchte, tief in ihre vertrockneten Lungen einzuatmen, umgeben vom Gestank von Schweiß und Angst.

War ihr Job wirklich ihr Leben wert?

Sie stemmte sich an der Wand nach oben und hielt sich am Geländer fest als wäre sie eine Betrunkene, die die Treppenstufen hinuntertaumelte. Sie dachte an Cassie, an Mandy, an Rachel und an Mary. Und an all die anderen Mädchen in dieser Stadt, für die sie dagewesen war, als sie sie gebraucht hatten.

Sie waren es wert.

Jede einzelne von ihnen war es wert, dass sie sich mit Arschlöchern wie Brady herumschlug. Sie richtete sich auf und atmete tief ein.

Darsh hatte mit einer Sache recht gehabt, das musste sie zugeben. Sie brauchte eindeutig Unterstützung, wenn sie auf dem Campus unterwegs war. Sie rief Cathy Bickham an und wies die Polizistin an, sie im Büro des Sicherheitsdienstes zu treffen.

DARSH SAß PETER Zimmerman gegenüber und wartete. Ully Mason räusperte sich, doch Darsh sagte kein Wort. Er kannte den Weg zum Herzen eines Marines.

Unglücklicherweise gab ihm das auch genug Zeit, um über letzte Nacht nachzudenken.

Dass Erin das alles einfach so hatte abstellen können, sobald die Sonne aufgegangen war, ließ ihn alles in Frage stellen, was er über Frauen und Sex wusste. Er versuchte, es nicht zu sehr an sich heranzulassen. Sie hatte recht damit, dass niemand etwas über ihre gemeinsame Nacht erfahren durfte. Aber die Andeutung, dass das, was sie getan hatten, ein dreckiges, kleines Geheimnis war, machte ihn wütend. Er wollte mehr, aber sie wollte es nicht einmal versuchen. Sie war nicht kaltherzig, aber sie war ein Feigling.

Sie war heute Morgen einfach verschwunden. Hatte ihm gesagt, sie wolle nicht mit im Verhör sitzen, angeblich, weil sie etwas Wichtiges zu erledigen hatte. In Wahrheit ging sie ihm aus dem Weg. Es war die Intimität gewesen, die Geheimnisse, die sie ausgetauscht hatten und das Vertrauen, das sie ineinander gehabt hatten, die ihr so viel Angst eingejagt hatten, dass sie komplett zurückgeschreckt war. Sie hatte sich ihm geöffnet, und das hatte ihr eine Heidenangst eingejagt.

Er verstand es, aber es gefiel ihm nicht.

Endlich kam jemand mit dem Kaffee und dem Schinkenbrötchen, um das er gebeten hatte. Er nickte dankend und der Beamte verließ das Verhörzimmer wieder. Darsh schob das Brötchen über den Tisch. Zimmerman ließ sich nicht bitten. Er biss in das duftende Sandwich und schnappte sich einen der drei Becher auf dem Tisch. Er schluckte einen Mundvoll Essen hinunter, dann trank er gierig seinen Kaffee.

„Mr. Zimmerman, ich bin Agent Singh. Ich bin vom FBI."

„Auf den Namen höre ich längst nicht mehr", sagte der Kerl durch einen Mund voller Essen hindurch.

„Ich werde einen US-Marine nicht mit Stinky Pete

anreden“, sagte ihm Darsh offen.

Der blaue Overall, den der Gefangene erhalten hatte, nachdem seine Kleidung konfisziert worden war, war so groß, dass er an den Schultern hinunterrutschte. Knochen standen spitz unter seiner Haut hervor und deuteten auf jahrelange Mangelernährung hin.

„Seit wann sind Sie nicht mehr bei den Marines?“

Zimmerman wischte sich das Schinkenfett aus dem Gesicht, verteilte es aber nur in seinem Bart. Ully Mason warf eine Serviette über den Tisch. Zimmerman wischte sich mit seinem Ärmel im Gesicht herum und dankte Officer Mason mit einem zornigen Blick.

Er wandte seine Aufmerksamkeit wieder Darsh zu. „2010. Habe fünf Touren mitgemacht.“ Ein Anflug von Stolz schlich sich in sein Ressentiment.

Fünf Touren, und er lebte auf der Straße? Darsh glaubte daran, dass jeder für sich selbst verantwortlich war, aber verdammt nochmal! Was stimmte nicht in diesem Land, dass es sich nicht besser um die eigenen Veteranen kümmerte?

„Ich habe drei Touren mit der Thundering Third gemacht“, erzählte ihm Darsh leise. „Natürlich war ich nicht so lange dabei wie Sie.“

Etwas in Zimmermans Augen blitzte auf. Das Gefühl eines geteilten Erlebnisses, der Bruderschaft des US-Marine Corps. Stolz. Darsh brauchte dieses Gefühl, um eine Verbindung zu diesem Mann aufzubauen und die Wahrheit darüber zu erfahren, was am Montagabend vorgefallen war.

„Während dem Fall von Bagdad?“, fragte Zimmerman.

Darsh nickte.

„Ich habe gehört, es wäre eine gute Schlacht gewesen.“ Zimmerman hörte auf zu kauen, um sein Essen mit einem weiteren großen Schluck Kaffee hinunterzuspülen. „Haben Sie gesehen, wie die Statue gestürzt wurde?"

Die riesige Statue von Saddam Hussein, die den Firdor-Platz überragt hatte, bis die Marines sie umgestürzt hatten. „Meine Kumpels waren diejenigen, die sie eingerissen haben." Und beinahe den nächsten Kampf angezettelt hätten, weil sie danach die falsche Fahne gehisst hatten. Das Eingreifen von ein paar vorbildlichen Offizieren hatte ein Desaster abgewendet. Zumindest an jenem Tag. Es hatte nicht lange gedauert, bis die Einheimischen ihnen weniger freundlich gesinnt waren.

„Da waren Sie dabei?" Ully Mason war plötzlich an mehr interessiert als nur an seiner Hautfarbe oder seinem FBI-Rang. Oder vielleicht hatte seine Feindseligkeit Darsh gegenüber vor allem mit seinem offensichtlichen Interesse an Erin zu tun – persönlich und beruflich.

„Ich war nur ein ganz kleines Rad in der Maschine", räumte Darsh ein. „Mit einem großen Gewehr."

Es war unmöglich, in diesem Verhör nicht auf Persönliches einzugehen oder Dinge über sich selbst preiszugeben, über die er für gewöhnlich nicht sprach. Vielleicht war es gut, dass Erin nicht hier war.

„Ich war Teil einer mobilen Scharfschützentruppe. Was haben Sie gemacht?"

Zimmermans Augen blitzten auf. „Ich habe von Ihrer Truppe gehört. Das war das erste Mal, dass so was ausprobiert wurde. Hat super funktioniert."

Darsh nickte, ließ sich ganz auf die Unterhaltung ein. Die Scharfschützen des US-Marine Corps wurden als schnelle Einsatztruppe auf den Schlachtfeldern eingesetzt, anstatt sich zu verschanzen und darauf zu warten, dass die Zielperson vorbeikam.

„Ihr habt meinem Kumpel das Leben gerettet, als die Republikanische Garde das Krankenhaus angegriffen hat.“

Darsh erinnerte sich an den Vorfall. Das Krankenhaus war besetzt worden, um die Verwundeten zu versorgen, aber Saddams Männer hatten es angegriffen, obwohl das Gebäude nur so von ihren eigenen Männern wimmelte. Die Scharfschützen hatten die Republikanische Garde einen nach dem anderen durch die Fenster hindurch eliminiert und viele Leben gerettet. Sie hatten Glück gehabt.

„Das war mein Job. Was war Ihrer?“ Er versuchte, diesen Mann, der so tief gesunken war, daran zu erinnern, dass er einmal ein stolzer Marine gewesen war und einen ehrenwerten Auftrag gehabt hatte.

„Ich war Gunnery Sergeant.“ Zimmerman wischte sich wieder den Mund ab und starrte in seinen Kaffee.

„Was ist passiert?“, fragte Darsh leise.

„Das Übliche.“ Die knochigen Schultern hüpften auf und nieder, aber er schob den Teller von sich fort und stützte den Kopf auf die Hände. „Bin in den Krieg gezogen. Kam nach Hause und hab meine Frau dabei erwischt, wie sie meinen besten Freund vögelt. Bin abgehauen. Hab Ärger gesucht. Hab zu trinken angefangen. Hab Scheiße gebaut. Bin davongerannt wie ein beschissenes Baby.“

„Warum sind Sie davongerannt?“, fragte Darsh.

Zimmermans blutunterlaufene blaue Augen trafen Darshs Blick. Intelligenz leuchtete in ihren Tiefen auf. Intelligenz und Schmerz. „Sie wissen, warum.“

„Ich will es von Ihnen hören.“

Zimmerman lehnte sich zurück und für einen Augenblick sah es so aus, als würde er dichtmachen. Dann beugte er sich wieder vor, legte seine Hände auf den Tisch und streckte seine Finger auseinander. „Trunkenheit am Steuer."

Darsh war sich sicher, dass mehr dahintersteckte. „Eine Vorladung wegen Trunkenheit am Steuer war es wert, einen bundesweiten Haftbefehl zu riskieren?" Darsh ließ es so klingen, als ob es die dümmste Entscheidung aller Zeiten gewesen wäre. Er lag nicht ganz falsch.

Zimmermans Ausdruck verhärtete sich und er presste die Lippen zusammen. „Nicht einfach nur Trunkenheit am Steuer. Ich habe mein kleines Mädchen überfahren." Darsh sah, wie Zimmerman versuchte, zu schlucken. „Sie hat mit ihrem Fahrrad in der Einfahrt gespielt und ich habe sie überfahren."

„Sie war nicht schwer verletzt. Sie haben die volle Verantwortung für den Vorfall übernommen."

Der Kerl schaute ihn mit Verzweiflung in den Augen an. „Ich habe ihr Fahrrad zu Schrott gefahren. Sie hätten es sehen sollen, die Räder waren völlig verdreht und zerquetscht. Es hätte sie treffen können. Ich habe die Polizei und den Rettungsdienst gerufen, aber wir hatten Glück, sie hat kaum einen Kratzer abbekommen." Der Blick in seinen Augen schien weit weg zu sein. „Und selbst dann konnte ich nicht aufhören, zu trinken. Die Vorstellung, sie eines Tages zu verletzten, weil ich zu viel getrunken habe, um es überhaupt zu merken… das hat mich aufgefressen. Also bin ich abgehauen. Bis ich mich daran erinnert hatte, dass ich vor Gericht erscheinen sollte, war ich schon in Illinois."

„Sie sind kein einziges Mal zurückgegangen?"

Er schüttelte den Kopf. „Es ist einfacher, ein Penner zu sein, wenn die Leute einen nicht kennen."

„Sie haben sich geschämt", stellte Darsh fest.

Zorn blitzte auf. „Natürlich habe ich mich geschämt. Tue

ich immer noch. Und die Vorstellung, dass sie mich so sehen könnten?" Selbsthass grub sich tief in sein Gesicht. „Können Sie sich vorstellen, wie grauenhaft es sein muss, so einen Vater zu haben? So einen Ehemann? Es ist besser für sie zu glauben, ich wäre tot."

Dieser Kerl war als Soldat ausgezeichnet worden, der für sein Land in den Krieg gezogen war. Frustration fegte durch Darsh hindurch. Er wusste, dass das Militär es Familien nicht einfach machte, aber Herrgott, musste es wirklich so weit kommen? „Erzählen Sie mir, was Montagabend passiert ist."

Zimmermans Augen huschten wieder durch den Raum. „Ich habe es gestern schon dem Detective erzählt. Der Hübschen."

„Erzählen Sie es uns noch einmal", verlangte Darsh.

Unbehagen füllte Zimmermans Blick. „Ich habe im Obdachlosenheim gegessen und dann bin ich spazieren gegangen. Hab eines der Mädchen gesehen und bin ihr ins Haus gefolgt." Er hob eine zitternde Hand an seine Schläfe. „Ich war betrunken, ich erinnere mich nicht mehr richtig."

„Sie erinnern sich nicht, wie sie ein zwanzig Jahre altes Mädchen vergewaltigt und ermordet haben?"

Zimmermans Gesicht wurde noch fahler als es ohnehin schon war, aber er sagte nichts.

„Woher hatten sie die Handschellen?"

Zimmerman kniff die Augen zusammen und schaute ihn verwirrt an, dann wurde sein Blick klarer. „Gefunden."

„Die lagen also einfach so herum, mit Schlüssel und allem?"

Er zuckte mit den Schultern. „Die Leute lassen allen möglichen Mist einfach so rumliegen. Schmeißen ihn einfach über die Brücke. Ich sammle es eben auf."

„Haben Sie auch das Laken aufgesammelt, als jemand es über die Brücke geworfen hat, Peter?“

„Nein, das habe ich doch gesagt. Ich habe es vom Bett dieses Mädchens mitgenommen.“

„Nachdem Sie sie vergewaltigt haben.“

Zimmerman nickte, seine Augen waren hart.

„Hat sie Sie an ihre Tochter erinnert, an Ihre Frau?“

Er blinzelte. „Was zum Teufel soll das denn heißen?“

„Sie hatte langes, schwarzes Haar. Wie Maria und Katy.“ Darsh zuckte mit den Schultern. „Ich dachte, Sie würden vielleicht einen Ersatz suchen…“

In diesem Moment ging Zimmerman auf ihn los. Darsh konnte der Faust ausweichen und hielt warnend die Hand hoch, damit Ully Mason sich nicht einmischte.

„Haben Sie ihr die Handschellen angelegt und sie auf dem Fußboden vergewaltigt, um Ihre Frau und Ihre Tochter zu bestrafen? Vielleicht dafür, Sie nicht aus Ihrer beschissenen Situation gerettet zu haben, nachdem Sie sogar in den Krieg gezogen sind, um ihre Freiheit zu verteidigen? Ich meine, Sie kommen nach einer Tour nach Hause und sie treibt’s mit Ihrem besten Freund? Was für eine Schlampe macht denn so etwas?“

„Sprechen Sie nicht so über meine Frau.“ Zimmerman stand auf, er zitterte vor Wut, sein schmächtiger Körper ganz ausgelaugt von jahrelangem Hunger und dem Trinken. „Meine Frau und meine Tochter sind gute Menschen. Sie dürfen nichts von all dem erfahren. Ich habe das Mädchen vergewaltigt und umgebracht, weil ich betrunken und geil war, und sie zufällig da war. Es gibt keinen anderen Grund.“ Seine Stimme brach. „Sie dürfen nichts hierüber erfahren“, wiederholte er. „Bringen Sie mich einfach vor einen Richter und sperren Sie mich weg."

„Sie gehen lieber für den Rest Ihres Lebens ins Gefängnis, als nach Texas zurückzukehren und sich Ihrer Familie und einer Vorladung wegen Trunkenheit am Steuer zu stellen? Sie sind ein verdammt krankes Arschloch."

Der Kerl starrte ihn zornig an. Ully Mason warf Darsh einen ungläubigen Blick zu, sagte aber nichts.

Darsh öffnete die Akte, die vor ihm auf dem Tisch lag, und zog zwei Porträtfotos der Opfer hervor. Er schob sie über den Tisch. „Verprügeln Sie gerne Frauen?"

Zimmerman begann, den Kopf zu schütteln, dann fiel ihm ein, dass ein Mann, dem Vergewaltigung und Mord vorgeworfen wurden, ganz sicher kein Problem damit haben würde, eine Frau zu schlagen. „Klar."

„Warum haben Sie die hier verprügelt?" Darsh deutete auf Cassandra Bressinger.

„Sie wurde vorlaut. Muss irgendwas gesagt haben, was mir nicht gepasst hat." Zimmermans Finger schwebten über den Fotos, dann zog er die Hände zurück und faltete sie in seinem Schoß.

„Aber die andere nicht, also haben Sie die vergewaltigt?"

„Ich erinnere mich nicht mehr, warum ich es getan habe. Ich habe es einfach getan." Zimmerman schloss die Augen und Tränen strömten über sein Gesicht, als ob ihm die Schwere dessen, was er gestanden hatte, endlich bewusstwurde.

Nie im Leben war dieser Mann schuldig. Nie im Leben. Aber irgendjemand da draußen war clever genug, es so so aussehen zu lassen. Und dieser dumme Marine hatte bereitwillig die Schuld auf sich geladen, anstatt den Menschen, die ihm am meisten bedeuteten, zu gestehen, wie tief er gesunken war.

Darsh legte die durchsichtige Beweismitteltüte mit einem lauten Knall auf den Tisch. Darin befand sich die Waffe, die er letzte Nacht gefunden hatte. „Haben Sie sie hiermit bedroht? Haben Sie sie so kontrolliert?"

„Genau."

„Warum haben Sie sie dann nicht einfach erschossen?"

„Weil ich weiß, dass Sie die Kugel zurückverfolgen können, Sie Schwachkopf."

„Also legen Sie stattdessen ein Geständnis ab? Wer ist jetzt der Schwachkopf?"

Zimmerman stierte ihn an. Der Stolz unter diesem zerlumpten Äußeren wollte zurückschlagen. Darsh wollte, dass er es auch tat.

„Haben Sie geglaubt, dass niemand im guten alten Texas davon erfährt, wenn sie ein Geständnis ablegen und auf schuldig plädieren?"

Zimmermans Augen fielen ihm fast aus dem Kopf. „Was wollen Sie damit sagen? Warum würde sich irgendjemand in Texas darum kümmern?"

Darsh grinste hämisch. „Seien Sie doch kein Idiot. Dieser Fall hat international Schlagzeilen gemacht. Glauben Sie, die Presse wird nicht bei Maria vor der Tür stehen, sobald sie Ihre Identität herausgefunden haben? Glauben Sie ernsthaft, Katy wird nicht herausfinden, was ihr Daddy diesen Mädchen angetan hat? Oder ihre Freunde in der Schule?"

Die Augen des Mannes wurden noch größer. Sein Mund klappte ihm auf, dann schloss er ihn wieder, ohne ein Wort gesagt zu haben.

„Was ist mit den Männern, die unter Ihnen gedient haben? Was sollen die über ihren ehemaligen Gunnery

Sergeant denken, der zwei unschuldige Frauen umgebracht hat?"

Zimmerman schlug die Hände vor sein Gesicht. „Oh, verdammt."

„Haben Sie Cassandra Bressinger und Mandy Wochikowski vergewaltigt und ermordet?"

Zimmerman schüttelte den Kopf und Ully Mason sah plötzlich so aus, als ob er Gift und Galle spucken wollte.

„Woher haben Sie das Bettlaken? Und das Seil, mit dem Sie Ihr Camp zusammengebunden haben?"

„Jemand hat es über die Brücke geworfen. Wie ich schon sagte, die Leute schmeißen ständig irgendwelchen Kram da runter."

„Warum haben Sie ein Geständnis abgelegt?"

Zimmerman sah geschlagen aus. „Ich wollte nicht, dass sie mich so sehen." Er atmete tief ein, die Luft rasselte durch seine schmale Brust. „Scheiße. Ich brauche einen Drink."

Das Letzte, was dieser Kerl brauchte, war ein Drink.

Darsh stand auf und sammelte die Fotos und die Akte zusammen. „Sie werden eine Anklage wegen Behinderung einer polizeilichen Ermittlung bekommen." Zimmerman sah erschrocken aus, als er das hörte. Vielleicht war es hart, aber es war der womöglich einzige Weg für Darsh, den Stein ins Rollen zu bringen und zu versuchen, diesem Kerl die Hilfe zu beschaffen, die er brauchte. Er würde mit dem Richter in Texas sprechen und versuchen, einen Deal auszuhandeln, der auch einen Entzug miteinschloss. Außerdem hatte er Freunde im Marine-Corps, die helfen konnten. „Sie haben ein Geständnis abgelegt, anstatt sich mit der Wahrheit darüber auseinanderzusetzen, was Sie aus Ihrem Leben gemacht haben. Das ist ein ziemlich erbärmlicher Zug, Kumpel. Der echte

Mörder läuft noch immer dort draußen herum und hat vermutlich schon sein nächstes Opfer im Visier, während wir uns hier unterhalten."

Zimmerman schluchzte.

Darsh nickte dem Wärter zu, damit er ihn zurück in seine Zelle brachte.

Als sie allein waren, stand Ully auf und drehte sich zu Darsh. „Ihnen ist klar, dass Sie gerade unseren Hauptverdächtigen dazu gebracht haben, sein Geständnis zu widerrufen." Braune Augen musterten ihn grimmig.

„Sie glauben, er hat es getan?", fragte Darsh.

Ully stieß einen lauten Seufzer aus und schüttelte den Kopf. „Ich hatte es geglaubt. Jetzt stehen wir wieder ganz am Anfang."

„Nicht ganz."

Ullys Blick wurde durchdringender.

„Wir wissen, dass wer immer es getan hat, intelligent und fokussiert ist und uns in allem zwei Schritte voraus ist."

„Na wunderbar." Ully ging in Richtung Tür. „Ein Täter, der schlauer ist als die Polizei. Ich kann die Schlagzeilen schon vor mir sehen. Haben Sie auch irgendwas Konstruktives zu dieser Ermittlung beizusteuern?"

„Lassen Sie uns eine Teamsitzung einberufen."

NEUNZEHNTES KAPITEL

ERIN GING DURCH die Tür des Präsidiums und betrat eine Kakophonie des Chaos. Sie fand Ully im Pausenraum.

„Was ist hier los?"

Ully hob einen Becher an seinen Mund. Seine Augen waren blutunterlaufen und er sah aus, als ob er letzte Nacht auch nicht geschlafen hätte. So, wie sie Ully kannte, hatte er genau das gleiche gemacht, wie sie. „Stinky Pete hat sein Geständnis widerrufen, nachdem er mit dem FBI-Agent gesprochen hat."

Erin verbarg ihre Erleichterung, indem sie sich geschäftig einen Kaffee machte. „Glaubst du denn, er hat es getan?"

„Das dachte ich zumindest", gab er zu. „Genau bis zu dem Augenblick, als Agent Sing-Sang mit ihm gesprochen hat."

„Lass das."

„Was?" Ully sah verwirrt aus.

„Sich über seinen Namen lustig zu machen. Du heißt Ulrick, um Gottes willen. Wenn irgendjemand weiß, wie sich solche Spötteleien anfühlen, dann ja wohl du."

„Ich habe doch nur einen Witz gemacht", erwiderte er genervt.

„Ist aber nicht besonders lustig, wenn die Person, über die du lachst, nicht dabei ist."

Ully murmelte etwas Unverständliches vor sich hin. „Hast du gewusst, dass er ein Marine war?"

Erin zog eine Augenbraue hoch, eher überrascht darüber, dass Ully es wusste.

„Er hat während dem Verhör ein bisschen darüber gesprochen, also habe ich einen meiner Kumpels im Corps angerufen. Anscheinend war Agent Singh ein absolutes Ass mit seinem Gewehr. Sein Spitzname im Feld war Phantom."

Die Leute hier standen auf Waffen, also hatte Erin keinen Zweifel daran, dass Darsh auf der Coolness-Skala um ein Vielfaches in die Höhe geschossen war. Die Jungs würden sicher später noch alle die Längen ihrer Kanonenrohre vergleichen. Sie verdrehte die Augen. „Also, was ist passiert?"

Ully schaute auf die Uhr und trank seinen Kaffee aus. „Agent Singh", er betonte den Namen sehr deutlich und sehr nachdrücklich, „hat eine Teambesprechung einberufen. In fünf Minuten im Konferenzzimmer. Hast du auf dem Campus etwas herausgefunden?"

Erin musste an ihre Begegnung mit Brady denken und fragte sich, warum zur Hölle sie ihn nicht wegen eines tätlichen Angriffs verhaftet hatte. Weil er sie wieder losgelassen hatte? Es sich anders überlegt hatte? Weil sie etwas in seinen Augen gesehen hatte, dass eher verletzt als wütend gewirkt hatte? Waren verletzte Tiere nicht am gefährlichsten, wenn sie in die Enge getrieben wurden?

Sie konnte spüren, wie sich Blutergüsse entlang ihrer Wirbelsäule formten und eine Beule am Hinterkopf, wo sie mit dem Kopf gegen die Wand geknallt war. Sie vernachlässigte ihre Pflicht als Polizistin, indem sie es nicht meldete und bekam Angst, dass es ein Echo aus ihrer Vergangenheit war, das offenbarte, was für ein Mensch sie eigentlich war. Die Wahrheit war, dass sie sich nicht sicher war, ob ihr irgendjemand glauben würde.

Brady konnte warten, es sei denn, sie konnte ihn direkt mit dem Mord in Verbindung bringen. Im Moment, jedenfalls.

„Nicht besonders viel." Sie trank ihren Kaffee aus und wusch den Becher ab, entdeckte Darsh auf der anderen Seite des Empfangstresens, wie er mit Chief Strassen und einem der Anwälte des College sprach. Der Chief warf ihr einen Blick zu und sie wusste, dass sie über sie sprachen. Ihre Lippen wurden schmal, aber sie ignorierte sie alle drei, als sie in ihr Büro ging, um ihren Mantel abzulegen.

Harry saß am Schreibtisch, auf dem zwei Laptops standen. „Haben Sie Ihren Ausflug zum Campus überlebt?"

Erin warf ihm einen schneidenden Blick zu. „Warum hätte ich das nicht sollen?"

„Haben Sie heute Morgen nicht die Schlagzeilen gelesen?"

Erin schaute ihm über die Schulter, während er die Homepage der örtlichen Zeitung aufrief. „Mitbewohnerin der ermordeten Studentin sagt aus, Detective habe vor dem Haus gewartet, während die Opfer abgeschlachtet wurden."

Erin verzog das Gesicht. Es kam der Wahrheit nahe genug, um wehzutun, aber nie im Leben würde sie die kritische Information durchsickern lassen, dass die Frauen schon tot waren, bevor der Notruf überhaupt abgesetzt wurde, nur um ihren Ruf zu retten. Ihr Ruf war ohnehin ruiniert. „Warum glauben Sie, macht die so etwas? Ein Verlangen nach Aufmerksamkeit? Geld?"

Harry zuckte mit den Achseln. „Und warum sind die alle so auf Sie eingefahren? Ich meine, Sie waren noch vor Ully da und Sie hatten in der Nacht nicht einmal Dienst."

Sie schüttelte den Kopf und zuckte mit den Schultern. „Habe wohl einfach Glück, schätze ich. Aber es wäre toll, wenn sie uns einfach unseren Job machen lassen würden, ohne ständig ihre Meinung kundtun zu müssen. Haben Sie sonst noch etwas?"

Er sammelte seine Akten zusammen. „Ich bringe Sie in der Besprechung auf den neusten Stand. Kommen Sie, wir sind schon zu spät."

DARSH BEOBACHTETE ERIN, die sich in der Nähe des Kopfendes an den Tisch setzte. Der Anwalt der Universität hatte Wind davon bekommen, dass sie die Anklage gegen Zimmerman fallen lassen würden, und nach der Schlagzeile heute Morgen war er hier, um Erins Kopf rollen zu sehen.

Dass Darsh es gewesen war, der für sie eingestanden war, und nicht ihr Boss, verriet ihm, dass sie sich auf sehr dünnem Eis befand. Sie mussten diesen Fall lösen, und zwar schnell, wenn sie Erins Job retten wollten.

Sie starrte auf ihre Notizen und weigerte sich, ihn anzuschauen. Er wischte das Whiteboard sauber, entschlossen, nicht daran zu denken, dass sie sich viel nähergekommen waren als Kollegen das tun sollten, und endlich aufzuhören, einen Weg zu suchen, um ihr noch näherzukommen. Er hatte ihr gesagt, was er wollte, und sie erwiderte seine Gefühle nicht. Es war nicht gerade so, dass er drängeln wollte, wenn man bedachte, was für eine Scheiße ihr Ex ihr angetan hatte.

Er zwang sich dazu, seinen Kiefer zu entspannen und setzte sich ans andere Ende des Tisches. Das Team bestand aus zwei ranghohen Beamten, Ully und Bill Youder, Cathy Bickham und den beiden Detectives. Je weniger Leute, umso besser, dachte er.

Er warf einen Blick auf die Uhr und begann. „Ich wurde zu dem Fall hinzugezogen, um zu helfen, den Mörder so schnell wie möglich zu fassen und herauszufinden, ob diese Morde von demselben Täter begangen wurden, der auch die Vergewaltigungen letztes Jahr am College begangen hat."

„Und zu welcher Erkenntnis sind Sie gekommen?", fragte Strassen. Seine Anspannung war spürbar.

„Es gibt meiner Meinung nach zu viele Ähnlichkeiten, als dass wir eine Verbindung ausschließen könnten."

Strassen schloss die Augen. Die anderen Polizisten schnaubten vor Wut.

„Wollen Sie damit sagen, dass wir in den Ermittlungen im Hawke-Fall Mist gebaut haben?", fragte Ully lauernd.

Darsh schüttelte den Kopf, seine Augen waren auf Erin gerichtet, die seinen Blick nun mit stahlblauen Augen erwiderte. „Ich glaube nicht, dass Sie Mist gebaut haben."

Eine Furche erschien zwischen ihren Augenbrauen. „Ich verstehe nicht ganz", sagte sie leise.

„Der durchschnittliche IQ eines Serienmörders beträgt 94,7. Ted Bundy hatte einen IQ von 136. Der intelligenteste Serienmörder, der jemals getestet wurde, war Kaczynski mit 167 Punkten." Er schaute Strassen an. „Ich denke, wir suchen nach jemandem im selben Bereich wie Kaczynski – ein Genie. Und jemand, der etwas von strafrechtlichen Ermittlungen versteht."

Ully fluchte.

Darsh schrieb „SCHLAU" auf das Whiteboard.

„Also haben wir keinen Mist gebaut, der Täter ist einfach klüger als wir?" Erins Lippen verzogen sich vor Abscheu.

„Ganz genau." Darsh hätte sie als hässlich bezeichnen können und sie wäre weniger beleidigt gewesen. „Wir suchen nach einem narzisstischen Täter, jemandem mit einem gewaltigen Geltungsbedürfnis und ohne die geringste Rücksicht auf die Gefühle anderer. Lassen Sie uns die anderen Faktoren betrachten."

Erin begann, sich Notizen zu machen. Sie war sauer, aber sie machte weiter. Sie gab nicht auf, es sei denn, es ging um ihr Privatleben.

„Es ist jemand, der sich frei zwischen den Studenten bewegen kann. Das kann auf jeden zutreffen, von einem Studenten bis hin zum Hausmeister oder einem Mitarbeiter des Sicherheitsdienstes. Sie alle passen perfekt in das Leben auf dem Campus."

„Was ist das Durchschnittsalter eines Serienmörders?", fragte Ully.

Darsh zögerte. „Ich bin kein großer Fan von induktiven Profilen, auch wenn es schneller geht als herleitende Ermittlungen."

„Warum?", fragte Ully.

„Weil die Daten nur von Mördern stammen, die bereits gefasst worden sind, oder von nicht nachweisbaren Quellen, was die Proben verfälscht." Darsh trank einen schnellen Schluck Kaffee. „Wenn induktive Täterprofile wirklich stichhaltig wären, würden wir jede Ermittlung damit starten, alle weißen Männer zwischen 18 und 32 mit überdurchschnittlichem IQ vorzuladen. Wir würden diejenigen mit der ein oder anderen Form von Kindesmissbrauch in ihrer Vergangenheit und einem dysfunktionalen Familienleben heraussuchen – diejenigen, die von ihrem Vater verlassen und von einer dominanten Frau erzogen wurden. Wir würden Hinweise auf die Macdonald-Triade suchen – Bettnässer, die älter als zwölf waren, Tierquäler und Brandstifter. Der Mörder würde allein vorgehen und so gut wie nie in andere soziale oder kulturelle Gruppen vordringen. Basierend auf induktiver Beweisführung würden wir all diese Typen in einem gegebenen Umkreis aufsammeln, und die Chancen stünden nicht schlecht, dass wir unseren Kerl erwischen. Aber wenn wir ausschließlich induktiv ermitteln würden, hätten wir Joseph Ball niemals erwischt. Auch nicht Wayne Gacy, Ray und Fay Copeland, Jeffrey Dahmer, und eine ganze Reihe weiterer Täter auch nicht."

Eine nachdenkliche Stille herrschte im Raum.

„Bei den Vergewaltigungen im letzten Jahr war der Täter sehr darauf bedacht, dass ihn die Opfer nicht sehen, bis er sie überwältigt hatte und sie unter Drogen oder Alkoholeinfluss standen. Rachel Knight – er hat ihr Gesicht ins Kissen gedrückt, bis das Ketamin wirkte. Mary Mitchell – er hat ihr ein Kissen über das Gesicht gehalten, bis die Drogen wirkten. Jayelle Rouseau war so betrunken, dass sie fast bewusstlos war. Paula Gruber, auch betrunken, aber nicht so sehr. Sie hatte einvernehmlich Sex mit einem anderen Mann. Er verschwindet und sie wacht wieder auf, als jemand sie von hinten penetriert. Es war dunkel. Als ihr klar wurde, dass es nicht ihr Liebhaber war, begann sie, sich zu wehren und er hat ihr Gesicht ins Kissen gedrückt und ihr dann eine Spritze mit Ketamin verabreicht, bis sie das Bewusstsein verloren hat."

„Aber Drew Hawke wäre sofort erkannt worden. Er würde nicht wollen, dass sie sein Gesicht sehen, wenn er sie vergewaltigt", argumentierte Ully.

„Richtig. Warum hat er ihnen also nicht die Augen verbunden? Ihnen einen Kissenbezug über den Kopf gezogen? Ihnen einen Streifen Klebeband über die Augen geklebt, verdammt noch mal? Hawke ist ein schlauer Kerl. Die Frauen haben alle ausgesagt, zum einen oder anderen Zeitpunkt während des Angriffs sein Gesicht deutlich erkannt zu haben. Warum? Warum würde er sie sein Gesicht sehen lassen?"

Die Stille knisterte.

„Also war es entweder Drew Hawke, der sie vergewaltigt hat und davon ausging, dass sie nichts mehr mitbekamen, weil sie unter Drogen standen. Oder…" Erin schluckte.

„Oder…", Darsh beendete den Satz für sie, „…es war jemand, der den Frauen, die entweder schon betrunken waren oder denen er Ketamin verabreicht hatte, absichtlich vorgegaukelt hat, Drew Hawke zu sein – was interessant ist, weil Ketamin das Kurzzeitgedächtnis nicht auslöscht, es sei denn, man wird ohnmächtig."

„Angenommen, Ihre Theorie ist korrekt, dann hat der Täter gewollt, dass sie überleben, damit sie Hawke beschuldigen. Er hat den Quarterback absichtlich ausgewählt, um ihm die Schuld in die Schuhe zu schieben." Verbitterung zeichnete sich um Erins zusammengepressten Lippen ab. „Aber jetzt bringt er seine Opfer um, weil sie Hawke nicht mehr identifizieren müssen. Hawke sitzt schon im Gefängnis." Ihre Augen waren weit aufgerissen.

„Oder vielleicht ist es ein anderer Kerl, der aus Hawkes Fehlern gelernt hat und die Opfer umbringt, damit er nicht wie Hawke im Gefängnis landet?", schlug Ully vom anderen Ende des Tisches vor.

„Vielleicht", sagte Darsh vorsichtig. „Aber ich habe das Gefühl, er hat aufgehört, Ketamin zu verwenden, weil er mehr Vertrauen in seine Fähigkeiten hat. Er hat herausgefunden, wie er sie auch ohne Drogen kontrollieren kann. Vielleicht mit einem Messer oder einer Schusswaffe? Vielleicht einfach nur mit Angst? Sie wehren sich heftiger, wenn sie nicht unter

Drogen stehen, es macht ihm also vermutlich viel mehr Spaß, sie zu quälen.“

„Aber sie können ihn identifizieren“, sagte Ully leise.

„Und er hat nicht vor, erwischt zu werden“, stimmte Darsh zu.

„Also bringt er sie um“, sagte Erin. Sie schaute auf. „Glauben Sie, er trug eine Maske von Drew Hawkes Gesicht?“

„Das ist meine Vermutung“, sagte Darsh. „Sie würde nicht perfekt aussehen, aber wenn man betrunken ist, unter Drogen steht oder traumatisiert ist, muss sie vielleicht nicht perfekt aussehen. Vielleicht muss sich das Bild nur für ein paar Sekunden in das Gedächtnis des Opfers einbrennen, um ihnen für immer in Erinnerung zu bleiben.“

„Weshalb diese Frauen selbst beim Verhör mit dem Lügendetektor beschwören konnten, dass Drew Hawke sie vergewaltigt hat, obwohl es in Wirklichkeit jemand war, der vorgab, Drew Hawke zu sein. Um ihn zu Fall zu bringen.“ Harry Compton kaute nachdenklich auf seiner Unterlippe herum.

„Drew Hawke könnte also unschuldig sein?“ Erins Stimme war dünn.

„Oder“, unterbrach Harry, „jemand könnte diese Morde begehen, um es so aussehen zu lassen, als ob Hawke unschuldig ist.“

„Jemand, der intelligent ist“, stimmte Erin zu. „Jemand, der sehr intelligent ist.“

„Der es nicht nur versteht, Beweise zu vernichten oder zu kontaminieren, sondern auch genau weiß, nach was für Beweisen die Polizei sucht, was für Beweise vor Gericht standhalten“, ergänzte Darsh.

„Könnte es jemand aus der Strafverfolgung sein?“, fragte

Erin. „Oder jemand, der Strafrecht am College studiert?“

„Definitiv.“ Darsh nickte. „Die Tatsache, dass Mandy derartig anders behandelt wurde als die anderen Mädchen, sagt mir, dass er sie kannte und mochte.“ Und sie hatte Kriminalpsychologie studiert.

„Oder jemand vom Sicherheitsdienst. Ich war heute Morgen dort, aber die Aufnahmen aus der Nacht waren ‚versehentlich‘ gelöscht worden.“ Erin lockerte ihre Schultern. Sie sah so geschlagen aus, Darsh wollte ihr am liebsten ermutigend den Arm um die Schulter legen. Das würde sie allerdings ganz und gar nicht zu schätzen wissen. Nicht vor ihren Kollegen. „Wir müssen weitere Hintergrundchecks durchführen. Zu jedem im Umkreis von zehn Meilen, der Erfahrungen in der Strafverfolgung hat. Zu jedem, der Kriminalpsychologie oder Kriminalistik studiert.“

„Das sind eine ganze Menge Leute“, gab Harry zu bedenken.

„Ich weiß.“ Darsh rieb sich die Augen, versuchte, wach zu bleiben. „Deshalb habe ich eine weitere Agentin der Fallanalyse gebeten, herzukommen und mit uns daran zu arbeiten. Sie wird in den nächsten Stunden hier ankommen. Sie ist ein Computer-Genie und wird nach Warnhinweisen in den Hintergrundchecks Ausschau halten.“

„Schauen Sie sich auch die Footballspieler und die Trainer an?“, fragte Erin.

Wieder nickte Darsh. „Ich will, dass auch zu ihnen detailliertere Hintergrundchecks durchgeführt werden, ja.“

„Aber sie waren ein gutes Team mit Hawke als Quarterback. Der Einzige, der ihm vielleicht gegen den Karren fahren wollen würde, ist sein Ersatz, Johnny Weber“, argumentierte Ully.

„Verdammt, wenn er unschuldig ist", sagte Erin, „und ich sage nicht, dass er es ist, noch nicht. Aber ich habe das Gefühl, es muss irgendeine Verbindung zum Footballteam geben…"

„Detective." Strassen meldete sich barsch zu Wort.

„Nein, Sir. Denn wenn Drew Hawke unschuldig ist, dann ist er ebenso sehr ein Opfer wie diese Mädchen, vor allem durch Cassies Mord." Sie wandte den Blick von ihrem Boss ab und schaute Darsh direkt in die Augen. „Es ist persönlich. Es geht um Hass."

Darsh nickte kurz. Sie war keine Polizistin, die es sich einfach machte, um zum Ergebnis zu kommen. Er hatte keinen Zweifel daran, dass Erin Donovan ihren Job gründlich und gut gemacht hatte und zu einem Ergebnis gekommen war, zu dem jeder andere Polizist auch gekommen wäre. Er hoffte nur, er konnte ihren Boss davon überzeugen, dass sie es wert war, für sie zu kämpfen. „Deshalb müssen wir uns wieder auf das Wesentliche konzentrieren."

„Viktimologie?"

„Ja. Ich will alles wissen, was wir über jedes einzelne der Opfer herausfinden können, einschließlich Drew Hawke. Wir sammeln die Ergebnisse hier im Konferenzzimmer. Nur wir sechs, und Agent Chen, wenn sie angekommen ist. Wir müssen die Ermittlungen vertraulich behandeln, weil wir nicht riskieren können, dass der Täter mitbekommt, dass wir ihm auf der Spur sind. Der Kerl könnte einer von uns sein und er könnte abhauen." Darsh ging zu den Fenstern des Konferenzraumes und ließ die Jalousien hinunter. „Alle zukünftigen Besprechungen werden hier stattfinden, und es ist Ihnen untersagt, jegliche Erkenntnisse oder Ermittlungsstände mit anderen zu teilen. Verstanden?"

Chief Strassen sah blass aus. Erin sah nicht viel besser aus.

Dann zog sie plötzlich ihr Handy aus der Tasche und hielt es sich ans Ohr.

Ully kam zu Darsh und begann, leise mit ihm zu sprechen. „Wenn die Leute in der Stadt herausfinden, dass wir davon ausgehen, dass die beiden Fälle zusammenhängen, dann werden sie Erin den Wölfen zum Fraß vorwerfen."

Darsh blickte zu Erin. „Ein weiterer Grund, weshalb wir besser unseren Mund halten sollten, bis wir den Mörder erwischt haben."

Ully folgte seinem Blick und musste etwas in seinem Ausdruck entdeckt haben. „Da haben Sie keine Chance, Special Agent Singh."

Darsh hielt Ullys Blick stand. „Ich mache mir vor allem Sorgen um ihre Karriere."

Ully grinste. „Na klar. Aber nehmen Sie es nicht zu schwer, wenn sie Ihnen eine Abfuhr erteilt. Sie hatte keine einzige Verabredung, seit dieses Arschloch von Ehemann sich erschossen hat."

Darsh konnte nichts gegen die Genugtuung ausrichten, die bei dieser Bemerkung durch ihn hindurchflutete. Sie teilten etwas Besonderes. Dann fiel ihm ein, dass sie kein Interesse an einer Beziehung jenseits des Schlafzimmers hatte, und seine Stimmung wurde sauer.

Erins Stimme wurde lauter.

Ihre Finger krallten sich um ihr Handy. Sie blickte zum Chief, dann zu Darsh und Ully. „Das war Rachel Knights Mutter. Rachel ist verschwunden."

ERIN MACHTE SICH auf den Weg zu Rachels Haus, auch wenn

ihr Vorgesetzter ihr mitgeteilt hatte, dass sie Rachel nicht als vermisste Person behandeln würden, bis sie nicht volle vierundzwanzig Stunden verschwunden war, was absoluter Schwachsinn war. Was, wenn Rachel sich etwas angetan hatte?

Ihr Truck schob sich durch den beständig fallenden Schnee den Hügel hinauf. Es waren bereits weitere fünf Zentimeter Neuschnee gefallen und für den Rest des Tages war noch weiterer Schneefall angesagt. Darsh saß neben ihr und telefonierte. Keiner von beiden hatte bisher die letzte Nacht oder ihren Streit am Morgen erwähnt. Sie verhielten sich professionell und konzentrierten sich auf die Ermittlungen. Erin war dankbar dafür. Seltsamerweise machte ihr seine Gegenwart Mut und gab ihr Selbstbewusstsein. Sie war sich nicht sicher, wie sie darüber dachte, aber ihre Sorge um Rachel ließ ohnehin keinen anderen Gedanken mehr zu.

Darsh legte auf und sie warf ihm einen Blick zu, dann musste sie gegenlenken, als ihre Reifen auf der glatten Fahrbahn zu rutschen begannen. Sie musste sich auf die Straße konzentrieren, wenn sie nicht im Graben landen wollten.

„Ich habe mit einem Freund gesprochen, der Mitinhaber einer Sicherheitsfirma in D.C. ist. Er schickt ein paar zusätzliche Sicherheitsmitarbeiter für den Campus. Das College hat ihn um Hilfe gebeten."

Was Zeitverschwendung war, wenn man bedachte, wie viele junge Frauen auf dem Campus unterwegs waren. Aber das College wollte den Anschein vermitteln, selbst aktiv zu sein, bis die Polizei den Täter schnappte. Es konnte nicht schaden. „Irgendwelche Neuigkeiten über die Beweismittel?"

„Noch nicht. Das Labor sagt, sie haben bis Ende des Tages ein paar Ergebnisse für uns."

Erin schluckte ihre Enttäuschung hinunter. Wo zur Hölle

war Rachel? War sie selbstmordgefährdet oder war sie entführt worden? Hatte Erin gestern irgendwas übersehen? Hatte sie Rachel im Stich gelassen? Bei dieser Vorstellung drehte sich ihr vor Angst der Magen um. Wieder rutschte der Truck über die glatte Straße, und sie zwang sich dazu, sich aufs Fahren zu konzentrieren, ansonsten würde sie noch einen Unfall verursachen und womöglich dafür sorgen, dass Darsh und sie im Krankenhaus landeten.

„Sie ist vermutlich einfach bei einer Freundin", sagte er leise.

Erin nickte kurz. Er versuchte zu helfen, aber bis sie nicht selbst mit Rachel gesprochen hatte, würden sich die überwältigenden Schuldgefühle nur weiter in ihr aufstauen.

Endlich kamen sie am Haus der Knights an. Erin fuhr in die Auffahrt. Rachels Mutter öffnete die Haustür und stand wartend da. Die Sorge in den Augen der Frau brach ihr das Herz, aber Erin drückte den Rücken durch und stieg aus dem Truck. Sie hatte einen Job zu erledigen, und emotional zu werden, würde ihr nicht dabei helfen.

Sie lief neben Darsh den Weg zum Haus hoch. Die Versuchung, nach seiner Hand zu greifen, um sich Unterstützung zu holen, war riesig. Und vollkommen unangebracht.

„Dr. Knight." Sie nickte und ging durch die Haustür. „Wann haben Sie Ihre Tochter das letzte Mal gesehen?"

Die Frau verschränkte die Arme vor der Brust. „Gestern Abend. Ich habe ihr etwa gegen zehn Uhr gute Nacht gesagt."

„Sie haben danach nichts mehr von ihr gehört, oder gesehen, wie sie das Haus verlassen hat?"

Rachels Mutter schüttelte den Kopf.

„Können wir Rachels Zimmer sehen?", fragte Darsh.

Erin wusste, dass das der wahre Grund war, weshalb Darsh hier war. Er wollte herumschnüffeln und auf eine Art Einblick in das Leben des Opfers bekommen, die nicht möglich wäre, wenn Rachel hier wäre. Sie konnte ihm das nicht übelnehmen, er machte nur seine Arbeit.

Rachels Mutter drehte sich auf dem Absatz um und eilte die Treppe hinauf. „Sie würde nicht einfach verschwinden, ohne mir Bescheid zu sagen. Sie hat mir immer erzählt, wenn sie irgendwo hingegangen ist, und wann sie zurück sein würde."

Rosemary Knight schritt über den Teppichboden im Flur und öffnete die Tür zu einem hellblauen Zimmer mit einem großen Himmelbett in der Mitte. Das Bett war gemacht. Auf dem Schreibtisch stand ein Computer.

„Hat sie ihr Handy mitgenommen?", fragte Erin, während Darsh schnurstracks auf den Computer zuging.

„Ja." Ihre Schultern waren schmal und verkrampft. „Glaube ich zumindest. Es ist nicht hier."

„Wie lautet ihre Nummer?", fragte Darsh. Er holte sein eigenes Handy aus der Tasche und wählte bereits.

Rosemary nannte ihm Rachels Handynummer, und er gab sie der Person am anderen Ende der Leitung weiter und bat sie, das Handy zu orten und ihn zurückzurufen. Dann legte er auf. „War die Alarmanlage hier im Haus scharfgeschaltet?"

Rachels Mutter nickte. „Immer. Jemand hat sie ausgeschaltet, um gegen sechs Uhr das Haus zu verlassen."

Darsh wandte sich wieder den E-Mails auf Rachels Computer zu. Es gab kein Passwort.

„Und keine Anzeichen für einen Einbruch?", fragte Erin.

„Nein."

Auch an Cassie und Mandys Haus hatte es keine Hinweise

auf einen Einbruch gegeben, aber wie hätte der Täter Rachel angreifen und entführen können, ohne dass es jemand gehört hätte? Und woher hätte er den Code für die Alarmanlage kennen sollen?

„Hätten Sie es gehört, wenn sie den Alarm ausgeschaltet hätte und gegangen wäre?"

Sie atmete hörbar aus, und ihr Gesicht verdunkelte sich. „Möglich, aber ich bezweifle es. Ich hatte eine Schlaftablette genommen." Sie bedeckte ihr Gesicht mit den Händen, um ihre Tränen zu verstecken. „Etwas Schreckliches in mir wünscht sich, dass sie entführt wurde. Das wäre einfacher als zu ertragen, dass sie freiwillig abgehauen ist."

„Rachel ist eine erwachsene Frau, Dr. Knight. Vielleicht brauchte sie nur ein bisschen Zeit für sich."

„Glauben Sie, ich habe sie erstickt?" Ihre Worte waren verbittert und beißend.

„Nein", beschwichtigte Erin. „Nach allem, was sie durchgemacht hat, verstehe ich Ihr Bedürfnis, sie zu beschützen. Aber vielleicht wollte sie einfach nur mit einer Freundin reden? Oder ist weiter weggefahren, weil ihr diese Morde Angst machen?" Erin betete mit jeder Faser ihres vom katholischen Glauben abgefallenen Körpers darum. „Womöglich ruft sie in einer Stunde an und erzählt Ihnen, dass sie an einem Strand in Maine steht." Erin versuchte, der Frau zuliebe optimistisch zu klingen. Rosemary Knight brauchte ihre anderen Theorien nicht zu hören.

Darshs Handy klingelte, und Anspannung machte sich im Zimmer breit. „Schick mir die Adresse, ich google es. Danke." Sie machten sich auf die nächsten Informationen gefasst.

Darsh legte auf, und ein paar Sekunden später pingte sein

Handy mit einer neuen Nachricht auf.

„Wo ist sie?", fragte Rachels Mutter.

„Agent Rooney konnte anhand der Funkmasten in der Nähe ihr Handy annähernd orten. Fox Creek Wildlife Park."

Ein Anflug von Erleichterung zeigte sich in Rosemarys Gesicht. „Sie geht dort gerne spazieren." Dann schnellten ihre Augen zum Fenster und auf den dichter werdenden Schneesturm. „Was, wenn sie sich verlaufen hat?"

Erins Gedanken waren düsterer, und sie versuchte, nicht vom Schlimmsten auszugehen. „Wir werden sie finden, Rosemary." Erin berührte ihren Arm. „Wir werden sie nach Hause bringen." Sie hoffte inständig, dass sie nichts versprach, was sie nicht halten konnte.

„Ich komme mit."

„Jemand muss hierbleiben, falls sie anruft oder zurückkommt."

„Donald ist hier. Er verkriecht sich in seinem Arbeitszimmer und tut so, als ob er nicht vor lauter Angst den Verstand verlieren würde – obwohl das ehrlich gesagt keinen großen Unterschied machen würde." Sie lachte verbittert auf und bestätigte damit, dass die Dinge im Knight-Haushalt nicht besonders gut standen. Dann gingen sie hinunter in den Eingangsflur, wo Erin ihren Mantel anzog und in ihre Stiefel schlüpfte. „Ich komme mit", beharrte sie. „Ich muss mein Baby finden."

Erin fuhr, froh darüber, im Truck zu sitzen, während der Schneesturm stärker wurde. Ihre Scheibenwischer schoben sich träge über die Windschutzscheibe. Fox Creek lag etwa vier Meilen östlich der Stadt und bildete den Anfang eines Nationalparks von über acht Quadratkilometern. *Bitte sei dort. Bitte sitz einfach weinend in deinem Auto, weil dein Schicksal dir so übel mitgespielt hat, und du ein bisschen Ruhe brauchst.*

Erin bog auf den kleinen Parkplatz, und eine Welle der Erleichterung überkam sie, als sie Rachels Auto entdeckte. Aber es war offensichtlich, dass der Wagen lange nicht mehr bewegt worden war, eine dünne Schneeschicht bedeckte das Dach. Der Motor musste schon kalt sein. Sie hielt ein paar Parkplätze entfernt, und Darsh warf ihr einen vielsagenden Blick zu, als er ausstieg.

„Bleiben Sie hier", befahl er.

Erin blieb sitzen, denn so würde auch Rosemary Knight eher sitzen bleiben, und sie wollte nicht, dass die Mutter diejenige war, die Rachel fand, falls sie sich umgebracht haben sollte.

Vorsichtig wischte Darsh den Schnee von einem Fenster und schaute eine gefühlte Ewigkeit in Rachels Auto hinein. Dann ging er zur Beifahrertür und betätigte den Türgriff. Die Tür ging auf. Erin hielt die Luft an und konnte spüren, wie Rosemary Knights Finger sich in ihren Sitz krallten. Darsh beugte sich in den Wagen, zog seinen Handschuh aus und wühlte in seiner Manteltasche nach einer Beweistüte. Er tauchte mit einem Handy in der Plastiktüte wieder auf. Dann kontrollierte er den Kofferraum, aber Erin konnte schon erkennen, dass er leer war. Darsh kam zurück zum Truck und schüttelte den Kopf.

„Sie ist nicht hier." Schnee wirbelte um seine Schultern, die weißen Kristalle landeten in seinem pechschwarzen Haar. Er hielt das Handy hoch und zeigte es Rosemary. „Ist das Rachels Handy?"

Rosemary wollte nach dem Handy greifen, aber Darsh zog es zurück. „In weniger als einer Stunde wird eine Agentin hier sein, die womöglich wichtige Informationen aus dem Handy herausbekommen kann, aber es darf nicht kompromittiert werden, wenn das Risiko besteht, dass das hier ein Tatort ist. Verstehen Sie mich?" Seine Stimme war sanft, aber entschieden.

Rosemary hielt sich die Hand vor den Mund und schluchzte, nickte aber.

„Kennen Sie die Pin? Ich werde nachsehen, ob direkt eine Nachricht zu erkennen ist."

„Die Pin ist vier, vier, vier, sieben." Dann schlang sie die Arme um ihren Oberkörper und schien sich mit letzter Kraft zusammenzureißen.

Erin blickte von Rosemary zu Darsh. „Auch wenn sie noch keine vierundzwanzig Stunden verschwunden ist, ich rufe die Suchmannschaft."

Darsh nickte und tippte den Code in Rachels Handy ein. „Gute Idee. Sie sollen nach ihr suchen. Wir müssen zur Polizeistation zurück."

Rosemary Knight stieß die Autotür auf und rannte in Richtung des Waldes davon.

Erin schüttelte den Kopf. „Gottverdammt. Ruf den Suchtrupp an und dann das Revier. Finde jemand, der dich zurück in die Stadt fährt. Ich bleibe hier."

„Erin…"

„Ich kann sie nicht allein lassen." Erin deutete auf die Frau, die vor der unendlichen Wildnis der Wälder in die Knie gesunken war. „Schau sie dir doch an."

Darshs Ausdruck wurde angespannt. „Dein Job hängt davon ab, dass du diesen Mörder schnappst, Erin, nicht davon, ein verschwundenes Mädchen zu finden, das mit aller Wahrscheinlichkeit Selbstmord begangen hat und nicht etwa entführt wurde", antwortete er wütend.

„Das kannst du nicht wissen." Ihre Augen blitzten auf. „Und erzählen Sie mir nicht, wie ich meinen Job zu erledigen habe, Agent Singh."

Er sah sie angewidert an, und Erin schrumpfte innerlich etwas zusammen.

„Lady, mir würde nicht mal im Traum einfallen, dir verdammt nochmal irgendwas erzählen zu wollen." Damit schlug er die Autotür zu und ging davon, sein Handy schon ans Ohr gepresst. Erin stieg aus. Als sie bei Rosemary ankam, zog sie sie aus dem nassen Schnee hoch und nahm sie fest in den Arm. „Wir werden Sie finden. Geben Sie die Hoffnung nicht auf."

Aber die ältere Frau sackte erneut zusammen und Erin konnte sie kaum halten, während ihre Schluchzer in die Totenstille hinaushallten.

ZWANZIGSTES KAPITEL

DIE NÄCHSTEN SECHS Stunden verschwammen. Der Suchtrupp erschien, die meisten von ihnen waren Freiwillige, die sich in den Wäldern auskannten, auch wenn das Wetter ausgesprochen unfreundlich war. Seit dem Morgen war mindestens ein Meter Schnee gefallen, und Erin wusste nicht, ob irgendjemand ohne die passende Ausrüstung in den Wäldern überleben konnte.

Rosemary Knight saß eingehüllt in eine Decke auf der Rückbank von Erins Truck. Donald Knight war irgendwo draußen unterwegs und suchte im Wald nach seiner Tochter. Er war hergekommen, als Rosemary ihn angerufen hatte, aber die beiden hatten nicht miteinander gesprochen. Die Anspannung zwischen ihnen war spürbar gewesen.

Erin schluckte gegen die Traurigkeit an, die in ihr aufsteigen wollte. Es war nicht nur das Opfer, das litt – auch, wenn die Opfer natürlich am meisten litten – sondern auch die Menschen, die sie liebten. Die helfen wollten. Die es nicht schafften, zu helfen, auch wenn das absolut nicht ihre Schuld war. Erin wusste, wie schockiert ihre eigenen Eltern darüber gewesen waren, dass ihr Mann sie geschlagen hatte. Und dass sie darunter gelitten hatten, als Erin ihre Siebensachen zusammengesammelt und weggezogen war. Sie hatte getan, was sie tun musste, um zu überleben. Aber die Vernichtung zu sehen, die auf den Gesichtern ihrer Eltern geschrieben stand, ließ

Erin erkennen, dass sie nach Hause zurückkehren und sich ihrer Vergangenheit stellen musste. Ihre Eltern mussten sehen können, dass sie in Ordnung war, nicht kaputt. Dass sie die Erfahrung überlebt hatte und wieder glücklich war.

Okay, glücklich war übertrieben. Zufrieden, vielleicht.

Sie dachte an Darsh und daran, wie er gesagt hatte, dass er mehr wollte, und schlang ihre Arme enger um ihren Oberkörper. Sie hatte es abgetan. Ihn abgewiesen, als er den Mut aufgebracht und sie gefragt hatte.

Hatte sie sich geweigert, mehr in Betracht zu ziehen, weil sie kein Interesse hatte? Oder hatte er recht damit, dass sie davonrannte, um nicht wieder verletzt zu werden? Sie hatte das ungute Gefühl, dass es Letzteres war, denn allein der Anblick des dunkeln, gutaussehenden FBI-Agenten schickte ein Schaudern durch sie hindurch, das nicht nur Lust war, sondern auch etwas anderes. Etwas zu kleines und furchteinflößendes, als dass sie es ans Licht kommen lassen wollte.

Sie lehnte sich gegen die Motorhaube ihres Trucks. Der Motor lief, und die Heizung schuf einen warmen Rückzugsort für Rachels Mutter und jeden aus dem Suchtrupp, der sich zwischendurch aufwärmen musste. Am anderen Ende des Parkplatzes, in der Nähe des Eingangs, brannte ein Feuer. Eine Bewegung ließ sie aufblicken und sich von der Kühlerhaube abstoßen. Ein paar Leute des Suchtrupps traten aus dem Schatten des Waldes. Erin erkannten den Anführer der Gruppe, Greg Thompson, der schon bei anderen Einsätzen dabei gewesen war. Manche dieser Einsätze waren gut ausgegangen. Manche schlecht.

Sie hatte keine Ahnung, wie diese Suche enden würde.

Sie hatten eine Pressemeldung herausgegeben mit der

Bitte, sich unverzüglich bei der Polizei zu melden, sollte jemand Rachel Knight sehen. Es hatte ein paar Anrufe gegeben, aber keiner der Hinweise hatte ihnen weitergeholfen.

Die Gruppe versammelte sich am Lagerfeuer. Erin ging hinüber, ihre Zehen kaum mehr als kleine Eisklumpen in ihren Stiefeln. Jemand hatte seinen Kofferraum geöffnet und eine wasserfeste Landkarte darin ausgebreitet.

„Irgendwas Neues?", fragte sie.

Greg drehte sich zu ihr um und schüttelte den Kopf. „Niemand zu sehen. Keine Spuren. Der Schnee hat alles zugedeckt, bevor wir überhaupt hier waren." Sein Atem dampfte. Jemand reichte ihm einen Becher und füllte ihn mit einem heißen Getränk aus einer Thermoskanne. Greg sah dankbar aus.

Eine weitere Gruppe kam zurück, Professor Huxley führte sie an. Er war seit dem Mittag hier draußen, war gekommen, nachdem seine Seminare zu Ende gewesen waren.

Er schüttelte den Kopf, als er ankam, auch wenn es offensichtlich war, dass Rachel nicht bei ihm war. Einer der Männer entfernte sich von der Gruppe und ging zu Erins Truck. Donald Knight. Er öffnete die Tür und sagte etwas zu seiner Frau, dann schlug er die Tür wieder zu und ging zu seinem eigenen Auto.

„Das muss schwer sein." Huxley beugte sich zu ihr.

Erin blickte auf. „Was?"

„Nicht zu wissen, wo das eigene Kind ist, ob es überhaupt noch lebt."

Erin erschauderte. „Überhaupt keine Spur von ihr?"

Huxley schüttelte den Kopf.

„Sind Sie für heute durch?"

„Es ist dunkel." Huxley nahm einen Becher mit einem

heißen Getränk von einem der Freiwilligen entgegen. Seine Haut war blass, die Wangen von der Kälte gerötet. „Wir sind alle verschwitzt und erschöpft, was gefährlich ist, wenn es kalt ist. Ich kann nicht riskieren, dass die Helfer selbst in Schwierigkeiten geraten, weil sie eine Unterkühlung erleiden." Seine Lippen wurden schmal. „Tut mir leid, Erin. Tut mir sehr leid. Ich weiß, wie nahe Sie dem Mädchen stehen." Er sah sie mit sorgenvollen Augen an. „Sie sehen furchtbar aus. Ich wette, Sie haben den ganzen Tag noch nichts gegessen. Lassen Sie mich Sie zum Abendessen einladen."

Erin schüttelte den Kopf. „Ich kann noch nicht weg." Sie schlang erneut die Arme um ihren Körper.

Er nickte verständnisvoll und drehte sich um. Erin schaute zu, wie die Helfer ihre Sachen zusammenpackten und nach und nach davonfuhren. Sie ging zu Greg und tat so, als wäre sie ruhig, auch wenn sie sich innerlich ganz zittrig fühlte. „Was ist jetzt der Plan?"

„Das Gelände ist riesig, es ist, als ob wir nach einer Nadel im Heuhaufen suchen und dabei noch Augenbinden tragen. Ich habe für morgen einen Spürhund angefordert." Bedauern flackerte in seinen Augen auf. „Aber selbst ein Survival-Experte würde in solchen Wetterkonditionen an seine Grenzen stoßen. Ich will nicht pessimistisch klingen, aber…"

Erin nickte stumm. Sie verstand, auch wenn sie nicht wollte, dass sie zu suchen aufhörten.

„Wir werden bei Sonnenaufgang wieder hier sein."

„Vielen Dank, Greg. Ich bin mir sicher, die Familie weiß es zu schätzen. *Ich* weiß es zu schätzen."

„Wir wissen alle, was sie letztes Jahr durchgemacht hat…" Er schaute hinüber zu Erins Truck und Donalds Auto.

„Es sei denn, sie ist abgehauen und hat ihr Auto stehengelassen." Er zog eine Grimasse. „Ich wäre stinksauer, aber auch erleichtert. Es wäre ein Wunder, sie in diesem Wetter lebend zu finden, das ist sicher."

Erin bedankte sich bei ihm und den anderen und ging zurück zu ihrem Truck. Sie öffnete die hintere Tür. „Noch keine Neuigkeiten."

„Sie geben doch wohl nicht auf, oder?", fragte Rosemary. Das Weiß ihrer Augen leuchtete pink, soviel hatte sie geweint.

„Sie müssen sich ausruhen und zu Kräften kommen. Sie werden bei Sonnenaufgang zurück sein", erklärte ihr Erin entschieden.

„Aber was ist mit Rachel?" Die Stimme der Frau wurde laut.

„Die Männer müssen sich ausruhen, Rosemary. Und Sie auch. Soll ich Sie nach Hause bringen, oder fahren Sie mit ihrem Mann?"

Der Ausdruck auf Rosemarys Gesicht war eine Mischung aus Wut und tiefer Sehnsucht. „Ich weiß nicht, ob ich es ertragen kann, ihn zu sehen."

„Glauben Sie nicht, dass ihn das genauso mitnimmt wie Sie?"

Rosemary nickte. „Aber er vergräbt sich einfach in seiner Arbeit, um es durchzustehen, wohingegen ich mich darin verliere, mich um Rachel zu kümmern." Neue Tränen traten in ihre Augen. „Ich war so furchtbar zu ihm. Ich glaube nicht, dass er mir jemals vergeben wird."

Und trotzdem saß er noch immer in seinem Auto und wartete.

„Es gibt nur einen Weg, das herauszufinden", sagte Erin nachdrücklich.

Rosemary zog die Decke von ihren Schultern und warf sie auf die Rückbank. „Ich gebe sie nicht auf, Detective."

„Ich gebe sie auch nicht auf, Dr. Knight."

Erin trat einen Schritt zurück, als die Frau zögerlich aus dem Auto stieg und durch den tiefen Schnee zum Wagen ihres Mannes stapfte. Sie stieg ein und zog die Tür zu. Einen Moment lang passierte nichts, dann, nach ein paar Minuten, fuhr das Auto langsam vom Parkplatz.

Die meisten anderen Autos waren verschwunden.

Erins Handy klingelte. Darsh hatte sie den ganzen Tag über immer wieder angerufen, ihr gesagt, dass sie verdammt nochmal in die Polizeistation kommen sollte. Aber sie konnte Rachel nicht einfach im Stich lassen. Sie hatte dem Mädchen versprochen, ihr zu helfen, und nicht hier zu sein, fühlte sich an wie der ultimative Verrat.

Sie riss sich zusammen. Es gab nichts, was sie jetzt noch hier ausrichten konnte. Es war Zeit, zurück an die Arbeit zu gehen. Sie hatte keine Ahnung, ob Rachels Verschwinden in irgendeiner Weise mit dem Fall zu tun hatte, oder ob es nur ein deprimierender Zufall war. Ihr Handy hörte auf zu klingeln, gerade, als sie drangehen wollte. Sie dachte, dass sie ihn sowieso bald genug sehen würde.

Erin atmete tief ein und bog vom Parkplatz auf die Straße. Sie fuhr sehr langsam. Das Licht ihrer Scheinwerfer traf auf eine weiße Wand, sie konnte kaum drei Meter weit sehen. Sie drosselte ihre Geschwindigkeit, bis sie im Schritttempo den Berg hinunterkroch.

Der heutige Tag hatte schlecht begonnen, und von da an war es laufend bergab gegangen. Sie dachte daran, was sie mit Darsh gemacht hatte – okay, so schlecht hatte der Tag dann vielleicht doch nicht begonnen, wenn man multiple Orgasmen mitzählte.

Ein Paar Scheinwerfer erschienen in ihrem Rückspiegel. Der Schneefall hatte etwas nachgelassen, also senkte sie ihren Fuß auf das Gaspedal und wurde schneller, ihre Hinterräder verloren kurz die Haftung, dann fanden sie wieder Halt. Ihr Herz raste. Ein paar Sekunden später sah sie, dass sie auf eine gefährliche Kurve zufuhr und sie langsamer werden musste. Sie tippte vorsichtig auf das Bremspedal. Die Scheinwerfer in ihrem Rückspiegel ließen plötzlich das Fernlicht aufleuchten und Erin fluchte, als sie geblendet wurde. Dann scherte das Fahrzeug aus, um sie in der scharfen Kurve zu überholen. Ihr Herz flatterte bei diesem wahnsinnigen Manöver. „Idiot."

Aber das Auto überholte sie nicht. Stattdessen knallte ein riesiger Geländewagen in die Fahrerseite ihres Trucks. Erin war so überrascht und die Straße so rutschig, dass sie die Kontrolle über ihr Auto verlor und ins Schlingern geriet. Ein weiterer Zusammenprall ließ sie die Zähne zusammenbeißen und das Lenkrad verzweifelt festklammern. Sie stieg auf die Bremse, rutschte aber auf der eisglatten Fahrbahn nur unkontrolliert weiter. Die Unausweichlichkeit der Situation machte sie fertig – sie fuhr ja nicht einmal besonders schnell. Ihr Truck schoss durch die Leitplanke und kippte mit einer Lawine von Schnee über die Klippe. Ein Schrei wollte aus ihr herausbrechen. Stattdessen fluchte sie laut, hielt sich am Lenkrad fest, als ob sie noch irgendwie das Auto kontrollieren konnte, während sie den steilen Abhang hinunterflog. Die Zeit blieb stehen, aus jeder Sekunde wurden zehn, während das Adrenalin durch ihre Adern rauschte. Ihr Herz hämmerte so heftig gegen ihre Rippen, als ob es gleich in ihrer Brust explodieren würde. Direkt vor ihr erschien ein Baum. Sie riss das Lenkrad herum, versuchte, den Baum zu umschiffen, aber

Geschwindigkeit und Schwerkraft waren stärker als ihr Lenkrad. Sie würde gegen den gigantischen Baum prallen und ihre Chancen, diesen Aufprall zu überleben, waren gering bis nicht existent. Und verdammt noch mal, es gab nichts, was sie dagegen tun konnte, außer zu beten.

ER SAß ZITTERND in seinem Wagen.

Erin war tot. Sie musste tot sein. Niemand konnte so einen Unfall überleben. Er hatte sie umgebracht.

Schweiß trat ihm aus jeder Pore, und eine Kälte überkam ihn, die seine Knochen zu Eiszapfen werden ließ.

Er legte seine Stirn in die Hände, die in Lederhandschuhen steckten und das Lenkrad umklammerten. Es war ein langer Tag gewesen, und Rachel hatte ihn so wütend gemacht, als sie entkommen war, dass er sich nur schwer auf irgendetwas anderes hatte konzentrieren können.

Seine Zähne klapperten.

Tot.

Der glühende Hass, den er vorhin noch verspürt hatte, wurde von seinem Bedauern vertrieben. Er hatte Erin nicht umbringen wollen. Er liebte sie. Aber als er sie vom Parkplatz hatte fahren sehen, hatten ihn die Enttäuschung und die Wut über das, was sie mit dem FBI-Agent gemacht hatte, überwältigt. Ein Gedanke war in ihm aufgekeimt – wenn er sie nicht haben konnte, sollte sie auch niemand anderes haben.

Sein Mund war so trocken, dass seine Zunge am Gaumen klebte. Bedauern braute sich in ihm zusammen, und er wäre am liebsten in Tränen ausgebrochen. Aber er schüttelte es ab. Bedauern war etwas für Verlierer. Seine behandschuhten

Finger lösten sich langsam vom Lenkrad.

Er schaute sich in der Garage um und wusste, dass er verschwinden musste. Eine Polizistin war umgebracht worden, und wenn sie gefunden wurde – falls sie gefunden wurde – würde die Stadt nur so vor Gesetzeshütern wimmeln.

Er hatte drei Möglichkeiten.

Sich zu stellen – nur über seine Leiche. Zu verschwinden – was ihn wie ein weiteres Opfer oder aber unglaublich schuldig aussehen lassen würde. Oder die Schlinge um die nächste, voraussichtliche Kandidatin zuzuziehen.

Zum Glück war er allen anderen immer drei Schritte voraus, was er ihnen ja von Anfang an versucht hatte, klarzumachen. Sie würden ihn nie erwischen. Er war zu clever. Er kannte das System. Und wenn man das System kannte, war alles möglich. Er öffnete die Tür, schloss sie leise hinter sich und verschwand in der Dunkelheit.

DARSH LEGTE AUF und musste sich zurückhalten, sein Handy nicht gegen die Wand zu pfeffern. Diese verfluchte Frau. Dickköpfig beschrieb sie nicht einmal ansatzweise. Er tat alles, um sie davon abzuhalten, beruflichen Selbstmord zu begehen, aber sie war scheinbar absolut versessen darauf, es dennoch zu tun. Und während es eine Sache war, Mitgefühl für die Opfer zu haben, war es eine andere, einen ganzen Tag darauf zu verschwenden, frierend auf einem Parkplatz zu stehen, während andere Leute die Wälder durchsuchten, vor allem, wenn ein Mörder frei herumlief und der eigene Boss einen angewiesen hatte, genau das nicht zu tun.

Der Chief wartete auf einen Lagebericht in der

Mordermittlung. Darsh hatte ihn so lange wie möglich hingehalten, aber die Zeit wurde knapp. Er schaute auf seine Uhr. Draußen war es mittlerweile dunkel geworden. Warum zur Hölle brauchte sie so lange?

Es war ja nicht so, dass er kein Mitleid mit dem Knight-Mädchen hatte, aber er wusste, dass sie hier im Revier mehr ausrichten konnten.

Er schrieb die Zeitleiste der Vergewaltigungen im letzten Jahr fertig, dann die des Prozesses, dann fügte er die beiden neuen Morde hinzu. Hoffentlich würden die Daten und Zeiten schon ein paar der Verdächtigen ausschließen.

Darsh trug die Kisten mit den Akten aus seinem Büro in das Konferenzzimmer und bereitete dort auch den Arbeitsplatz für Agent Chen vor. Sie war seine Entschuldigung für den Umzug und dafür, aus Gründen der Cybersicherheit eine strikte Informationsbarriere durchzusetzen.

„Haben Sie alles, was Sie brauchen?", fragte er sie.

„Alles, außer Ruhe." Sie warf ihm einen schneidenden Blick zu.

Er zuckte mit den Schultern, sich keiner Schuld bewusst.

Chen war ein interessanter Charakter. Still. Lernbegierig. Definitiv autark. Entschlossen, sich zu beweisen. Sie war ihm, was Computer und Technologie anging, haushoch überlegen, und das war auch ihr Hintergrund, nicht die Strafverfolgung. Sie hatte Rachel Knights Handy überprüft, aber keine bedenklichen Nachrichten oder E-Mails entdeckt. Die Liste der Anrufer war überschaubar, und Rachel hatte um fünf Uhr morgens einen Anruf von einem öffentlichen Telefon auf dem Campus erhalten. Sie hatten der Telefongesellschaft einen Durchsuchungbeschluss für die Verbindungen geschickt.

Hatte jemand Rachel Knight dazu überredet, sich noch vor

Sonnenaufgang in dem abgelegenen Park mit ihm zu treffen? Sie war so ängstlich. Darsh war überrascht, dass sie überhaupt allein aus dem Haus gegangen war. Es war wahrscheinlicher, dass sie in eine Spirale der Depression gefallen war, alle Hoffnung verloren hatte, und dann absichtlich zu Beginn eines Schneesturms in den Wald gelaufen war.

Er hoffte, dass sie lebend gefunden werden würde, aber er konnte es nicht zu seiner Priorität machen, wenn sie einen Mörder schnappen mussten.

„Haben Sie schon was aus den Hintergrundchecks?", fragte er Chen.

Sie hielt inne und schaute ihn an, als ob er ein Idiot wäre. „Ich gebe gerade erst die Namen all der Leute ein, die Sie überprüfen wollen. Das ist eine lange Liste. Wir sind hier nicht beim Fernsehen, wo Ihnen etwas einfällt, und es im nächsten Augenblick wie von Zauberhand erledigt ist."

Darsh verzog das Gesicht, dann murmelte er: „Alex Parker hätte es mittlerweile erledigt."

Ihre Augen wurden schmal. „Dumm gelaufen, Agent Singh, aber Mr. Parker war zu beschäftigt damit, irgendwelche Details für Special Agent Frazer zu erledigen, während dieser krankgeschrieben ist. Sie müssen sich also mit mir zufriedengeben."

Noch eine von der Sorte. Gott, er mochte es, mit starken Frauen zusammenzuarbeiten, aber er war dankbar, dass er sich nur von einer der beiden angezogen fühlte – auch, wenn sie ihn in den Wahnsinn trieb, weil sie nicht an ihr Handy ging. „Irgendwas über das Seil?"

Agent Chens Finger schwebten regungslos über der Tastatur und er konnte förmlich hören, wie sie um Geduld flehte. „Ich habe Käuferinformationen von allen Onlinehändlern angefordert. Wenn ich etwas finde, gleiche ich es mit dieser gigantischen Liste von Hintergrundchecks ab. Gibt es eigentlich irgendjemanden, der nicht auf dieser Liste steht?"

Darsh zog eine Grimasse, aber sie lächelte nicht zurück. Er schaute wieder auf seine Uhr. Er war müde und hungrig. Er hatte letzte Nacht nicht gerade viel geschlafen und einen Großteil des Tages damit verbracht, sich Sorgen um Erin zu machen. Verdammt. Er gab dem Drang nach und griff nach seinem Mantel. „Soll ich Ihnen was zu Essen mitbringen?"

„Gerne." Sie sah nicht einmal mehr auf, während ihre Finger mit Lichtgeschwindigkeit über die Tasten flogen.

„Chinesisch?" Er sagte es, um sie zu provozieren, und wurde prompt mit einem bösen Blick belohnt.

„Hm… warum versuchen Sie nicht, irgendwo ein gutes Curry aufzutreiben?" Sie hob die Augenbrauen und ließ ihn wissen, dass sie seine Spitze sehr wohl verstanden hatte, sie aber nicht besonders lustig fand.

„Schmeißen Sie mich jetzt mit ein paar verrückten Ninja-Tricks raus?" Er gestattete sich ein schelmisches Grinsen. Er zog sie auf, suchte nach einem Sinn für Humor, der ihre freche Schnauze wettmachen würde. Nicht jeder hatte einen Sinn für Humor, vor allem nicht, wenn es um Geschlecht und Herkunft ging.

Sie hörte auf zu tippen und drehte sich zu ihm um. „Ich würde Sie einfach erschießen, dann hätte ich meine Ruhe." Sie musterte ihn prüfend. „Ich schätze, das ist Ihre Art, das Eis zu brechen? Oder sind Sie immer so ein Arsch?"

„Kommt drauf an, wen Sie fragen." Er dachte an Erin. „Gibt es irgendwas, was Sie nicht mögen?" Als er ihren irritierten Blick sah, fügte er hinzu: „Zum Essen meine ich."

Sie streckte ihren Nacken, als ob sie zu lange in derselben

Position gesessen hätte. „Ich mag alles, außer Tomaten."

„Tomaten?", fragte er ungläubig. „Wer mag denn keine Tomaten?"

„Verrückte asiatisch-amerikanische Mädels, offensichtlich."

Er grinste. „Sie haben das mit dem ‚verrückt' gesagt, nicht ich. Ich bin in einer Stunde wieder zurück."

Sie nickte, längst wieder in ihr übermenschliches Tippen vertieft. Vielleicht war sie doch nicht so verklemmt, wie alle dachten. Vielleicht verunsicherte Alex Parker sie, weil er unter dem selbstironischen Humor und dem bübischen Grinsen mehr als nur ein einfacher Experte für Cybersicherheit war. Vielleicht hatte Agent Chen etwas zu verbergen und wusste, dass Parker einer der wenigen Menschen war, der ihr auf die Schliche kommen könnte.

Jeder hatte etwas zu verbergen.

Darsh ging zu seinem Auto und versuchte, nicht daran zu denken, wie sauer er auf Erin war. War ihr Job ihr egal? Hatte Sie ihm nicht selbst erzählt, dass sie nicht wusste, was sie tun würde, wenn sie keine Polizistin mehr sein könnte? Was zum Teufel, glaubte sie denn würde passieren, wenn sie diese Ermittlung vernachlässigte?

An der Eingangstreppe des Gebäudes blieb er stehen und sah sich erschrocken um. Es war mindestens ein Meter Neuschnee gefallen, seit er heute Morgen das Gebäude betreten hatte. Die Vorstellung, dass Rachel Knight sich in der Wildnis verlaufen hatte, ließ Wut in ihm aufsteigen, die er hinunterschluckte. Aber die Vorstellung, dass Erin freiwillig in diesem Wetter unterwegs war, machte ihn noch wütender. Es gab Leute, die für so eine Scheiße extra ausgebildet wurden. Sie war Detective, nicht Superwoman.

Das Schneetreiben war, bis auf die ein oder andere Flocke, mehr oder weniger abgeklungen.

Darsh fuhr aus der Stadt hinaus in Richtung Fox Creek Park und hatte Glück, dass er sich hinter einen Schneepflug und ein Streufahrzeug einreihen konnte, die sich langsam den Berg hinaufschoben. Er ließ sich zurückfallen, seine Scheinwerfer fielen durch die Dunkelheit auf eine Wand aus winterlichem Weiß. Er brauchte zwanzig Minuten, bis er den Parkplatz erreichte, den er komplett verlassen vorfand. Rachel Knights VW Jetta war schon am Morgen zur Werkstatt der Polizei abgeschleppt worden.

Er saß im Auto und starrte auf den pechschwarzen Wald. Konnte Rachel ein Opfer dieses Mörders geworden sein? Hatte er seine Vorgehensweise geändert? Oder war sie der Verzweiflung und der Angst unterlegen, die er gestern in jeder einzelnen ihrer Bewegungen gesehen hatte?

Wieder versuchte er, Erin auf dem Handy zu erreichen, dann auf ihrer Festnetznummer. Verdammt, vielleicht ignorierte sie seine Anrufe, was unfassbar unprofessionell wäre. Ein anderer Gedanke beunruhigte ihn. Was, wenn sie anfing zu glauben, er sei so besessen, wie ihr Ex es gewesen war?

Darsh knirschte mit den Zähnen. Er weigerte sich, diesen Gedanken weiterzuverfolgen. Erin war eine gute Polizistin. Sie ermittelten in einem Fall. Sie mussten kommunizieren.

Er fuhr einen Bogen über den Parkplatz und bog wieder auf die Straße ein. Diese Seite war noch nicht geräumt worden, also folgte er den Spurrillen und kroch langsam über den Hügel und dann um die Kurve, um den Berg hinunterzufahren. Er konzentrierte sich aufs Fahren und übersah beinahe die Spuren am Straßenrand. Es sah so aus, als ob jemand vor nicht allzu langer Zeit aus der Kurve geflogen war.

Sein Herz donnerte.

Er hielt am Straßenrand an, zog seine Warnweste über und griff sich seine Taschenlampe. Erin war sicher nicht von der Straße abgekommen, aber die Tatsache, dass sie nicht an ihr Handy ging… Quatsch, sie war eine gute Autofahrerin. Sie hatte genug Erfahrung und ihr schweres Fahrzeug im Schnee. Aber sie war abgelenkt gewesen, dachte er. Sehr abgelenkt. Und müde.

Es konnte einfach nicht Erin sein.

Aber wer immer es auch war, war womöglich schwer verletzt, und er musste sich beeilen. Er stieg aus und hoffte, der Schneepflug würde nicht in den nächsten fünf Minuten zurückkommen und sein Auto begraben. Und – das wurde ihm mit Schrecken klar – wenn der Schneepflug diesen Abschnitt der Straße schon freigeräumt hätte, hätte er die Reifenspuren nie entdeckt. Dann hätte er nie gewusst, dass jemand seine Hilfe brauchte. Er lief zu der Stelle zurück und stapfte durch den kniehohen Schnee.

Darsh schaute den steilen Abhang hinunter und sah eine große Furche, wo der Schnee aufgewühlt worden war. Verdammt. Etwas war innerhalb der letzten Stunde definitiv von der Straße abgekommen. Er leuchtete mit seiner Taschenlampe in die Dunkelheit hinein, aber von hier oben konnte er nichts erkennen. Er holte sein Handy hervor und meldete den Unfall dem Notruf. Der Dispatcher bat ihn, in der Leitung zu bleiben, aber Darsh ignorierte die Frau und steckte das Handy wieder ein. Dann begann er mit dem Abstieg und musste nach den Ästen der Kiefern greifen, um nicht den Abhang bis nach ganz unten hinunterzurutschen. Vorsichtig bewegte er sich vorwärts und hoffte, er würde nicht am Ende in einen Abgrund stürzen, der unter dem Schnee verborgen lag.

Schließlich wurde das Terrain ebener, und er rutschte den Hügel hinunter, hielt sich an abgeknickten Ästen fest und sagte sich immer und immer wieder, dass es nicht Erin war, die hier unten in der Schlucht lag. Er glaubte es bis zu dem Moment, als er das hintere Ende eines weißen Ford F-150 Trucks entdeckte, der gegen eine zwanzig Meter hohe Tanne geprallt war. Jede Zelle in seinem Körper zog sich zusammen, und er fühlte sich, als ob er durch das Weltall katapultiert wurde. Er rutschte die letzten Meter bis zum verbeulten Wrack hinunter.

„Erin. Erin!"

Angst schoss durch ihn hindurch und machte es unmöglich, klar zu denken. Er ging zur Beifahrertür, die ihm am nächsten war, und versuchte, sie aufzustemmen, aber sie war verbogen und bewegte sich keinen Zentimeter. Er kämpfte sich den Hügel hinauf und um den Truck herum, der nur halb so lang schien, wie er eigentlich sein sollte. Die Fahrertür stand weit offen. Glasscherben bedeckten den Boden und glitzerten wie Eiskristalle, die Airbags waren aufgeblasen. Aber keine Spur der Frau, die ihm mittlerweile so viel bedeutete.

„Erin!" Er fuhr herum, suchte die Gegend mit dem Lichtstrahl seiner Taschenlampe ab. „Wo bist du?"

Er konnte ein Geräusch im Wind hören, neigte den Kopf in die Richtung, aus der es gekommen war, und begann, den Abhang wieder hinaufzusteigen, obwohl es auch etwas auf der Straße hatte sein können, was sich mit seinem schlechten Gehör einen Spaß erlaubt hatte. Eilig rannte er nun bergauf, verzweifelt, sie zu finden. Wie konnte irgendjemand diesen Unfall überlebt haben? Wo zur Hölle war sie?

„Hier drüben", erklang die süßeste heisere Stimme, die er je gehört hatte.

Er fuhr mit dem Lichtstrahl über den hellen Schnee und entdeckte sie an den Stamm einer Kiefer gelehnt. Erleichterung rauschte so heftig durch ihn hindurch, dass er kaum sprechen konnte. Sie saß in der Kuhle unter dem Baum, zu drei Seiten von den Ästen umgeben im Windschatten. Er taumelte auf sie zu, konnte fast nicht glauben, dass sie tatsächlich hier war. Ihre Haut war bleich wie eine Wand, und an ihrem Kinn klebte Blut. Nie im Leben hatte er etwas Schöneres gesehen.

Er fiel neben ihr auf die Knie. „Bist du in Ordnung? Blöde Frage, beantworte das nicht, aber kannst du mir sagen, ob dir irgendwas richtig weh tut?" Er fuhr mit seinen Händen über ihre Arme und Beine.

„Mir geht es gut, außer dass mir kalt ist, und ich ordentlich durchgeschüttelt worden bin." Das Brechen ihrer Stimme sagte ihm genau, wie ‚gut' es ihr ging. „Ich bin allerdings kürzlich zu der Erkenntnis gekommen, wie unfassbar dringend ich nicht sterben möchte."

„Das ist das einzig Gute an Nahtoderfahrungen."

„Ich kann nicht glauben, dass du mich gefunden hast", flüsterte sie.

Er schluckte. „Ich kann auch nicht glauben, dass ich dich gefunden habe." Und er war zu seinen eigenen Erkenntnissen gekommen. Zum Beispiel, dass die Vorstellung, sie zu verlieren, ihn zerriss. „Wo ist dein Handy?"

Sie deutete mit ihrer Hand in Richtung des Trucks. „Irgendwo da."

Er wollte sie an sich ziehen, aber er traute sich nicht, sie zu bewegen. Er berührte ihre Wange. „Gott, du hättest hier draußen erfrieren können, obwohl du den Unfall überlebt hast."

„Nein." Ihre Stimme brach. „Als ich den Unfall überlebt hatte, wusste ich, dass alles in Ordnung kommen würde. Ob du es glaubst oder nicht, ich bin langsam – sehr langsam, muss ich zugeben – den Abhang hinaufgeklettert." Sie lächelte erschöpft, ihre Augen waren riesig. „Und während ich diesen verfluchten Hügel hochgekraxelt bin, habe ich ein paar Entscheidungen getroffen."

„Welche Entscheidungen?" Es war gut, dass sie redete. Das Letzte, was er wollte war, dass sie das Bewusstsein verlor.

„Ich habe entschieden, endlich aufzuhören, ein Feigling zu sein."

„Ein Feigling? Du bist einer der mutigsten Menschen, die ich je getroffen habe." Sie hatte keine offensichtlich gebrochenen Knochen, aber es bestand immer noch die Gefahr einer Kopfverletzung oder innerer Blutungen.

„Nicht, was Beziehungen angeht. Selbst bevor ich Graham kennengelernt habe, hatte ich immer Angst davor, einen Fehler zu machen und mich in den falschen Kerl zu verlieben. Diese Vorsicht hat mir nichts als ein gebrochenes Herz eingebracht. Ich würde dich gerne wiedersehen. Uns eine Chance geben, wie du gesagt hast." Ihr Lächeln hatte niedlich aussehen sollen, war aber an den Rändern ein bisschen schief und verwackelt. „Es sei denn, du hast es dir anders überlegt."

Er streichelte über ihre Wange. „Es braucht also erst einen Autounfall, um bei dir eine Chance zu haben, hm?" Seine Stimme klang rau. „Vielleicht darf ich es das nächste Mal einfach mit Blumen und einem Abendessen versuchen?"

„Lass uns einfach sagen, ich habe mein Leben vor meinem inneren Auge vorbeiziehen sehen, und das Einzige, was ich bedauert habe, war es, zu viel Angst davor gehabt zu haben, herauszufinden, wohin die Sache zwischen uns führen könnte." Ihre Augen blitzten humorvoll auf, auch wenn Darsh Bedenken hatte, dass sie womöglich eine Gehirnerschütterung hatte. „Ich meine, selbst wenn es nach ein paar Monaten im Sand verläuft, hatten wir immerhin großartigen Sex, oder?"

Das war ein großer Schritt für sie. Zum Teufel, es war auch ein großer Schritt für ihn. Wenn sie weiter so tun wollte, als ob es hauptsächlich körperlich war, dann sollte sie das seinetwegen tun. Fürs Erste.

Vorsichtig hob er ihr Kinn und küsste sie auf den Mund, passte auf, ihre Schnitte und Blutergüsse nicht zu berühren. „Das wird es wert sein."

Tränen traten ihr in die Augen, und ihre Zähne klapperten vor Kälte. Wo zur Hölle blieb der Rettungswagen?

„Es tut mir leid, dass ich dich heute Morgen weggestoßen habe." Ihre Mundwinkel verzogen sich nach unten. „Wie gesagt, ich bin ein Feigling, was Emotionen angeht."

Er versuchte, sie aufzuhalten, als sie unter dem Baum hervorkroch und sich hinstellte, aber anscheinend hatte sie genug davon, auf Hilfe zu warten. „Aber in einer Sache hast du unrecht."

„Worin genau?"

„Es war kein Unfall."

Darsh runzelte die Stirn. „Was meinst du?"

„Irgendein Bastard hat mich von der Straße gedrängt, und ich werde herausfinden, wer es war und seinen Arsch hinter Gitter bringen."

Er hielt ihren Arm fest, damit sie nicht die Balance verlor, während sie darauf bestand, zur Straße zurückzuklettern. Es war nicht einfach nur Unabhängigkeit, es war eben das, woran sie gewöhnt war, seit sie diesen Arsch von Ex geheiratet hatte. Alles allein zu machen. Sich auf niemanden zu verlassen, außer auf sich selbst. Er drehte sich noch einmal zu dem geschrotteten Truck um, und Zorn stieg in ihm auf, der immer mehr an Fahrt gewann. Als sie auf die Knie sank und begann, auf allen Vieren weiterzukrabbeln, hatte er genug von ihrer Dickköpfigkeit. Er ignorierte ihren Protest, hob sie in seine Arme und trug sie den Berg hinauf.

EINUNDZWANZIGSTES KAPITEL

RACHEL STOLPERTE IM tiefen Schnee auf die Knie. Es war Nacht. Das Seil hatte ihre Lippen aufgerissen, aber ihre tauben Finger bekamen den Knoten in ihrem Mund nicht auf, so sehr sie es auch versuchte. Das Wunder, noch am Leben zu sein, wich nach und nach der Verzweiflung. Sie hatte sich verlaufen. Sie hatte sich seit Stunden durch den Schnee gekämpft. Ihr war eiskalt, ihr ganzer Körper schmerzte, und sie hatte unfassbare Angst, hier draußen allein sterben zu müssen.

Vielleicht würde sie nie gefunden werden. Ihre Eltern würden womöglich nie herausfinden, was mit ihr passiert war, ebenso wenig, wie die Wahrheit über Drew Hawke.

Sie hatte dabei geholfen, den Quarterback fälschlicherweise zu verurteilen.

Sie hatte sich Elektroden an ihren Körper kleben lassen und unter Eid geschworen, dass er sie vergewaltigt hatte.

Aber das hatte er nicht.

Das machte sie zu einer Lügnerin und zu einer Närrin – oder vielleicht auch nur zu einer Närrin, weil sie damals geglaubt hatte, die Wahrheit zu sagen. Sie musste jemanden finden, dem sie erzählen konnte, was wirklich passiert war. Sie würden glauben, dass sie verrückt sei, aber das war ihr egal, solange sie nur überlebte.

Rachel zog die Nase hoch. Ihr Kinn war wund von ihrer

gefrorenen Spucke, ihre Lippen aufgerissen und blutig.

Sie stemmte sich auf den dicken Ast, den sie als Wanderstock benutzte, richtete sich auf und stapfte weiter.

Sie war in völliger Stille aufgewacht, in den Armen einer großen Fichte. Entgegen allgemeiner Erwartungen tat es höllisch weh, in einem Baum zu landen, aber vermutlich nicht so sehr, wie aus zwanzig Metern Höhe auf Granit aufzuschlagen. Es hatte sie so überrascht, noch am Leben zu sein, als ob ein Adler sie mit seinen Krallen hochgehoben und in Sicherheit abgesetzt hätte. Sie hatte eine klaffende Wunde am Unterarm, und etwas stimmte nicht mit ihrem Knie, denn es war unter ihrer Jeans etwa zu der Größe einer Honigmelone angeschwollen. Ihr Arm blutete immer noch, ein regelmäßiges Tropfen, das nicht aufhören wollte, vermutlich aufgrund der Kälte. Unerklärlicherweise machte ihr die dünne Blutspur Hoffnung. Sie markierte ihren Weg. Vielleicht würde jemand mit einem Bluthund irgendwann nach ihr suchen und sie finden. Hoffentlich war sie dann noch nicht tot.

Es war Nacht, aber der Mond ließ den Schnee so hell leuchten, dass sie problemlos sehen konnte, wohin sie ging – sie wusste nur nicht, in welche Richtung sie gehen sollte.

Sie atmete rasselnd ein. Ihre Zunge war taub, ihr Rachen war wund von der eisigen Luft, die in ihre Lungen strömte.

Rachel hustete bellend und musste für einen Augenblick innehalten, lehnte sich auf ihren Wanderstock. Ihr Herz raste, als es sich auf das neue Hindernis in diesem Überlebenskampf einstellte. Als ihr Hustenanfall vorbei war, richtete Rachel sich auf. Sie schien sich in einer Art Hohlweg zu befinden, der sich langsam bergab wand.

Der Schnee auf ihrer Jeans war geschmolzen und obwohl sie gute Winterstiefel trug, waren ihre Füße taub.

Geh weiter, Rachel, du brauchst diese Zehen doch sowieso nicht.

Ein Krähenkrächzen in den Bäumen zog sie an. Sie war so müde und durstig und hungrig. Wie konnte sie seit Stunden unterwegs sein und immer noch kein Anzeichen menschlichen Lebens gefunden haben?

Weil du ungefähr fünfhundert Meter pro Stunde läufst, du Idiotin, und vermutlich den ganzen Tag nur im Kreis gelaufen bist. Sie stolperte durch die Bäume und stand plötzlich vor einem Band aus Eis. Zuerst verstand sie nicht, was es war, dann erkannte sie, dass es der Fluss war.

Sie ging in die Knie und rutschte auf ihrem Hintern die Böschung hinunter, testete die Stärke des Eises mit ihrem Stock. Es fühlte sich fest an. Der Schnee schien hier weniger tief zu sein, der Wind hatte ihn scheinbar von der Oberfläche fortgeweht.

Ein lautes Ächzen ließ sie nervös herumfahren. Dann wurde ihr klar, dass es das Knarzen des Eises sein musste, das mit dem eiskalten Wasser unter seiner Oberfläche reagierte. In einem ihrer Seminare hatten sie einmal Eisformationen durchgenommen. Unter der Oberfläche passierte viel mehr als den meisten Menschen bewusst war. Dann bemerkte sie plötzlich noch ein anderes Geräusch. Ein seltsames, rauschendes Brummen.

Sie ging langsam, mit kleinen, unsicheren Schritten, auf das Geräusch zu und nutzte ihren Stock, um den Weg vor sich zu testen. Sie kam an einer Flussbiegung an und starrte in die Dunkelheit, die vor ihr lag. Plötzlich tauchten Scheinwerfer auf und ihr Herz machte einen Sprung. Eine Brücke. Sie humpelte darauf zu, ihr rechtes Bein wollte nicht so, wie sie. Sie zwang sich, weiterzugehen, die Schmerzen nicht zu beachten, ihre Erschöpfung nicht zu beachten. Nicht stehen zu bleiben. Sie war der Rettung zu nah, als dass sie jetzt noch aufgeben durfte.

Schweiß bildete eine dünne Eisschicht auf ihrem Rücken, ihr ganzer Körper zitterte unkontrollierbar. Langsam, ganz langsam schaffte sie die vierhundert Meter bis zur Brücke. Sie zog sich die Böschung hoch und krabbelte auf allen vieren vorwärts, bis sie das Ufer hinter sich gelassen hatte. Es dauerte eine Ewigkeit, bis sie den Weg durch den Wald zur Straße gefunden hatte. Sie war beinahe angekommen, als sie das Summen von Rädern auf der Straße vernahm. Ein Auto. Sie stolperte und zog sich an einem Baumstumpf hoch. Das Auto kam näher. Sie begann zu rennen. Sie war der Rettung so nah. So kurz davor, allen zu erzählen, was ihr zugestoßen war, den anderen Mädchen, Drew. Sie schob sich durch eine Schneewehe und stolperte auf die Straße. Das Auto kam direkt auf sie zu und bremste heftig ab, Rachel schlingerte über die Straße, genau wie das Auto.

Sie schrie auf, als es in sie hineinprallte, unfassbare Schmerzen explodierten durch ihre erfrorenen Nerven, dann umfing sie die Dunkelheit.

ERINS KOPF DRÖHNTE so verflucht heftig, dass sie fast glaubte, ihr Schädel würde explodieren. Im Hintergrund lief der Fernseher, es wurden Beiträge über die Befreiung eines riesigen Öltankers nahe dem Panamakanal gesendet, der in die Hände von Piraten gefallen war. Sie musste die Aufnahmen mittlerweile hundertmal gesehen haben.

Harry Compton stand am Ende ihres Bettes, sein

Gesichtsausdruck war eine Mischung aus Mitleid und unterdrücktem Unmut. „Können Sie den Wagen beschreiben?"

„Nicht wirklich." Sie runzelte die Stirn, was erneut kleine Pfeile von Schmerzen durch ihren Schädel jagte. „Großer Geländewagen. Dunkel. Er hatte das Fernlicht an. Ich konnte den Fahrer nicht erkennen."

„Auf den Straßen war es heute Abend ziemlich gefährlich." Sein Bleistift schwebte über seinem Notizblock, landete aber nicht auf dem Papier. Offensichtlich hatte sie noch nichts Nützliches ausgesagt.

„Vor allem, wenn jemand in einen hineinfährt und dich von der Straße drängt", fügte Erin knirschend hinzu.

„Ich sage ja nur, wenn man den Stress bedenkt, unter dem Sie gerade stehen, wegen dem vermissten Mädchen und überhaupt..."

„Wollen Sie damit sagen, dass ich nur behaupte, abgedrängt worden zu sein, damit ich nicht zugeben muss, wie eine verdammte Idiotin durch die Leitplanke gekracht zu sein?" Sie schaltete die Nachrichten ab. Das war wirklich das Letzte, was sie jetzt noch gebrauchen konnte.

Harry trat einen Schritt zurück, als Erin sich im Bett aufsetzte.

„Die Straße war nicht geräumt. Es war dunkel, vielleicht haben Sie eine vereiste Stelle übersehen..."

„Mein Truck kommt mit einer vereisten Stelle klar, und ich komme mit meinem Truck klar. Zumindest so lange, bis jemand in einer scharfen Kurve mitten in einem Schneesturm in mich hinein prallt." Sie fuhr sich mit einer Hand durch die Haare. Vor Harry die Beherrschung zu verlieren, würde ihr nicht weiterhelfen.

Er stopfte seinen Notizblock zurück in die Jackentasche. „Mein Gott, Erin, ich mache doch nur, was Sie auch tun würden, wenn die Situation andersherum wäre."

Sie schnaubte. Sie hasste es, dass er recht hatte.

„Ich werde eine Fahndung nach Fahrzeugen mit beschädigter Stoßstange oder Beifahrertür rausschicken. Die Kriminaltechnik sollte Farbsplitter an Ihrem Truck finden können und uns Informationen über das Modell des Fahrzeugs zukommen lassen, das Sie abgedrängt hat."

Erin nickte. Die Tatsache, dass sie bis auf ein hauchdünnes Krankenhaushemdchen so gut wie nackt war, half auch nicht gerade. Darsh war verschwunden, nachdem die Ärzte sie zum CT gerollt hatten, und es war albern, deswegen enttäuscht zu sein. Sie mussten immer noch den Mörder schnappen und das vermisste Mädchen finden, und sie brauchte niemanden, der ihr die Hand hielt.

Jemand kam ins Zimmer, versteckt hinter einem riesigen Strauß Nelken. „Ich habe gehört, was passiert ist." Roman Huxley tauchte hinter den Blumen auf. „Ich habe gerade dem Suchtrupp dabei geholfen, Ihren Truck mit Seilen und Gurten zu versehen und mit einer Seilwinde zurück auf die Straße zu ziehen. So wie der aussah, bin ich überrascht, dass sie noch leben."

Erin zwang sich ein Lächeln ab, obwohl es wehtat. „Danke, mir geht's gut. Ich muss nicht mal über Nacht bleiben."

Harrys Augen wurden groß.

„Aber ich weiß es zu schätzen. Die armen Jungs vom Suchtrupp müssen völlig erledigt sein." Sie hoffte nur, dass sie nicht zu erledigt waren, um morgen weiter nach Rachel zu suchen, aber als sie aus dem Fenster in die eiskalte Nacht hinaus starrte, wusste sie, dass es hoffnungslos war. Ohne

Unterschlupf würde Rachel erfrieren. Und auch Erin wäre mit Sicherheit erfroren.

„Richten Sie den Jungs meinen Dank aus, und vielen Dank auch für die Blumen." Sie drückte auf die Klingel, um die Schwester zu rufen. „Jetzt müssen Sie beide aber verschwinden, es sei denn, sie wollen mich nackt sehen." Sie schwang ihre Beine aus dem Bett. Sie hatte Prellungen und Quetschungen, aber wie durch ein Wunder war nichts gebrochen. Sie hatte sich eine Sekunde vor dem Zusammenprall mit dem Baum aus dem Auto geworfen. Es hatte sich angefühlt wie eine Ewigkeit.

Keiner der beiden Männer machte Anstalten, zu gehen.

„Das ist Ihr Stichwort zu gehen, meine Herren." Sie versteckte die Schärfe in ihren Worten nicht und dankenswerterweise wandten sie sich beide prompt zum Gehen. Herrgott nochmal. Sie kramte in ihrem Schrank nach etwas zum Anziehen, als die Tür erneut aufging.

„Warum zur Hölle bist du nicht im Bett?"

Darsh.

Das Flattern in ihrer Brust machte ihr gleichzeitig ein wohliges Gefühl und sehr viel Angst. Sie hatte entschieden, nicht mehr länger vor Beziehungen davonzurennen, aber sie würde lügen, wenn sie behaupten würde, keine Angst davor zu haben, jemanden an sich heranzulassen. „Ich haue ab hier. Was ist in der Tüte da?" Sie beäugte sie hoffnungsvoll, dachte, es könnte vielleicht etwas zum Anziehen darin sein.

Darsh kam auf sie zu, warf die Plastiktüte aufs Bett und nahm ihr Gesicht in seine Hände. Dann küsste er sie und obwohl ihre Lippen brannten, küsste sie ihn zurück, strecke ihm ihren schmerzenden Körper entgegen, denn sie wäre heute um ein Haar gestorben und das Bedürfnis, sich davon zu überzeugen, noch am Leben zu sein, war überwältigend. Er hielt ihr Gesicht in seiner großen Hand, neigte den Kopf zur Seite und vertiefte den Kuss noch weiter.

Ein Geräusch ließ sie beide erstarren, bevor sie ertappt voneinander abließen. „Kann man sich hier anstellen? Ich wäre dabei." Ully Masons Tonfall war vernichtend.

Erin trat einen Schritt von Darsh zurück. „Sei kein Arsch." Sie nahm sich die Tüte vom Bett. Ein Flanell-Pyjama. Nicht gerade ein Hosenanzug, aber immer noch tausendmal besser als ein Papierhemdchen mit einem Ausschnitt von Nacken bis zum Hintern.

„Was willst du hier?", fragte sie Ully.

„Bin nur vorbeigekommen, um nach meiner Kollegin zu sehen, die heute im Einsatz verletzt wurde…"

„Um mir das Leben schwer zu machen?", fauchte sie.

Er hatte immerhin so viel Anstand, beschämt auszusehen. „Nein. Du haben mich nur kalt erwischt, weil du ein paar Stunden nach einem üblen Autounfall mit einem Bundesagenten rumknutschst, das ist alles. Wusste nicht, dass ihr beide was miteinander habt."

„Fahren Sie zur Hölle, Mason", blaffte Darsh ihn an.

Erin biss die Zähne zusammen. So sehr sie auch vorgehabt hatte, der Beziehung mit Darsh eine Chance zu geben, sie hatte nicht gewollt, dass alle davon erfuhren, bevor sie nicht die Ermittlungen in dem Mordfall abgeschlossen hatten. Jetzt würde sie für den Rest des Monats das einzige Gesprächsthema im Bürotratsch sein. Und sie wusste bereits, wie schrecklich sich das anfühlte.

Sie zog sich die Pyjama-Hosen unter dem Krankenhaushemd an, dann drehte sie den beiden Männern den Rücken zu. Sie holte das Oberteil aus der Tüte, überprüfte, ob es nicht irgendwelche Spiegel oder Fenster gab, die den beiden ein hübsches Spiegelbild präsentieren würden, dann riss sie sich das Hemdchen vom Körper und ließ es zu Boden fallen, bevor sie sich das langärmelige T-Shirt langsam über den Kopf zog. Sie hörte, wie Ully Mason nach Luft schnappte. Darsh fluchte leise. Wenn ihre Blutergüsse so aussahen, wie sie sich anfühlten, dann waren sie sicher spektakulär. Morgen würde sie bestimmt aussehen wie ein Boxsack.

Als sie das Oberteil übergezogen hatte, drehte sie sich um und griff sich ein paar flauschige weiße Socken, die Darsh ebenfalls mitgebracht hatte. Nie im Leben würde sie sich hinunterbeugen und sie anziehen können.

„Warte. Lass mich helfen." Darsh hielt seine Hand auf und Erin setzte sich auf die Bettkante, während er die Socken vorsichtig über ihre kalten Zehen rollte.

Als er fertig war, deckte er das Bett auf, aber Erin schüttelte zögerlich den Kopf. „Der Arzt sagt, ich kann nach Hause gehen."

Darsh musterte sie. „Mir hat er gesagt, dass er dir empfohlen hat, über Nacht hierzubleiben. Du hast eine leichte Gehirnerschütterung."

„Ist doch wohl das Gleiche." Sie zuckte mit den Schultern.

Ein breites Grinsen breitete sich auf Ullys Gesicht aus. „Ich habe gerade entschieden, dass ich es richtig gut finde, wenn Sie beide zusammen sind." Er verschränkte die Arme vor der Brust. „Nicht, dass nicht jeder Kerl in der Station davon träumt, mit Erin Donovan rumzumachen – abgesehen vielleicht vom Chief", er zog eine Grimasse, „aber sich mit dieser scharfen Zunge und dem frechen Mundwerk herumzuschlagen? Definitiv nichts für Zartbesaitete."

Erin stieß hörbar den Atem aus. „Danke für deine

Zustimmung. Das bedeutet mir wirklich viel." Sie verdrehte die Augen, entdeckte ihre Stiefel, die auf der anderen Seite des Bettes standen, und schlüpfte hinein. Darsh schüttelte nur den Kopf. Er griff in einen hohen Spind und holte ihre Sachen heraus.

„Warum hast du mir nicht gesagt, dass meine Klamotten hier sind?", fragte sie völlig außer sich.

Er hielt ihren Parka hoch, damit sie mit den Armen hineinschlüpfen konnte. „Weil ich nicht wollte, dass du verschwindest, bevor ich zurück bin."

Erins Wangen begannen zu glühen, denn sie wäre mit Sicherheit schon vor einer Stunde verschwunden, wenn sie von den Kleidern gewusst hätte.

„Und mir war schon klar, dass du auf keinen Fall über Nacht hierbleiben würdest." Er warf Ully ein Grinsen zu, der es prompt erwiderte. Die beiden glaubten wohl, sie hätten sie durchschaut. „Auf diese Weise konnte ich dafür sorgen, dass du im Pyjama hier raus und direkt nach Hause und ins Bett marschierst, es sei denn, du willst, dass ich deine Eltern anrufe."

„Oh ja, ich finde das hier definitiv richtig gut." Ully kratzte sich den Nacken.

Darsh holte Erins Glock aus seiner Tasche und reichte sie ihr. Mit dem beruhigenden Gewicht der Waffe fühlte sie sich augenblicklich besser.

Sie wollte den beiden einen Spruch an den Kopf werfen, aber sie war zu müde. Sie raffte ihre Sachen zusammen, einschließlich der Blumen von Professor Huxley, und ging ohne ein Wort zur Tür hinaus. Als sie den Korridor entlanggingen, war Darsh zu ihrer einen Seite, Ully auf der anderen. Eine Gruppe von Streifenpolizisten saß im Wartesaal herum. Als sie sie kommen sahen, kamen sie aufgeregt auf sie zu und alle wollten sie in den Arm nehmen.

Ully schnauzte sie an, sie nicht zu fest zu drücken. „Vorsichtig, Jungs. Ich habe sie nackt gesehen und das war nicht schön." Erin war so dankbar für die Genesungswünsche ihrer Kollegen, sie wäre fast in Tränen ausgebrochen.

Plötzlich entstand eine große Aufregung im Eingangsbereich, als eine Trage eilig vorbeigerollt wurde.

„Was ist los?", fragte sie Darsh. Sie musste sich an seinem Ärmel festhalten, um geradezustehen, und sie wusste, dass er sie am liebsten getragen hätte. Wenn er das vor diesen Jungs versuchen sollte, würde sie ihm in den Hintern treten.

„Warten Sie hier, ich schaue nach", informierte sie Ully. Zwei Minuten später kam er zurück in den Wartesaal gerannt und sprach sehr leise. „Sie haben Rachel Knight gefunden."

Erin brachte kein Wort heraus.

„Lebt sie?", presste Darsh hervor.

„Ja", sagte Ully aufgeregt. Er hielt seine Jacke zu, als ob er etwas versteckte. „Sie hat es zur Straße geschafft, nur um dort von einem Honda Civic überfahren zu werden. Der Fahrer hat sie erkannt und hat keine Zeit darauf verschwendet, auf den Rettungsdienst zu warten, sondern hat sie direkt hierhergebracht."

„Wie geht es ihr?" Erleichterung erfüllte Erin. „Kann ich sie sehen?"

Ully schüttelte den Kopf. „Sie ist nicht bei Bewusstsein und in schlechter Verfassung. Unterkühlung, zusätzlich zu ihren ganzen anderen Verletzungen. Sie werden sie ins künstliche Koma versetzen und sie langsam aufwärmen. Es wird ein paar Tage dauern, bis sie wieder sprechen kann. Sie haben ihr gerade einen Schlauch in den Hals gesteckt."

„Wissen ihre Eltern Bescheid?"

„Sie sind auf dem Weg."

Erin hatte plötzlich das Gefühl, aus Glas zu sein und jeden Augenblick zu zerbrechen. „Weiß irgendjemand, was mit ihr passiert ist?"

„Nun ja, es war zumindest kein Unfall."

Erin starrte Ully an.

„Wieso sagen Sie das?", fragte ihn Darsh.

„Wegen dem Seil, mit dem sie geknebelt wurde, und das einer der Ärzte ihr gerade vom Hals abgeschnitten hat." Ully öffnete seine Jacke und Erin konnte ein Stück blaues Kletterseil erkennen, das zusammengerollt in einer Beweistüte steckte. Ully verschloss seine Jacke wieder und blickte die Menge an. Er hatte recht. Wenn die Presse Wind von der Geschichte bekam, würden sie teuer dafür bezahlen müssen.

„Setzt zwei Beamte vor ihr Zimmer. Sie muss rund um die Uhr beschützt werden", befahl Erin. Vor dem Mörder ebenso wie vor der Presse.

„Ully kümmert sich darum." Darsh drückte dem Beamten eine Karte in die Hand. „Rufen Sie diese Nummer an, wenn Sie irgendetwas brauchen. Zeit, nach Hause zu fahren und sich auszuruhen, Detective."

„Sie braucht auch Schutz." Ully sprach mit Darsh, als ob Erin gar nicht da wäre.

„Ich kümmere mich schon darum", antwortete Darsh.

„Ich brauche keinen Schutz." Erin tippte auf die Glock in ihrer Tasche.

„Die wird dir nicht viel bringen, wenn du doppelt siehst", lachte Ully.

Erin verdrehte die Augen und zuckte zusammen, weil es so wehtat. Verdammt nochmal.

Darshs Griff um ihren Oberarm wurde enger. „Schicken Sie das Seil per Kurier nach Quantico. Sagen Sie ihnen, sie sollen es mit dem anderen Seil vergleichen. Rufen Sie mich an, sobald Rachel aufwacht. Ich werde versuchen, ein paar Stunden zu schlafen, solange ich kann." Erin öffnete den Mund, um etwas zu erwidern, aber er ließ sie nicht zu Wort kommen, was sie unter normalen Umständen wahnsinnig gemacht hätte. Allerdings sie war so erschöpft, dass sie nur noch schwankte. „Und Erin wird das auch tun."

Ully nickte und Darsh half ihr zum Seiteneingang des Krankenhauses. Sie versteckte ihr Gesicht als sie bemerkte, dass die Presse schon Wind von einer guten Geschichte bekommen hatte und vor dem Gebäude lauerte. Oder vielleicht war sie die Geschichte. Darsh legte seinen Arm um ihre Taille und half ihr in sein Auto.

Als er einstieg und den Motor anließ, drehte sie sich zu ihm um. „Ich kann nicht glauben, dass sie überlebt hat."

Sein Blick war ernst. „Ich kann nicht glauben, dass *du* überlebt hast."

In dem Augenblick wurde ihr bewusst, wie nahe sie heute dem Tod gekommen war. Sie streckte den Arm aus und griff nach seiner Hand. „Habe ich mich schon bei dir bedankt? Dafür, dass du mich gefunden hast?"

Darsh fuhr langsam vom Parkplatz, so weit von den Reportern entfernt, wie möglich. „Du kannst mir danken, indem du ein braves Mädchen bist, ins Bett gehst und die ganze Nacht durchschläfst."

Ihre Rippen schmerzten, als sie lachte. „Also kein wilder Sex?"

Sein Gesicht war angespannt, als er sich zu ihr umdrehte. „Ich dachte, du wärst tot, Erin. Ich dachte, ich würde nie wieder deine Stimme hören." Sein Mund war schmal. „Ich weiß, du magst es nicht, dass irgendjemand denken könnte, du wärst schwach oder verletzlich, aber alles, was ich will ist, dich in Watte zu packen und zu beschützen."

Er konnte spüren, wie sie vor Wut kochte.

Seine Augen musterten sie. „Denn das ist es, was anständige Männer tun", fuhr er fort, sich offensichtlich im Klaren darüber, was ihr verstimmter Gesichtsausdruck zu bedeuten hatte. „Aber ich weiß, dass dein Ex dich gründlich versaut hat, was normale Beziehungen angeht, also gebe ich mich damit zufrieden, sicherzugehen, dass dir zumindest heute Nacht niemand mehr wehtut. Es geht nicht nur um Sex."

Verletzung schwang in seiner Stimme mit. Und Wut. Es war eine Kombination, die sie nur allzu gut kannte, aber vielleicht musste sie endlich damit aufhören, jeden Mann mit Graham zu vergleichen. Graham war krank gewesen. Sie berührte Darshs Arm, fühlte, wie seine Muskeln sich unter ihren Fingern zusammenzogen. „Und wenn du mich einfach nur im Arm hältst, bis ich eingeschlafen bin?"

Sein Mund zuckte. „Das kann ich natürlich machen."

Sie schloss die Augen und fragte sich, ob er wusste, was für ein riesiger Schritt das für sie war. Ihm zu vertrauen. Überhaupt irgendjemandem zu vertrauen.

ERIN SCHLIEF NOCH im Auto ein und Darsh wollte sie nicht aufwecken, also hob er sie aus dem Sitz und trug sie zum Haus. Sie rührte sich nicht. Es erinnerte ihn daran, wie es war, wenn er als Kind irgendwo eingeschlafen und wie von

Zauberhand im Bett gelandet war. Die Stimme seiner Mutter, die ihn in den Schlaf sang, wehte durch seine Erinnerung, und zum ersten Mal seit Jahren spürte er etwas von ihrer Liebe die Grenzen der Zeit überwinden.

Ungelenk öffnete er die Hintertür des Hauses mit dem Schlüssel, den er in Erins Tasche gefunden hatte, während er sie weiterhin im Arm hielt.

Sie zitterte und er wünschte sich, er könnte den Schrecken fortwischen, der sie überkommen haben musste, als ihr Truck von der Straße abgekommen war. Mit seiner Ferse schob er die Tür zu, drehte den Riegel um, trug Erin die Treppe hinauf und legte sie sanft aufs Bett, bevor er ihr die Stiefel auszog. Vorsichtig zog er den Parka von ihren Schultern, nahm die Glock und steckte sie in die Schublade des Nachttischschränkchens. Sie lag da und beobachtete ihn mit müden Augen. Nicht ganz schlafend, aber zu erschöpft, um irgendetwas zu sagen.

Sie hatte einen Bluterguss auf der Wange. Eine Platzwunde an der Lippe. Als er vorhin ihren Rücken gesehen hatte, hatte der ausgesehen, als ob ein Zweijähriger sich darauf mit lila und roter Farbe ausgetobt hätte. Darsh hätte am liebsten seine Faust in irgendwas hineingeschlagen. Er hatte schreien und brüllen und um sich schlagen wollen, aber er hatte sich beherrscht. Man brüllte nicht vor Leuten herum, die eine gewalttätige Beziehung überlebt hatten. Er war schließlich kein Idiot.

„Ich mache mir was Heißes zu trinken. Willst du auch was?"

„Nur Wasser, danke." Ihre Stimme klang wie ein Krächzen.

Er deckte sie zu, küsste sie, dann sicherte er systematisch

jeden Zentimeter ihres Hauses. Vielleicht war er paranoid, aber er würde verdammt nochmal kein Risiko eingehen. Irgendein Arschloch hatte sie von der Straße abgedrängt und wenn dieser Bastard herausfand, dass sie noch lebte, dann würde er es eben auf andere Weise versuchen. War es der Mörder oder nur ein weiteres Mitglied aus Erins Fanclub, der die Chance genutzt hatte? Oder einfach nur irgendein Flachwichser, der zu besoffen gewesen war, um zu bemerken, was er getan hatte?

Abgesehen von ein paar Spinnen auf dem Dachboden war das Haus leer, also ging er in die Küche und holte ihr ein Glas Wasser – das heiße Getränk war nur ein Vorwand gewesen, um ihr keine Angst damit einzujagen, dass er das ganze Haus durchsuchte – und ging zurück ins Schafzimmer.

Er legte seine SIG auf den Nachttisch, zog sich bis auf seine Boxershorts aus und kletterte neben sie ins Bett. Etwas in seiner Brust zog sich zusammen, als sie sich in seine Arme kuschelte. Nach ein paar Minuten Stille sprach sie.

„Ich kann nicht aufhören, daran zu denken. Ich sehe die ganze Zeit die Bäume an mir vorbeifliegen. Wenn ich es nicht geschafft hätte, mich vor dem Aufprall aus dem Wagen zu werfen…"

Ihr Kopf lag auf seiner Brust. Er hielt ihre Hand fest in seiner.

„Sonst war es immer so, dass ich Graham gesehen habe, wie er sich die Waffe an den Kopf hält und mich angrinst, bevor er den Abzug drückt. Als ob er endlich einen Weg gefunden hätte, für immer mein Leben zu bestimmen. Ich schätze, das hat er geschafft."

Es machte ihn immer wieder sprachlos, was manche Menschen anderen antaten.

„Ich sehe meine Mutter", gab er zu. „Das letzte Mal, dass sie mich geküsst hat."

„Hat sie euch wirklich nicht gesagt, dass sie geht?"

„Sie hat mich nur ins Bett gebracht, mir einen Kuss gegeben, und ich habe sie nie wiedergesehen." Er rieb mit seinem Kinn sachte über ihre seidigen Haare. „Solche Erfahrungen – wie Graham oder wie meine Mutter, die uns ohne ein Wort verlassen hat – machen es uns schwer, irgendjemandem zu vertrauen. Irgendjemanden an uns heranzulassen."

Etwas Feuchtes landete auf seiner Brust. Erins Tränen.

„Die Sache ist die, es gibt keine Garantien." Weil sie beide besser als die meisten wussten, dass der Tod sie jeden Augenblick ereilen konnte. Eine Kugel, eine gefährliche Kurve in der Straße. Ein Verrückter, der es auf sie abgesehen hatte. „Entweder wir riskieren etwas und versuchen, glücklich zu werden, oder…"

„Wir verpassen das Beste."

„Hast du je an uns gedacht? An die Nacht in Quantico?" Er musste es wissen.

Sie drückte fest seine Hand. „Die ganze Zeit. Immer, wenn ich mich einsam gefühlt habe, habe ich an diese Nacht gedacht. Immer, wenn die Erinnerungen an Graham zu viel wurden, habe ich stattdessen an uns beide gedacht."

Ihre blonden Haare lagen wie eine Wolke um ihren Kopf. Er nahm eine Strähne und ließ sie zwischen seinen Fingern hindurchgleiten. Das Ausmaß dessen, was er für sie empfand was er heute beinahe verloren hatte, traf ihn wie ein Meteorit. Die Worte, die er sagen wollte, steckten in seinem Hals fest. Alles, was er herausbrachte, war: „Du bist wunderschön."

Sie lachte ungläubig auf. Er beugte sich zu ihr hinunter

und küsste sie langsam, zärtlich, hoffte, sie konnte spüren, was er sich nicht laut auszusprechen traute.

„Schlaf jetzt", sagte er.

Sie strich mit der Hand über seinen Bauch und legte sie auf sein Herz. Nach und nach wurde ihr Atem ruhiger. Er hoffte, sie würde sich etwas erholen können. Sie waren beide vollkommen erschöpft. Seltsamerweise fühlte sich ihr schlafender Körper, so an ihn gekuschelt, viel intimer an als all der Sex, den sie miteinander gehabt hatten. Erin und er versteckten ihre Gefühle hinter Lust und Leidenschaft, aber sie bedeutete ihm mehr als das.

Er liebte sie und hatte sie vermutlich seit dem Augenblick geliebt, als er sie das erste Mal getroffen hatte, weshalb er auch so ausgerastet war, als er von ihrem Ehemann erfahren hatte. Er liebte eine Frau, die ihr Herz so verbissen bewachte wie Männer ihre Eier. Sie kuschelte sich noch tiefer in seine Umarmung und er zog die Decke hoch, um die Kälte abzuhalten. Darsh wusste genug über Psychologie, um sich zu fragen, ob er nicht selbst einer dieser Menschen war, die absichtlich nur aussichtslose Beziehungen eingingen – um den Schmerz, von seiner Mutter verlassen worden zu sein, immer wieder zu erleben. Oder vielleicht stand er auch einfach nur auf Blondinen mit einem Unabhängigkeitsdrang von der Größe des Mississippi. Wie dem auch sei, er musste sich auf einen Kampf einstellen, wenn er wollte, dass diese Sache – dass sie beide zusammen waren – funktionierte.

Zunächst aber hatten sie einen Fall zu lösen. Sie mussten herausfinden, warum der Mörder Rachel hatte umbringen wollen, und ob es das gleiche Arschloch gewesen war, das Erin von der Straße gedrängt hatte. Hoffentlich wachte Rachel morgen auf und konnte ihnen alles erzählen.

Eines der Dinge, die Darsh als Scharfschütze gelernt hatte, war, dass es nicht immer einfach war, den Feind zu erkennen. Aber sobald man ihn im Fadenkreuz hatte, machte man sich verdammt nochmal besser bereit, den Abzug zu drücken. Die andere Sache, die er gelernt hatte, war Geduld, aber das war etwas, das in dieser Stadt und beim Chief immer weniger wurde.

Die Zeit lief ihnen davon.

ZWEIUNDZWANZIGSTES KAPITEL

RACHEL LEBTE. WIE zur Hölle hatte sie diesen Sturz gestern überleben können? Und den ganzen Tag lang in einem Schneesturm durch die Wildnis wandern? Dummheit setzte sich im Gen-Pool immer durch, und er hatte keinen Zweifel daran, dass sie in einer normalen Welt mindestens fünfzehn Kinder haben würde. Aber das hier war keine normale Welt. Er hatte geholfen, sie zu der Frau zu machen, die sie war, und er würde sie nicht lange genug leben lassen, um sich fortpflanzen zu können.

Er war schon im Krankenhaus vorbeigefahren, in der Hoffnung, sie unbewacht anzutreffen. Ein Bulle hatte vor der Tür gesessen, und ihre Eltern waren mit ihr im Zimmer gewesen.

Seine Finger trommelten auf seine Oberschenkel. Er hatte Zeit.

Im Moment lag sie im Koma, und das würde auch noch ein paar Tage so bleiben, laut dem, was er vor dem Schwesternzimmer mitgehört hatte. Aber irgendwann würden ihre Aufpasser nachlässig werden. Die Eltern würden sich ausruhen müssen oder einen dringenden Telefonanruf bekommen. Vielleicht würde in einem ihrer Büros ein Feuer ausbrechen? Oder in einem ihrer Autos würden Drogen entdeckt werden? Irgendetwas. Was auch immer. Er würde nicht lange brauchen. Nur lange genug, um Rachel eine fette

Nadel in den Körper zu rammen.

Auch Erin hatte überlebt. Das immerhin machte ihn glücklich.

Er betrachtete seine kostbaren Besitztümer. Seine Wand mit den Devotionalien. Fotografien. Alle von ihr. In ihrem Haus, in ihrem Auto. Die Bilder, auf denen sie nackt war, waren die kostbarsten. Die Vorstellung, sie an jemand anderen abzugeben, brachte ihn fast um, aber er hatte keine Wahl. Er hatte den Köder gelegt. Nun musste er die Falle zuschnappen lassen. Er zog Latexhandschuhe über und riss die Bilder von der Wand, dass die Reißnägel nur so durch die Luft flogen

Er hielt sein Lieblingsbild von ihr hoch. Er hatte es mit einem Teleobjektiv durch ihr Schlafzimmerfenster hindurch aufgenommen und hatte dafür in einen Baum steigen müssen. Er steckte das Foto in seine Hintertasche. Die Speicherkarte seiner Kamera hatte er vergraben und die Festplatte seines Computers gesäubert. Die Fotos hatte er auf den Laptop von jemand anderem überspielt.

Er lächelte.

Das hatte ihm ein perverses Gefühl der Befriedigung geschenkt. Anscheinend genoss er die Rache, selbst für die kleinsten Kränkungen und Beleidigungen. Sich an jemandem zu rächen machte süchtig. Er schob die Fotos in eine Plastiktüte und steckte sie in seinen Rucksack. Dann wühlte er in seiner Hosentasche, holte das letzte Foto hervor und legte es zu den anderen in den Rucksack. Er konnte es sich nicht erlauben, jetzt schwach oder sentimental zu werden. Er war intelligenter als die meisten Menschen auf dieser Erde, aber er wusste, dass selbst er Fehler machen konnte, wenn er zu selbstsicher und unachtsam wurde. Rachel musste sterben. Die Ermittler mussten den Brotkrumen folgen, die er ausgelegt hatte, und glauben, was er ihnen erzählte.

Zuletzt steckte er noch Cassies Briefe von diesem erbärmlichen Drew Hawke in den Rucksack. Was für ein Verlierer. Er grinste verbissen, als er den Rucksack zuzog und die Schnallen zuschnappen ließ.

Das Chaos bot ihm seine eigenen Chancen, und die würde er in den nächsten vierundzwanzig Stunden voll ausnutzen.

———

NACH EINEM KURZEN Streit darüber, ob sie zur Arbeit gehen sollte oder nicht, half Darsh ihr, sich anzuziehen. Yogahosen und ein weiter, Tunika-artiger blauer Pulli. Er zog sogar den Reißverschluss ihrer Stiefel zu und half ihr in die Jacke.

Erin zwang die Gefühle zurück, die in ihr aufstiegen, wann immer sie an ihn dachte. Sie war heute Morgen in seinen Armen aufgewacht und konnte sich nicht erinnern, wann sie das letzte Mal so glücklich gewesen war. Auch wenn es nur eine Reaktion darauf war, einen Abhang hinunterzustürzen und gerade noch so mit dem Leben davonzukommen, war ihr Verlangen, ihn jedes Mal fest in den Arm zu nehmen, sobald sie ihn sah, doch etwas beunruhigend. Sie kannte diesen Kerl kaum, aber seit den Morden schien ihr Selbstbewusstsein immer weiter abzunehmen. Das gefiel ihr nicht. Es gefiel ihr überhaupt nicht.

Ihre Waffe steckte in einem Schulterholster, das schmerzhaft gegen die Blutergüsse auf ihrem Rücken drückte. Aber sie hatte lieber Schmerzen, als ohne Waffe unterwegs zu sein. Die Chance, dass sie die Waffe in weniger als dreißig Sekunden auch würde ziehen können? Gering bis Null. Wie auch immer. Wenigstens fühlte sie sich jetzt wie eine Polizistin und nicht wie ein Opfer, als sie mit steifen Gliedern den Flur hinunterging.

Der Anblick einer breitschultrigen Wache vor Rachels Zimmer machte sie sehr froh. Darsh hatte gesagt, er würde sich um zusätzliche Sicherheitsvorkehrungen kümmern. Sie kam bei der Tür an und er hielt sie mit einer Hand auf ihrem Brustbein auf. Erin jaulte vor Schmerzen auf.

„Tut mir leid, Ma'am." Hellblaue Augen musterten sie. „Niemand, außer Ärzten und Pflegern, darf in das Zimmer."

Erin zog ihre Dienstmarke aus ihrer Tasche. Er beugte sich vor und inspizierte sie gründlich.

„Donovan?" Seine Augen blitzen wissend auf. „Deshalb sehen Sie heute also ein bisschen angeschlagen aus, hm?"

Sie lachte über sein ‚angeschlagen' und hielt sich mit verzogenem Gesicht die schmerzenden Rippen. „Und ich dachte, ich hätte genug Make-up aufgetragen, um es zu kaschieren."

Er neigte den Kopf zur Seite. „Wenn man mit seinem Truck Schlitten fährt, hat das nun mal Konsequenzen." Er schaute über seine Schulter in das Zimmer. „Die Patientin liegt noch immer im Koma. Die Eltern sind einen Kaffee holen gegangen. Ich denke, es geht in Ordnung, wenn Sie für ein paar Minuten reingehen, solange die Pfleger nichts dagegen haben." Eine Schwester lief an ihnen vorbei und lächelte ihn an. Er räusperte sich. „Ich heiße Jack Reilly. Ich muss mit hineinkommen, um sie nicht aus den Augen zu lassen. Ich gehe bei meinen Klienten kein Risiko ein."

Erin nickte langsam. Der Kerl war gut. Sehr gut. Er öffnete die Tür und sie huschte ins Zimmer, achtete darauf, nirgendwo anzustoßen oder sich zu ruckartig zu bewegen, um ihre Schmerzen so gut wie möglich in Schach zu halten. Alles tat ihr weh. Jeder Muskel, jeder Knochen, jeder einzelne Strang ihrer DNA.

Das Zimmer war abgedunkelt. Der Bodyguard ließ die Tür offen und stellte sich ruhig an die Seite, beobachtete Erin, ohne dass sie sich wie eine Verbrecherin fühlte. Er machte seinen Job. Erin trat ans Bett, damit sie Rachels Gesicht sehen konnte, und schnappte nach Luft. Das Mädchen war unglaublich blass und als Erin Rachels Verletzungen sah, kam sie sich vor wie ein Waschlappen, weil sie sich wegen ein paar blauer Flecken beschwerte. Rachel hatte tiefe Schnitte im Gesicht, die Narben hinterlassen würden. Ihre Augen waren zugeschwollen, Platzwunden an den Lippen. Ihr Arm war bandagiert. Ein Bein war eingegipst. Sie war intubiert und hing an einer Infusion. Beim Anblick dieser ganzen Maschinen und Monitore, die das Mädchen am Leben hielten, brach Erin das Herz.

Tränen traten ihr in die Augen. Für gewöhnlich ließ sie die Opfer nicht so nah an sich heran, aber das hier war Rachel, der sie während des ganzen Nachspiels der Vergewaltigung die Hand gehalten und versprochen hatte, dass die Dinge besser werden würden.

Sie berührte einen zarten Finger, scheinbar der einzige Körperteil des Mädchens, der unverletzt geblieben war. „Es tut mir so leid, dass ich dich im Stich gelassen habe. Es tut mir so leid, dass dir das passiert ist." Sie hatte sich so zusammengerissen, um nicht wegen ihres eigenen Unfalls in Tränen auszubrechen, aber diese junge Frau so zu sehen, die so viel durchgemacht hatte, fühlte sich an, als ob jemand einen glühenden Pfahl in ihren Hals gerammt hätte. Ihre Augen füllten sich mit Tränen und sie konnte nicht mehr richtig atmen. Sie schluckte angestrengt, schaute sich zu Reilly um, der neben der Tür stand. „Sie hat Angst vor fremden

Männern.“ Der Ausdruck auf dem Gesicht des Mannes spannte sich bei dieser Andeutung etwas an. „Sie wird womöglich auch vor Ihnen Angst haben, wenn sie aufwacht. Das ist nichts Persönliches.“

Er blinzelte und hob das Kinn. „Ich passe auf sie auf, Detective. Machen Sie sich keine Sorgen. Wir kommen schon klar.“

Erin warf einen letzten Blick auf Rachel, humpelte zur Tür und schenkte dem Bodyguard ein dankbares Lächeln. In diesem Augenblick kamen Rosemary Knight und ihr Mann, Donald, den Flur herunter.

Beide schienen überrascht, sie hier zu sehen.

„Sie sehen schlecht aus, Detective“, bemerkte Rosemary. Ihre Haltung war um einiges kühler als gestern, als sie weinend in Erins mittlerweile verblichenem Truck gesessen hatte.

Erin wollte gerade einen Spruch darüber machen, dass sie sich schon schlimmer gefühlt hatte, als ihr klar wurde, dass das nicht stimmte. Sie hatte sich noch nie in ihrem Leben so furchtbar gefühlt. Das hier war ihr Tiefpunkt. Sogar von ihrem Ex verprügelt zu werden, war nicht damit zu vergleichen, von der Straße abgedrängt zu werden und Rachel so gebrochen hier liegen zu sehen.

„Wissen Sie schon, wer unserer Tochter das angetan hat?“, fragte Donald. Er stand hinter seiner Frau und hatte ihr die Hände auf die Schultern gelegt. Vielleicht hatten sie einen Weg gefunden, ihre Differenzen beiseitezulegen. Es ging nur um Verarbeitungsmechanismen, das war Erin klar. Ihr Verarbeitungsmechanismus war es immer gewesen, sich zu isolieren, sich zu ordnen, sich einen Plan zu machen und ihn anzugehen. Darsh nannte es davonrennen. Sie nannte es, die

Dinge zu durchdenken.

„Noch nicht, aber…"

„Es ist dieselbe Person, die am Montag diese Mädchen umgebracht hat, oder? Es ist ein Wunder, dass Rachel nicht genauso tot ist wie sie."

Erin zuckte zusammen. „Wir tun unser Bestes…"

Ihr Kopf klingelte von einer Ohrfeige, die Rosemary ihr verpasste. Sie taumelte zurück. Gottverdammt. Erin rieb sich die Wange, schüttelte aber den Kopf, als Reilly eingreifen wollte.

„Ihr Bestes ist aber nicht gut genug. Ihr Bestes hat mein Baby an eine Beatmungsmaschine gebracht", zischte Rosemary.

„Es tut mir wirklich sehr leid. Rufen Sie mich an, wenn Rachel aufwacht. Sie sollten besser wieder zu ihr." Erin ging an ihnen vorbei, ignorierte ihre brennende Wange und ihren geknickten Stolz. Wenn es irgendjemand anderes gewesen wäre, hätte sie ihn mit aufs Revier geschleift, Papierkram hin oder her. Aber bei diesen Leuten? Verdammt, was wollten sie denn noch? Blut?

Sie zwang die Tränen zurück, die fließen wollten. Nie im Leben. Nie im Leben würde sie anfangen zu heulen, wenn sie noch den Spießrutenlauf durch die Presse vor sich hatte. Sie fühlte sich verletzlich, aufgewühlt. Sie war dabei, sich in jemanden zu verlieben, obwohl sie das Gefühl hatte, dass das keine sehr gute Idee war. Sie musste die Gefühle zügeln, die Darsh aus ihr herausgelockt hatte. Jetzt war kein guter Zeitpunkt, um sich in etwas zu verlieren, was mit Sicherheit nur mit einem gebrochenen Herzen enden würde.

Sie war eine gute Polizistin, aber sie konnte nicht hexen. Dieser Täter hatte sie bis jetzt jedes Mal ausgetrickst, aber das würde nicht ewig so weitergehen. Der Typ musste langsam Panik bekommen, weil Rachel noch am Leben war. Vielleicht war er es gewesen, der sie gestern von der Straße gedrängt hatte, und nicht irgendein Football-Fan, der sie abgrundtief hasste. Hoffentlich waren das nur die ersten von vielen Fehlern, die er begehen würde, und es würde nicht mehr lange dauern, bis er wie das Tier, das er war, in der Falle saß.

DARSH STARRTE AUF die Zeitleiste, die er an der Wand befestigt hatte. Er zwang die Sorgen um Erin aus seinen Gedanken. Sie war ein Profi und brauchte genug Raum um sich, um ihren Job machen zu können. Sie war ins Krankenhaus gefahren, was vermutlich sicherer war, als allein zu Hause zu sitzen.

„Was übersehe ich? Was zur Hölle übersehe ich nur?"

Agent Chen ignorierte sein Gemurmel. Sie war gerade ins Büro zurückgekommen und sah makellos aus, ordentlich angezogen und frisch geduscht. Er war sich nicht sicher, wo sie letzte Nacht geschlafen hatte, aber sicherlich nicht im Konferenzzimmer und sicherlich nicht in irgendeinem Bürostuhl. Verrückte Ninja-Tricks.

Er checkte seine E-Mails. In fünf Minuten sollte eine weitere Teambesprechung stattfinden. Die gute Neuigkeit war, dass sie die DNA eines Haars auf Mandy Wochikowskis Pullover hatten identifizieren können. Die schlechte Neuigkeit war, dass es keine Übereinstimmung in den Datenbanken gab.

Sein Handy klingelte. „Agent Singh."

„Das Justizministerium hat angerufen, sie erwarten einen Lagebericht", informierte ihn Jed Brennan und verzichtete auf jegliche Begrüßung.

„Es ist noch nicht sicher, aber ich tendiere zu der Annahme, dass die Fälle miteinander in Verbindung stehen."

„Der gleiche Täter? Du glaubst, Hawke ist unschuldig?", fragte Brennan mit einem Anflug von Fassungslosigkeit.

„Genau, aber sag das dem Justizministerium noch nicht. Ich habe keine Beweise." Das war die Befürchtung innerhalb des Justizministeriums gewesen, weshalb es die Unterstützung der Fallanalyseeinheit angefordert hatte, aber man weigerte sich dort immer noch, in Erwägung zu ziehen, womöglich dabei geholfen zu haben, einen unschuldigen Mann hinter Gitter zu bringen. Justizirrtümer kamen vor – man musste sich nur den Fall von Richard Stone anschauen, einem FBI-Agenten, der die letzten vierzehn Jahre unschuldig im Gefängnis gesessen hatte. „Die Vergewaltigungen letztes Jahr und diese neuen Morde scheinen von einem Individuum oder Individuen mit erheblicher Intelligenz verübt worden zu sein." Darsh rieb sich die Schläfe. „Ich glaube einfach nicht, dass es in einer so kleinen Stadt mehr als einen derart genialen Verbrecher geben kann."

Brennan fluchte. „Diese Scheiße wird uns noch um die Ohren fliegen, wenn du recht damit hast. Ich vermute, die örtliche Polizei hat irgendwas übersehen?"

„Das ist es ja." Darsh musste daran denken, wie unerschrocken Erin für die Opfer gekämpft hatte, und wie gründlich sie in ihrer Arbeit gewesen war. „Ich denke nicht, dass sie etwas übersehen haben. Ich glaube, sie hatten mehr als genug Beweise für eine Anklage, und die Geschworenen hatten mehr als genug Beweise für eine Verurteilung. Und ich glaube trotzdem, dass er es nicht gewesen ist."

„Was ist mit den Aussagen der Opfer?", fragte Jed.

„Wir wissen beide, wie unzuverlässig solche Aussagen sein können. Ich denke, die Drogen und der Alkohol wurden benutzt, um die Opfer zu verwirren und ihre Realität zu verzerren. Ich vermute, er trug eine individuell angefertigte Maske mit dem Gesicht von Drew, die er im Internet bestellt hat."

„Diese Dinger machen mich nervös. Damit kann man mittlerweile für weniger als dreihundert Dollar plus Porto biometrische Sicherheitssysteme austricksen. Mission Impossible hat einiges zu verantworten."

Darsh grub seine Finger in den Knoten in seiner Schulter. „Er trug die Maske, als er Frauen vergewaltigt hat, die entweder total betrunken waren oder unter Drogen standen und Todesangst hatten. Er hat ihnen Hawkes Gesicht in einem Moment gezeigt, als sie unter wahnsinnigem Stress standen."

„Also dachten die Zeuginnen, sie würden die Wahrheit erzählen."

„Sie haben die Wahrheit erzählt, so, wie sie sie erlebt haben." Darsh konnte es nicht leiden, für dumm verkauft zu werden. „Hawke glaubt, ihm wurde die Schuld angehängt, und ich glaube, er hat womöglich recht. Das ist das Ding dieses Täters. Er mag es, Beweise zu verfälschen und dabei genau zu wissen, wie das Justizsystem reagieren wird." Allerdings war der Bastard nicht unfehlbar. Er hatte bei Rachel Knight schon einen entscheidenden Fehler gemacht. „Ich wollte dich gestern noch anrufen. Jemand hat versucht, das erste Opfer umzubringen."

„Glaubst du, es war derselbe Kerl?"

„Kommt mir etwas an den Haaren herbeigezogen vor, zu vermuten, dass es jemand anderes war."

„Warum hat er versucht, sie umzubringen? Macht es ihn

an, Leute zu quälen, oder weiß sie etwas?"

Darsh dachte an die Unterhaltung mit Rachel am Tag zuvor. Hatte sie noch anderen Leuten erzählt, was sie Erin und ihm erzählt hatte – dass sie anfing, sich an Einzelheiten ihrer Vergewaltigung zu erinnern? „Vermutliche beides."

Er schaute aus dem Fenster. Draußen bevölkerten Presse und Demonstranten den Parkplatz und den Eingangsbereich. Bisher hatte noch niemand durchsickern lassen, dass Rachel Knight ein Stück Seil wie ein Zaumzeug um den Mund gebunden worden war. Genau das gleiche Seil, das auch Cassie Bressinger während ihrer Ermordung an ihr Bett gefesselt hatte.

„Das Knight-Mädchen ist noch nicht aufgewacht, das wird auch noch ein paar Tage dauern. Es ist ein Wunder, dass sie überhaupt überlebt hat." Wenn sie nicht womöglich etwas wusste, würden die Ärzte sie offen gesagt noch wochenlang schlafen lassen, damit ihr Körper sich erholen konnte. Darsh hatte darauf bestanden, sie zu sprechen, und zwar so bald wie möglich. Die Ärzte hatten ihn informiert, dass aufgrund des Autounfalls bei Rachel die sehr realistische Möglichkeit eines Hirnschadens bestand. Das war der einzige Grund, weshalb er sie nicht dazu drängte, sie schon jetzt aufzuwecken. Er war nicht gerade jemand, der betete, aber im Moment betete er dafür, dass Rachel Knight mit dem Namen ihres Angreifers auf den Lippen aufwachte.

Jed war noch am Reden… „Ich werde Agenten anfordern, die vor Ort arbeiten sollen. Das Büro in New York hat ein Team…"

„Noch nicht", unterbrach ihn Darsh. Er war noch nicht bereit, diese Sache abzugeben, und er wollte nicht einmal daran denken, Erin mitten in dem Chaos zurückzulassen, das dieser Shitstorm heraufbeschwören würde.

„Ich brauche dich hier." Die Ironie der Tatsache, dass es Jed war, der ihn darum bat, die Ermittlungen fallen zu lassen, entging ihnen beiden nicht. Jed hatte den Ruf, sich zu emotional in seine Arbeit zu verwickeln. „Ich habe hier nur noch Henderson, Barton und Walker, die voll einsatzfähig sind. Uns stehen die Fälle bis zum Hals. Tate hilft aus, ebenso wie Rooney, die von zu Hause aus arbeitet, obwohl sie eigentlich überhaupt nicht arbeiten sollte. Lazlo kommt erst am Montag wieder zurück."

Matt Lazlo war ein ehemaliger Navy SEAL, dessen Boot, auf dem er lebte, am Weihnachtstag zerstört worden war. Matt und seine Freundin waren gerade so mit dem Leben davongekommen. Die Gerüchteküche vermutete, die Russen hätten versucht, Scarlett Stone zu eliminieren, bevor sie die Unschuld ihres Vaters beweisen konnte. Natürlich hatten sie jegliche Beteiligung dementiert.

„Hat Lazlo schon eine Wohnung gefunden?", fragte Darsh und spielte auf Zeit.

„Er ist dran. Wir brauchen dich hier, Darsh", wiederholte Brennan.

Darsh zerrte an seinem Hemdkragen, der plötzlich zu eng zu sein schien. „Schau. Chen ist gerade erst angekommen. Wir kommen tatsächlich vorwärts. Die Stadt ist ein einziges Pulverfass. Irgendein Kerl ist gestern verprügelt worden, als er in einem Wohnheim versehentlich das falsche Zimmer betreten hat, und die leitende Ermittlerin wurde mit ihrem Wagen von der Straße abgedrängt und ist beinahe umgekommen." Er schloss die Augen und die Erinnerung an Erins zertrümmerten Truck erfüllte ihn mit neuer Erschlossenheit. „Gib uns noch zweiundsiebzig Stunden…"

„Vierundzwanzig Stunden, und dann brauche ich dich hier. Die örtliche Polizei kann sich selbst darum kümmern."

„Achtundvierzig, und ich verspreche, ich schließe das Ding ab." Er warf Chen einen Blick zu, die eine Grimasse zog.

Er konnte Jed am anderen Ende der Leitung lachen hören. „Ich bin wirklich froh, dass das hier nur ein temporärer Einsatz für mich ist. Ich schlage mich ehrlich gesagt lieber mit Verbrechern herum als mit dickköpfigen Agenten. Halte mich auf dem Laufenden. Ich muss bis Ende des Tages das Justizministerium anrufen." Er legte auf.

Erin klopfte an die Tür und kam ins Konferenzzimmer. Ully Mason folgte ihr, dahinter Harry Compton und der Chief. Sie schlossen die Tür, setzten sich an den Tisch und schauten auf das Whiteboard.

Erin sah erschöpft aus, ihr Mund war eine schmale, angespannte Linie.

„Weilt das Knight-Mädchen noch unter uns?"

Erins Lippen verzogen sich zu einem schmalen Lächeln. „Ja."

„Sie ist allerdings in ziemlich übler Verfassung", fügte Ully hinzu. „Machen Sie sich keine Hoffnungen, dass sie bald aufwacht."

Darsh versuchte, Erin dazu zu bringen, ihn anzuschauen, aber sie mied seinen Blick, wie sie es gestern Morgen schon getan hatte. Auch wenn er nicht der Meinung gewesen war, dass sie heute zur Arbeit hätte gehen müssen, hatte er eigentlich gedacht, zwischen ihnen sei alles in Ordnung. Sie war in seinen Armen aufgewacht, und das war das Beste gewesen, was ihm seit Langem passiert war.

Vielleicht war sie sauer, weil Harry jetzt die Ermittlungen leitete, hauptsächlich deshalb, weil sie gestern fast gestorben wäre. Darsh wusste, dass es sie wurmte, aber es war eine nachvollziehbare Entscheidung. Sie war nicht vom Fall abgezogen worden, auch wenn es dem Chief offensichtlich in den Fingern gejuckt hatte.

„Wo stehen wir mit der Suche nach dem Auto, das Detective Donovans Truck gestern abgedrängt hat?", fragte der Chief wie aus dem Nichts.

Harry antwortete. „Die Techniker haben schwarze Farbe von Erins Fahrertür sichern können. Wir schicken sie ins Labor, aber nach dem, was Erin erzählt hat, war es ein großer, schwarzer Geländewagen. Wir haben alle Werkstätten im Umkreis von dreißig Meilen kontaktiert und sie angewiesen, uns mitzuteilen, wenn ihnen ein Fahrzeug mit dieser Beschreibung und einer kaputten Beifahrerseite unterkommt."

Der Chief nickte. Seine Augen waren schmal, sein Gesicht verspannt. Er kaute nervös auf seinem Kaugummi herum.

„Haben Sie alle schon Agent Chen kennengelernt?" Darsh stellte Ashley vor und bemerkte, wie Ully sie interessiert musterte. In Anbetracht der Tatsache, dass er selbst mit einem Mitglied des Teams schlief, konnte Darsh ihn nicht gerade dafür verurteilen. Verdammt. Das war mal was Neues.

„Ich bin noch einmal die Zeitleiste durchgegangen, und Agent Chen führt Hintergrundchecks zu einer Reihe von Personen durch, die Erfahrung in der Strafverfolgung oder in Kriminologie haben, ebenso zu jedem, der mit dem Footballteam oder den Familien der Opfer in Verbindung steht", begann Darsh. Dann gingen sie den Fall in allen Einzelheiten durch, wie sie es schon so oft getan hatten.

„Was ich immer noch nicht verstehe", sagte Erin nach zwanzig Minuten, „ist, wie der Täter wissen konnte, dass Rachel Knight am Abend ihrer Vergewaltigung allein auf ihrem Zimmer war. Und was mir noch den Kopf zerbricht ist, wie er in Mandy und Cassies Haus kommen konnte, ohne die Schlösser aufzubrechen."

„Ich vermute, er hat einen Schlüssel." Harrys Augen funkelten. „Ich denke, unser Täter kommt den Opfern nah genug, um ihre Schlüssel oder Schlüsselkarten zu klauen und sich Kopien zu machen, bevor er sie angreift."

Erin nickte. „Das erklärt aber immer noch nicht, woher er wusste, dass Rachel allein war, wenn sonst immer auch Jenny da war."

„Rachel hat erzählt, dass ihre Mitbewohnerin auf einer Party war", erinnerte sich Darsh. Genauso, wie auch Mandys und Cassies Mitbewohnerin auf einer Party gewesen war. „Ist es möglich, dass der Angreifer Jenny kannte oder sogar auf der Party war? Vielleicht hat er mitbekommen, dass sie sich ein Zimmer mit Rachel teilt und hat Rachel angegriffen, als er wusste, dass sie allein sein würde?"

Ein Funke blitzte in Erins Augen auf. „Ich habe mit Jenny gesprochen. Sie und ihr Freund waren nicht besonders lange auf der Party. Sie hatten ihr erstes Mal mit sehr viel Sorgfalt geplant, anders als viele andere College-Romanzen."

„Könnte es sein, dass der Täter ein Freund von Jennys Freund ist?", schlug Agent Chen vor. „Kerle reden doch auch über Sex, oder nicht?" Ihre fragenden Augenbrauen galten ihnen allen.

Ully grinste. Darsh warf ihm einen Blick zu, der ihn zum Schweigen brachte.

„Wir ziehen uns gegenseitig ordentlich auf, was Sex betrifft, aber wir reden nicht über Sex", erklärte Darsh. „Wenn allerdings bekannt war, dass er noch Jungfrau war?" Er verzog das Gesicht. „Ja, es ist gut möglich, dass er irgendwem von dem großen Ereignis erzählt hat."

„Wir sollten ihn aufsuchen und befragen. Er hat in der Kelvin Hall gewohnt. Möglicherweise ist der Täter ein Freund oder der Freund eines Kommilitonen, der auch dort gewohnt hat", stimmte Erin zu. „Wir scheinen nur immer noch mehr Verdächtige zu finden, anstatt den Kreis zu einzugrenzen." Sie presste die Finger gegen ihre Stirn. Ihre Bewegungen waren steif, aber Darsh war froh, dass sie sich überhaupt noch bewegte. „Was ist mit dem Seil? Irgendwelche Leute aus der Gegend, die es im Internet gekauft haben?"

Agent Chen schob jedem von ihnen ein Blatt Papier über den Tisch hinweg zu. „Ich habe die Leute auf der Liste markiert, die nicht Mitglied im örtlichen Kletterverein sind, aber sie stimmen nicht mit denjenigen überein, die Agent Singh mich zu überprüfen gebeten hat. Ich werde nachschauen, ob jemand von ihnen in der Kelvin Hall gewohnt hat."

Darsh überflog die Liste, aber es war ein nicht markierter Name, der ihn innehalten ließ.

„Roman Huxley?"

„Ja, er ist ein großer Naturfreund", bestätigte Erin. „Er klettert und fährt das ganze Jahr über Fahrrad. Er ist auch Mitglied im Suchtrupp."

Darsh verzog das Gesicht und dachte laut nach. „Er ist außerdem wahnsinnig intelligent, arrogant und auf dem neusten Stand, was die Forensik bei polizeilichen Ermittlungen angeht." Er schaute auf und suchte Erins Blick. „Er ist ein bisschen alt, aber abgesehen davon passt er ins Profil."

„Kommt mir ein bisschen weit hergeholt vor. Er ist ein renommierter Akademiker mit Weltruf." Erin runzelte die Stirn. „Ich habe gehört, wie er und sein wissenschaftlicher

Mitarbeiter sich gestritten haben, nachdem ich gestern vormittag sein Büro verlassen hatte."

„Konnten Sie hören, worum es ging?"

Sie schüttelte den Kopf. „Nein. Er hat, wie wir wissen, ein Alibi für Montagabend."

„Wo ist Bickham? Ich will, dass sie nochmal überprüft, wer genau Montagabend in dem Obdachlosenheim gearbeitet hat."

„Ich rufe sie an", sagte Ully und schrieb es in sein Notizbuch.

„Ich habe mit unseren Leuten in Quantico gesprochen. Diese Knoten sind professionelle Kletterknoten." Aufregung begann, Darshs Rücken hinaufzukriechen.

„Und er kannte die beiden Opfer von Montagnacht. Mandy hat den Sommer über für ihn gearbeitet und Cassie hat ihn zu Informationen über Serienvergewaltiger konsultiert." Erin schüttelte sich. „Sie glauben wirklich, dass er involviert sein könnte?"

Je länger Darsh die Sache betrachtete, umso besser gefiel ihm der Professor als Verdächtiger. „Wühlen Sie in seiner Vergangenheit, okay?", bat er Ashley Chen. Sie begann augenblicklich, zu tippen. „Überprüfen Sie, ob er für die Vergewaltigungen aus dem letzten Jahr Alibis hat."

„Wir müssen ihn zuerst zu den Morden befragen, bevor wir irgendeine Verbindung zu den Vergewaltigungen erwähnen können", mahnte Erin. Sie hatte recht.

„Glauben Sie, wir bekommen einen Durchsuchungsbeschluss für sein Haus?", fragte Ully.

Darsh atmete tief ein. „Basierend auf diesen Informationen? Ich fürchte nicht."

Erin stand auf und ging mit steifen Schritten zum

Whiteboard. Sie nahm einen Marker und schrieb, „Peter Zimmerman". „Okay. Angenommen, es ist der Professor, dann verstehe ich, dass er den obdachlosen Kerl bezichtigt, um dabei zuzuschauen, wie unsere mickrigen Polizeihirne auf Hochtouren laufen", bemerkte sie sarkastisch. Dann schrieb sie Drew Hawkes Namen auf die Tafel. „Aber er hat keinerlei Verbindungen zu diesem Typen."

„Genau. Wenn Hawke nicht schuldig ist, warum sollte er ihn dann zu Fall bringen wollen?", fragte Ully. „Will er uns nur auf den Arm nehmen? Oder sind wir so was wie ein gesellschaftliches Experiment in Echtzeit?"

„Was war Ihr Eindruck von Hawke, als Sie ihn neulich besucht haben?", fragte der Chief Darsh.

Erins Kopf fuhr herum. Mit der Wut in ihren Augen hätte sie ihm Schläge versetzen können.

Mist. Er hätte es ihr erzählen sollen.

Darsh räusperte sich. „Er schien ehrlich mitgenommen zu sein, als er von Cassie erfuhr. Er ist kein einziges Mal von seinem Standpunkt abgewichen, unschuldig zu sein."

„Die Gefängnisse sind voll von unschuldigen Männern", gab Ully zurück.

Darsh beäugte ihn kühl. „Das ist mir bewusst."

Agent Chen mischte sich ein. „Könnte es bei dem zunehmenden Bewusstsein für Vergewaltigungen an Universitäten in den USA nicht sein, dass wir eine Art Testaufbau für jemanden sind? Die Anschuldigungen gegen Hawke kamen zu einem Zeitpunkt, als die Leute zunehmend aufgehört haben zu glauben, Starathleten seien unschuldig, nur weil sie viele Punkte erzielt und ihren Colleges viel Geld eingebracht haben. Wenn man ein gigantisches gesellschaftliches Experiment in Aktion erleben will, würde man sich genau anschauen, auf wie viele unterschiedlichen Arten man die Gesellschaft und das Justizsystem hinters Licht führen kann."

„Er hätte außerdem großes Gefallen an den Einblicken gefunden, die Hawke in den Briefen an Cassie über das Gefängnisleben geboten hat. Und…" Darsh deutete mit dem Finger auf Erin. „Er saß im Separee neben uns, als wir vorgestern zu Mittag gegessen haben." Er blickte Erin weiter an, aber ihr Ausdruck verriet nichts. „Womöglich hat er mitgehört, wie wir darüber sprachen, dass Rachels Erinnerungsvermögen zurückkehrt. Womöglich hat er sich Sorgen gemacht, dass sie sich an etwas erinnern würde, was ihn belastet."

„Das sind alles nur Vermutungen." Erin ließ sich auf einen Stuhl sinken. „Ich bin nicht überzeugt davon. Zur Hölle, wir haben ihn sogar wegen der Vergewaltigungsfälle letztes Jahr konsultiert."

Der Chief sprang auf und starrte Erin wütend an. „Sie haben ihm Einblick in die Akten gegeben?" Seine Brust hob und senkte sich. „Und jetzt ist er plötzlich ein verdammter Verdächtiger?"

Erin öffnete den Mund, um etwas zu erwidern, und Darsh tat es ihr gleich, aber der Chief ließ keinen von ihnen zu Wort kommen. „Sie sind gefeuert."

Erin blinzelte und saß sichtbar fassungslos da.

„Räumen Sie augenblicklich Ihren Schreibtisch aus. Und kein Wort darüber zu irgendwem, haben Sie mich verstanden?"

„Detective Donovan hat in den Ermittlungen gute Arbeit geleistet." Darsh trat auf den Chief zu. „Es ist weder notwendig noch angebracht, sie zu feuern."

„Ebenso wenig angebracht ist es, mit einem Detective ins Bett zu gehen, gegen den Sie ermitteln, Agent Singh." Der Chief starrte ihn verbittert an.

Darsh spürte, wie sein Gesicht rot wurde, aber es war Wut, nicht Scham.

„Das hat nichts mit dem Fall zu tun." Darsh starrte zurück, obwohl Erins Augen groß wurden.

„Ach, wirklich? Ist Ihnen etwa nicht in den Sinn gekommen, dass sie nur mit Ihnen ins Bett geht, damit sie nicht gefeuert wird?"

Erin lachte wütend auf. „Vielleicht sollte Harry Sie fragen, ob Sie ein Alibi für den Zeitpunkt haben, als ich gestern von der Straße abgedrängt wurde, Chief?", blaffte sie. „Nur der Vollständigkeit halber."

Chief Strassen deutete zornig mit dem Finger auf sie. Darsh musste sich zurückhalten, um ihn nicht in der Luft zu zerreißen. „Sie waren es, die so besessen vom Footballteam war…"

„Weil die Opfer mir gesagt haben, dass der Quarterback sie vergewaltigt hat!" Erin verlor die Beherrschung, und Darsh konnte es ihr nicht verübeln. Die Hexenjagd war vorbei. Der Chief war bereit, den Scheiterhaufen zu errichten.

„Diesmal hatten Sie es auf Jason Brady abgesehen", spuckte Strassen aus, während Erin vor Wut kochend dasaß. „Und die ganze Zeit über war der Täter Ihr Kumpel aus der psychologischen Fakultät?"

„Er ist nicht mein Kumpel", erwiderte Erin bitter. „Und ich glaube auch nicht, dass er es war."

„Der Professor ist ein Verdächtiger – mehr nicht", unterbrach Darsh. „Wir brauchen einen stichhaltigen Grund, um einen Durchsuchungsbefehl für sein Haus, sein Auto und sein Büro zu bekommen. Für jeden Ort, an dem er die Briefe von Drew an Cassie versteckt haben könnte. Und diesen Grund haben wir nicht."

„Er besitzt zwei Autos. Einen Smart und einen schwarzen Hybrid-Geländewagen. Und er arbeitet ehrenamtlich im Krisenzentrum für Opfer sexueller Gewalt, von dem aus Rachel gestern Morgen um fünf Uhr den Anruf bekommen hat", meldete sich Agent Chen zu Wort.

Strassen starrte Darsh eiskalt an. „Machen Sie den Durchsuchungsbeschluss fertig, ich kenne einen Richter, der ihn unterschreiben wird."

Darsh brauchte diesen Durchsuchungsbeschluss, aber er wollte den Kerl nicht damit durchkommen lassen, Erin grundlos zu feuern. Aber die Tatsache, dass sie miteinander geschlafen hatten, ließ es in einem schlechten Licht erscheinen, wenn er sie verteidigte. *Scheiße.* „Wenn wir damit falsch liegen, werden wir in der Stadt und am College einen Aufstand entfachen", warnte er.

„Vor meinem Bürofenster finden jeden Tag irgendwelche verdammten Demonstrationen statt, Agent Singh. Die Stadt befindet sich längst im Aufstand." Der Chief ging zur Tür. „Sie haben dreißig Minuten, um das Gelände zu verlassen, Ms. Donovan."

„ERIN."

Darshs Stimme folgte ihr bis zu ihrem Schreibtisch, aber sie wartete nicht auf ihn. Sie schnappte sich ihre Tasche und ihre Jacke, die über der Stuhllehne hing. Ihre Kollegen standen betreten herum und schauten zu, wie sie ihre Sachen packte.

Sie hatten alle gehört, wie der Chief sie gefeuert hatte – sie hätten taub sein müssen, um es nicht zu hören – und auch, wenn sie nicht damit einverstanden waren, konnten sie kaum in den Streik treten, wenn die Stadt sie mehr denn je brauchte. Wie auch immer, sie konnte ihre Schlachten selbst austragen.

„Erin."

Sie drehte sich langsam zu Darsh herum, sah ihn an und legte einen bewusst nichtssagenden Gesichtsausdruck auf, denn die Alternative wäre es gewesen, sich die Lungen aus dem Leib zu schreien, bis jemand sie in eine Zwangsjacke steckte. „Du vertraust mir nicht einmal genug, um mir zu erzählen, dass du mit Drew Hawke gesprochen hast?"

„Es kam mir nicht wichtig vor."

„Nicht wichtig?"

Das Licht in ihren Augen veränderte sich und er erkannte, dass sie sich für einen Streit bereitmachte und sein Mitgefühl nicht gebrauchen konnte. „Ich bin hergeschickt worden, um mir beide Fälle anzuschauen und herauszufinden, ob es eine Verbindung gibt."

„Du hast gegen mich ermittelt. Ich bin diejenige, auf die es alle wegen möglicher Fehler im letzten Jahr abgesehen haben." Sie versuchte, nicht zu laut zu werden.

„Du wusstest, was mein Job hier war, Erin", entgegnete er. „Du hast es die ganze Zeit über gewusst."

Sie presste die Lippen zusammen und nickte. „Weshalb ich nicht mit dir hätte schlafen sollen. Mit dir zu schlafen hat dich in eine unhaltbare Lage gebracht."

Jetzt sah *er* wütend aus. Sehr wütend. „Wir haben miteinander geschlafen, nachdem ich die Fälle untersucht habe und wusste, dass du gründlich ermittelt und keinerlei Fehler gemacht hattest." Zorn loderte in seinen Augen. „Ich kann mich sehr gut selbst um meine Integrität kümmern, Detective. Ich weiß, wie man objektiv ist."

„Aber das bist du nicht, oder?" Und das war es, was alles zwischen ihnen, was sich so gut angefühlt hatte, so verdammt falsch machte. „Es sei denn, du zählst diese Nacht in Quantico vor drei Jahren nicht mit, die du ja angeblich nicht mehr vergessen kannst."

Sie sah, wie die Erkenntnis bei ihm einschlug, aber er schüttelte den Kopf. „Ich bin durchaus in der Lage, eine Frau, mit der ich im Bett war, objektiv zu betrachten. Wenn überhaupt, hätte ich dich nach unserer Nacht in Quantico doch noch viel eher verurteilt. Alles, was ich damals von dir wusste war, dass du bereitwillig die eine Person betrogen hast, die du zu lieben und zu ehren versprochen hattest."

„Ich habe ihn ja auch betrogen", bestand sie hartnäckig.

„Du hattest die Scheidung eingereicht, nachdem er dich angegriffen hat." Darsh ballte die Hände zu Fäusten, rang eindeutig damit, die Beherrschung nicht zu verlieren. „Das ist kein Betrug. Das bedeutet verdammt nochmal, endlich aufzuwachen."

Tränen brannten in ihren Augen, als die Emotionen ihrem Herzen einen Stich versetzten. Sie drehte sich um. „Ich muss weg hier, bevor Strassen mich noch eigenhändig hinauswirft."

„Ich erschieße jeden, der das versucht." Darsh legte seine Hand auf ihren Arm und hielt sie fest. Sie versuchte, ihn abzuschütteln, aber er ließ sie nicht los. Es war das erste Mal, dass er sie mit etwas anderem als Samthandschuhen anfasste. „Wehr dich, Erin. Du hast nichts falsch gemacht. Du bist eine verdammt gute Polizistin, und Strassen sucht einfach nur nach einem Sündenbock, damit er nicht wie ein inkompetenter Idiot dasteht."

Erin hielt ihren Blick starr auf den Knoten seiner Krawatte gerichtet. Sie hatte ihm noch am Morgen durch einen Schleier aus törichtem Optimismus dabei zugesehen, wie er sie gebunden hatte. Sie schluckte. „Wenn ich mich wehre, dann reiße ich dich nur mit mir in den Abgrund. Und ich werde den Teufel tun, einen respektierten FBI-Agenten und ehemaligen Scharfschützen der Marines zu Fall zu bringen."

Sein Ausdruck war verbittert. „Benutze mich nicht als Ausrede", verlangte er empört. „Ich kann meine eigenen Kämpfe austragen, und das werde ich auch tun. Du musst mit deinem Gewerkschaftsvertreter sprechen. Wir haben keine bindenden Regeln gebrochen, Erin. Wir haben nur ein Auge zugedrückt, als wir im Bett gelandet sind. Das ist nicht gegen die Regeln."

Sie schüttelte den Kopf und entzog sich seinem Griff. „Ich rede mit meinem Gewerkschaftsvertreter, aber Strassen will mich hier nicht mehr haben, also bin ich weg."

„Erin…"

„Nein." Sie legte die Hand auf ihre Stirn. Erin wäre vor Erschöpfung am liebsten zu Boden gesunken und eingeschlafen, aber sie musste weg. Sie hatte hierfür keine Kraft mehr. Sie fühlte sich zu verletzlich, zu emotional, zu geschlagen. „Und das mit uns ist auch vorbei, Darsh. Du fährst bald nach Hause, und ich habe ehrlich gesagt keine Ahnung, wo ich hingehe, abgesehen vielleicht nach New York, um meine Familie zu besuchen, was ich schon vor Jahren hätte tun sollen. Es ist kein guter Zeitpunkt, um eine Fernbeziehung zu beginnen."

Sein Mund ging auf, und er wollte etwas erwidern.

„Nein." Sie schluckte das grauenhafte Gefühl eines gebrochenen Herzens hinunter, das begann, ihre Fassung einzureißen. „Ich will mich nicht mehr auf eine Beziehung einlassen. Ich will nicht mehr verletzt werden. Es ist einfacher, allein zu sein."

Sie versuchte, sich an ihm vorbeizudrücken, aber er wich nicht von der Stelle.

„Glaubst du, das weiß ich nicht? Glaubst du, ich weiß nicht ganz genau, wie verdammt weh es tut, wenn sich jemand, den du liebst, als Arschloch herausstellt? Das werde ich dir nicht antun, Erin. Ich werde dich nicht enttäuschen." Er beugte sich zu ihr hinunter, um ihr in die Augen zu schauen. „Wir müssen die alten Muster nicht wiederholen. Wir sind nicht dazu verdammt, zu leiden, nur weil andere Leute Arschlöcher sind."

Erin schüttelte seinen Griff ab. „Ich kann nicht. Ich kann einfach nicht. Das ist es nicht wert." Sie schob sich an ihm vorbei und diesmal ließ er sie gehen. Irgendjemand würde hoffentlich ihren Schreibtisch ausräumen, denn dafür würde sie nicht extra hierbleiben. Sie holte ihre Dienstwaffe und ihre Marke hervor und gab sie bei dem diensthabenden Sergeant am Empfangstresen ab, ohne ihm in die Augen zu schauen. Sie machte den Rücken gerade, so, wie es ihr Dad ihr beigebracht hatte, und verließ erhobenen Hauptes das Gebäude, während ihre Kollegen ihr stumm hinterherschauten. Sie hatte beinahe den Parkplatz erreicht, als ihr einfiel, dass sie kein Auto mehr hatte.

Ully Mason kam in einem Streifenwagen angefahren. „Steig ein", sagte er. „Wohin willst du?"

Nach Hause. Sie wollte nach Hause. „Ich brauche jemanden, der mich fährt."

Ully nickte und fuhr los.

Erin schaute sich nicht um. Sie war fertig mit dieser Stadt

und mit dem FBI-Agenten, dem sie so verfallen war. Er hatte ihr das Herz gestohlen und sie hatte ihm das Herz gebrochen. Wie zur Hölle konnte irgendetwas den Schmerz wert sein, der darauffolgen würde?

DREIUNDZWANZIGSTES KAPITEL

DARSH STAND HINTER Harry Compton und Cathy Bickham, als sie an Professor Roman Huxleys Bürotür klopften. Er versuchte, nicht an Erin zu denken. Es funktionierte nicht.

„Herein", rief ein Mann.

Harry betrat als Erster das Büro, hielt den Durchsuchungsbefehl hoch. Darsh ging zur gegenüberliegenden Seite des Schreibtisches und stellte sich ans Fenster.

Huxley stand auf. „Wie kann ich Ihnen helfen?" Er trug einen violetten, eng gerippten Pullover und seine Haare sahen aus, als ob sie von einem professionellen Stylisten frisiert worden wären. Einer der Doktoranden, den Darsh schon vor ein paar Tagen kennengelernt hatte, stand neben seinem Professor, den Mund vor Schreck weit aufgerissen.

Der Professor blickte Darsh fragend an.

„Roman Huxley?", fragte Harry.

Der Kopf des Professors flog herum und er nickte.

„Ich habe einen Durchsuchungsbeschluss für Ihr Büro und Ihr Haus, einschließlich Ihrer Computer, Telefone und jeglicher Nebengebäude…"

„Was? Das ist ja unerhört!" Huxley riss Harry die Papiere aus Hand und überflog sie eilig. „Das ist doch Blödsinn."

„Bitte treten Sie von Ihrem Computer zurück, Sir."

„Aber ich habe in fünf Minuten eine Vorlesung."

„Die können Sie halten, während wir Ihr Büro durchsuchen“, versicherte ihm Darsh.

Der Professor beäugte ihn, als ob er den Verstand verloren hätte. Vielleicht hatte er das auch. Seit Erin ihm mitgeteilt hatte, dass es vorbei war, ohne ihnen überhaupt eine Chance gegeben zu haben, fühlte er sich nicht gerade zurechnungsfähig. Aber er hatte einen Job zu erledigen und wollte verdammt sein, wenn er irgendwem Genugtuung verschaffen würde, indem er nicht gewissenhaft arbeitete.

„Rick“, sagte der Professor langsam und drehte sich zu dem jungen Mann um, der hinter ihm stand. „Würden Sie bitte zum Hörsaal gehen und den Studenten ein Quiz über die Lerneinheit zu Erinnerungsvermögen geben, die wir letzten Monat durchgenommen haben? Ich glaube, es ist besser, wenn ich hierbleibe und ein Auge auf die Polizeibeamten habe, bevor sie mir zwanzig Jahre Forschungsarbeit zerstören.“

„Ja, Sir. Soll ich den Dekan für Sie kontaktieren?“

„Das wäre großartig, vielen Dank. Und sagen Sie meine anderen Seminare für heute ab. Ich werde meinen Anwalt anrufen.“

Der junge Mann nickte eilig und verschwand.

Darshs Handy klingelte.

„Sie müssen sofort herkommen.“ Ully Mason war am Apparat.

„Warum, was haben Sie gefunden?“

Der Professor sah sie grimmig an, als Harry und Bickham sich Latexhandschuhe überzogen und begannen, den Schreibtisch zu durchsuchen. Huxley wühlte in seiner Hosentasche und warf seinen Schlüsselbund auf den Tisch. „Die werden Sie brauchen, wenn Sie nicht die Schlösser knacken wollen.“ Er verdrehte die Augen. Er war gelangweilt und hielt sie offensichtlich für Idioten. War er unschuldig oder nur überheblich?

„Sagen wir einfach, ich glaube, Sie haben den Nagel auf den Kopf getroffen", fuhr Ully fort. „Kommen Sie her. Das müssen Sie sehen." Er legte auf.

Darsh war gleichermaßen dankbar und angefressen, dass Ully sich um Erin gekümmert hatte, nachdem sie vom Chief gefeuert worden war. Strassen war ein Arschloch, das Gefallen daran fand, Druck auf seine Leute auszuüben, um Ergebnisse zu erzielen, sich aber sofort verpisste, sobald es nur das geringste Anzeichen eines Fehlers gab, der ein schlechtes Licht auf die Abteilung werfen konnte. Wenn man Darsh fragte, hatte Erin keinen Fehler gemacht. Die Zeugen waren von jemandem manipuliert worden, der verstanden hatte, dass Dinge wie Erinnerung und Wahrnehmung beeinflusst werden konnten.

„Ich muss los." Darsh wand sich zum Gehen.

„Sir?", rief Bickham ihm hinterher.

Er hob fragend das Kinn und sie deutete auf die Schublade, die sie gerade durchsuchte. Darsh kam herüber und schaute suchend hinunter. Huxley kam ebenfalls hinzu und Darsh stellte sich so, dass der Kerl nicht an seine Waffe kommen konnte. Nur für den Fall. Sie alle starrten in die Schublade. Ganz unten lag ein Stapel Briefe, die mit einem Gummiband zusammengehalten wurden. Sie waren an Cassie Bressinger adressiert.

Huxley fielen fast die Augen aus dem Kopf. „Ich... ich habe keine Ahnung, wie die dorthin gekommen sind." Er sah sich hektisch im Zimmer um, als ob er nach einem Fluchtweg suchte.

Darsh blickte Harry mit hochgerissenen Augenbrauen an.

„Roman Huxley", begann Harry. „Ich verhafte Sie wegen Mordverdachts…"

„Ich fahre zu seinem Haus", sagte Darsh, nachdem zwei Streifenpolizisten den Professor in Handschellen abgeführt hatte. „Schicken Sie den Laptop an Chen. Und suchen Sie weiter."

———

ALS ERIN SAH, dass Darsh ihr eine Nachricht geschickt hatte und sie bat, ihn wegen des Falls anzurufen, wählte sie seine Nummer, auch wenn sie ihr Handy am liebsten in den Schnee geworfen hätte.

„Du musst herkommen. Schnell."

Ihr Herz schlug ihr fast bis in den Hals. „Wo bist du?"

„In Roman Huxleys Haus." Er ratterte die Adresse herunter und legte auf.

Erin fluchte. Sie musste verdammt noch mal überhaupt nichts tun, was er ihr sagte. Sie war keine Polizistin mehr, sie war nun lediglich eine normale Bürgerin. Aber noch während ihr diese Gedanken durch den Kopf gingen, griff sie nach ihrer Jacke und verließ das Haus. Hatten sie etwas gefunden? Hatten sie den Kerl gar erwischt?

Ully hatte ihr seinen Privatwagen geliehen, einen Ford Mustang GT. Ihr war klar, wie sehr es ihn geschmerzt hatte, ihr die Schlüssel zu überreichen, und sie wusste seine Unterstützung mehr zu schätzen als sie je in Worte fassen konnte. Trotzdem entschied sie, auf dem Rückweg von Huxleys Haus und von was auch immer Darsh ihr dort zeigen wollte, beim Versicherungsbüro vorbeizufahren, um den Schadensfall abzuwickeln und einen Mietwagen zu besorgen.

Zehn Minuten später hielt sie vor Huxleys Haus. Darsh wartete auf den Eingangsstufen auf sie, ein Glühen leuchtete in seinen Augen, aber er sagte nichts. Anstatt mit ihr ins Haus zu gehen, führte er sie um das Gebäude herum und öffnete die Garagentür. In der Stadt fuhr Huxley immer einen Smart oder nahm sein Fahrrad. Sie hatte nicht gewusst, dass er auch den Geländewagen besaß, der in der Garage stand, bis Agent Chen es erwähnt hatte. Sie ging um den Wagen herum.

„Sieh mal einer an." Sie schüttelte den Kopf, als sie die mehr als anderthalb Meter lange Schramme auf der Beifahrerseite betrachtete. „Hat er schon zugegeben, mich von der Straße gedrängt zu haben?"

„Noch nicht." Darsh sah sie forschend an, aber sie konnte nicht sagen, was er dachte.

Sie hatte den Professor also falsch eingeschätzt. „Habt ihr sonst noch etwas gefunden?", fragte sie und schaute auf, tat so, als ob es nicht wehtun würde, ihm so nah zu sein.

Darsh nickte und seine Augen funkelten.

„Kann ich es sehen?"

„Das willst du, glaube ich, nicht."

„Die Wahrheit macht mir keine Angst, Agent Singh."

Er atmete tief ein und seine Schultern schienen noch breiter zu werden. Sein Ausdruck veränderte sich, als ob er sich daran erinnerte, dass sie nicht mehr zusammen waren. Nicht, dass sie jemals wirklich zusammen gewesen waren. Diese Wahrheit schien ihr das Herz aus der Brust zu reißen.

Sie wollte an ihm vorbeigehen, aber er hielt ihren Arm fest. „Erin…"

Ihr Körper reagierte auf seine Berührung, obwohl sie sich zu einem „Lass mich" zwang.

Sie starrte auf seine Brust, wusste, dass sie ein Feigling

war, wusste, dass sie ihm mehr versprochen hatte.

„Ich kann nicht glauben, dass du nicht dafür kämpfst." Und er sprach nicht nur von ihrem Job.

„Wofür? Für ein schnelles Abenteuer ohne Zukunft?" Sie blickte auf und schaute direkt in seine schwarzen Augen.

„Du bist diejenige, die sagt, wir hätten keine Zukunft. Ich bin der, der sagt, du musst uns eine Chance geben. Ich komme später bei dir vorbei, wenn wir hier fertig sind. Dann können wir reden…"

„Ich werde nicht da sein."

Sein Kopf schnellte zurück, als ob sie ihn geohrfeigt hätte. „Warum? Wo willst du hin?"

Sie stählte ihr Herz. „Nach Queens. Bin nicht sicher, wann ich wieder zurückkomme."

„Ruf mich an, wenn du nicht so aufgebracht bist, und wir können wie zwei erwachsene Menschen darüber sprechen."

Sie wich zurück und schüttelte den Kopf. „Lass es gut sein, Darsh."

„Ruf mich an", beharrte er.

„Na schön." Sie zuckte mit den Schultern und nickte, aber sie wussten beide, dass sie log.

———————

ZEHN MINUTEN SPÄTER stieg sie in Ullys Mustang und fuhr davon, bevor die Reporter auftauchten. Die Fotografien an der Wand von Huxleys Gästezimmer hatten ihr die Nackenhaare aufgestellt. Er hatte sie monatelang beobachtet, hatte sie sogar in ihrem eigenen Schlafzimmer fotografiert. Und jetzt würden ihre Kollegen sie nackt auf den Fotos sehen. *Scheiße.* Je schneller sie diese Stadt hinter sich ließ, desto besser.

Er war in ihrem Haus gewesen… dem einzigen Ort, der ihr wie eine Oase vorgekommen war, ein Zufluchtsort. Ein silbernes Kreuz, das ihre Großmutter ihr vor Jahren geschenkt hatte, hatte auf seiner Kommode gelegen, zusammen mit einer aktuellen Kreditkartenabrechnung.

Darsh hatte nicht versucht, sie aufzuhalten. Warum auch? Er war wie die Kavallerie hier hereingerauscht, hatte die Lage erkannt und die Stadt vor diesem Monster in Sicherheit gebracht, das sie wie ein schäbiger Straßenmagier verarscht hatte. Ihr Magen zog sich zusammen.

Es gab keine direkten Beweise, die nahelegten, dass Huxley im letzten Jahr die Mädchen vergewaltigt hatte. Sie war sich nicht sicher, was sie davon halten sollte. Sie wusste, dass der Fall zur Überprüfung an das FBI-Büro weitergeleitet werden würde.

Erin hätte ihre sämtlichen Ersparnisse darauf verwettet – ein zugegebenermaßen armseliger Betrag – dass Huxley kein Mörder war. Ihre Instinkte mussten ihr abhandengekommen sein, oder möglicherweise hatte sie auch nie welche gehabt. Vielleicht war sie einfach nur sehr gut darin, so zu tun als wäre sie eine Polizistin, obwohl sie in Wirklichkeit nur etwa die investigativen Fähigkeiten der Feldmaus besaß, die in ihrer Scheune lebte.

Ihre Finger krallten sich um das lederne Lenkrad von Ullys Muscle Car. Sie konnte nicht länger in Forbes Pines bleiben. Nicht nur, weil sie sich durch Huxleys gruseligen Übergriff so misshandelt fühlte, sondern auch, weil die ganze Stadt sie hasste. Und die Vorstellung, Darsh wiederzusehen…

Ihn zu sehen, hatte ihr das Herz herausgerissen, denn er hatte recht. Sie war es, die ihre gemeinsame Zukunft aufgab. Sie war es, die davonlief. Aber wie konnten sie eine Zukunft haben, wenn sie keinen blassen Schimmer davon hatte, was sie mit ihrem Leben anfangen sollte?

Nein.

Sie schaute auf ihre Uhr. Sie hatte noch eine Million Dinge zu erledigen, bevor die Geschäfte schlossen. Zuerst musste sie den Immobilienmakler aufsuchen, was plötzlich zu ihrer höchsten Priorität geworden war, seit sie erfahren hatte, dass jemand in ihr Haus eingedrungen war. Als Zweites musste sie bei ihrer Versicherung vorbeifahren, ihre Schadensforderung einreichen und einen Mietwagen organisieren. Ully brauchte sein Auto so schnell wie möglich zurück. Wenigstens würde ihr die Versicherung die Forderung nicht streitig machen können, nachdem Huxleys beschädigter Geländewagen gefunden worden war.

Auf der Hauptstraße fuhr sie an einem Übertragungswagen vorbei. Die Neuigkeiten sickerten langsam durch. Es würde nicht mehr lange dauern, bis die Reporter dicht gedrängt in ihrem Vorgarten stünden, und sie würde ihnen nicht den Gefallen tun, sich im Haus zu verschanzen. Ihr Blick fiel auf das Schaufenster des Reisebüros und sie hielt vor dem Geschäft an.

Die Lüge, die sie Darsh vorhin erzählt hatte, erschien ihr plötzlich wie eine gute Idee. Sie würde die Stadt verlassen. Sie musste nur noch eine Sache erledigen, bevor sie abreiste.

HUXLEY SAß MIT übereinandergeschlagenen Beinen auf dem Stuhl, sein Fuß wippte ungeduldig in der Luft. Darsh musterte ihn, als er durch die Tür kam. Huxley sah nicht aus wie ein Mann, der wegen Mordes verhaftet worden war. Er sah aus wie jemand, dessen Tagesablauf unerhörterweise gestört worden war.

„Wo ist Ihr Anwalt?", fragte Darsh.

Huxley zuckte mit den Schultern. „Auf der Toilette oder was weiß ich."

„Soll ich später wiederkommen?"

„Nein. Bringen wir es hinter uns, damit ich wieder nach Hause kann."

„Nach Hause?" Darsh sah ihn amüsiert an. „Sie glauben wirklich, dass Sie gleich wieder nach Hause können?"

Der Professor beugte sich vor. „Schauen Sie. Ich habe keine Ahnung, wie diese Briefe in meinen Schreibtisch gekommen sind, aber mein Büro ist in der Regel nicht abgeschlossen, also hätte jeder sie dort platzieren können."

„In eine abgeschlossene Schublade?"

Huxley zuckte mit den Schultern. „Ich lasse auch oft meine Schlüssel auf dem Schreibtisch liegen. Ich bin nicht sehr gründlich, was Sicherheit angeht."

Darsh sagte nichts und ließ ihn reden. Die Verdächtigen reden zu lassen, war die beste Verhörtechnik, die man haben konnte, solange man sie auf der richtigen Spur behielt.

„Ich habe ein Alibi für Montagabend", erklärte Huxley und zog herablassend die Augenbrauen hoch.

„Die Suppenküche?", fragte Darsh.

Der Professor rutschte auf seinem Stuhl hin und her. „Ehrlich gesagt, nein, nicht die Suppenküche. Ich bin Montagabend früher aus dem Obdachlosenheim fort, weil ich, ähm, eine Verabredung hatte." Er zog am Kragen seines Pullovers.

„Sie haben Detective Donovan also angelogen."

„Ich habe nicht direkt gelogen, würde ich sagen."

„Interpretationssache." Darsh blickte ihn ausdruckslos an. „Mit wem waren Sie verabredet? Wo sind Sie hingegangen?"

Huxley leckte sich über die Lippen. „Wir sind nirgendwo hingegangen. Wir waren bei mir zu Hause. Wir können uns nicht wirklich in aller Öffentlichkeit…"

„Weil?"

„Weil… sie eine meiner Studentinnen ist."

„Wenn Sie *Verabredung* sagen, meinen Sie also eigentlich, dass Sie mit einer Ihrer Studentinnen Sex hatten?"

Der Professor nickte. „Wenn die Universität das herausfindet, nun ja, sagen wir einfach, sie wären nicht besonders erfreut darüber."

Der Kerl steckte definitiv in der Scheiße. „Und um welche Uhrzeit waren Sie und die Studentin – deren Name ich natürlich brauche, um Ihr Alibi zu überprüfen – mit Ihren sexuellen Aktivitäten beschäftigt?"

Huxleys Ausdruck wurde langsam wütend. „Ich habe mich gegen viertel vor sieben von den Doktoranden verabschiedet. Ich habe besagte junge Dame am Campus abgeholt, und wir waren etwa um sieben bei mir. Wir hatten Sex, dann haben wir ferngesehen und gegessen. Danach hatten wir noch mal Sex, bevor ich sie wieder nach Hause gefahren habe."

„Wie heißt das Mädchen?" Darsh ließ seinen Kugelschreiber über dem Notizbuch schweben. Und vielleicht hatte er absichtlich *Mädchen* gesagt. Sollte er ihn doch verklagen.

„Monica Ripley. Ripley mit einem ‚e'. Ich kann Ihnen gerne ihre Adresse geben, falls Sie die brauchen", antwortete Huxley in einem heuchlerisch herablassenden Ton. Darsh schrieb auch die Adresse auf und hoffte, dass einer der Beamten, die hinter der Spiegelscheibe das Verhör verfolgten, nun diese Monica Ripley – mit einem ‚e' – ausfindig machen würde.

„Wo waren Sie gestern Abend?", fragte Darsh.

Diese Frage schien den Professor für einen Augenblick zu verblüffen. „Ich war kaputt, nachdem ich den ganzen Tag mit dem Suchtrupp im Wald unterwegs gewesen war. Ich war gegen sechs zu Hause. Monica kam mit was zum Essen vorbei und wir…"

„Sie hatten Sex?" Es war nur eine wilde Vermutung.

Der Professor nickte und Darsh wollte ihm am liebsten den Schwanz zuknoten. Vielleicht war er auch nur verbittert, weil Erin ihm den Laufpass gegeben hatte, fantastischer Sex hin oder her. Er sollte sie einfach gehen lassen. Sie davonrennen und sich vor den lästigen Gefühlen verstecken lassen, die sie tatsächlich verspürte.

„Sie haben das Haus nicht wieder verlassen?"

Er schüttelte den Kopf. „Doch. Ich wurde dazugerufen, um zu helfen, Erins Truck zu bergen. Auf dem Rückweg bin ich im Krankenhaus vorbeigefahren, um zu sehen, wie es ihr geht, und war gegen neun Uhr wieder zu Hause. Monica war schon gegangen. Heute Morgen bin ich früh ins Büro gefahren. Es hatte sich eine Menge angesammelt, nachdem ich gestern den ganzen Nachmittag über nicht im Büro war."

Darsh schob ihm ein Foto von der Rückseite des Geländewagens zu, der in Huxleys Garage stand. „Ist das Ihr Auto?"

Huxley nickte und sah misstrauisch aus.

„Wie erklären Sie den Schaden an dem Wagen?"

Huxley runzelte die Augenbrauen. „Was für einen Schaden?"

Darsh schob ein zweites Foto über den Tisch.

Der Professor beugte sich vor und starrte auf das Bild.

„Wann zur Hölle ist das denn passiert?"

„Erzählen Sie es mir, es ist schließlich Ihr Wagen."

Huxley schüttelte den Kopf. „Ich verstehe nicht ganz." Er sah vollkommen irritiert aus.

Darsh würde ihm die Informationen nicht in leicht verdaulichen Häppchen präsentieren. Der Professor presste die Lippen zusammen und starrte weiter auf das Foto.

„Was ist hiermit?" Darsh zeigte ihm eine Aufnahme der Collage aus den Fotos von Erin, manche, auf denen sie nackt war, andere, auf denen sie offensichtlich nicht wusste, dass sie beobachtet wurde.

Der Professor warf einen Blick auf das Bild und seine Augen wurden groß. „Sieht so aus, als ob jemand sehr besessen von dem reizenden Detective ist." Er runzelte die Stirn. „Ich nehme an, Sie haben sie gewarnt?"

Im Ernst? Er wollte wirklich behaupten, die Fotos gehörten ihm nicht, obwohl sie an seiner Wand geklebt hatten und die Originaldateien auf seinem Computer gefunden wurden? „Sie hat die Fotos gesehen. Sie weiß Bescheid."

Der Kerl nickte, als ob er beruhigt wäre.

Wow. Wenn Darsh die Fotos nicht mit eigenen Augen im Haus des Professors gesehen hätte, würde er glauben, dass der Kerl nichts darüber wusste.

Darsh blickte ihn finster an. Was würde er als Verteidigung vorbringen? Dass jemand anderes die Fotos dort aufgehängt hatte? Oder würde er es mit irgendeinem Multiple-Persönlichkeiten-Bockmist versuchen?

„Also, warum bin ich hier?", fragte der Professor.

Darsh holte ein Foto mit dem zusammengerollten blauen Kletterseil hervor und schob es ihm hin. „Gehört das Ihnen?"

Huxley nickte. Dann schob Darsh das Foto über den

Tisch, auf dem Cassandra Bressinger zu sehen war, nackt, tot, und mit demselben Seil ans Bett gefesselt. Für einen Augenblick sagte der Professor gar nichts mehr. Darsh zeigte ihm ein Foto, auf dem die Gästezimmerwand im Haus des Professors im Weitwinkel zu sehen war, damit er nicht mehr behaupten konnte, das Zimmer nicht zu erkennen.

Huxleys Blick verhärtete sich, als er die Bilder anstarrte. Als er schließlich aufblickte, sagte er nur: „Ich will meinen Anwalt sprechen."

VIERUNDZWANZIGSTES KAPITEL

ERIN LIEF IN Jogginghose, Turnschuhen und ihrem Parka, den sie lose über ein Blackcombe College-Sweatshirt geworfen hatte, den Korridor entlang. Es war ihre Verkleidung, um sich unter die Leute zu mischen und so unauffällig wie möglich zu erscheinen. Eine hellgraue Mütze bedeckte ihre blonden Haare, und sie trug eine Sonnenbrille. Sie kam auf der zweiten Etage des Krankenhauses an und lief so schnell sie konnte durch den Flur. Auf keinen Fall würde sie die Stadt verlassen, ohne noch einmal nach Rachel gesehen zu haben, trotz der Art und Weise, wie sich die Mutter des Mädchens heute Morgen ihr gegenüber verhalten hatte.

Am Ende des Flurs sah sie, wie ein Arzt und zwei Schwestern in Rachels Zimmer eilten. Erins Mund wurde trocken. War sie gestorben? Gab es Probleme? Sie eilte zur Zimmertür und hielt Reilly mit einer Hand auf seiner Schulter auf, als er gerade den anderen ins Zimmer folgen wollte.

„Ist alles in Ordnung mit ihr?", fragte sie.

Er nahm sanft aber bestimmt ihre Hand von seiner Schulter und drückte sie freundlich, um ihr zu versichern, dass es nichts Persönliches war.

„Sie ist aufgewacht. Wurde wegen des Beatmungsschlauchs etwas panisch, also entfernen die Ärzte ihn nun. Ich muss da jetzt rein."

Sie hob skeptisch eine Augenbraue. „Haben Sie Angst,

dass einer von denen ihr etwas antut?“

„Nein.“ Er lächelte und um seine Augenwinkel spielten kleine Fältchen. „Aber ich werde dafür bezahlt, für Ihre Sicherheit zu sorgen. Der Job der Ärzte ist es, sie am Leben zu halten.“

Und damit ließ er sie auf dem Flur stehen.

Es kam oft vor, dass Polizisten, die als Bodyguards im Krankenhaus abgestellt waren, sich von hübschen Krankenschwestern ablenken ließen. Reilly hingegen sah aus, als ob er eher Frauenkleider anziehen würde, als sich von irgendetwas ablenken zu lassen. Sie fragte sich, was er vorher gemacht hatte. Alles an dem Kerl schrie geradezu „Militär“. So sehr sie auch in das Zimmer gehen und sicherstellen wollte, dass es Rachel gut ging, so war ihr doch schmerzhaft bewusst, dass das Mädchen nicht mehr länger ihre Verantwortung war. Es war nicht mehr ihr Job. Erin hatte hier nichts mehr verloren. Diese Vorstellung hinterließ eine wunde Stelle in ihrer Seele. Was zur Hölle sollte sie jetzt nur mit sich anfangen? Wie sollte sie aufhören, sich wie eine Polizistin zu verhalten? Es war in den letzten neun Jahren ihr einziger Lebensinhalt gewesen. Wie sonst konnte sie Menschen wie Rachel helfen?

Fragen und Ungewissheiten schossen ihr unaufhörlich durch den Kopf. Sie lehnte sich an die Wand und schloss die Augen.

Hatte irgendwer Darsh schon darüber informiert, dass Rachel aufgewacht war, fragte sie sich plötzlich. Erin bezweifelte es. Sie wählte seine Nummer, bevor sie wieder kalte Füße bekam.

„Erin?“

Der samtene Tonfall in seiner Stimme berührte sie jedes

Mal, wenn sie sie hörte. „Rachel Knight ist aufgewacht. Sie entfernen gerade den Beatmungsschlauch. Du solltest besser herkommen."

„Warte auf mich." Er legte auf, bevor sie eine Ausrede vorbringen konnte. Tränen drohten, hervorzubrechen.

Erin war ihm eine Entschuldigung schuldig, aber sie wusste, dass sie ihm nicht unter die Augen treten konnte. Sie wollte nicht in diese intelligenten, dunklen Augen schauen und erkennen müssen, dass er genau wusste, dass sie wieder davonrannte. Sie war ein Feigling. Plötzlich überwältigte sie das Bedürfnis, hier zu verschwinden, bevor Darsh auftauchte und sie sich komplett zur Närrin machte, weil sie sich diesem Mann wieder an den Hals warf.

Sie warf einen letzten Blick in das Zimmer und sah Rachel umringt von Ärzten und Schwestern daliegen. Sie hoffte, die junge Frau würde sich komplett erholen. Sich von diesem Trauma zu erholen würde womöglich das Schwierigste sein, was sie jemals tun musste, aber sie hatte schon einmal bewiesen, dass sie eine Kämpferin war.

Erin drehte sich auf dem Absatz herum und entdeckte Jason Brady, der mit einer Gruppe Blackcombe Ravens-Footballspielern aus dem Fahrstuhl trat. Ihre Blicke trafen sich und Erins Herz hämmerte in ihrer Brust, als er zielstrebig auf sie zukam. Es war feige, aber das Letzte, was sie jetzt wollte, war es, sich mit diesem Studenten herumzuschlagen, nachdem sie gerade gefeuert worden war und ihr ganzer Körper wehtat. Es war Zeit für eine weitere Schmerztablette und für den Flug nach Hause, um ihre Familie zu sehen. Es war Zeit, zumindest diesen einen Dämonen zu begraben. Sie stieß die Tür zum Treppenhaus auf und prallte augenblicklich mit jemandem zusammen. Jede einzelne ihre Verletzungen schrie bei dem

Zusammenstoß auf.

„Erin!" Es war Rick Lachlan, mit einem Arm voller Blumen.

„Rick. Hey."

Jason Brady öffnete die Tür zum Treppenhaus, dann hielt er inne, als er Rick entdeckte. Er öffnete den Mund, um etwas zu sagen, überlegte es sich aber anders und verschwand. Erin konnte seinen Gesichtsausdruck nicht lesen. Vielleicht wollte er keinen Zeugen haben, wenn er seine neuste Tirade an Beschimpfungen auf sie abfeuerte.

„Besuchen Sie jemanden?", fragte sie Rick.

„Ja, aber sie muss schon entlassen worden sein und ich wollte die Blumen bei den Schwestern abgeben, für jemanden, der keinen Besuch bekommt. Was machen Sie hier?" Seine Stirn legte sich in besorgte Falten. „Sie haben doch nicht etwa Komplikationen wegen Ihres Unfalls?"

Wenn den Job und die Nerven zu verlieren als Komplikationen gezählt werden konnten, dann ja, dann hatte sie Komplikationen.

„Ich wollte Rachel Knight besuchen. Sie ist gerade aufgewacht." Plötzlich wurde sie von Emotionen übermannt und ihr entwich ein Schluchzer, den sie mit der Hand auf dem Mund zurückzuhalten versuchte. Gestern noch war sie sich so sicher gewesen, dass Rachel tot war. Allein, dass sie wieder aufgewacht war, war schon ein Wunder.

Rick drückte die Blumen einer Schwester in die Hand, die gerade vorbeilief.

„Hey." Er strich Erin aufmunternd über den Rücken. Sie versuchte, nicht zusammenzuzucken, als er die Blutergüsse auf ihren Schultern berührte. Ihr ganzer Körper war von Blutergüssen übersät. „Das sind großartige Neuigkeiten." Rick neigte den Kopf zur Seite. „Sie sehen aus, als ob Sie einen Drink vertragen könnten. Sollen wir den Kaffee trinken, von dem wir immer reden?"

Tränen stiegen ihr in die Augen, aber sie blinzelte sie fort. „Tut mir leid." Sie rieb sich die Augen. „Meine Allergien spielen verrückt."

„Erin", mahnte er sie. „Sie haben ein paar schreckliche Tage hinter sich und Sie sind gerade gefeuert worden, wofür Sie absolut nichts konnten."

Sie verzog das Gesicht. Diese Neuigkeiten waren offensichtlich auch schon aller Welt bekannt.

„Gestatten Sie es sich, ein paar Tage abzuschalten. Kommen Sie runter. Entspannen Sie sich. Trinken Sie einen Kaffee, oder machen Sie mal was ganz Verrücktes und essen Sie einen Keks."

Sie lachte zurückhaltend. „Vermutlich haben Sie recht." Alles, was sie wirklich wollte, war Darsh, der sie in den Arm nahm und ihr sagte, dass alles gut werden würde, aber sie hatte an dem Tag aufgehört, an Märchen zu glauben, an dem ihr Mann sie als Boxsack benutzt hatte. Sie gingen die Treppe hinunter, ganz gemächlich, um ihre Verletzungen zu schonen. Jeder Muskel in ihrem Körper schmerzte, ganz besonders ihr Herz. Der Vertrauensbruch ihres Chefs nagte an ihr, aber das war nicht unvermittelt gekommen. Strassen hatte die Tendenz, sich zuallererst um sich selbst zu kümmern. Was sie wirklich getroffen hatte, war die Tatsache, dass sie einem Mann verfallen war, der zu ihrem Fall beigetragen hatte, dabei geholfen hatte, sie zu feuern, und dann losgezogen war und dieses verdammte Rätsel gelöst hatte.

Er war der Held und sie war die Hure. Das hatte doch nichts mit Doppelstandards zu tun.

„Kommen Sie. Ich hatte auch einen beschissenen Tag. Es ist schwer, wenn der Mann, den man verehrt hat, sich als sadistischer Mörder herausstellt. Kein Wunder, dass er so viel über Kriminalpsychologie wusste."

Erin versuchte zu lächeln, weil er sich bemühte, sie aufzumuntern, aber ihr Herz war ganz woanders. „Ich schätze, er hat uns alle getäuscht."

Sie kamen auf den Parkplatz. Erin schaute auf die Uhr. „Ehrlich gesagt habe ich nicht wirklich Zeit für einen Kaffee. Ich muss um fünf meinen Flug erwischen."

Seine Augen blitzen auf und er blickte auf seine eigene Uhr. „Ich fahre Sie zum Flughafen, was meinen Sie? Sie haben ja derzeit kein Auto. Wir können auch am Flughafen einen Kaffee trinken."

„Ich schätze, ich könnte Officer Mason den Schlüssel für seinen Wagen unter die Sonnenblende stecken und ihm schreiben, wo das Auto steht." Erin kramte die Schlüssel zum Mustang aus ihrer Tasche.

„Ich vermute, er wird sowieso bald mit Rachel sprechen wollen", steuerte Rick hilfsbereit bei.

Natürlich, er hatte recht. Erin sah ihn an. „Sind Sie sicher, dass es Ihnen keine Umstände macht?"

Er zuckte mit den Schultern, die Hände in seinen Jackentaschen vergraben. „Ich habe heute nichts weiter vor, außer Wiederholungen von The Big Bang Theory zu schauen."

Es kam Erin unhöflich vor, sein Angebot abzulehnen. „Okay, na gut." Sie öffnete die Beifahrertür von Ullys Wagen und steckte die Schlüssel hinter die Sonnenblende. Dann holte Erin ihre kleine Reisetasche aus dem Kofferraum und stellte sicher, dass das Auto abgeschlossen war, bevor sie die Tür schloss.

Sie warf sich die Tasche über die Schulter, obwohl Rick ihr anbot, sie zu tragen, und ging vorsichtig über den zertretenen Schnee zu seinem kleinen Wagen. Sie blickte sich zum Krankenhaus um und dachte sehnsüchtig an Darsh. Er würde bald hier sein. Wütend und enttäuscht von ihr. Es gab nichts, was sie jetzt dagegen tun konnte, obwohl zum ersten Mal die leise Ahnung in ihr aufstieg, einen riesigen Fehler gemacht zu machen.

Rick saß schon auf dem Fahrersitz und wartete darauf, dass sie einstieg. „Es ist nur ein Kaffee, Erin."

Sie nickte und stieg ein.

NACH ERINS ANRUF war Darsh ins Präsidium marschiert, um Ully Mason ausfindig zu machen. „Rachel Knight ist gerade aufgewacht. Los geht's."

Ully nickte und beendete sein Telefonat. „Ich komme."

Sie nahmen den Streifenwagen. Ully fuhr, während Darsh seine E-Mails las. Monica Ripley war nirgendwo aufzufinden und er hoffte inständig, dass sie nicht das jüngste Opfer dieses skrupellosen Mörders geworden war. Ully schoss mit heulenden Sirenen aus dem Parkplatz.

Er hatte eine E-Mail vom Aufseher in Riverview bekommen, der eine Mail von Drew Hawke weitergeleitet hatte. Die Liste von Leuten, die möglicherweise einen Groll gegen den Quarterback hegten, war lang, aber Professor Huxleys Name stand nicht darauf. Darsh verzog das Gesicht, dann leitete er die E-Mail an Agent Chen weiter, damit sie sie mit ihren anderen Listen abglich. Die Beweise gegen Huxley türmten sich nur so auf, aber es gab nichts, was ihn mit den

Vergewaltigungen auf dem Campus im letzten Jahr in Verbindung brachte.

Was, wenn er sich in Hawke irrte und der Quarterback nicht unschuldig war?

Was, wenn Erin mit Hawke recht gehabt hatte und Strassen sie dennoch gefeuert hatte?

Hatte Huxley die Aufmerksamkeit genossen, die das College im letzten Jahr bekommen hatte, und entschlossen, es weiterzutreiben, die Polizei zu manipulieren und ein paar praktische Versuche in seinen akademischen Forschungsinteressen durchzuführen? Er stritt alles ab.

„Meinen Sie es ernst mit Donovan?", fragte Ully und stellte die Sirenen ab, als der Verkehr übersichtlicher wurde.

„Ja." Darsh wollte nicht darüber sprechen. „Aber sie hat kein Interesse."

Ullys Augenbrauen schossen in die Höhe. „Oh, sie *hat* Interesse. Sie hat in all den Jahren hier keinen anderen Kerl auch nur zweimal angeschaut, also würde ich sagen, dass sie definitiv Interesse hat."

„Wir sind uns früher schon mal begegnet", gab Darsh zögernd zu. „Vor ein paar Jahren, als sie in Quantico einen Trainingskurs absolviert hat."

„Als sie noch verheiratet war?", fragte Ully überrascht.

„Sie hatte schon die Scheidung eingereicht. Der Kerl war ein Arsch."

„Offensichtlich", stimmte Ully zu und kannte nicht einmal ansatzweise die ganze Geschichte. „Schauen Sie, sie ist eine gute Polizistin, aber wir hatten hier ein verdammt schwieriges Jahr. Geben Sie ihr Zeit. Sie wird schon noch einlenken."

Darsh brummte. Er wollte niemanden dazu überreden müssen, ihn zu lieben. Sein Mund wurde trocken. Wie hatte er nur so dumm sein können, sich in Erin Donovan zu verlieben, einen dickköpfigen, unabhängigen Kontrollfreak mit spitzer Zunge? Die außerdem sexy, intelligent, engagiert und wunderschön war? Er starrte auf die schneebedeckte Landschaft und musste daran denken, wie es sich angefühlt hatte, von einer Frau verlassen zu werden, die nicht hatte überredet werden müssen, ihn zu lieben. Es hatte sich eiskalt und entsetzlich einsam angefühlt.

Er fluchte.

Erin empfand etwas für ihn, das wusste er, sie war nach der grauenhaften Erfahrung mit ihrem Arschloch von Ex und allem, was gerade mit den Ermittlungen passierte, nur zu nervös. Sie wäre gestern beinahe gestorben, und es war nur klar, dass sie mitgenommen und durcheinander war. Und sie war wütend, weil er ihr nicht von seinem Besuch bei Hawke erzählt hatte. Das war ein Fehler gewesen. Er hätte es ihr erzählen sollen, aber er hatte gewusst, dass sie sauer sein würde.

Er würde sie in ein paar Minuten sehen. Würde sich entschuldigen. Würde sie davon überzeugen, dass er auch meinte, was er sagte – dass das, was da zwischen ihnen war, eine Chance verdient hatte. Sie konnten es langsam angehen lassen. Er würde das „L"-Wort nicht erwähnen. Es würde sein Geheimnis bleiben. Es würde ihr nur eine Heidenangst einjagen.

Ully warf ihm einen Blick zu und öffnete den Mund, um etwas zu sagen.

„Ich will's nicht hören." Darsh hob abwehrend die Hände.

„Ich wollte mich nur entschuldigen. Dafür, dass ich anfangs so ein Arsch zu Ihnen war."

„Ich dachte, Sie wären immer ein Arsch?"

„Naja, kommt darauf an, ob ich in den Tagen davor flachgelegt wurde oder nicht."

„Offensichtlich also schon länger nicht mehr."

Ully lachte und schnitt so forsch über zwei Spuren der Fahrbahn, dass Darsh das Herz in die Hose rutschte. „Scheiße, ja."

Er parkte in zweiter Reihe am Bürgersteig vor dem Krankenhaus. Die beiden Männer eilten die Eingangsstufen hinauf, dann betraten sie das Treppenhaus und ignorierten die Reporter, die ihnen Mikrofone unter die Nasen hielten und sie mit Fragen bombardierten.

„Oje", sagte Ully und schaute auf sein Handy. „Sieht so aus, als ob Sie die Beine in die Hand nehmen müssten.

„Was soll das heißen?" Darsh öffnete die Tür am Ende der Treppen.

„Erin hat mir gerade geschrieben, dass mein Auto auf dem Parkplatz steht und sie nachher zu ihrer Familie fliegt."

„Scheiße." Darsh ließ die Schultern hängen.

„Sie könnten ihr hinterherfahren." Ully schaute auf seine Uhr. „Der Flug geht erst um fünf."

Aber Darsh fühlte sich innerlich leer. Es war nicht das erste Mal, dass ihn jemand verlassen hatte, ohne sich zu verabschieden. Es sollte eigentlich nicht so wehtun, aber das tat es, verdammt nochmal.

Im Korridor liefen sie an Jason Brady vorbei und Darshs Schritte wurden langsamer. Er hielt inne, dann drehte er sich zu dem Kerl um. „Was machen Sie denn hier?"

Der junge Mann zuckte mit den Schultern, die viel zu groß für sein Ravens-T-Shirt waren und es eine Nummer zu klein aussehen ließen. Darsh hatte keinen Schimmer, wie Erin neulich im Haus der Studentenverbindung mit diesem Typen fertig geworden war.

„Ich habe eine Nachricht von Drew bekommen." Der Kerl wich seinem Blick aus. „Er hat mich um einen Gefallen gebeten. All die Leute zu finden, zu denen er ein Arschloch war, und mich in seinem Namen bei ihnen zu entschuldigen."

„Haben Sie die Liste dabei?"

Brady wühlte in der Hosentasche seiner Jeans und zog ein klein zusammengefaltetes Blatt Papier hervor. Darsh überflog den Zettel. Es war dieselbe Liste, die Hawke auch ihm geschickt hatte.

„Ich warte immer noch auf Ihr Alibi für Montagabend. Uns wurde gesagt, sie waren für etwa zwei Stunden von der Party verschwunden?"

Bradys Augen blitzten auf. „Ich dachte, Sie hätten den Täter bereits?"

Darsh starrte den Footballspieler eindringlich an. „Wir haben jemanden in Haft, aber es gibt noch keine Anklage", sagte er leise.

Bradys Augen wurden groß. „Ich habe Cassie und das andere Mädchen nicht umgebracht." Er schluckte und Darsh konnte seine Angst riechen. „Aber ich habe kein Alibi. Ich bin nur spazieren gegangen. Ich habe kein Interesse mehr an den Partys. Ich wollte da nicht sein, aber ich hatte keine Wahl. Ich werde vom Campus wegziehen, sobald ich eine eigene Wohnung gefunden habe." Alle Luft schien aus dem jungen Mann gewichen zu sein. „Ich will nur, dass das College endlich vorbei ist."

Darsh nickte in Richtung von Rachels Zimmer. „Also, warum sind Sie hier? Sie steht nicht auf Drews Liste."

Jason stieß sich von der Wand ab und stellte sich aufrecht hin. „Sie steht auf meiner Liste." Scham stieg ihm ins Gesicht.

„Hören Sie." Er ließ die Schultern sacken. „Ich habe sie vor dem Prozess auf dem Campus gesehen und ihr ein paar Dinge an den Kopf geworfen, auf die ich nicht sehr stolz bin. Ich dachte, es wäre eine Lüge, dass sie angegriffen worden war." Seine Lippen pressten sich zu einer schmalen, blutleeren Linie zusammen. „Aber sie hat nicht gelogen, oder? Alles, was sie erzählt hat, ist wahr." Er schluckte hörbar. „Ich habe ihr vorgeworfen, sie hätte es sich nur ausgedacht, weil sie scharf auf die Aufmerksamkeit war, und dass sie zu hässlich wäre als dass jemand sie überhaupt wollen würde." Tränen traten dem Kerl in die Augen und er bemühte sich nicht, sie zu verstecken. „Ich muss ihr sagen, wie leid es mir tut."

„Das können Sie ihr gerne sagen, aber ich glaube nicht, dass das heute passieren wird. Und ob sie Ihnen verzeihen wird, ist eine ganz andere Frage."

„Das ist ihr gutes Recht." Brady nickte, er sah ernst aus. „Ich muss mich auch bei Detective Donovan entschuldigen. Ich war ein Vollidiot. Ich habe sie vorhin gesehen, aber sie hat sich mit diesem Doktoranden aus der Kriminologie unterhalten…"

„Lachlan oder Hall?" Darsh wollte nicht an Erin denken, aber sie schwirrte immer irgendwo in seinen Gedanken herum.

„Lachlan", antwortete Brady.

„Er steht auch auf Drews Liste", bemerkte Darsh. „Was hat er ihm getan?"

„Wir haben ihn auf einer Party besoffen gemacht und mit einem Filzstift vollgekritzelt. Haben ihn gedemütigt." Brady schloss die Augen. „Mann, stehen da viele Leute auf der Liste. Ich war ein echter Arsch und ich muss verdammt nochmal endlich damit aufhören, bevor ich noch irgendeine Grenze überschreite und es kein Zurück mehr gibt." Er lachte verbittert auf. „Ich starte mein eigenes Zwölf-Schritte-Programm für Vollidioten."

Als ihre Blicke sich trafen, verstanden sie sich wortlos – der Bursche hatte viel Mist gebaut, aber er hatte sich dazu entschieden, die Konsequenzen zu tragen. Man brauchte schon Eier, um das zu tun. Es bestand noch Hoffnung für ihn. Vorausgesetzt, er zog es durch.

„Glauben Sie, es besteht die Möglichkeit, dass Drew entlassen wird?" Brady stellte die Millionen-Dollar-Frage und versuchte, nicht zu viel Hoffnung in seiner Stimme mitschwingen zu lassen.

Darsh gab ihm die Liste mit den Namen zurück. „Kommt darauf an, was wir herausfinden, und wie das Justizministerium es handhaben will. In jedem Fall muss ein Richter das entscheiden – genauso, wie ein Richter ihn auch ursprünglich verurteilt hat."

Er wollte gehen, aber Brady fragte ihn eindringlich: „Glauben Sie, Drew hat diese Mädchen vergewaltigt?"

Darsh zögerte, dann schüttelte er kaum merklich den Kopf, auch wenn er nie eine offizielle Stellungnahme dazu abgegeben hatte.

Brady atmete heftig ein. „Okay. Gut." Dann lehnte er sich zurück an die Wand und begann sein mit Sicherheit sehr langes Warten.

Ully winkte Darsh aufgeregt zur Tür von Rachels Zimmer und sie schoben sich in den vollen Raum. Das Mädchen sah umgeben von Schläuchen und Monitoren zerbrechlich und winzig in dem riesigen Krankenhausbett aus. Schwestern nahmen ihr Blut ab und kontrollierten den Blutdruck. Ihre Haut hatte etwa die gleiche Farbe wie das weiße Bettzeug. War

Rachel Knight mit einem Hirnschaden aufgewacht? Es sah nicht so aus, aber das bedeutete noch lange nicht, dass sie sich an das erinnerte, was gestern passiert war. Sie sprach mit den Ärzten und hielt die Hand ihrer Mutter, ihr Vater stand neben dem Stuhl seiner Frau. Die Ärzte und Schwestern, ihre Familie sowie der Bodyguard, den Alex Parkers Sicherheitsfirma freundlicherweise zur Verfügung gestellt hatte, ließen das kleine Zimmer aus allen Nähten platzen.

Rachels Augen wanderten suchend durch den Raum und hielten inne, als sie Darsh entdeckte. Er kam näher.

„Wo ist Erin?", fragte sie heiser.

„Sie wäre gerne hier gewesen", sagte Darsh. Warum also hatte sie sich davongemacht? Um ihm aus dem Weg zu gehen, das wurde ihm klar. Diese Erkenntnis lag schwer wie ein Grabstein auf seiner Brust. „Wissen Sie, wer Ihnen das angetan hat, Rachel?"

Sie nickte. Trotz der Tortur, die sie hinter sich hatte, waren ihre Augen klarer als noch vor zwei Tagen, als sie mit ihr gesprochen hatten. Ihre größte Angst hatte sich bewahrheitet, aber sie hatte es überlebt. Vielleicht konnte sie nun auch dieses Trauma überwinden, das sie nun verfolgte.

Rachel griff nach seinem Ärmel und zog ihn zu sich hin. Darshs Puls beschleunigte sich. „Er hat mich reingelegt und mir gesagt, dass ein Mädchen meine Hilfe braucht, damit ich ihn am Park treffe. Er hat mich gezwungen, in den Wald zu laufen, wo er mich an einem Baum aufhängen wollte, damit es wie Selbstmord aussieht. Er hat gesagt, dass er es war, der mich letztes Jahr vergewaltigt hat, und dass er so getan hat als ob er Drew Hawke wäre. Sie müssen Drew aus dem Gefängnis entlassen, er hat es nicht getan." Ihre Hand zitterte, nicht vor Angst, sondern vor Entschlossenheit. Ihre Gedanken galten dem Mann, zu dessen fälschlicher Verurteilung sie beigetragen hatte.

„Wer?", fragte Darsh und versuchte, nicht ungeduldig zu klingen. „Wer hat Sie hereingelegt? Ich brauche einen Namen oder eine Beschreibung."

Rachels Augen füllten sich mit Tränen und er beugte sich zu ihr hin, damit sie es ihm ins Ohr flüstern konnte. „Rick. Rick Lachlan."

Die Worte waren kaum hörbar, aber sie erschütterten ihn bis ins Mark. Er schaute suchend in ihr Gesicht, ob sie nicht etwa einen Fehler gemacht hatte oder vielleicht verwirrt war, aber ihr Blick war klar und direkt. Es war nicht der Professor. Der Professor war ein weiterer Sündenbock, genau wie der Quarterback. Darsh war hinters Licht geführt worden, genau wie Erin.

Erin.

Erin war vorhin mit Lachlan gesehen worden…

Etwas in ihm wollte Rachel fragen, ob sie sich absolut sicher war, aber das war eine dumme Frage und er war schon dumm genug gewesen. Die letzten Puzzleteile fügten sich zusammen. Der Professor hegte keinen Groll gegen das Footballteam, aber dieser Lachlan-Typ schon.

Darsh drückte Rachels Hand, nickte ihren Eltern kurz zu und lief auf den Flur, während er Erin auf dem Handy anrief. Sie meldete sich nicht, aber vielleicht ging sie ihm nur aus dem Weg. Er rief Agent Chen an. „Rachel Knight hat gerade Rick Lachlan als den Täter identifiziert, der sie gestern angegriffen hat, und hat ausgesagt, er hätte auch ihre Vergewaltigung im letzten Jahr gestanden. Können Sie mir alles durchgeben, was Sie über ihn haben?"

Ully stand neben ihm und sah verwirrt aus. Der

Bodyguard folgte ihnen in den Flur.

Chen begann, die Infos herunterzurasseln. „Rick Lachlan hat im selben Wohnheim gelebt wie der Freund von Rachels Mitbewohnerin. Ich schaue mir gerade die Stundenpläne der Opfer an. Alle vier Opfer hatten Seminare in dem Gebäude, in dem sich auch sein Büro befindet." Was auch für Professor Huxley zutreffen würde. Lachlan hatte außerdem Zugang zum Büro des Professors, zu seinem Haus und seinen Autoschlüsseln. Ganz abgesehen von Mandy Wochikowskis Schlüsseln, als sie im Sommer im Lehrstuhl gearbeitet hatte.

„Er hat behauptet, am Montagabend im Obdachlosenheim gearbeitet zu haben. Bickham sollte das überprüfen. Rufen Sie sie an und fragen Sie, ob sie es bestätigen kann", sagte er Ully.

„Lachlan ist der Mörder? Der Doktorand des Professors?", fragte Ully überrascht.

„Genau." Darsh hätte sich ohrfeigen können, weil er die offensichtlichen Hinweise übersehen hatte. „Hat den IQ eines Genies. Passt perfekt in das Studentenleben auf dem Campus, weil er selbst noch Student ist." Darsh sprach sowohl mit Ully als auch mit Agent Chen. „Und jemand mit seinem Intellekt würde sicherlich große Freude daran finden, nicht nur die Polizeibehörden als inkompetent zu entlarven, sondern auch die Karriere seines Chefs zu ruinieren und dann selbst als Experte die Nachfolge anzutreten. Orten Sie sofort sein Handy, ebenso wie das von Erin Donovan. Können Sie mir ein Foto von ihm schicken, Chen?"

„Wieso das Handy von Erin?", fragte Ully drängend.

„Schicke ich Ihnen sofort", sagte Agent Chen. „Da ist noch etwas. Sein Vater hat seine Mutter vor seinen Augen umgebracht, als Lachlan neun Jahre alt war. Der Vater hatte gegen eine einstweilige Verfügung verstoßen. Hat sie und dann sich selbst erschossen und den kleinen Ricky zum Waisen gemacht. Das hat ihm vielleicht einen Grund gegeben, um das Justizsystem anzugreifen."

„Ja", stimmte Darsh zu. Das Foto war angekommen, und Darsh zeigte es dem Bodyguard, der noch immer in die Tür stand. „Ist Ihnen dieser Typ hier aufgefallen?"

Reilly zog die Augenbrauen hoch. „Sicher. Der hängt seit gestern immer wieder hier rum. Ist das ihr Kerl?", fragte der Bodyguard und starrte auf das Foto, als ob er sich jedes Detail einprägte.

Darsh nickte. „Dass Sie hier waren, hat ihr vermutlich das Leben gerettet."

„Das ist mein Job", sagte der Mann. „Die Mutter hat gesagt, er sei ein Studienkollege von Rachel."

„Weshalb er sie überreden konnte, ihn gestern früh zu treffen. Er muss mitgehört haben, wie Erin und ich uns neulich beim Mittagessen darüber unterhalten haben, dass Rachel sich an immer mehr Einzelheiten von ihrer Vergewaltigung erinnert. Erin hat mir erzählt, sie hätte ein paar Gastvorlesungen für Huxley gehalten." Und in diesem Augenblick wurde Darsh das wahre Motiv klar.

Erin. Sie stand im Zentrum dieser ganzen Sache. Sie fügte alle Puzzleteile zusammen.

„Ich wette, Lachlan hat sie getroffen und hat angefangen, sich auf sie zu fixieren. Er hat vermutlich von ihrer Vergangenheit mit ihrem verstorbenen Ehemann erfahren und entschieden, dass sie das verbindet, weil sein Vater seine Mutter umgebracht hat. Dann haben ihn die Footballspieler auf irgendeiner Burschenschaftsparty schikaniert und er hat sich entschlossen, das Problem von Vergewaltigungen an Universitäten und der Prominenz von College-Athleten in diesem Zusammenhang zu nutzen, um es nicht nur den Spielern heimzuzahlen, sondern auch das System zu entlarven und sich bei Erin einzuschleimen. Nach dem Prozess ließ ihre Aufmerksamkeit für ihn nach, und er hat sich einen anderen Weg überlegt, um diese Aufmerksamkeit wiederzubekommen."

Einige der Fotos, die er heute Morgen im Haus des Professors gesehen hatte, waren alt, was von einer bereits lange anhaltenden Obsession zeugte. Ihre Haare hatte genug Zeit gehabt, zu wachsen, von einem schicken, kinnlangen Bob bis über ihre Schultern.

Darsh versuchte erneut, sie auf dem Handy zu erreichen. Nichts. Ully versuchte es ebenfalls. Als sie auch Ullys Anruf nicht beantwortete, spürte Darsh den ersten Stich echter Angst.

„Richten Sie so schnell wie möglich Straßensperren ein. Ich bin mir ziemlich sicher, dass er zumindest versuchen wird, sie zu schnappen." Erin hatte Jason Brady mit Leichtigkeit überwältigt. Sie würde auch mit einem Spargeltarzan wie Lachlan klarkommen. Das sagte er sich, um nicht in Panik zu geraten. Ruhig bleiben, cool bleiben, Erin ging es gut. Sie ging einfach nur ihm und ihren ehemaligen Kollegen aus dem Weg. „Wo sitzt der Sicherheitsdienst des Krankenhauses?"

Ully lief voran. Sie platzten ins Büro des Sicherheitsdienstes und baten darum, die Aufnahmen der letzten dreißig Minuten aus dem Eingangsbereich einzusehen. Es dauerte nicht lange, bis sie Erin entdeckten, die zusammen mit Lachlan aus dem Nebeneingang trat.

„Sie nehmen den Streifenwagen, ich fahre mit meinem Wagen." Ully warf ihm den Schlüssel zu. „Erin hat gesagt, er steht hier auf dem Parkplatz, also schätze ich, Lachlan hat angeboten, sie mitzunehmen. Ich habe ein Funkgerät dabei. So können wir ein größeres Gebiet absuchen."

Erin schwebte in Gefahr und es war Darshs Schuld. Er war es gewesen, der die Ermittlungen auf den Professor gelenkt hatte, und ein Teil seiner Abneigung gegen den Kerl war persönlich begründet gewesen. Ermittlungen durften niemals persönlich sein. Er hatte größere Scheiße gebaut als Erin es je im Hawke-Fall getan hatte. Darsh musste schlucken, bevor er hinzufügen konnte: „Lassen Sie einen Helikopter starten und die Gegend absuchen."

Er rannte zum Streifenwagen und rief Agent Chen an. „Schicken Sie eine Fahndung nach Lachlans Auto raus, und informieren Sie die Kollegen, dass unser Täter ein gewisser Rick Lachlan ist, und er womöglich Detective Donovan in seiner Gewalt hat. Unbekannter Aufenthaltsort. Sie haben das Krankenhaus vor zwanzig Minuten verlassen. Und schicken Sie das auch an alle umliegenden Countys raus."

Darsh stieg in den Streifenwagen und saß mit hämmerndem Herzen hinter dem Lenkrad. Seine Hände zitterten. Er durfte sie nicht verlieren. Er hätte dem Chief heute Morgen sagen sollen, dass er sich seinen Fall sonst wo hinstecken könne. Er hätte zusammen mit Erin gehen sollen, als der Bastard sie gefeuert hatte. Wenn er das getan hätte, wäre sie jetzt in Sicherheit. Aber er musste ja den Job zu Ende bringen, musste beweisen, dass er der Beste war, auch wenn das Erin nicht nur ihren Job, sondern womöglich sogar ihr Leben kosten würde.

Er saß wie gelähmt da. Er hatte keine Ahnung, in welche Richtung er fahren sollte. Lachlan konnte sich in einer Hütte in den Wäldern verschanzen, und es würde Wochen dauern, bevor sie ihn aufspürten – Wochen, in denen er Erin so wehtun konnte, wie er es auch mit den anderen Frauen getan hatte.

Darsh wusste, dass Erin sich wehren konnte, aber sie wusste nicht, dass Lachlan der Feind war. Sie wusste nicht, dass er ein Monster war.

Darsh zwang sich, sich an sein Training zu erinnern, nicht nur an das Training beim FBI, sondern auch an das während seiner Scharfschützenausbildung. Wie er seinen Puls verlangsamte und seinen Verstand einschaltete. Eine Jagd war ebenso mental, wie sie körperlich war. Er rief eine Karte der Gegend auf. Lachlan wusste, er würde nicht viel Zeit haben, bevor Rachel Knight der Welt verkündete, dass er versucht hatte, sie umzubringen. Seine Möglichkeiten – angenommen, er hatte Erin in seiner Gewalt – waren Mord, erweiterter Selbstmord, sich zu verstecken oder zu fliehen zu versuchen. Der junge Mann fühlte sich der Polizei mental überlegen und war ein absoluter Narzist, vermutlich mit Tendenz zur Persönlichkeitsstörung. Darsh bezweifelte, dass er sich zum Selbstmord herablassen würde. Seine Besessenheit von Erin bedeutete, dass er sie am Leben lassen würde, zumindest für die nächste Zeit. Um die Fantasien auszuleben, die er für sie und sich erschaffen hatte.

Wohin würde er also fahren?

Darsh zoomte aus der Karte heraus und hatte seine Antwort.

Im Westen ging die Sonne langsam unter und es würde bald dunkel sein. Rick Lachlan würde versuchen, nach Kanada zu entkommen. Und er würde Erin mitnehmen.

FÜNFUNDZWANZIGSTES KAPITEL

ERIN DREHTE SICH in ihrem Sitz um und schaute der Ausfahrt hinterher, die sie gerade passiert hatten. „Hey Rick, Sie haben die Ausfahrt verp… Aua!"

Sie fuhr herum, als er die Nadel der Spritze tief in ihren Oberschenkel gerammte hatte und den Kolben hinunterdrückte.

„Was zum Teufel" Sie schlug ihm die Spritze aus der Hand, bevor er sie komplett injizieren konnte. „Was haben Sie mir da gespritzt?", wollte sie wissen und kramte nach ihrer Waffe, nur um sich zu erinnern, dass sie nicht mehr länger eine Dienstwaffe trug und ihre Privatwaffe zu Hause im Safe lag, weil sie nicht mit der Waffe fliegen wollte. Stattdessen kramte sie ihr Handy hervor, aber er lächelte nur, ließ sein Fenster herunter, riss ihr das Handy aus der Hand und warf es aus dem Auto. Es waren keine anderen Fahrzeuge in der Nähe, die es hätten bemerken können.

Der Kerl war verrückt geworden.

Ihr Herz begann zu rasen – und nicht nur aus Angst. Sie griff ins Lenkrad und zog es zu sich hin, versuchte, sie von der Straße abzubringen. Sie wollte keineswegs in einen weiteren Unfall verwickelt werden, aber sie hatte die furchtbare Vermutung, dass es besser wäre als das, was Rick Lachlan mit ihr vorhatte.

Er stieß sie zur Seite, das Auto schlingerte heftig über den

Randstreifen. Als sie das Lenkrad nicht losließ, schlug er ihr mit der Faust ins Gesicht. *Verdammt.* Sie flog auf dem Sitz zurück, Blut spritzte aus ihrer aufgeplatzten Lippe auf ihre Zunge. Ihre Sicht verschwamm. Ihre Hände fühlten sich an wie riesige Wackersteine am Ende von dürren Zweigen von Ärmchen und sie konnte sie nicht mehr hochheben. Sie schluckte die Spucke hinunter, die sich in ihrem Mund sammelte.

Das Auto befand sich noch immer auf der Straße. Er war nicht einmal langsamer geworden.

Die Vorstellung, die Kontrolle über ihren Körper zu verlieren, versetzte sie in Panik. Sie tastete nach dem Türgriff und erwischte ihn beim zweiten Versuch. Aber die Tür ließ sich nicht öffnen. Er hatte sie verriegelt und ihr Gehirn verriet ihr nicht, wie sie sie öffnen konnte.

„Was haben Sie mir gespritzt?" Sie musste es wissen. Musste sich an Fakten festklammern, anstatt an ihrer Angst.

„Ich hatte noch eine Dosis Ketamin übrig. Ich hatte es eigentlich für Rachel aufgehoben, aber ich habe es nicht unbeobachtet zu ihr ins Zimmer geschafft. Und dann ist sie aufgewacht." Er streckte die Hand aus und berührte ihr Gesicht, sein Arm erschien ihrem drogenverzerrten Verstand ungeheuerlich lang. „Ich war deshalb vorhin ganz schön wütend, aber ich schätze, es hat so sollen sein."

„Warum?" Ihre Zunge fühlte sich geschwollen an.

„Weil sie nicht verraten sollte, was sie gestern erfahren hat. Wer hätte gedacht, dass sie das überlebt, hm? Eine weinerliche kleine Schlampe wie sie, die entgegen aller Wahrscheinlichkeiten überlebt und mein verdammtes Leben ruiniert."

„Sie waren es? Die ganze Zeit?" Ihre Lippen funktionierten

nicht mehr richtig.

Das Lächeln auf seinem Gesicht verzog sich und sie wusste nicht, ob das an den Drogen lag oder nicht. Sie wollte ihm die Zähne einschlagen, aber sie konnte sich nicht mehr bewegen.

„Genau. Nur ich. Was ich alles angestellt habe, damit Sie mich bemerken."

Wovon zur Hölle redete er?

„Ja, Sie", sagte er, als ob sie es laut ausgesprochen hätte. „Wen, glauben Sie denn, wollte ich beeindrucken?"

Er hatte vergewaltigt und gemordet, um sie zu beeindrucken? Wie wahnsinnig war das denn?

„Und kaum war der Vergewaltigungsprozess vorbei, haben Sie mich wieder ignoriert. Haben sich geweigert, mich auf einen Kaffee zu treffen, haben meine Anrufe nicht angenommen."

„Sie haben jemanden umgebracht, weil ich Ihre Anrufe nicht angenommen habe? Ich habe viel zu tun, ich habe eine Karriere…"

„Nicht mehr."

Verdammter Mist. Daran wollte sie nicht erinnert werden. „Warum haben Sie Drew die Schuld in die Schuhe geschoben?", brachte sie heraus.

„Er und seine dämlichen Kumpels haben mich auf einer Party gedemütigt. Soviel zur perfekten Rache."

Ihre Gedanken überschlugen sich. Seine Worte ergaben keinen Sinn und dennoch, er hatte keinen Grund, zu lügen. Entführung war eine Straftat. Angst kroch zusammen mit dem Ketamin in jeden Winkel ihres Verstands und machte sie vollkommen hilflos, weil ihr Körper und ihr Kopf nicht mehr länger ihr zu gehören schienen. Sie schloss die Augen.

„Schlaf jetzt, Baby. Ich passe schon auf. Ich hatte schon

immer einen Notfallplan, ich habe nur nie damit gerechnet, ihn tatsächlich zu brauchen. Diese verdammte Rachel Knight." Seine Finger gruben sich in Erins Oberschenkel und sie hätte sich am liebsten übergeben. Ihr Kopf rollte nutzlos hin und her und sie verlor das Bewusstsein.

AUF DEM PARKPLATZ des Polizeipräsidiums öffnete Darsh den Kofferraum seines Geländewagens und zog seine schusssichere Weste heraus. Dann fiel ihm ein, dass Rosie noch in der Ecke des Büros stand, das ihm ursprünglich zugewiesen worden war. Auf jeder größeren Straße im Umkreis von zwanzig Meilen waren Straßensperren errichtet worden, aber er hatte ein schlechtes Gefühl bei der Sache. Wenn sie Rick nicht so bald wie möglich ausfindig machen konnten, würde er entkommen, und dann bestand Möglichkeit, dass Darsh Erin nie mehr lebend wiedersehen würde. Sein Herz hämmerte.

Es war egal, wenn sie nicht mit ihm zusammen sein wollte, wenn das hier vorbei war. Er machte ihr keine Vorwürfe. Er musste sie nur finden und dafür sorgen, dass sie in Sicherheit war – genau so, wie Erin es gestern für Rachel getan hatte.

Darsh rannte in die Polizeistation, rief den Beamten im Laufen Befehle und Anordnungen zu, ignorierte das Zetern des Chiefs.

Ully koordinierte die Straßensperren. Darsh rannte zurück auf den Parkplatz und rief ihn auf dem Handy an. „Wo ist der Helikopter?", fragte er.

„Der Pilot tankt ihn gerade auf, auf dem Flugplatz nördlich von hier. Highway 12. Warum?"

Darsh legte das Gewehr auf die Rückbank seines

Geländewagens. „Sagen Sie ihm, er soll auf mich warten. Ich bin in zehn Minuten da."

Er brauchte sieben Minuten. Der Pilot musterte sein Gewehr mit dem Ausdruck eines Mannes, der schon alles gesehen hat. Zusammen mit dem Co-Piloten entfernten sie die Passagiertüren des Helikopters und schnallten Darsh mit Sicherungsgurten an. Jede Sekunde, die verstrich, tickte in seinen Gedanken wie eine Bombe.

Als sie abhoben, raubte ihm die kalte Luft fast den Atem. Er zog die Kopfhörer über seine Mütze.

„Wohin soll's gehen?", fragte der Pilot.

„Irgendwelche Neuigkeiten aus der Kommandozentrale?", fragte Darsh zurück.

„Bisher hat niemand das Auto gesichtet." Die beiden Piloten schauten ihn fragend an. Sie warteten auf Anweisungen.

Lachlan dachte, er wäre so viel cleverer als alle anderen. Sein Instinkt sagte Darsh, dass er versuchen würde, über die Grenze zu kommen, aber wenn er damit falsch lag, dann würde Erin womöglich für immer verschwinden.

„Ignoriere niemals deinen Instinkt", hatte ihm sein ehemaliger Gunnery Sergeant immer eingebläut.

„Norden. Fliegen Sie Richtung Norden. Er ist auf dem Weg nach Kanada."

SECHSUNDZWANZIGSTES KAPITEL

RICK BEOBACHTETE ERIN beim Schlafen. Die Dinge waren nicht gerade nach Plan verlaufen, aber wie der große Charles Darwin schon gesagt hatte, war der Schlüssel zum Überleben die Fähigkeit, sich den Umständen anzupassen, und Rick hatte genau das vor. Seit seiner Kindheit hatte er Gefallen an der Vorstellung gefunden, einfach verschwinden zu können. Er besaß ein Bankkonto unter falschem Namen und hatte verschiedene Fluchtszenarien für Notfälle entwickelt, als er letztes Jahr mit seinem Spiel begonnen hatte.

Dass Erin nun dabei war, machte die Sache etwas komplizierter, aber sie war auch alles, was er je in einer Freundin gewollt hatte. Intelligent, wunderschön, jemand, der Köpfchen ebenso zu schätzen wusste wie Muskelkraft. Sicherlich, mit dem FBI-Agenten hatte sie einen Fehler gemacht, an den er gar nicht denken wollte. Sie stand unter viel Stress. Er würde ihr irgendwann dafür vergeben, genauso, wie sie ihm auch vergeben würde. Sobald sie begriffen hatte, dass er versuchte, ihnen etwas beizubringen, würde sie es verstehen. Dann würde sie begreifen.

Das Justizsystem war kaputt.

Er hatte immer und immer wieder mit seinem Boss darüber diskutiert. Die Leute steckten so sehr in ihren Traditionen fest, dass sie glaubten, sie hätten schon das Beste, was Amerika zu bieten hatte, was Schwachsinn war.

DNA zu manipulieren war einfach. Erinnerungen zu manipulieren, erforderte etwas mehr Aufwand, aber er hatte es geschafft. Wissenschaftler in Boston hatten kürzlich einer Maus sogar eine falsche Erinnerung implantiert. Es war nur eine Frage der Zeit, bis jemand das an einem Menschen versuchte.

Er war sich nicht ganz sicher, wie die Schwachstellen im System zu reparieren waren. Seit hunderten von Jahren hatten Gesetzgeber sowohl auf staatlicher als auch auf Bundesebene einen einzigen Sumpf aus Rechtslehre geschaffen, bei der es herzlich wenig um Gerechtigkeit ging. Die Wahrheit war sogar den Anwälten egal. Wichtig war es, eine Verurteilung zu erzielen. Alles konnte manipuliert werden, nur sehr wenige Dinge waren noch unantastbar.

Durch obligatorische psychologische Tests in einem jungen Alter konnten diejenigen ermittelt werden, bei denen am ehesten die Gefahr bestand, dass sie Vergewaltigungen oder Morde begehen würden. Diese Individuen konnten dann aufgeklärt oder beobachtet werden.

Rick hatte seine These für all diejenigen bewiesen, die schlau genug waren, es zu erkennen. Vielleicht würden sie in Zukunft etwas ändern, aber er bezweifelte es. Sein Genie würde als Wahnsinn abgestempelt und in die Annalen der Geschichte verbannt werden.

Ein Auto überholte ihn. Es riss ihn zurück aus seinen Gedanken, und er konzentrierte sich wieder auf die Straße. Er musste es bis zum Wald schaffen, wo er Erin fesseln und in den Kofferraum legen würde. Sie würde sich wehren, sobald die Drogen nachließen, und er wollte ihr nicht wehtun müssen. Sie würde ihn schließlich akzeptieren, aber ihm war klar, dass es eine Weile dauern würde. Sie war stur, aber das war er auch. Er würde ein paar Beruhigungsmittel auftreiben, um sie in der Zwischenzeit zu bändigen.

Für die kommende Zeit würde er ein Wohnmobil kaufen – die Vorstellung gefiel ihm – und sie konnten im Land herumreisen, bis sie den perfekten Ort gefunden hatten, um ihr gemeinsames Leben aufzubauen. Vielleicht würden sie sich auch ein Boot kaufen und nach Brasilien segeln.

Er und Huxley waren diese Route im Sommer vor zwei Jahren entlanggekommen. Er musste grinsen, als er an seinen Boss dachte. Professor Huxley würde sein Talent und seine Methoden, die Polizei zu manipulieren, bewundern, und ihn letztlich wahrscheinlich sogar als Fallstudie in seinen Lehrplan aufnehmen. Rick grinste. Der Kerl hatte außerdem mal behauptet, gerne die Erfahrung zu machen, für einen Tag im Gefängnis eingesperrt zu sein, richtig eingesperrt zu sein, ohne zu wissen, ob er jemals wieder herauskommen würde, nur um zu sehen, welche Auswirkungen das auf die Psyche eines unschuldigen Mannes hatte.

Ja. Er hatte dem Kerl einen Gefallen getan.

Er hatte darüber nachgedacht, die Studentin umzubringen, die der Professor flachlegte, aber als Rachel lebend wiederaufgetaucht war, hatte es dazu keinen Grund mehr gegeben. Es machte ihn nicht an, unnötig Leiden zu verursachen. Jedenfalls nicht immer. Er war ja kein Monster.

Erin stöhnte, und er wusste, dass er anhalten musste, bevor sie wieder bei vollem Bewusstsein war. Vor ihm tauchte ein Waldweg auf, und er bog ab, entfernte sich von der Straße, auch wenn hier im Winter nur wenige Autos unterwegs waren. Er steckte den Autoschlüssel ein, betätigte den Hebel für den Kofferraum und stieg aus. In der Ferne hörte er das Brummen eines Helikopters. Er schaute in den Himmel. Es hatte vermutlich nichts zu bedeuten.

Aus einer Tasche holte er ein neues Nummernschild und einen Schraubenzieher. Dann schraubte er das alte Nummernschild ab und warf es in den Schnee.

Es war möglich, dass Rachel mit einem Hirnschaden aufgewacht war, aber selbst wenn sie den Bullen seinen Namen nannte, würden sie einige Zeit brauchen, um zu kapieren, dass er die Stadt verlassen hatte, und noch länger, um zu bemerken, dass er Erin mitgenommen hatte. Ihre Standardmethoden waren so langsam und so vorhersehbar, dass er die meisten von ihnen wahrscheinlich schon ausgetrickst hatte, indem er sich sehr schnell über die Nebenstraßen aus dem Staub gemacht hatte.

Der Helikopter wurde lauter. Rick blickte erneut in den Himmel und sah in der Ferne einen kleinen schwarzen Fleck. Er verzog das Gesicht. Zeit, ein Versteck zu suchen, bis der Hubschrauber wieder verschwunden war. Auch wenn es vermutlich gar nichts zu bedeuten hatte.

Er schlug die Kofferraumklappe zu und erstarrte. Der Beifahrersitz war leer. Erin war verschwunden.

ERIN HATTE DAS Geräusch des sich öffnenden Kofferraums genutzt, um das Öffnen ihrer Tür zu verbergen. Sie ließ nicht zu, dass ihre zitternden Glieder ihr den Dienst versagten. Sie hatte eine Chance – nur eine einzige Chance –, um zu entkommen.

Ihr Kopf dröhnte, und sie fühlte sich benebelt, aber sie zwang sich, sich langsam und leise zu bewegen. Das Kampftraining der letzten Jahre half. Sie wusste, dass sie leise sein musste, bis sie etwas Distanz zwischen sich und ihren psychopathischen Entführer gebracht hatte, und sie lief zielstrebig etwa dreißig Meter den Waldweg hinunter. Ihr Körper war steif und schmerzte, sträubte sich gegen ihre Anstrengungen, aber sich von Rick Lachlan zu entfernen, war alles, was jetzt zählte. Ein Wildwechsel führte zwischen den Bäumen hindurch und sie folgte ihm in den Wald.

Hatte schon irgendjemand bemerkt, dass sie verschwunden war? Verdammt, möglicherweise würden sie es nie bemerken. Sie hatte erzählt, dass sie ihre Eltern besuchen wollte und noch nicht wusste, wann sie wieder zurückkommen würde.

Warum hatte sie das getan?

Warum war sie davongerannt, als die Dinge schwierig wurden?

Darsh hatte recht. Sie musste das, was Graham ihr angetan hatte, hinter sich lassen und die Chance auf ihr Glück mit beiden Händen ergreifen.

Es war nicht schwer, Darsh zu lieben. Sicher, es war ein Risiko. Aber dieses Risiko schien unbedeutend im Vergleich dazu, von einem Wahnsinnigen entführt zu werden.

Es wurde schwieriger, im tiefen Schnee voranzukommen, aber sie hielt nicht inne. Sie wäre am liebsten gerannt, aber sie wusste, sie würde mit dem Gesicht voran im Schnee landen, wenn sie das tat.

Das Geräusch einer Kofferraumtür, die zugeschlagen wurde, hallte durch den Wald und ihr Herz machte einen Satz.

Scheiße.

Er würde merken, dass sie verschwunden war.

„Erin", ertönte eine scheußliche, schrille Stimme.

Sie strauchelte.

„Du willst mich doch nicht verärgern, Erin." Ein Schuss ertönte und sie schnappte nach Luft. *Verdammt.* Sie hatte nicht gewusst, dass er eine Waffe hatte. „Ich bin sehr geduldig gewesen. Zwing mich nicht dazu, dir wehzutun."

Da begann sie, zu rennen, zog ihre Füße ungelenk durch den schweren Schnee. Ihre Turnschuhe fühlten sich wie Ziegelsteine an. Sie hörte ein klopfendes Geräusch, konnte aber nicht einordnen, was es war, denn plötzlich befand sie sich auf einer klaren Eisfläche. Ein Teich.

Oh, Gott. Sie erstarrte erschrocken. Sie hasste das, hasste die Vorstellung, durch die Eisdecke zu brechen und ins Wasser zu fallen, fast so sehr, wie sie Rick Lachlan hasste. Schlingernd kam sie zum Stehen, aber eine Silhouette huschte zwischen den Bäumen hindurch und kam auf sie zu. Erin rannte los, das Krachen des Eises unter ihren Sohlen sandte Schockwellen der Angst durch ihren ganzen Körper, erschütterte sie bis ins Mark.

Das wummernde Geräusch wurde lauter.

Zuerst dachte sie, es wäre das Geräusch ihres eigenen Blutes, das durch ihre Ohren rauschte, aber als sie sich zu Rick umschaute, sah sie, dass er in den Himmel starrte und es auch hören musste. Das Geräusch wurde ohrenbetäubend, als ein Helikopter über ihnen auftauchte. Er sauste über sie hinweg und war verschwunden. Erin befürchtete, dass er zu schnell gewesen war und sie nicht entdeckt hatte, und schrie vor Enttäuschung auf. Aber dann wurde der Helikopter rapide langsamer, wendete und drehte sich zur Seite. Eine schwarz gekleidete Person hielt unbeirrt einen Gewehrlauf auf Ricks Brust gerichtet.

Darsh.

Wusste er, wie sehr sie ihn liebte? Wie sollte er? Sie hatte es ja gerade erst selbst erkannt.

Eine Stimme ertönte über einen Lautsprecher. „Lassen Sie die Waffe fallen und lassen Sie Ihre Hände da, wo ich sie sehen kann.“

Sie drehte sich zu Rick um, der am Ufer des Teichs stand, halb verdeckt von einer jungen Eiche. „Er ist ein ehemaliger Scharfschütze der US Marines, Rick“, rief sie. Sie kam mit jeder Sekunde mehr zu Kräften. „Wenn Sie nicht sterben wollen, schlage ich vor, Sie lassen die Waffe fallen.“

Sein Gesicht war wutverzerrt. „Du glaubst, er ist dein Held, oder? Du glaubst, er wird dich retten?“

Erin schluckte jegliches Bedauern darüber hinunter, einen guten Mann abgewiesen zu haben. „Ich erwarte von niemandem, mich zu retten. Aber er ist mein Held.“

Rick hob die Waffe, sein Finger fest um den Abzug gekrümmt, während er auf Erin zielte.

Ein ohrenbetäubender Schuss zerriss die Luft. Blut schoss aus der Wunde in Ricks Schulter. Er fiel auf die Knie und starrte sie an. Der Helikopter änderte seine Position und Rick nutze die Gelegenheit, um seine Pistole wieder auf Erin zu richten.

Sie hätte reagieren sollen. Hätte davonrennen und sich wegducken sollen, aber es war, als ob sie von Neuem Graham beobachtete – Horror in Zeitlupe, der jede Faser ihrer Aufmerksamkeit fesselte und es ihr unmöglich machte, irgendetwas anderes zu tun, als dabei zuzuschauen, wie sich die Ereignisse entfalteten.

Rick feuerte einen Schuss ab, dann einen zweiten. Endlich begriff ihr Verstand die Gefahr und sie zwang ihre Beine, verdammt nochmal endlich davonzurennen. Rick feuerte einen letzten Schuss ab und der Boden unter ihren Füßen gab nach, als sie ins Wasser stürzte, das so eiskalt war, dass ihr das Herz stehenblieb. Der Bastard hatte das Eis unter ihr zerschossen. Das Gewicht ihrer nassen Kleider ließ ihre Knochen schwer wie Blei werden. Sie versuchte, in dem trüben Wasser ihre Arme und Beine zu bewegen. Sie kämpfte mit aller Kraft, aber sie kam keinen Zentimeter voran. Der Autounfall, das Ketamin, die betäubende Kälte des Wassers ließen sie den Mund öffnen und einatmen. Das Gefühl, wie ihre Lungen sich mit eisigem Wasser füllten, war so fremdartig, so falsch und so unausweichlich, dass sie noch mehr Panik bekam. Ihr Brustkorb fühlte sich schwer und gefroren an, ihre Adern schienen sich zusammenzuziehen, während die Welt um sie herum langsam in Dunkelheit versank.

Heute war der Tag, begriff sie mit erschreckender Klarheit. Heute war der Tag, an dem sie sterben würde.

„FLIEGEN SIE ZURÜCK zu der Stelle, an der sie eingebrochen ist!" Darsh konnte nicht glauben, dass dieses miese Arschloch versucht hatte, Erin mit seiner letzten Handlung auf dieser Erde umzubringen. Das Eis war in große Schollen zerbrochen, die auf der Oberfläche des Teichs trieben. Wo zur Hölle war sie? Warum tauchte sie nicht auf, um Luft zu holen? War sie getroffen worden?

Er reichte dem Co-Piloten sein Gewehr, löste die Sicherungsgurte, zog seine Jacke, seine Mütze und seine Stiefel aus und sprang ihr hinterher.

Der Schock der arktischen Kälte ließ sein Herz stolpern. Er hatte diese Art Training während seiner Zeit bei den

Marines unzählige Male absolviert, und ihm war bewusst, dass der plötzliche Temperaturabfall allein schon ausreichen konnte, um eine Person zu töten. Er zwang sich in eine Ruhe, die er nicht fühlte, erinnerte sich an sein Training und begab sich an seinen mentalen Rückzugsort.

Der Teich war trüb und schlammig, und er konnte verdammt nochmal nichts erkennen. Darsh tauchte auf, um Luft zu holen, und spuckte einen Mundvoll widerlichen Schlicks aus. Er atmete ein paarmal tief ein. Wenn er panisch wurde, würde Erin sterben. Er drehte sich einmal um sich selbst, suchte nach Anzeichen von Bläschen, nach irgendwas, das ihm zeigte, wo Erin war. Aber das Eis barg sein Geheimnis. Er atmete ein letztes Mal tief ein, dann tauchte er wieder unter die Wasseroberfläche, tastete suchend rings um sich herum, sank tiefer, tiefer, tiefer. Etwas Blasses fiel ihm ins Auge, und er schwamm darauf zu, die Luft in seinen Lungen war fast verbraucht. Verzweifelt zwang er sich, noch einen Augenblick länger durchzuhalten. Etwas streifte seine linke Hand, er drehte sich in diese Richtung um. Seine Finger berührten einen Stoff – einen Mantel. Erin! Er strampelte auf sie zu, bis er seinen Arm um ihre Hüfte schlingen konnte und sie beide an die Wasseroberfläche zog. Sie war totes Gewicht. Er prustete, als er an der Oberfläche ankam, aber Erin machte kein einziges Geräusch.

„Wehe, du stirbst jetzt, Erin Donovan." Er zog sie bis ans Ufer des Teichs, stolperte über Äste und Steine auf dem Waldboden. Nur ein paar Meter von der Stelle entfernt, an der Rick Lachlan blutend im Schnee lag, wuchtete er sie aus dem Wasser. Darsh legte Erin auf den Boden und steckte sich eilig Ricks Waffe ein.

„Helfen Sie mir", bettelte Lachlan.

Darsh ignoriere ihn und suchte nach Erins Puls. Nichts. Er blies Luft in ihre Lungen, begann mit der Herzmassage.

„Sie ist tot. War zu lange unter Wasser. Ich habe sie geliebt. Helfen Sie mir", jammerte der Hurensohn.

Dreißig schnelle Kompressionen. Die Kälte hatte vermutlich ihr Kreislaufsystem verlangsamt. Zwei Atemspenden.

„Das Einzige, bei dem ich Ihnen helfe, ist das Sterben, Sie Wichser." Darsh kniete sich über Erins Oberkörper, um einen besseren Winkel für die Herzmassage zu haben. Ihre Lippen waren blau. *Verdammte Scheiße.*

Siebenundzwanzig, achtundzwanzig, neunundzwanzig, dreißig. Er kniff ihre Nase zu und hob ihr Kinn, blies seinen Atem tief genug in ihre Lungen, um zu sehen, wie sich ihr Brustkorb hob. Und noch einmal.

„Stellen Sie sich nur vor, was die Fallanalyse alles von mir lernen könnte."

Eins. Zwei. Drei. Vier. Fünf… „Wir werden genug herausfinden, wenn wir Ihr Gehirn sezieren. Komm schon, Erin!" Er hieb mit seiner Faust auf ihren Brustkorb.

„Hören Sie mir überhaupt zu? Wir könnten das gesamte Rechtssystem revolutionieren. Einen Weg finden, es narrensicher zu machen."

Lieber Gott, wenn sie jetzt starb… Wieder schlug Darsh mit seiner Faust auf ihr Herz. „Atme, verdammt nochmal, atme endlich!"

Endlich prustete sie, rollte sich auf die Seite und spuckte trübes Wasser aus. Die Erleichterung machte Darsh ganz benommen. Oder vielleicht war es auch die Kälte. Er war sich nicht sicher. „Gott sei Dank."

Er zog ihr den schweren Mantel aus, der sie längst nicht

mehr wärmte.

„Ich wollte, dass die Dinge besser werden.“ Lachlan spuckte Blut.

„Sie haben mit Menschenleben gespielt, als ob Sie ein Recht dazu hätten, und sind ihren perversen Neigungen nachgegangen. Ihre Kindheit war scheiße, na und? Willkommen im Club, Arschloch.“

„Helfen Sie mir“, forderte Lachlan ihn auf, aber seine Stimme wurde immer schwächer.

„Ich werde Ihnen nicht helfen, Rick. Die einzige Art, auf die ich Ihnen helfen werde, ist, eine weitere Kugel in Ihren Körper zu jagen. Mir gefällt es ehrlich gesagt ganz gut, dass ich Sie nicht sofort umgebracht habe. Der Helikopter wurde von einer Windböe erfasst, als ich den ersten Schuss abgefeuert habe. Aber auf diese Weise haben Sie noch ein paar Minuten, um zu begreifen, dass Sie hier draußen im Schnee verrecken werden und niemand sich einen Scheißdreck darum kümmert.“

Rauchblaue Augen blinzelten zu ihm auf.

„Wohingegen Erin ein langes, glückliches Leben leben wird, mich heiraten, viele Babys bekommen und überhaupt eine verdammt fantastische Zeit haben wird. Etwas, was Sie nie erleben und nie genießen werden. Und ich werde dafür sorgen, dass Sie nie wieder Platz in unseren Gedanken oder unserem Leben haben, Sie erbärmliches Stück Scheiße.“ Darsh hob Erin in seine Arme und lief los, merkte, dass seine Kleider steif gefroren waren. Sie mussten sich so schnell wie möglich aufwärmen. Der Co-Pilot kam ihnen entgegengerannt.

„Legen Sie diesen Bastard in Handschellen. Ich muss Erin ins Krankenhaus bringen.“ Der Beamte nickte und Darsh rannte durch den unebenen Schnee. Der Helikopter war auf einem Feld in der Nähe gelandet.

„Ich habe einen Rettungshubschrauber angefordert...“, begann der Pilot.

„Keine Zeit.“ Darsh drückte Erin an sich, als er sich auf die Rückbank setzte. Er schnallte sie an und legte sich die Sicherungsgurte um, mit denen er sich im Hubschrauber frei bewegen konnte, ohne herauszufallen. „Drehen Sie die Heizung voll auf. Los geht's.“ Er deckte Erin mit seinem Mantel zu und begann, zu beten. „Beeilen Sie sich, oder sie schafft es nicht.“ Aber der Helikopter war bereits in der Luft.

***

ERIN WACHTE DAVON auf, wie sich Wärme in ihrem gesamten Körper ausbreitete, nachdem sie geglaubt hatte, sie würde nie wieder warm werden. Sie versuchte, sich daran zu erinnern, was passiert war, und öffnete langsam ihre Augen.

Darsh beugte sich zu ihr und grinste sie an. „Hallo, schöne Frau.“

„Jetzt weiß ich mit Sicherheit, dass du verrückt bist.“ Sie hob ihre Hand, um ihre Stirn zu berühren, hielt aber inne, als sie die Infusion bemerkte, die in ihrem Arm steckte. „Was ist passiert? Das Letzte, woran ich mich erinnern kann...“ Plötzlich blitzte die Erinnerung in ihr auf. „Das Letzte, woran ich mich erinnere ist, wie ich in den Teich gestürzt bin und meine Lungen voller Wasser liefen.“

Er griff nach ihrer Hand. „Ich habe dir doch gesagt, dass ich hinterherspringe und dich rette.“

„Das hast du wirklich getan, oder?“ Sie biss sich auf die Lippe, um nicht loszuweinen.

Darsh schaute auf, als jemand ins Zimmer kam.

„Ist die wach?"

„Wer ist ‚die'?", krächzte Erin. „‚Die' steht im Stall und macht Muh." Es war der liebste Spruch ihrer Großmutter gewesen.

Ully lachte. „Oh ja, sie ist wach." Er beugte sich über sie und küsste sie direkt auf den Mund. Dann zog er eine Grimasse und wischte sich den Mund ab. „Teichwasser. Igitt. Das war's dann wohl mit den Fantasien."

„Gut." Erin verdrehte die Augen. „Idiot." Aber der Geschmack in ihrem Mund war wirklich ausgesprochen widerlich. Sie würde monatelang Antibiotika nehmen müssen. „Was ist mit Lachlan?"

„Tot." Darshs Stimme war ausdruckslos.

Sie blickte in seine dunklen Augen. „Danke, dass du mir das Leben gerettet hast."

„Hey", unterbrach Ully. „Was ist mit mir?"

Es tat weh, zu lachen. „Was hast du denn beigesteuert?"

Ully neigte den Kopf zur Seite. „Ich habe die Straßensperren errichten lassen. Die Suche koordiniert." Seine Augen funkelten verschmitzt. „Wie auch immer. Wir sind alle heilfroh, dass du wiederaufgetaucht bist. Unverletzt." Er verzog den Mund, als er die vielen Kabel und Schläuche betrachtete, an denen sie hing. „Oder zumindest lebend. Strassen tut so, als ob er dich nie wirklich gefeuert hätte und alles nur ein riesiges Missverständnis war. Professor Huxley ist aus der U-Haft entlassen worden, auch wenn die Uni nicht gerade begeistert davon war, dass er diese Studentin flachlegt."

„Was für eine Studentin?"

„Er hat gelogen, was sein Alibi mit der Suppenküche am Montagabend angeht, weil er mit einer Bachelorstudentin namens Monica Ripley im Bett war", erklärte Darsh. „Eine weitere Studentin, die angab, Lachlans Freundin zu sein, hat Monica gefesselt in Lachlans Schlafzimmer gefunden. Er hatte ihr nichts weiter getan, als ihr eine Heidenangst einzujagen, vermutlich, weil Rachel mittlerweile aufgewacht war und er zusehen musste, wie er aus diesem Schlamassel herauskommen würde."

Erin versuchte angestrengt, den neuen Informationen zu folgen.

Ully stibitze sich ein Stück Obst von ihrem Nachttisch. „Ich habe gerade erfahren, dass Stinky Pete…"

„Peter Zimmerman", knurrte Darsh.

Ully lachte unbeeindruckt. „Unser guter alter Peter wurde heute Morgen nach Texas ausgeliefert und scheint einen Richter erwischt zu haben, der bereit ist, über sein Verschwinden hinwegzusehen, solange er sich zu einem Entzug bereiterklärt. Wie durch ein Wunder hat der Kerl tatsächlich zugestimmt."

Darsh nickte. „Gut."

„Hast du das eingefädelt?", fragte ihn Erin.

„Ich habe mit meinem ehemaligen Kommandanten gesprochen. Er hat den Rest erledigt."

„Mir kommt der Papierkram schon zu den Ohren heraus, also mach ich mich besser mal vom Acker." Ully drehte sich um, um zu gehen. „Harry kommt demnächst vorbei, um deine Aussage aufzunehmen."

„Ich will nicht mit Harry sprechen", stöhnte Erin, aber es fühlte sich dennoch gut an, am Leben zu sein.

Darsh nahm ihre Hand und drückte sie fest. „Wann musst du zurück nach D.C.?", fragte sie.

„Willst du, dass ich gehe?" Die Freude in seinen dunklen Augen trübte sich.

„Nein." Sie schluckte, ihr Hals war rau. „Aber ich werde nicht besonders gut bei all dem sein."

„Alldem?" Ein Funken Hoffnung kam zurück.

„Dem mit uns."

Ein Mundwinkel verzog sich zu einem selbstgefälligen Grinsen. „Mit uns?"

„Nach drei Jahren Alleinsein ist es schon eine große Sache, es überhaupt wieder mit einer Beziehung zu versuchen." Aber sie hielt sich an seiner Hand fest, als ob sie ein Rettungsanker wäre, und vielleicht war sie das auch.

„Glaubst du, für mich ist das einfach? Jemanden wie dich zu lieben?"

Sie wusste, dass sie nicht einfach war. „Jemand so kaputtes?", fragte sie.

Frustration spielte um seine Augen. „Jemanden, der so stark ist, dass sie mich für nichts braucht. Nicht, um einen Reifen zu wechseln oder Trockenbauwände hochzuziehen, nicht mal zum Schneeschippen."

Ihr Hals wurde eng. „Was ist, wenn ich dich zum Glücklichsein brauche?"

Er lachte leise. „Ich mache dich glücklich?"

Sie konnte ihn vor lauter Tränen kaum erkennen. Sie nickte.

„Damit kann ich leben." Er küsste ihre Hand. „Ich dachte, du wärst tot, Erin. Ich dachte, dieser Bastard hätte gewonnen."

Sie berührte sein Gesicht. „Ich liebe dich."

Seine Augen blitzen überrascht auf.

„Wusstest du das nicht?"

Er schüttelte den Kopf.

„Es tut mir leid, dass ich dich abgewiesen habe."

„Du hattest Angst, das verstehe ich." Sein Mund verzog

sich. „Ich habe auch Angst. Ich habe dich schon einmal fast verloren."

Sie runzelte die Stirn. „Ich hatte diesen Traum, in dem du jemandem erzählt hast, wir würden heiraten und Kinder kriegen und jede Menge großartigen Sex haben." Sie hob eine Augenbraue. „Es kam mir so real vor."

„Keine Ahnung, was du meinst." Ein Anflug von Röte legte sich über seine Wangen. „Aber was würdest du davon halten, auf lange Sicht?"

Sie lächelte und versuchte, sich aufzusetzen. Dabei musste sie husten wie eine alte Frau. Als sie wieder sprechen konnte, legte er sie sanft in die Kissen zurück.

„Wenn man bedenkt, dass du mich schon in meinen schlimmsten Momenten erlebt hast, kann es gut sein, dass du die Person tatsächlich mögen könntest, die ich normalerweise bin. Lass es uns doch langsam angehen und wir schauen, was passiert. Was meinst du?"

Seine Finger drückten ihre Hand so fest, dass sie fast zusammenzuckte. Er küsste sie auf den Mund. Sie hatten beide Teich-Atem.

„Du bist tatsächlich reingesprungen und hast mich gerettet." Sie berührte voller Verwunderung seine Lippen.

„Immer."

Sie streckte die Beine aus. Obwohl sie sich schwach fühlte, hasste sie es, invalid zu sein. „Ich muss hier raus."

Darsh stand auf und streckte sich. „Du hast deinen Job wieder."

Erin ertappte sich dabei, wie sie seinen Körper in den OP-Klamotten bewunderte. „Wenn dein Vater dich jetzt sehen könnte", zog sie ihn auf.

„Oh Gott, nein."

Sie wurde ernst. „Die Sache ist die, als Strassen mich gefeuert hat, hatte ich schon diese andere Idee, was ich machen könnte."

Darsh hob die Augenbrauen. „FBI?"

Erin schüttelte den Kopf. „Ich habe festgestellt, dass es mir mehr Freude macht, Leuten zu helfen. Leuten wie Rachel."

„Du willst als Beraterin arbeiten?"

„Ich dachte eher an so was wie Opferbeistand im Polizeibetrieb."

Seine Augen wurden groß. „Darin wärst du großartig." Er beugte sich vor, um sie zu küssen. „Weißt du, was ich denke?"

„Nein." Sie hielt in fest und küsste ihn zurück, länger, tiefer. „Was?"

„Du wärst vor allem in Virginia großartig darin."

„Vielleicht", sagte sie zögernd. „Aber was ist mit Drew Hawke?" Die Schuldgefühle überrollten sie. Sie hatte das Leben dieses jungen Mannes ruiniert. Hatte ihn ins Gefängnis gebracht, und Cassie war ermordet worden.

„Das Justizministerium hat eine Sonderanhörung angesetzt, um eine Berufung aufgrund der neuen Beweislage in die Wege zu leiten. Der Kerl könnte sogar rechtzeitig entlassen werden, um noch die Vorsaison zu Ende zu spielen."

Erin schloss die Augen. „Ich fühle mich schrecklich, dass ich so einen riesigen Fehler gemacht habe."

Er legte ihr die Hand auf die Schulter. „Rick Lachlan hat das getan, nicht du. Der Bastard hat Drew zu Fall gebracht, weil der ihn auf einer Party schikaniert hat. Hat Hawke sich schuldig gemacht, indem er ein Arschloch gewesen ist. Ja, verdammt. Aber das hat Lachlan noch lange nicht das Recht gegeben, all diese Mädchen anzugreifen, oder Hawke oder Blackcombe oder dich."

„Ich weiß nur nicht, ob ich mir jemals selbst verzeihen kann.“

Darsh strich ihr die Haare aus der Stirn. „Es ist geschehen. Du musst einen Weg finden, es hinter dir zu lassen. Er hat auch mich hinters Licht geführt, indem er dem Professor die Schuld in die Schuhe geschoben hat, und ich bin darauf hereingefallen, so wie du darauf, dass er Hawke als Täter hingestellt hat. Sich an der Schuld festzuklammern, hilft niemandem.“

Erin lächelte. Sie wusste, dass sie kurz davor war, in Tränen auszubrechen. „Du würdest selbst einen ganz ordentlichen Opferbeistand abgeben.“

Er nickte. „Allerdings.“ Er beugte sich näher zu ihr. „Habe ich dir eigentlich schon gesagt, dass ich dich liebe?“

Sie nickte und musste über seinen verblüfften Gesichtsausdruck lachen. „Als du aus diesem Helikopter gesprungen bist und mich aus einem zugefrorenen Teich gerettet hast.“

Er lächelte und küsste sie wieder.

Erin erkannte eine Stimme auf dem Flur. Eine laute Stimme, dann eine zweite laute Stimme.

Ihr Blick fuhr zu Darsh. „Du hast meine Eltern angerufen?“

Er schüttelte den Kopf. „Strassen hat sie angerufen, weil sie als nächste Angehörige in deiner Personalakte stehen. Er wollte den guten Boss spielen, der weiß, was er tut.“

Sie schnaubte, die Tür flog auf und dort standen ihre Mom, ihr Dad, ihre Schwester und zwei ihrer vier Brüder. Darsh stellte sich vor und schüttelte jedem die Hand, ohne ein einziges Mal von Erins Seite zu weichen. Ihr entgingen die vielsagenden Blicke zwischen ihrer Mom und ihrer Schwester, zwischen Darsh und ihren Brüdern nicht, während sich ihre Familie fragte, wer zur Hölle er überhaupt war.

Sie war angespannt, aber nach ein paar Minuten wurde sie ruhiger.

„Ich schätze, jetzt müssen wir diese Trockenbauwand fertigstellen, wo wir schonmal da sind", beschwerte sich ihr jüngster Bruder.

„Ich verkaufe das Haus", sagte sie leise. „Wenn ihr mir helfen könntet, es dafür auf Vordermann zu bringen, wäre ich euch sehr dankbar."

Eine schockierte Stille folgte ihrer Ankündigung, aber ihre Brüder sahen erfreut aus. Ihre Mutter griff nach Erins freier Hand. „Kommst du nach Hause, Schatz?"

Erin sah in Darshs dunkle, tiefe Augen. „Ja. In mein neues Zuhause mit diesem Mann. In Virginia."

„Aber ihr habt euch doch gerade erst kennengelernt...", warf ihr Dad ein.

Darsh lächelte. „Ich kann verstehen, dass Sie sich Gedanken machen. Ich weiß, was Erin mit diesem Vollidioten von Ex durchgemacht hat, und das wird nie wieder vorkommen. Und Sie können uns selbstverständlich besuchen kommen, wann immer Sie möchten."

„Ihr wollt zusammenziehen?" Ihre Mutter klang völlig entsetzt.

„Mom", beschwerte sich Erin. „Ich bin zweiunddreißig!"

„Welcher Religion gehören sie denn überhaupt an?"

„Mom!" Erin wusste selbst nicht einmal, was für einer Religion er folgte, weil es ihr egal war.

Darsh hob die Augenbrauen. „Welche Religion wäre Ihnen denn lieb?"

Das verschlug ihrer Mutter die Sprache.

„Sehr gute Antwort“, murmelte ihr anderer Bruder.

„Sie wissen, dass die erste Ehe nicht zählt?“ Ihre Mutter hatte ihre Contenance wiedererlangt und Erin wünschte sich, sie könnte einfach in einem Loch im Boden versinken. „Sie haben nur standesamtlich geheiratet. Ohne uns.“

Erin unterbrach sie. „Wir werden nicht heiraten…“

„Noch nicht“, fügte Darsh hinzu.

Erin bohrte ihre Finger in seine Hand. „Ermutige sie nicht noch. Sie ist unverbesserlich.“

„Ich bin deine Mutter.“

„Gott stehe mir bei.“

„Keine Gotteslästerung, Erin Mairead Donovan“, schalt ihre Mutter sie.

Erin verdrehte die Augen und wandte sich an den Mann, der ihr Leben auf mehr als nur eine Weise gerettet hatte. „Das ist also ein kleiner Teil meiner verrückten Familie“, erklärte sie heiter. „Immer noch Interesse?“

„Immer noch.“ Er beugte sich zu ihr und küsste sie sanft auf die Lippen, obwohl ihre ganze Familie sie beobachtete. „Und ewig.“

EPILOG

ARSH BETRAT DIE Kirche und suchte die Bänke nach dem vertrauten blonden Schopf ab. Er hatte früher in der Woche ins Büro nach Quantico zurückgemusst, war aber zu diesem Anlass nach Forbes Pines zurückgekommen. Erin erholte sich und hatte sich geweigert, dafür nach Virginia zu kommen. Dickköpfig war gar kein Ausdruck. Zum Glück waren ihre Eltern bei ihr geblieben, sodass er sich nicht zu viele Sorgen gemacht hatte. Ihr Haus war schon zum Verkauf gelistet und in seiner Wohnung hatte er den Großteil seines Kleiderschranks und die Hälfte der Kommoden ausgeräumt, bereit für ihre Sachen.

Er entdeckte sie ganz rechts in einer der Kirchenbänke. Sie saß allein, sogar abseits der anderen Polizisten. Sie hatte ihre Wiedereinstellung unter der Bedingung akzeptiert, dass sie versetzt wurde, sobald sich eine geeignete Stelle fand. Was tausendmal besser war, als gefeuert zu werden.

Er rutschte neben ihr in die Bank, ihre Hüften berührten sich. Erins Blick schnellte zu ihm und er konnte sehen, dass sie um Fassung rang. Ihre Hand suchte nach seiner. „Du bist gekommen. Danke."

Er gab ihr einen Kuss auf die Wange und drückte ihre Hand. Sie war schmal geworden und er machte sich Sorgen.

Der Pfarrer begann mit dem Gottesdienst. Ihre Augen richteten sich nach vorne auf den Altarraum.

Der Sarg war dunkel und glänzend, darauf stand ein großes Bild von Mandy Wochikowski. Das Mädchen lächelte und ihr Anblick als lebende, atmende Person traf Darsh direkt ins Herz und erinnerte ihn daran, warum er tat, was er tat. Nicht für den Nervenkitzel, nicht für Ruhm und Ehre. Sondern für die Opfer.

Er schaute sich um. Tanya Whitehouse und Alicia Drummond saßen ganz vorn neben Mandys und Cassandras Eltern. Cassies Beerdigung war für nächsten Montag angesetzt. Er hatte es so arrangiert, dass er morgen von zu Hause aus arbeiten konnte, und würde am Dienstag zurückfliegen. Er hoffte, Erin würde mitkommen.

Weiter vorne auf der linken Seite saß eine zierliche Person zwischen ihren Eltern.

„Ist das Rachel?", flüsterte Darsh Erin ins Ohr.

„Sie ist vor zwei Tagen aus dem Krankenhaus entlassen worden." Sie nickte. „Schau mal, wer in der Reihe hinter ihr sitzt." Sie stieß seinen Arm an.

Zuerst konnte Darsh die Reihe der breitschultrigen Anzüge nicht erkennen, die die komplette Bank hinter den Knights einnahmen. Dann erhaschte er den Blick auf ein Profil und sah, dass es Jason Brady war. Er betrachtete die Männer genauer und erkannte das komplette Blackcombe Ravens-Footballteam, das in stiller Trauer dasaß.

Erin berührte sein Knie. „Siehst du, wer in der Mitte sitzt?"

Zuerst erkannte er ihn nicht. Dann setzte sich der junge Mann aufrechter hin. „Drew Hawke?"

„Sie haben ihn in den offenen Vollzug verlegt und ihm einen Tag Ausgang genehmigt, um die Beerdigung zu besuchen." Sie sah ihn prüfend an. „Der Präsident hat sich eingeschaltet. Angeblich soll nächste Woche eine Anhörung stattfinden und möglicherweise sogar die Begnadigung."

„Hague?" Darshs Augenbrauen schossen hoch. Er fragte sich, ob Special Agent Frazer wohl seine Finger im Spiel hatte, da er und Brennan eine besondere Beziehung zu dem Mann im Weißen Haus hatten.

Sie nickte. „Ich muss mich bei Drew entschuldigen."

„Du hast deinen Job gemacht, Erin. Lachlan und das System haben ihn zu Fall gebracht. Wir können nur hoffen, dass Strafverteidiger in Zukunft ein bisschen härter für ihre Honorare arbeiten werden."

Erin erwiderte nichts. Er wusste, dass es ihr schwerfiel, sich selbst dafür zu verzeihen, den falschen Mann verhaftet zu haben.

Der Gottesdienst ging zu Ende und die Sargträger trugen den Sarg durch die Eingangstür zum wartenden Leichenwagen. Darsh wollte aufstehen, aber Erin hielt seinen Ärmel fest. „Was?", fragte er.

„Ich gehe nicht zur Bestattung."

„Warum nicht?"

„Ich will keinen Aufruhr verursachen."

Die Trauergäste liefen hinter dem Sarg aus der Kirche. Alicia, Tanya, die Eltern von Mandy und Cassie. Sie warfen Erin hasserfüllte Blicke zu und sie blickte nur still zurück. Als Nächstes kamen die Knights durch den Gang gelaufen. Darsh vermutete, dass Rachel aufgrund des Anlasses vorbeilaufen würde, aber ihre Schritte wurden langsamer und sie hielt an.

„Sollen wir dich mitnehmen, Erin?", fragte sie leise.

Die Wunden in ihren Mundwinkeln heilten langsam, aber ihre Haut war noch immer rot und wund.

Erin schüttelte den Kopf, ihre Augen schnellten zu dem

riesigen Schatten, der sich hinter dem zierlichen Mädchen aufbaute. „Ich bin selbst mit dem Auto da, aber vielen Dank."

Rachel schien ihre massive Entourage nichts auszumachen. Sie sah Darsh an, dann zurück zu Erin. „Ich würde gerne mit dir sprechen, wenn du Zeit hast." Nicht mehr das eingeschüchterte, ängstliche Mäuschen.

Erin nickte.

Die Blicke hingegen, die ihr die Footballspieler zuwarfen, waren zornerfüllt. Darsh machte sich auf Ärger gefasst, auch wenn er auf einer Beerdigung wirklich nicht in einen Streit geraten wollte. Ully Mason und ein paar andere Polizisten kamen auf sie zu, aber es standen noch zu viele Trauergäste zwischen ihnen und Erin. Darsh beugte sich etwas vor Erin, auf alles vorbereitet.

Drew Hawke schob sich zwischen den breiten Schultern seiner anzugtragenden Mannschaftskameraden hindurch. Seine Haare waren frisch geschnitten. Sein Kinn glattrasiert. Sein Blick fiel von Erin auf Rachel und dann auf sein Team.

„Können Sie mich zum Friedhof mitnehmen, Detective? Ich hatte gehofft, wir könnten uns unterhalten", sagte er.

Erin wurde noch blasser als sie ohnehin schon war, nickte aber. „Natürlich."

Hawke rutschte in die Bank. Darsh sah, wie er Jason Brady zunickte und der Wide Receiver die restlichen Spieler aus der Kirche schob. Hawke und Erin saßen stumm da, während die restlichen Trauernden langsam an ihnen vorbeigingen. Ully hob fragend seine Augenbrauen und Darsh antwortete mit einer Grimasse. Es war offensichtlich, dass Hawke reden wollte, und auch wenn Erin sehr gut selbst auf sich aufpassen konnte, würde er nicht zulassen, dass irgendwer ihr jemals wieder wehtat.

Also saßen sie da. Endlich war die Kirche leer.

„Ich schulde Ihnen eine Entschuldigung", begann Erin.

Hawke starrte auf den Fußboden und schüttelte den Kopf. „Deshalb wollte ich nicht mit Ihnen sprechen."

Erin hielt inne, wusste offenbar nicht, was sie sagen sollte.

„Ich habe viel darüber nachgedacht." Sein Mund verzog sich zu einem Lächeln. „Ich hatte ja genug Zeit."

Erins Augen wurden groß.

„Die Sache ist die, Sie waren ebenso sehr ein Opfer wie wir anderen. Dieser Typ hat sich auf Sie fixiert, hat sie beschattet, hat im Prinzip versucht, sie mit einer Serie von Verbrechen zu verführen." Er drehte sich zur Seite und schaute sie an. „Er war ein krankes Arschloch und wir hätten ihn nicht verspotten dürfen." Seine massiven Schultern zuckten auf und nieder. „Sie haben nur Ihren Job gemacht."

Ihre Hände krallten sich in ihrem Schoß ineinander. „Ich hätte ihn besser machen müssen."

„Und ich hätte keine widerliche Sportskanone sein sollen." Er runzelte die Brauen. „Lernen Sie aus Ihren Fehlern, werden Sie eine bessere Polizistin und machen Sie sich keine Vorwürfe. Ich meine, ich verstehe es – ich werde mir immer die Schuld an Cassies Tod geben, auch wenn ich nichts damit zu tun hatte, aber…" Tränen traten in seine Augen. „Rachel hat mir erzählt…"

„Sie haben mit Rachel gesprochen?", fragte Erin schnell.

Er nickte, kramte mit seiner Hand in der Tasche und holte ein Taschentuch heraus, mit dem er sich die Tränen aus den Augen wischte. „Sie hat mir erzählt, wie sehr Sie ihr geholfen haben." Er schluckte. „Ich weiß, dass ich fälschlicherweise beschuldigt wurde, und dass sowas selten vorkommt. Sehr selten. Aber sie will ein paar andere Universitäten besuchen und den Leuten dort unsere Geschichte erzählen. Mit Opfern sprechen. Sie hat gefragt, ob ich sie begleiten will."

Darsh blinzelte.

Hawke sah unentspannt aus. „Sie glaubt, ich kann der Sache mehr Aufmerksamkeit verschaffen. Sie denkt, uns beide zusammen zu sehen, zwei Opfer, könnte vielleicht eine Möglichkeit eröffnen, anders über Vergewaltigungen an Universitäten zu sprechen. Ich kann den Jungs sagen, wie sie sich nicht verhalten sollen, was inakzeptabel ist, und wie es im Gefängnis ist. Sie kann den Frauen erzählen, was sie tun sollten, wenn sie vergewaltigt wurden." Er atmete schwer aus. „Ehrlich gesagt, jagt mir diese Idee eine Heidenangst ein. Aber wenn ich daran denke, was sie durchgemacht hat… was Cassie durchgemacht hat." Seine Daumen rieben nervös übereinander. „Ich versuche, mir vorzustellen, was sie von mir erwarten würde."

„Nicht, mit mir zu sprechen." Erin lachte leise auf.

Hawke musste lächeln. „Vermutlich nicht. Aber sie hat sich immer um ihre Freunde gekümmert. Hat ihnen immer eingebläut, auf ihre Drinks zu achten. Sie wäre einverstanden, denke ich, vor allem nach dem, was ihr zugestoßen ist." Die Tränen kamen zurück. „Rachel wollte Sie fragen, ob Sie mitkommen, wenn wir unsere Vorträge halten."

„Ich?" Erins Mund fiel auf. „Die Polizistin, die den falschen Kerl verhaftet hat?"

„Die Polizistin, die keine Angst davor hatte, gegen den Star-Quarterback zu ermitteln, obwohl sie das zur meist gehassten Person der ganzen Stadt gemacht hat. Die Polizistin, die das Opfer eines Stalkers wurde."

Erin rutschte befangen auf der Bank hin und her. Darsh wusste, dass sie es hasste, als Opfer gesehen zu werden, aber das änderte nichts an den Fakten.

„Ich weiß, dass unsere Situation ungewöhnlich ist. Ich weiß, dass das nicht normal ist", bot er an. „Ich denke nur, es ist eine gute Gelegenheit, und nach dem, wie ich die letzten sechs Monate meines Lebens verbracht habe, werde ich mir keine einzige Gelegenheit mehr entgehen lassen." Er erhob sich und hielt Erin seine Hand hin. Sie stand auf und schüttelte sie. „Rufen Sie Rachel an. Sprechen Sie mit ihr darüber." Er drehte sich zu Darsh um und schüttelte auch seine Hand. „Agent Singh." Er neigte den Kopf zur Seite.

„Mr. Hawke", erwiderte Darsh.

„Ich habe gehört, Sie haben Rick Lachlan erschossen. Tut mir leid, dass Sie die Last der Verantwortung für seinen Tod tragen müssen, aber ich kann nicht behaupten, dass es mir leidtut, dass der Wichser tot ist."

„Glauben Sie mir", Lachlan hatte Darsh nicht eine einzige schlaflose Nacht bereitet, „das ist keine Last für mich."

„Der Aufseher hat gesagt, ich hätte die Einzelhaft Ihnen zu verdanken. Ich weiß das zu schätzen."

„Kein Problem." Darsh schaute auf die Uhr. „Wir sollten uns zum Friedhof aufmachen."

Sie gingen hinter Hawke aus der Kirche. So, wie der Kerl auf den Eingangsstufen stehenblieb und tief einatmete, wusste er seine neu gefundene Freiheit unglaublich zu schätzen.

„Wussten Sie, dass Mandy in Lachlan verknallt gewesen war?", fragte er plötzlich.

„Was?", fragte Erin erschrocken.

„Ja. Cassie hat es mir in einem ihrer Briefe erzählt. Und der Bastard hat sie umgebracht." Hawkes Schultern bebten. Er zog eine Sonnenbrille aus seiner Jackentasche und setzte sie auf. Dann ging er die Stufen hinunter.

„Wollten Sie nicht mitfahren?", rief Darsh ihm hinterher.

Der Junge hob die Hand, ohne sich umzuschauen. „Ich gehe zu Fuß."

Darsh starrte ihm hinterher und Erin schob ihre Hand in seine.

„Er ist ein bemerkenswerter junger Mann." Sie sah betroffen aus. „Und wenn Lachlan nicht noch weitere Verbrechen begangen hätte, wäre er womöglich nie entlassen worden. Er würde noch immer im Gefängnis sitzen."

Darsh wusste, es würde eine Weile dauern, bis sie über die Schuldgefühle hinweg war. „Ich denke, du solltest das machen. Geh und halte ein paar Vorträge mit ihm und Rachel."

„Wirklich?"

Er strich ihr die Haare aus der Stirn, beugte sich zu ihr und küsste sie. „Wirklich. Ich finde, es ist eine großartige Idee."

„Noch mehr Leute, die mich mit Eiern bewerfen."

„Stimmt. Mach's besser nicht", brummte er.

Erin hakte sich bei ihm ein und sie gingen zu ihrem Mietwagen. Darsh hatte vom Flughafen ein Taxi genommen. „Ich denke darüber nach, wenn Rachel es so möchte."

„Kommst du nächste Woche mit mir nach Hause?", fragte er.

Sie zog ihn fester an sich. „Willst du immer noch, dass ich bei dir einziehe?"

„Mehr als alles andere. Und du wirst dich in Virginia vor Jobangeboten kaum retten können, auch wenn ich glaube, dass es keine schlechte Idee wäre, dir erstmal ein bisschen Zeit zu nehmen, um herauszufinden, was du machen willst."

Sie blieb stehen. „Ich bin nicht gut darin, nichts zu tun."

Er legte seine Arme um sie und zog sie an sich. „Du kannst

jederzeit das Haus putzen und das Abendessen kochen."

Sie boxte ihn in den Bauch.

„Ich mache nur Witze." Er lachte.

„Ja." Erin griff nach seinem Hemd, stellte sich auf die Zehenspitzen und küsste ihn auf den Mund. „Ich liebe dich, Darsh Singh. Ich will mit dir zusammenziehen und herausfinden, ob der Sex auch in ein paar Monaten noch so fantastisch ist."

„Das garantiere ich dir." Er hob sie hoch. „Was hältst du davon, wenn wir es überprüfen? Nur, um sicherzugehen, dass wir uns nicht vertan haben? Wir wollen ja nichts überstürzen…"

Sie prustete. „Mit meiner Mutter im Haus?"

Darsh zog eine Grimasse. „Wir könnten doch in ein Hotel gehen."

„Im Ernst?" Sie schenkte ihm ein unanständiges Grinsen.

Er schaute auf die Uhr. „Wie viel Zeit haben wir, bevor sie misstrauisch wird?"

„Meine Mutter hat sechs Kinder. Sie wurde misstrauisch geboren."

Darsh zog an ihrem Arm. „Komm schon. Zwei Stunden Maximum. Auf geht's."

„Ich habe ein schlechtes Gewissen."

„Ich glaube, du solltest zu meinem Glauben konvertieren. Da gibt es eine ganze Menge weniger Schuldgefühle."

„Welcher Religion gehörst du denn an?"

„Agnostiker mit einer ordentlichen Dosis Atheist."

„Und trotzdem, mal ganz im Ernst, wärst du bereit, für mich zu konvertieren?" Sie lächelte. Sie war so verdammt hübsch.

Er drehte sie herum, sodass sie ihn anschaute. „Liebling,

ich würde für dich durch die Hölle gehen. Du bist es, an die ich glaube. An dich. Mich. Uns."

Erin schaute ihn an, als ob sie ihm endlich glauben würde. Es endlich begriff. Sie berührte sein Gesicht, fast so, als ob sie ihn zum ersten Mal wirklich sah. „Ich bin froh, dass du vor all den Jahren in diese Bar gekommen bist, Marine."

„Semper fi, Baby." Er legte ihre Finger über sein Herz. „Semper fi."

◆

Danke, dass Sie Kaltes Herz gelesen haben. Ich hoffe, Sie haben Darshs und Erins Geschichte genossen. Möchten Sie das erste Kapitel des nächsten Buches lesen? Dann fahren Sie fort mit dem ersten Kapitel von Kalte Geheimnis....

WENN IRGENDJEMAND LUCAS Randall erkannte, war er ein toter Mann. Er klopfte an die unauffällige schwarze Tür und trat von einem Fuß auf den anderen. Der erste Schatten eines Barts bedeckte seine verschmutzten Wangen. Unter seinen Fingernägeln klebte Motoröl, der Gestank waberte in fast unmerklichen Wolken aus seinen Klamotten. Sogar seine abgewetzten, alten Turnschuhe waren fettverschmiert. Er zog die Schultern hoch und stopfte seine Hände tief in die Taschen seiner fleckigen Nylonjacke. Er zitterte vor Kälte.

Die Frau, die ihm die Tür öffnete, musterte ihn von Kopf bis Fuß, mit Augen so mitleidlos wie die eines weißen Hais.

„Was wollen Sie?", fragte sie.

„Pudel." Er wiederholte das Passwort, das ihm gegeben worden war, und kam sich dabei verdammt bescheuert vor.

Mit einem kurzen Kopfnicken bat sie ihn eilig hinein und schloss hinter ihm die Tür. Ihre Finger blieben auf dem Türriegel liegen, scheinbar war sie sich nicht sicher, ob er blieb.

Die Tür hinter ihr stand offen, und er konnte ein Büro erkennen.

„Ausweis?", verlangte sie.

Er zog einen gefälschten Führerschein aus der Tasche. Sie machte mit ihrem Handy ein Foto davon und gab ihn zurück. Er würde das Haus nicht ohne dieses Handy verlassen. „Wie viel?"

„Zwanzig Minuten. Hundert Dollar." Ihre Stimme klang schrill und scharf wie eine Rasierklinge. Sie hielt ihre Hand auf.

Das alte Weib war vielleicht nicht bewaffnet, aber der Blick in ihren Augen war fraglos gefährlich. Er zögerte. „Ich will eine Stunde, und ich will jemand Junges. So jung wie möglich", murmelte er barsch.

„Fünfhundert Dollar." Der kalte Ausdruck in ihren Augen veränderte sich für keine Sekunde. Ihre Hand blieb weiterhin ausgestreckt.

Er grub ein paar Banknoten aus seiner Hosentasche, zählte fünf Scheine ab und stopfte den Rest zurück. Jetzt wusste sie, dass er einen Haufen Bargeld dabei hatte.

Sie führte ihn durch einen nichtssagenden Korridor, vorbei an vier Türen auf der linken und zwei auf der rechten Seite. Ein weiß gestrichenes Geländer führte an einer Treppe aus honigfarbenem Holz in den ersten Stock, aber sie liefen daran vorbei und bogen rechts um die Ecke. Das Haus war netter als die meisten anderen. Vom Flur ging eine Küche ab, in der zwei asiatisch aussehende Männer an einem riesigen Eichentisch saßen und Tee tranken. Eine verstärkte Stahltür mit eindrucksvollen Schlössern sicherte den Hinterausgang. Die zusätzlichen Schlösser würden die Polizei nicht ewig aufhalten, aber sie würden ihnen ein paar wertvolle Sekunden erkaufen.

Einer der Typen stand auf, als sie an der Tür vorbeikamen – groß, mit einem Gesicht, das aussah, als ob man ihn als Baby hätte fallen lassen. So, wie seine Jacke schief von seinen wuchtigen Schultern hing, hatte er eine Waffe in der rechten Tasche stecken. Er starrte Lucas grimmig an und schlug ihm die Tür vor der Nase zu.

Wut kochte in Lucas Magen langsam vor sich hin, aber er konnte es sich nicht leisten, sie zu zeigen. Die Puffmutter ging auf eine Tür zu, an der eine Plakette mit der Zahl „Elf" festgeschraubt war. Sie zog einen Schlüsselbund hervor, steckte einen der Schlüssel in das Schloss, drehte ihn um und betrat den Raum. Sein Herz hämmerte vor Aufregung. Ein Mädchen von etwa dreizehn Jahren saß auf einem schmalen Bett, das mit einfachem weißem Bettzeug bezogen war. Ein großer Teddy lehnte an den Kissen. Das Mädchen hatte lange blonde Haare und blaue Augen und trug ein einfaches Trägerhemdchen, das die kleinen Hügel ihrer Brüste bedeckte. Als Lucas das Zimmer betrat, zog sie die Knie bis unters Kinn. Das Weiß ihrer Knöchel trat hervor, so fest schlang sie die Arme um ihre dünnen Beine. Sie hatte einen Bluterguss am Hals, einen zweiten am Oberarm.

Die Puffmutter schnauzte sie an, und das Mädchen sprang vom Bett, stand in ihrer Unterwäsche ungelenk vor ihm.

Lucas musterte das Mädchen von oben bis unten, seine Augen wurden schmal. „Zu groß. Zu blond.“

„Sie ist jung. Sehr hübsch. Macht den Männern sehr viel Freude, ja?“ Die Zähne der Puffmutter blitzten auf, als sie das Mädchen böse anfunkelte. Der Teenager nahm die Arme vor ihren Brüsten weg und legte sie auf die Hüfte. Ein kränkliches Lächeln formte sich auf ihren ungeschminkten, pinken Lippen.

Lucas trat einen Schritt zurück, hatte das Gefühl, als ob seine Lungen voller Schmutz wären.

„Gefällt Ihnen.“ Die alte Hexe war unerbittlich.

Er zwang sich, die jungen Brüste des Mädchens zu betrachten und trat noch einen halben Schritt zurück. Er hatte nicht erwartet, dass es leicht sein würde, aber das hier fühlte sich an, als ob er sich auf direktem Weg in die Hölle befand.

„Nicht sie. Nicht für fünfhundert Dollar.“ Er schüttelte den Kopf. „Sie sieht meiner Frau zu ähnlich. Was haben Sie sonst noch?“ Als ob er ein Auto kaufen würde, keinen Menschen.

Der Mund der Alten zuckte verärgert, und die Augen des Kindes wurden groß vor Erleichterung und Angst. An jedem anderen Tag hätte er dem Mädchen jetzt sicher eine üble Strafe eingehandelt. Wenn man bedachte, was an jedem anderen Tag in diesem Haus passierte, wollte er gar nicht daran denken, was eine Strafe hier bedeutete.

Die Frau hielt inne und erinnerte sich vermutlich an die fette Rolle von Geldscheinen, die in seiner Hosentasche steckte. „Es gibt noch eine", räumte sie mit einem berechnenden Funkeln in ihren Augen ein. Sie winkte ihn aus dem Zimmer und schloss sorgfältig die Tür hinter sich ab. Sie gingen den Flur hinunter.

Schritte hallten hinter ihnen durch den Korridor, und Lucas schaute sich nervös um, aber das Geräusch wurde leiser und verschwand. Das Haus war ein einziges Labyrinth aus Zimmern und engen Gängen, was vermutlich dafür sorgte, dass sich die Freier nicht begegneten.

Sie hielten vor einer Tür in der nordöstlichen Ecke des Hauses, und Lucas schwirrte vor Aufregung der Kopf.

Die Puffmutter hielt zögernd inne. „Sie ist neu. Jungfrau." Ihre Lippen schwankten zwischen einem Lächeln und einer Grimasse, als ob sie körperlich zwischen der Notwendigkeit der Vorsicht und ihrer Gier nach seinem dreckigen Geld hin- und hergerissen wäre.

Er hielt ihrem Blick stand und nickte.

Gott, er konnte nur hoffen, dass sie noch Jungfrau war.

Das alte Weib hielt ihre Hand auf. „Tausend Dollar. Dreißig Minuten. Wenn Sie sie ruinieren, schneide ich Ihnen die Eier ab. Wenn Sie irgendwem von ihr erzählen, schneide ich Ihnen den Hals durch."

Lucas zwang ein ungläubiges Lachen hervor. „Irgendwem

davon erzählen? Wem zur Hölle würde ich das erzählen?" Er schaute die Frau an, als wäre sie dumm, und hob herausfordernd das Kinn. „Ich will sie erst sehen."

Die Puffmutter grummelte etwas vor sich hin, öffnete aber die Tür. Eine winzige Person lag in dem düsteren Zimmer zusammengerollt auf einem Bett. Der Raum hatte keine Fenster, nur ein schmales Bett, das mit dünnen Laken bezogen war, und einen Eimer, der in der Ecke stand.

Vorsichtig ging er zu dem verängstigten kleinen Mädchen, das zitternd unter dem Laken lag und am Daumen lutschte. Eine Schramme lief quer über ihre Wange, ihre Unterlippe war aufgeplatzt und geschwollen. Lange braune Haare kräuselten sich an den Spitzen in eine leichte Welle. Er lächelte. Große Augen starrten ihn an, verängstigt und trotzig.

„Ich werde dir nicht wehtun." Er setzte sich auf die Bettkante und strich ihr die Haare hinter das Ohr. Sie rollte sich noch enger zusammen, offensichtlich clever genug, um zu begreifen, dass alles, was aus seinem Mund kam, vermutlich eine Lüge war. Die Erleichterung darüber, dass sie noch am Leben war, wurde von der Wut über diese Tiere verdrängt, die ihre Unschuld gestohlen hatten und ihren Körper bereitwillig dem erstbesten Perversling verkaufen würden, der durch ihre Tür kam. Zum Glück für das Mädchen war dieser Perversling hier zufällig ein verdeckter FBI-Agent.

„Tausend Dollar fürs Anfassen. Sie zahlen jetzt." Die alte Hexe stand in der Tür und kläffte die Worte mit dem Mitgefühl eines Zahnbohrers hervor.

Kaufen Sie Kalte Geheimnis!

NÜTZLICHE ABKÜRZUNGEN FÜR TONIS BÜCHER

AG: Attorney General – Generalstaatsanwalt

ASAC: Assistant Special-Agent-in-Charge – Rang beim FBI, eine Stufe über dem Supervisory Special Agent (SSA)

ATF: Alcohol, Tobacco, and Firearms – US-Behörde für Alkohol, Tabak, Schusswaffen und Sprengstoffe

BAU: Behavioral Analysis Unit – Abteilung für Verhaltensanalyse

BOLO: Be on the Lookout – Fahndung

BUCAR: Bureau Car – FBI-Auto

CIRG: Critical Incident Response Group – Zentrale Krisen-Interventions-Abteilung des FBI

CMU: Crisis Management Unit – Unterstützt die CIRG

CN: Crisis Negotiator – Krisenverhandler

CNU: Crisis Negotiation Unit – Krisenverhandlungsabteilung

CODIS: Combined DNA Index System – Nationale DNA-Datenbank der USA

CP: Command Post – Befehlsstelle

DEA: Drug Enforcement Administration – US-Drogenbehörde

DOB: Date of Birth – Geburtsdatum

DOJ: Department of Justice – Justizministerium

EMT: Emergency Medical Technician – Rettungssanitäter

ERT: Evidence Response Team – FBI-Spurensicherungsteam

FOA: First-Office Assignment – Erster Büroeinsatz bei Strafverfolgungsbehörden

FBI: Federal Bureau of Investigation – Zentrale Sicherheitsbehörde der USA

FO: Field Office – Außenstelle des FBI

IC: Incident Commander – Einsatzleiter

HRT: Hostage Rescue Team – Geiselrettungsgruppe, FBI-Spezialeinheit

HT: Hostage-Taker – Geiselnehmer

LAPD: Los Angeles Police Department – Polizei der Stadt Los Angeles

LEO: Law Enforcement Officer – Strafverfolgungsbeamter

ME: Medical Examiner – Gerichtsmediziner

MO: Modus Operandi

NAT: New Agent Trainee – Neuer Agent in Ausbildung

NCAVC: National Center for Analysis of Violent Crime – Nationales Zentrum für die Analyse von Gewaltverbrechen

NCIC: National Crime Information Center – zentrale Datenbank der USA zur Sammlung von Informationen in Zusammenhang mit der Kriminalitätsbekämpfung

NYFO: New York Field Office – FBI-Außenstelle New York

OC: Organized Crime – Organisiertes Verbrechen

OCU: Organized Crime Unit – Abteilung zur Bekämpfung von organisiertem Verbrechen

OPR: Office of Professional Responsibility – Büro zur
Untersuchung von Fehlverhalten von beim
Justizministerium beschäftigten Juristen

POTUS: President of the United States – Präsident der USA

RA: Resident Agency – Kleine Außenstelle des FBI

SA: Special Agent – FBI-Agent

SAC: Special Agent-in-Charge – Leiter eines FBI-Büros oder
Region

SAS: Special Air Squadron (British Special Forces unit) –
Spezialeinheit der britischen Armee

SIOC: Strategic Information & Operations – Weltweite
Kommando- und Kommunikationsabteilung des FBI

SSA: Supervisory Special Agent – FBI-Teamleiter

SWAT: Special Weapons and Tactics – Besonders
ausgebildete taktische Spezialeinheit

TC: Tactical Commander – Befehlshaber einer taktischen
Spezialeinheit

TOD: Time of Death – Todeszeitpunkt

UNSUB: Unknown Subject – Unbekanntes Subjekt (im Sinne
von unbekannter Täter)

ViCAP: Violent Criminal Apprehension Program –
Programm zur Aufdeckung von Gewaltverbrechen

WFO: Washington Field Office – FBI-Außenstelle
Washington

DANKSAGUNGEN

Ein absolut riesiger Berg Anerkennung geht an meine Kritik-Partnerin Kathy Altman – sie verhindert regelmäßig, dass ich mich komplett zum Narren mache. Ein großer Dank gebührt außerdem meinen Lektorinnen, Alicia Dean und Joan Turner von JRT Editing. Danke an Regina Wamba für ihre wunderschöne Gestaltung der Einbände. Paul Salvette (BB eBooks) leistet großartige Arbeit bei der Formatierung meiner eBooks – danke! Und danke auch an alle anderen Menschen, die hinter den Kulissen daran arbeiten, meine Bücher in die Regale zu bekommen, ich weiß jegliche Hilfe und Unterstützung sehr zu schätzen.

Danke auch an meine guten Freundinnen Rachel Grant, Carolyn Crane und Sunny Lee-Goodman für die lebhaften Diskussionen über Diversität. Ich bin richtig eifersüchtig auf ihre bevorstehenden Abenteuer in San Diego. Ein dicker Knutscher geht außerdem an Rachel, die das Manuskript in rasantem Tempo durchgelesen hat, als ich am Ende eine Mini-Panikattacke hatte. Vielen Dank an Eric Dove für die brillanten Aufnahmen der Cold Justice-Audiobücher. Ich liebe es, mit ihm zusammenzuarbeiten.

Und ich möchte mich bei meinem Mann und meinen Kindern dafür bedanken, dass sie den Wahnsinn ertragen, mit einer Autorin zusammenzuleben und für ihr Verständnis dafür, dass ich online „Partys" besuche und die Tatsache, dass ich regelmäßig „heiße Typen" google und nach ihren

Meinungen zu den Einbänden frage. Auf dass wir in naher
Zukunft unsere Küche und das Arbeitszimmer wiederhaben!
Ich liebe euch!

Ein großes Dankeschön auch an Martin Wick und Stef
Mills, die hart daran gearbeitet haben, meine Bücher ins
Deutsche zu übersetzen.

ANMERKUNG DER AUTORIN

Dieses Buch zu schreiben, war schwer. Jedes Buch, in dem es um Vergewaltigung oder sexuelle Gewalt geht, ist schwierig zu schreiben, aber dieses Buch scheint zu einer Zeit veröffentlicht zu werden, zu der diese Problematik sehr zentral im öffentlichen Bewusstsein steht (was sie auch tun sollte). Leider kommt Vergewaltigung immer noch mit grauenhafter Regelmäßigkeit überall auf der Welt vor. Ich habe versucht, das Thema mit dem Respekt zu behandeln, den es verdient, und dennoch den Romantik-Thriller zu schreiben, den meine Leser erwarten. Ich hoffe, es ist mir geglückt.

ÜBER DIE AUTORIN

Toni Anderson ist eine Autorin, deren Bücher sich auf den Bestsellerlisten der New York Times und USA Today finden, eine RITA®-Finalistin, ein Wissenschaftsnerd, eine professionelle Touristin, Hundeliebhaberin, Gärtnerin und Mutter. Sie stammt aus einer kleinen Stadt in England, studierte dann Marinebiologie an der University of Liverpool (B.Sc.) und der University of St. Andrews (Ph.D.) in der Absicht, nie weit vom Ozean entfernt zu sein. Nun, dieses Vorhaben schlug fehl und sie wohnt nun in der kanadischen Prärie mit ihrem Ehemann, einem Biologieprofessor, zwei Kindern, einem aus dem Tierheim stammenden Hund und einem entspannten Leopardengecko. Ihre größten Leistungen sind es, die Tokioter U-Bahn gemeistert, Ben Lomond erklommen, am Great Barrier Reef geschnorchelt und vierzehn Winter in Winnipeg überlebt zu haben. Sie liebt es, zu Recherchezwecken zu reisen und hatte das Glück, 2016 das Strategic Information and Operations Center im FBI-Hauptquartier in Washington D.C. besuchen zu können. Zudem gelang es ihr, bei einem Verfolgungstraining an der Writer's Police Academy in Wisconsin ein anderes Auto von der Straße zu drängen. Vorsicht, Welt!

Tragen Sie sich für Toni Andersons englischen Newsletter ein:
www.toniandersonauthor.com/newsletter-signup

Liken Sie Toni Anderson auf Facebook:
facebook.com/toniannanderson

Sehen Sie sich Toni Andersons aktuelle Titelliste an:
www.toniandersonauthor.com/books-2

Folgen Sie Toni Anderson auf Instagram:
instagram.com/toni_anderson_author

www.ingramcontent.com/pod-product-compliance
Lightning Source LLC
Chambersburg PA
CBHW071957190726
48293CB00001B/65